1910년대 소설의 역사적 의미

저자

함태영(咸苔英, Ham, Tae-young) 1975년 인천에서 태어났다. 연세대학교 국어국문학과를 졸업하고 같은 대학 대학원에서 박사학위를 받았다. 일본 국제기독교대학(ICU) 대학원 비교문화연구과에서 박사후기과정을 수학했으며, 현재는 인천문화재단 한국근대문학관에 재직 중이다. 주요 논문으로 「『조선(대한)크리스토인 회보』 단형서사 연구」, 「『혈의루』 제2차 개작 연구」 등이 있다.

1910년대 소설의 역사적 의미

초판인쇄 2015년 2월 5일 **초판발행** 2015년 2월 15일
지은이 함태영 **펴낸이** 박성모 **펴낸곳** 소명출판 **출판등록** 제13-522호
주소 서울시 서초구 서초중앙로6길 15, 1층
전화 02-585-7840 **팩스** 02-585-7848 **전자우편** somyong@korea.com **홈페이지** www.somyong.co.kr

값 29,000원 ⓒ 함태영, 2015
ISBN 979-11-85877-82-2 93810

1910년대 소설의 역사적 의미

The Historical Significance of Novels of the 1910's

함태영

소명출판

이 책은 박사학위 논문을 수정하고 보완한 것이다. 책을 내기 위해 다시 읽으면서 논리의 비약을 정리하고 잘못된 부분을 바로 잡았다. 금방 끝나리라 예상한 작업이 생각보다 오래 걸렸다. 일단 다시 정리한다고 생각하니 의외로 손을 대고 싶은 곳이 많았다. 하지만, 전체 내용이나 논지의 큰 흐름은 바꾸지 않았다. 게으름이 가장 큰 이유이지만, 연구자의 길로 들어선 뒤 부족하나마 처음 내놓는 결과물인 만큼 그동안의 공부를 확인하고 반성한다는 차원에서 큰 줄기는 건드리지 않았다. 일단 난삽함을 없애고 가독성을 높이는 데 신경을 많이 썼는데 제대로 됐는지는 역시 자신이 없다.

이 책의 시작은 박사과정 입학 직후 참여했던 연구 프로젝트에서부터였다. 근대계몽기 신문·잡지를 최대한 구해 그것들에 실린 서사 자료 목록을 정리하는 프로젝트였는데, 나는 그때 1910년대 『매일신보』를 맡았다. 1910년 8월 한일 강제병합부터 1919년 3·1운동에 이르는 기간 동안 『매일신보』에 실린 자료는 정말 방대했다. 더구나 그 자료들은 몇몇 작품들만 주목을 받았을 뿐, 거의 대부분은 연구의 손길이 미치지 않은 것들이었다. 또한 강제병합 직후인 1910년대는 우리 근대소설사 연구에서 상대적으로 푸대접을 받아왔다고 해도 과언이 아니다. 더구나 『매일신보』는 이 시기 최대의 문학행위가 이루어진 매체였음에도 불구하고 이에 대한 종합적 연구가 전무했다. 처음 목록을 만들고 신문에 있는 작품과 자료들을 읽어나가면서 3·1운동 전까지 나름대로 정리해보자 생각한 게 박사논문으로까지 이어졌다. 이것이 이 책이 나오게 된 첫 시작이다.

강제병합 직후인 1910년대 우리말로 된 신문은 『매일신보』가 유일했다. 『매일신보』는 조선총독부의 조선어기관지였다. 이 신문은 일제의 식민지배 정책 홍보와 선전이 최대의 존재 이유이자 목표였다. 『매일신보』에 실린 모든 기사는 물론 문학작품과 광고에 이르기까지 일제의 식민논리에 저촉되는 것은 일체 게재될 수 없었다. 이것이 그 동안 학계가 『매일신보』에 주목하지 않은 이유이고, 또 간혹 있다고 해도 그 내용이 부정적이 된 결정적 계기이다. 1910년대 『매일신보』에는 백 편이 넘는 서사 자료들이 존재한다. 번안 / 번역 작품과 순수 창작 작품, 장편과 단편, 국한문체와 순한글체 작품 등 내용과 형식 양면에서 매우 다채로운 모습과 특징을 보여준다. 하지만 이들은 모두 신문의 사세를 확장하기 위해, 즉 보다 많은 사람들에게 읽히기 위한 신문사의 전략 또는 기획의 하나로 게재된 것이다. 지금도 신문소설의 이러한 의도 및 목표는 마찬가지이다. 하지만, 일제강점기 『매일신보』의 경우에는 이 신문이 조선총독부 기관지라는 점에서 문제가 달라진다. 강제병합과 함께 여타 신문들을 총독부 기관지로 통폐합한 상황에서, 총독부와 『매일신보』는 식민통치의 정당성과 그 정책을 보다 많은 사람들에게 알려야 했는데 이 과정에서 문학이 그 방법의 하나로 채택되었던 것이다. 따라서 『매일신보』의 소설들에는 직접적으로든 간접적으로는 일제 당국의 의도가 투사되어 있다. 단편소설의 거의 대부분이

1910년대 전반기에 집중되어 있는 것이나 연재소설이 '신소설'에서 번안소설로 변화하는 것, 춘원 이광수가 1910년대 중반 이후 등장하는 것 등 각각의 계기에는 모두 방법은 다르지만 문학을 통해 최대한 독자를 확보하려는 치밀한 의도가 내재되어 있다.

이 연구를 진행하면서 또는 진행한 후 이러한 점에 가장 많은 질문과 지적을 받았다. 문학 작품에 어떤 전략이나 기획이 있다고 해도 이것이 그대로 수행되는 것은 아니며, 또한 독자들이 그 전략이나 의도대로 수용·반응하는 것은 절대 아니라는 것이다. 전적으로 맞는 내용이다. 어떤 주체의 의지에 문학과 독자가 순순히 종속되는 것은 당연히 불가능하다. 만약 가능하다고 하면 오히려 그 자체가 극히 부자연스러울 것이다. 하지만, 나는 그 의도, 즉 전략이나 기획만을 보고 싶었다. 『매일신보』 소설의 조선인 작가들이 일제 당국의 의지를 충분히 이해하고 작품을 썼는지, 당시 독자들은 실제 어떻게 작품을 받아들이고 반응했는지 등에 대해서는 이렇다 할 대답을 내놓을 수 없다. 다만 강제병합 직후 『매일신보』 소설과 그 변화에는 일제 당국의 치밀한 준비와 강력한 의지가 있었던 것은 확인할 수 있었다.

『매일신보』에 실린 작품은 모두 우리 문학이다. 게재 매체가 총독부 기관지이든, 작품이 창작이 아닌 번안이든, 수준이 높거나 낮든 관계없이 그 자체가 우리 근대문학사라는 엄연한 사실은 부정할 수 없다. 작품에 내재된 어떤 의도나 기획과는 상관없이 이 시기 『매일신보』 작품을 통해 우리 근대소설사가 진행되고 있다는 것을 확인할 수 있었다. 소설에 대한 근대적 인식 및 '단편소설' 개념의 확산과 정착이나 소설에 대한 근대적 안목을 갖춘 독자의 성장, 구성과 분량의 조화, 언문일치체 근대소설 문장으로의 변화, 장편소설에 대한 학습의 진전, 근대적 자아의 문제 등 소설의 내용과 형식 모두에서 근대소설로의 뚜렷한 도정이 나타나 있다. 1910년대 『매일신보』 소설들은 1920년대 이후 본격화되는 근대소설의 중요한 토대가 되었던 것이다.

이 책은 김영민, 이경훈, 김재영, 김현주, 백문임 다섯 선생님들의 지도로 완성될 수 있었다. 이 자리를 빌어 다시 한 번 감사드리고 싶다. 특히 지도교수님이신 김영민 선생님께 머리숙여 감사의 말씀을 올린다. 선생님께서는 일본 토쿄에까지 오셔서 지도를 해주셨고, 진정한 연구자의 태도가 어떠해야 하는지를 몸소 보여주고 계신다. 선생님의 지도와 배려에 전혀 보답하지 못하는 자신이 한없이 부끄러울 뿐이다.

이 책의 대부분은 일본 유학 기간 동안 쓰여졌다. 일본에서 이 연구에 집중할 수 있도록 연구 내용은 물론 유학 생활 전반에 걸쳐 세세하게 신경써 주시고 조언을 해주신 일본 국제기독교대학의 지도교수 코지마 야스노리[小島康敬] 선생님께도 진심으로 감사드린다. 또한 낯선 일본에서 생활하는데 있어 일본어 공부는 물론 일본의 관습이나 인간관계, 문화 등 일본의 여러 속살을 경험하게 해주신 사토[佐藤先生ご夫妻] 선생님과 사카사이[坂齊先生ご夫妻] 선생님, 야마다[山田先生ご夫妻] 선생님, 엔도 란코[遠藤藍子] 선생님 등 메구로회[目黒會] 선생님들께도 감사드린다. 연구가 생각대로 진행되지 않거나 고민이 있을 때 불쑥 찾아가도 늘 따뜻하게 맞아주셨던 심원섭 선생님께도 감사를 드리고 싶다. 외국에서 논문을 쓰려니 가장 힘들었던 게 자료 문제였는데, 이 문제는 구인서 선생이 모두 해결해 주었다. 지금도 너무 미안하고 또 고마울 뿐이다.

지금 나는 인천문화재단 한국근대문학관에 있다. 우리 근대문학이 가진 위엄과 의미, 재미 등을 시민들에게 널리 소개하는 일을 하고 있다. 이 책이 나올 수 있게 음으로 양으로 도와주신 이현식 관장님께 진심으로 감사드린다. 그리고 언제나 유쾌한 우리 문학관 식구들과 인천 문화재단의 여러분들에게도 고마움을 전하고 싶다.

2015년 1월,

함태영

차례

제1장
머리말

1. 1910년대 『매일신보』 소설을 바라보는 시각

이 책은 1910년대 『매일신보』 소설을 다양한 측면에서 살펴보고 그 의미를 살펴보려는 데 목적이 있다. 이는 한국 근대소설사에서 차지하는 1910년대 소설의 역사적 의미를 고찰하려는 시도이다.

한국 근대소설사에서 1910년대는 근대계몽기와 1920년대 사이에 위치한 일종의 '과도기'로 인식되고 있는데, 이 시기에 대한 연구는 다른 시기에 비해 상대적으로 빈약하다. 1910년대 소설은 각종 문학사 속의 단편적인 언급[1]을 거쳐 한점돌과 양문규, 이재봉에 의해 그 전반

---

1 백철, 『신문학사조사』, 수선사, 1948; 조연현, 『한국현대문학사』, 현대문학사, 1956; 김윤식·김현, 『한국문학사』, 민음사, 1973.

적인 조명이 이루어졌다. 한점돌은 국권회복이라는 당대의 역사적 과제를 준비론이라는 시대정신으로 설정하고, 이 시대정신이 이 시기 소설에 연관되어 있는 방식에 주목했다.[2] 양문규는 1910년대 소설사의 전개 과정을 사회경제적 토대와의 관련 및 사회의 발전 방향과 관련지어 분석했다.[3] 이 시기 소설이 반봉건과 반제의 문제를 얼마나 담아내고 있으며, 이것이 근대적 사실주의 소설로서의 형상화 문제와 어떻게 관련되어 있는가 하는 것이 중심 내용이다. 이재봉은 1910년대 근대적 교육을 받은 지식인들의 문학관과 그 틀의 형성 과정을 고찰했다.[4] 이 연구에서는 1910년대 현실 속에서 지식인들이 가졌던 문학관과 그들이 만들고 싶었던 문학은 무엇인가 하는 점이 민족관념과 문학과의 관계, 문학 인식 방법, 문학의 현실적 기능, 근대 문단의 형성 등을 중심으로 해명되고 있다. 이들의 연구는 1910년대 한국 근대소설사에 대한 전체적 조망을 가능하게 해준다. 하지만 1910년대 문학 작품의 최대 발표 매체였던 『매일신보』와 그 소설에 대한 연구는 이해조의 '신소설'과 「무정」 등의 일부 작품에 국한되어 있을 뿐이다.

　1910년대 『매일신보』는 조선총독부 기관지이자 유일한 한국어 중앙지였다. 또한 1910년대 내내 소설이나 시, 평론 등 문학 작품의 발표가 가능했던 거의 유일한 매체이자 최대의 문학 행위가 이루어진 매체이기도 했다. 특히 일반 대중을 상대로 하여 매일 발행되는 신문이라는 특징과 게재된 작품 수, 소설과 관련된 다양한 글들의 존재 등은

2　한점돌, 『한국 근대소설의 정신사적 이해』, 국학자료원, 1993.
3　양문규, 『한국 근대소설사 연구』, 국학자료원, 1994.
4　이재봉, 「한국 근대소설의 형성과정 연구」, 부산대 박사논문, 2000.

1910년대 소설(사) 연구에 있어 『매일신보』와 게재 소설들에 대한 연구가 반드시 필요함을 말해준다. 하지만 현재 우리 학계에서 1910년대 『매일신보』 소설에 대한 연구는 매우 단편적으로 이루어져 온 것이 사실이다. 1910년대 초반 집중적으로 발표된 단편소설에 대한 몇몇 논의나 「무정」에 대한 연구, 최근 수행된 번안소설에 대한 연구들이 이를 잘 보여주고 있다.

김현실은 최초로 1910년대 『매일신보』 단편소설에 대한 본격적인 연구를 수행했다. 김현실은 『매일신보』 단편을 양식사적으로 분석하고 이를 소설사적 맥락과 관련하여 그 의의를 구명하고자 했다. 하지만 『매일신보』 단편소설에 대한 연구자의 평가는 그리 긍정적이지 못하다. 이야기 구조가 하나의 공통 유형으로 된 통속 단편에 불과해 문학적 가치는 거의 찾아볼 수 없다는 것이 이 연구의 최종 결론이다.[5] 『매일신보』 단편소설에 대한 부정적인 평가는 양문규도 마찬가지이다. 교술적인 단편양식에 해당하는 『매일신보』 단편소설은 봉건체제의 극복을 도덕개량이라는 소박한 수준에서 제시하는 작품들로 그 형상화 정도가 유치한 교술의 세계에 머물러 있다는 것이다.[6] 한진일은 『매일신보』 단편소설에 대해 매우 적극적인 평가를 시도한다. 한진일은 『매일신보』 단편소설을 세 유형으로 나누고 각각에 대한 구체적인 작품 분석을 거친 뒤, 이 소설들이 1910년대 중반 이후 발표되는 근대

5 　김현실, 『한국 근대단편소설론』, 공동체, 1991.
6 　양문규, 앞의 책, 249쪽. 이 외에 이재봉의 연구도 『매일신보』 단편소설에 대한 연구에 추가할 수 있다. 이재봉은 근대 자본의 논리와 연관하여 『매일신보』 단편소설을 바라본다. 『매일신보』 단편소설의 서사 구조 속에는 근대 이후 새롭게 형성된 자본의 논리가 깊숙이 개입되어 있다는 것이 『매일신보』 단편소설에 대한 이재봉의 결론이다. 이재봉, 『근대소설과 문화적 정체성』, 세종출판사, 2003, 13~42쪽.

단편소설의 소설사적 자양분으로 기능했다고 정리한다.[7]

　　김현실과 양문규의 연구는『매일신보』단편소설을 학계의 연구대상으로 끌어들였다는 점에 그 의의가 있다. 하지만 작품 자체에만 주목함으로써 다소 일면적 성격의 논의가 되고 만 한계가 있다. 한진일의 연구는 1910년대 새로운 지식층의 형성, 매체의 문제, 문단의 형성 등 여러 사회적·문학적 환경과 관련지어 분석함으로써 기존 연구의 수준을 한 단계 끌어올렸다는 의의가 있다. 그렇지만 작품이 게재된 매체에 대한 논의가 미흡하며, 이 시기『매일신보』단편소설이 수행한 소설사적 자양분의 내용에 대한 구체적인 해명이 없다는 것이 아쉬운 점이다.

　　이광수의「무정」은 1910년대 소설사뿐만 아니라 한국 근대소설사전체에서 가장 많이 연구된 작품 중 하나이다. 하지만「무정」에 대한다양한 논의 중「무정」이 처음 발표된『매일신보』라는 매체와 관련한구체적인 연구는 거의 찾아볼 수 없다. 이는 최근 활발하게 수행되고있는 번안소설에 대한 논의들도 마찬가지이다. 박진영은 조중환의「쌍옥루」에서 민태원의「애사」에 이르기까지 원전에 대한 탐색, 원전과의 꼼꼼한 대조, 번안 작가의 이력 추적과 복원, 번안소설의 소설사적 자리매김 등 1910년대『매일신보』번안소설에 대한 연구 성과를 꾸준히 제출하고 있다.[8] 하지만 박진영의 연구에도 번안소설의 등장 맥

7　한진일,「근대 단편소설의 형성과정 연구」, 성균관대 박사논문, 2002, 76~81쪽.
8　박진영,「"이수일과 심순애 이야기"의 대중문예적 성격과 계보」,『현대문학의 연구』23, 한국문학연구학회, 2004; 박진영,「일재 조중환과 번안소설의 시대」,『민족문학사연구』26, 민족문학사학회, 2004; 박진영,「1910년대 번안소설과 '실패한 연애'의 시대」,『상허학보』15, 상허학회, 2005; 박진영,「1910년대 번안소설과 '정탐소설'의 매혹」,『대동문화연구』52, 성균관대대동문화연구원, 2005; 박진영,「역사적 상상력의 번안과 복수의 비등가성」,『민족문학사연구』31, 민족문학사학회, 2006; 박진영,「소설 번안의 다중성과 역사성」,『민족문학사연구』33, 민족문학사학회, 2007; 박진영,「한국의 번역 및 번안소설과 근대소설어의 성립」,『대동문

락이나 독자와의 관계 등 『매일신보』와의 관계에 대한 구체적인 해명은 찾아볼 수 없다. 권용선은 이상협의 「정부원」을 대상으로 작품의 등장 배경, 작가와 원작의 서지, 연극과의 관련성, 번역 양상과 번역의식, 독자 반응 등에 대한 실증적인 분석을 수행한 바 있다.[9] 「정부원」의 등장을 1차 대전과 독자들의 읽을거리에 대한 "코드"의 변화와 관련하여 제시한다든지 근대적 문학의식으로서의 번역의식을 조중환이나 심천풍 등 다른 번안(역)작가들과 변별적으로 제시했다는 점 등은 이 연구가 거둔 중요한 성과이다. 권용선의 연구는 작품이 집필되던 시대 상황이나 작가 의식, 독자 반응에 이르기까지 보다 확장된 시각을 보여주었지만, 게재 매체와 그 매체와의 관련성에 대한 분석은 찾아볼 수 없다. 전은경은 이 시기 『매일신보』 번안소설을 독자 반응과 관련하여 살펴보고 그 의미를 제시했다. 이 연구는 번안소설의 등장을 매체의 정책과 관련지어 제시하고 다양한 독자 반응에 대한 실증적 고찰을 통해 번안소설과 독자 수용 양상에 대한 밀도 있는 분석을 수행하고 있다. 하지만 번안소설의 등장에 대한 매체와의 관련성이 "신문 판매부수 확장 정책"이나 "식민지인들의 시선을 오락적 향락으로 옮기"[10]려는 일제의 정책적 차원 등 단순하고 일면적으로 제시되고 있다. 이들 연구는 모두 매체에 대한 고려가 결여되어 있거나 극히 간략하게 정

화연구』 59, 성균관대 대동문화연구원, 2007; 박진영, 『번역과 번안의 시대』, 소명출판, 2011.

[9] 권용선, 「1910년대 '근대적 글쓰기'의 형성과정 연구」, 인하대 박사논문, 2004.

[10] 전은경, 「1910년대 번안소설 연구」, 경북대 박사논문, 2006, 27쪽. 이 외에 권보드래의 연구를 들 수 있다(권보드래, 「죄, 눈물, 회개」, 『한국 근대문학 연구』 16, 한국근대문학회, 2007). 이 연구는 조중환의 번안소설을 대상으로 하여 번안소설과 '신소설'과의 차이점에 대한 해명과 '죄', '회개', '눈물'을 번안소설을 읽는 코드로 설정함으로써 조중환 번안소설에 대한 깊이 있는 이해를 보여주고 있다. 하지만, 매체나 독자 반응 등 작품을 둘러싼 다른 요소들에 대한 분석이 빠져 있는 점은 기존 연구들과 마찬가지이다.

리되어 있어 당시 번안(역)소설의 등장 맥락과 경향의 변화 등에 대한 이해에는 한계가 있는 것이 사실이다.

1910년대 『매일신보』 소설에 대한 연구는 김영민의 연구를 계기로 새로운 국면을 맞이한다. 김영민은 최초로 1910년대 『매일신보』 전체 소설에 주목하여 각종 서사 자료의 존재 양상을 실증적으로 제시했으며, 이 시기 『매일신보』 소설이 전·후반기 각각 대중소설과 지식인소설로 구분할 수 있음을 논증했다.[11] 이 연구는 작품 자체는 물론 작품이 게재된 『매일신보』의 매체적 특성, 사용 문체, 독자 문제까지 두루 고려하여 작품을 분석하고 그에 문학사·소설사적 의미를 부여했다는 데 그 의의가 있다. 특히 1910년대 중·후반 『매일신보』를 통해 본격화되는 이광수의 각종 문필활동을 조선총독부의 정책 변화라는 큰 틀에서 『매일신보』에 의한 발탁의 과정 및 결과로 제시한 것과 「무정」이 거둔 최초의 독자통합에 대한 소설사적 의의 부여는, 이후 『매일신보』 소설 및 이광수에 대한 새로운 연구 방향을 제시했다고 판단된다. 김재영은 『매일신보』 소설 개념에 대해 정리했다. 김재영은 『매일신보』 소설을 장형서사와 '응모단편소설'로 구분한 뒤 이를 작가, 소설의 흥미성, 매체 등의 문제와 연관지어 분석했다. 김재영은 이를 통해 이 시기 『매일신보』의 소설이 "당대적 현실을 사건과 인물들의 형상화를 통해 보여주는 이야기"이며, 동시에 "한국 소설이 갖고 있었던 다양한 가능성이 축소되는 과정"[12]으로 제시했다. 이희정의 연구는 1910년대

---

11 김영민, 「1910년대 신문의 역할과 근대소설의 정착 과정」, 『현대문학의 연구』 25, 한국문학연구학회, 2005.

12 김재영, 「1910년대 '소설' 개념의 추이와 매체의 상관성」, 『한국 근대 서사양식의 발생 및 전개와 매체의 역할』, 소명출판, 2005, 252~253쪽.

『매일신보』소설 전체를 대상으로 하여 작품 자체는 물론 매체의 특성 및 총독부의 식민담론까지 살펴본 최초의 학위논문이다. "신문매체의 강력한 영향 속에서 변화·발전하며 근대문학적 성취"[13]를 거두었다는 것이 1910년대 『매일신보』소설에 대한 이 연구의 최종 결론이다. 다만 이 연구에서는 작품과 매체와의 관계 및 작품과 식민담론과의 관계, 작품과 독자와의 관계에 대한 고찰이 소박하게 처리되어 있어 "신소설' → 조중환 번안소설 → 서구소설 번안'으로 변화되는 『매일신보』소설 경향 변화의 계기가 구체적으로 해명되지 않고 있다. 이 외에 이영아도 1910년대 『매일신보』소설에 대한 통시적 고찰을 수행한 바 있다. 이영아는 이 시기 『매일신보』소설을 1910~1911년, 1912~1913년, 1914~1916년, 「무정」 등 총 네 단계로 구분한다.[14] 이들 네 단계를 관통하는 것은 『매일신보』의 연재소설이 신문구독자를 증가시키기 위한 『매일신보』 전략의 일환이라는 점이다. 하지만 각 단계별 변화 요인 또는 계기가 극히 간략하거나 피상적으로 제시되어 있으며, 「무정」 이후에 대한 논의가 없다는 점이 아쉽다.

이상의 연구사 검토를 통해, 1910년대 『매일신보』소설에 대한 연구는 몇몇 작품을 대상으로 단편적으로 이루어졌으며, 본격적인 연구는 이제 막 시작 단계에 들어섰음을 알 수 있다. 그 동안 『매일신보』소설

---

13 이희정, 「1910년대 『매일신보』 소재 소설 연구」, 경북대 박사논문, 2006, 191쪽.

14 이영아, 「1910년대 『매일신보』 연재소설의 대중성 획득 과정 연구」, 『한국현대문학연구』 23, 한국현대문학회, 2007. 이 외에 게재 소설을 대상으로 한 것은 아니지만, 다음의 권보드래의 연구도 1910년대 『매일신보』 연구에 추가할 수 있다(권보드래, 「1910년대의 새로운 주체와 문화」, 『민족문학사연구』 36, 민족문학사학회, 2008). 권보드래는 이 연구에서 1910년대 『매일신보』를 통해 당대 대중의 존재를 구명하고 있다.

에 대한 논의가 활발하지 못했던 데에는『매일신보』가 조선총독부 기관지라는 것과 게재된 소설들이 문학적 가치가 결여된 통속소설이라는 것, 많은 작품이 창작이 아닌 외국작품의 번안이나 번역이라는 점 등이 크게 작용했다. 하지만『매일신보』가 1910년대 최대의 작품 발표 매체였다는 점과 100편에 가까운 장·단편소설이 게재되어 있다는 점, 이들 작품이 당대 독자대중에게 크게 환영을 받았으며 대부분의 작품이 한글로 되어 있다는 점 등은『매일신보』와 그 게재소설에 대한 연구가 반드시 필요함을 일깨워준다. 이는 1910년대 한국 근대소설사에 대한 올바른 조망을 위해서도 반드시 필요한 작업이다.

2. 총독부 기관지 소설을 보는 방법

한국 근대소설의 발생 및 정착에 있어 신문이라는 근대 매체와의 상호 관련성 및 영향관계는 매우 중요하다.[15] 이는 크게 두 방향에서 살

---

[15] 한국 근대문학(소설)과 발표 매체와의 관련성에 대한 연구가 활성화된 것은 1990년대 후반부터이다. 한국 근대소설과 발표 매체에 대한 주요 연구 업적을 단행본 중심으로 정리하면 다음과 같다. 김영민,『한국 근대소설사』, 솔, 1997; 정선태,『개화기 신문 논설의 서사 수용 양상』, 소명출판, 1999; 한기형,『한국 근대소설사의 시각』, 소명출판, 1999; 권보드래,『한국 근대소설의 기원』, 소명출판, 2000; 김윤규,『개화기 단형서사문학의 이해』, 국학자료원, 2000; 연세대 근대한국학연구소,『근대계몽기 단형 서사문학 연구』, 소명출판, 2005; 연세대 근대한국학연구소 기초학문연구팀,『한국 근대 서사양식의 발생 및 전개와 매체의 역할』, 소명출판, 2005; 김영민,『한국 근대소설의 형성과정』, 소명출판, 2005; 한기형 외,『근대어·근대매체·근대문학』, 성균관대 대동문화연구원, 2006; 김영민,『한국의 근대신문과 근대소설』1(대한매일신보), 소명출판, 2006; 김영민,『한국의 근대신문과 근대소설』2(한성신보), 소명

퍼볼 수 있다. 우선, 신문이 근대계몽기 '서사적 논설'을 비롯한 각종 단형서사 이래 많은 작품들의 발표 매체였다는 점이다. 근대계몽기와 1910년대를 대표하는 이인직의 「혈의누」와 이광수의 「무정」이 신문을 발표 매체로 했다는 사실은 한국 근대문학의 출발과 성장에 신문 매체의 역할이 얼마나 큰 것이었나를 상징적으로 보여준다.[16] 둘째, 근대계몽기 '서사적 논설'이래 근대소설 작가의 상당수가 작품이 게재된 신문의 기자였다는 점이다.[17] 이는 1910년대 『매일신보』의 경우 특히 현저하다. 초기 소설란을 독점했던 이해조를 비롯하여 조중환, 이상협, 민태원 등은 1910년대 『매일신보』 기자로 재직하면서 소설을 발표했기 때문이다.[18]

1910년대 『매일신보』 소설을 고찰함에 있어, 소설을 게재한 또는 소

출판, 2008; 박진영, 『번역과 번안의 시대』, 소명출판, 2011; 김영민, 『문학제도 및 민족어의 형성과 한국 근대문학(1890~1945)』, 소명출판, 2012; 박진영, 『책의 탄생과 이야기의 운명』, 소명출판, 2013; 김영민, 『한국의 근대신문과 근대소설』 3(만세보), 소명출판, 2014.

16 이 같은 지적은 이미 1930년 무렵부터 제기되었던 것으로 보인다. 신경순은 1930년 중반 무렵 다음과 같이 언급하고 있기 때문이다. "당연히 감사할 두 개의 「쩌-날리슴」 (…중략…) 「쩌날리슴」이란 것이 업섯드면 오눌까지의 문단이 엇더하얏슬가 함이다 (…중략…) 고 이인직씨의 신경향소설이 「쩌-날리슴」에서 출발하야 춘원 이광수씨의 걸작이라고 흠가(欽歌)되는 「무정」에 이르러 조선문단의 한 저작형을 구치엇고"(중외일보사 신경순, 「쩌-날리슴(新聞調)과 문학」, 『철필』, 1930.7, 34쪽).

17 이 외에 임화는 「저널리즘의 발생과 성장」(1939)에서 신문과 잡지가 근대소설의 발생에 있어 "새 문학의 표현형식인 언한문체와 언문일치 문장을 발견하고 보급시킨 막대한 공적"을 지적하고 있다(임규찬·한진일 편, 『임화 신문학사』, 한길사, 1993, 72~73쪽 참조).

18 작품 발표 당시를 기준으로 하면, 기자가 아닌 경우는 단편소설의 작가들과 이인직(「모란봉」, 1913), 이광수(「농촌계발」·「무정」·「개척자」, 1916~1918) 정도이다. 『매일신보』 단편은 거의 대부분이 현상응모된 작품이며, 작품 발표 당시 이인직은 경학원 사성, 이광수는 일본 와세다대학 철학과 학생이었다. 하지만 이인직은 "장한몽의 조일제, 국초 이인직과 함께 한동안 『매일신보』에 기자로 잇슨 적 잇는데"라는 구절을 통해 『매일신보』 기자로 인식되기도 했던 것 같다(「문인기담」, 『삼천리』, 1934.9, 238쪽). 이광수는 1917년 「무정」 연재 직후 『매일신보』 "특파원", 즉 객원기자에 임명되어 「오도답파여행」을 연재하게 된다(「오도답파여행도정」, 『매일신보』, 1917.6.28; 「이광수씨 동도」, 『매일신보』, 1917.9.15 참조).

설이 게재된 『매일신보』라는 매체는 매우 중요하다. 1910년대 『매일신보』 소설은 『매일신보』라는 '신문'에 게재된 '소설', 즉 '신문소설'이다. 따라서 1910년대 『매일신보』 소설은 먼저 '신문소설'이라는 관점에서 살펴보아야 한다.

> 신문소설은 신문이란 일간지에 날마다 연재되는 소설을 이른다. 그런 점에서 신문소설은 신문과 뗄 수 없는 관계 때문에 소설로서의 독자성보다는 신문의 일부로서의 성격을 더 강하게 지니고 있다.[19](특별한 언급이 없는 한 인용문의 강조는 모두 인용자가 한 것이다. 이하 같다.)

이 같은 신문소설에 대한 개념 정리는 신문소설과 신문이라는 매체와의 유기적 관련성을 강력히 환기한다. 즉 신문소설도 신문에 게재되는 이상, "기사의 속성과 유사"[20]함을 그 특징으로 한다. 이는 신문소설이 신문의 배포 조건에 좌우된다는 점과 연결지을 수 있다. 신문소설은 게재되는 신문이 조석간이냐는 것은 물론 신문의 종류나 논조의 경향, 구독자의 계층 등과도 밀접하게 관련되어 있다.[21] 이러한 신문소설은 신문의 여러 기능 중 특히 오락기능의 하나로 게재된다. 신문에 소설을 싣는 일차 목적은 재미있는 작품을 통해 구독자를 확보 또는 유지하고 증가시키려는 데 있다. 따라서 훌륭한 신문소설의 요건은 사건과 감동의 적절한 배치를 통해 줄거리의 흥미를 유지시켜 끊임없이

---

19 임성래, 「신문소설의 입장에서 본 「혈의 누」」, 『신문소설이란 무엇인가?』, 국학자료원, 1996, 9쪽.
20 위의 책, 9쪽 참조.
21 쟈끄 구아마르, 김중현 역, 「대중소설의 형태상의 구조들」, 『대중문학이란 무엇인가?』, 평민사, 1995, 133~140쪽 참조.

독자의 애간장을 태우는 데 있다고 할 수 있다.[22] 이러한 신문소설을 통한 독자 확보 전략은 신문사의 유지와 관련된 경영 전략의 하나이기도 하다.[23] 따라서 신문소설은 작품이 게재되는 신문사나 신문의 입장 또는 논조로부터 결코 자유로울 수 없으며 독자에 대한 고려가 최우선시되는 소설이라고 할 수 있다.

이러한 신문소설과 게재 매체와의 유기적 관련성은 한일 강제병합 직후인 1910년대에 특히 그 정도가 더하다고 할 수 있다. 이는 '무단통(정)치기'라는 1910년대 시대적 현실에서 비롯된다. 초대 조선 총독인 테라우치 마사타케[寺內正毅]에 의해 행해진 '무단통(정)치'는, 잘 알려진 대로 강력한 탄압을 통한 조선 민중의 철저한 우민화를 목표로 한 것이었다. 1910년대 '무단통(정)치'는 당시 조선인으로 하여금 "불감언(不敢言), 불감노(不敢怒), 불감행(不敢行)"하게 하는 것을 본질로 했다. 초대 총독 테라우치는 "야인(野人)"(당시 조선인을 가리킴 ─ 인용자)을 잘 다스려 "우중(愚衆)"을 만드는 데 힘을 기울인 인물이다.[24] 이 같은 강압적·억압적인 분위기는 언론정책에도 그대로 구현되어, 강제병합과 동시에 모든 신문들이 총독부 기관지로 통폐합되는 언론의 "암흑기" 또는 "언

---

22 이브 올리비에 마르땡, 임성래·김중현 역, 「프랑스 대중소설사 발생」, 『신문소설이란 무엇인가?』, 국학자료원, 1996, 269쪽 참조.

23 이는 서구와 일본의 경우도 마찬가지이다. 1840년대 신문소설이 본격화되는 프랑스의 경우, "재미있는 소설을 게재하면 정기구독자를 더 확보할 수 있을 것"이란 아이디어에서 신문에 소설 게재가 시작되었으며, 연재되는 소설에 따라 신문 구독자 수의 변동이 컸다고 한다(김중현, 「프랑스의 신문소설」, 『신문소설이란 무엇인가?』, 국학자료원, 1996, 63~69쪽 참조). 일본은 1870년대 후반 흥미 중심의 상업지로 시작된 소신문들이 소설을 연재하면서 구독자가 폭발적으로 증가하고 당시 민중들에게 읽을거리를 제공했던 책 대여상의 퇴장을 불러왔다고 한다(本田康雄, 『新聞小說の誕生』, 東京 : 平凡社, 1998, 62~98쪽 참조; 마에다 아이, 유은경·이원희 역, 『일본 근대 독자의 성립』, 이룸, 2003, 143~151쪽 참조).

24 나산, 「조선 정치의 과거와 현재」, 『개벽』, 1925.3, 36쪽.

론부재시대"[25]를 맞게 된다. 또한 강제병합 직후 언론 통폐합의 주역이자 총독부 기관지의 총책임자였던 토쿠토미 소회德富蘇峰는 당시 조선인들에게 언론 자유를 허락하는 것은 매우 위험한 일이라 생각했을 정도로 매우 억압적 식민지 언론관을 가지고 있었다.[26] 『매일신보』는 이 같은 1910년대의 엄혹한 현실 속에서 총독부 기관지이자 유일한 한국어 중앙지로 발행된 신문이었다. 이러한 시대적 언론 현실 속에서 총독부의 안정적인 재정적 뒷받침 아래에서 한글 기관지로 발행된 『매일신보』의 소설들은 이 같은 매체적 특성에 크게 긴박되어 있을 수밖에 없었다.

따라서 1910년대 『매일신보』라는 신문에 게재된 '신문소설'에 대한 연구는, 『매일신보』라는 매체적 특징이 우선 규명되어야 함은 물론, 『매일신보』라는 매체적 특징과 게재소설이 아울러 고찰되었을 때 보다 완전한 성과 도출이 가능할 것임을 알 수 있다. 여기에서 중요한 것은 『매일신보』가 일제강점기 조선총독부 기관지라는 사실이다. 『매일신보』는 자신들이 총독부 기관지이며 천황과 총독의 대방침을 받들어 실행하는 기관이라는 것을 식민지 시기 내내 대대적으로 공표・선전했다. 이러한 매체적 특징은, 1910년대 『매일신보』 소설이 총독부 기관지 기사의 속성과 '유사'하며, 기관지의 '배포 조건'과도 밀접한 관련이 있음이 동시에 고려되면서 고찰되어야 함을 시사한다.

하지만 앞에서 살펴본 신문소설 개념을 1910년대 『매일신보』 소설

---

25 이종수, 「조선신문사」, 『동광』, 1931.12, 73쪽; 하정, 「조선신문발달사」, 『신동아』, 1934.5, 56쪽; 차상찬, 「조선신문발달사」, 『개벽』, 1935.3, 8쪽; 김근수, 「무단정치시대의 잡지개관」, 『한국잡지개관 및 호별목차집』, 영신아카데미 한국학연구소, 1973, 111쪽.
26 강동진, 『일본언론계와 조선』, 지식산업사, 1987, 139~141쪽 참조.

연구에 도입하는 것은 매우 신중을 기해야 한다. 이도 역시 이 신문이 조선총독부 기관지라는 데에서 기인하는 문제이다. 신문소설은 일차 목적이 독자 확보에 있으며, 신문사 경영 전략의 하나임을 살펴본 바 있다. 소설을 신문에 게재하여 독자를 확보하는 것은 신문사의 유지 및 운영, 즉 자본의 논리와 직결되어 있기 때문이다. 사회 계도의 기능을 무시할 수 없지만, 엄밀하게 말해 신문사도 영리를 추구하는 기업의 하나이다. 해방 이전 한국의 많은 신문들이 발행과 정지를 반복한 것이나, 수명이 그리 길지 못했던 것은 일제의 가혹한 검열과 탄압에 주 원인이 있지만, 자본 문제로 인한 경영난도 결코 무시하지 못할 이유 중 하나였다.

하지만 『매일신보』는 이러한 운영자금 부족으로 인한 경영난에서 자유로운 매체였다. 이는 『매일신보』가 조선총독부의 안정된 재정적 뒷받침 아래 발간된 총독부 기관지였기 때문이다. 구독료 회수나 광고비 등 신문사의 수익과 직결된 경제적 문제로부터 자유로웠다는 사실은 신문소설의 일반적 특징과 결정적으로 갈라서는 지점이다. 그렇다면 『매일신보』가 1910년대 내내 소설을 게재하지 않은 날이 없을 정도로 소설에 커다란 관심을 가졌던 것은 무엇을 뜻하는 것인가.

『매일신보』의 소설도 신문소설인 이상, 그것이 소설을 통한 독자 확보 전략의 일환인 것은 분명하다. 이는 『매일신보』의 궁극적인 발행 목적이 영리 추구가 아닌 천황과 총독의 대방침을 받들어 실행하는 데 있다는 점에서 찾아야 한다. 다소 성급히 결론을 말하면, 『매일신보』는 소설을 통해 최대한의 독자를 확보하면서 그들에게 『매일신보』 본연의 임무, 즉 총독부 이데올로기를 선전·주입하고자 했던 것이다. 더구나 강제병합 직후인 1910년대는 최대한 신속히 총독정치를 선전하고 식민체제를 안착시켜야 했다. 이 시기 총독부와『매일신보』는 총독정치의 선전과 그를 통한 식민체제의 안착을 위해 한글로 된 유일한 언론 매체인『매일신보』를 최대한 많은 조선 사람들에게 읽혀야 했는데, 그 방법[27]의 하나로 채택된 것이 신문소설이었다. 결국『매일신보』의 소설은 총독부 기관지로서의 임무를 다하기 위한 독자 확보 전략의 하나였다. 그렇다면 1910년대『매일신보』에서 보이는 소설 경향의 변화도 이러한 독자 확보책이라는 점과 관련지어 바라보아야 한다. 여론과 시세 추이에 민감할 수밖에 없었던『매일신보』는 독자들의 변화나 기호를 순발력 있게 파악하여 그에 적절한 소설을 제공해야 했기 때문이다.[28]

이러한 시각과 전제하에서, 1910년대『매일신보』전 지면이 이 책의 연구 대상에 포함되며, 그 중에서 소설 작품에 가장 우선적인 관심과 주의를 집중하려고 한다. 이를 위해 먼저 모든 게재 소설 및 소설과 관련된 글에 주목할 것이다. 소설에 대한 논설(사설)과 칼럼을 비롯해 게재(연재) 예고, 독자 반응(독자투고), 신간 소설에 대한 서적평, 광고 등이 그것이다. 이 중 소설에 대한 논설 및 칼럼과 게재(연재) 예고가 특히 중요하다고 판단된다. 이들 자료에는 소설에 대한 신문사의 직접적인 인식과 소설을 통해 기대하는 독자(상) 및 그 독자들에 대한 희망 등이 들어 있기 때문이다.

하지만, 여기서 문제가 되는 것이 다양한 형태로 나타나 있는 소설

---

27 이 시기『매일신보』의 독자 확보책은 지방 행정 조직을 이용한 강제 구독과, 연극할인권 등의 경품 제공, 신문사가 주최하는 여러 행사에 독자들에 한해 각종 편의를 제공하는 것 등이 있었다.
28 『매일신보』는 이를 "여세추이(與世推移)"로 표현한다('사설', 「아보와 삼천」,『매일신보』, 1916.3.4).

에 대한 독자들의 반응(독자투고)이다. 1911년 8월 22일 처음 등장한 독자투고는 연속적이진 않지만, 1910년대 내내 꾸준히 게재된다.[29] 짤막한 단평에서 전문비평적 수준의 글들에 이르기까지, 소설에 대한 독자들의 반응은 매우 다양하다. 소설과 독자와의 관련성은 무시하거나 결코 가볍게 다룰 수 있는 사안이 아니다. 그런데 1910년대『매일신보』소설에 대한 다양한 독자 반응을 당시 독자들의 실제 반응이나 경향으로 일반화하는 것은 매우 위험하다.『매일신보』소설이 점차 인기를 얻게 되면서 독자들의 반응도 크게 증가하는데 작가들은 이에 대해 작가로서의 심경을 밝히기도 한다.[30] 하지만 이러한 수많은 독자 반응 중 실제 지면에 게재되는 것은 극히 일부분이다. 이는 물론 신문사의 취사선택, 즉 필터링(filtering) 작업의 결과이다. 따라서 게재된 독자반응은 그만큼 신문사의 기준에 부합하는 내용일 것임은 쉽게 추측할 수 있다. 또한 독자투고문은 신문사 기자에 의해 쓰여지기도 했다는 점도 매우 중요하다. 1912~1918년『매일신보』기자를 역임한 정우택은 자신이 "독자구락부(讀者俱樂部)"를 썼음을 자랑스럽게 회고하고 있다.[31]

---

29 독자투고란의 명칭은 그 게재의 연속성만큼이나 일정하지 않다. 이를 일별하면 다음과 같다.

번호	기간	명칭
1	1911년 8월 22일	독자구락부(讀者俱樂部)
2	1912년 3월 1일~8월 23일	도청도설(繪聽塗說)
3	1912년 8월 24일~10월 23일	사면팔방(四面八方)
4	1912년 11월 6일~1913년 12월 4일	讀者俱樂部 / 독자구락부
5	1913년 12월 5일~7일	민일구락부
6	1913년 12월 12일~1914년 1월 11일	투서함
7	1914년 1월 13일~1916년 2월 15일 1919년 6월 16일~	독자긔별

30 "쓰는 사롬의 한갓 귀즁혼 긔념되는「독쟈의 쇼리」는「눈물」과「뎡부원」쎠의 것과 합ㅎ야 손그릇에 싸여 잇기 임의 놉하서 별로히 시간을 잡지 안이ㅎ면 슈효롤 셰이기 어렵게 되얏노라"와 같은 것이 대표적이다(하몽, 「「해왕셩」 즁간에 잠시 멈츄고」, 『매일신보』, 1916.7.11).
31 정우택, 「초대긔자회상록」, 『개벽』, 1935.3, 62쪽 참조. 하지만 1910년대 독자들의 반응이 모

따라서 이러한 독자들의 반응은 철저히 객관적으로 바라보아야 한다. 1910년대『매일신보』독자 반응을 당대 독자들의 실제 모습으로 간주하는 것은 게재 매체인『매일신보』의 이념을 은폐하는 것이 될 수 있다.『매일신보』의 이념이나 논조에 의해 구성 또는 취사선택되었을 가능성도 얼마든지 있기 때문이다. 이러한 전제 하에 이 책에서는 독자들의 반응을 그 내용과『매일신보』의 의도는 물론 성별, 직업, 사용 문체까지 고려하여 살펴보고자 한다.

둘째, 1910년대『매일신보』뿐만 아니라 같은 시기 발행된 다른 매체와 이를 둘러싼 각종 국내외 문화적 상황 등에 대해서도 아울러 살펴볼 것이다. 1910년대『매일신보』소설 경향의 변화에는 신문사의 내적 요인뿐만 아니라 외부적 환경과 그 변화도 매우 중요하게 작용했다. 당시 독자대중들은 신문뿐만 아니라 연극, 영화 등 다양한 문화적 환경에 노출되어 있었기 때문이다. 따라서 신문 내적 측면 외에 당시 대중들이 어떤 문화적 기제들을 접했는지에 대한 고찰도 반드시 필요한 작업이라고 할 수 있다. 특히『매일신보』가 총독부 기관지인 만큼 총독부의 식민 지배 정책이나 국내외 정세 등에 대해서도 주의 깊게 살펴보려고 한다.

두 신문사의 창작이라고 할 수는 없다. 창작의 범위에 대한 명확한 증거가 없기 때문이다.

제2장

총독부 기관지와 게재소설

1. 『매일신보』의 매체적 특징

『매일신보』는 조선총독부의 기관지로 한말 최대의 민족지였던 『대
한매일신보』를 계승한 신문이다. 1910년 8월 29일 강제병합을 단행한
일제는 『대한매일신보』의 '대한' 두 자를 떼어 『매일신보』로 개제(改題)
한 뒤, 1910년 8월 30일 강제병합 후 첫호를 발행했다.[1] 이 신문은 일제
강점 36년 내내 하루도 거르지 않고 발행된 유일한 한국어(한글) 신문

---

1   신문의 이름은 바뀌지만, 지령은 계승된다. 1910년 8월 30일의 강제병합 후 첫호는 제1호가
    아닌 제1462호(국문판은 제939호)이다. 강제병합 전 통감부는 강력한 항일언론이었던 『대
    한매일신보』를 집요한 공작 끝에 1910년 6월 초순 매수하는데 성공한다. 『대한매일신보』가
    실질적으로 일제 당국에 넘어간 것은 강제병합보다 앞섰던 것이다. 강제병합 전 일제의 『대
    한매일신보』 매수에 대해서는 다음의 연구를 참고할 수 있다(정진석, 『한국언론사연구』, 일
    조각, 1988, 246~249쪽; 정진석, 『언론조선총독부』, 커뮤니케이션북스, 2005, 20~23쪽).

이다. 특히 1910년대는 조선총독부의 억압적인 언론 탄압 정책으로 인해『매일신보』만이 당시 한국에서 발행된 유일한 우리말 신문이었다.

조선총독부는 강제병합과 동시에 강력한 언론 통제 정책을 시행하여, 당시 발행되고 있었던 신문들을 모두 폐간시킨 뒤『경성일보(京城日報)』(일본어),[2]『매일신보』(한국어), *The Seoul Press*(영어) 등 세 개의 총독부 기관지만을 남긴다. 이 과정에서『매일신보』는『경성일보』로 흡수되어『경성일보』의 산하 조직으로 재편된다. 총독부의 이러한 언론통폐합은 비판적인 언론을 봉쇄하고 나아가 식민지의 언론기관을 독점해 정책을 선전하거나 식민통치를 원활하게 수행하기 위한 데 그 목적이 있었음은 물론이다.

이러한 언론 정책은 총독부가 아닌 당시 일본『국민신문(國民新聞)』의 사장이었던 토쿠토미 소호(德富蘇峰, 1863~1957, 본명 토쿠토미 쇼이치로[德富猪一郎])에 의해 추진된다. 초대 조선총독이었던 테라우치는 강제병합과 함께 식민지의 언론 정책에 대한 자문은 물론 총독부 기관지의 모든 운영을 토쿠토미에게 위탁한다. 토쿠토미는 잡지『국민지우(國民之友)』와『국민신문』의 창설자로 당시 일본에서는 거물언론인으로 이름이 높은 인물이었다.

당초 총독부는 미리 매수한『대한매일신보』만 토쿠토미에게 맡기려 한 것으로 보인다. 하지만 모든 언론을 통폐합하여 총독부 기관지로 일원화하자는 토쿠토미의 의견이 총독부에 받아들여져,[3] 거의 모

---

2 이 신문은 1906년 초대 조선통감이었던 이토 히로부미[伊藤博文]가『대한매일신보』에 대항하기 위해『한성신보』와『대동일보』를 매수하고 직접 신문사 이름까지 지어 관리했던 통감부 기관지였다(藤村生,「京城日報社由來記」,『朝鮮及滿洲』, 1924.9, 38쪽).

3 德富蘇峰,「忠僕生活八年」,『경성일보』, 1933.4.27; 德富蘇峰,「蘇峰自傳」,『日本人の自傳』5, 東

든 신문들의 폐간[4]과 『매일신보』의 『경성일보』로의 흡수가 단행되었다.[5] 총독부의 총독부 기관지 위탁 요청을 수락한 토쿠토미는 1910년 9월 16일 서울에 와 약 한 달에 걸쳐 총독부 기관지의 인수를 총지휘하는 등 총독부의 언론 정책을 집행하게 된다.[6]

〈표 1〉 토쿠토미의 총독부 기관지 인수 행적[7]

날짜	행적 및 내용
9월 17일	총독부 회계국장 코다마와 『매일신보』 인수 협의, 총독 테라우치에게 『경성일보』로의 일원화를 요구하는 의견서 전달
9월 20일	코다마로부터 테라우치의 승낙 통보받음
9월 28일	경무총감 아카시 관저에서 『경성일보』 사장 오오카의 사표 수리, 아카시와 『매일신보』에 관한 건을 확정
10월 1일	아카시 및 테라우치와 서명약정서 교환
10월 7일	『매일신보』와 일진회 기관지 『국민신보』 인수일 확정
10월 8일	테라우치에게 언론통폐합 관련 사항 보고
10월 10일	오전 『매일신보』, 오후 『국민신보』[8] 각각 인수 완료, 정운복과 나카무라 켄타로에게 남은 작업 위임
10월 14일	귀국

京 : 平凡社, 1982, 259~262・294~296쪽.

4 강제병합 직후의 언론사 통폐합에 대해서는 다음의 연구를 참고할 수 있다. 정진석, 『언론조선총독부』, 커뮤니케이션북스, 2005, 63~66쪽.

5 토쿠토미의 언론통폐합은 당시 조선에 언론의 자유를 허용해서는 안 된다는 논리라고 할 수 있다. 실제 토쿠토미는 당시(1912) 한 기행문에서 다음과 같이 쓰고 있다. "조선인처럼 공론을 좋아하는 백성은 없다. 조선인처럼 당쟁을 좋아하는 자도 없다 (…중략…) 그러한 조선인을 향하여 서양식의 공리공론을 고취한다면, 아마도 조선은, 사회사상 혁명사상 모반사상의 온실이 될는지 모를 일이다 (…중략…) 그런데도 조선에 대하여 무제한에 가까운 언론의 자유를 주장하는 것은 실로 위험천만하다."(강동진, 『일본 언론계와 조선』, 지식산업사, 1987, 139~141쪽 참조)

6 1910년대 『매일신보』에 실질적 권한을 행사했던 나카무라 켄타로[中村健太郎]의 다음과 같은 회고도 좋은 참고가 된다. "경성에는 당시 많은 신문이 있었다. 언론 통일을 위해 그들 신문은 모두 매수하여 『경성일보』 하나로 정리하려는 것이었다. 토쿠토미가 가장 먼저 착수한 것은 이 신문 매수에 관한 일이었다."(中村健太郎, 『朝鮮生活 50年』, 熊本 : 青潮社, 1969, 49쪽)

7 「朝鮮所得簿」, 『德富蘇峰記念館所藏 民友社關係資料集』, 東京 : 三一書房, 1985, 356~357쪽;

- 『경성일보』와 『매일신보』의 감독에 토쿠토미를 위촉한다, 『매일신보』는 특별 회계로 하고 당분간 신문사 내에 별도의 주관자를 둔다

- 이 신문들은 총독 및 총독부를 본위로 하고 그 시정 목적의 달성에 노력한다

- 감독자는 당국자에 대해 일체의 책임을 진다

- 당분간 『경성일보』에는 매월 1,500엔, 『매일신보』에는 600엔을 각각 보조한다

- 감독자는 내지(일본)로부터 논설과 기타 기사를 작성하여 보내기로 한다

- 감독자는 때때로 경성에 출장하여 사무를 감독하며, 그 회수는 1년에 2회 이상으로 한다

- 『매일신보』는 당분간 종래의 기계활자 등을 사용하고, 임시확장비로 5,000엔 이내에서 점차 지급한다

1910년 10월 1일[9]

〈표 1〉은 강제병합 직후 약 한 달에 걸친 토쿠토미와 총독부의 언론 통폐합 및 『경성일보』와 『매일신보』의 인수 과정을 정리한 것이다. 표 밑의 인용은 1910년 10월 1일 테라우치와 토쿠토미가 서명하고 교환한 『매일신보』 인수 및 경영에 관한 서명약정서의 주요 내용이다. 위의 약정서대로 토쿠토미는 총독부의 위임에 의해 『경성일보』와 『매일

「寺內總督の新聞統一政策」, 『時事新報』, 1910.10.2, 『本編 明治ニュース事典』 第八卷, 東京：每日コミュニケーションズ, 1986, 496쪽 참조.

8 『국민신보』에 앞서 『매일신보』는 강제병합과 동시에 1910년 9월 1일자로 이완용 내각의 기관지인 이인직이 사장으로 있던 『한양신문』을 인수한 바 있다('특별광고'·'사고', 『매일신보』, 1910.9.1).

9 「新聞整理二關スル取極書」, 『德富蘇峰記念館所藏 民友社關係資料集』, 東京：三一書房, 1985, 342~343쪽. 서명약정서는 모두 19개 조항으로 되어 있는데, 여기에서는 『매일신보』 관련 내용만 인용했다.

신보』의 총책임자가 된다. 하지만 토쿠토미는 늘 서울에서 일을 볼 수 있는 처지가 아니었기 때문에, 자신은 감독이 되고『경성일보』와『매일신보』의 실제 경영은 일본『국민신문』의 간부 출신들에게 위임한다. 당국자인 총독부가 운영 자금을 부담하고 토쿠토미와 일본의『국민신문』이 신문의 운영 실무를 맡는 체제인 것이다. 이러한 체제는 토쿠토미가 물러나는 1918년까지 유지된다.[10]

강제병합 후『매일신보』는 독립된 언론기관이 아닌 총독부 기관지로서,『경성일보』편집국에 소속된 하나의 부서로 출발하게 된다.[11] 『경성일보』편집국 산하에서 편집만 따로 했을 뿐,[12] 편집을 제외한 영업이나 광고 등『매일신보』의 모든 업무는『경성일보』가 담당하는 체제였다. 당시『매일신보』는『경성일보』의 철저한 관리·감독 하에서 편집·제작된 것이다. 1910년대『매일신보』의 주요 인물을 정리하면 다음 쪽의 표와 같다.

---

10 정진석,『언론조선총독부』, 커뮤니케이션북스, 2005, 69쪽. 실제 토쿠토미는 감독으로 재직하면서 1년에 4~5차례씩 서울에 와 사무를 감독하면서 논설이나 기사를 집필했다. 토쿠토미는 이에 대해『국민신문』에 소홀히 할 만큼『경성일보』의 "충복"이었으며,『경성일보』에 관계한 8~9년은 생애에 있어 아주 "유쾌"했다고 회고한 바 있다(德富蘇峰, 「忠僕生活八年」,『경성일보』, 1933.4.27).

11 『매일신보』가 본격적인『경성일보』산하 조직이 되는 것은 1911년부터이다. 독립된 공간에서 발행되던『매일신보』가『경성일보』사옥 구내로 이전·발행되는 것이 1911년 1월 1일부터이기 때문이다.

12 1910년대『매일신보』기자를 역임한 남상일은 당시 편집국 모습에 대해 다음과 같이 회고하고 있다. "당시「매신」은 일문지(日文紙)『경성일보』의 일부였다. 북쪽 일구(一區)는 매신 편집부, 남쪽은 경일(京日) 편집국, 중앙에 주필석이 있었다"(남상일, 「그때와 지금의 기자상」,『신문평론』55, 1975.6, 75쪽). 남상일의 회고에서도 알 수 있듯이, 당시『매일신보』는『경성일보』'편집국'에 속해 있었던 하나의 '편집부'에 불과했던 것이다.

〈표 2〉 1910년대 『매일신보』의 주요 인물(『매일신보』 1면 판권란)

발행 겸 편집인(재직 기간)	인쇄인(재직 기간)
이장훈(1910.8.30~1910.10.21)	이창(1910.10.22~1921.2.10)[13]
변 일(1910.10.22~1915.1.29)	
선우일(1915.1.30~1917.9.17)	
이상협(1917.9.18~1919.8.28)	

〈표 3〉 1910년대 『매일신보』의 주요 인물(『신문총람(新聞總覽)』(1914~1919년판))[14]

	사장	감사	편집장	경파주임	연파주임		
1914	吉野太左衛門	中村健太郎	선우일	松尾茂吉[15]	변 일		
1915	阿部充家	中村健太郎	선우일	조중환	이상협		
1916	阿部充家	中村健太郎	선우일	조중환	이상협		
1917	阿部充家	中村健太郎	선우일	김 환	이상협		
1918	加藤房藏	中村健太郎	선우일	김 환	이상협		
1919	사장	감사	편집과장	경제과장	외교과장	사회과장	지방과장
	加藤房藏	中村健太郎	이상협	윤교중	방태영	민태원	심우섭

　　1910년대 『매일신보』는 이러한 인물들을 통해 제작되었다. 〈표 3〉의

일본인 사장들은 『매일신보』가 『경성일보』의 하부 조직이라는 것을 다

---

13 판권란의 인쇄인은 1910년 10월 22일부터 기재된다. 하지만 이것이 이날부터 이창이 인쇄인
　　으로 근무한다는 사실을 말하는 것은 아니다. 이창은 전신인 『대한매일신보』에서부터 계속
　　근무해온 인물이다. 자세한 사항은 후술한다.

14 『신문총람』은 대만, 만주, 조선 등의 식민지까지 포함해 일본 전역에서 발행되고 있던 신
　　문사, 통신사, 잡지 등의 언론 매체를 모두 망라한 일종의 연감으로 1910년부터 발행되었다.
　　『경성일보』는 1910년판부터 볼 수 있는데 비해 『매일신보』는 1914년판부터 확인이 가능하
　　다. 이 표는 『매일신보』 부분만 정리한 것이다. 표로 정리한 『신문총람』 1914~1919년판의
　　발행일자는 각각 다음과 같다. 1914.10.16(1914년판), 1915.9.30(1915년판), 1916.8.30(1916
　　년판), 1917.8.30(1917년판), 1918.8.30(1918년판), 1919.5.30(1919년판). 이하 이 자료의 인
　　용은 제목과 판수, 쪽만 적기로 한다.

15 1878~1920. 1913년 『경성일보』에 입사하여 1916~1918년 편집국장을 지낸 인물이다. 조선
　　어에 능통했던 마츠오는 1908년 대한제국 법부 번역관보와 강제병합 직후에는 재판소 통역관
　　을 역임했다. 그는 1913년부터 8년간 『경성일보』에 근무한 후 1920년 퇴사하여 대륙통신 사장
　　을 지냈다.

시 한 번 일깨워준다.[16] 1910년대 『매일신보』의 사장이었던 요시노 타자에몬[吉野太左衛門][17]과 아베 미츠이에[阿部充家][18]는 『국민신문』 간부 출신으로 토쿠토미에 의해 직접 발탁된 인물들이다. 토쿠토미와 『국민신문』 진영이 물러나면서 취임하는 카토 후사조우[加藤房藏]는 『경화일보(京華日報)』,[19] 『동경일일신문(東京日日新聞)』 기자와 『산양신보(山陽新報)』의 주필을 역임했다. 당시 총독부 제2인자인 정무총감 야마가타 이사부로[山縣伊三郎]의 양아버지로 당시 일본 정계의 거물이었던 야마가타 아리토모[山縣有朋]의 추천에 의해 『경성일보』 사장에 취임한 인물이다.[20] 이들 일본인 사장들은 『경성일보』와 『매일신보』의 경영을 함께 책임졌다. 하지만 1910년대 『매일신보』의 편집과 제작에 실질적 권한을 행사한 사람은 나카무라 켄타로[中村健太郎]였다. 나카무라는 쿠마모토현이 조선에 파견한 조선어 유학생 출신으로 『한성신보』[21] 국문판을 담당했

---

16 〈표 2〉의 일본인 사장들은 모두 『경성일보』의 사장이었다. 1910~1913년판(1912년판은 발행 안 됨)의 『신문총람』에서는 『경성일보』만 확인이 가능한데, 이 시기 『경성일보』의 사장은 요시노이다.

17 1900년 『국민신문』에 입사해 토쿠토미 '문하[門下]의 수재'로 불렸던 인물로 『국민신문』 부편집장과 정치부장을 역임했다. 1910년 10월 1일 토쿠토미의 추천에 의해 『경성일보』 사장 겸 주필로 취임했다. 『경성일보』 경영에도 철두철미하고 적극주의로 업무를 처리하여 독자 수가 1만 5,000명에 이르는 등 『경성일보』의 현저한 발전을 이루어 냈다고 한다(『신문총람』(1913년판), 406~407쪽 참조; '사고', 「여의 사임에 대ᄒᆞ야」, 『매일신보』, 1914.8.2; 藤村生, 「京城日報社由來記」, 『朝鮮及滿洲』, 1924.9, 40쪽 참조).

18 토쿠토미와 같은 쿠마모토 출신으로 1901년 『국민신문』에 입사해 편집장, 이사, 부사장을 역임했다. 『신문총람』 1911년판에 "일본의 대표적 신문기자"에 14명 중 토쿠토미와 함께 한 사람으로 소개될 만큼 거물 언론인이었다. 아베는 요시노와 달리 1914~1918년 『경성일보』 사장 겸 주필로 재직하면서 『국민신문』 부사장직도 겸직했다. 1918년 7월 토쿠토미와 함께 『경성일보』에서 물러난다. 『신문총람』(1911~1918년판); 「감독사임」, 『매일신보』, 1918.7.2.

19 『만조보(万朝報)』, 1901.12.10.

20 『신문총람』(1919년판), 38쪽; 一記者, 「京城日報と歷代社長」, 『朝鮮及滿洲』, 1938.2, 74쪽 참조.

21 『한성신보』는 쿠마모토현 출신들이 중심이 되어 1895년 2월 17일에 창간한 신문으로 국문, 국한문, 일문을 동시에 사용했다. 근대계몽기 한국에서 발간된 신문 중 최초로 '소설'란을 설치한 신문이다. 『한성신보』에 대한 상세한 논의는 다음의 연구를 참고할 수 있다. 김재영, 「근대

으며, 한말 경무고문의 번역관이 되어 조선어 신문의 검열을 맡았을 정도로 한국어에 능통했던 인물이다. 토쿠토미와 동향인 나카무라는 1910년 10월 15일 『매일신보』 감사로 취임하여 1922년 총독부에 들어가기까지 『매일신보』 운영에 실질적 권한을 행사했다.[22]

1910년대 『매일신보』에 근무했던 한국인은 기자와 사무원 포함 35명 내외로 판단된다.[23] 강제병합 전 『대한매일신보』 때부터 계속 근무해온 사람부터 구한말 대신을 지낸 사람의 소개로 들어온 사람, 자신이 스스로 신문사에 지원해 입사한 사람 등 입사 방법이나 시기도 매우 다양하다. 1910년대 『매일신보』 및 『매일신보』에 재직했던 한국인 사원들에 대해서는 언론학계에서 자세하게 다루어진 바 있다.[24] 따라서 이 책에서는 지금까지의 언론학계의 연구 성과를 참조하면서 비교적 자세하게 다루어지지 않았거나 사실 관계가 불분명한 인물을 중심으로 살펴보고자 한다.

계몽기 소설 개념의 변화」, 『한국 근대 서사양식의 발생 및 전개와 매체의 역할』, 소명출판, 2005; 김영민, 『한국의 근대신문과 근대소설』 2(한성신보), 소명출판, 2008; 伊藤知子, 「『漢城新報』における日本古典「紀文伝」の受容」, 『東アジア : 歴史と文化』 19, 新潟 : 新潟大學, 2001; 伊藤知子, 「『漢城新報』に掲載された『拿破崙傳』の原本および『乙未事変』との關わりについて」, 『朝鮮學報』 225, 天理 : 朝鮮學會, 2012.

22 「창간 이래 삼십 년 본보 성장의 회고」, 『매일신보』, 1938.5.5; 中村健太郎, 『朝鮮生活 50年』, 熊本 : 青潮社, 1969, 1~51쪽 참조.

23 『매일신보』는 당시 유일한 한국어 신문이었지만, 일본인 감독과 경영·간부진 하에서 한국인 사원들은 편집과 제작 실무에 불과했다. 즉 이들 한국인 사원은 "대부분이 유유낙락(唯唯諾諾)(명령하는 대로 순종함-인용자) 일본인 기자들의 말대로" 할 수밖에 없는 존재였다(유광렬, 「이상협론」, 『제일선』, 1932.5, 52쪽).

24 가장 대표적인 것은 정진석의 일련의 연구들이다. 정진석은 1980년대 초반부터 최근까지 총독부 기관지들에 대한 중요한 연구 업적을 꾸준히 제출했다. 대표적인 것은 다음과 같다. 『한국언론사연구』(1983), 『한국언론사』(1990), 『인물 한국 언론사』(1995), 『언론조선총독부』(2005). 이외에 1910년대만을 대상으로 『매일신보』를 연구한 장석흥의 논문도 매우 중요한 업적이다(장석흥, 「일제의 식민지 언론정책과 총독부 기관지 『매일신보』의 성격」, 『한국독립운동사연구』 6, 독립기념관 한국독립운동사연구소, 1992).

변일은『매일신보』의 두 번째 발행인이다. 1909년『대동일보』편집부장을 지낸 후『대한매일신보』에 입사하여 강제병합을 맞은 인물로 알려져 있다.[25] 그는 1910년 10월 22일자부터 발행인으로 표시된다. 첫 발행인인 이장훈은 전신인『대한매일신보』시절까지 포함하여 약 4개월 동안 재직한 셈이 된다.[26] 앞서 살펴본 대로 토쿠토미는 1910년 10월 10일『매일신보』를 공식 인수하면서 정운복과 나카무라에게 인수 실무를 위임한다. 정운복과 나카무라는 인수 실무 작업 12일 만에 발행인을 교체한 것이다. 12일 동안 신문의 체제나 형식, 논조 등에 이렇다 할 변화가 없다는 것은 정운복과 나카무라의 인수 실무 작업 초기의 주요 업무는 발행인의 교체였음을 알 수 있다.[27] 토쿠토미의 인수 이후『매일신보』가 본격적인 총독부 기관지로서의 면모를 보인다는 점을 고려하면, 변일은 총독부 기관지『매일신보』의 초대 발행인이 되는 셈이다. 또한 변일은 1914년 10월 중순까지 연파주임이기도 했다. 연파주임은 '연파' 기사, 즉 사회와 문화 방면의 지면 책임자를 말한다.[28] 조중환과 김환, 이상협이 경파·연파주임에 최소 2년 이상 재직했음을 고려하면, 1910~1914년 사이의 '연파' 기사는 변일이 담당했

25 장석흥,「일제의 식민지 언론정책과 총독부 기관지『매일신보』의 성격」,『한국독립운동사연구』6, 독립기념관 한국독립운동사연구소, 1992, 423쪽; 정진석,『인물 한국 언론사』, 나남출판, 1995, 149~150쪽.
26 이장훈은 당시 통감부가『대한매일신보』를 매수하여 형식상의 발행인으로 앉힌 인물이다. 이장훈은『대한매일신보』1910년 6월 14일자(제1408호)부터 발행인이 된다. 따라서 그의 재직기간은 판권란을 기준으로 삼는다면 1910년 6월 14일(제1408호)부터 10월 21일(제1505호)까지로 정리할 수 있다.
27 엄밀하게 말하면 두 번째에 해당한다. 첫 번째는 사옥의 이전이었다. 이에 대해서는 후술한다.
28 '경파'는 정치와 경제 관련 기사를 가리킨다. 정진석은『매일신보』가 1~2면은 국한문 혼용의 경파기사와 3~4면을 국문 전용의 연파기사로 채운 편집방법이 이후 우리나라 신문 제작의 패턴이 되었다고 설명한다(정진석,『언론조선총독부』, 커뮤니케이션북스, 2005, 94쪽 참조).

을 가능성이 크다. 또한 "문재(文才)도 있어서 기사나 잡문에 일가(一家)를 이루었"[29]다는 기록과 연파기사가 1~2면의 경파기사에 비해 상대적으로 가벼운 내용이라는 점을 고려하면 더욱 그러하다. 변일은 퇴사 후에도 "신문에 다년 죵ㅅㅎ던 변일(卞一) 씨라 ㅎ면 일반이 모다 아는 바"라는 평을 들을 정도로 1910년대의 대표적 중견 언론인이었다.[30]

1910년대 주요 기자들 중에는 입사 연도와 재직 기간이 불분명한 사람들이 있다. 선우일, 조중환, 이상협, 정우택 등이 그들이다. 이들 중 선우일, 조중환, 정우택은 전신인 『대한매일신보』 시절부터 계속 근무해 온 것으로 알려져 왔다.[31] 「두견성」(1912)의 저자이기도 한 선우일은 본명이 선우선이다. 한말 일진회 기관지 『국민신보』 기자 출신으로 1915년 1월부터 『매일신보』 3대 발행인이 된다. 하지만 선우일을 『대한매일신보』에서 『매일신보』로의 전환기에 계속 재직한 것으로 보기에는 무리가 있다. 『매일신보』 1910년 10월 8일 「기담인쇄」라는 기사에 "북부 전동 거(居) 선우일씨는 세계기담이라는 책자를 저술ㅎ야"라는 문구가 있다. 『매일신보』의 기자였다면 "북부 전동 거"라기보다는 "본사 긔자 리샹협(李相協)군의 모당 계쥬 고씨는",[32] "본사 오도답파여행기자 이광수씨"[33] 등 "본사 긔자" 또는 "기자"라는 직함을 사용했을 것이다. 더구나 선우일은 앞에서 정리한 판권지와 『신문총람』과 달리 1911년 6

---

29 유광렬, 「한국의 기자상(11)」, 『기자협회보』, 1967. 5. 15.

30 변일, 「퇴사지변」, 『매일신보』, 1915. 1. 19; 「침술의 신묘」, 『매일신보』, 1915. 3. 4.

31 장석흥, 「일제의 식민지 언론정책과 총독부 기관지 『매일신보』의 성격」, 『한국독립운동사연구』 6, 독립기념관 한국독립운동사연구소, 1992, 422~424쪽; 정진석, 『인물 한국 언론사』, 나남출판, 1995, 149쪽; 정진석, 『언론조선총독부』, 커뮤니케이션북스, 2005, 88~96쪽 참조.

32 「이상협씨 모당 별세」, 『매일신보』, 1916. 11. 7.

33 「오도답파여행기 휴게」, 『매일신보』, 1917. 7. 17.

월에는 이미 『매일신보』의 편집장이었다. 『매일신보』의 감독 토쿠토미는 1911년 5월 16일부터 한 달 남짓 조선에 체류한다. 토쿠토미는 떠나기 하루 전인 6월 25일 이완용, 조중응 등 당시 조선 귀족들이 주최한 송별연에 참석하는데,[34] 『매일신보』는 1911년 6월 27일자 「덕부감독의 송별회」라는 기사로 이를 보도한다. 선우일은 이 기사 속에서 "편집장"으로 소개된다. 만약 기존의 연구와 같이 선우일이 강제병합을 전후해서 계속 기자였다면, 편집장이 될 정도의 인물을 "북부 전동 거"라는 식으로 소개하지 않았을 것이다. 또한 1911년에 이미 선우일이 편집장이었다는 사실은 기존의 연구에서는 전혀 언급되지 않고 있는 내용이다. 유광렬은 선우일을 가리켜 "그는 편집기술이 있고 공장에서 직공을 지휘하여 대판(大版)을 짜는 데도 익숙한 사람이었으므로 『매일신보』의 편집장으로 중용"[35]되었다고 회고한 바 있는데, 그 중용의 시기는 판권지에 나타난 것보다 훨씬 앞섰던 것이다.[36] 따라서 선우일의 『매일신보』 재직은 『대한매일신보』 시절부터 계속 이어져 온 것이 아닌, 1910년 10월부터 1911년 6월 사이의 어느 시점부터임을 알 수 있다.[37]

「장한몽」의 저자로 유명한 일재 조중환도 선우일과 비슷하다. 조중

34　「朝鮮所得簿」, 『德富蘇峰記念館所藏 民友社關係資料集』, 東京 : 三一書房, 1985, 360~365쪽 참조.
35　유광렬, 「한국의 기자상(38)」, 『기자협회보』, 1968.11.8.
36　선우일이 편집장이었음을 최초로 보여주는 1911년 6월의 『매일신보』 발행 겸 편집인은 변일이었다. 이는 판권지의 발행 겸 편집인이 실제 신문의 편집과는 거리가 있음을 보여주는 증거라고 할 수 있다. 발행 겸 편집인이 실제 편집장인 경우는 선우일이 발행 겸 편집인이 되는 1915년 이후이다. 따라서 "합방 후 매신의 발행인과 편집인이라는 직위는 경영이나 편집에 실질적인 권한은 없고 편집장 정도의 제작 실무를 맡은 사람에 불과했다."(정진석, 「해제」, 『매일신보』(영인본) 제1권, 경인문화사, 1984, v쪽.)라는 지적은 그나마 1915년부터 적용할 수 있음을 알 수 있다.
37　정진석도 『매일신보』에 대한 최근의 연구에서 1908년경 『제국신문』에 들어갔다가 정운복을 따라 『대한매일신보』로 옮겼던 것 같다"라고 하여 정확한 판단을 유보하고 있다(정진석, 『언론조선총독부』, 커뮤니케이션북스, 2005, 92쪽).

환도 강제병합을 전후하여 『대한매일신보』와 『매일신보』에서 계속 기자 생활을 한 것으로 논의되어 왔다. 이러한 주장은 모두 유광렬의 회고를 근거로 삼고 있다. 유광렬은 『매일신보』의 기자들을 소개하면서 이해조 입사 후 얼마 되지 않아 조중환이 입사했다고 회고한 바 있다.[38] 하지만 유광렬은 조중환이 1913~1917년 사이에 『매일신보』 기자가 되었을 것이라고 막연히 추측하고 있을 뿐이다.[39] 따라서 유광렬의 회고는 조중환의 입사에 대한 객관적인 근거가 될 수 없다.

우선 조중환이 『매일신보』에 쓴 첫 작품이 「쌍옥루」(1912.7.17~1913. 2.4)라는 점에서, 그의 입사는 1912년 7월 중순 이전이 된다. 잘 알려져 있듯이, 조중환은 윤교중과 함께 1912년 초반 신파연극단 문수성에서 활약한 바 있다. 이에 대한 기사는 1912년 3월 27일자 『매일신보』에 처음 등장한다. 새로운 신파연극단인 문수성의 출현과 관련하여, "니디에셔 다년 유학ᄒ던 죠중환(趙重桓) 윤교즁(尹敎重) 졔써 등이 죠선의 연극이 부픠홈을 긔탄ᄒ고 문슈셩(文秀星)이라는 신연극을 연구ᄒ야"라는 기사가 그것이다. 이 기사는 1912년 3월 말 현재, 조중환은 '문수성원 조중환'일 뿐 『매일신보』 기자가 아님을 말해준다. 또한 문수성의 첫 작품에 대한 『매일신보』의 공연비평에서도 조중환은 "문슈셩 일힝(文秀星一行)"으로서 언급되고 있을 뿐이다.[40] 문수성은 1912년 5월 중순 윤교중의 일본 유학과 함께 사실상 극단의 문을 닫게 된다.[41] 1912년 초반 기자

---

38 유광렬, 「한국의 기자상(11)」, 『기자협회보』, 1967.5.15.
39 유광렬, 「한국의 기자상(39)」, 『기자협회보』, 1968.11.15.
40 「연예계정황」, 『매일신보』, 1912.3.31.
41 「문수성의 입동경」, 『매일신보』, 1912.5.14. 이 기사엔 윤경중(尹敬重)으로 되어 있지만, 이는 양승국에 의해 윤교중의 잘못임이 밝혀졌다(양승국, 『한국 신연극 연구』, 연극과 인간, 2001, 267쪽 참조).

직을 수행하면서 한 달 반 동안이나 문수성의 연극 배우로 활동한다는 것은 상식적으로도 무리이다.[42] 이렇게 본다면 조중환의 『매일신보』 입사 시기는 1912년 5월 중순에서 7월 중순으로 좁혀진다. 조중환은 문수성이 문을 닫은 뒤 바로 『매일신보』에 입사했다고 보아야 한다.

　1912년 5~7월 사이에 『매일신보』에 입사한 조중환은 「쌍옥루」, 「장한몽」 등의 소설을 연재한 소설가로서만 알려져 있을 뿐, 그 밖에 그가 어떤 일을 했는가에 대해서는 거의 알려진 바가 없다. 1915~1916년경 파주임을 맡았다는 정도가 『매일신보』 기자로서의 조중환을 설명하는 전부이다. 여러 자료를 살펴보았을 때, 조중환은 1914년까지는 연파기사를 담당했던 것으로 보인다. 조중환은 1914년 중반 「주유삼남」(1914.6.23~7.10)이라는 기행문을 연재하는데, 그에 앞서 그가 지방 여행을 가게 된다는 일종의 여행 예고가 『매일신보』에 게재된다. 그 기사 중 "쟝한몽 단쟝록 등 진진혼 쇼셜로 우리 독쟈의 대환영과 대갈치를 밧고 기타 믹일 삼면에 그 지조 잇는 필법으로 쟈미 잇는 긔스롤 만히 긔록ᄒ던 조일지(趙一齋)군은"[43]이라는 구절을 주목해야 한다. 당시 3면은 한글로 된 지면이자 연파기사가 실렸던 곳이다. 1914년의 연파주임은 변일이었다. 변일은 『매일신보』에 재직하면서 많은 후배 기

42　윤교중의 회고도 1912년 이전의 조중환이 『매일신보』 기자가 아니었을 가능성을 시사한다. 윤백남은 1911년 4월 당시 『불여귀』와 『장한몽』 집필에 열중하고 있던 조중환을 방문한다. 방문 목적은 당시 막 시작한 임성구의 신파연극 관람을 권유하기 위해서였다. 윤백남에 의하면 당시 조일재는 "그 때도 똥꼴(지금 재동의 일부로 재동에서 안동으로 넘어가는 골목) 막바지에 있는 조그마한 초가에 칩거해 있어서 청빈을 달게 여기고 불여귀 번역에 열중"하고 있었다고 한다(윤백남, 「조선 연극 운동의 이십 년 전을 회고하며」, 『극예술』, 1934.4, 19~21쪽). 임성구의 신파공연이 1911년에 시작되었다는 점과 조중환의 최초 번안작인 「불여귀」가 1912년 8월 단행본으로 간행되었다는 사실은 윤교중의 회고가 비교적 정확함을 말해준다. 조중환은 문수성 활동과 『불여귀』 번역을 마무리짓고 『매일신보』의 기자가 되었던 것이다.

43　「조일재의 탐방여행」, 『매일신보』, 1914.6.13.

자들을 길러냈다는 평을 받는 인물이다.[44] 이 같은 평가와 이 시기 변일이 연파주임이라는 것은 조중환이 변일이 길러낸 기자 중 한 명이었을 가능성을 시사한다. 이들을 종합해 보면, 1910년대 전반기 『매일신보』의 한글로 된 3면의 연파기사는 변일의 책임 하에 조중환도 담당하고 있었을 가능성이 매우 크다. 조중환은 공식적인 직함이 확인되는 1910년대 『매일신보』 기자 중 유일하게 연파와 경파 지면을 모두 담당해 본 기자였다.

이상협과 정우택의 『매일신보』 입사 시기도 논란의 여지가 있다. "신문을 위해 태어난 사람", "신문의 백과사전"[45]이라 불릴 정도로 신문 제작과 운영에 뛰어난 재능을 발휘했던 이상협은 그 동안 1912년에 『매일신보』에 입사한 것으로 연구되어 왔다. 이상협의 1912년 입사에 대한 가장 이른 기록은 1935년의 정우택의 회고이다. 정우택은 1912년 『매일신보』에 입사해 발행인 겸 편집인을 지내고 1923년 퇴사해 『동아일보』 기자를 역임한 인물이다. 정우택은 자신의 1912년 『매일신보』 입사에 대해 언급하면서 이상협에 대해 "그 때 하몽 이상협씨는 나보다 몇 달 앞서서 입사하엿고"[46]라고 회고한다. 하지만 이보다 앞선 1927년의 한 자료는 이상협이 1910년에 입사했음을 말해준다. 그는 1910년 경성 보성중학교를 졸업한 뒤 곧바로 『매일신보』 기자가 되었다는 것이다.[47] 하지만, 이상협의 『매일신보』 입사는 1912년이 확실하다고 판단된다. 이상협은 자신의 첫 "수입"을 회상하면서 자신의 1910년 무렵의

---

44 유광렬, 「한국의 기자상(38)」, 『기자협회보』, 1968.11.8.
45 조용만, 『세월의 너울을 벗고』, 교문사, 1986, 107쪽.
46 정우택, 「초대기자회상록」, 『개벽』, 1935.3, 62쪽.
47 「『중외일보』 주간 이상협」, 『동광』, 1927.6, 53쪽.

상황에 대해 이야기한다. 1910년 중학 졸업 뒤 "법학교"에 다니다 일본 케이오의숙[慶應義塾]에 입학했다고 한다. 하지만 곧 중퇴하고 돌아와 1912년 8월 「재봉춘」을 출간했으며, 이후 "생명보험회사의 권유원(勸誘員)"이 되었다고 한다.[48] 따라서 1910년 보성중학 졸업 직후 『매일신보』에 입사했다는 것은 잘못된 사실이다. 이상협의 『매일신보』 입사는 그의 외척인 고희경[49]의 소개로 가능했다고 한다. 고희경이 당시 친일 거두였던 조중응에게 소개하고 조중응이 다시 토쿠토미에게 소개하여 입사했다는 것이다.[50] 이상협은 덕수궁 출입기자를 지낸 바 있는데, 이러한 친일 고위 인사와의 인연으로 고종 국장의 취재에 많은 편의를 제공받았다고 한다.[51]

정우택도 『매일신보』 창간 때부터 재직하고 있었던 것으로 알려져 오다 최근 정진석에 의해 1915년 이전에 입사한 것이 밝혀졌다.[52] 우리나라 최초의 경찰서 출입기자[53]이기도 한 정우택은 1912년 7월 이후 당시 감사였던 나카무라의 추천에 의해 입사한 것으로 보인다. 정우택은 자신이 입사에 대해, "나카무라 켄타로[中村健太郎]의 불음을 닙어 생래의 처음 매일신보사에 드러가서 기자 생활의 정규(正規)를 밟게 되엇"으며, "일재 조중환씨는 외근 겸 소설을 쓰고 잇섯다"라고 회고한 바 있다. 또 자신이 변일의 지시로 독자투고인 "독자구락부(讀者俱樂部)"를

48 이상협・민태원・현진건・한기악, 「첫 수입 밧든 째 이약이」, 『별건곤』, 1927. 2, 48~49쪽.
49 1873~1934. 정미칠적이자 경술국적 중 한 명인 고영희의 아들이다. 부친 고영희 사망 후 작위를 세습받았다.
50 유광렬, 「한국의 기자상(12)」, 『기자협회보』, 1967. 6. 15.
51 민태원, 「명기자의 그 시절 회상(1)」, 『삼천리』, 1934. 5, 65쪽 참조.
52 정진석, 『언론조선총독부』, 커뮤니케이션북스, 2005, 89쪽.
53 유광렬, 「한국의 기자상(30)」, 『기자협회보』, 1968. 9. 7.

썼으며, "독자구락부"는 자신의 "장기(長技)"로 "한 단 가량"을 순식간에 썼다고 자랑스럽게 언급하고 있다.[54] 논란의 여지가 있긴 하지만, 이상협의 입사가 자신보다 몇 달 앞섰다는 점과 '독자구락부'가 1912년 11월 시작된다는 점을 볼 때,[55] 그의 입사는 1912년이라고 할 수 있다. 1912년이라면 조중환의 소설은 「쌍옥루」를 가리키며, 「쌍옥루」 연재 시작일이 7월 17일이라는 점은 그의 『매일신보』 입사가 1917년 7월 중순 이후임을 짐작케 한다.

여기에서 주목할 점은 그가 '독자구락부'를 맡아 "한 단 가량"을 썼다는 점이다. 이는 '독자구락부'가 실제 독자에 의해 투고된 글만이 아닌 신문사 기자의 창작이기도 했음을 말해준다. 정우택의 회고만으로는 1910년대 '독자구락부'의 어느 정도가 신문사 내부의 창작인지 알 수 없다. 하지만 "한 단 가량"이라는 말을 통해 신문사 내부에서 쓴 비율이 결코 작지 않았던 것으로 보인다.[56]

또한 정우택은 자신이 시내 경찰서와 재판소 출입기자였음을 밝히고 있다. 정우택은 이를 "사회기사"라 부르고 있는데, 이는 그가 1910년대 전반 『매일신보』의 연파지면 —3면 —을 담당했음을 말해준다. 이렇게 보았을 때, 1910년대 전반기 『매일신보』의 연파기사는 변일의 책임 하에 적어도 조중환, 정우택이 담당했음을 알 수 있다.[57]

---

54 정우택, 「초대기자회상록」, 『개벽』, 1935.3, 62쪽.

55 독자구락부의 게재 시점과 명칭에 대해서는 1장 2절에서 밝힌 바 있다.

56 어쨌든 정우택의 이러한 회고는 1910년대 『매일신보』의 독자투고를 실제 독자의 모습으로 보는 것은 매우 위험한 것임을 다시 한 번 일깨워 준다. 실제 독자의 여론을 대변하는 것이 아닌 여론을 조작하고 만들어냈을 가능성을 시사하기 때문이다.

57 정우택은 이 글에서 자신에게 독자구락부를 맡긴 변일을 "편집장"이라 부르고 있다. 하지만 앞에서 정리한 『신문총람』에 의하면 이 때 『매일신보』의 공식적인 편집장은 선우일이었다. 1912년 당시 변일은 편집장이 아닌 연파주임으로 추정된다. 정우택이 입사 후 사회면을 담당

또한 단편적인 것이긴 하지만, 1910년대 경파기사 즉 1~2면은 민태원이 담당했던 것으로 보인다. 민태원은 1914년 경성고등보통학교를 졸업하고 『매일신보』에 입사했다.[58] 그는 입사 직후 "그 째 나는 나희도 어리고 사회에 대한 경력도 업서서 외근은 못하고 내부에 잇서서 외보 번역을 주로 하얏슴니다. 그리고 종교 혹 교육 방면을 마텃"[59]다고 회고한 바 있다. 당시 신입 기자들에게는 외근을 시키지 않고 주로 내근을 맡겼던 『매일신보』의 기자 운영 방침을 엿볼 수 있다. 민태원이 맡았던 "외보"나 "종교", "교육"에 대한 기사는 주로 1~2면에 실리는 경파기사이다. 또한 그가 주로 '내근'을 하면서 이러한 기사를 담당했다면, 교육과 종교에 대한 총독부의 정책이나 총독부 고위관료의 담화 또는 외국인 선교사와 같은 외부 필자의 기고문 편집을 담당했음을 알 수 있다.[60]

그 동안 신문 구성원에 대한 연구는 주로 경영진이나 기자에 국한된 것이 사실이다. 하지만 신문은 경영진이나 기자들에 의해서만 만들어지는 것이 아니다. 일제강점기 신문사는 업무 내용상 편집국, 공무국, 영업국 등 모두 세 개의 조직으로 구성되는 것이 일반적이었다.[61] 편집국에 소속된 사람들을 '기자', 영업국과 공무국 소속을 '사원'으로 각각 구분할 수 있다. 신문의 제작에 있어 이들 '사원'들의 역할은 결코

했다는 것과 변일의 지휘를 받았다는 내용을 생각하면, "편집장 변일"은 '연파주임 변일'의 착오이다.

58 「『중외일보』 편집국장 민태원」, 『동광』, 1927.6, 19쪽.

59 이상협·민태원·현진건·한기악, 「첫 수입 밧든 째 이약이」, 『별건곤』, 1927.2, 49쪽.

60 참고로, 실명이든 필명(호)이든 민태원이 썼다고 확인되는 기사는 1917년에야 처음 나타난다. 글쓴이가 "우보(牛步)"라 되어 있는 「철원일별」(1917.9.13~19)이 그것이다.

61 목단봉인, 「신문편집이면비화」, 『개벽』, 1935.3, 88~91쪽 참조.

작은 것이라 할 수 없다.

1910년대 『매일신보』에는 어떤 '사원'들이 있었을까.[62] 우선 가장 먼저 이창이란 인물을 들 수 있다. 〈표 2〉에서 볼 수 있듯이, 연암(然菴) 이창은 1910년대 내내 인쇄인의 자리를 지킨 사람이다. 이창은 1908년 『대한매일신보』에 입사해 1921년 퇴사하기까지 13년 동안 주로 공무국에서 근속(勤續)한 대표적인 '사원'이다.[63] 이창 외에는 회계업무를 보았던 안정식, 이성호[64]와 광고업무를 보았던 황인성,[65] 김영완, 김용로, 김하섭, 이규호[66] 등이 있었다. 인쇄공장에서 일했던 '직공'들에는 최익진, 김창서, 전화서, 함명운, 이흥식, 정성문, 전수천, 서상학, 길영우, 김경희, 이두진, 김홍서 등이 있었다.[67]

또한 1910년대 『매일신보』에는 기자들이나 사원들 외에 소설의 삽화를 비롯해 다양한 그림을 담당했던 화가들이 있었다. 이들은 모두 일본인이라는 점이 특징이다. 『매일신보』는 1912년의 「춘외춘」(1912.1.1~

---

62 사원들 중에는 한국인 외에 일본인도 있었다. 이 책에서는 한국인 사원들만 정리한다.

63 「이창씨 서거」, 『매일신보』, 1925.7.23 참조. 이 글에서는 이창이 1921년 퇴사하기까지 13년 동안 광고부에서 일했다고 되어 있다. 하지만, 판권란에 변함없이 인쇄인으로 되어 있고, 남상일(1917년 입사)도 입사 당시 이창을 "공장감독"으로 기억하고 있는 점 등을 미루어 공무(인쇄) 업무에 주로 종사한 것으로 보아도 큰 무리가 없다고 판단된다(남상일, 「그때와 지금의 기자상」, 『신문평론』 55, 1975.6, 75쪽).

64 '사고', 『매일신보』, 1910.10.13; 「이씨 모당 별세」, 『매일신보』, 1916.11.21; 「십년 근속 사원 표창식」, 『매일신보』, 1920.9.1.

65 '해고광고', 『매일신보』, 1915.8.19.

66 「본사 근속사원 표창」, 『매일신보』, 1930.5.3. 이 기사에서 표창을 받은 사람은 한국인 일본인 포함해 총 32명이다. 각각의 명단 옆에는 근속 년수가 표시되어 있는데, 이 중 1910년대부터 근무했던 한국인 사원만 적었다. 김영완, 김용로, 김하섭, 이규호 등이 맡았던 업무에 대해서는 현재 확인이 곤란하다.

67 「본사 우량 직공 표창식」, 『매일신보』, 1919.4.7; 「십년 근속사원 표창식」, 『매일신보』, 1920.9.1. 이들은 모두 1919·1920 각각 현재 최소8년 이상 근무한 사람들이다. 이상에서 정리한 이들 인물들이 1910년대 『매일신보』에서 근무한 '사원' 전체는 물론 아니며, 확인 가능한 인물들만 정리한 것이다.

〈표 4〉 삽화 화가 및 담당작품

삽화가 이름	담당 작품
츠루타 고로[鶴田五郎]	춘외춘, 탄금대, 비파성, 장한몽, 국의향, 단장록, 형제
야나기다 켄키치[柳田謙吉]	비봉담, 정부원
마에카와 센판[前川千帆]	속편 장한몽
이시다 토미조우[石田富造]	무궁화

3.14)에서 1918년의 「무궁화」(1918.1.25~7.27)에 이르기까지 꾸준히 소설 삽화를 게재한다.[68] 신문소설의 삽화는 동아시아만의 특징으로 소설의 내용을 부차적으로 설명해 줄 뿐만 아니라 나름대로 부여된 창의성으로 인해 신문 독자들에게 보는 즐거움을 제공해 그날의 소설 내용에 대한 상상을 불러일으킨다.[69] 이는 독자의 흥미를 끌기 위한 전략적 장치의 하나로 신문의 오락적 기능과 그 맥을 같이 한다.[70] 1910년대 『매일신보』 소설에 삽화를 그린 화가와 그 작품은 위의 〈표 4〉와 같다.[71]

이들 일본인 화가들은 『경성일보』에 소속된 화가들로 보인다.[72] 『경성일보』에 속해 있으면서 『매일신보』의 소설 삽화도 아울러 담당했던 것이다. 츠루타 고로(鶴田五郎, 1890~1969)는 츠루타 레키슨[鶴田攊村], 레키

---

68 「무궁화」이후 「애사」(1918.7.28~1919.2.8)에도 삽화가 16회, 40회, 135회 등 모두 세 번 게재 되는데, 이는 화가가 실제로 그린 것이 아닌 에밀 비야르의 유그판 판화이다.

69 일제강점기 많은 소설의 삽화를 그린 석영 안석주는 신문의 삽화를 가리켜 신문소설의 효과 중 절반을 차지한다고 지적한 바 있다(안석주, 「신문소설과 삽화」, 『삼천리』, 1934.8, 155쪽).

70 실제 『매일신보』는 「춘외춘」 연재에 앞서 소설에 삽화가 들어갈 것과 그 목적이 독자의 취미, 즉 재미에 있음을 대대적으로 선전했다.

71 이들 화가들은 『매일신보』에 삽화를 그린 화가들 중 실명을 확인할 수 있는 사람들이다. 또 소설 삽화 외에 『매일신보』에 다양한 그림을 남긴 오가와 우센[小川芋錢]이란 화가가 있었다 고 한다(강민성, 「한국 근대 신문소설 삽화 연구」, 이화여대 석사논문, 2002, 25~27쪽 참조).

72 『경성일보』는 1906년 창간 때부터 일본 유명 화가들의 삽화를 실었는데, 이들 삽화는 독자들 에게 크게 인기가 있었다고 한다. 1911년에는 츠루타 고로와 마에카와 센판 외에 야마시타 히 토시[山下鈞] 등이 『경성일보』와 『매일신보』의 삽화를 담당했다(김주영, 「일제시대의 재조선 일본인 화가 연구」, 서울대 석사논문, 2000, 12~13쪽).

슨(撙村) 등의 필명으로 활동한 화가로 1910년대『매일신보』에서 가장 많은 소설의 삽화를 담당했다. 그는 1913년 12월 「첩의 허물」의 연재예고에서 처음으로 지면에 등장한다.[73] 츠루타는 일본 토쿄 출신으로 백마회양화연구소(白馬會洋畵研究所) 및 태평양화회연구소(太平洋畵會研究所)에서 그림을 배워 1920년 일본의 제2회 제전(帝展)에 입선한 경력이 있다. 그는 1912년『경성일보』에 입사해 회화부를 담당했는데,[74]『경성일보』입사 직후부터『매일신보』의 소설 삽화도 함께 맡았음을 알 수 있다. 그는 「형제」(1914.6.11~7.19)의 삽화를 그린 뒤 곧 퇴사하고 곧 일본으로 돌아간 것 같다. 이후 츠루타는 1917년 7월 러시아를 가는 길에 잠시 서울에 들러 전시회를 연다.[75] 이 때 조선 여행도 한 것으로 보이는데, 츠루타는 이 때의 감상을『매일신보』에 기행문(「조선의 향토미」, 1917.7.6~8)으로 남기고 있다. 츠루타의 그림이 다시『매일신보』지면에 등장하는 것은 1918년이다. 그가 다시『경성일보』에 입사했는지는 알 수 없지만, 1918년 8월 27일부터 9월 6일까지 〈합이빈(哈爾賓)의 화보〉라는 제목의 그림을 모두 6회에 걸쳐『매일신보』1면에 연재하고 있다.

츠루타에 이어 구체적 약력을 확인할 수 있는 화가는 마에카와 센판(前川千帆, 1889~1960)이다. 마에카와는 조중환의 「속편 장한몽」(1915.5.25~12.26) 단 한 편의 소설 삽화만 그렸다. 마에카와는 일본 쿄토 출신으로 본명은 이시다 쥬사부로(石田重三郎)이다. 관서미술원(關西美術院)에서 그림을 배운 뒤『경성일보』와『요미우리신문(讀賣新聞)』에서 만화를 담당했

---

73 「신소설□첩의 허물□조일재 저」,『매일신보』, 1913.12.6. 「첩의 허물」은 예고만 있을 뿐, 실제 게재는 되지 않았다.
74 河北倫明 監修,『近代日本美術事典』, 東京 : 講談社, 1989, 235쪽.
75 「럭촌의 반절화회」,『매일신보』, 1917.7.5.

다. 1930년대에는 일본판화협회에서 뽑은 우수한 판화가 9명 중의 한 사람으로 뽑히기도 한 인물이다.[76] 마에카와의 정확한 『경성일보』 입·퇴사 시점에 대해서는 알 수 없다. 하지만, 현재 확인할 수 있는 재직 기간은 1914년 10월부터 1916년 11월까지이다. 마에카와의 이름이 『매일신보』 지면에 처음 나타나는 것은 1914년 10월 24일 「추청(秋晴)」이란 제목의 그림에서이다. 가을날의 한적한 조선의 자연을 그린 이 그림 옆에는 "본사 마에카와[前川]화백 필"이라 부기되어 있다. 이는 동시에 그가 1914년 10월에는 이미 『매일신보』(『경성일보』)에 소속되어 있었음을 말해준다.[77] 마에카와는 「속편 장한몽」의 삽화와 동시에 「금강산 기행」(1915.10.17~31)이라는 기행문의 삽화도 담당했다. 「금강산 기행」은 토쿠토미가 금강산을 유람한 뒤 쓴 기행문이다. 마에카와도 동행한 것으로 보이는데, 그는 토쿠토미의 기행문에 총 여섯 편의 금강산 풍경을 남기고 있다. 또한 1916년 11월에는 『매일신보』의 총감독 토쿠토미를 감사 나카무라와 함께 만나는데, 이 때 나카무라는 마에카와를 가리켜 "아사(我社)의 마에카와[前川] 이시다[石田] 양 화백"[78]이라 칭하고 있다.

야나기다 켄키치[柳田謙吉]와 이시다 토미조우[石田富造]에 대해서는 확인할 수 있는 자료가 많지 않다. 이시다는 바로 앞의 나카무라의 기록 속에서 볼 수 있다. 이 기록을 통해 1916년 11월에는 이미 『매일신보』(『경

---

76 石田尙豊河 外 監修, 『日本美術史事典』, 東京:平凡社, 1987, 865쪽; 河北倫明 監修, 『近代日本美術事典』, 東京:講談社, 1989, 318쪽; 多木浩二 外 監修, 『日本近現代美術史事典』, 東京:東京書籍株式會社, 2007, 184쪽.

77 마에카와의 『경성일보』 입사에 대한 일본측의 기록(『近代日本美術事典』)은 1915년으로 되어 있다. 하지만 이는 위와 같이 명백한 오류이다.

78 괴옹, 「작소거의 일시간」, 『매일신보』, 1916.11.14. 괴옹(槐翁)은 나카무라 켄타로의 필명 중 하나이다.

성일보』)에 재직하고 있었음을 알 수 있다. 이시다가 그린 소설 삽화는 이상협의 「무궁화」(1918.1.25~7.27) 단 한 편이지만,[79] 그는 1919년 8월까지 『매일신보』(『경성일보』)에 소속되었던 것으로 판단된다. 1919년 4월 2일부터 8월 12일까지 총 19편의 풍경화를 『매일신보』 1면에 남기고 있기 때문이다. 야나기다는, 조중환의 「비봉담」(1914.7.21~10.28)과 이상협의 「정부원」(1914.10.29~1915.5.19) 두 작품의 삽화를 담당했다. 또한 이들 소설 삽화 외에 1914년 1월 1일자에 "「원단의 초일영(初日影)」"이라는 풍경화를 남기기도 했다.[80]

이러한 다양한 구성원들에 의해 만들어진 1910년대 『매일신보』는 어떤 신문일까. 『매일신보』는 『대한매일신보』를 계승한 신문인 만큼 강제병합 직후에도 『대한매일신보』의 사옥에서 신문을 제작했다. 『대한매일신보』의 마지막 사옥이자 『매일신보』의 첫 사옥은 "경성 중부 포전병문 이궁가"에 있었다.[81] 1910년대 『매일신보』의 사옥과 주소의 변천은 다음 쪽의 〈표 5〉와 같다.

1910년대 『매일신보』의 사옥 변천은 모두 네 차례 이루어졌다. 1910년 10월은 토쿠토미가 총독부로부터 『매일신보』의 경영을 위탁받은 시기이다. 토쿠토미는 이 때 『매일신보』를 인수하면서 사장 교체(이장

---

79 이 외에 이시다는 1916년 4월 명월관에서 다른 일본인 화가들과 함께 조소, 유화 소품전을 열었던 적이 있으며, 같은 시기 조선양화동지회라는 일본인 미술가 조직을 만들었다고 한다(강민성, 「한국 근대 신문소설 삽화 연구」, 이화여대 석사논문, 2002, 26쪽 참조).

80 이들 외에 소설의 삽화를 담당하지는 않았지만, 『매일신보』에 그림을 남긴 화가로는 古賀祐雄(1918~1919년 활동)과 히라후쿠 햐쿠스이(平福百穗, 1916년 활동) 등이 있다.

81 『대한매일신보』는 1910년 6월 14일자(제1408호)부터 판권란의 주소가 이곳으로 변경된다. "영국인 만함"에서 "이장훈"으로 발행인이 변경된 것도 이날부터이다. 통감부는 『대한매일신보』를 매수한 뒤 발행인은 물론 사옥까지 바꿨던 것이다. 참고로 1910년 6월 9일(제1407호)자까지는 "경성 남부 석정동 삼층 양옥"에서 발행되었다.

〈표 5〉 『매일신보』 사옥 · 주소의 변천(판권란 기준)

	주 소	기 간
1	경성 중부 포전병문 이궁가 2층 양옥 경성 중부 포전병문 이궁가	1910.8.30~9.30 1910.10.1~10.18
2	경성 서부 정동 대한문전 경성 태평정 2정목 35번호[82]	1910.10.19 1910.10.20~12.28
3	경성 대화정 1정목 경성 대화정 1정목(필동)	1911.1.1~1.21 1911.1.22~1914.10.17
4	경성 태평통 1정목	1914.10.19(호외)~

훈→변일)를 단행한 바 있는데, 이 때 사장 교체뿐만 아니라 사옥의 이
전도 함께 이루어졌음을 알 수 있다. 『매일신보』는 두 번째 이전에서
"경성일보사 구내"[83]로 이전하여 『경성일보』의 산하 조직이 된다. 실
질적인 총독부 기관지로서의 『매일신보』는 강제병합 후 1910년 10월
부터임을 다시 한 번 확인할 수 있다.[84]

　『매일신보』는 국한문판, 국문판 두 종류의 신문을 발행했다. 이는
『대한매일신보』의 국한문판과 국문판을 그대로 계승한 것이다. 국문
판 『매일신보』는 1912년 3월 1일부터 국한문판에 합병되어 폐지된다.
1910년대 『매일신보』는 모두 네 개 지면을 발행했다.[85] 1면에는 사설,[86]

82　"서부 정동 대한문전"과 "태평정 2정목 35번호"는 같은 장소이다. "서부 정동 대한문전"은 판권
　　란에 하루만 나타나는데, 하루만에 신문사를 이전한다는 것은 상식적으로도 무리이다. 또한
　　『매일신보』의 전화번호가 '1245번'으로 동일하다는 것도 두 곳이 같은 곳임을 말해준다. 참고
　　로, "중부 포전병문"에 있었을 때는 '838번'이었다.

83　'본사 이전', 『매일신보』, 1910.12.28.

84　『신문총람』에도 『매일신보』가 표시되기 시작한 1914년판 이래 『매일신보』의 창립은 "명치
　　43년 10월"로 되어 있다.

85　1910년대 전 시기에 걸쳐 네 개 지면을 발행한 것은 아니다. 1917년 10월 5일부터 17일까지는
　　두 개 면만 발행했다. 이는 이 때 일본에 몰아친 폭풍우로 인해 신문 용지 공급이 원활하지 못했
　　기 때문이다('급고', 『매일신보』, 1917.10.5; '사고', 『매일신보』, 1917.10.16 참조).

86　1911년 12월 16일 이후 '사설'로 고정된다. 그 이전에는 '논설'과 '사설', 『매일신보』가 혼용되
　　었다.

법령, 각종 칼럼, 학술 논문, 소설, 한시, 각종 시찰기나 기행문 등이 게 재되었다. 2면에는 외보, 총독이나 총독부 고위 관료의 담화, 정치·경 제 기사, 총독부 관리나 조선 귀족, 실업가 등의 동정이 위치했다. 3면 은 현재의 사회면에 해당하는 지면으로, 각종 사건·사고가 게재되었 다. 4면은 소설과 광고, 지방 통신, 소설에 대한 독자투고(1910년대 중후 반) 등이 위치했다.

1면의 각종 칼럼은 주로 조중응, 장지연, 윤희구,[87] 코마츠 미도리[小 松綠] 등 당시 사회의 저명인사나 나카무라 켄타로, 토쿠토미 소호 등 신 문의 고위직 인물 등에 의해 집필되었다. 내용은 종교, 문학·예술, 시 대 현안 및 사회 현실에 대한 의견, 강제병합과 식민통치의 정당성 등 매우 다양한 영역에 걸쳐 있다. 이들 칼럼은 모두 한문체나 국한문체로 되어 있어 이른바 식자층을 향한 글쓰기에 해당한다. 글의 길이도 일률 적이지 않아, 단 하루에서 길게는 몇 달에 걸쳐 연재되기도 했다.

한시는 양적으로만 보았을 때, 1910년대 『매일신보』에 존재하는 문 학 장르 중 최대라고 할 수 있다. '사조(詞藻)', '문원(文苑)', '평림(評林)', '신 시(新詩)', '문예(文藝)', '현대시단(現代詩壇)', '시단(詩壇)' 등에 실린 한시는 게재되지 않은 날이 거의 없을 정도였다. 『매일신보』가 1910년대에 행 한 총 22번의 각종 문예모집 중 오직 한시만 모집 대상으로 한 것이 11 번이라는 점은 『매일신보』가 한시에 가졌던 관심이 매우 컸음을 말해 준다. 이들 한시는 지은이가 표시되어 있지 않거나 필명이 표시된 경우 가 많아 그 작가에 대한 구체적 정보는 제한적으로 확인이 가능하다.

---

87 1867~1926. 호 우당. 뛰어난 문장력과 학식을 가진 유학자로 강제병합 이후 중추원, 경학원에 서 근무한 바 있다.

또한 1910년대 『매일신보』1면에는 각종 시찰기나 기행문도 적지 않게 존재하고 있다.[88] 이들 시찰기나 기행문은 1차대전이 발발한 1910년대 중반 이후 왕성하게 발표되는데, 그 수는 210여 편에 이른다. 이들 시찰기나 기행문은 그 대상지역이 국내외에 걸쳐 있다. 해외를 다룬 글들은 주로 만주 지역과 1차대전시 일본이 독일로부터 빼앗은 중국 청도, 일본에서 행해진 각종 박람회나 공진회 등에 대한 것이다. 국내를 다룬 경우는 금강산과 같은 명승지에 대한 내용이 많다.

2면의 가장 처음에 위치하는 외보는 외국과 관련된 소식으로, 주로 외국에서 전보로 들어온 기사를 번역해 게재했다. 1910년대 초반엔 "동경전보·특전"이나 "북경전보", "륜돈(倫敦)전보", "백림(伯林)전보", "상항(桑港)전보" 등 외국의 주요 도시 이름으로 표기되었는데, 1910년대 중후반에는 "내지전보", "지나전보", "구미전보" 등 나라나 대륙명으로 표기가 변경된다.

총독이나 총독부 고위 관료의 담화는 주로 당시 가장 이슈화되고 있던 현안이나 각종 법령·규칙에 대한 해설 등의 내용을 담고 있다. 이들은 제목 바로 다음에 "사내(테라우치)총독 담화"(1911.2.15)이나 "관옥(세키야)학무국장 담"(1915.3.25) 등으로 표기되어 있어, 신문사 기자가 당시 총독이나 총독부 고위관료를 취재한 뒤 재정리한 기사임을 알 수

---

88 시찰기나 기행문이 게재된 지면이 반드시 1면이었던 것은 아니다. 비슷한 분량과 내용의 작품이 2면에도 게재되었다. 이 책에서는 논의의 편의상 1면 게재물로 설명하고자 한다. 1면과 2면의 지면에 따른 작품상의 차이는 전혀 없다. 또한 이들 시찰기나 기행문은 대개 연재되었는데, 연재 도중 1면에서 2면으로 또는 그 반대의 경우로 바뀌는 작품도 상당수 존재한다. 이들 기행문에 대해서는 다음의 연구를 참조할 수 있다(심원섭, 「阿部充家의 조선기행문 「湖南遊歷」, 「無佛開城雜話」」, 『한국문학논총』 51, 한국문학회, 2009; 심원섭, 「1910년대 중반 일본인 기자들의 조선기행문 연구」, 『현대문학의 연구』 48, 한국문학연구학회, 2012).

있다. 4면의 지방통신은 당시 조선의 각 지방의 소식이나 사건·사고, 통계 등을 지역별로 모아놓은 것이다. 1910년대 중후반 이후 보이기 시작하는 독자투고는 주로 소설 다음에 위치하며 소설에 대한 감상이나 비평을 그 내용으로 한다.[89]

이를 신문사의 조직과 관련지어 살펴보면, 1~2면은 '경파' 기사가, 3면은 '연파' 기사로 각각 대별된다. 이들 지면에 사용된 문체는 1~2면은 한문체나 국한문체(국주한종체, 한주국종체 모두 포함)이며, 간혹 1면 사설이나 일부 칼럼에 순한문체가 쓰이기도 했다. 3면은 제목을 제외한 전 기사가 한글로 기재되었다. 4면의 경우 소설을 제외한 독자투고문이나 지방통신의 문체는 국한문체였다.[90]

신문의 단수(段數)는 7단으로 시작한다. 1912년 3월 1일자부터 8단, 같은 해 통산 지령(紙齡) 2,000호 기념호인 6월 18일자부터 9단으로 늘어난다. 이후 1918년 6월 11일자부터 1단이 늘어 10단이 된다.[91] 이어 석 달 뒤 9월 10일자부터 11단제를 채택한다. 이에 대해 『매일신보』는 기사 분량과 광고 의뢰가 크게 늘고 있기 때문이라는 이유를 제시한다.[92] 단수의 변화와 관련하여 눈에 띄는 것이 활자의 변화이다. 1910

89　4면의 소설은 거의 매일 연재되었지만, 소설에 대한 독자투고는 항상 게재되는 것이 아니었다. 독자투고가 없는 날이 있는 날보다 훨씬 많았으며, 독자투고가 없을 경우에는 각종 광고가 그 자리를 대신했다.

90　정확하게 말하면 이러한 각종 지면에 대한 정리는 1912년 3월 1일자부터 해당된다. 3월 1일자로 국문판이 폐지되면서 위와 같은 지면 정리 및 변화가 단행되기 때문이다. 3월 1일 이전까지는 『대한매일신보』(국한문판)와 동일한 형태의 지면 구성이었다.

91　『매일신보』는 단수 증가를 인한 효과를 다음과 같이 이야기한다. "현재의 1행 16자를 15자(1단의 행수는 종전과 여(如)히 105행)로 변경ᄒ옵ᄂᆞᆫ 바 기(其) 결과 1면에 630자 4면 총계 2,520자를 증가ᄒ게 되고 내용 외형이 공(共)히 일단의 쇄신을 견(見)ᄒᆞᆯ 줄로 확신ᄒ옵니다"(「십단제의 채용」, 『매일신보』, 1918.6.4).

92　'지면대확장 신식활자채용', 『매일신보』, 1918.8.24.

년대『매일신보』에서는 단수의 변화와 같은 총 네 번의 활자 개량 작업이 확인된다. 1912년 3월의 "5호 활자"에서 시작해 1914년 6월의 "자획이 명확"한 "신활자", 1918년 9월의 "본사 독특의 8포인트 반식 신활자", 같은 해 11월의 "동양 신문계에 가장 진보되엇다 칭흐는 포인트식 활자"로 각각 개량된 것이 그것이다.[93] 활자의 변화는 단수와 연동되어 동시에 이루어졌던 것이다.

1910년대『매일신보』의 정확한 발행 부수는 파악이 곤란하다. 하지만 강제병합 전 다른 신문에 비해 월등히 많은 1만 3,000명의 독자[94]를 가졌던『대한매일신보』를 계승한『매일신보』는 강제병합 후 독자들에게 별 인기를 끌지 못한 듯하다. 강제병합 직후『매일신보』의 독자는 2,646명에 불과했기 때문이다.[95] 1920년대 초반의 한 논자는 이러한 독자 감소의 원인을 "신문으로의 사명은 차치하고 반관보적 태도를 취"했기 때문이라고 분석한다. "오즉 당국의 행정과 제반 시설에 대하야 그 취지를 부연하고 익찬할 뿐"이기 때문이라는 것이다.[96] 한말 최대의 항일 구국 언론에서 총독부 기관지로 변모한 것이 독자들로 하여금『매일신보』에 등을 돌리게 한 결정적인 원인이었던 것이다.

하지만『매일신보』는 이러한 저조한 구독 상황과는 다르게 보도하고 있다.『매일신보』는 신문의 발행 부수나 독자 수를 여러 차례 밝힌 바 있다. "매일 1만 2천여 장을 간출", "미일 나가는 수효가 이만 쟝 이샹", "1시

---

93 '사설', 「본보의 대확장」,『매일신보』, 1912.3.1;『매일신보』, 1914.6.7; '지면대확장 신식활자 채용',『매일신보』, 1918.8.24; '사설', 「본지의 무휴간」,『매일신보』, 1918.11.4 참조.

94 김영희, 「『대한매일신보』의 독자의 신문 인식과 신문 접촉 양상」,『『대한매일신보』 연구』, 커뮤니케이션북스, 2004, 342~347쪽 참조.

95 『조선총독부통계연보－1910년』, 조선총독부, 1912, 656쪽.

96 간당학인, 「매일신보는 엇더한 것인가」,『개벽』, 1923.7, 53쪽.

간에 2만 부를 인출ᄒᄂ디 현재 아(我) 신보만 인쇄ᄒ기에 2시간 반을 소비", "발행 소수(所數)가 5만여 부에 달ᄒ야", "10만 애독자 제군" 등이 그 것이다.[97] 1910년대 초기 1만 2,000부, 중반 이후 10만 부를 호언하고 있는데, 이를 액면 그대로 믿을 수는 없다. 1930년대 중반『동아일보』와 『조선일보』가 약 3만 4,000~3만 5,000부[98] 내외였다는 사실을 참고하면, 1910년대『매일신보』가 4만 5,000부에서 10만 부를 발행했다는 것은 너무 심한 과장이 아닐 수 없다. 1910년대『매일신보』는 1만 부 내외를 발행했던 것으로 보인다.[99]『매일신보』는 자신들의 발행 부수를 심하게 는 열 배나 부풀린 일종의 '과장 허위 광고'를 한 셈이다. 1910년대 유일한 한국어 신문이었음에도 불구하고『매일신보』는 총독부 기관지라는 특성상 당시 사람들에게 그리 관심을 받지 못했음을 알 수 있다.[100]

그렇다면 위와 같은 특징을 가지고 있었던『매일신보』는 어떤 성격의 신문이었을까. 이는 당연히 총독부 기관지라는 특성에서 그 단서를 찾아야 한다. 이러한 특징은 우선 토쿠토미가 1910년 10월『매일신보』에 내린 훈시에서 찾을 수 있다.

97 '특별사고', 『매일신보』, 1910. 10. 19; '도청도설', 『매일신보』, 1912. 5. 23; 「최신식 윤전기 대대적 기념호」, 『매일신보』, 1913. 6. 22; 삼소거사, 「조선신문계의 회고와 아보」, 『매일신보』, 1916. 3. 4; '재축낙성호발행', 『매일신보』, 1916. 9. 3.

98 황태욱, 「조선 민간 신문계 총평」, 『개벽』, 1935. 3, 17쪽.

99 육당 최남선의 회고이다. 육당은 "지금붙어 약 20년 전에 반도 사회의 신문이라 하면 오직『매일신보』요, 잡지라 하면『청춘』이라 하든 그 시대에『매일신보』의 발매 부수는 얼마나 되엇는가 하면 매신은 1만 내외를 상하하엿고 월간『청춘』잡지는 평균 매월 2천부씩 나갓"다고 술회한 바 있다(「삼천리 기밀실」, 『삼천리』, 1935. 11, 21쪽).

100 장석흥은 총독부가 강제구독 정책을 실시했음에도 불구하고 1910년대『매일신보』의 발행 부수가 2만을 넘지 못했다고 설명한다(장석흥, 「일제의 식민지 언론정책과 총독부 기관지『매일신보』의 성격」, 『한국독립운동사연구』6, 독립기념관 한국독립운동사연구소, 1992, 421쪽).

─『매일신보』가 신문지로서 존재하는 이유는 우리 천황폐하의 지인지애(至仁至愛)하심과 일선인(日鮮人)에 대한 일시동인(一視同仁)의 뜻을 받들어 모시고 그것을 조선인에게 선전하는 데 있다

　─ 집필자는 공정을 기하고 편협되고 개인적인 마음으로 편파적인 붓을 놀리는 것과 같은 일이 없을 것을 요한다

　─ 문장은 간결 명료하게 할 것을 요한다

　─ 일반적인 논의는 온건타당을 기할 것이며 결코 간사하고 이치에 맞지 않는 말의 고취를 금한다

　─『매일신보』는『경성일보』와 제휴하고 항상 그 보조를 맞추어야 한다[101]

　토쿠토미의 훈시 중 가장 중요한 내용은 첫 번째와 마지막 조항에 있다. 토쿠토미는 천황제 이데올로기 선전이 당시 유일한 한국어 신문의 가장 중요한 임무임을 강조하고 있다. 이러한 천황에의 복종과 일시동인의 논리가 조선총독부 통치 정책의 근간을 이루는 것임은 주지의 사실이다. 또한『경성일보』와 항상 보조(논조)를 동일하게 할 것을 지시하고 있다. 초대 조선 총독인 테라우치는 토쿠토미와『경성일보』위탁 경영과 관련된 계약을 맺은 직후인 1910년 10월『경성일보』에 훈시를 내린 바 있다. 그 중 그가 가장 강조한 것이 "『경성일보』사원은 충군애국의 정신을 발휘하여 조선총독부 시정의 목적을 관철하는 데 힘쓸 것"[102]이란 항목이다.『매일신보』가『경성일보』편집국의 일개 부서라

---

101 『경성일보사지』, 경성일보사, 1920, 23~24쪽.
102 『경성일보사지』, 경성일보사, 1920, 5쪽. 테라우치의 훈시는 이 외에 다음 네 개 항목이 더 있다. "-사원 일동은 질서를 지키고 기율에 복종해 동심협력하고 정려분진하여 사운의 융성을 기할 것, -공정하고 온건한 필봉을 근엄하게 사용하여『경성일보』의 품위를 높이고 신용을

는 것을 고려하면, 테라우치의 훈시는『매일신보』에도 그대로 해당되는 것임은 물론이다. 이는『매일신보』가『경성일보』의 한국어판 신문격[103]이라는 사실을 다시금 일깨워준다. 즉 '조선총독부 시정의 목적 관철'과 '천황폐하'의 '일시동인의 뜻'을 '조선인에게 선전'하는 것이 1910년대『매일신보』의 최대 목적과 임무 및 존재 이유였던 것이다.

日韓併合 以後 總督府의 機關紙로 自擔ᄒ고 總督의 施政方針을 布告ᄒ며 人民의 智識開發을 導誘ᄒᄂ 我報ᄂ (…중략…) 新政 以後 本紙의 主義 綱領은 新政의 方針을 我 朝鮮 人民에게 紹介ᄒᄂ 者, 産業의 振興으로 我 朝鮮 人民을 指導ᄒᄂ 者, 勸善懲惡ᄒᄂ 者, 斥邪扶正ᄒᄂ 者, 社會의 萬般事를 無漏揭布ᄒᄂ 者, 世界의 出來事를 迅速 報道ᄒᄂ 者이니 其 任이 大ᄒ고 其 責이 重ᄒ도다 (…중략…) 抑 日韓併合 同時 總督府의 機關紙로 自擔ᄒ 後 前記의 主義 綱領 下에셔 總督府의 施政方針을 發布ᄒ고 半島民의 産業振興을 勸誘ᄒ 效果가 已爲 多大ᄒ음은 自不必說이오 今後에도 此 主義를 一貫ᄒ야 朝鮮 民族을 扶導ᄒ음이 愈益奮勵ᄒ야 將來 幾 万 幾 十万 號에 號上加號ᄒ야 奮鬪와 誠力으로써 與天地無盡토록 綿々 不絶의 榮譽를 保有ᄒ고 將來 幾 十 幾 百千 年에 年上加年ᄒ야 勇往과 猛進으로써 與日月竝明토록 悠々無窮ᄒ 幸福을 享有ᄒ음을 自期ᄒ노라[104]

두텁게 하여 세력을 증대시키는 일에 복용할 것, -사원은 각기 품행을 방정하게 하고 위의를 닦아 체면을 완전히 하여 신문기자된 자격을 고상하게 할 것, -어떠한 경우라도 상관의 명령에 순종함과 함께 각 개인의 능력을 기울여 자발적 활동을 행하고 그 직무에 충실할 것'.
103 김규환,『일제의 대한언론·선전정책』, 이우출판사, 1978, 136쪽 참조. 한편,『매일신보』는 『경성일보』와의 관계를 "형제의 관계"라 칭한다('무족언',『매일신보』, 1918. 2. 8).
104 '사설',「매일신보」,『매일신보』, 1912. 6. 18.『매일신보』소재 모든 글의 인용은『매일신보』의 표기를 그대로 따르되 띄어쓰기만 현대식으로 한다. 이하 같다.

朝鮮 言論界의 重鎭으로 偉大훈 權威로써 天皇陛下의 一視同仁ㅎ옵시는 聖意를 一般 鮮人에게 宣傳ㅎ고 總督政治의 趣旨 方針을 普及ㅎ야二千 餘萬 同胞로 ㅎ야곰 歸向ㅎ는 바룰 知悉케 ㅎ고 殖産 興業 敎育 普及의 指導者가 되야民智의 開發 風俗 改良의 先驅者로 勸善懲惡의 機關된 我 每日申報는[105]

吾人은 新聞紙의 社會敎育에 對훈 效果가 廣大ㅎ고 範圍가 宏闊홈을 斷言치 안이치 못ㅎ는 同時에 其 勸善懲惡을 標榜ㅎ고 至公無私롤 宣言ㅎ야 讀者롤 感化케 홈이 新聞紙 敎育의 大目的됨을 쏘훈 斷言치 못ㅎ노니 新聞紙롤 輕視치 말고 畏懼치 안이치 말고 嚴師 親友와 如히 待遇ㅎ라[106]

토쿠토미와 테라우치의 훈시 내용과 이를 통한『매일신보』의 정체성이 명확하게 확인된다. 총독부 기관지로서 총독 정치를 선전하고 그를 통해 독자, 즉 조선인들을 계몽하는 것이『매일신보』의 최대 목적이었다. 이를 위해 조선 인민의 지도 및 권선징악·척사부정(斥邪扶正)에 힘쓸 것과 산업 진흥을 위해 노력할 것을 다짐한다. 총독정치의 취지·방침하에서 민지를 개발하고 풍속을 개량하는 등 사회교육 기관으로서의 역할에도 충실할 것을 약속하고 있다. 또한 총독부 시정방침의 선전 및 보급과 함께 중시되고 있는 것이 조선인들에 대한 지도자로서의 역할이다. 이는 "유도(誘導)", "지도(指導)", "지도자(指導者)", "선구자(先驅者)", "감화(感化)" 등의 단어를 통해 뚜렷이 확인된다.

그렇다면『매일신보』는 위와 같은 다양한 목적과 역할을 통해 식민지

---

105 삼소거사, 「조선신문계의 회고와 아보」, 『매일신보』, 1916.3.4.
106 '사설', 「사회교육과 신문지」, 『매일신보』, 1916.10.3.

조선을 어떻게 이끌려 했을까. 이는 총독부의 교육 정책에서 그 단서를 찾을 수 있는데, 1910년대 총독부의 교육정책은 '충량한 제국 신민의 양성'으로 압축하여 표현할 수 있다. "조선 교육의 본지는 제국의 충량훈 국민을 육성훔"[107]에 있다는 총독부의 교육방침은 1910년대 전 시기에 걸쳐 『매일신보』를 통해 선전·공표된다. 이는 신문이라는 근대적 미디어를 통해 당시 사람들을 전통적인 사회 문화 코드로부터 이탈시켜 '충성스런 제국신민'이라는 새로운 사회 문화 코드의 획득과 공유를 목적한 것이다.[108] 우리나라는 근대 초기 국가 교육체계와 출판자본 활동이 상대적으로 취약해 미디어의 역할이 더욱 중요했으며, 그 만큼 미디어가 거의 독보적인 대중적 영향력을 지니고 있었다. 근대계몽기의 미디어는 곧 그 자체가 근대 권력의 한 양상이라 해도 과언이 아니었다.[109]

이는 1910년대 현실과 1910년대 『매일신보』의 경우, 특히 그 정도가 더하다고 할 수 있다. 1910년대는 출판자본 활동이 절대적으로 취약했으며, 강제병합 직후 강압적인 언론통폐합 정책으로 몇몇 총독부 기관지들만 존재했던 매우 억압적인 상황이었기 때문이다. 따라서 총독부의 안정적인 재정적 뒷받침 하에 별 어려움 없이 발행되었던 『매일신보』는 그 자체가 곧 권력일 수밖에 없었다. 이광수가 「무정」에서 당시 『매일신보』를 가리켜 "셔슬이 푸른 대신문"[110]이라 칭한 것은 이를 단적으로 보여준다.

---

107 「교원심득에 대흐야」, 『매일신보』, 1916.1.16. 이 글은 당시 조선총독부 내무부장관이었던 우사미 카츠외宇佐美勝夫가 쓴 글이다.
108 이효덕, 박성관, 『표상 공간의 근대』, 소명출판, 2002, 249~250쪽 참조.
109 한기형, 「근대어의 형성과 매체의 언어전략」, 『역사비평』, 2005. 여름, 356쪽.
110 「무정」 37회, 『매일신보』, 1917.2.17.

한국 근대문학은 매체에 의해 진행·견인되어 온 측면이 강하다고 할 수 있다. 이러한 특성은 근대계몽기와 1910년대 등 근대문학의 앞시기로 갈수록 보다 두드러진다. 이는 문학 작품의 성격이나 내적 특징들 속에 그 작품이 게재된 매체의 성격이 강하게 반영되어 있을 수밖에 없음을 의미한다. 따라서 『매일신보』 소설에 대한 연구는 『매일신보』라는 매체의 성격이나 특성을 늘 염두에 두고 있어야 하는 것이다.

2. 소설 현황과 소설론

1) 소설의 존재 실태와 소설에 대한 관심

1910년대 『매일신보』는 소설에 대해 커다란 관심을 가졌으며, 소설의 중요성에 대해서도 깊이 인식한 매체였다. 1910년 8월 30일 첫호 이래 『매일신보』 지면에서 '소설'이란 단어는 '광고'란에서 처음으로 확인된다.

> 地方通信販賣部大擴張 特約割引券進呈
>
> ○學部編纂敎科用圖書 ○自他出版各種新刊圖書
>
> ○內外科書及參考書類 ○地圖及小說書類大發售
>
> △本館發兌書籍目錄及注文規程表隨求無代進呈

京城中部罷朝橋越邊三八, 二戶

郵便振替口座韓國 第二六八番 中央書館 朱翰榮[111]

서울의 한 서점에서 지도와 소설 종류도 판매하고 있다는 광고이다. 1910년 8월 30일자가 실질적인 제1호라고 한다면 정확히 10호만에 '소설'이란 말이 등장한 것이다. 이 외에 『매일신보』의 '소설'과 관련된 각종 첫 번째 사항은 다음쪽의 〈표6〉과 같다.

『매일신보』의 첫 소설 작품은 1910년 10월 12일 연재가 시작되는 「화세계」이다. 「화세계」는 1910년 10월 12일에서 1911년 1월 17일까지 73회에 걸쳐 연재된 한글소설이다. 이 작품이 총독부 기관지 1면에 위치했다는 것은 『매일신보』가 가졌던 소설에 대한 인식이 결코 가볍지 않았음을 상징적으로 보여준다.

1910년대 『매일신보』에 게재된 서사 자료는 모두 141편이다.[112] 이 141편에는 소설과 희곡, 동화, 고담(古談) 등 다양한 서사 장르가 망라되어 있어, 『매일신보』가 이 시기 최대 발표 매체였음을 다시금 확인할 수 있다. 이들 141편은 크게 '소설'(98편)과 희곡, 동화 등 '기타'(43편)로 나눌 수 있다.[113] 이 중 '소설'은 1912년 7월 18일까지는 '신소설'과 '단편소설'란에,[114] 7월 19일 이후에는 '단편소설' 및 '사회의 백면'란이

---

111 『매일신보』, 1910.9.9.

112 이 141편은 1910년대 『매일신보』 국한문판에 게재된 전체 서사 자료의 수이다.

113 한 연구자에 의하면 1945년 8월 해방까지 『매일신보』에 실린 전체 소설의 수는 약 380여 편이라고 한다(한원영, 『한국 신문 한 세기 근대편』, 푸른사상, 2004, 826쪽).

114 1910년대 초기 『매일신보』가 '신소설'과 '단편소설'로 소설 작품을 구분하여 실은 것은 강제병합 전 신문인 『대한민보』의 편집 방침을 그대로 이어받은 결과이다(김영민, 「1910년대 신문의 역할과 근대소설의 정착 과정」, 『한국 근대 서사양식의 발생 및 전개와 매체의 역할』, 소명출판, 2005, 148~150쪽 참조).

〈표 6〉 소설 관련 첫 번째 사항

구분	제목	게재 날짜
기사	절부전(節婦傳) 소설적 실담(實談)	1910년 11월 5일
사설	저술가 급(及) 서포(書鋪) 영업자에게 경고흠	1910년 11월 25일
단행본 광고	윤리소설 만월대	1910년 12월 23일
소설가	본 신보의 대쇄신	1911년 6월 14일
소설 현상모집	현상모집	1912년 2월 9일

나 아무런 표시 없이 수록되어 있다.[115] '신소설'과 '단편소설'은 길이에 의한 구분이라고도 할 수 있다. 근대계몽기 신문의 '신소설'은 단편소설과 구별되는 장형의 연재물을 지칭하는 용어인데, 이러한 용법은 『매일신보』에도 그대로 계승된다.[116] 따라서 1910년대 『매일신보』의 '신소설'은 예외 없이 모두 장편이며, 또한 모두 이해조의 작품이라는 특징이 있다. '단편소설'은 다시 '응모단편소설', '단편소설', '현상단편소설', '단편문예'로 구분된다.

이러한 98편의 소설 자료는 다시 37편의 장편과 61편의 단편으로 구분할 수 있다.[117] 수적으로만 보면 1910년대 『매일신보』 소설의 주류

---

[115] '신소설'이라는 표기는 이해조의 소설에만 있었는데, 1912년 7월 19일자 이후 더 이상 보이지 않게 된다. 1912년 7월 19일은 이해조의 「봉선화」 연재 11회, 조중환의 「쌍옥루」는 연재 3회였다. '신소설'이라는 표기가 사라지는 경위에 대해서는 다음의 연구를 참고할 수 있다(김영민, 「1910년대 신문의 역할과 근대소설의 정착 과정」, 『한국 근대 서사양식의 발생 및 전개와 매체의 역할』, 소명출판, 2005, 151쪽).

[116] 김영민, 「1910년대 신문의 역할과 근대소설의 정착 과정」, 『한국 근대 서사양식의 발생 및 전개와 매체의 역할』, 소명출판, 2005, 148~149쪽 참조.

[117] 단편과 장편이라는 개념은 작품의 분량(길이)에 의한 것으로 가장 오래된 소설 분류법이며, 동시에 가장 논란의 여지가 많은 지점이다. 김동인은 단편소설을 "『단일한 효과를 나타내는 압축된 인생 기록』으로서 단 한 개의 의미를 나타내기 위하여 가장 간단한 필치로 기록된 가장 간명한 형식의 소설"로 본다. 이러한 단편소설은 "통일된 인상", "단일의 정서", "보다 더 기교적인 필치"를 그 특징으로 하며, 두 가지 이상의 정서와 인상은 허락되지 않는다고 한다(김동인, 「소설학도의 서재에서」, 『매일신보』, 1934.3.22). 조남현에 의하면 오늘날 잡지사와 신문사에서

는 단편이다. 장편은 1910년대 내내 꾸준히 게재되는 데 비해, 단편은 전체 61편 중 56편이 1915년 이전에 발표된 것이 눈에 띄는 특징이다. 거의 대부분의 단편이 1910년대 전반기에 집중되었다는 것은 이 시기 단편에 대한 『매일신보』 나름의 목적·의도가 있을 것임을 강하게 암시한다. 이를 게재 지면을 통해 살펴보면, 1910년대 『매일신보』는 주로 1면과 3면, 4면에 소설을 게재했다.[118] 장편은 1면과 4면에, 단편은 주로 3면에 게재되어 있다.[119]

한국 근대소설사에서 국문체의 사용은 근대소설을 표시하는 중요 지표 중의 하나이다. 1910년대 『매일신보』의 소설들을 사용 문체별로 살펴보면, 순한글로 되어 있는 것이 압도적으로 많다. 1910년대 『매일신보』의 전체 98편의 소설 중 「옥중화」, 「해몽선생」, 「육맹회개」, 「장원

관습적으로 사용되는 기준은 200자 원고지 100매 내외가 단편, 장편은 최소 500매 내외라고 한다. 이어 그는 우리 소설사가 단편 중심으로 진행되어 왔다는 것을 지적한 뒤, 단편을 "단일한 사건을 제시하고 단일한 주제를 구체화하는 방향으로 짜여진" 작품으로 규정한다(조남현, 『소설원론』, 고려원, 1995, 283~285쪽 참조). 김동인과 조남현이 단편의 공통적인 특징으로 거론하고 있는 것은 '단일성'이다. 하지만 '단일성'이라는 개념도 지극히 주관적인 것이다. '단일성'의 범위를 어디까지 적용해야 하는 지에 대한 객관적 기준이 모호하기 때문이다. 1910년대 『매일신보』의 소설을 장편과 단편으로 나누는 것도 마찬가지이다. 조남현이 말한 오늘날의 장단편 규정을 1910년대 『매일신보』 소설에 그대로 적용하는 것은 곤란하다. 문제가 되는 것은 아무런 표시 없이 게재되어 있는 작품들이다. '단일성'을 기준으로 판단하는 것은 그 범위의 객관성이 문제가 될 수 있고, 또 엄연히 길이나 분량 개념이 장단편이라는 이름에도 포함되어 있는 이상, 무조건 그것을 무시할 수도 없기 때문이다. 따라서 여기에서는 연재 횟수를 기준으로 한 달 이내의 작품은 단편으로, 그 이상의 작품은 장편으로 규정하고 논의를 진행시키고자 한다.
118 외보와 정치 경제 기사가 게재된 2면에는 1910년대 내내 단 한 편의 소설도 존재하지 않는다.
119 3면 이외의 지면에 실렸던 단편소설은 다음과 같다. 「再逢春(지봉춘)」(1911.1.1, 1면), 「해몽선생」(1912.1.1, 11면), 제목없음(1912.7.12~16, 1면), 「情(정)」(1913.2.8~9, 4면), 「허황혼 풍슈」(1913.3.27, 4면), 「酒(술)」(1914.9.9~16, 1면), 春夢(봄꿈)」(1914.9.17~23, 1면), 「後悔(후회)」(1914.12.29, 1면), 「고락(苦樂)」(1915.1.14, 1면), 「귀남과 수남」(1917.1.23, 4면), 「신성훈 희생」(1917.1.24, 4면), 「타락학생의 말로」(1917.2.2, 4면), 「유혹」(1918.11.11, 4면). 이 중 「再逢春(지봉춘)」과 「해몽선생」은 신년 특집호에 게재되었는데, 1910년대 『매일신보』는 매년 1월 1일의 경우 네 개 지면이 아닌 여러 면으로 된 특집호를 발행했다. 「再逢春(지봉춘)」이 나온 1911년에는 총 6면, 「해몽선생」의 1912년에는 총 16면을 각각 발행했다.

례」, 「개척자」, 「홍루몽」, 「유혹」의 일곱 작품만이 국한문체로 되어 있을 뿐, 나머지 91편의 작품은 순한글로 쓰여졌다.[120] 이는 소설만은 순한글체로 게재되었던 근대계몽기 신문의 편집 방향이 『매일신보』에도 그대로 이어져 온 결과라고 할 수 있다.

『매일신보』 소설의 작가는 대부분 당시 『매일신보』의 기자였다. 이는 특히 장편소설에 두드러진다. 1910년대 37편의 장편 중 작가가 당시 기자가 아니었던 사람은 이인직(「목단봉」), 이광수(「무정」·「개척자」), 양건식(「홍루몽」·「기옥」), 진학문(「애사」), 육정수(「옥리혼」) 다섯 명에 불과하다.[121] 이해조, 조중환, 이상협, 선우일, 심우섭 등 당시 기자들에 의해 30편의 장편 작품이 쓰여진 것이다. 즉 『매일신보』 "쇼셜 긔쟈"[122]들에 의해 쓰여진 셈이다.[123] 하지만 단편의 경우는 거의 대부분이 외부 필자로 판단된다.[124] 단편의 절대 다수를 점하는 응모단편과 현상단편의 작

---

120 「옥중화」, 「해몽선생」, 「육맹회개」, 「개척자」, 「홍루몽」, 「유혹」은 국주한종 국한문체, 「장원 례」는 한주국종 국한문체로 각각 세분할 수 있다.

121 이들은 해당 소설 발표시 다음과 같은 신분이었다. 이인직-경학원 사성, 이광수-일본 와세다 대학 철학과 재학, 양건식-『불교진흥회월보』·『조선불교계』·『조선불교총보』 등의 편집 인, 진학문-동경외국어학교 러시아어과 재학.

122 '독자긔별', 『매일신보』, 1914.5.20.

123 따라서 당대에 기자라는 직업 자체에 소설쓰기의 능력이 기본적으로 요구되었으며, 그들은 기자로서 소설 쓰기를 했다는 것, 나아가 소설 쓰기 자체가 그리 특별한 것으로 취급되지 않았다는 것을 의미한다는 지적은 충분히 일리 있는 주장이 된다. 동시에 당시의 소설 쓰기는 다양한 글쓰기의 일종이었고 글을 잘 쓰는 사람은 소설 또한 쓸 수 있는 것으로 인식되었으며, 소설가가 예술가로서 의미화되지 않았음 또한 당연하다는 지적도 경청해야 할 지점이다 (김재영, 「1910년대 '소설' 개념의 추이와 매체의 상관성」, 『한국 근대 서사양식의 발생 및 전개와 매체의 역할』, 소명출판, 2005, 243쪽).

124 당시 기자가 쓴 것이라고 확정지을 수 있는 단편 작품은 「酒(술)」이 유일하다. 이는 당시 『매일 신보』 기자였던 천풍 심우섭이 쓴 것이다. 한편, 작가를 알 수 없는 '사회의 백면'란에 실린 일곱 작품이 있다. 1913년 초반 3면에 게재된 '사회의 백면'은 모두 계몽적인 내용이다. 작가에 대한 아무런 표시가 없는 것으로 보아, 신문사 내부 인물의 작품으로 추정된다. 당시 3면의 연파기사는 변일의 책임 하에 조중환과 정우택이 담당했다. 이 중 소설 쓰기의 능력과 경험이 있었던 조중환이 작가일 가능성이 있다. 하지만 이에 대해서는 보다 세밀한 논의와 자료가 필요하다.

〈표 7〉 장·단편의 특징

구분	장편	단편
저자	기자, 기성작가	외부인(독자), 무명(신인)작가
게재면	1·4면	3면

가들은 신문사 외부인들, 즉 일반 독자들이다. 또한 '단편소설'들의 경우도 "백천군 서규인"(「아편쟁이에 말로[鴉引末路]」)나 "기고인 송기헌"(「장원례」), "서부 유동 최형식"(「허황혼 풍슈」) 등으로 되어 있어, 외부로부터 투고된 작품들임을 알 수 있다. 한편, 이해조, 조중환, 이광수 등의 장편 작가들은 단편에 비해 당시로서는 상대적으로 지명도가 있는 기성 작가라고 할 수 있다. 이상의 논의를 정리하면 위의 〈표 7〉과 같다.

『매일신보』는 1910년 10월 12일 「화세계」 이후 거의 하루도 빼놓지 않고 소설을 게재했다. 『매일신보』의 소설과 소설 독자에 대한 배려는 다음의 두 가지 사례를 통해서도 확인할 수 있다. 우선 '대체 소설'의 게재이다. 다음 쪽의 〈표 8〉을 보자.

일곱 편의 단편소설이 '대체 소설'이다. 이들은 모두 「토의간」, 「쌍옥루」, 「비봉담」 등과 같은 지면의 같은 위치에 게재되어 있다. 첫 번째, 제목이 없는 단편소설은 「토의간」 최종회와 「쌍옥루」 연재 시작 사이에 위치해, 결과적으로 보면 소설 게재에 단 하루의 결락도 없다. 「酒(술)」과 「春夢(봄꿈)」도 「비봉담」의 연재 중간에 게재된 소설들이다. 나머지 「후회」, 「고락」, 「타락학생의 말로」, 「양보」도 모두 마찬가지이다. 이들 일곱 편의 단편소설은 모두 원래 그 자리에 연재되고 있었던 「비봉담」이나 「해왕성」 등의 '대체 소설'로서 게재되었던 것이다.

<표 8> 대체 소설의 게재

제목	게재일	비고
─	1912.7.12~16.	「토의간」과 「쌍옥루」사이
酒(슐)	1914.9.9~16.	「비봉담」 연재 중
春夢(봄꿈)	1914.9.17~23.	
후회	1914.12.29.	「정부원」 연재 중
고락	1915.1.14.	
타락학생의 말로	1917.2.2.	「해왕성」 연재 중
양보	1918.6.25.	「무궁화」 연재 중

하늘에는 측량치 못홀 풍우가 잇고 사롬은 뜻 안이혼 우환질고가 잇는 것이라 그 동안 여러 독쟈 졔씨의 큰 환영을 밧던 쇼셜 비봉담(飛鳳潭)을 짓는 죠일직군은 우연히 신병을 엇어 신음ᄒᆞ는 바 의원의 권고로 대략 일쥬일 동안은 고요히 치료ᄒᆞ게 되여 비봉담은 부득이 일시 뎡지홈을 면치 못ᄒᆞ얏도다 그러나 그 일쥬일 동안을 계속ᄒᆞ야 아모 쇼셜도 업스면 홍샹 쇼셜을 이독ᄒᆞ시는 독쟈 졔씨는 젹이 셥々ᄒᆞ실 듯 이에 「슐」(酒)이라는 글졔로 단편쇼셜을 지어 비봉담 쥬인의 병이 쾌차ᄒᆞ기ᄭᆞ지 이걸노써 여러분을 위로코져 ᄒᆞ노라[125]

본지에 련지되여 독쟈 여러분의 호평을 듯던 비봉담(飛鳳潭) 쇼셜은 즁간에 불힝히 져작쟈 죠일직씨의 병을 인ᄒᆞ야 잠시 뎡지된 후 심텬풍씨의 걸작으로 슐(酒)이라 ᄒᆞ는 쇼셜이 즈미 진진ᄒᆞ게 긔록되여 독쟈 여러분의 호평을 역시 엇어 좀 더 나기로 고디ᄒᆞ얏더니 작일에 완결되엿도다 쇼셜을 이독ᄒᆞ시는 독쟈 여러분을 위ᄒᆞ야 이번은 본인이 지조의 로둔홈을 무릅쓰고 봄꿈(春夢)이라 ᄒᆞ는 것을 단편으로 몃칠간 긔지코져 ᄒᆞ오니[126]

---

125 심천풍, 「酒(슐)」, 『매일신보』, 1914.9.9. 소설 시작에 앞선 작가의 모두 발언이다(이하, 「春夢(봄꿈)」과 「양보」의 경우도 동일하다).

몸이 셩치 못ᄒ야 자죠 「무궁화」를 궐ᄒ야 이독자 여러분의 후흔 듯을 져바
리기 미안ᄒ야 이젼에 번역ᄒ얏던 단편쇼셜 한 편으로 몃 분이나 칙망을 막고
져 ᄒ노라[127]

몇 달에 걸쳐 연재되는 장편의 특성상 작가의 개인 사정이나 또는
대부분의 작가가 기자라는 특성상 취재로 인해 부득이 연재를 거를 수
있다. 예컨대, 위 인용문과 같이 작가가 병이 들어 연재를 할 수 없게
되면 신문사는 부득이한 일이기 때문에 '사고(社告)' 형식으로 그 경위
만 밝혀도 하등 문제될 것이 없다. 하지만 『매일신보』는 단순한 '사고
(社告)'의 차원을 넘어 '대체 소설'을 게재하고 있다. 세 번째 인용문과
같이 독자들의 항의가 있었던 탓도 있었겠지만, 이는 『매일신보』가 소
설을 얼마나 중요시했으며, 또 이를 읽어주는 독자들에 대한 배려가
결코 작지 않았음을 보여주는 중요한 사례라 할 수 있다.

또한 제목이 없는 1912년의 단편소설의 경우는 작가의 개인 사정과
는 아무런 관련이 없다. 이해조의 「토의간」 연재가 끝난 뒤 그 자리에
는 조중환의 「쌍옥루」가 게재된다. 하지만, 「쌍옥루」는 「토의간」 종료
후 6일 뒤에 시작된다. 이 때 편집진이 택한 방법은 다른 기사로 그 공
백을 채우는 것이 아닌 「쌍옥루」 연재 시작까지 다른 소설을 잠시 게
재하는 것이었다. 이는 일단 소설 애독자에 대한 배려라고 할 수 있다.
하지만, 그 이면에는 단 하루도 소설 연재를 거를 수 없다는 『매일신
보』의 의지와 『매일신보』가 갖고 있었던 소설에 대한 커다란 관심이

---

126 박청농, 「春夢(봄꿈)」, 『매일신보』, 1914.9.17.
127 하몽생, 「양보」, 『매일신보』, 1918.6.25.

존재하고 있었던 것이다.

두 번째는 지면이 축소되어도 소설은 결코 배제되지 않는다는 점이다. 『매일신보』는 1910년대 내내 하루 네 개 지면을 발행했다. 하지만 1910년대 말 그 절반인 두 개 면만 발행했던 적이 잠시 있었다. 1917년 10월 초순, 일본에 몰아친 폭풍우로 인해 신문 용지 공급에 차질이 생기자 『매일신보』는 1917년 10월 5일자(제3619호)부터 10월 16일자(제3628호)까지 9일 동안 단 두 개 면만 발행하게 된다.[128] 이 때는 진학문의 「홍루」(1917.9.21~1918.1.16)가 연재 중이었다. 지면이 절반으로 축소되면서, 1면 '사설'이 사라지고 그 자리에는 2면에 있었던 외보가 위치한다. 또한 1면의 '외사편언(外事片言)'과 2면의 '무족언(無足言)', 4면의 '지방통신'이 생략된다. 이 외에 2면과 3면의 기사들은 그 분량이 각각 절반 정도로 축소되어 게재된다. 하지만, 신문의 가장 핵심이라 할 수 있는 '사설'이 사라지는 와중에서도 소설 「홍루」만은 종전과 같이 그대로 게재된다.[129] 이는 『매일신보』가 소설을 '사설' 이상으로 중요하게 인식했음을 말해준다. 이러한 사실은 『매일신보』가 가졌던 소설에 대한 관심과 배려가 매우 컸음을 상징적으로 보여준다고 할 수 있다.

이러한 두 사례는 1910년대 『매일신보』 편집진들이 가진 소설에 대한 관심이 결코 '사설' 못지 않았음을 말해준다. 역으로 이는 당시 『매일신보』의 소설이 강력한 독자 동원 능력을 갖고 있었음을 증명한다고 할 수 있다. '대체 소설'의 게재나 지면 축소 시에도 소설이 살아남

---

[128] '급고', 『매일신보』, 1917.10.5; 「본지 이혈에 대ᄒᆞ야」, 『매일신보』, 1917.10.10; 『매일신보』, 1917.10.16 참조.
[129] 네 개 지면 발행시에는 4면에 위치했으나 두 개 지면으로 축소되면서부터는 1면에 게재된다.

았던 것은 소설이 갖고 있었던 독자 흡입력을 당시 편집진들이 잘 알고 있었기 때문이다. 따라서 『매일신보』에 대한, "매신이 기관지가 된 이후로는 전력을 소설에 경(傾)함은 가엄(可掩)치 못할 사실"[130]이라는 지적은 소설에 대한 1910년대 『매일신보』의 관심과 배려가 결코 소홀하지 않았음을 단적으로 증언하는 것이라고 할 수 있다.

2) 소설에 대한 인식과 소설론의 변화

(1) 소설에 대한 인식

1910년 강제병합 이전의 소설은 오늘날의 기준으로 보면 매우 이질적이다. 천주교 기관지였던 『경향신문』의 서사와 편집자 해설이 결합된 것이나 『대한매일신보』의 역사전기류, 『대한민보』의 '신소설'류의 작품 및 대화토론체 장편소설 등이 혼재된 모습은, 소설에 대한 인식이 오늘날에 비해 상대적으로 그 폭이 컸음을 보여준다. 강제병합과 함께 매체들이 통폐합되면서, 이러한 다양한 형태의 소설들도 급격하게 정리·재편된다. 『경향신문』의 편집자 해설의 직접적인 노출은 서사 속으로 간접화되며, 『대한매일신보』와 『대한민보』의 역사전기류나 대화토론체 소설들은 그 모습을 감추게 된다. 이러한 모습들은 다양한 서사물의 '배제'와 소설 개념의 그 나름의 '정돈' 과정으로 정리할 수 있다.[131] 이는 소설사의 자연스런 진행과정이거나, 한일 강제병합

---

130 간당학인, 「매일신보는 엇더한 것인가」, 『개벽』, 1923.7, 55쪽.
131 김재영, 「1910년대 '소설' 개념의 추이와 매체의 상관성」, 『한국 근대 서사양식의 발생 및 전개와 매체의 역할』, 소명출판, 2005, 247쪽. 김재영은 이러한 소설 개념의 '배제'와 '정돈'을 우리

으로 인한 객관적 상황의 악화에서 기인하는 문제들이다.

강제병합 전 다양한 스펙트럼을 보여주었던 소설들에 대한 '배제'와 '정돈'은 강제병합 후 『매일신보』 소설론의 반영 및 결과라고 할 수 있다.[132] 그렇다면 '배제'와 '정돈' 뒤 과연 무엇이 남은 것일까. 『매일신보』는 무엇을 소설이라고 인식한 것일까. 이는 먼저 『매일신보』의 소설 연재 전후의 각종 안내문을 통해 그 단서를 찾을 수 있다.

> 무릇 쇼셜은 톄지가 여러 가지라 한 가지 전례를 들어 말홀 수 업스니 혹 정치를 언론호 쟈도 잇고 혹 정탐을 긔록호 쟈도 잇고 혹 샤회를 비평호 쟈도 잇고 혹 가정을 경계호 쟈도 잇스며 기타 륜리 과학 교계 등 인싱의 쳔ᄾ만ᄾ 중 관계 안이되는 쟈이 업ᄂ니 샹쾌ᄒ고 악착ᄒ고 슯ᄒ고 즐겁고 위티ᄒ고 우슌 것이 모다 다 됴흔 지료가 되야 긔쟈의 붓ᄭ을 ᄯᆞ라 ᄌ미가 진ᄾ호 쇼셜이 되나 그러나 그 지료가 미양 녯사름의 지나간 쟈최어나 가탁의 형질 업ᄂ 것이 열이면 팔구는 되되 근일에 져슐호 박졍화 화셰계 월하가인 등 수삼 죵 쇼셜은 모다 현금에 잇ᄂ 사름의 실디 ᄉ젹이라 독쟈 졔군의 신긔히 녁이ᄂ 고평을 임의 만히 엇엇거니와 이졔 ᄯᅩ 그와 ᄀᆺ흔 현금 사름의 실젹으로 화의혈(花의血)이라 ᄒᄂ 쇼셜을 시로 져슐홀 시 허언랑셜은 한 구졀도 긔록지 안이ᄒ고 뎡녕히 잇ᄂ 일동 일졍을 일호 차착 업시 편즙ᄒ노니 긔쟈의 지됴가 민텹지 못홈으로 문쟝의 광치ᄂ 황홀치 못홀 지언뎡 ᄉ실은 젹확ᄒ야 눈으로 그 샤름을 보고 귀로 그 ᄉ졍을 듯ᄂ 듯ᄒ야 션악간 죡히 밝은 거울이 될 만홀가 ᄒ노라[133]

'소설'이 갖고 있었던 다양한 가능성이 축소되는 과정으로 평가한다.

132 강제병합 전의 대화체 소설이 『매일신보』에서 완전히 사라진 것은 아니다. 1910년대 『매일신보』에는 대화체 소설이 단 두 편 존재한다. 「육맹회개」(1912.8.16~17)와 「장원례」(1913.1.8)가 그것이다. 모두 단편이며, 국한문체로 되어 있다는 점이 특징이다.

긔쟈 왈 쇼셜이라 ㅎ는 것은 미양 빙공착영(憑空捉影)으로 인졍에 맛도록 편즙ㅎ야 풍속을 교졍ㅎ고 샤회롤 경셩ㅎ는 것이 뎨일 목뎍인 즁 그와 방불ㅎ 사룸과 방불ㅎ 스실이 잇고 보면 익독ㅎ시는 렬위부인, 신스의 진々ㅎ 즈미가 일 층 더 싱길 것이오 그 사룸이 회기ㅎ고 그 스실을 경계ㅎ는 됴흔 영향도 업지 안 이홀지라 고로 본 긔쟈는 이 쇼셜을 긔록홈이 스々로 그 즈미와 그 영향이 잇슴을 바르고 쏘 바르노라[134]

긔쟈가 쇼셜을 져슐홈이 임의 십여 지 광음이라 날로 붓을 드러 수 쳔만 언을 긔록홈이 실로 지리 신산홈을 왕々 견디기 어려온 째가 만으나 한갓 결심ㅎ기를 아모조록 힘과 졍신을 일층 더ㅎ야 악흔 쟈를 경계ㅎ고 착흔 쟈를 찬양ㅎ며 혹 직셜도 ㅎ며 혹 풍즈도 ㅎ야 사룸의 칠졍에 감촉될 만흔 공젼졀후의 신쇼셜을 져 슐코져 ㅎ나 미양 붓을 들고 조회에 림홈이 싱각이 삭막ㅎ고 문견이 고루ㅎ야 ㅁ 움과 글이 갓지 못홈으로 익독 졔씨의 진々흔 취미를 돕지 못ㅎ얏스니 이는 긔쟈의 비홀 디 업시 붓그러온 바이로다 그러나 취미 업는 글도 취미 잇게 보면 취미가 즈연 싱기는 법이며 쏘 혹쟈의 말을 드른즉 본 긔쟈의 져슐흔 바 쇼셜이 취미는 업지 안이ㅎ나 미양 허탄무거ㅎ고 후분을 다 말ㅎ지 안이ㅎ는 두 가지 결뎜이 잇다 ㅎ나 이는 결코 싱각지 못흔 언론이라 ㅎ노니 엇지ㅎ야 그러ㅎ냐 ㅎ면 쇼셜의 셩질이 눈에 뵈이고 귀에 들니는 실젹만 드러 긔록ㅎ면 취미도 업슬 쏜안이라 한 긔스에 지나지 못홀 터인즉 쇼셜이라 명칭홀 것이 업고[135]

---

133 『매일신보』, 1911.4.6. 「화의 혈」 첫회 작가 서문.
134 『매일신보』, 1911.6.21. 「화의 혈」 마지막회 작가 후기.
135 『매일신보』, 1912.5.1. 「탄금대」 마지막회 작가 후기.

이해조의 유명한 소설론이다. 여기에서는 소설에 대한 인식이 드러난 지점들에 주목해야 한다.[136] 이는 크게 세 가지로 정리할 수 있다. 첫째, 소설은 "녯 사롬의 지나간 쟈최어나 가탁의 형질 업눈 것"이 아닌 "현금에 잇눈 사롬의 실디 ᄉ젹"이라는 것이다. 둘째, 소설은 "빙공착영(憑空捉影)"으로 "그와 방불훈 사롬과 방불훈 ᄉ실"을 그리는 것이다. 셋째, 소설의 "뎨일 목덕"은 "풍쇽을 교졍ᄒ고 샤회룰 경셩ᄒ눈 것"이다. 매우 소박하긴 하지만 소설에 대한 근대적 인식이 눈에 띈다. 이해조가 강조하는 "현금에 잇눈 사롬의 실디 ᄉ젹"은 말 그대로 실제 현실 속 인물이나 사건이 아닌 현재 실제로 있을 수 있는 일로 이해해야 한다. 묘사의 사실성, 즉 근대소설의 중요한 지표 중의 하나인 리얼리티 및 리얼리즘에 대한 초보적 인식인 것이다. 이는 두 번째 정리, 즉 "실디"가 아닌 "그와 방불훈" 것을 그리는 것이 소설이라는 논리에서 더욱 명확해진다. 소설의 가장 기본적 자질인 '개연성 있는 허구'에 대한 인식이 자리잡혀가는 모습이다. 만약 이와 반대로 "눈에 뵈이고 귀에 들니눈 실젹만 드러 긔록ᄒ"게 된다면, 이는 소설이 아닌 "한 긔ᄉ에 지나지 못홀 터"이기 때문이다. 허구적 자질의 유무로 소설과 기사를 구분하고 있는 것이다. 소설에 대한 초보적이면서도 가장 기본적인

---

136 이 글에서는 '작가의 소설론=매일신보의 소설론'으로 파악하고자 한다. 강제병합 후 단행된 강력한 언론통폐합 정책 하에서, 더구나 총독부 기관지 『매일신보』의 기자로서, 작가들이 신문(또는 총독부)의 제작이나 편집방침과 배치되는 글은 쓸 수 없었기 때문이다. 이는 이광수, 진학문 등 외부 인사들의 경우도 마찬가지이다. 다음과 같은 1910년대 『매일신보』 소설에 대한 연구도 이러한 시각에 많은 참고가 된다. "『매일신보』의 소설들이 신문 정책과 긴밀한 관계에 놓일 수밖에 없었음은 어쩌면 당연한 일이었다. 다시 말해, 『매일신보』에는 논설란과 소설란이 명확하게 분리되어 있었지만, 그럼에도 불구하고 연재소설의 작가가 주로 신문의 편집진이었기 때문에 연재소설은 신문의 편집 방향에 많은 영향을 받을 수밖에 없었던 것이다."(이희정, 「1910년대 『매일신보』 소재 소설 연구」, 경북대 박사논문, 2006, 17~18쪽)

인식의 발생 및 정착을 뚜렷이 확인할 수 있다.

허구적 자질의 여부로 소설과 기사를 구분하는 것은 『매일신보』기사 제목에서도 확인이 가능하다.

● 珍奇호 結婚式 新婦는 身分이 高貴호 美人. 目下 歐洲의 交際에 珍奇호 結婚이라고 喧傳호는 小說的 珍談이 有호니[137]

● 寒月照奇緣 ◀쇼셜과 ㅈ흔 긔이호 인연▶[138]

● 薄命紅顏의 悲境 ◀박명호 녀인의 쳐량호 신셰▶ ◀텬연호 쇼셜덕의 긔ㅅ로군▶[139]

첫 번째는 가난한 남성이 부유한 귀족 여성과 결혼한다는 내용이다. 두 번째는 헤어진 남편을 온갖 우여곡절 끝에 재회한다는 실제 중국에서 있었던 어느 여성에 대한 이야기이다. 세 번째는 남편을 배신하는 여인의 이야기이다. 이들은 모두 "현금에 잇는 사롬의 실디 ㅅ적"이다. "소설적(小說的)"이거나 "쇼셜과 ㅈ흔" 이야기일 수도 있는 "한 긔ㅅ에 지나지 못"하는 "실젹"에 불과하다. 따라서 이들은 당연히 소설이 아닌 일반 기사로 존재하고 있다. 강제병합 이전의 신문들에서는 소설로 취급되었을 가능성이 매우 높았겠지만, 사실과 허구의 경계가 자리잡혀 가고

---

137 『매일신보』, 1911.8.15.
138 『매일신보』, 1912.4.9.
139 『매일신보』, 1913.10.29~31.

있었던 『매일신보』에서는 일반 기사로 처리될 수밖에 없었던 것이다. 이는 신문이 '사실'로 유통되는 글쓰기로서 안정됨과 동시에 소설은 '허구'의 글쓰기로서 분명하게 자리를 잡아나가는 모습을 뚜렷이 증거한다.[140]

또한 여기서 간과해서는 안 될 것은 "취미"와 "즈미"에 대한 관심이다. 다음의 글은 독자의 "취미"와 "즈미"를 위해 이해조(또는 『매일신보』)가 얼마나 고심했는가를 보여준다.

> 변ᄒᆞᄂᆞᆫ 것은 텬디의 즈연ᄒᆞᆫ 리치라 그럼으로 무슴 물건이던지 궁ᄒᆞᆷ이 오리면 반ᄃᆞᆺ시 통ᄒᆞ고 난ᄒᆞᆷ이 오리면 반ᄃᆞᆺ시 합ᄒᆞ고 그 남아치란 흥망 셩쇠 강약 부귀 빈쳔이 모다 슌환ᄒᆞᆷ을 말지안이ᄒᆞ야 무궁ᄒᆞᆫ 조화가 ᄲᅢ마다 싱기거눌 만일 한 가지ᄅᆞᆯ 교슈(膠守)ᄒᆞ고 변ᄒᆞᆯ 줄을 모로는 쟈는 텬디 리치ᄅᆞᆯ 위반ᄒᆞ고 스스로 부패ᄒᆞᆷ을 취ᄒᆞᆷ이로다 본 긔쟈가 십여 년 광음을 쇼셜에 죵ᄉᆞᄒᆞᆯ 시 구쇼셜의 부패ᄒᆞᆫ 언론이 지금 이십 셰긔 시ᄃᆡ에 맛지 안임을 ᄭᅢ닷고 한 번 변ᄒᆞ기를 위쥬ᄒᆞ야 신쇼셜 톄지ᄅᆞᆯ 톄지ᄅᆞᆯ 발명ᄒᆞ야 임의 이삼십 죵의 쇼셜을 져슐ᄒᆞᆫ 바 이독ᄒᆞ시는 강호 졔군의 격졀 탄샹ᄒᆞᆷ심을 엇엇ᄉᆞ오나 쇽언에 됴ᄒᆞᆫ 노리도 오리 부르면 듯기 실타는 것과 ᄀᆞᆺ치 신쇼셜도 여러 ᄒᆡ를 날마다 디ᄒᆞ면 지리ᄒᆞᆫ 싱각이 즈연 싱기리니 이는 독쟈 졔군만 그러실 ᄲᅮᆫ안이라 져슐쟈도 날로 붓을 잡음이 지리ᄒᆞᆫ 싱각을 금치 못ᄒᆞ니 이는 다름이 안이라 시것이 오램이 변ᄒᆞᆯ 긔회가 니름이로다 그럼으로 긔쟈가 연구ᄒᆞ고 ᄯᅩ 연구ᄒᆞ야 쇼셜 톄지ᄅᆞᆯ ᄯᅩ 한 번 변ᄒᆞ되[141]

독자의 "지리ᄒᆞᆫ 싱각"을 없애고 재미와 흥미를 제공하기 위한 이해

---

140 권보드래, 『한국 근대소설의 기원』, 소명출판, 2002, 226쪽 참조.
141 '소설 예고', 『매일신보』, 1911.9.29.

조의 고심과 노력을 엿볼 수 있다. 강제병합과 함께 총독부와 『매일신보』가 이해조를 비롯한 소설 집필자들에게 요구한 것은 대중적 흥미의 제고였다.[142] 1910년대 이해조 '신소설'의 계몽성이 크게 변질·후퇴한다는 점과 이해조 이후 등장하는 조중환이나 이상협 등의 번안소설들이 한층 강화된 대중성과 오락성을 가졌다는 것도 이의 한 방증이다. 이는 『매일신보』의 독자를 확보하기 위한 적극적 노력의 일환이다. '풍속 교정'과 '사회 경성'을 추구하면서 동시에 '재미'와 '취미'를 강조하는 것은, 1910년대 『매일신보』 소설 안내문이나 연재예고 전체에 걸쳐 공통되는 내용이다.

이런 방식으로 소설에 있어 재미, 즉 대중성과 오락성에 대한 강조는 앞서 살펴본 '소설적 기사'들에서도 찾아볼 수 있다. 이들은 모두 실제 있었던 사실이다. 그렇다면 "소설적"이라는 의미는 무엇일까. 「소설적 혁명부인전」(1912.6.8~11), 「소설적 호사다마」(1912.7.4), 「명탐정 고심담」(1915.8.22~26),[143] 「비참훈 세민(細民)의 생활」(1918.8.15)[144] 등이 대표적 '소설적 기사'들이다. 이들은 모두 실제 사건을 기록·보도한 기사들이다. 하지만 그 내용은 결코 평범한 일상의 모습이 아니다. 일상사나 평범한 삶의 모습이 아닌 파란만장하고 우여곡절을 겪은 사람들의 삶과 그와 관련된 사건들을 공통 내용으로 하고 있다. 특히 「명탐정 고심담」은 범인의 도주와 이를 뒤쫓는 형사들의 치밀한 추리와 과

---

142 김영민, 『한국 근대소설의 형성과정』, 소명출판, 2005, 159쪽.
143 제목에는 '소설'이란 말이 없지만, 시작 부분에 다음과 같은 구절이 있어 '소설적 기사'로 볼 수 있다. "그 흉한을 잡기 위ᄒᆞ야 동경 경시청 형사가 고심ᄒᆞᆫ 것이 실로 소설보다도 ᄌᆞ미 잇고 한 번 볼 만ᄒᆞ기로 이에 그 정탐 고심담을 게지ᄒᆞ건ᄃᆡ"(「명탐정 고심담」, 『매일신보』, 1915.8.22).
144 부제가 "쇼설 이상 비참훈 로동쟈의 가뎡"이다.

학적 수사 기법 등이 매우 흥미진진하게 그려져 있다. 시작 부분의 실제 사건임을 말해주는 부분만 없다면, 이 글을 소설로 봐도 하등 문제될 것이 없을 정도이다. 결국 이들 기사가 "소설적"으로 규정된 이유는, 이들 기사가 일상에서 흔히 볼 수 없는 진기한 이야기, 즉 "취미"와 "ᄌ미"를 가지고 있기 때문이다. 다시 말해 『매일신보』는 '사람들의 흥미를 끌 수 있는 일상에서 흔히 마주칠 수 없는 진기하고 재미있는 이야기'가 곧 소설이라고 생각했던 것이다. 따라서 대중성과 오락성을 갖춘 소설들로 신문의 독자를 확보하면서 거기에 총독부가 요구하는 계몽성을 틈입시키는 것이 1910년대 『매일신보』가 가졌던 소설에 대한 인식, 즉 소설론이었으며, 소설란의 실체였던 것이다.

(2) 문체에 따른 독자의 분리

앞서 살펴본 대로 『매일신보』가 가진 소설에 대한 관심과 배려는 결코 작은 것이 아니었다. 하지만 1910년대 전반기 『매일신보』의 소설론은 이중적인 모습을 보인다. 1910년대 전반기 『매일신보』는 여러 지면을 통해 줄곧 소설에 대한 부정적인 논리를 전개하고 있기 때문이다.

▲朝鮮 現下의 書籍店을 見ᄒ건디 其 發賣ᄒᄂ 書籍이 高尙ᄒ다 謂홀쏜 低下ᄒ다 謂홀쏜 此가 卽 朝鮮 人民의 程度標 ▲所謂 書籍은 道德도 不關 文章도 不關 科學도 不關이오 但 諺文小說 等 雜種書類에 不過ᄒ니 此가 果然 高尙ᄒ다 홀쏜 ▲書籍이 若是히 低下ᄒ즉 人民의 知識은 天으로 從ᄒ야 降홀쏜 地로 從ᄒ야 出홀쏜 自然 野昧域으로 共同 埋홀 지니 ▲數千 年 文華 古族으로 엇지 寒心치 안이ᄒ리오 或 幾種의 古書籍이 有홀 지라도 此를 珍貴로 不知ᄒ고 反히 休紙用 ▲

此と 書籍店을 責홀 바이 안이라 一般 購讀者의 眼目이 低下홈이니 購讀者가 無
혼 書籍을 誰가 著ㅎ며 誰가 刊홀산[145]

소설에 대한 부정적인 생각을 엿볼 수 있는 대표적인 글이다. 『매일
신보』는 사설, 단평, 외부칼럼 등을 통해 소설에 대한 직접적인 의견을
여러 차례 표명한다. 하지만 그 내용은 모두 이같이 부정적인 내용으
로 채워져 있다. 현재 발행되고 있는 서적의 정도로 그 나라 사람들의
수준을 짐작할 수 있는데, 조선에서는 "언문소설(諺文小說)"이 주류를
이루고 있어 그 수준이 매우 낮다는 논리이다. "언문소설"이 아닌 다른
분야의 "고상(高尙)"한 서적의 발행이 없는, 즉 발행 서적의 종류나 양이
극히 적다는 것도 낮은 수준이 초래된 또다른 원인이다. 하지만 『매일
신보』는 이 같은 발행서적의 종류나 양의 문제보다는 소설 자체에 보
다 큰 책임이 있다는 논리를 전개하고 있다. 이는 현재 발행서적의 주
류를 이루고 있는 "언문소설"을 "잡종서류"와 동급으로 보고 있는 데서
단적으로 확인된다. "언문소설"로 대표되는 "잡종서류"는 도덕, 문장,
과학 등과 관계가 없는데, 이것이 "언문소설"이 "고상"하지 못한 최대
의 이유가 된다. 따라서 "고상"하지 못한 "언문소설"이 발행서적의 대
다수를 이루고 있는 현재 조선 사람들은 그 수준이 낮을 수밖에 없다
는 것이다. 소설 그 자체와 출판, 독서 등 소설에 대한 인식이 상당히
부정적임을 확인할 수 있다. 이는 앞서 살펴본 『매일신보』의 소설에
대한 관심과 배려를 생각하면 모순이 아닐 수 없다.
　이 같은 모순은 사용 문체에 따라 독자가 구분되었던 당시의 독서

---

145 '내외단평', 『매일신보』, 1913.2.23.

현실과 밀접한 관련이 있다. 근대계몽기 이후 우리의 독서 현실은 (국)한문 사용층과 한글 사용층이 비교적 뚜렷이 구분되어 있었다. 따라서 근대계몽기 신문에 있어 문체의 선택은 그 어느 것보다 중요했다. 신문의 문체 선택은 곧 대상 독자 계층의 문체와 직결된 것이었기 때문이다. 이는 계몽의 대상 및 그에 따른 논조, 나아가 신문사의 경영에도 직접 영향을 미치는 요소였다. 『대한매일신보』가 국문판과 국한문판, 영문판을 따로 발행한 것과 『만세보』가 부속국문이라는 당시로선 새로운 문체를 사용한 것은 신문의 독자 선택과 획득에 대한 고민을 단적으로 증거한다.[146] 근대계몽기 신문들이 가졌던 이 같은 사용 문체에 대한 고민은 일반 기사는 국한문 혼용체로, 소설은 순한글체라는 방법으로 정리·정착된다.

문체에 따른 사용계층을 도식적으로 나누면, (국)한문 사용층은 주로 식자층, 한글의 사용층은 주로 "부인사회와 보통ㅅ회"[147]가 된다. 근대계몽기 이래 대다수의 소설이 한글로 되어 있다는 사실은, 소설의 주 독자가 한글을 주로 사용하는 일반 대중독자임을 말해준다. 따라서 근대계몽기 이래 각 신문들은 이러한 계층에 따라 사용 문자가 달랐던 현실적 상황을 고려하여 그에 적절한 소설을 게재했던 것이다. '소설=한글=일반 대중 독자'[148]라는 도식은 1910년대 『매일신보』에도 그대로 이어진다.

---

[146] 근대계몽기 신문들이 가졌던 문체에 대한 고민과 독자와의 관계에 대한 상세한 논의는 다음의 연구를 참조할 수 있다(김영민, 『한국 근대소설의 형성과정』, 소명출판, 2005, 67~109·177~193쪽 참조; 김영민, 『한국의 근대신문과 근대소설』 1(대한매일신보), 소명출판, 2006, 62~122쪽 참조).

[147] 「옮긔쳐셔」, 『대한매일신보』(국문판), 1907.5.23.

[148] 이를 단적으로 보여주는 것이 『대한매일신보』의 「슈군의 데일 거록ᄒ 인물 리슌신젼」의 경우이다. 이 작품은 『대한매일신보』 국한문판에서는 소설란에 위치하지만, 국한문판에는 '위인유적'란에서 볼 수 있다. 이에 대한 상세한 논의는 다음을 참고할 것. 김영민, 『한국의 근대신문

今에 純諺報를 漢報에 合刊홈에 對ᄒ야 或 純諺報는 廢刊이라 誤解홀 듯ᄒᄂ 此는 不然ᄒ니 漢報 及 諺報가 讀者 各異ᄒ야 漢報 讀者는 諺報를 不讀ᄒ고 諺報 讀者는 漢報를 不讀ᄒ야 趣味가 一致치 못홈을 恒常 遺憾이 不無ᄒ더니 合刊 後 에는 一張紙에 足히 兩方의 記事를 包括홀지라 內地 各 新聞을 試觀ᄒ건디 日文 及 漢文을 並用ᄒ고 純日文紙는 無ᄒ니 此로 由ᄒ야 想象ᄒ면 朝鮮報紙도 寧히 純諺文을 漢報에 合刊홀지언졍 特히 純諺報의 別設홀 必要가 無홀지로다 本紙 를 讀홀 時에 諺文만 解ᄒ는 者이라도 其 記事가 前日에 比ᄒ면 도로혀 夥多ᄒ고 漢文을 讀ᄒ는 者는 諺報 一通을 添得홈이니 可히 讀者의 便宜라 謂홀지오 可히 本紙의 榮光이라 謂홀지라[149]

由來의 本紙도 往日에 比ᄒ면 多大혼 發展과 多大혼 改良이라 홀지도 社會의 進運을 伴ᄒ야 讀者 諸氏의 智識이 愈益 發達혼 今日에는 到底히 由來의 本紙로 써 滿足타 ᄒ야 諸君의 前에 提供키 不能혼 故로 全 社員이 大々的 活動을 試ᄒ 야 記事의 綜核詳悉을 爲主ᄒ고 社會의 森羅萬象을 包括ᄒ야 日月所照와 霜露所 墜에 凡 有血氣者는 莫不捕捉ᄒ야 我 筆端으로 模寫ᄒ고 我 紙面에 配藏홀 시 本 日브터 紙面을 大擴張ᄒ고[150]

유러의 본 신보도 이왕에 비교ᄒ면 크게 발젼ᄒ고 크게 기량ᄒ얏다 홀지라도 샤회의 진보홈을 ᄯ라 독쟈 졔군의 지식이 더욱 발달혼 오늘날의는 도뎌히 만족 지 못혼 고로 전부 샤원이 대활동을 시험ᄒ야 긔스는 ᄌ셰홈을 쥬쟝ᄒ되 샤회의

과 근대소설』 1(대한매일신보), 소명출판, 2006, 98~99쪽.
149 '사설', 「본지의 대확장」, 『매일신보』, 1912.3.1.
150 '사고', 『매일신보』, 1912.3.1.

만반 스위와 세계의 일톄 동졍을 혼아도 유루 업시 본보 지면을 크게 확쟝ᄒ고[151]

ᄯᅩ 한 가지는 朝鮮文으로 三面 記事를 作成하야 中流 以下의 階級과 家庭女子
애 즉지 안이한 智識을 十年 間이나 ᄭᅮ준이 준 것이다[152]

1910년대 『매일신보』도 문체에 따라 독자층을 달리 인식했음을 뚜렷이 확인할 수 있다. 우선, 현재 국문판 『매일신보』의 실체를 확인하지 못해 확언할 수는 없지만, 위 인용문을 통해 국문판과 국한문판 신문의 독자가 겹치지 않았음은 확실하다고 할 수 있다. "한보(漢報)"(국한문판)와 "언보(諺報)"(국문판)의 독자가 서로 달랐으며, 그들은 각각의 신문만 읽었던 것이다. "취미가 일치치 못"하다는 것은 각 문체에 따라 독자들의 기호(嗜好)에도 차이가 있었음을 나타낸다. 이는 한글소설들이 국한문판 독자들의 읽을거리가 아니었음을 강하게 시사한다. 두 번째와 세 번째 인용은 같은 날 2면과 3면에 각각 게재된 '사고(社告)'이다. 이들은 사용 문자만 다를 뿐 내용은 완전히 일치한다. 이러한 '사고' 게재 방식을 통해서도 신문의 독자가 문체에 따라 달랐음을 알 수 있다. 따라서 1910년대 전반기 『매일신보』의 한글소설은 주로 부녀자층을 비롯한 일반 대중들의 읽을거리였던 것이다.

(3) 한글 소설에 대한 반감(反感) - 1910년대 전반기 소설론

『매일신보』의 소설론이 게재되는 곳은 주로 1면의 사설 및 칼럼란

---

151 「슌언문 신문의 합병」, 『매일신보』, 1912.3.1.
152 간당학인, 「매일신보는 엇더한 것인가」, 『개벽』, 1923.7, 55쪽.

이다. 그런데, 이들 글 속에서 『매일신보』의 소설론은 간접적으로 개진된다. 다시 말해, 소설론 자체가 글의 주제가 아닌 다른 논지를 전개하는 과정에서 증거의 하나로 동원되는 양상이다. 이 시기 『매일신보』의 소설론은 주로 서적의 중요성이나 독서 및 한문(학)의 필요성을 강조하는 내용의 글 속에서 확인이 가능하다.

大凡 某國을 勿論ᄒᆞ고 其 國에 入ᄒᆞ야 人民의 文野를 考察코져 홀 진디 (…중략…) 不可不 其 人民의 觀覽ᄒᆞᄂᆞᆫ 書籍의 性質 如何와 賣買 如何를 察ᄒᆞ면 一寸一尺의 短長을 不失홀 지라 若 流行ᄒᆞᄂᆞᆫ 書籍이 高等의 意味가 多ᄒᆞ면 其 人民의 卓越홈을 可知홀 지오 下等의 意味가 多ᄒᆞ면 其 人民의 低下홈을 可知홀 지며 又 書籍의 賣買가 多ᄒᆞ면 其 人民의 文明홈을 可知홀 지오 書籍의 賣買가 少ᄒᆞ면 其 人民의 野昧홈을 亦 可知홀 지라 (…중략…) 朝鮮 今日의 所謂 出板物은 或 語學 或 算術學 及 諺小說 若干에 不過ᄒᆞ고 其 道德의 如何와 文章의 如何ᄂᆞᆫ 幷히 笆籬物로 視ᄒᆞ니 人民 來日의 如何 低下와 如何 野昧ᄂᆞᆫ 不言可知홀 지로다[153]

大抵 漢文은 東洋의 語學이라 雖 方言은 不知홀 지라도 漢文만 了解ᄒᆞ면 可히 衷情을 相通홀 지며 又 東洋 幾千 年 以來의 事情이 必 漢文 中에 在ᄒᆞ야 帝王의 成敗도 漢文이 안이면 可知치 못홀 지며 (…중략…) 況 朝鮮은 漢文을 我文보다 重視ᄒᆞ야 道德도 漢文에 在ᄒᆞ고 法律도 漢文에 在ᄒᆞ야 所謂 諺文은 幾種 小說에 不過ᄒᆞ니 彼 幾種 小說로 能히 修身齊家의 日用事業을 履行홀〻 (…중략…) 一般 學生은 所習 學科를 溫存ᄒᆞᄂᆞᆫ 餘暇에 必 漢文을 旁求ᄒᆞ야 走者의 附翼과 角者의 添齒를 得ᄒᆞ야 適當ᄒᆞᆫ 才器를 養成ᄒᆞ기를 希望ᄒᆞ노라[154]

153 '논설', 「서적의 정도」, 『매일신보』, 1911.9.21.

우선 당시 소설이 가장 인기 있는 서적이자 상품이었음을 엿볼 수 있다. 하지만 소설에 대한 『매일신보』의 입장은 매우 비판적·부정적이다. 소설은 "어학"이나 "산술학" 등의 실용서 수준으로 취급되고 있으며, 또한 "도덕"과 "문장" 등과도 대척적인 위치로 설정되어 있다. "약간에 불과" 또는 "기종(幾種) 소설에 불과" 등의 표현에서 볼 수 있듯이, 소설에 대한 『매일신보』의 시선은 그리 호의적이지 않다. 한 마디로 정리하면, 소설은 '하찮은 것'이다. 하지만, 여기에서 주목해야 할 점은 이 비판이 누구를 향하고 있는가 하는 점이다. 위 인용문과 같은 국한문체를 독해할 수 있거나 주로 읽는 독자는 주로 식자층(지식 청년)임은 앞서 살펴본 바 있다. 그렇다면 『매일신보』는 이들 식자층이 소설을 접하거나 읽는 것에 대해 비판적인 입장을 취하고 있는 셈이 된다.

『매일신보』에 의하면 나라의 문명 정도는 그 나라 사람들이 읽는 책과 유통 여하에 달렸다고 한다. 만약 "고등(高等)"한 서적이 많으면 "탁월(卓越)"한 것이고, 아니면 반대라는 것이다. 서적의 매매 또한 그 정도 여하에 따라 마찬가지이다.[155] 이 같은 논리라면 소설은 "고등"한 것이

---

154 '사설', 「한문의 영체」, 『매일신보』, 1914.2.19.
155 『매일신보』는 이를 구체적 수치로 제시하기도 한다. "▲대저 서적은 문명의 원조이라 서적이 유치ᄒᆞ면 기(其) 인민도 역(亦) 유치ᄒᆞ고 서적이 영성(零星)ᄒᆞ면 기 인민도 역 영성홀 지라 ▲고로 모 국(國)을 물론ᄒᆞ고 기 국의 정도를 견(見)코져 홀 진ᄃᆡ 불가불 기 서적의 품질 고하와 발수(發售) 다소를 찰(察)홀 지니 ▲현금 문명 열방은 서적이 일출(日出)ᄒᆞ야 자국의 문명만 종진(從進)홀 뿐안이라 타국의 안목ᄭᆞ지 경동(驚動)ᄒᆞᄂᆞᆫ 도다 ▲취중(就中) 덕국은 연년히 서적의 각국 발수가 통상의 대종(大宗) 수출품을 작(作)흔 지라 ▲서적 수입의 가액(價額)을 고찰ᄒᆞ건ᄃᆡ 501,007,000마극(馬克)에 불하ᄒᆞᄂᆞᆫᄃᆡ 기 국별은 ▲오흉(奧匈) 연방이 20,849,000마극이오 ▲서사공화국이 6,841,000마극이오 ▲아라사가 4,827,000마극이오 ▲북미합중국이 3,373,000마극이오 ▲법란서가 2,544,000마극이오 ▲영국이 1,516,000마극이오 ▲이태리가 992,000마극이오 ▲일본이 818,000마극이라 ▲차(此) 표로 유(由)ᄒᆞ야 관(觀)ᄒᆞ면 덕국의 문명 정도를 가지(可知)홀 지라 아(我) 조선의 서적계를 견(見)ᄒᆞ건ᄃᆡ 과연 여하흔 감상이 유(有)ᄒᆞ뇨 희(噫)" '팔면봉'(『매일신보』, 1912.4.10).

아닌 "하등(下等)"한 것이 된다. 조선의 문명 정도가 낮음을 알려주는 몇 종류(幾種)의 "언문소설"이 가장 성행하는 현실은, 그 미래가 "야매 (野昧)"할 수밖에 없다. 소설은 개인의 수신제가(修身齊家)는 물론, 농상 공업을 비롯한 다른 사업에도 전혀 도움이 안 된다고까지 비판된다. 따라서 일본과 같은 문명국이 되려면 책방 영업자는 소설 대신 "고등 의 서적"을 발행 · 판매해야 하고, 사람들은 "의무적(義務的)"으로 그것 을 읽어야 하는 것이다.[156] 『매일신보』는 당시 식자층에게 소설을 매 우 부정적으로 제시하고 있는 것이다.

또한 『매일신보』는 한문 공부를 소홀히 하면서 소설을 읽는 것에도 매우 비판적이다. "수신제가의 일용사업"이 모두 한문에 있는데, 이를 도외시한 채 소설에 빠져 있다는 것이다. 『매일신보』는 소설을 "잡종 서류(雜種書類)"[157]로 지칭한다. 즉 '소설=잡종서(雜種書)=하등(下等)의 의미'라는 등식이 성립되는 것이다. 이러한 "잡종서"인 소설을 읽으면 전 민족의 미래가 "야매"에 빠질 수밖에 없다. 따라서 배우는 학생들은 학과 공부 틈틈이 한문에도 큰 관심을 쏟아야 한다는 것이 『매일신 보』의 주장이다.

이를 통해 『매일신보』가 강조하는 것은 두 가지이다. "고등"의 의미 를 가진 서적을 발행하고 이를 읽을 것과 한문 공부에 관심을 가질 것 이 그것이다. 여기에서 중요한 것은 이것이 모두 소설에 대한 대안의 차원으로 제시된다는 점이다. 소설 대신 "도덕"과 "문장"에 도움이 될

---

156 '사설', 「서적계에 대흥야」, 『매일신보』, 1911.4.16; '논설', 「서적의 정도」, 『매일신보』, 1911. 9.21.
157 '내외단평', 『매일신보』, 1913.2.23.

서적을 발행하거나 읽어야 하며, 소설을 읽는 대신 한문에 힘써야 한 다는 것이 『매일신보』의 논리이자 주장이기 때문이다. 하지만 구체적 인 대안에 대해서는 『매일신보』도 매우 추상적이다. 전자의 경우에는, 신간이나 세계 역사·도덕·법률·정치 등의 서적 정도로만 제시된 다.[158] 후자의 경우도 마찬가지이다. 우주고금의 삼라만상의 진리를 얻을 수 있는 것이나 동양 수천 년의 지혜가 담긴 서적 정도가 그 대안 이기 때문이다.[159]

『매일신보』의 이러한 주장은 실현 가능성이 거의 없는 것임을 놓치 지 말아야 한다. 한문은 고전이라 간주하여 차치하고라도, 서적에 대한 것은 좀 더 세밀하게 따져 볼 필요가 있다. '무단통치'로 대변되는 1910 년대에, 강제병합 직후의 강력한 언론통폐합 정책과 소수의 종교 잡 지[160] 외에는 일체 발행될 수 없었던 시대적 상황에서, 『매일신보』가 말하는 "고등"의 서적 발행이 과연 현실적으로 가능했겠는가 하는 의 문이 생기기 때문이다. 『매일신보』가 독서의 대상으로 제시한 세계 역 사와 도덕, 정치에 관련된 책들은 강제병합 직후 총독부에 의해 '발매 분포금지도서목록'으로 지정되어 압수 및 금서 처분을 받았다.[161] 이를 생각하면, 『매일신보』에서 요구하는 서적의 발행 및 독서는 실현 가능 성이 거의 없다고 해도 과언이 아니다. 바로 이 때문에 『매일신보』도

---

158 '사설', 「구일 독서자에게 대ᄒᆞ야」, 『매일신보』, 1911.2.2; '사설', 「서적 구람을 권고홈」, 『매일 신보』, 1911.4.28.

159 '논설', 「문학사상의 쇠퇴」, 『매일신보』, 1911.7.7; '사설', 「고 일반 서적계」, 『매일신보』, 1912. 3.27.

160 1910년대 잡지 발행 상황에 대해서는 다음의 자료를 참고할 수 있다(김근수, 「무단정치시대의 잡지개관」, 『한국잡지개관 및 호별목차집』, 영신아카데미 한국학연구소, 1973).

161 「발매반포금지도서」, 『교과용 도서일람』, 조선총독부, 1913, 45~52쪽; 「출판업으로 대성한 제가의 포부」, 『조광』, 1938.12, 312~323쪽 참조.

구체적 서적 목록 제시 등이 아닌 막연하게밖에 말하지 못한 것이다.

『매일신보』는 식자층에게 (한글)소설은 극히 해로우며, 따라서 이를 멀리 할 것을 강력 주장하고 있다.[162] 하지만 『매일신보』는 비판과 금지의 대상을 '몇 종류의 소설' 정도로만 제시하고 있을 뿐, 구체적으로 무엇을 지칭하는가는 찾아볼 수 없다. 다만 당시 널리 읽혀지고 있던 한글소설들이라고만 추정할 수 있을 뿐이다. 이러한 소설 비판의 논리를 역으로 생각하면, 『매일신보』가 소설과 소설의 감화력을 크게 인정 또는 의식하고 있었다는 것을 알 수 있다. '전 민족이 야매를 자초'할 수 있을 정도로 소설의 감화력이 컸기 때문에 『매일신보』는 소설과 그 독서에 대한 부정적인 논리를 펼쳤던 것이다. 소설의 감화력이나 독자에게 미치는 영향이 미미했다면, 『매일신보』는 이처럼 여러 차례에 걸쳐 반대 논리를 펼치지는 않았을 것이기 때문이다.

(4) 소설 지위의 상승과 새로운 소설(가)에 대한 기대

소설에 대한 『매일신보』의 부정적인 시각은 1910년대 중반부터 변화를 보이기 시작한다.

---

[162] 사실 (한글)소설에 대한 부정적인 시각은 강제병합 전부터 꾸준히 제기되어 왔다. 『대한매일신보』의 경우가 가장 대표적이다. 『대한매일신보』의 소설론(관)은 국가나 민족 관념과 결부되어 있다. (한글)소설이 터부시되어야 하는 이유는 그것들이 국가 관념이나 민족 관념의 함양에 백해무익하다고 판단했기 때문이다. 이 같은 소설에 대한 부정적인 시각이 『매일신보』에도 그대로 이어지지만, 『매일신보』의 경우에는 그 비판의 내용이 완전히 변질되어 제시된다. 그것은 강제병합으로 인해 국가나 민족 관념에 대한 언급이 근본적으로 봉쇄되었기 때문이다. 강제병합 전의 소설론이나 『대한매일신보』의 소설론에 대해서는 다음의 연구를 참고할 수 있다. 문성숙, 『개화기 소설론 연구』, 새문사, 1994, 47~98쪽; 권보드래, 『한국 근대소설의 기원』, 소명출판, 2002, 103~122쪽; 김영민, 『한국의 근대신문과 근대소설』 1(대한매일신보), 소명출판, 2006, 113~122쪽.

廣求書籍而以學校所習科程之暇로 時々參考而讀之學之라야 可以有爲而近日 學生은 但知入校上學ᄒ고 退校運動ᄒ야 不知書籍之爲何益而略通外國語與唱歌 一면 自認而抱負高等學問ᄒ야 翱翔活動ᄒ야 傍若無人이라 是以로 學生家庭之文 机上에는 只有諺文小說與唱歌外國語冊之一二種이오 更無聖經賢傳地理歷史數 學與新聞雜誌之必要書籍ᄒ니 不知道德之爲何物이오 不知世界形便之爲如何ᄒ 니 欲就欲成인들 何以成就一며 欲知欲能인들 何以能之리오 我非以外語唱歌非之 也一라 但以彼爲專門之故也一니[163]

卽使讀者로 不得不拍案大呼ᄒ고 連聲絶叫曰 善哉善哉라 此何才子가 遽獲我心 이며 此何才子가 喝破我事오 ᄒ리니 然則 此實文章之眞蹄오 筆端之能事也로다 今第且無論何文ᄒ고 皆足以動人心思ᄒ며 移人意氣로디 而諸文之中에 尤能極其 妙而神其文者는 惟小說이 是已니 然則 小說이 可爲文學界之上乘也一明矣로다[164]

人情의 機微와 世態의 變幻을 予는 此롤 小說에셔 見ᄒ며, 思想의 美와 抒情敍 事의 妙롤 予는 此를 小說에셔 求ᄒ이라 我朝鮮에셔는 自來로 支那 腐儒의 惡影 響을 受ᄒ야 小說은 文人의 末技라고 一般 士子는 掛齒도 안이ᄒ며 (…중략…) 小說은 經典에 全히 無益ᄒ 者라고 排之斥之ᄒ얏스며 作者 自身도 「勸善懲惡」 이라는 口實 下에 自愧自卑ᄒ얏슴으로 小說은 但히 「이약이칙」이라는 淺近ᄒ 見解로 下流社會와 兒女子들의 消遣法에 供ᄒ얏슬 뿐이얏도다 噫라 小說의 眞義 가 豈其然乎리오(…중략…) 小說은 卽 美術의 一部로 그 主題삼는 바는 가장 圓 滿靈活ᄒ게 人生을 說明ᄒ에 在ᄒ고 그 重ᄒ는 바는 科學과 如히 客觀的의 事物

---

163 '기서', 김정상, 「학생은 광람서적이 최 필요」, 『매일신보』, 1915. 2. 19.
164 '언론', 백당촌수, 「소설과 풍교」, 『매일신보』, 1915. 8. 5.

을 冷靜ᄒ게 分析推論홈에 不在ᄒ고 特性이 有ᄒ 天才의 主觀에 映ᄒᄂ 眞相에 火와 如ᄒ 熱情을 加ᄒ야 再現케 ᄒᄂ 想像에 在ᄒ니 換言ᄒ면 變幻不可測ᄒ 人生의 妙相은 主觀의 坩堝 中에 所投되야 陶冶되며 鍛鍊되고 施彩되야 渾然ᄒ 一塊가 되야 吐出ᄒᄂ 者라 如斯히 天才의 醇化가 그 中樞가 되ᄂ 故로 頗히 個人的이오 主觀的이라[165]

김정상이라는 학생의 기고문은, 일견 앞에서 살펴본 서적에 대한 『매일신보』의 비판적 입장과 유사하다. 청년 학생들이 언문소설이나 창가, 외국어책에만 관심이 있는데, 이러한 책들 대신 널리 서적을 구해 읽어야 영웅이나 박사 등 자신의 꿈을 이룰 수 있다는 내용이다. 이 글에서 주목해야 할 점은 소설과 소설 읽기에 대한 글쓴이의 시각에 있다. 학생들의 책상 위에는 단지 언문소설과 창가, 외국어책 등의 한두 종류밖에 없는데, 이러한 종류의 책들은 도덕과 세계 형편의 여하를 알거나 학생 자신들의 장래 꿈의 성취에 아무런 도움이 되지 않는다고 한다. 나아가 만약 학생으로서 소설이 취미라면 그는 인류에 참여할 자격이 없다고까지 비판한다.

하지만, 글쓴이가 비판하는 것은 언문소설이나 창가 등에 대한 독서 자체가 아니다. 비판의 초점은 학생들이 오로지 언문소설이나 창가 종류의 책들에만 관심을 기울이고 있다는 데 있다. 소설에 대한 독서 자체가 아닌 오로지 그것만을 '전문(專門)'으로 하는 것이 비판받아 마땅하다는 것이다. 이는 1910년대 전반기의 소설론에 비추어 봤을 때, 작지만 매우 중요한 변화가 일어난 지점이다. 소설과 소설 독서 자체에

---

[165] 국여, 「춘원의 소설을 환영ᄒ노라(상)」, 『매일신보』, 1916.12.28.

서 소설만 읽는 것으로, 비판의 초점과 대상이 이동·변화한 것이다. 또한 글쓴이가 공립보통학교 학생이라는 것과, 대상이 근대적 교육을 받고 있는 청년 학생들을 목적하고 쓴 글이라는 점도 중요하다.

두 번째 인용문에서는 소설 지위에 대한 근본적인 변화가 확인된다. 여러 문장 가운데 독자의 마음을 단번에 사로잡고 사람의 의기(意氣)를 교묘하고 신묘하게 옮길 수 있는 것이 소설이다. 오직 소설만이 '문장의 진리[文章之眞蹄]'가 될 수 있으며, 따라서 소설은 문학계의 상승, 즉 절대 진리라는 것이 이 글의 최고 핵심이다. 소설이 본격적으로 인정·평가되기 시작하는 것이다.

소설은 사람을 감동시키는 힘이 매우 크기 때문에 심하면 죽을 때까지 그 기분을 잊을 수 없다는 평가까지 나오게 된다. 좋은 소설은 사람을 현인이나 군자가 되게 하고, 그렇지 못한 소설은 어리석은 자나 불초자를 만든다. 이제 소설은 슬쩍 보는 것(瞥讀)만으로도 종신 교훈을 얻을 수 있는 대상이 된다. 소설 자체가 나쁜 것이 아니라 소설을 보는 사람의 마음가짐이 문제인 단계가 된 것이다.[166] 따라서 소설은 '문장의 진리[文章之眞蹄]' 또는 '문학계의 절대 진리[文學界之上乘]'가 된다. 1910년대 전반기의 "잡종서류"나 "하등의 의미"에서 엄청난 지위 상승이 이루어진 것이다.

국여 양건식은 소설에 대한 전통적인 부정적 소설론을 제시한 후 이를 적극적으로 반박한다. 그런데 반박의 방식이 흥미롭다. 소설을 바라보는 근본 입각지가 앞의 두 글과 질적으로 차원을 달리하기 때문이다. 양건식은 소설을 "특성이 유(有)훈 천재의 주관에 영(映)ㅎ는 진상에

---

166 '일요강단', 「정신의 영양」, 『매일신보』, 1916.6.18.

화(火)와 여(如)호 열정을 가(加)호야 재현케 호는 상상"으로 정의한다. 또한 소설 속의 "변환 불가측호 인생의 묘상은 주관의 감과(坩堝) 중에 소투(所投)되야 도야되며 단련되고 시채(施彩)되야 혼연호 일괴(一塊)가 되야 토출"된 것이라고 한다. 소설은 "천재의 순화(醇化)가 그 중추가 되"기 때문에 "개인적", "주관적"인 특성을 갖게 된다. 이러한 소설에 대한 양건식의 논리는 그가 김정상과 백당촌수의 글과 달리 소설을 독립된 예술로서의 관점, 즉 근대적 예술관에 입각해 있음을 보여준다.

1910년대 대표적인 신지식인이었던 양건식에게 있어 당시 성행하고 있었던 딱지본류의 한글소설은 더 이상 소설일 수 없었다. 하지만, 중요한 것은 소설을 바라보는 관점이 근대적이라는데 있는 것이 아니다. 이곳에서 주목해야 할 점은 소설이 무조건 터부시의 대상이 아니라는 점과 소설과 소설을 읽는 행위가 그 자체로도 의미가 있다는 점이 긍정적으로 받아들여지기 시작했다는 데 있다.

또한 1910년대 전반기와 달리 소설에 대한 논의가 글 전체의 주제가 되어 직접적으로 제시된다는 것도 달라진 소설의 위상을 보여준다. 이는 모두 소설에 대한 인식이나 관심에 근본적인 변화가 일어난 것을 말해주는 사례들이다.

주로 1면의 사설이나 칼럼에서 개진되는 이러한 소설론은 그 독자가 식자층(청년 학생)이다. 소설에 대한 인식의 변화는 식자층을 향해 피력되었던 소설과 그 독서에 대한 부정적인 인식의 전환을 의미한다. 이는 식자층(청년학생)에게 소설이 긍정적인 영향을 미칠 수도 있으며 그들과 소설과의 관계를 재설정해야 한다는 점 등에 대해 『매일신보』가 전향적인 검토에 들어갔음을 시사한다.

소설에 대한 인식에 변화가 오고 그 가치가 인정되었다고 해서 소설에 대한 부정적인 시각이 완전히 사라진 것은 아니다. 단지 소설에 대한 무조건적인 비판과 부정이 더 이상 보이지 않을 따름이다. 여기서 새롭게 주목해야 할 점은 비판의 대상이 명확해진다는 것과 그 이유가 비교적 구체적으로 제시된다는 것이다.

今乃鮮人則 自蔽其目ᄒᆞ고 自錮其心ᄒᆞ야 日與張君瑞 蘇大成 朴興甫 等으로 結成千古心交ᄒᆞ고 顧而樂之而不知止焉ᄒᆞ니 嗚呼라 天豈使我鮮人으로 愚迷不知悔悟耶아 (…중략…) 其他亦有各書가 開人智識者-不乏其類어늘 而竟束之高閣ᄒᆞ야 看作廢紙ᄒᆞ고 惟小說을 是耽是讀ᄒᆞ야 莫不底止ᄒᆞ니 雖曰桃源之夢이 固甘이나 而來日之◯를 將若之何오 卽民人이 日形愚蠢ᄒᆞ야 得無如馬牛而衿裾者乎아[167](◯은 판독 불능. 이하 같다)

朝鮮小說之則日盛行者-有達川夢遊錄倡善感義錄九雲夢南征記等書-亦一時盛傳者-니 (…중략…) 其曰興甫傳은 訓人友于兄弟也-오 春香傳은 勸人篤于貞節也-오 沈靑傳之說孝와 卞江劒之戒色이 亦有關於風敎而婦人下賤之所樂聞也-오 其 說이 皆鄙俚錯雜ᄒᆞ니 翻爲漢文ᄒᆞ면 不足以資談助也-라 (…중략…) 朝鮮戱文은 尤多不雅ᄒᆞ야 不成文理ᄒᆞ고 其說男女唱答離合悲歎之處-上托國風之遺ᄒᆞ고 旁采野人卑褻之辭ᄒᆞ야 味同嚼蠟ᄒᆞ야 殊無餘趣ᄒᆞ니 此亦關於文理之未優而俗說之害人也-라[168]

167 '언론', 백당춘수, 「소설과 풍교」, 『매일신보』, 1915.8.5.
168 우 당, 「신소설」, 『매일신보』, 1916.4.5·8.

噫라 彼無識之兒女子 浮浪輩之流는 讀蘇大成 洪吉同 趙雄傳之類호고 信以謂世
間에 眞有是等神變不測之人이라 호야 放蕩心志에 模捉虛謊호며 不務實業호고
狼狽身命者ㅣ多호니 此其幼稚愚駭之性이 習熟於俚談稗說호야 變化良性者ㅣ有自
來矣라 小說之害人心術호야 馴致於亡身敗俗이 如此其極矣로다 盖稗乘小說은 作
老居閒 病枕客燈 無聊沒趣之時에 消愁遣懷之物也오 決非靑年子弟와 紅閨婦女之
日常習讀者也라[169]

비판 대상이 되는 소설들이 「소대성전」, 「흥보전」, 「홍길동전」, 「조
웅전」 등의 구소설임을 알 수 있다. '몇 종류의 소설' 수준에 지나지 못
했던 소설 비판은 1910년대 중반 무렵부터 「소대성전」, 「흥보전」 등과
같은 구소설로 그 비판의 대상이 명확하게 규정된다.

구소설을 부정적으로 바라보는 이유는 세 번째 인용문에 잘 나타나
있다. 이 글은 한말의 「시일야방성대곡」으로 유명한 장지연의 글이
다.[170] 우선, 장지연은 구소설의 비현실성을 지적·비판한다.[171] 사람
들이 구소설의 비현실성을 진짜로 믿어 그것을 현실과 혼동해 모방하
는 일이 있다. 그 결과 실제 현실에서는 생업에 노력하지 않아 신세를
망치는 자가 많다. 이는 모두 소설이 사람의 마음에 나쁜 영향을 끼쳐
풍속을 어지럽힌 때문이다. 따라서 소설은 다만 한가할 때 잠시 읽는 것

---

169 숭양산인, 「소설잡서괴란풍속」, 『매일신보』, 1918.5.2.

170 장지연의 『매일신보』와의 관계 및 집필 계기에 대해서는 다음의 글을 참고할 수 있다. 「창간
이래 삼십 년 본보 성장의 회고」, 『매일신보』, 1938.5.5; 유광렬, 「한국의 기자상(4)·(11)」, 『기
자협회보』, 1966.10.15·1967.5.15.

171 양건식은 조선의 소설이 비현실적 요소를 갖게 된 것은 중국 문학의 영향 탓이라고 한다. 중국
의 소설과 희곡에는 비현실적 작품이 많은데 이것이 자연스럽게 조선에 들어와 영향을 미쳤다
는 것이다(국여 양건식 술, 「지나의 소설 급(及) 희곡에 취(就) 호야(4)」, 『매일신보』, 1917.11.9).

일 뿐, 결코 청년자제들이 읽어서는 안 된다는 것이 장지연의 주장이다.

이러한 구소설의 폐해와 청년들에 대한 구소설 독서 금지론은 1910
년대 『매일신보』 후반기 소설론의 핵심이기도 하다. 구소설들은 우아
하지 못할 뿐아니라 문장의 이치를 이루지 못한 것들이어서 이를 읽으
면 "날마다 우준해져서 말이나 소가 옷을 입고 앉아 있는 꼴"과 같이 된
다고 한다. 구소설의 이러한 해악은 "홍수나 맹수보다도 심하고 전쟁
이나 도적보다도 참혹"하다고까지 표현된다.[172] 따라서 구소설을 읽
는 것은 독서라고도 할 수 없으며,[173] 잠시 심심풀이로 즐기는 것이라
해도 아무런 이득은 얻을 수 없는 것이 된다. 이런 해악으로 인해 "경세
제민의 학문을 하(려)는 사람"과 "청년자제"[174]는 특히 구소설을 접해
서는 안 된다는 논리가 강조된다.

구소설이 이러한 이유로 안 된다면 과연 어떤 소설을 읽어야 하는
가. 이제 『매일신보』는 새로운 소설(가)에 대한 의견 및 조건 제시와 기
대감을 적극적으로 개진한다.

> 且更告于小說家諸公曰吾之此言○非欲相○也라 小說之爲物也－甚鉅且重ㅎ야
> 其 力이 彌滿天下故로 欲新道德이면 必先之以新小說ㅎ고 欲新宗敎ㅎ면 必先之
> 以新小說ㅎ며 其他 風俗學藝之高卑와 人心人格之變化가 莫不以小說로 爲先倡焉
> ㅎ나니 然則 諸公이 旣著有多書ㅎ니 其 善者는 固不必論이오 其或有碍於世道及
> 人心者는 視以廢書ㅎ야 作爲覆○ㅎ야 以存我道德心 善良心 積福心ㅎ야 以開我
> 耳目이 如何오[175]

---

172 숭양산인, 「소설잡서괴란풍속」, 『매일신보』, 1918.5.2.
173 '사설', 「독서력을 증진ㅎ라」, 『매일신보』, 1918.10.12.
174 '사설', 「직업여소견부동」, 『매일신보』, 1917.3.24.

近日又稱新小說者는 體裁又異호나 大略寡於文識호고 樂居簡陋호야 不足爲文
苑雅戲之談者-居多호니 此亦宜有能文之韻人墨客이 贊成制作則有可以補前人作
家之遺意而鳴一代之盛者-니 此亦以勉靑年學識之一段也-라 호노라[176]

소셜을 져슐홈에는 츙효 열졀을 근본으로 홈이 가호 것은 의론홀 비가 안이지
만은 시디에 덕합호야 보는 사롬으로 호여곰 그 소셜의 감화로 리익을 보게 홈
이 가호니 식산흥업호는 일에 분투호야 성공호 일과 又흔 것을 더슐호야 보는
사롬으로 호야곰 지미가 잇슬 뿐안이라 실익이 잇도록 홈이 가호다 호노라[177]

故로 所謂 讀書力은 이 陳腐生臭頑不靈호 讀書力이 안이라 少호야도 新運命을
開拓호고 新世界를 創造호야 小히 一家의 經濟를 料理호고 大히 社會의 文運을
增進홀 智識을 産出홀 만호 卽 活智識의 源泉이 될 만호 讀書力이 되지 안이치
못홀지니라[178]

이 시기 『매일신보』가 기대하는 이상적인 소설(가)의 모습을 확인할
수 있다. 우선, "아름다운 말과 착한 행실로 족히 세상의 법이 될 만한
것"[179]이 소설의 기본적 자질이어야 함을 강조한다. 작게는 사람들의
도덕심, 양심 등의 보존과 함양에 도움이 되고, 크게는 종교와 풍속, 학
예 등도 새롭게 할 수 있어야 바람직한 소설이다. 또한 식산흥업에 분

---

175 '언론', 백당촌수, 「소설과 풍교」, 『매일신보』, 1915.8.5.
176 우당, 「신소설(속)」, 『매일신보』, 1916.4.8.
177 「독서의 취미」, 『매일신보』, 1916.1.29.
178 '사설', 「독서력을 증진호라」, 『매일신보』, 1918.10.12.
179 '언론', 백당촌수, 「소설과 풍교」, 『매일신보』, 1915.8.5.

투하여 성공한 사례 등을 그려 독자로 하여금 재미와 실익을 아울러 주는 소설이 이상적이다. 이런 소설들이 『매일신보』가 바라마지않는 "시디에 뎍합"한 소설이다.

소설가들은 이런 소설을 써야 함은 물론이며, 따라서 이들에 대한 기대가 상당함도 읽어낼 수 있다. 이는 소설가들을 가리켜 "저서의 명수"라 부르는 데서도 확인된다. "그 물건됨이 매우 큰" 소설을 짓는 소설가들은 그 책임이 매우 막중할 수밖에 없다. 소설가들은 소설을 통하여 도덕과 종교, 학예, 풍속을 새롭게 해야 하며, 독자들의 이목을 열어 줄 책임을 가진 사람들이다. 나아가 당시 "문채와 학식이 조잡"한 "신소설"에도 "저서의 명수"인 소설가들이 나선다면 일대의 번영을 구가할 수 있을 것이란 희망까지 피력된다. 따라서 『매일신보』가 바라는 이상적인 소설은 "츙효 열졀을 근본"으로 삼으면서도 독자에게 "감화"와 "리익" · "실익"은 물론 "지미"까지 줄 수 있는 소설이라고 정리할 수 있다. 이러한 소설이라야 비로소 청년들에게 도움이 될 수 있기 때문이다. 또한 『매일신보』는 독자들에 대한 바람도 빼놓지 않는다. 독자들은 진부한 구소설 대신 "신운명을 개쳑ᄒ고 신세계를 창조"하여 "활지식(活智識)의 원천이 될 만ᄒ 독서"[180]를 해야 한다. 다시 말해, 소설을 보는 사람에게는 소설이 "사회교육기관"이며 읽는 자신과 사회에 막대한 이익이 있음을 자각하면서[181] 읽을 책임이 있는 것이다.

1910년대 중반 이후 『매일신보』 소설론은 '소설의 가치 인정 및 지위 상승 → 구소설 비판 → 새로운 소설(가)에 대한 기대'로 정리할 수 있다.

---

180 '사설', 「독서력을 증진ᄒ라」, 『매일신보』, 1918.10.12.
181 「사회교육과 소설」, 『신문계』, 1917.2, 4쪽 참조.

『매일신보』는 식자층(청년학생)에게 "시디에 덕합"한 소설을 읽을 것과 소설가들에게는 그러한 소설 창작을 요구한 것이다. 이와 같은 1910년대의『매일신보』소설론은 철저한 소설 효용론에 입각해 있다. 그런데 이는 동전의 양면과 같다. 소설은 감화력이 크기 때문에 읽으면 안 된다는 전반기와 그렇기 때문에 오히려 더 효과적일 수 있다는 것이 후반기의 논리이기 때문이다. 이는 소설에 대한 부정·긍정의 입장과 상관없이『매일신보』가 소설을 결코 가볍게 인식하지 않았음을 말해준다. 이제『매일신보』는 이러한 국한문에 적합한 독자, 즉 식자층(지식청년)을 위해 새로운 소설과 소설가를 필요로 하게 된다.

제3장

전통 서사 활용의 두 양상

1. 대중독자와 '신소설'의 변질

1) 독자 획득 노력과 전대문학의 활용

1910년대 『매일신보』 소설란은 이해조의 '신소설'로 시작된다. 이해조는 강제병합 직후 약 3년간 『매일신보』의 소설란을 독점했다. 첫 작품 「화세계」 이후 그가 3년 동안 발표한 작품은 모두 15편이다. 이해조가 『매일신보』에 발표한 작품은 다음 쪽의 〈표 9〉와 같다.[1]

---

[1] 이외에 이해조 전체 작품 목록은 다음의 연구에 상세하다. 최원식, 『한국계몽주의문학사론』, 소명출판, 2002, 164~166쪽.

번호	제목	연재일	연재회수
1	화세계(花世界)	1910.10.12~1911.1.17.	73
2	월하가인(月下佳人)	1911.1.18~4.5.	61
3	화의혈(花의血)	1911.4.6~6.21.	66
4	구의산(九疑山)	1911.6.22~9.28.	84[2]
5	소양정(昭陽亭)	1911.9.30~12.17.	65
6	춘외춘(春外春)	1912.1.1~3.14.	58
7	옥중화(獄中花)	1912.1.1~3.16.	48
8	탄금대(彈琴臺)	1912.3.15~5.1.	38
9	강상련(江上蓮)	1912.3.17~4.26.	33
10	연의각(燕의脚)	1912.4.29~6.7.	35
11	소학령(巢鶴嶺)	1912.5.2~7.6.	57
12	토의간(兎의肝)	1912.6.9~7.11.	28
13	봉선화(鳳仙花)	1912.7.7~11.29.	115
14	비파성(琵琶聲)	1912.11.30~1913.2.23.	64
15	우중행인(雨中行人)	1913.2.25~5.11.	60

3년 가까이 거의 하루도 빠지지 않고 소설이 게재되었음을 알 수 있다. 이들 작품은 모두 장편이며, 15작품이 하나씩 차례로 연재된 것이 아닌 두 작품이 동시에 게재되기도 했다. 1910년대 유일한 한국어 일간지의 소설란이 한 명의 작가에 의해 완전히 독점되고 있는 형국인데, 이는 『매일신보』가 이해조와 그의 '신소설'에 큰 기대를 가지고 있었음을 말해준다.[3] 『매일신보』의 소설 게재가 중요한 독자 확보 전략의 하

2　『매일신보』에는 82회로 표기되어 있다. 하지만 14회와 38회가 각각 두 번 중복되어 있어 총 연재 횟수는 84회이다. 본 연구에서는 『매일신보』의 표기를 따르되, 직접 인용의 경우는 날짜를 병기한다. 이하, 『매일신보』 표기와 실제 총 연재 횟수가 차이가 나는 작품은 모두 이 원칙을 적용한다.

3　이해조는 1910년대 전 시기에 걸쳐 『매일신보』의 최대 작가라고 할 수 있다. 이해조는 『매일신보』에 모두 15편의 작품을 남겼는데, 15편은 장·단편을 합쳐 한 작가가 쓴 최대 편수이다. 참고로, 이해조 다음으로 많은 소설 작품을 쓴 사람은 조중환과 김성진으로 각각 6편의 작품이 있다.

나였음을 고려하면, 이해조와 그의 작품들은 『매일신보』에 의해 발탁·게재된 것이라고 할 수 있다.

『매일신보』가 이해조를 선택한 이유는 무엇일까. 임화는 '신소설'에 대해 구소설과 현대소설 사이에 위치하는 문학사적 과도기의 소설로 1910년대에 가장 성행했다고 언급한 바 있다. 또한 나타나자마자 광범위하게 보급되었으며, "금일(임화가 문학사를 쓰고 있는 1940년 2월 현재—인용자)에 와서까지 수백의 종수(種數)와 연판매고 10만 부를 불하(不下)"하는 "놀라운 반포력(頒布力)을 가"진 양식으로 설명했다. 임화의 정리에 따르면, '신소설'은 1910년대 가장 대표적인 서사 양식이며, 1918~1919년까지 가장 친숙한 읽을거리였다. 또한 '신소설'의 거의 대부분은 신문소설이었다. 임화는 이 같은 '신소설' 기초 확립에 막대한 공헌을 한 작가로 이해조를 든다.[4] 따라서 구한말부터 왕성한 작품 활동을 통해 독자들에게 매우 친숙했던 이해조가 『매일신보』에 의해 발탁되는 것은 지극히 당연한 일이 된다.[5] 『매일신보』는 "현시 조선 제일 소설가"[6]인 이해조와 당시 가장 친숙한 신문소설 양식이었던 '신소설'을 통해 독자 확보에 나섰던 것이다.[7]

---

4 임규찬·한진일 편, 『임화 신문학사』, 한길사, 1993, 155~167·248쪽.

5 이해조의 첫 소설 작품은 한문현토소설 「잠상태」(『소년한반도』, 1906.11~1907.4)이며, 첫 '신소설'은 1907년 『제국신문』에 연재된 「고목화」(1907.6.5~10.4)이다. 이해조는 강제병합 전까지 모두 15작품의 소설을 썼다. 이들 중에는 '신소설' 외에 역사전기물인 「화성돈전」(회동서관, 1908), 프랑스 작가 쥘 베르느의 소설을 번역한 「철세계」(회동서관, 1908), 우리나라 최초의 "덩탐소설"인 「쌍옥적(雙玉笛)」(『제국신문』 1908.12.4~1909.2.12) 등 다양한 유형의 작품들이 망라되어 있다.

6 「본 신보의 대쇄신」, 『매일신보』, 1911.6.14.

7 이희정도 『매일신보』의 이해조 영입에 대해, 이해조로 하여금 "1900년대 익숙한 서사물인 신소설을 연재하게 함으로써 조선민들이 총독부 기관지인 『매일신보』에 느끼는 거부감을 줄여보려고 했던 것"으로 설명한다(이희정, 「1910년대 『매일신보』 소재 소설 연구」, 경북대 박사논

따라서 이 시기 이해조의 '신소설'에 통속성이 대폭 강화되는 것은 매우 자연스러운 현상일 수밖에 없다. 강제병합 직후 『매일신보』 발행진들이 이해조에게 기대했던 것은 총독부 시정방침의 직접적인 홍보보다는 대중들의 흥미를 사로잡을 수 있는 재미있는 읽을거리였다. 강제병합 직후, 시급히 식민 체제를 안착시키고 그 이데올로기를 홍보해야 했던 『매일신보』로서는 소설을 통한 노골적인 체제 선전보다는 소설 자체의 대중성으로 독자를 최대한 확보하는 것이 최우선목표였기 때문이다. 『매일신보』 소설의 강한 오락성은 각종 연재 예고문에서 확인할 수 있다.

巢鶴嶺 次에 鳳仙花 보시오 이 ᄌᆞ미가 진진ᄒᆞ고 불가ᄉᆞ의의 일이 층싱텹츌ᄒᆞ야 독쟈의 눈이 번쩍 씌여 심야 잔등에 오던 잠이 쳔리만리로 다라날 만ᄒᆞ 신쇼셜 봉선화를 보시오 이 쇼셜을 못 보시면 셰상 천만 가지 ᄌᆞ미 중에 첫 손가락을 꼽을 만ᄒᆞ 한 가지를 일어버림이라고 희도 과ᄒᆞ 말이 안이오 이 쇼셜을 보시랴면 쉽고도 어려오니 어려온 것은 경향 칙ᄉᆞ를 모다 단이며 금젼을 닥산 가지고 봉선화라는 쇼셜을 차즈려 ᄒᆞ야도 업슬 터이니 엇지 어렵지 안이ᄒᆞ며 쉬운 것은 본보를 청구ᄒᆞ야 미일 보시기 곳 ᄒᆞ시면 빈 먹고 이 닥기로 신문 보고 쇼셜 보고 그 안이 훌륭ᄒᆞ오 보시오 독쟈 졔군이여 斬絶珍奇의 新小說[8]

『매일신보』의 전형적인 소설 예고문이다. 다소 과장이 섞인 이 예고문에서 주목해야 할 점은 두 가지이다. 하나는 「봉선화」라는 새 소설은

문, 2006, 47쪽).

8 '신소설예고', 『매일신보』, 1912.7.5.

잠이 "쳔리만리 다라날 만훈" 정도로 "ᄌ미"있다는 것이다. 또한 이 소설은 신문 ―『매일신보』― 을 통해서만 볼 수 있다는 점이다. 돈이 아무리 많아도 안 되며, 전국 서점을 모두 찾아도 볼 수 없다고 한다. 오직 『매일신보』를 통해서만 이 소설을 볼 수 있음이 강조되고 있다. 강력한 오락성을 가진 소설로 자연스럽게 신문 구독을 유도하고 있는 것이다.

하지만, 오락성이 강조된다고 해서 계몽성이 완전히 사라지는 것은 아니다. 1910년대 『매일신보』의 소설론은 일관되게 철저한 효용론에 입각해 있다. 이해조는 자신의 소설이 흥미와 더불어 계몽성도 아울러 갖고 있음을 수차 강조한 바 있다. 소설은 "선악간 죡히 밝은 거울이 될 만"하며, 독자에게 "회기"와 "경계" 등의 "됴흔 영향"을 줄 수 있다는 것이 그것이다. 또한 이해조는 "풍속을 교정ᄒ고 샤회를 경성ᄒᄂ 것"이 소설의 최고 존재의의라고까지 설명한다.[9]

> 聖世化育에 涵養ᄒ야 內外 人民의 相愛相恤ᄒᄂ 狀態를 畵出ᄒ야 大光彩를 發홀 만훈 價値가 有훈 春外春이라 ᄒᄂ 新小說을 揭載홀 터이오니 愛讀 諸彦은 庸常훈 稗說로 浪視치 勿ᄒ시고 性情의 陶鑄와 風化의 改易홀 一部 頂針으로 思維ᄒ야 多數 愛賞ᄒ심을 望홈[10]

앞서 살펴본 인용문이 재미를 강조하는 것이라면, 위 인용문은 계몽에 방점이 찍혀져 있다. 이해조와 『매일신보』는 독자들로 하여금 소설을 "성정(性情)"을 "도주(陶鑄)"하고 "풍화(風化)"를 "개역(改易)"할 "정침(頂

---

9 「화의혈」 작가 서문, 『매일신보』, 1911.4.6; 「화의혈」 작가 발문, 『매일신보』, 1911.6.21.
10 '사고', 『매일신보』, 1911.12.24.

針)"으로 받아들일 것을 바라고 있다. 따라서 강력한 오락성으로 독자를 확보하면서 계몽의 역할도 아울러 수행하는 것이 이 시기 『매일신보』 소설의 임무인 것이다. 하지만 여기에서 문제가 되는 것은 계몽성의 내용이다. "성세화육(聖世化育)"이라는 말에서 결정적으로 확인되듯이, 이해조의 계몽성에는 근본적인 한계가 내재해 있다. 「자유종」과 같은 정론(政論)적 내용은 불가능하며, 여성의 정절이나 효, 우애의 강조 등과 같은 풍속개량의 차원으로 그 수준이 저하되는데, 또한 그것도 일제 식민논리의 틀 안에서 이루어지는 것이기 때문이다. 뒤에 자세히 살펴보겠지만, 총독정치에 대한 간접적인 인정과 선전, 조선과 일본에 대한 상대적 시각이 포함되어 있는 것도 놓쳐선 안 될 지점이다. 계몽성에 심각한 변질이 초래된 것이다.

이해조 '신소설'의 이러한 변질은 줄곧 연구자들에게 부정적인 평가를 받아왔다. 「구마검」과 「자유종」과 같은 정론적·계몽적 문학도 있지만, 강제병합 이후 저조해진 예술성과 현격히 증가한 통속성으로 인해 결국 "퇴보"[11]했다는 임화의 평가가 가장 대표적이다. 임화의 이러한 부정적 시각은 이후 이해조의 강제병합 이후 소설들에 대한 평가로 자리잡게 된다. '신소설'이 "그나마 갖고 있었던 계몽성 내지 정치성을 배제하고 통속의 문학으로 귀착"되며, "그 내용면에서 극히 사사로운 가정사에 국한된 멜러적 가정소설이 주종을 이"룬다는 평가[12]는 강제병합 직후 이해조 및 '신소설'의 변모와 의미를 정확히 짚어낸 것이다.

하지만 이를 게재 매체와 연결시켜 생각하면, 신소설의 통속화는 지

---

11 임규찬·한진일 편, 『임화 신문학사』, 한길사, 1993, 297~298쪽 참조.
12 양문규, 『한국 근대소설사 연구』, 국학자료원, 1994, 75쪽.

극히 자연스러운 귀결이 된다. 이해조와 『매일신보』가 함께 강조한 대중성과 계몽성은 상호 대립적이거나 배타적이라기보다는 상호보완적 요소로 보아야 한다. 통속성이 대중성의 다른 이름이라고 했을 때, '신소설'이 담고 있는 처첩·고부갈등이나 여인의 수난 등의 통속적 요소는 당시 대중들의 정서를 살펴 그에 적당한 읽을거리를 제공하려 한 작가와 『매일신보』의 적극적 의지의 소산이다. 따라서 계몽성의 변질과 오락성의 강화로 요약되는 이해조 '신소설' 변화의 핵심은 동시에 『매일신보』가 이해조에게 요구한 핵심이기도 한 것이다.

이해조는 이러한 『매일신보』의 요구에 비교적 잘 순응한 것으로 보인다. 그가 2년여에 걸쳐 발표한 15편의 작품들은 그 숫자만큼이나 내용도 매우 다채롭다. 여성의 수난과 그 해결의 내용을 담은 '일반적인' '신소설'(「화세계」, 「봉선화」 등)과 남자 형제 및 부부의 고난과 이합을 그린 것(「우중행인」, 「비파성」 등), 멕시코와 러시아 노동이민을 다룬 것(「월하가인」,[13] 「소학령」 등), 고전 작품의 개작과 창작(「옥중화」, 「구의산」, 「소양정」 등)에 이르기까지 다양한 작품 세계를 보여준다. 이 같은 내용 속에서 한층 강화된 대중성과 통속성이 주조를 이루는 가운데 계몽적 요소

---

13 이 작품은 동학운동에 의해 몰락한 양반 심학서의 멕시코 노동이민과 그 이후의 모습, 어린 아들과 함께 남겨진 부인 장씨의 고난과 해결의 모습 등 크게 두 부분으로 되어 있다. 이 작품은 『매일신보』 연재 후 보급서관(1911)에서 단행본으로 간행되는데 "애정소설(哀情小說) 월하가인"으로 광고된다. '슬픈 정(哀情)'을 그린 소설이라는 뜻인데, 이 작품의 슬픈 정서는 심학서보다는 부인 장씨에게서 보다 두드러지게 나타난다. 부인 장씨는 남편을 멕시코로 떠나보낸 뒤 여러 고난에 직면하게 되는데, 강조되는 것은 장씨의 슬픔과 남편에 대한 정절과 순종의 논리이다. 따라서 심학서의 멕시코 이민과 고난의 내용보다는 부인 장씨의 슬픔과 정렬이 강조된 작품인 것이다. 작가와 출판사는 독자로 하여금 장씨 부인에 초점을 맞추어 읽어주기를 원했던 것이다. 이는 『매일신보』의 입장도 마찬가지라고 판단된다. 당시 '신소설'의 독자가 대중, 특히 부녀자들이라는 점을 생각하면, 심학서의 고난보다는 남편 없이 고생하는 부인의 고난이 특히 강조되어야 했을 것이기 때문이다.

가 적절히 포함되어 있는 것이 이 시기 이해조 작품에 공통되는 특징이다. 이해조의 이러한 시도는 모두 당대 독자를 의식한 결과이며 또한 보다 많은 독자 확보를 위한 적극적 노력의 일환이다.

변하는 것은 턴디의 즈연훈 리치라 (…중략…) 본 긔쟈가 십여 년 광음을 쇼셜에 죵스홀 시 구쇼셜의 부패훈 언론이 지금 이십 셰긔 시디에 맛지 안임을 쎠닷고 한 번 변하기를 위쥬ᄒᆞ야 신쇼셜 톄직롤 발명ᄒᆞ야 임의 이삼십 죵의 쇼셜을 져슐훈 바 이독ᄒᆞ시는 강호 졔군의 격졀 탄샹ᄒᆞ심을 엇엇스오나 쇽언에 됴흔 노러도 오러 부르면 듯기 실타는 것과 ᄀᆞ치 신쇼셜도 여러 히롤 날마다 디ᄒᆞ면 지리훈 싱각이 즈연 싱기리니 이는 독쟈 졔군만 그러실 ᄲᅮᆫ안이라 져슐쟈도 날로 붓을 잡음이 지리훈 싱각을 금치 못ᄒᆞ니[14]

본보에 게지ᄒᆞ는 봉션화鳳仙花는 이독 졔위의 박슈갈치ᄒᆞ시는 가온디셔 빅여 회를 쟝츠 맛치기 되얏스오니 감사무비ᄒᆞ온 즁 졔위의 진ᄼᆞ훈 흥미롤 더욱 도읍기 위ᄒᆞ야 본 긔쟈의 여러 달 연구로 긔묘졀도훈 신소셜 비파셩(琵琶聲)을 져슐ᄒᆞ야 봉션화 ᄯᅳᆺ나는 오날부터 게지ᄒᆞ기로 쥰비ᄒᆞ오니 소셜은 소셜계에 쳐음 산츌ᄒᆞ는 픠왕 소셜계에 쳐엄 과쟝ᄒᆞ는 특식 소셜계에 쳐엄 뎐람ᄒᆞ는 도회 소셜계에 쳐엄 디ᄒᆞ는 거울이라[15]

이해조와 『매일신보』가 가졌던 독자에 대한 관심과 배려를 엿볼 수 있다. 또한 당시 독자 취향 및 독자들의 반응에 대해서도 지속적인 관

---

14 '소설예고', 『매일신보』, 1911.9.29.
15 '신소설예고', 『매일신보』, 1912.11.8.

심을 기울였음이 확인된다. 사실 1910년대 이해조의 작품들은 고전 개작 작품을 제외하면, 대부분이 여성 수난을 중심으로 한 남녀 이합형 소설이다. 이들 비슷한 유형의 소설들은 자칫 독자들의 "지리훈 싱각"을 불러일으킬 수 있다. 이해조는 이를 철저히 인식하면서 "여러 달 연구"를 거듭해 "강호 제군의 격절 탄상"과 "제위의 진々훈 흥미롤 더욱 도웁기 위"해 다양한 방법으로 소설의 쇄신에 끊임없이 노력했던 것이다.

이해조가 독자 확보를 위해 택한 다양한 방법 중에는 고전소설 개작/번안이 있다. 임화는 이해조에 대해 권선징악의 구소설에서 벗어나지 못한 "전통적 작가"로 평가한 바 있다. 임화는 낡은 양식, 즉 구소설의 특징으로 "부자·처첩·적서·고부 등의 봉건적 제 갈등을 근간"으로 하는 "가정소설"적 면모와 유형적 인물 및 권선징악적 구조 등을 든다. 이것이 '신소설'에 남은 구소설의 "가장 큰 유제"라는 것이다.[16] 임화는 특히 이해조의 강제병합 직후 소설이 이러한 "낡은 양식"에 기반해 있음을 지적한다. 이해조에 대한 임화의 이러한 지적은 보다 세밀한 검토가 필요하다. 하지만, 이해조의 이 시기 작품이 낡은 양식, 즉 구소설과 깊은 관계를 가진 것은 분명한 사실이다.

조동일은 고전소설과 '신소설'을 비교 분석하여 '신소설'이 전대소설인 귀족적 영웅소설의 계승임을 주장한 바 있다. '신소설'과 귀족적 영웅소설 사이에는 "삽화", "유형", "인간형"이 일치하고 있어 전자는 후자의 계승이라는 것이다.[17] 사실, 조동일이 이 같은 주장의 근거로 든 삽화, 유형, 인간형에 대한 내용은 일찍이 임화가 '신소설'의 구소설적

---

16 임규찬·한진일 편, 『임화 신문학사』, 한길사, 1993, 155~172쪽 참조.
17 조동일, 『신소설의 문학사적 성격』, 서울대 출판부, 1986.

면모로 지적한 것들이기도 하다. 나아가 그는 이해조의 작품 가운데 "구소설의 유형을 그대로 받아들여 시대 배경은 당대로 바꾼 것이 커다란 비중을 차지"하고 있음을 지적한다. 조동일은 이 주장의 근거로 「빈상설」을 거론하며, 구소설에서 흔히 볼 수 있는 처첩 간의 갈등을 "다채롭게 활용해 흥미를 돋"군 작품으로 설명한다. 계속해서 그는 「봉선화」와 「원앙도」를 각각 "구소설의 또 한 가지 기본형을 활용"한 소설, "구소설에 가까"운 소설이라고 평가한다. 이러한 이해조에 대한 개별 작품론을 거쳐 조동일은 다음과 같은 평가를 내린다.

> 이해조에 이르러서 더욱 분명해진 신소설의 기본구조는 구소설 중에서 특히 귀족적인 주인공의 시련과 행운을 다룬 영웅소설을 이어서 작품을 이룩하되 (…중략…) 당대의 일을 다루면서 경험적인 구체성을 확대하고 서술적 역전을 사용한 점에서는 주목할 만한 변화가 이루어졌지만 (…중략…) 귀족적 영웅소설을 이미 극복한 구소설의 발전적인 면모를 폭넓게 계승하는 데 이르지 못했다.[18]

이해조의 소설이 전대소설의 강한 자장 안에서 쓰여졌다는 것이 지목되고 있다. 이해조의 작품들이 고전소설을 비롯한 전대문학과 관련이 있다는 사실은 연구자들에 의해 꾸준히 언급되어 왔다. 임화는 「구마검」이 「흥부전」과 관련이 있으며, 「춘외춘」과 「봉선화」는 「장화홍련전」과 동일한 계모소설 유형임을 지적했다.[19] 최원식은 임화에 비

---

18 조동일, 『한국문학통사』 4, 지식산업사, 1986, 358~361쪽.

19 임규찬·한진일 편, 『임화 신문학사』, 한길사, 1993, 281·303~308쪽 참조. 「구마검」과 「흥부전」의 관계는 최원식도 동의하고 있다. 나아가 최원식은 소설 「흥부전」뿐만 아니라 「흥부가」의 흥부의 가난 사설과의 연관성도 거론한다(최원식, 『한국 근대소설사론』, 창작과비평

해 보다 정치(精緻)하게 이해조와 전대문학과의 관련성을 해명했다. 최원식은 이해조의 첫 소설인 「잠상태」가 한문 고전소설인 「영영전」과 「운영전」, 「춘향전」, 중국 소설 「서상기」와 부분적으로 관련이 있음을 밝힌 바 있다. 또한 「고목화」에는 한문단편 「선천 김진사」와 중국 명나라 말기의 단편 「이견공궁도우협객(李汧公窮途遇俠客)」의 화소가 차용되어 있음을 지적했다. 「빈상설」, 「원앙도」, 「만월대」, 「월하가인」, 「탄금대」 등도 마찬가지이다. 하지만, 최원식은 이러한 이해조의 전대문학과의 관련성에 대해 부정적인 평가로 일관하고 있다. "파탄에 빠진 구성을 보충하기 위해 곳곳에서 구소설의 화소를 차용"했다라든가 "창조력의 고갈을 반증하는 것", "작가의 보수주의가 뚜렷"하다는 등의 평가가 그러하다.[20] 이해조는 작품 곳곳에서 보이는 구성상의 억지를 해결하기 위해 전대문학을 참고했으며, 이는 「구의산」에서 보이기 시작하는 일본의 엽기적인 신파조 복수담과 함께 '신소설' 퇴장의 계기로 작용했다는 것이 최원식의 논리이다.[21]

사, 1994, 92~93쪽 참조).

20 최원식, 위의 책, 34~147쪽 참조.

21 이 외에 성현자는 「구마검」과 「자유종」이 중국 만청견책소설인 「소미추(掃迷帚)」와 「황수구(黃繡球)」의 영향을 받아 쓰여진 작품임을 주장한 바 있다. 양자 사이에는 표제, 주제, 인물, 이미지, 일반적 세계관에서 그 유사성이 나타난다는 것이다(성현자, 『신소설에 미친 만청소설의 영향』, 정음사, 1985). 하지만, 「소미추」는 단 두 명의 형제의 토론으로 되어 있어, 소설적 구성을 취했다고 볼 수 없는 작품이다. 「황수구」는 당시 중국의 신여성들의 고난이나 사회의 신구투쟁 과정을 그리면서 시대의 변혁을 반영하고 있는 우수한 작품이란 평가를 받는 작품이다(阿英, 飯塚朗・中野美代子 譯, 『晩清小説史』, 東京 : 平凡社, 1979, 156・172쪽 참조). 아영의 평가에서도 볼 수 있듯이 「구마검」과 「소미추」는 그 구조가 완전히 다른 작품이다. 전자는 미신타파를 주제로 하고 있는 '소설'임에 비해 후자는 단 두 명의 인물이 주고받는 토론으로만 되어 있는 작품이기 때문이다. 「자유종」과 「황수구」의 관계도 마찬가지이다. 또한 「황수구」는 여성 문제만 집중적으로 다룬 데 비해, 「자유종」은 여성 문제뿐만 아니라 국・한문의 문제, 신분제 문제 등 다양한 내용을 아우르고 있다. 작품 속의 삽화나 화소가 부분적으로 비슷하다는 사실을 근거로 전면적인 영향 관계로 보는 것은 일반화의 오류를 범할 가능성이 있다. 따라

임화와 최원식의 연구는 역으로 이해조가 우리 고전작품은 물론 한학에 대한 깊은 조예와 국외 작품에까지 폭넓은 관심과 지식을 갖고 있었음을 보여준다.[22] 이해조는 다양한 전대문학의 요소를 여러 방법을 통해 작품 창작의 자양분으로 활용했던 것이다. 이해조의 이 같은 전대문학의 활용은 누차 언급한 바 있듯이, 독자 확보 및 유지를 위한 전략의 일환이다. 이해조가 꾸준히 전대문학을 활용했다는 것은 그 효과가 결코 작지 않았음을 시사한다. 동시에 이는 독자들이 전대문학적 내용이나 요소에 익숙했거나 친숙했음을 증거하는 것이기도 하다. 전대문학, 그 중에서도 특히 고전소설이 그렇다고 할 수 있는데, 이는 이 때 고전소설이 대중들에게 폭넓게 수용되고 있었음을 말해준다. "아무리 새롭고 좋은 내용"의 '신소설'이라도 "구소설의 양식을 표현형식"으로 했을 때에만 강력한 전파력을 가질 수 있었다는 임화의 지적도 당시 고전소설의 광범위한 보급 및 수용에 대한 또다른 방증이다.[23]

1910년대의 문학적 현실은 고전소설이 압도적으로 보급·수용되고 있었던 것이 사실이다. 한말의 현실을 말하고 있는 「자유종」에서 이해조는 「춘향전」, 「심청전」 등의 고전소설을 비판한 바 있다. 「자유종」에서 고전소설은 "청년남녀의 정신"을 잃게 하는 것으로 관리들이 시급히 금해야 할 대상으로 규정된다.[24] 이러한 비판은 나라에서 나서서

서 성현자의 논의에 대한 "신소설 연구에 있어 전체를 보지 않고 일부 자구에 얽매여 또는 발상의 유사성을 과장하여 우리 문학을 외국문학의 아류로 치부하는 태도는 위험하다"는 최원식의 평가는 경청할 가치가 있다고 판단된다(최원식, 앞의 책, 1994, 13~14쪽 참조).

22 이해조는 조선 왕족의 후예로 "구학문인 한문공부를 배워 진사에 급제하기까지"한 인물이다 (이명자, 「새로 밝혀낸 이해조의 얼굴과 생애」, 『문학사상』, 1980.7, 60쪽).
23 임규찬·한진일 편, 『임화 신문학사』, 한길사, 1993, 166쪽.
24 『자유종』, 광학서포, 1910, 14쪽.

금해야 할 정도로 고전소설이 크게 성행했음을 보여준다. 이 같은 현실은 강제병합 이후에도 변함없이 계속된다.

1910년대 국문 고전소설의 성행은 『매일신보』에서도 확인이 가능하다. 앞에서 살펴본 대로 『매일신보』가 부정적으로 평가해 마지않았던 '언문소설'은 구체적으로 「소대성전」, 「흥보전」 등의 고전소설을 가리키는 것이었다. 이는 그 당시 고전소설의 보급과 수용이 매우 광범위했음을 시사한다. 즉 당시 조선의 서점이나 책방의 신간서적은 대부분 "언문소설"이며,[25] 동시에 팔리는 책도 "언문서적이 최(最)히 다분(多分)을 점"[26]하고 있다는 『매일신보』의 탄식도 그 증거이다. 이해조가 『매일신보』 소설란을 독점하고 있던 시기 가장 성행한 것은 100쪽 내외의 "언문소설"-구소설에 다름 아니었던 것이다.[27] 18세기 처음 등장해 독자층을 획기적으로 넓힌 방각본 국문소설과 현재 남아 있는 고전소설 중 가장 많은 분량을 차지하고 있는 필사본 국문소설도 이 시기 왕성하게 제작·유통되고 있었다.[28] 이러한 현실은 1910년대 광범위한 고전소설 독자의 존재를 말해준다.

『매일신보』와 이해조는 이러한 고전소설의 성행과 고전소설 독자

---

25 '논설', 「문학사상의 쇠퇴」, 『매일신보』, 1911.7.7; '내외단평', 『매일신보』, 1913.2.23.

26 '사설', 「조선서적계」, 『매일신보』, 1912.7.13; 「출판업으로 대성한 제가의 포부」, 『조광』, 1938. 12, 312~323쪽 참조.

27 '사설', 「서적계에 대ᄒᆞ야」, 『매일신보』, 1911.4.16; '현미경', 『매일신보』, 1911.10.12.

28 이창헌, 「안성 지역의 소설 방각활동 연구」, 『한국문화』 24, 서울대 규장각 한국학연구원, 1999, 99~100쪽; 류준경, 「독서층의 새로운 지평, 방각본과 신활자본」, 『한문고전연구』 13, 한국한 문고전학회, 2006, 282쪽; 정병설, 「조선후기 한글소설의 성장과 유통」, 『진단학보』 100, 진단 학회, 2005, 287쪽. 『매일신보』 '사설'에서 비판하고 있는 언문소설은 대부분 방각본과 필사본 국문소설이다. 소위 '딱지본'으로 불리는 활자본 고전소설(구소설)은 1912년 8월 19일 유일서 관에서 발행한 「불로초」가 첫 작품이기 때문이다(권순긍, 『활자본 고소설의 편폭과 지향』, 보 고사, 2000, 22쪽).

의 광범위한 존재를 매우 잘 알고 있었다. 소설 독자에 대한 큰 관심을 수차 표명한 바 있는 『매일신보』와 이해조는 이같이 거대한 고전소설의 독자를 확보하기 위해 고전소설에 다양한 관심을 기울이게 된다. 이해조는 단순한 관심의 차원을 넘어 직접 창작에 나서기까지 한다. 조선 중기가 작품의 시대적 배경임을 공개적으로 천명한 「소양정」은 이해조가 직접 창작한 구소설, 즉 고전소설이다. 작가 스스로도 이 작품 연재에 앞서 "쇼셜 톄지롤 쏘 한 번 변호되 신구롤 참쟉호야 구쇼셜의 허탄밍랑홈은 브리고 졍대훈 문법만 취"[29]했음을 강조한 바 있다. 이 작품은 "~이라", "~러라·더라", "~어눌" 등의 고전소설 문체가 전면적으로 사용되고 있으며, "츠셜"이나 "각셜" 등의 고전소설의 장면전환 장치도 적극 활용된 작품이다.[30]

2) 고전소설의 개작과 계몽성의 변질

이해조가 전대문학을 활용한 방법들 중 여기에서 집중적으로 살펴보고자 하는 것은 고전소설의 개작 또는 번안이다. 「구의산」과 「탄금대」

---

29 '소설예고', 『매일신보』, 1911.9.29.

30 1910년대 새롭게 창작된 구소설로서의 「소양정」에 대한 논의는 다음의 연구를 참고할 수 있다. 이은숙, 「신작 구소설 「소양정」·「소양뎡긔」·「봉선루」에 나타난 신·구소설의 관련양상」, 『신작 구소설 연구』, 국학자료원, 2000, 378~415쪽. 이은숙은 이 책에서 「소양정」이 구소설이긴 하지만 서술의 역전, 사실적인 묘사, 필연성을 위한 장치, 현실 생활의 직접적인 표출 등의 근대적인 면모도 가지고 있다고 평가한다. 이 외에, '신소설' 작가로서 구소설 창작 경험이 있는 작가에는 김교제를 추가할 수 있다. 김교제는 1913년 「난봉기합」(동양서원)이란 작품을 쓴 바 있는데, 이 작품은 남녀의 혼사장애를 다룬 신작 구소설이다. 이 작품에 대한 상세한 논의는 이은숙의 연구를 참고할 수 있다. 이은숙, 같은 책, 283~287·439쪽 참조.

가 이에 해당하는 작품들이다. 이들은 국문 고전소설인 「김씨열행록」 과 「김학공전」을 각각 번안 또는 개작한 작품들이다. 하지만 이들 작품은 고전소설이 모본이지만, 어디까지나 '신소설' 작품들이다. 이는 고전소설과 '신소설' 독자를 동시에 포섭하고자 한 것이다. 그 동안 학계에서는 이해조의 고전소설 번안이 거의 거론되지 않았던 것과 달리 고전문학 분야에서는 「구의산」과 「탄금대」에 대해 일찍부터 고전소설 '이본'의 하나로 주목해 왔다.[31] 「구의산」과 「탄금대」는 전대문학의 화소나 장면을 부분적으로 차용(활용)한 것이 아닌 모본의 줄거리와 구성 자체를 그대로 가져와 이를 보다 근대적으로 번안·개작한 작품들이다.

(1) 「김씨열행록」에서 「구의산」으로

「구의산」은 1911년 6월 22일부터 9월 28일까지 84회에 걸쳐 『매일신보』 1면에 연재된 작품이다.[32] 『매일신보』 소설 중 처음으로 연재 예고가 있는 작품이기도 하다. 이 작품에는 잔혹한 살인과 결혼 이튿날 신랑이 목 없는 시체로 발견된다는 설정 등 자극적이고 엽기적인 내용이 포함되어 있다. 「구의산」의 이러한 요소는 후대 연구자들에게 이 작품을 이해조 '신소설' 변화의 한 계기로 파악하게 하는데 결정적으로 작용했다. 임화는 「구의산」에 이르러 '신소설'의 통속성이 현저해졌으며, 이는 동시에 "문학적 발전의 정돈(停沌) 내지는 퇴보, 즉 문학의 속화(俗化)"

---

31 고전문학 분야에서는 「구의산」이 「김씨열행록」의 번안·개작한 작품임을 진작부터 주목해 왔다. 하지만 이들 연구는 연구의 중심이 어디까지나 고전소설인 「김씨열행록」에 맞추어져 있다. 「구의산」은 단지 이본의 하나로 다루어지고 있을 뿐이다. 따라서 이들 연구는 두 작품이 어떻게 다른가 하는 양상에만 주의를 기울이는데, 이들이 그 차이점으로 제시하는 것은 주로 작품 서두나 구성 방법, 문장의 변화 등이다.

32 단행본은 1912년 7월 25일 신구서림에서 발행되었다.

를 의미한다고 했다. 또한 이 작품을 계기로 "낡은 양식에 대한 새 정신의 지도적 지위가 약화되고 소멸하기 시작"했으며, 이 소설의 삽화나 사건, 인물의 성격 등도 신파나 일본 통속문학의 영향을 받았다고 혹평했다.[33] 최원식도 이해조의 작품 중 이 작품에서 친일적 성격이 처음으로 나타났으며, 강한 "엽기성"과 "신파조 복수담"이 등장한다는 이유로 이 작품을 부정적으로 바라보았다. 즉 「구의산」 창작과 함께 급속히 식민지 지배 체제에 편입된다는 것이다.[34]

「구의산」은 조선 후기 국문 고전소설 「김씨열행록」을 번안·개작한 작품이다. 두 작품의 경개를 내용별로 정리하면 다음과 같다.

「김씨열행록」[35]

① 조선 관동 지방의 선비 장계천이 연씨와 결혼해 아들 갑준을 낳음. 갑준 10여 세 때에 연씨 사망.

② 장계천, 유씨와 재혼하고 아들 병준 낳음.

③ 계천이 갑준을 각별히 사랑하자 유씨는 남편을 의심하기 시작.

④ 갑준이 김씨와 결혼했는데, 첫날밤 거한이 신방에 침입해 갑준의 머리를 베어가지고 도망함.

⑤ 김씨 신부는 누명을 벗고 남편 원수도 갚기 위해 남복으로 행장을 차리고 신랑집 근처 노파의 집에 유숙함.

---

33 임규찬·한진일 편, 『임화 신문학사』, 한길사, 1993, 297~303쪽 참조.
34 최원식, 앞의 책, 1994, 137~140쪽 참조.
35 분석 작품은 활자본을 대상으로 했다. 이 작품은 다음의 자료에 영인·수록되어 있다. 동국대 한국학연구소, 『활자본 고전소설전집』 2, 아세아문화사, 1976, 3~20쪽. 이 영인본에는 판권지가 낙장되어 있는데, 이 자료집 해제에 의하면 "1920년대 출판된 활자본"이라고 한다. 이후 이 작품의 인용은 제목과 쪽수만 적기로 한다.

⑥ 노파의 집에 유숙하면서 노파를 통해 유씨의 흉계와 노파의 양자가 유씨에게 매수되어 갑준의 머리를 베어다가 유씨에게 바친 전말을 알아냄.

⑦ 김씨 신부는 시부 장시랑(장계천)을 만나 전후 사실을 낱낱이 말하고 친정으로 돌아감.

⑧ 장계천은 유씨와 그 소생을 다락에 가두고 불을 질러 죽이고 집을 나감.

⑨ 김씨 신부, 해룡 낳음. 해룡의 나이 3세가 되자 시부를 찾기 위해 시비 옥매와 남복하고 집을 떠남. 우여곡절 끝에 꿈속 백수노옹의 지시로 삼한대철에서 시부를 만나 함께 돌아옴.

⑩ 김씨는 시부를 위해 과부이자 친구인 화씨를 첩으로 들임.

⑪ 화씨는 며느리를 시기하여 죽은 유씨의 동생이자 광동태수인 유득룡에게 김씨를 밀고함.

⑫ 시비 옥매가 이를 분하게 여겨 화씨를 독살하기 위해 만든 음식을 계천이 잘못 먹어 사망. 시비 옥매가 상전인 김씨를 구하기 위해 자수했으나 화씨의 흉계로 옥에 갇힘. 계교를 써 탈옥한 옥매는 서울로 와 황제에게 원정함.

⑬ 모든 사실을 파악한 황제는 화씨와 태수를 각각 처형·파직하고 김씨부인을 효열부인에 봉함.

⑭ 해룡, 황제의 딸 혜선공주와 결혼. 김씨와 해룡 모두 오래 왕락을 누리다가 세상을 떠남.

「구의산」

① 서판서 재취 부인 소씨가 오복을 낳고 사망. 서판서는 오복을 위해 후취나 복첩을 맹세코 아니할 작정을 함.

② 오복이 세 살 되던 해에 서판서가 인력거에서 낙상하여 가까운 여염집을

빌어 치료하던 중 집주인인 과부 이동집과 정이 들어 후처로 삼음.

③ 후처 이동집이 아들 또복을 낳음. 이동집은 오복을 또복보다 귀애하고 서판서도 만족해함.

④ 오복이 15세 때 김판서의 딸과 정혼. 결혼 준비 중 이동집은 오복을 위해 최대한 화려하게 결혼식을 차리자 주장.

⑤ 김판서 외동딸 김애중과 혼인한 다음날 오복이가 어깨 이하 몸만 남은 시체로 발견됨.

⑥ 애중이 남편의 원수 갚고 자기의 누명을 벗기 위해 남복 입고 시집 근처 노파집에 유숙.

⑦ 김애중, 칠성어미로부터 모든 사실을 알아냄.

⑧ 김애중, 시부 서판서를 만나 사건의 전말을 모두 고함. 서판서는 칠성어미 잡아 자백받은 후 사당 뒤 고목나무 속에서 피가 뚝뚝 떨어지는 보퉁이를 찾아냄.

⑨ 모든 게 탄로나 궁지에 몰린 이동집이 자기 소생 또복을 돌로 쳐 죽이고 옥에 갇힘. 이를 본 서판서는 죽장망혜로 정처 없이 집을 나감.

⑩ 남편의 설원도 하고 자기의 발명도 한 김씨는 혼자 시댁에 머물며 유복자 효손을 낳음.

⑪ 13세가 된 효손이 모친 김씨로부터 조부와 부친 부재에 관한 자초지종을 듣고 부모의 원수를 갚고 조부를 찾기 위해 집을 떠남.

⑫ 전라도 홍양 팔영사에서 조손 상봉하여 상경 중 낙안 월평 주막에서 우연히 칠성 일행을 발견하고 낙안군수에게 신고해 칠성 일당 체포됨.

⑬ 이동집에게 오복 살해를 명받은 칠성이 우연히 불륜남녀를 죽이고 오복을 죽인 것처럼 꾸며 이동집을 속인 뒤 오복과 함께 일본으로 건너감. 15년간 일본에 머물며 오복은 대학까지 졸업. 부모생각을 금할 수 없어 귀국하여 상경하는

길에 체포된 것.

⑭ 칠성과 오복 심문 과정에서 칠성의 자백에 의해 오복의 생존과 야조개 남녀 살인사건이 밝혀짐. 이동집 처형. 서판서 일가 모두 만나 행복하게 살아감.

위의 정리를 통해 「구의산」이 「김씨열행록」을 번안·개작한 작품임을 뚜렷이 확인할 수 있다. 「김씨열행록」은 계모형·악인모해형·열녀형 고전소설로, 우리 고전소설에서 이런 구조는 매우 흔하다고 한다.[36] 우선, 두 작품은 모두 계모에 의한 전실 자식 살해와 그 복수담이 중심 서사를 이루고 있다. 「김씨열행록」은 유씨가 재취, 「구의산」은 이동집이 삼취 부인이란 차이가 있긴 하지만, 이들은 모두 장남의 생모가 아닌 계모이다. 또한 이들은 후취가 되자 곧 아들을 낳는다. 또한 자신이 낳은 아들을 위해 전실 아들 결혼식날 자객을 보내 목을 베어 잔혹하게 살해한다. 결혼 하루 만에 남편을 잃은 신부가 남편의 원수를 갚고 자신의 누명을 벗기 위해 남복을 입고 스스로 사건의 전말을 밝힌 뒤 이를 시부에게 알려 계모의 죄상을 드러내는 것도 같다. 계모의 죄상 발각 후 둘째 아들이 죽는다는 것과 시부가 모든 가간사를 며느리에게 맡기고 정처 없이 집을 나가는 것, 결혼 첫날밤에 잉태하여 유복자 아들을 낳는 것도 두 작품에 공통된다. 집 떠난 시부가 우여곡절 끝에 다시 돌아와 하나의 사건이 마무리되고 새로운 사건이 전개되는 것도 마찬가지이다. 이와 같이 두 작품은 중심 서사와 그 서사를 이끄는 사건들의 계기가 서로 일치하고 있다.

---

36 김명식, 「「김씨열행록」과 「구의산」」, 『한국문학연구』 8, 동국대 한국문학연구소, 1985, 243쪽; 이정은, 「「김씨열행록」 연구」, 『영남어문학』 15, 영남어문학회, 1988, 402~404쪽 참조.

하지만, 어디까지나 「김씨열행록」은 고전소설·구소설이고,[37] 「구의산」은 실명 작가에 의해 쓰여진 '신소설'이다. 먼저, 두 작품은 시작 부분에서 확연하게 차이가 난다. 「김씨열행록」은 "화셜 됴션 관동짜에 일위 현시 잇스니 셩은 쟝이오 명은 계현이라"[38]라는 문장으로 되어 있어, 주인공의 집안 내력과 출생이 서술되는 고전소설의 전형적인 시작을 보여준다. 이에 반해 「구의산」은 주인공 인물에 대한 묘사로 작품이 시작된다.[39] 또한 고전소설과 같은 주인공의 가계나 출생 내력에 대한 순차적 설명 대신 세 살 먹은 오복이가 혼자 놀다가 가시에 손이 찔리는 장면에서 작품이 시작된다. 구성 방법도 「김씨열행록」은 시간적 순서에 따른 순차적 구성인 데 비해, 「구의산」은 필요에 따라 서술적 시간이 역전되는 등 보다 입체적이다. 그 밖에 「구의산」의 문장은 「김씨열행록」과 달리 지문과 대화가 구별되어 있으며, 생생한 대화체 문장과 사실적인 묘사 문장으로 되어 있다. 작품의 배경도 「김씨열행록」과 「구의산」이 각각 조선시대와,[40] 작가가 이 작품을 쓰고 있는 당대 현실이다.

그렇다면 이러한 일반적 차이 외에 다른 측면에서 다른 점은 없는 것일까. 우선 분량을 보면, 「구의산」이 「김씨열행록」에 비해 약 세 배 정도

---

37 이 작품은 "승문고"와 "안휘스"라는 단어가 사용된 것으로 보아 영조 이후에 창작되었다고 한다 (김명식, 「「김씨열행록」과 「구의산」」, 『한국문학연구』 8, 동국대 한국문학연구소, 1985, 248쪽).

38 「김씨열행록」, 3쪽.

39 「구의산」의 첫 문장은 다음과 같다. "범나뷔 펼ㅅ 눌어드는 곳에 월계화 한 가지가 웃는 듯이 뛰엿는터 얼골이 옥으로 갈닌 듯ᄒ고 다부룩ᄒ 머리가 눈섭 우혜 나불ㅅㅅᄒ 어린ᄋ히 한아히".

40 「김씨열행록」의 배경은 다소 혼란스럽다. "화셜 됴션 관동짜에"라는 문장은 이 작품의 배경이 조선임을 알 수 있게 하지만, 후반부로 가면 중국으로 변경된다. 죽은 유씨의 동생 유득룡은 "광동퇴슈"가 되어 부임하는데(13쪽), 이 때 왕이 아닌 "황제"가 등장(16쪽)하기 때문이다. 또한 장해룡이 황제의 부마가 된 뒤 "형부상셔"가 되는 것(20쪽)도 문제이다. 여기서 "퇴슈"는 신라와 고대 중국의 벼슬이며, "상셔"도 고려시대의 관직명이기 때문이다.

많다. 이해조는 줄거리와 플롯 등 작품의 대체적 틀은 동일하게 가져가면서 그 밖의 부분에서 꽤 많은 작가적 상상력을 동원·발휘한 것이다.

두 작품은 모두 내용상 크게 두 부분으로 나눌 수 있다. 「김씨열행록」은 ①~⑨가 하나의 내용이며, ⑩~⑭가 또 다른 내용이다. 앞부분은 첫날밤 신랑이 살해되어 신부가 그 사건을 해결하고 원수를 갚는 내용이며, 뒷부분은 며느리의 고난과 승리가 주 내용이다. 앞부분과 뒷부분 각각의 주동인물은 김씨와 옥매이지만, 두 부분에서 일관되게 강조되는 것은 김씨의 정렬과 효이다.[41] 「구의산」도 크게 두 부분으로 나눌 수 있는데, 이를 내용상 각각 ①~⑩과 ⑪~⑭로 구분할 수 있다. 전자는 「김씨열행록」과 같지만, 후자는 오복·칠성의 고난과 서판서 일가가 모두 다시 모이는 대단원적 해결이 주 내용이다. 각각의 주동인물도 앞부분은 김애중이지만, 뒷부분은 「김씨열행록」의 옥매만큼 뚜렷한 주동인물은 보이지 않는다. 효손, 서판서, 칠성이가 각각 비중 있는 역할을 수행하고 있기 때문이다. 따라서 동일 인물이라 할 수 있는 김씨와 김애중의 정렬과 효라는 측면도 「구의산」에서는 「김씨열행록」만큼 일관되고 강하게 드러나 있지 않다. 「구의산」 후반부에는 김애중의 정렬과 효보다는 하인 칠성의 충(忠)과 오복과 효손의 효가 강조되어 있다. 이는 두 작품의 후반부가 다르기 때문에 나타나는 현상이다. 이러한 차이가 발생하게 된 결정적인 요인은 첫날밤에 신랑이 살해되느냐 살아남느냐 하는 점에 있다. 「구의산」이 「김씨열행록」의 기본 서사를 따르면서도 신랑, 즉 오복이가 살아남았다는 점에서 두 작품은 결정적으로

---

41 이를 최운식은 전반부는 계모형, 후반부는 공안소설의 성격으로 보고 있다(최운식, 『한국 고소설 연구』, 보고사, 1997, 203쪽).

갈라서게 된다. 오복의 생존은 이해조의 상상력의 산물인 동시에 이해조와 『매일신보』의 의도가 개입·관철될 수 있는 밑바탕이 된다.

최원식은 결혼 다음날 목 없는 신랑 시체의 등장과 칠성의 불륜남녀 살해 등을 통해 이해조 소설의 엽기성 강화는 이 작품에서 비롯되며, 이는 모두 일본의 영향임을 비판적으로 지적했다.[42] 최원식은 이 작품의 잔혹한 살인 장면을 일본 신파, 즉 외래적 영향으로 파악한 것이다. 하지만 이는 다시 생각해 볼 필요가 있다. 「구의산」의 엽기성은 일본 신파와 같은 외래적 영향이 아닌 그러한 내용이 있는 우리 고전소설을 번안·개작했기 때문에 가능했기 때문이다. 오히려 「구의산」은 모본에 비해 엽기성이 약화되고 동시에 근대화된 작품이다. 「김씨열행록」과 「구의산」에는 살인 장면이 각각 두 번 등장하며, 죽임을 당한 사람의 수도 두 작품이 모두 세 명(갑준·유씨·병준/조늣동·천지사의 딸·또복)으로 같다. 「김씨열행록」의 갑준과 유씨·병준은 각각 유씨가 보낸 자객과 장시랑에 의해 죽임을 당한다. 「구의산」의 조늣동과 천지사의 딸은 칠성에게, 또복은 생모 이동집에 의해 목숨을 빼앗긴다. 두 작품 중 「김씨열행록」의 살인이 「구의산」에 비해 보다 잔혹하고 끔찍하다. 죽임을 당한 갑준과 유씨, 병준은 장시랑 입장에서 보면 두 아들과 부인에 해당한다. 갑준은 유씨가 보낸 자객에 의해 머리가 베어져 잔혹하게 살해되는데, 자객과 갑준은 서로 모르는 사이이다. 장시랑은 갑준의 원수를 갚기 위해 살인을 사주한 부인 유씨와 차남을 태워죽인다. 장남의 원수를 갚은 셈이지만 엄연한 자신의 부인과 친아들 —차남—을 죽였다는 점에서 매우 잔인한 처리 방식이 아닐 수 없다.

---

42 최원식, 앞의 책, 1994, 137~139쪽.

하지만, 「구의산」은 그 잔혹성이 보다 완화되어 있고 또한 나름의 합리적 이유가 제시되어 있다. 칠성에 의해 살해되는 조늣동과 천지사의 딸은 칠성과 아무런 관계가 없다. 칠성은 오복을 죽이러 가는 도중 우연히 두 남녀의 불륜과 살인 모의를 듣고 도저히 참을 수 없어 이들을 살해한다. 칠성이가 이 남녀를 만나는 과정은 '우연'에 의한 것이지만, 칠성이가 이들을 죽인 동기는 나름대로 제시되어 있는 것이다. 또복의 죽음도 같은 맥락이다. 「김씨열행록」의 병준에 해당되는 또복은 자신의 친모에게 죽임을 당한다. 어머니가 아들을 돌로 때려 죽게 했다는 점에서 잔인한 설정임에는 틀림없지만, 「김씨열행록」에 비해서는 상대적으로 그 강도가 훨씬 약화되어 있다. 또복은 돌로 얼굴을 강타당한 뒤 병원으로 실려가 그곳에서 죽음을 맞는다. 부모에게 죽임을 당한다는 설정은 「김씨열행록」과 같지만, 병원에서 치료받다 사망하는 것으로 처리해 보다 합리적이고 근대적인 모습이다.

또한 살인을 저지른 사람에 대한 처벌도 두 작품이 뚜렷이 대비된다. 「김씨열행록」의 자객과 장시랑은 살인 후 아무런 제재를 받지 않는다. 갑준을 살해한 자객은 금방 사라지며, 장시랑은 집을 떠나는 것으로 되어 있다.[43] 하지만 「구의산」에는 살인자에 대한 처리가 보다 근대적으로 제시되어 있다. 이동집과 칠성은 모두 관에 체포되어 법에 의거한 공식 재판에 의해 죄에 상응한 처벌을 받는다. 살인의 동기와 결과는 어쨌든 공식 재판에 의한 처벌이라는 점에서 근대적·합리적인 설정인 것이다. 이해조는 모본의 엽기성을 '약화'시키면서 구소설의 비현실성을 현

---

43 갑준을 죽인 범인은 그 후 잠시 자신의 양어머니를 만나러 오지만(7쪽) 직접 등장하는 것은 아니다. 그는 양어머니를 잠시 만난 뒤 이 소설에서 완전히 사라진다.

실적이고 합리적으로 수정한, 나름대로 근대적 개작을 시도한 것이다.

「구의산」이 가진 엽기성도, 이것이 일본 신파의 영향을 받은 탓이라 하여 반드시 나쁘게만 볼 필요는 없다고 판단된다. 이는 이해조가 독자 확보를 위해 시도한 다양한 노력의 하나로 볼 수 있기 때문이다. 이해조가 '신소설' 창작에 활용한 다양한 전대문학의 요소는 모두 독자 확보를 위한 전략의 하나였다. 이해조가 선택한 「김씨열행록」은 상당히 자극적이고 엽기적인 내용의 소설이다. 왕족의 후예로 "유교의 파수병"이라는 평가를 받았을 정도로 유교를 통한 현실 개혁을 꿈꾼[44] 이해조가 이러한 소설을 선택한 것 자체가 일견 이상하게 보일 수도 있다. 하지만 이는 이해조가 당시 광범위하게 성행했던 고전소설과 그 독자를 충분히 인식한 데서 비롯된 것이다. 이해조는 자극적이고 충격적인 내용의 고전소설을 선택하여 독자의 흥미를 극대화하고자 한 것이다. 특히 강제병합 직후라는 시기와 게재 매체가 총독부 기관지라는 것, 나아가 『매일신보』의 소설 게재의 목적을 고려해보면 더욱 그러하다. 「김씨열행록」과 「구의산」에서 보이는 자극적이고 엽기적인 장면은 그만큼 이해조의 당시 소설 독자들에 대한 실태 파악과 인식이 매우 날카로웠음을 말해주는 증거인 것이다.

이해조가 「김씨열행록」을 번안·개작하면서 소설적 상상력을 발휘한 것 가운데 하나인 복선의 활용도 주의깊게 살펴보아야 한다. "독자들에게 순간적인 상황의 의미와 방향을 제시"해주는 복선(예시, Voraus-detung)은,[45] 우리 고전소설에는 존재하지 않는다. 「구의산」에는 곳곳에

---

44 한기형, 『한국 근대소설사의 시각』, 소명출판, 1999, 111~118쪽 참조; 조남현, 『한국 현대 작가의 시야』, 문학수첩, 2005, 86~94쪽 참조.

복선이 있는데, 이는 소설의 흥미 제고, 즉 독자의 호기심을 자극하는 데 크게 기여하고 있다.

「구의산」의 전체 서사는 이동집이 오복을 살해하고자 하는 데서 비롯된다. 만약 이동집이 오복을 죽이고자 하지 않았다면, 첫날밤의 끔찍한 장면은 물론 칠성의 살인, 오복과 칠성의 일본행, 김애중의 고난, 서판서의 가출 등 어떤 사건도 일어나지 않았거나 전혀 다른 방향으로 서사가 진행되었을 것이다. 이동집은 이른바 악한 계모에 해당하는 인물이다. 악한 계모가 전실 자식이나 며느리를 구박하고 모해하는 이야기는 「춘외춘」과 「봉선화」도 해당되는데, 이는 이해조가 즐겨 사용한 방식이다.

이 작품이 악한 계모의 흉계에 의해 서사가 전개될 것이라는 단서는 이미 작품 초반에 제시되어 있다. 서판서는 둘째 부인이 오복을 낳고 세상을 뜬 후 다시는 아내를 두지 않을 것을 맹세한다.

계집이라는 것은 편성이 되야 용납ㅎ는 일이 젹은 고로 후취가 젼실 소싱을 구박ㅎ는 것이 열이면 아홉은 의례 되야 심ㅎ 쟈는 집안에 큰 변괴롤 내는 일이 흔히 잇는 법이라 녯날 대순 ᄌᆞᆺ흔 셩인의 계모와 민ᄌᆞ건 ᄌᆞᆺ흔 군ᄌᆞ의 계모도 모다 젼실 소싱을 비상히 학ᄃᆡᄒᆞ얏거던 홈을며 근일 효박ᄒᆞᆫ 풍쇽에 무슨 변괴가 안이나리[46]

서판서의 이 같은 맹세 속에 이 소설 전체의 이야기 진행을 암시하는 복선이 있다. 앞으로 일어날 "큰 변괴"에 대한 경고는 서판서의 생

---

45 조남현, 『소설원론』, 고려원, 1995, 241쪽.
46 「구의산」, 3~4회(1911.6.24~25).

각을 통해서도 계속 암시된다. 서판서는 이동집이 또복을 낳자 기뻐하는 한편, 이동집의 오복에 대한 사랑이 옅어질까 근심한다. 이러한 서판서의 우려는 곧 현실로 나타난다. 장남은 계모에 의해 살해 위기를 겪고 15년 동안이나 외국에 머물며, 차남은 목숨을 잃고 마는 "큰 변괴"가 발생하는 것이다. 서판서가 우려한 악한 계모로 인해 생긴 "큰 변괴"는 곧 이 작품 서사를 추동하는 결정적인 원동력이다. 독자는 작품 초반의 이러한 서판서의 생각을 통해 서판서 집안에 후취 이동집에 의한 "큰 변괴"가 일어날 것을 암시받게 된다. 소설 진행에 대한 이러한 거듭된 암시는 독자의 궁금증을 유발하여 독자들로 하여금 계속 소설에 집중하게 만드는 계기로 작용하게 된다.

이동집은 서판서의 세 번째 부인이자 오복의 계모이다. 이동집은 전실 자식을 살해하려 했고 자신의 소생까지 직접 죽여 결국 처형되는 악한 인물이다. 하지만 이동집이 이 작품에서 처음부터 악한 인물로 등장하는 것은 아니다. 이동집은 서판서의 부인이 된 뒤 처음에는 오복을 생모 못지않게 극진히 위하는 모습을 보인다.[47] 이동집의 이러한 모습은 자신의 소생 또복을 낳은 이후에도 여전히 유지된다.

쏘복이는 아모러케 길너도 관계치 안소 어미 그늘에셔 자라는 것이닛가 에그 불상ㅎ지 우리 오복이냐 락지 이후로 어머니 정리롤 모르고 남의 어미 슬하에셔 자라노라니 졔 몸에 편치 못ㅎ 일이 하로도 몃 번인지 알 슈가 잇소 원리 ㅇ희가 비록 어릴 법희도 의ㅅ시럽거나 쳘난 어룬 못지 안이ㅎ야 무슨 일이던지

---

47 이동집이 서판서 부인이 되어 박동 서판서 집으로 들어왔을 때 오복은 3세였다(「구의산」 4회 (1911.6.25)).

스식을 안이 뵈이고 어머니 ㅅㅅㅅ 흐며 나롤 짜르닛가 아모도 흑빅을 모르나 나는 그것의 불상흔 일을 싱각흐면 뼈가 시ㅅ로 녹는 듯흐지 흐며 쏘복이보다 열 갑절 스무 갑절은 더 사랑흐니 셔판셔가 여디업시 됴흔 즁[48]

이동집은 자신의 소생 또복보다 한층 더 오복을 위하고 있다. 서판서가 근심한 악한 계모로서의 이동집은 아직 수면 아래에 있는 것이다. 서판서도 이러한 이동집에 대해 흐뭇해한다. 하지만 서판서 집안의 평온은 오복이 15세가 되어 혼인을 정하게 되면서 결정적인 위기를 맞는다. 이동집은 엄청난 정성과 재물을 들여 오복의 혼인을 매우 화려하게 하고자 한다. 오복을 위하는 이러한 이동집의 모습에 서판서는 물론 하인들까지 이동집을 가리켜 "갸륵흔 셔모"라거나 목석이 감동할 만큼 착한 마음을 가졌다고 칭송하기에 이른다. 이동집의 변심 또는 실체를 암시하는 복선은 이러한 주위의 칭찬 속에서 처음 나타난다.

이동집이 지날ㅅ결에 그 슈작(주위 여인들의 이동집 칭송하는 말−인용자)을 모다 듯고 더옥 힘쓰는 빗을 뵈이랴고 들낙날낙 이것뎌것을 더 분주히 분별을 흐다가[49]

오복을 위하는 이동집의 말과 행동이 모두 가식과 거짓이었음을 알 수 있다. 이후 이동집은 혼인 제구를 따라가는 칠성이를 따로 떼어놓는 등 오복을 죽이기 위한 본격적인 행보를 시작한다. 작품 초반 "갸륵

---

48 「구의산」, 10회(1911.7.4).
49 「구의산」, 13회(1911.7.7).

혼 셔모"로서 한껏 고양된 이동집의 긍정적 형상화는 그 만큼 독자의
흥미와 기대를 아울러 높이는 요인이 된다. 흔히 볼 수 있는 악한 계모
가 아닌 선한 계모로 제시된 점과 또한 이것이 모두 거짓이었다는 것
은 독자들로 하여금 강한 호기심과 앞으로의 내용 전개에 대해 더욱
큰 기대를 갖게 할 수밖에 없다.

이동집의 전실 자식 살해 욕망과 함께 「구의산」 전체 서사를 추동하
는 또다른 요인은 결혼 첫날밤에 오복에게 일어난 "큰 변괴"이다. 불륜
남녀를 죽인 뒤 마음을 고쳐먹은 칠성에 의해 이동집의 계획이 수포로
돌아가긴 하지만, 오복의 고난은 결혼 첫날밤에 시작된다. 결혼 다음
날 새신랑이 목 없는 시체로 발견되는 장면은 매우 엽기적으로 충격적
이다. 이해조는 이러한 자극적인 장면 제시에 앞서 어떤 암시를 통해
독자의 흥미를 고조시킨다.

오복이가 물 우에셔 션뜻 니려 이셩지합 만복지원(二姓之合萬福之源)이라 써
붓친 횡보셕으로 안부가 안겨주는 기력이롤 가로안ㅅ고 팔미리ㅎ는 사름의 뒤
롤 짜라 쑤벅쑤벅 거러드러가 기력이롤 드리고 진비롤 혼 뒤에 다시 쵸례청으로
드러가 신부와 교비롤 ㅎ는디 아모라도 그 계계롤 당ㅎ면 한이 업셔 은근히 웃
기도 례ㅅ오 슈줍고 붓그러워 ㄱ장 졍식을 ㅎ기도 례ㅅ이어눌 그 ㄾ치 동탕ㅎ던
오복의 얼골빗이 공연히 시싴이 되며 넉이 한아도 업셔 쟝가도 귀치 안코 그 길
로 집으로 도로 갓스면 됴켓는 망념이 들어 슈모의 홍ㅅ풀이ㅎ며 덕담과 웃기는
소리롤 드른둥만둥 머리가 직ㄷㅅㅅ 앏흐기만 ㅎ야 간신히 례롤 맛쳣더라[50]

---

50 「구의산」, 16회(1911.7.11).

오복이가 집을 떠나 본 젹이 업다가 평성에 쳐음 일이닛가 졔 ㅁ음에 부친 몬져 보닉는 것이 셥々ᄒ야 그리던지 웬 곡졀인지 공연히 긔식이 황홀ᄒ며 그 부친의 겻흘 쩌나지 안이ᄒ려 ᄒ니 (…중략…) 남ㅈ가 셰상에 나셔 언의 쩌가 뎨일 됴ᄒ냐 ᄒ면 아모라도 쟝가 가셔 쳣날밤 되ᄂ 날에셔 더 됴혼 날이 업다 홀 터인딩 오복이ᄂ 웨 그리힛던지 심샹치 안케 긔식이 됴치를 못ᄒ며⁵¹

결혼식 당일의 오복의 모습이 심상치 않게 제시되고 있다. 응당 좋아야 할 혼인식 날 오복은 특별한 이유도 없이 두통을 느끼며 좋지 않은 기색을 보인다. 오복 스스로도 이상한 기색을 느껴 집으로 돌아가고 싶고 처가에서 자더라도 부친 서판서와 같이 자고 싶어한다. 이는 결혼 첫날밤 신방에서 오복에게 무슨 일이 일어날 것임을 강하게 환기한다. 독자들은 이를 통해 곧 일어날 사건에 강한 호기심과 기대감을 가질 수밖에 없다. 더구나 독자들은 앞부분에서 이미 이동집의 본심과 이동집이 칠성과 비밀리에 수작하는 것을 읽은 상태이다. 이동집이 칠성에게 어떤 일을 사주했고, 그 일을 수락한 칠성이 결혼 첫날밤 새신랑 오복에게 어떤 위해를 가해 "큰 변괴"가 일어날 것임이 암시되어 있다. 이는 독자의 흥미를 고조시켜 소설에 더욱 집중시키려는 전략이라 할 수 있다.

결국 이해조는 "머리ᄂ 간 곳 업고 다만 억기 이하 몸덩이만 그 가온딩에 가 느러졋고 그 겻헤 삼쳑 비슈가 노여 잇"(24회)는 결혼 다음날의 오복과 신방의 모습을 제시해 한껏 고조된 독자의 기대를 충족시킨다. 이러한 복선은 모본인 「김씨열행록」에는 전혀 존재하지 않는다. 또복에 해당하는 병준을 낳은 뒤 장시랑과 유씨 사이에는 다만 의심이 생

---

51 「구의산」 22회(1911.7.19).

겼다고 제시될 뿐이며, 오복에 해당하는 갑준은 작품 전체에서 거의 존재감이 없는 인물이다.[52] 「구의산」 곳곳에 장치된 복선과 암시는 이해조의 상상력에 의한 개작의 구체적인 실례이다. 이해조가 「구의산」에 도입・활용한 복선은 사건의 진행 방향을 제시 또는 암시하여 독자의 호기심을 자극하는 강력한 독자 유인책이었던 것이다.

이해조는 「김씨열행록」을 「구의산」으로 개작하면서 구성방법에도 변화를 주었다. 서술 시간의 역전이 그것이다. 「김씨열행록」은 모든 사건이 시간적 순서대로 진행되는 순차적・평면적 구성이다. 「김씨열행록」은 「구의산」의 서판서에 해당하는 장계천(장시랑)의 출생 내력과 성장담, 첫 번째 부인 연씨의 내력 및 연씨와의 혼인에 대한 내용이 작품의 가장 처음에 위치하는 등 전형적인 고전소설의 순차적 구성을 보여준다. 이에 비해 「구의산」은 서판서의 출생 내력이 아예 제거되어 있고 세 살된 오복이가 가시에 찔려 계모 이동집에게 응석을 부리는 장면에서 작품이 시작된다. 이동집은 서판서의 세 번째 부인임에도 작품의 시작에서는 이미 서판서의 아내가 되어 있는 것이다. 순차적 구성이라면 서판서 내력과 첫째・둘째 부인과의 만남과 사별, 오복의 출생, 이동집과의 만남이 차례로 등장했을 것이다. 이 중 가장 중요한 것은 서판서와 이동집의 만남이다. 하지만 이해조는 이를 과감하게 역전시켜 이동집과 오복이 각각 삼취 부인과 3세가 된 시점에서 작품을 시작하고 있다. 이것이 앞서 정리한 14개 내용 중 ①에 해당하며 연재 횟수

---

[52] 갑준뿐만 아니라 병준, 해룡 등 「김씨열행록」의 아들들은 모두 그 존재감이 없다고 해도 과언이 아니다. 이들은 작가에 의해 단지 서술될 뿐, 스스로 행동에 나서거나 발언하는 모습은 단 한 번도 보이지 않는다.

로는 3회까지의 내용이다. 내용상 ①의 과거에 해당하는 서판서의 첫째·둘째 부인과 오복의 출생, 이동집과의 만남이 ②이며, ②는 3회 연재분의 끝부분에서 시작된다. 방금 살펴본 곳을 포함해 「구의산」에는 모두 세 번의 서술 시간의 역전이 존재한다. ②와 ④, ⑬부분이 그러하다. 이를 시간적 거리로 보면, ②와 ④는 각각 1년과 하루 전으로 역전되며, ⑬의 경우는 15년이라는 비교적 긴 과거로 되돌아간다.

「구의산」에서 보이는 세 번의 서술 시간의 역전은 모두 독자의 흥미고조 및 궁금증 유발과 깊은 관련이 있다. 또한 작품 초반에 위치한 두 번의 역전은 모두 앞서 살펴본 복선과 깊은 관련이 있다는 점을 주목해야 한다. ②와 ④의 역전은 앞서 인용한 각주 46)과 50)의 인용문 직후에 이루어진다. 첫째·둘째 부인을 사별한 서판서가 아들 오복을 위해 다시는 아내를 두지 않겠다는 다짐 바로 뒤에 이어지는 내용이 서판서와 이동집의 만남의 계기에 대한 내용이기 때문이다. 여기서 되돌아가는 과거는 1년 이내이다. 작품 첫 장면에서 가시에 찔리는 오복은 이미 3세이며, 서판서가 인력거에서 떨어져 이동집을 처음 만난 때는 오복이가 세 살 되던 해(4회)이기 때문이다.

④의 역전은 비교적 사소하다. 서울 박동 사는 오복은 고양 마둔리 김판서의 딸과 결혼하기 위해 집안의 모든 하인들을 데리고 김판서의 집으로 가 혼인 예식을 치른다. 이동집은 서판서에게 칠성만 두고 가라 하여 칠성은 집에 남게 된다. 혼인식은 오복이 김판서집에 도착한 다음날에 행해지는데, 혼인식에서 오복의 모습은 각주 51의 인용문에서 확인한 바 있다. 각주 51과 같은 암시를 제시한 뒤 이야기는 곧바로 전날, 즉 서판서가 오복의 혼인을 위해 고양으로 떠나기 직전으로 되돌아간다.

작품 초반의 이 같은 두 번의 역전은 모두 앞으로 벌어질 사건을 암시하는 복선 직후에서 이루어진다. 이 작품에 활용된 복선은 독자의 호기심을 자극해 궁금증과 흥미를 유발시키는 결정적 요소이다. 이해조는 암시와 복선을 통해 독자의 관심을 유도한 뒤 곧바로 과거로 장면을 전환한 것이다. 특히 두 번째 전환은 혼인식에서의 오복을 정상이 아니게 제시해 뭔가 사건이 일어날 것 같은 분위기를 조성한 뒤 곧바로 하루 전날로 시간을 역전시킨다. 이 같은 역전을 통해 독자들은 보다 작품에 집착할 수밖에 없다. 이해조는 독자의 애를 태워 독자들로 하여금 이후 내용에 대해 보다 큰 기대와 관심을 유도하려 한 것이다. 더욱이 이 같은 역전이 복선 바로 뒤에 위치해 있어 그 효과는 더욱 커질 수밖에 없다. 결국 이해조가 「김씨열행록」을 「구의산」으로 개작·번안하는 가운데 활용한 서술 시간의 역전은 독자의 흥미를 고조시키는 장치이며, 이는 동시에 이해조가 독자 확보를 위해 기울인 다양한 노력의 하나인 것이다.

앞서 이해조가 오락적 요소는 물론 계몽적 측면에도 많은 주의를 기울였음을 살펴본 바 있다. 「구의산」의 계몽적 요소는 연재예고에서부터 확인이 가능하다.

多數 愛讀 諸彦의 喝采를 博ᄒ던 前 小說 「花의血」은 昨日로써 擱筆ᄒ고 本日브터는 家庭의 喜劇 悲劇과 壯絶快絶ᄒ (九疑山)이라 ᄒᄂ 小說을 揭載ᄒ야 愛讀者의 興味를 添ᄒ오니 一層 愛讀ᄒ시면 家庭 整理上에 一大 好材料가 되겟습(강조—원문)[53]

53 '소설' 「구의산」, 『매일신보』, 1911.6.22.

「구의산」은 재미있는 가정소설이며, 가정 정리에 많은 도움이 될 것이라는 내용이다. 이해조가 이 소설을 통해 강조한 "가정 정리상에 일대 호재료"란 무엇일까. 이 작품의 등장인물들이 겪는 고난의 모든 원인은 계모 이동집의 전실 자식 살해 욕망에 있다. 이를 참고한다면, 이 작품은 우선 전실 자식을 박해하는 후취 부인에 대한 비판과 경고가 된다. 이해조가 「춘외춘」과 「봉선화」에서도 이 문제를 중심 서사로 다루었다는 점은 당시 현실에서 이 문제가 드물지 않았거나 또한 그만큼 심각했음을 시사한다.

이해조는 전실 자식을 모해하는 후취 부인의 문제에 대해 강제병합 전부터 관심을 표명했다. 이해조는 이동집이나 성씨(「춘외춘」)·구씨(「봉선화」)와 같은 전실 자식이나 며느리를 박해하는 부인들에 대해 일찍부터 비판의 목소리를 낸 바 있다.

> 쏘 남의 후취로 들어가셔 젼취 소성에게 험이 구는 쟈는 잇스니 그것은 무슨 지각이오 아모리 닉의 소성은 안이나 남편의 자식은 분명ᄒ니 양자보담은 미우 간절ᄒ오 사ᄅᆷ에 젼조모와 후조모라 ᄒᄒ야 자손의 마음에 후박이 잇스릿가 그럿컨마는 몰지각ᄒᆫ 후취 부인들은 닉 속으로 낫치 안이ᄒ햣스니 닉 자식이 안이라 ᄒᄒ야 동닉 아ᄒ히만도 못ᄒ고 종의 자식만도 못ᄒ게 디우ᄒ니 엇지 그리 박정ᄒ고 무식ᄒ오[54]

이 대목은 「자유종」의 국란 부인이 자식 사랑하는 이유에 대해 발언한 내용의 일부이다. 국란 부인의 발언을 이동집에 적용하면 이동집은

---

[54] 『자유종』, 광학서포, 1910, 29쪽.

"박정흐고 무식"한 "몰지각흔 후취 부인"이 된다. 이동집은 자신의 소생인 또복을 낳기 전까지는 오복을 매우 사랑했다. 하지만 그녀는 또복을 위해 오복을 살해하기로 한다. 그런데 결국 살해되는 것은 오복이 아닌 자신의 소생 또복이다. 이동집의 오복에 대한 정성을 생각하면, 그녀는 극단적으로 변심한 셈이다. 이동집의 이러한 극단적인 변심은 그 정도에 비례하여 국란 부인의 주장에 고개를 끄덕일 수밖에 없게 된다. 이해조는 전실 자식을 박해하면 서판서의 집안과 같은 "큰 변괴"가 일어날 수도 있음을 말하고 싶었음에 틀림없다. 따라서 이 작품을 좋은 재료로 삼아 "가정정리"에 참고할 수 있도록 하고자 했던 것이다.

소설 안내를 통해 분석한 이상의 "가정 정리상"의 계몽은 이른바 풍속 개량의 차원에 속한다고 볼 수 있다. 이 같은 후취 부인에 대한 문제라든지 정절이나 효, 우애 등과 관련된 풍속 개량의 문제는 이해조의 전 작품에 두루 나타나 있다. 하지만 여기에서 문제가 되는 것은 이해조의 세계관이 근본적으로 변질되었다는 사실이다. 이해조는 한일 강제병합을 계기로 "애국계몽의 모범생"에서 "순응주의자의 길"로 들어서는데,[55] 이에 따라 그의 세계관과 계몽성이 크게 달라진다. 「구의산」에는 변질된 이해조의 세계관과 계몽성이 뚜렷히 나타나 있다. 이는 「구의산」에 나타난 일본과 조선에 대한 그의 시각에서 확인할 수 있다. 결론부터 말하면, 이 작품에서 일본(인)은 문명국(인)으로, 조선은 '야매'와 '부문허례(浮文虛禮)'가 판치는 곳으로 표상된다.

「김씨열행록」과 「구의산」의 결정적인 차이는 작품의 후반부에 있다. 즉 「구의산」에서는 모본과 달리 오복이 살아 있기 때문이다. 오복

---

55 조남현, 『한국 현대 작가의 시야』, 문학수첩, 2005, 77~86쪽 참조.

은 첫날밤 자객(칠성)에 의해 살해되지 않으며, 오히려 자객의 도움으로 일본으로 건너가 15년 동안 머물며 대학까지 졸업하게 된다. 「구의산」 후반부는 오복과 칠성이 일본으로 건너갔다가 조선으로 돌아오면서 겪는 고난과 그 해결을 주 내용으로 한다. 하지만 이는 어떤 계몽성을 드러내기 위한 다분히 의도적인 개작으로 보아야 한다. 이 부분에서 일본과 조선 및 당대 현실에 대한 이해조의 인식이 첨예하게 드러나기 때문이다.

우연히 살인을 저지른 칠성은 마음을 돌이켜 오복을 죽이지 않기로 결심한다. 칠성은 자신이 죽인 남자(조늣동)의 시체를 오복으로 속여 이동집으로부터 상금을 받는다. 칠성이는 이 돈으로 오복과 함께 일본으로 간다. 하지만 둘은 배가 침몰하는 고난을 겪은 뒤 우연히 일본인 탐험가에게 구조되어 일본에서 15년이란 세월을 보낸다. 「구의산」은 모본과 달리 소설의 배경이 일본으로까지 확대되어 있는 것이다. 바로 이러한 배경의 확장에서 어떤 의도된 계몽성이 들어갈 수 있는 여지가 발생한다.

(칠) 그 한 가지로만 힉도 야미호 인죵 ᄌᆞᄒᆞ면 되겟슴닛가 (…중략…) 지식이 어둔 무리는 길에셔 진물을 엇긴커녕 눔의 집에도 승야 월쟝을 ᄒᆞ야 드러가 진물을 도젹ᄒᆞ야 가는 일이 비々 유지ᄒᆞ거눌 아모도 못 보는디 길ㅅ가온디에셔 불쇼혼 진물을 엇어 가지고 ᄌᆞ쳥ᄒᆞ야 불너 주엇스니 기명 안이ᄒᆞ고 되겟슴닛가 (오) 아모렴 사롬이 기명치 못ᄒᆞ면 즘싱에셔 나을 것이 무엇 잇겟나[56]

56 「구의산」 64회(1911.9.7).

오복이 15년의 일본 생활을 접고 귀국하는 배 안에서 칠성과 나눈 대화의 일부이다. 일본에서 칠성은 노동을 하여 오복의 학비를 대고 오복이는 열심히 공부하여 대학까지 졸업한다. 어느 날 칠성은 돈을 받고 어떤 신사의 짐을 운반해 주다가 신사의 돈가방을 잃어버리게 된다. 주인의 독촉에 못이겨 길에서 가방을 찾는데, 어떤 노동자 한 사람이 칠성에게 자기가 길에서 주웠다며 가방을 건네준다. 위의 인용문은 잃어버린 돈가방을 찾아 돌려준 노동자에 대한 오복과 칠성의 대화이다. 칠성이가 가방을 잃고 도로 찾은 장소는 일본이며 돈가방을 찾아준 노동자는 일본인이다. 칠성과 오복이 나눈 대화의 핵심은 행인이 많이 다니는 길에서 얻은 적지 않은 돈을 아무런 대가 없이 정직하게 돌려주는 노동자는 '개명한 인종'이라는 논리이다. 이러한 정직이 행해지는 일본은 자연스럽게 개명한 나라, 즉 개명국이 된다.(64회) 게다가 칠성에게 돈 가방을 돌려주는 인물을 최하층 노동자로 설정해 그 효과를 극대화하고 있다. 또한 오복과 칠성을 외딴 섬에서 구해준 "등정슈태랑(藤井壽太郎)"이란 일본인은 15년 동안이나 오복과 칠성을 자신의 집에 머물게 해준 인물로 오복이 은인으로 생각하는 사람이다. 「구의산」에 등장하는 일본인은 모두 두 명인데, 이학박사인 "등정슈태랑"과 돈가방을 찾아준 노동자가 그들이다. 이학박사에서 노동자까지 이 작품의 일본인은 모두 자선심이 많고 정직한 '개명한 인종'으로 제시되고 있다. 일본을 '개명 및 문명'과 연결짓는 이해조의 인식은 '야매'를 조선과 연결지음으로써 변질된 그의 계몽성이 결코 간단한 문제가 아님이 명백해진다.

그 째가 지금만 ㅈ히도 거리々々 교번소가 잇고 시々로 힝순々사가 잇셔 칠
성이가 방약무인ㅎ게 사름을 둘이나 죽엿슬 수도 업고 셜혹 죽엿더리도 즉시
포박을 당ㅎ야 셔판셔 집에 그러ㅎ 변괴가 안이 나렷스런마는 그 째는 잇다금
도라단이는 소위 슌라 하는 것이 잇지마는 파루 곳 치면 다 것어드러가 사름
의 종적이 불고 쓴 듯이 업는지라[57]

(고) 그 집이 칠성각이라는 집인듸 근 ㅅ십 년 젼에 김씨 언의 량반이 졔쥬목ㅅ
로 나려와셔 ㅈ손을 비노라고 이 집을 지어놋코 칠성마지를 ㅎ던 집이람니다 그
째만 히도 지금보다 어두워셔 그릿지 칠성마지를 ㅎ면 업는 ㅈ식이 싱길 리가 잇
슴닛가 그 후로 이곳 어리셕은 빅셩들이 죵々 와셔 로구메롤 올니지마는 칠셩졔
군이 흠향을 안이ㅎ는지 별로 효험은 못보나 봅듸다 (오) 참 야미ㅎ 일이오[58]

앞서 살펴본 일본 및 일본인에 대한 시각과 뚜렷이 대비되는 조선 및
조선인의 모습을 확인할 수 있다. 첫 번째 인용문은 칠성이 불륜남녀를
살해한 직후에 나온 작가의 발언이다. 두 번째는 칠성과 오복이 제주도
에서 고씨라는 인물과 한라산에서 칠성각을 보고 나눈 대화이다. 첫 번
째 인용문의 "지금"은 작가가 이 작품을 쓰고 있는 1911년이다. "지금"
즉 1911년이라면 치안이 확립되어 칠성이가 살인을 저지르지 못했을
것이고 설령 죄를 범했더라도 금방 체포되어 서판서집의 불행은 일어
나지 않았을 것이라는 의미이다. 이는 강제병합 전의 치안 상태가 극도
로 좋지 않았음을 환기하며 동시에 강제병합 이후 총독 정치에 의해 치

---

57 「구의산」 57회(1911.8.30).
58 「구의산」 69회(1911.9.13).

안이 크게 개선되었음을 간접적으로 강조하는 것이다.

두 번째 인용문에서는 과거의 조선이 야매한 상태로 제시되고 있다. 미신 숭배에 대한 비판인데, 여기서 말하는 미신은 민간의 기자신앙(祈子信仰)을 가리킨다. 또한 "그 째"는 강제병합 이전을 가리킬 터인데, 민간의 기자신앙이 성행했던 "그 째"는 어두운(野昧) 시대라는 것이다. 이는 "그 째"가 아닌 "지금"은 어둡지 않은(開明) 시대라는 것에 대한 암묵적 지지에 다름 아니다. 간접적이긴 하지만 '개명'한 일본(인) · 강제병합 이후' 와 '야매'한 조선(인) · 강제병합 이전'이라는 인식이 드러나고 있는 것이다.

불안정한 치안이나 미신숭배 비판은 풍속 개량에 대한 계몽이다. 하지만 이것이 일본과의 비교를 통한 상대적 시각으로 제시되면서 심각한 문제가 발생한다. 야매한 조선과 문명한 일본이 상대적으로 제시되면서 일본은 따라잡거나 본받아야 할 대상으로 자연스럽게 규정되기 때문이다. 이해조가 강제병합 후 총독정치에 대한 "순응주의자의 길"로 들어섰으며, 그의 소설을 읽는 독자들에게도 이 길을 따라야 한다는 것을 간접적으로 선전 및 정당화하고 있다는 점에 그의 변질된 계몽성과 문제의 심각성이 자리하고 있는 것이다.[59]

(2) 「김학공전」에서 「탄금대」로

「탄금대」는 이해조가 『매일신보』에 여덟 번째 발표한 소설로 1912년 3월 15일부터 5월 1일까지 총 38회에 걸쳐 연재된 작품이다.[60] 그 동

---

59 이 외에도 이 작품에는 강제병합 전의 근대적 의료 불신(不信)에 대한 비판(4회), 결혼 등의 허례허식 비판(12회), 양반의 사형제(私刑制) 비판(25회) 등이 있는데, 모두 "야미흔" 시대로 표상 · 제시되고 있어 이해조의 세계관과 계몽성의 변질 및 총독정치에 대한 간접적 승인을 확인할 수 있다.

안 연구자들은 이 작품에 대해 작품 자체보다는 작품 말미에 붙어 있는 작가 후기에 보다 많은 관심을 기울여 왔다. 이 소설은 그 내용과 형식에 따라 서로 상반된 평가가 내려진 작품이다. 먼저 최원식은 이 작품의 내용에 주목하여 비판적 의견을 제시했다. 「탄금대」는 주인공 만득의 여성 편력을 다룬 작품으로 여성 문제에 대한 작가의식의 심각한 후퇴를 보여주며, 또한 노비들을 악역으로만 그려 작가의 보수주의가 뚜렷해진 작품이라는 것이다.[61] 이에 비해 이 작품의 형식에 주목한 연구는 긍정적 평가를 시도했다. 피카레스크식 구성으로 된 「탄금대」는 정연한 플롯을 사용하여 정리된 사건을 유기적으로 연결하면서도 등장인물의 수를 대폭 줄여 다른 작품에 비해 인물 설정에 있어서도 세련된 작가의 기교성을 엿볼 수 있는 작품이라는 평가가 그것이다.[62] 이를 참고하면, 「탄금대」는 내용적으로는 후퇴한 작품이지만 형식적으로는 우수한 작품이 된다.

「탄금대」는 이해조가 「구의산」에 이어 고전소설을 번안·개작한 두 번째 작품이다. 「탄금대」의 모본은 국문 고전소설 「김학공전」이다. 여기에서는 「탄금대」의 개작·번안 양상을 이해조의 소설론과 관련지어 살펴보려고 한다. 이를 통해 작가 자신이 밝힌 소설론의 실천 양상과 소설에 대한 인식의 변모를 확인할 수 있으리라 판단된다. 또한 「탄금대」에 내포된 계몽성도 아울러 살펴볼 것이다. 이는 작가 또는 『매일신보』가 이 작품을 통해 전달하고자 한 메시지가 무엇인지에 대한 구

---

60 단행본은 1912년 12월 10일 신구서림에서 발행되었다.
61 최원식, 앞의 책, 1994, 142~143쪽 참조.
62 이용남, 「신소설의 갈등양상 연구」, 서울대 박사논문, 1986, 50~51쪽 참조.

명 작업이기도 하다.

먼저 「김학공전」과 「탄금대」의 내용을 살펴볼 필요가 있다. 두 작품의 전체 내용을 정리하면 다음과 같다.

「김학공전」[63]

① 대송 연간 강주에 사는 부자 김태라는 재상이 나이 40에 일남일녀를 얻음. 아들은 학공, 3년 뒤에 태어난 딸은 미덕이라 함.

② 학공의 부친 김낭청이 죽자 하인들이 이 틈을 노려 반란을 일으킴.

③ 학공의 모친 최씨는 학공을 전답문서와 함께 땅속에 숨기고 딸과 시비들과 함께 집을 나가 도망함.

④ 하인들은 집안에 아무도 없음에 놀라 재물을 약탈하고 방화함. 그 후 계도섬으로 도망하여 부자가 됨.

⑤ 시비 춘섬이 학공을 꺼내 정처 없이 떠남. 우연히 학공의 인물을 알아본 여인의 아비를 만나 그 집의 수양자가 되어 10년을 보냄. 학공은 모친의 복수를 위해 수양자로 있던 집을 나와 한 섬으로 들어감. 학공의 위인을 알아본 김동지의 사위가 됨.

⑥ 전답문서를 통해 학공의 정체를 알게 된 김동지와 이전 하인들이 학공을 죽일 의논을 함.

⑦ 학공의 부인 별선은 남편에게 탈출 방법을 알려준 뒤 대신 죽임을 당함.

⑧ 탈출에 성공하여 경성으로 향하는 도중 부친의 친구 황승상을 만나 그의 수양자가 됨.

---

63 본 연구에서 분석의 대상으로 삼은 텍스트는 다음과 같다. 『김학공전』, 영창서관, 1923. 이후 이 작품의 인용은 제목과 쪽수만 적기로 한다.

⑨ 부자이자 재상인 임감사의 사위가 됨. 과거에 장원급제하여 강주자사 제수받음.

⑩ 강주자사 부임 길에 십 여 년만에 모친과 여동생 상봉. 도임 후 선정을 펼쳐 송덕이 자자함.

⑪ 복수를 위해 계도섬으로 가 하인들을 안심시킴. 천자와 황승상, 장인께 알린 뒤 하인들에게 자신이 누구인지 밝히고 복수를 완결지음.

⑫ 죽은 아내 별선을 위해 정성을 다해 제사를 지내자 물속에서 시체 떠올라 약을 먹여 살려냄.

⑬ 두 부인 및 자식들과 부귀영화를 누리며 행복하게 살다가 죽음.

「탄금대」

① 박승지가 육순이 넘어 만득을 얻음. 부모 여읜 뒤 13세 때 조혼한 아내도 죽어 만득이 혼자가 됨.

② 집안 대소사 보살피는 주오위장은 감언이설로 재산 방매 등 만득을 회유하는데 만득이 듣지 않자 밖으로 문을 잠그고 집에 불을 지름.

③ 만득, 전답문서를 들고 탈출하여 통도사로 들어가 도승 운유암의 제자가 됨.

④ 운유암이 만득에게 글귀를 써주며 하산하라 함. 운유암이 써 준 글귀를 따라 고금도로 갔는데 그곳에서 만득의 유식함을 알아본 늙은이를 만나 그 집의 사위가 됨.

⑤ 지니고 있던 전답문서가 주오위장에게 발각되어 살해될 위기에 처함.

⑥ 만득의 아내는 주오위장이 자신의 백부임을 고백하고 남편 대신 살해됨.

⑦ 운유암의 글대로 평양으로 가 정이방의 며느리를 만나 같이 살기로 함. 고향으로 오는 도중 정이방의 며느리는 배석홍에게 강간당하고 만득을 배신하게 됨.

⑧ 또다시 운유암의 글을 따라 탄금대로 가 부친의 친구 채대신을 만나 주오위장의 방화 등 그간의 곡절을 모두 말함. 채대신에 의해 과부가 된 채대신의 딸과 재혼. 장인의 강권으로 마지못해 주오위장이 있는 고향으로 감.

⑨ 채대신의 힘으로 옛 집터에 다시 집을 짓고 살게 됨. 만득은 체포된 주오위장 석방을 위해 밀양군수를 설득함. 석방된 주오위장은 만득을 죽이기 위해 자객을 보냈다가 실패한 뒤 자살함.

⑩ 5~6년 후 배신했던 평양집이 비렁방이 꼴로 나타나 만득을 죽이려 함. 만득과 부인 채씨의 관곡한 환대를 받고 만득의 집에 의탁하게 되었는데 채씨의 간청으로 만득의 첩이 됨.

⑪ 이를 안 채대신이 믿을 수 없다 하여 평양집 쫓아냄. 평양집은 고금도로 가 주가의 만득 살해할 모의를 엿듣고 이를 만득에게 알림.

⑫ 미리 방비한 만득과 본관에 의해 주가 일당을 모두 포박하여 처형함. 평양집은 채대신과 채씨부인에게 그 공이 인정되어 정식으로 만득의 첩이 됨.

⑬ 만득, 채씨부인, 평양집이 모두 고금도 해변으로 가 죽은 주씨부인을 위해 제사를 지내는데 주씨부인의 시체가 든 자루가 떠오름. 만득 선영에 안장함.

두 작품 서사의 큰 틀이 일치함을 확인할 수 있다. 단락의 순서에 다소 변화가 있고, 세부적으로 차이가 있긴 하지만, 두 작품 전체 서사의 틀은 완전히 일치한다. 우선 두 작품 모두 주인공 부친의 사망으로 인한 집안의 몰락과 이 틈을 탄 하인들의 모반과 패배가 서사의 중심축을 이루고 있다. 또한 주인공이 생명의 위기에 처했을 때 열절 있는 신부의 자발적인 희생을 통해 위기를 모면하는 것도 두 작품에 공통된다. 하지만 이해조는 「김학공전」에서 서사 골격만 빌어와 「탄금대」를 창작한 것으로 판단된다. 전체 서사의 골격은 동일하지만 세부 내용에 있어서는, 두 작품 사이에 결코 적지 않은 차이가 존재하기 때문이다. 이미 「구의산」이라는 고전소설 개작 경험이 있는 이해조는 「김학공전」이라는 고전소설에 또다시 주목하여 보다 과감한 개작을 통해 「탄금대」를 완성한 것이다.

「김학공전」과 「탄금대」의 중심 서사는 모두 주인공 부친의 죽음에서 시작되는데, 이것이 전체 서사를 추동하는 원인(遠因)으로 작용한다. 하지만 두 작품 모두 보다 직접적인 작품 진행의 계기는 주인공 집안 하인의 모반이다. 집안의 가장이었던 주인공 부친이 사망한 틈을 타 집안 하인들이 주인공(과 그 가족들)을 살해하려 한 것이 두 작품 서사가 본격 시작·진행되는 결정적인 계기이기 때문이다. 이러한 모반을 계기로 주인공(과 그 가족들)의 고난이 시작되면서 동시에 작품의 서사도 본격적으로 진행된다. 하지만 중심 서사가 집안 하인의 모반과 이들의 주인 살해 욕망에서 비롯되는 것은 동일하지만, 하인의 신분과 모반의 이유는 두 작품 사이에 커다란 차이가 있다. 우선 모반을 일으키는 하인들의 신분이 동일하지 않다. 「김학공전」의 하인은 "노자"(125쪽), "종놈"(131쪽), "김낭청덕 죵"(141쪽) 등에서 알 수 있는 것처럼 가내노비(家內奴婢)이다. 이에 비해 「구의산」은 주오위장이라 불리는 주홍석이라는 인물이 모반의 주인공이다. 그는 전라도 고금도 태생으로 세상을 방황하다가 우연히 박승지집의 하인이 된 인물이다. 주홍석은 본래 만득의 집 하인이 아닌 만득의 집 "셰젼지비"를 아내로 맞은 "비부"(婢夫)인 것이다.(6회) 또한 "박승지(만득 부친―인용자) 싱시에브터 데일 친근히 단이며 대소亽를 보슯히는"(2회)이라는 구절은 그가 주인공 만득의 집에 거주하지 않는 하인임을 말해준다.

이 같은 신분의 차이 외에 보다 중요한 것은 이들의 모반 이유이다. 「김학공전」에서 모반을 일으키는 가내노비는 박명석과 그 동류이다. 박명석은 김낭청이 죽은 틈을 타 모반을 도모하는데, 그가 모반을 위해 동료와 나눈 말에 주의할 필요가 있다.

우리가 미양 남의 종노릇만 훌 것 업시니 지금 상전이 부인과 어린 아히뿐이라 잇써를 타셔 상전을 다 죽이고 금은보화를 탈취하야 가지고 무량긔도셤에 가 량민이 됨이 엇더하뇨 하니 모든 노쇽이 일시에 응락하거날[64]

이들은 "량민"이 되기 위해, 즉 신분 해방을 위해 모반을 꾀한 것이다. 이들은 봉건적 지배체제와 신분적 질곡으로부터의 탈출을 꿈꾸었던 것이다. 그 동안 고전문학 연구자들이 「김학공전」에 주목한 이유는 바로 이 점에 있다. 「김학공전」과 같은 소설을 계기로 하층민의 신분 상승 욕구라는 조선후기 당대의 현실적 주요 관심사가 비로소 소설사의 영역 안에 포괄될 수 있었으며, 주-노의 첨예한 대립·갈등을 통해 노비의 신분 상승 의지가 어느 정도였으며 그것이 얼마나 심각한 사회 문제로 대두되고 있었던가를 극명하게 보여주는 작품이라는 평가가 대표적이다.[65] 반란을 일으킨 노비들은 주인공에 의해 결국 패배하게 되지만, 그들의 모반 자체는 나름의 정당성을 갖고 있는 것이다. 그들의 모반은 신분 해방과 자유에 대한 욕망에서 비롯된 것이기 때문이

---

64 「김학공전」, 125쪽.
65 정준식, 「추노계 소설의 갈등양상과 소설사적 의의」, 『고소설연구』 7, 한국고소설학회, 1999, 239~246쪽 참조.

다.[66] 「김학공전」은 조선후기 신분제의 동요와 변화하는 현실 사회의 모습을 핍진하게 담아낸 소설인 것이다.

「탄금대」의 모반은 주오위장이라는 단 한 명의 하인에 의해 이루어 진다. 모반의 이유도 주인집의 재물을 차지하기 위한 철저한 개인적 욕망에서 비롯된다는 점이 특징이다. 모본인 「김학공전」과 같은 당시 현실의 핍진한 반영은 찾아볼 수 없으며, 그 자리를 재물에 대한 철저 한 개인의 탐욕이 대신하고 있다. 「김학공전」의 모반이 신분해방이라 는 노비 일반의 계급적 차원의 욕망이라면, 「탄금대」의 그것은 부의 축적이라는 개인적 차원의 욕망인 것이다.[67] 따라서 모반을 일으킨 주 오위장은 개인적 치부를 위해 주인을 해하려 했다는 점에서 한없이 악 한 인물로 형상화된다.

쥬가가 위인이 간교 음흉을 겸비ᄒᆞ야 엇더케 박승지의 비위를 잘 맛쳣던지 아죠 일긴이 되야 지경거리에 신임을 ᄒᆞ얏는디 쥬가ㅅ 사름놈 ᄀᆞᆺᄒᆞ면 상면이 그리홀ᄉᆞ록 아모됴록 ᄆᆞ음을 바로 가지고 씌씰만ᄒᆞᆫ 것이라도 눈을 긔이지 말어 야 가ᄒᆞᆫ 터이어눌 박승지의 눈만 가리우면 그져 집어 졔 랑탁을 ᄒᆞ야 쇼리가 맛 잇게 졔 아오에게로 보니여 논밧을 작만ᄒᆞ다가 급기 박승지 작고ᄒᆞᆫ 이후에는

---

66 조동일은 세상이 달라지고 있는 양상을 실감나게 나타낸 이 작품의 전반부가 특히 주목할 만
    한 의의를 갖고 있다고 평가한다(조동일, 『한국문학통사』 3, 지식산업사, 1986, 512쪽).
67 이는 만득이 다시 고향으로 돌아온 뒤 관에 잡힌 주오위장에 대한 다른 하인들의 반응에서도
    확인할 수 있다. 주오위장의 심복이었던 하인들은 만득을 찾아와 그동안 어쩔 수 없이 주오위장
    의 말을 들었던 것이라 하며 만득에게 용서를 구한다. 다른 하인들도 주오위장에 대해 분통을
    터뜨리며 제각기 만득을 찾아와 용서를 구한다(26~27회). 또한 주오위장은 만득의 관용으로
    관에서 풀려난 뒤 다시 만득을 죽이기 위해 보낸 자객도 실패하고 도리어 다른 하인들에게 잡히
    는 신세가 되자 그 아내도 남편을 버려둔 채 도망하고 만다. 아내까지 도망간 것을 확인한 주오
    위장은 낙망하여 결국 자살을 선택하게 된다(29회). 이처럼 주오위장은 자신의 심복은 물론 다
    른 하인들, 심지어 자신의 아내에게까지 동조를 받지 못한 철저히 악한 '개인'으로 그려져 있다.

각쳐에 임치ᄒ얏던 금젼을 한 푼 안이 너여노코 몰수히 도젹ᄒ야 졔 아오에게
로 보닌 후 져ᄂ 졔 샹젼의 집 쳔여 셕 ᄒᄂ 뎐답을 마자 들어먹을 작뎡으로 쳘
모ᄅᄂ 만득을 엇의 논이 박답이니 이ᄆ를 ᄒ자 엇의 밧이 메마르니 이ᄆ를 ᄒ
자 아모 뎐장을 풀아 빗을 놋차 엇던 가더를 풀아 셰간을 쟉만ᄒ자 별々 긔々
괴々ᄒ 말로 다 꾀여도 만득이가 일졀 듯지 안이ᄒ니 졔가 진력을 ᄒ야 다시 그
더 긔구를 못ᄒ고 간계가 드러가기를 이 집이 외싸르고 하례비가 졔말이면 꿈
쩍 못홀 터이니 모야무지에 불을 질너 셩가시러온 어린 샹젼 한아를 죽여 업 문
을을 것으로 잠가 만득을 못 나오게 ᄒ고 밤즁에 츙화를 ᄒ 일이라[68]

하인을 전폭 신임한 박승지와 만득은 악한 하인에게 일방적으로 당
하기만 하는 모습으로 그려지고 있다. 이에 비해 주오위장은 간교하고
음흉하여 온갖 거짓말로 주인을 속여 주인의 재물을 빼돌리는 인간 이
하의 위인으로 형상화되어 있다. 모반의 원인이 재물에 대한 개인의
저속한 욕망으로 치환되면서 모본이 가졌던 현실성과 현실의 핍진한
반영이라는 측면은 더 이상 존재하지 않는다. 당대 현실이 핍진하게
반영된 소설을 선택하여 이를 다시 쓰는 과정에서 현실성이 제거되었
다는 것은 이 시기 '신소설'에 대한 중요한 시사점을 제공한다. 이는 당
시의 '신소설'이 처한 현실, 즉 '신소설'이 현실을 핍진하게 반영할 수
없게 된 소설사적 현실을 보여준다. 모반을 통한 신분해방이라는 현실
적·사회적 의미가 노비 한 개인의 악한 욕망으로 대치·축소되면서,
이 작품은 과부재가와 같은 풍속개량을 주장하는데 머물게 되며 주인
공도 수동적이고 숙명론적 존재로 전락한다. 「김학공전」이 가진 현실

---

68 「탄금대」 6회(1912.3.23).

성·사회성의 제거는 「탄금대」에서 오락성·통속성과 또다른 계몽성의 강화로 나타나게 되었던 바, 이는 당시 '신소설'의 존재 조건을 보여주는 구체적 사례의 하나이다.

두 작품의 또다른 차이는 「탄금대」에서 천상계가 사라졌다는 점이다. 천상계는 주인공이 고난에 처하거나 이야기가 막다른 길에 몰렸을 때 나타나는 신선이나 도사, 도술 등의 초월적 존재나 힘 등을 가리키는 것으로, 우리 고전소설에서 흔히 볼 수 있는 사건 진행 장치이다. 우리 고전소설은 일상적 인간으로서 할 수 있는 일과 일상적 인간로서는 할 수 없는 일이 함께 존재하는 이원론적 구조로 되어 있다.[69] 「김학공전」도 물론 천상계와 지상계가 공존하는 이원론적 구조로 되어 있는 작품이다. 「김학공전」 서사 진행 과정상의 결정적 계기들은 모두 천상계의 개입에 의존하고 있다. 꿈속에 도사 및 이미 죽은 사람들이 현몽하여 앞일에 대한 지시를 내리거나 또는 직접 등장하여 고난을 해결해 줌으로써 사건이 해결·진행되기 때문이다. 하지만 「탄금대」에는 이러한 초월적 존재, 즉 천상계는 거의 찾아볼 수 없으며, 작품의 마지막 장면에 단 한 번 나타난다. 「김학공전」이 이원론적 구조로 되어 있다면, 「탄금대」는 지상계만의 일원론적 구조로 된 작품인 것이다. 「김학공전」은 다른 고전소설과 같이 주인공의 집안 내력 설명과 출생담으로 시작된다. 주인공 김학공의 출생은 부친 김낭청의 꿈에 나타난 "흔빅발로인"의 지시를 통해 이루어진다.

연긔 수십에 슬후가 젹막후여 일졈 혈육이 업슴이 그 부인 최씨로 더부러 민

---

69 조동일, 『신소설의 문학사적 성격』, 서울대 출판부, 1986, 106쪽.

양 탄식으로 셰월을 보니더니 일〃은 김낭쳥이 츈흥을 못 익이여셔 안에 의지
ᄒ얏더니 혼 빅발로인이 쳥녀장을 집고 와 이로디 영보산 운슈암에 올〃가 빅
일을 긔도ᄒ고 지셩으로 츅슈발원ᄒ면 일남일녀를 두리라 ᄒ고 문득 간데 업거
날 놀〃 ᄭᅵ다르니 남가일몽이라[70]

김낭쳥 부부는 꿈속의 지시를 따른 결과 10개월 후 아들을 얻게 된
다. 「김학공전」에는 이 같은 천상계의 개입이 모두 열 여섯 번 존재한
다. 이러한 천상계의 개입은 모두 서사 진행의 결정적인 계기를 이룬
다. 주인공 학공의 출생, 학공 모친 최씨의 탈출, 십여 년 만의 학공과
모친과의 만남, 별선의 환생 등 주인공이 위기에 처했을 경우, 어김없
이 "빅발로인"이나 "쳥의동ᄌ" 또는 이미 죽은 인물들이 꿈과 현실에
등장해 결정적 도움을 제공한다. 또한 주인공인 김학공도 평범한 일상
인이 아닌 천상계의 인물이다. 도인의 지시에 의한 출생, 고난에 빠진
학공을 구해준 어떤 노인의 "너는 ᄒᄂᆞᆯ에 미인 명"(133쪽)이란 발언, 학
공의 임종 무렵 꿈에 나타난 "빅발로인"의 경우 등은 모두 학공이 전생
에 신선이었음을 말해준다.[71]

이해조는 「김학공전」을 번안·개작하면서 이러한 천상계의 존재가
이미 당대 소설에는 적당하지 않은 것으로 판단했음에 틀림없다. 「탄
금대」에는 모본의 "쳥의동ᄌ", "빅발로인"과 같은 초월적 존재는 물론

---

70 「김학공전」, 123쪽.
71 임종 무렵 김학공의 꿈에 "빅발로인"이 나타나는 장면은 다음과 같다. "일일은 승샹(김학공—
인용자)이 홀연 조으더니 비몽간에 빅발로인이 머리에 속발관을 쓰고 손에 빅우션을 쥐고 와
이로디 그더 셰상 ᄌ미 엇더ᄒ뇨 지금은 우리 셔로 모일 ᄯᅢ가 되얏스니 인간을 ᄒ직ᄒ고 밧비
영쥬 슴신산으로 ᄀᄌ ᄒ고 집헛든 집ᄒᆼ이로 상을 치거눌 그 소리에 놀나 ᄭᅵ다르니 남ᄀ일몽이
라"(「김학공전」, 181~182쪽).

꿈속의 도사나 죽은 사람의 현몽 등이 일체 존재하지 않는다. 주인공의 출생에서도 만득의 부모가 늦게야 만득을 낳는다는 점만 모본과 유사(김낭청 40세, 박승지 60세 이후)할 뿐 모본과 같은 도사의 현몽과 지시는 없다. 주오위장의 배은망덕으로 인한 만득의 고난도 운유암이라는 도승이 예언한 대로 진행될 뿐, 그 과정과 해결에서도 어떤 초월적 존재의 도움은 전혀 나타나 있지 않다.

하지만 모본에서 보이는 초월적 존재의 흔적까지 완전히 사라진 것은 아니다. 「김학공전」의 서사 진행과 주인공이 처한 고난의 해결은 모두 "운슈암 도스가 지시ᄒᆞ신 덕"(166쪽)이다. 모본의 "운슈암 도스"는 「탄금대」에서 통도사 스님 "운유암(雲遊菴)"으로 등장한다. 모본의 "운슈암 도스"는 학공과 모친 최씨에게 불로초를 주거나 앞으로 나아갈 방향을 지시한다. 이에 비해 「탄금대」의 운유암은 각종 경전에 통달한 인물로만 제시되며, 만득에게는 학문을 가르치는 스승일 뿐이다. 운유암은 사람의 미래를 내다보는 능력을 지닌 인물이다. 만득의 고난과 편력은 운유암이 써 준 글귀에 의해 진행된다.[72] 운수암 도사의 현몽과 지시는 운유암의 뛰어난 예지 능력으로 바뀌어져 있다. 이러한 뛰어난 예지 능력도 "무슨 종교이던지 장구ᄒᆞᆫ 셰월을 견심치지 곳ᄒᆞ면 신묘ᄒᆞᆫ 디경에를 이르는 법"(3회)이라는 설명이 부가되어 최대한 현실적으로 형상화되어 있다. 모본의 초월적 존재는 「탄금대」에서 뛰어난 예지 능력의 소유자로 격하되어 있는 것이다.

---

72 "고금도 달ㅅ속에 원슈가 은인이 되고(古今月夜에 讎變爲恩) 련광정 가을 바롬에 잠ㅅᄀᆞᆫ 그짓 인연을 만나고(練光秋風에 乍逢僞緣) 탄금디 져녁볏헤 우연히 길인을 만나다(彈琴夕陽에 偶逢吉人)"(「탄금대」 4회(1912.3.20)).

하지만 모본의 천상계의 존재가 「탄금대」에서 완전히 사라진 것은 아니다. 「탄금대」에서 「김학공전」의 별선에 해당하는 인물은 주오위장의 조카딸인 주상금이다. 주상금은 모본의 별선과 같이 주인공을 위해 대신 희생되는 "렬절 잇는 신부"(14회)이다. 별선은 김학공의 간곡한 정성에 의해 환생한다. 바다에 빠져 죽은 주상금은 환생은 하지 않지만 "살 한 점 씨지를 안이ㅎ고 당쟝 죽은 사롬 일반"(38회)과 같은 상태로 다시 만득의 눈앞에 나타난다. 주상금의 열행을 기리기 위한 초혼제를 지내자 시체를 넣은 자루가 바다에서 떠올랐다는 것도 그렇지만, 물에 빠져 죽은 지 몇 달 지난 시체가 방금 죽은 사람 모양으로 나타난다는 것도 역시 비현실적이다. 이해조는 「김학공전」의 천상계가 이미 당대 소설에 적당하지 않음을 충분히 인식하고 있었지만 그것을 완벽하게 없애지는 못했던 것이다. 하지만 주상금을 환생시키지 않고 만득 선영에 "긔구 잇게 안쟝"(38회)하는 것으로 처리한 것은, 완벽하진 않지만 소설에 대한 이해조의 고심과 인식이 결코 전근대적인 것이 아니었음을 알 수 있다.

이는 이해조가 자신이 내세운 이론의 실천에도 결코 소홀하지 않았음을 보여준다. 앞에서 살펴본 대로, 이해조는 초보적이긴 하지만 소설에 대한 근대적 인식을 여러 번 표명한 바 있다. "현금에 잇는 사롬의 실디ㅅ적", "명녕히 잇는 일동일졍을 일호 차착 업시 편즙"이나 "빙공착영(憑空捉影)으로 인졍에 맛도록 편즙", "그와 방불ㅎ 사롬과 방불ㅎ 스실"[73] 등의 강조는 이해조가 개연성 있는 허구와 사실적 묘사가 근대소설의 중요 자질임을, 소박한 차원이긴 하지만 분명히 인식하고 있

---

[73] 『매일신보』, 1911.4.6; 『매일신보』, 1911.6.21.

었음을 말해준다. 이러한 이해조의 소설에 대한 근대적 인식과 이론의 실천을 직접 확인할 수 있는 작품이 「탄금대」이다. 이해조는 "녯사롬의 지나간 쟈최어나 가탁의 형질 업논 것"과 "허언랑셜", "허탄무거"가 당시 소설에 맞지 않으며, 따라서 배척해야 함을 지적한 바 있다.[74] 이해조는 「김학공전」의 "운슈암 도亽"와 그의 현몽과 지시, 불로초 등을 "녯사롬의 지나간 쟈최어나 가탁의 형질 업논 것"이나 "허언량셜", "허탄무거"로 파악하고 이를 철저히 배척한 것이다. 운슈암 도사라는 초월적 존재를 오랜 종교적 수련을 통한 탁월한 예지 능력의 소유자로 형상화한다든지, 다시 환생하는 인물을 환생이 아닌 오랜 시간이 지났어도 아무런 훼손없는 시체로 처리한 것과 아울러 이 장면이 이해조 전체 작품에서 가장 현실성이 떨어지는 곳이라는 점은, 이해조의 소설에 대한 근대적 인식과 그 실천 노력을 보여주는 구체적 사례이다. 하지만 도승의 예언대로 서사가 진행된다든지 각종 우연이 남발되며 초혼제를 올리자 몇 달 전에 죽은 시체가 멀쩡하게 나타나는 것 등은 이해조의 소설에 대한 인식이 근대적이긴 하지만 매우 소박한 수준임을 말해준다. 고전소설을 개작하면서 고전소설이 가진 천상계와 초월적 존재 등을 보다 현실적·사실적으로 형상화한 것은 고전소설에서 근대소설로의 소설사적 전환의 양상을 보여주는 구체적 사례라는 점에서 매우 중요한 지점이라 할 수 있다.

이해조는 「구의산」과 같이, 「김학공전」을 「탄금대」로 개작·번안하는 과정에서 등장인물의 대화나 행동 속에 계몽적 요소를 담아 이를 간접적으로 드러냈다. 이해조는 이 작품을 통해 『매일신보』에 대한 홍

---

74 『매일신보』, 1911.4.6; 『매일신보』, 1912.5.1.

보와 당시 조선인들이 어떤 마음가짐을 가져야 하는 지를 의도적으로 강조하고 있다. 「김학공전」 서사 진행의 동력이 천상계의 개입에 있다는 점은 앞에서 확인한 바 있다. 하지만 모든 사건 진행에 초월적 존재가 등장해 도움을 주거나 방향을 지시하는 것은 아니다. 김학공은 때로는 자신의 힘으로 사건을 해결하기도 한다. 특히 자신과 자신의 집안에 고난을 안겨준 노비들에 대한 복수는 순전히 김학공 스스로의 능력에 의한 것이다.[75] 별선의 희생으로 섬을 탈출한 김학공은 장원급제를 통해 강주자사를 제수받고 다시 섬으로 들어가 노비들에 대한 복수에 착수한다. 섬에서의 탈출은 별선의 희생 덕이지만 복수의 결정적 계기인 과거 급제는 전적으로 김학공 스스로의 힘에 의한 것이다. 또한 복수도 강주자사가 되자마자 무작정 시작하는 것이 아니다. 김학공은 먼저 노비들의 인심을 얻은 후 그들의 동태를 살핀 뒤 본격적인 복수에 나서게 된다. 이 과정에서 부각되는 것은 김학공의 주도면밀함과 적극성이다.

「탄금대」의 만득은 이와 정반대의 모습을 보인다. 「탄금대」의 모반은 사회적·계층적 차원이 아닌 주오위장이라는 한 악한 하인의 개인적 치부 욕심에서 비롯된 것이다. 작품 속에서 주오위장은 한없이 악한 인물이며, 만득은 이러한 악한 하인에 의해 고난을 겪는 불쌍한 인물이다. 여기에서 독자들은 악한의 의해 고난을 겪는 불쌍한 만득에게는 동정을, 주오위장에게는 비난과 증오를 보낼 수밖에 없다. 이 작품

---

75 「김학공전」에 나타나는 복수 플롯은 원래 우리 고전소설에서는 존재하지 않았던 것이라고 한다. 김학공과 노비들 간의 대결은 「김학공전」의 뚜렷한 특징인데, 이것은 중국적인 복수 사상의 수용에 의한 것이라고 한다(이혜순, 「김학공전에 나타난 복수 플롯의 수용양상」, 『진단학보』 45, 진단학회, 1978, 154~157쪽 참조).

전체에서 만득은 철저한 수동적 존재로 형상화되어 있다. 고금도와 평양 편력, 탄금대에서 채대신을 만나 그의 딸 혜강과 결혼하는 것, 고향 밀양으로 돌아와 다시 집 짓고 사는 것, 주가들에 대한 복수 등 만득이 스스로 처리 또는 해결하는 일은 하나도 없다.

「탄금대」는 내용상 크게 두 부분으로 나눌 수 있다. 주오위장의 모반으로 인한 고금도 및 평양 편력과 탄금대에서 채대신을 만나 채대신의 사위가 되어 다시 고향으로 내려가 벌어지는 일이 각각 전반부와 후반부의 중심 내용이다. 전반부의 만득은 운유암의 예언대로 움직이는 철저하게 숙명론적 존재라면, 후반부는 장인인 채대신의 지휘를 받는 철저한 수동적인 존재이다. 주체성이 결여된 존재로서의 만득의 모습은 특히 후반부에서 두드러진다. 채대신의 딸 혜강과의 결혼은 만득의 고난에 대한 실질적인 종료를 의미한다. 하지만 고난이 사라진 후에도 만득은 "소극적이고 왜소화된 주인공"[76]에 다름 아니다. 채혜강과의 결혼도 자신보다는 채대신의 의지에 의한 것이며, 고향인 밀양으로 귀향하는 것과 그곳에서의 생활, 심지어 평양집을 첩으로 맞는 일까지 장인의 지휘를 받기 때문이다. 채대신은 갓 결혼한 만득에게 "셰샹 업시 통분호 사룸을 맛나더리도 엇의ᄭ지 참아 그 사룸의 감졍을 사지 말"(23회)라는 훈계를 내린다. 만득은 철저히 이를 지키는데, 이것이 소극적이고 왜소화된 주인공이라는 평가를 받는 결정적인 원인이 된다. 또한 만득은 비현실적일 정도로 관용과 인내의 화신이기도 하다. 밀양으로 귀향한 뒤 곧바로 체포된 주오위장을 풀어달라고 날마다 본관을 조르며, 석

---

[76] 정준식, 「추노계 소설의 갈등양상과 소설사적 의의」, 『고소설연구』 7, 한국고소설학회, 1999, 236쪽.

방된 뒤 죽었다고 소문을 낸 주오위장을 측은히 여겨 자기 땅에 매장하는 것까지 허락한다. 또한 자신을 해치기 위해 자객까지 보낸 주오위장이 진짜 죽었을 때에도 성대한 장례를 치러준다.

결국 이 작품 전체에서 강조되는 것은 숙명론적·운명론적 사고와 관용 및 인내라는 가치이다. 하지만 「탄금대」를 쓰는 '현재'는 강제병합 직후이며, 바로 직전 작품 「춘외춘」에서 이미 "성세화육"을 상찬한 바 있음을 고려하면, 「탄금대」에서 강조되는 숙명론적·운명론적 태도와 관용 및 인내라는 가치는 심각한 문제가 그 속에 내재되어 있음을 시사한다. 즉 식민지 상황에서의 숙명론과 운명론, 관용과 인내의 강조는 식민지라는 현실을 받아들이고 그 속에서 일어나는 모든 일에 대해 참으라는 논리에 다름 아니다.[77]

『매일신보』는 한일 강제병합이 "천지 순응의 역수(曆數)오 조선 신민의 행복"[78]이며, "일한병합훈 이래로 제반 시설이 일신면목를 정(呈)ㅎ야 위자(危者)로 ㅎ야곰 안(安)케 ㅎ며 우자(憂者)로 ㅎ야곰 낙(樂)케 ㅎ야 일반 인민이 신정을 구가ㅎ"[79]고 있음을 상찬하고 있다. 또한 당시 조선 사람들에 대해서도, "대국(大局)의 변천을 관찰ㅎ고 시세의 진운을 반수(伴隨)ㅎ야 일선(日鮮)의 영구 안녕을 시도(是圖)"[80]할 것을 요구하고 있다. 이러한 『매일신보』의 입장 및 시각 속에서, 「탄금대」에서 강조된 운명론·숙명론과 인내·관용의 가치가 가리키는 방향은 이미 한

---

77 최원식은 이 작품의 숙명론에 대해 "노예적 굴종"의 다른 이름이라고 평가한다(최원식, 앞의 책, 1994, 144쪽).
78 '사설', 「지방 유생에게(2)」, 『매일신보』, 1913.6.21.
79 '사설', 「신정의 보급」, 『매일신보』, 1912.10.22.
80 '사설', 「일선의 동화」, 『매일신보』, 1912.9.12.

계지어져 있을 수밖에 없다. 강제병합 자체가 천지 순응의 자연스런 운명이자 조선 신민의 행복이며 또한 일반 인민도 신정을 구가하고 있는 만큼 이를 인정하고 받아들이라는 요구에 다름 아니기 때문이다. 따라서 이 작품에서 부각되고 있는 운명론·숙명론 및 인내와 관용에 대한 강조는 '신소설'의 변질 및 변질된 계몽성을 보여주는 구체적 사례의 하나인 것이다.

이해조의 '신소설'을 비롯한 『매일신보』의 모든 소설은 총독부 기관지로서 독자 확보를 위한 하나의 전략으로 게재된 것이다. 또한 『매일신보』의 일차 목적이 총독부 시정에 대한 홍보임은 앞서 살펴본 바 있다. 그런데 「탄금대」 속에 신문에 대한 홍보가 있어 눈길을 끈다. 모본인 「김학공전」에서 김학공은 별선의 희생으로 섬을 탈출해 재상(임감사)의 사위가 된다.(158쪽) 「탄금대」에서 임감사의 딸에 해당하는 인물은 채대신의 딸 채혜강이다. 채혜강은 만득과 동갑으로 채의관이 오십 넘어 얻은 딸이다. 하지만 그녀는 12세에 조혼한 지 몇 달 만에 과부가 된다. 채대신은 청상에 과부가 된 딸을 개가시키기로 하고 부인 김씨와 딸을 설득할 논의를 한다. 바로 이 지점에서 과부 재가에 대한 계몽의 내용이 삽입되는데, 이 때 등장하는 것이 신문의 "론셜"이다. 즉 혜강의 모친 김씨는 "청상과녀들 직가 가라고 경고ᄒᆞᄂᆞᆫ 론셜"이 있는 신문을 보여주며 혜강에게 재가를 설득한다.

(김) 혜강아 이 신문 론셜 좀 드러보아라(…중략…) 원녀(寃女)와 광부(曠夫)
가업슴은 성인의 정치라 황승샹의 일시 실언ᄒᆞᆫ 바를 표쥰을 삼지 말고 쳥상의 ᄯᆞᆯ
과 며ᄂᆞ리가 잇ᄂᆞᆫ 부모들은 아모됴록 그 ᄯᆞᆯ 그 며ᄂᆞ리를 반복 효유ᄒᆞ야 슈례박휘를 밧구고 활시위를 곳치어 원통훈 긔운이 사라지게 홀 지며 쳥샹으로 평싱을 그르트리는 부인들은 오괴훈 언론에 국츅훈 바ㅡ되야 한 번 가면 두 번 못 올 쳥츈을 슈심과 눈불로 속졀 업시 보니지 말고 어셔々々 하로밧비 자격이 샹당훈 남즈에게 기가를 ᄒ야 쳣지는 즈긔 일신의 힝복을 누리고 둘지는 일문 화긔가 가득케 홀 지어다 (…즁략…) (김) 너 자셰 드러보앗느냐 신문이라는 것은 유지훈 여러 신스가 우흐로 나라를 위ᄒ고 아리로 인민을 위ᄒ야 공졍훈 필법으로 로심초스ᄒ야 긔록훈 것이니 우리는 등한히 보지 말고 실디로 힝힝야 올치 안이ᄒ냐[81]

이해조가 여기서 노리는 것은 두 가지이다. 과부 재가의 정당성과 신문의 효용성 강조가 그것이다. 이해조가 과부 재가 주장을 위해 신문 논설을 이용한 것은 이번이 두 번째에 해당한다. 이해조는 강제병합 전 「홍도화」에서 13세에 과부가 된 태희가 자살하려는 순간 여자의 개가를 다룬 『제국신문』 논설[82]을 통해 그녀로 하여금 자살을 막고 결국 개가를 결심하게 한 적이 있다.[83] 또한 바로 이어 신문의 효용성에 대한 내용을 덧붙이는 것도 「홍도화」와 동일하다. 「홍도화」[84]와 「탄금대」 모두 과부 재가 문제를 다루면서 각각의 소설이 게재된 매체를 홍보하고 있는 것이다. 하지만 위 인용문의 "우흐로 나라를 위"하여 "공

---

81 「탄금대」, 19～20회(1912.4.9～10).
82 열지(悅齋), 「치정소셜 홍도화(紅桃花)」, 『제국신문』, 1908.8.16. 한편, 최원식에 의하면 실제로는 『제국신문』 제2546호가 아닌 제2516호(1907년 10월 10일)라고 한다(최원식, 앞의 책, 1994, 87쪽).
83 이해조는 과부 개가 문제에 대해 강제병합 전부터 큰 관심을 가진 것으로 보인다. 이해조는 그의 실질적 첫 번째 '신소설'인 「고목화」에서부터 과부("쳥쥬집 박보풔") 개가의 당위성을 말하고 있기 때문이다(동농, 「소설 고목화」, 『제국신문』, 1907.6.20～21). 이렇게 보면, 「탄금대」의 과부 개가 주장은 세 번째가 된다.
84 「홍도화」는 상편만 신문에 연재되었다. 연재 서지는 다음과 같다. 『제국신문』, 1909.7.24～9.17.

정훈 필법"으로 "로심초스ᄒ야 긔록ᄒ 것"이란 말에 이해조의 변질된 계몽성이 존재하고 있다. 이제 그는 『매일신보』를 총독부, 나아가 일본 제국을 위해 공정한 필법으로 기록한 신문으로 인식·선전하고 있는 것이다. "성세화육에 함양"하고 있음을 예찬한 이해조와 "신정(新政)의 방침을 아(我) 조선 인민에게 소개ᄒ는 자"[85]로 자임한 『매일신보』, "일반 조선 인민으로 ᄒ야곰 신정의 진의주지(眞意周知)"[86]케 할 것을 바라는 총독 테라우치의 『매일신보』에 대한 바램이 톱니바퀴처럼 착착 맞아 떨어지고 있는 것이다.

이상으로 이해조 '신소설'을 그의 고전 개작 작품을 중심으로 살펴보았다. 이해조가 우리 전대문학에 많은 관심을 갖고 다양한 전대문학의 요소를 창작에 활용한 점과 국문 고전소설을 '신소설'로 개작·번안한 것은 모두 당시 폭넓게 수용되고 있었던 전대문학과 그 독자를 의식한 결과였다. 이해조는 광범위한 전대문학의 독자를 신문의 독자로 확보하기 위해 그들에게 익숙한 서사 양식을 활용·제공한 것이다. 이해조와 『매일신보』는 당대 독자의 취향을 철저하게 파악하고 있었다. 이해조는 고전소설 독자의 관심을 끌기 위해 작품 창작에 다양한 시도를 했는데, 「구의산」과 「탄금대」는 고전소설을 개작·번안하여 새롭게 창작한 '신소설' 작품이다. 이는 고전소설 독자와 '신소설'의 독자를 동시에 확보하고자 한 적극적 독자 확보책이라 할 수 있다. 「구의산」과 「탄금대」는 각각 「김씨열행록」과 「김학공전」을 개작·번안한 작품이

---

85 '사설', 「매일신보」, 『매일신보』, 1912.6.18.
86 「사내총독의 귀임」, 『매일신보』, 1911.5.12.

지만 어디까지나 분명한 '신소설' 작품이다. 모본인 고전소설의 골격을 유지하면서 다양한 소설적 상상력을 발휘해 '신소설'로 개작 · 번안한 것이다. 이러한 소설적 상상력 속에는 흥미 요소와 계몽적 요소가 모두 포함되어 있다. 즉 한층 강화되고 다양해진 흥미 요소를 제공하여 독자를 확보하면서 적당한 계몽성을 제시하는 것이 「구의산」과 「탄금대」로 대표되는 『매일신보』 '신소설'의 본질인 것이다.

하지만 여기서 문제가 되는 것은 계몽적 요소이다. 「자유종」식의 전면적 계몽이나 「구마검」과 같이 계몽이 전체 서사의 추동력으로 기능하지 못하고 하나의 삽화 차원으로 간접화되어 있지만, 그 내용과 함의가 이전에 비해 근본적으로 달라져 있기 때문이다. 일본을 문명국-롤 모델로 제시하고 강제병합 이전의 조선을 야매로 형상화한다든지 『매일신보』를 적극적으로 홍보하는 것 등은 근본적으로 변질된 계몽성의 내용이다. 이들에게 공통되는 것은 식민지 현실에 대한 인정과 그것에 대한 운명론적 · 숙명론적 태도의 촉구이다. 이러한 계몽성 강조의 궁극적 목적은 일본 및 총독정치에 대한 순응에 다름 아니다. 이같은 변질된 계몽성은 이해조가 강제병합과 함께 총독정치를 수용하고 인정했음을 보여준다. 이해조 '신소설'이 이런 특징을 갖게 된 것은 게재 매체가 총독부 기관지라는 작품의 존재 조건에 의해 그 성질이 이미 규정된 데에서 기인한다. 다양한 소설을 게재하여 독자를 확보하고 동시에 적절한 계몽성을 제시하는 것이 1910년대 『매일신보』 소설의 임무였으며, 이해조는 이 임무를 수행하기 위해 나름대로 최선의 노력을 기울였던 것이다.

2. 익숙한 이야기 양식의 활용

1) 전통연희의 성행과 구양반층 독자의 포섭

이해조는 1912년에 들어 본격적인 고전 정리 작업에 착수한다. 「옥
중화」로 대표되는 판소리 정리 작업이 그것이다. 이는 당시 광범위하
게 수용되고 있었던 고전소설과 그 독자들을 의식한 작업이다. 이해조
가 정리한 판소리 개작 작품은 아래의 〈표 10〉과 같다.

주지하다시피 이들 작품은 각각 판소리 「춘향가」, 「심청가」, 「박타
령」, 「토끼타령」을 신문연재물로 다시 쓴 것이다. 국문 고전소설 「김
씨열행록」을 개작・번안한 「구의산」(1911.6.22~9.28)까지 고려하면, 이
해조는 1911년 6월부터 1912년 7월까지 약 1년 남짓한 기간을 우리 고
전 작품 정리에 매달린 셈이 된다. 이 시기는 이해조가 『매일신보』에
작품을 발표한 기간의 한 가운데라는 점에서,[87] 이해조가 우리 고전 작
품의 정리에 많은 관심과 주의를 기울였음을 보여준다. 이는 또한 이

〈표 10〉 이해조의 판소리 개작

번호	제목	연재일	연재회수
1	옥중화(獄中花)	1912.1.1~3.16.	48
2	강상련(江上蓮)	1912.3.17~4.26.	33
3	연의각(燕의脚)	1912.4.29~6.7.	35
4	토의간(兎의肝)	1912.6.9~7.11.	28

---

[87] 이해조가 『매일신보』에 발표한 소설의 첫 작품과 마지막 작품 및 그 연재 기간은 각각 다음과
같다. 「화세계」, 1910.10.12~1911.1.17; 「우중행인」, 1913.2.25~5.11.

해조가 그의 작품 활동의 한 가운데를 고전 정리 작업에 매달릴 만큼 고전 소설이 성행했으며, 이러한 고전 소설의 독자를 신문의 독자로 확보하기 위해 얼마나 치열하게 노력했는가 하는 점에 대한 방증이기도 하다. 자산 안확은 이 시기 고전소설의 성행에 대해 다음과 같이 언급한 바 있다.

> 오직 古書를 古形에 依하야 刊行함에 不過하니 金教獻 柳瑾 崔南善 等이 組織한 光文會는 專혀 古代 歷史 及 古跡을 刊行함에 周旋을 力 하니라 此 史詩的 思想은 모롬지기 古文藝를 復興함에 至할 새 處々에 漢詩의 風이 起하야 (…중략…) 此 風潮로부터 漢學熱은 大起함에 至하야 新教育을 受한 青年도 孟子 論語를 習讀하며 書籍業者는 千字文 通鑑 四書 等 古漢籍을 發賣함에 多大한 利益을 取得하며 古代小說의 流行은 其 勢가 漢學보다 오히려 大하야 八十 餘 種이 發行되니 此 舊小說은 舊形대로 刊行함도 잇고 名稱을 變更한 것도 잇스니 春香傳은 獄中花라 하고 沈淸傳은 江上蓮이라 하다[88]

우리나라 최초의 문학사인 『조선문학사』에서 강제병합 직후의 문학적 상황을 기술한 부분이다. 한학의 부활과 「춘향전」, 「심청전」과 같은 구소설의 성행 등 1910년대 문학적 분위기가 상당히 보수화되어 있었음을 알 수 있다.[89] 『매일신보』는 이러한 상황을 철저하게 연재소

---

88 안확, 『조선문학사』, 한일서점, 1922, 127~128쪽.

89 강제병합 직후 한학의 부활을 비롯한 보수화된 문학적 상황에 대해서는 다음의 연구를 참고할 수 있다. 강명관, 「일제초 구지식인의 문예활동과 그 친일적 성격」, 『창작과 비평』, 1988, 겨울; 이명화, 「조선총독부의 유교정책」, 『한국독립운동사연구』 7, 독립기념관 한국독립운동사연구소, 1993; 류미나, 「식민지권력에의 협력과 좌절」, 『한국문화』 36, 서울대 한국문화연구소, 2005.

설에 반영하게 되는데, 「구의산」과 「탄금대」가 그 구체적 사례임은 앞
장에서 살펴본 바 있다. 이해조와 『매일신보』는 이 같은 분위기 속에
서 판소리에까지 관심과 주의를 확장했던 것이다.

18세기 초기에 생겨난 판소리는 처음엔 일반 백성들이 즐기는 예술
형식이었다. 19세기 들어 판소리는 청중이 양반층으로까지 확대되면
서 사회 전 계층이 향유하는 예술이 된다. 동일한 창자의 판소리를 신
분에 관계 없이 전 계층이 공유하게 된 상황은 조선 후기 문화변동의
측면에서 주목할 만한 현상이다.[90] 신분에 상관없이 폭넓게 수용되었
던 판소리는 20세기에 들어서도 변함없이 그 인기를 유지한다. 1900년
대 근대식 극장이 발생하면서 판소리를 비롯한 창극, 민속무용 등 전
통연희물이 공연의 주 레퍼토리가 되기 때문이다. 이 때 판소리는 가
장 유행한 레퍼토리로 1900년대 극장을 석권했을 정도로 대단한 인기
를 누렸다.[91] 이러한 전통연희물로서의 공연의 주 레퍼토리가 된 판소
리는 1910년대 전반기까지 신파극과 더불어 공연 예술의 한 축을 담당
한다. 강제병합 직후인 1910년 10월에는 춘향가와 심청가를 공연하는
극장이 8백명 이상을 입장시켰다가 경찰 주의를 받았다거나[92] 관람객
이 인산인해를 이룬다는 기사[93] 등은 당시 전통연희에 대한 인기가 매
우 컸음을 말해준다. 전통연희의 관객도 노동자부터 학생, 부녀자, 부
유층 자제, 관리들에 이르기까지 전 계층에 걸쳐 있었다. 연령과 직업,

---

90 김종철, 『판소리사 연구』, 역사비평사, 1996, 129쪽.
91 최원식, 『민족문학의 논리』, 창작과 비평사, 1982, 53쪽; 유민영, 『한국 근대극장 변천사』, 태학
    사, 1998, 42쪽.
92 「연극장 악평」, 『매일신보』, 1910.10.22.
93 '논설', 「장안사의 악폐」, 『매일신보』, 1911.6.29.

지위를 막론하고 당시 거의 모든 계층의 구성원이 극장을 찾아 전통연희물을 즐겼던 것이다.[94]

또한 1910년대 초반 『매일신보』는 다양한 지면을 통해 연극 개량론을 개진한다. 모두, 연극이 "풍속에 관계됨이 긴절(緊切)"한데, 현재의 연극 및 극장은 그 "재료가 완미(完美)치 못홀 뿐안이라 반(反)히 부패흔 원사탕조(怨辭蕩調)로 무뢰(無賴) 남녀의 이목을 열(悅)"할 뿐이니 이를 "창선징악(彰善懲惡)의 재료로 설행(設行)ᄒ야 풍속을 개량"해야 한다는 내용이다.[95] 최초의 신파극 공연이 1911년 11월이라는 점을 생각해보면,[96] 이러한 『매일신보』의 비판은 모두 판소리 등의 전통연희물을 향한 것이다. 『매일신보』의 이러한 전통연희에 대한 비판은 그 내용의 정당성 여부와는 상관없이, 당시 전통연희가 커다란 인기를 얻고 있었음에 대한 또다른 방증에 다름아니다.

앞의 인용문에서 안자산은 이 시기 구소설의 성행을 이야기하면서 그 중에는 옛 형태(舊形) 대로 간행한 것도 있다고 했다. 「옥중화」, 「강상련」 등이 활자본 구소설임을 생각하면, 안자산이 여기서 말하는 "옛 형태"는 방각본을 가리킨다.[97] 조동일에 의하면, 방각본 고전소설 중

---

94 정충권, 「1900~1910년대 극장무대 전통공연물의 공연양상 연구」, 『판소리 연구』16, 판소리학회, 2003, 265~271쪽 참조.

95 「연극 개량의 필요」, 『매일신보』, 1910.10.29; '사설', 「연극 개선의 필요」, 『매일신보』, 1910. 12.11; 「단성사의 풍속괴란」, 『매일신보』, 1911.4.7.

96 서연호, 『한국연극전사』, 연극과 인간, 2006, 146쪽.

97 안자산이 말하는 "옛 형태"에는 방각본 이외에 세책본과 필사본도 포함된다. 하지만 전통적인 세책집은 19세기 말부터 쇠퇴하여 1910년대에는 거의 소멸했으며, 필사본은 1940년대까지 꾸준히 생산되었지만 많은 필사본이 방각본을 저본으로 했다고 한다(정병설, 「조선후기 한글소설의 성장과 유통」, 『진단학보』100, 진단학회, 283쪽; 류준경, 「독서층의 새로운 지평, 방각본과 신활자본」, 『한문고전연구』13, 한국한문고전학회, 2006, 283쪽). 이러한 지적을 고려하면 결국 안자산이 말한 "옛 형태"를 방각본으로 보아도 문제가 없다고 판단된다.

출간 횟수를 살펴보았을 때, 「조웅전」, 「소대성전」 등의 영웅소설과 「춘향전」, 「심청전」 등의 판소리계 소설이 특히 인기가 있었다고 한다.[98] 이해조의 판소리 개작 네 작품은 가장 먼저 등장해 주류를 형성한 활자본 구소설이다. 1912~1913년의 기간만 해도 「옥중화」가 6종, 「강상련」이 3종의 이본이 각각 출간된 바 있다. 이본이 많다는 것은 그만큼 독자들에게 널리 읽혔다는 것을 의미한다. 특히 「옥중화」는 1921년까지 17판이 간행될 정도로 대단한 인기를 모은 작품으로 활자본 구소설의 길을 개척했다는 평을 받고 있는 작품이다.[99]

이해조의 판소리 개작 작품을 비롯한 1910년대 활자본 구소설은 출판 방식이나 유통 방식, 작품의 발행 형식에 있어 많은 부분을 방각본에 기대고 있다. 여기서 중요한 것은 출간할 작품의 선정 문제인데, 방각본으로 이미 간행되었던 작품들은 그 성패가 이미 검증된 것들이기 때문에 같은 경로로 유통될 활자본 구소설의 발행에도 방각본 목록이 중요하게 고려되었다고 한다.[100] 따라서 이러한 활자본과 방각본의 관계를 거꾸로 생각하면, 방각본 소설에서 「춘향전」이나 「심청전」 등의 판소리계 소설의 비중이 매우 컸음을 짐작할 수 있다. 방각본이든 활자본이든 1910년대 현실에서 판소리계 소설이 큰 인기를 끌었으며, 광범위한 독자층을 확보하고 있었음은 틀림없는 사실인 것이다.

여론의 향배에 민감할 수밖에 없는 신문(『매일신보』)의 특성과 강제

---

98 조동일, 「신구소설의 교체과정」, 『문예중앙』, 1985. 여름, 398쪽. 한편, 1907년에 개업한 박문서관의 주인 노익형도 개업 직후 가장 잘 팔렸던 책의 하나로 「춘향전」, 「심청전」, 「유충렬전」 등을 들고 있다(「출판문화의 전당 박문서관의 업적」, 『조광』, 1938. 12, 312~313쪽 참조).
99 권순긍, 『활자본 고소설의 편폭과 지향』, 보고사, 2000, 25~26쪽 참조.
100 이주영, 『구활자본 고전소설 연구』, 월인, 1998, 68쪽 참조.

병합 직후 총독부 기관지로서 독자 확보가 시급했던 상황 등을 고려했을 때, 이 같은 판소리와 판소리계 소설의 광범위한 향유층은 『매일신보』에 있어 결코 간과할 수 없는 대상이었음에 틀림없다. 따라서 『매일신보』와 이해조가 「춘향가」나 「심청가」 등의 판소리 정리에 착수하게 되는 것은 지극히 당연한 일이 된다. 『매일신보』와 이해조는 '신소설'에 비해 판소리 정리 작품에 보다 많은 관심과 배려를 가졌던 것으로 판단된다. 판소리 정리 작품인 「옥중화」 등이 그 동안 '신소설'의 지면이었던 1면에 게재되고, '신소설'이 4면으로 밀려나기 때문이다. 1910년 10월 「화세계」부터 1면에 위치했던 '신소설'은 1911년 11월 11일 「소양정」 35회부터 4면으로 옮겨 게재된다. 이해조는 1911년 12월 17일 「소양정」 연재 종료 후 이듬해 1월 1일 「옥중화」와 「춘외춘」 연재 시작까지 약 두 주 동안 작품 연재를 하지 않는다. 이해조의 『매일신보』 작품 활동 기간 중 유일한 휴지(休止) 기간이다. 또한 이해조가 1912년 1월 1일부터 약 반년에 걸쳐 본격적인 판소리 정리에 돌입한다는 점을 고려했을 때, 「옥중화」 연재 두 달 전 이루어진 소설 지면 이동과 「소양정」 종료 후의 2주 연재 휴지는 『매일신보』와 이해조의 판소리 정리가 많은 준비 끝에 시작된 것임을 짐작케 한다.

판소리가 다양한 계층의 사람들에 의해 폭넓게 향유된 것처럼, 이해조도 「옥중화」, 「강상련」 등의 독자로 보다 폭넓은 계층을 염두에 두었던 것으로 판단된다. 이는 우선 판소리 정리 네 작품에 사용된 문체를 통해 알 수 있다. 「옥중화」는 국한문체이며, 나머지 세 작품은 한자는 괄호로 병기한 순한글체이다. 「옥중화」를 읽을 수 있는 상당한 한학 지식을 갖춘 독자에서 한글만 알아도 볼 수 있는 독자까지 두루 포괄하고자 한 것이다. 하지만『매일신보』와 이해조는 이 네 작품의 독자를 같은 시기 '신소설'의 그것에 비해 상대적으로 수준이 높은 계층으로 설정했다.

> 네가 나를 안다 ㅎ니 나의 말을 드러보라 우리 聖君 大舜氏 南巡狩 ㅎ시다가 蒼梧山에 崩 ㅎ시니 屬節업ᄂ 이 두 몸이 瀟湘江 더숩풀에 피눈물 쑤여ᄂ니 가지마다 아롱ᄼᄼ 입ᄼ이 冤魂이라 蒼梧山崩湘水絶이라아 竹上之淚乃可滅이라 千秋에 깁흔 恨을 하소홀 곳 업섯더니 너ᄅ 보고 말이로다 (…중략…) 春香아 네가 여러 夫人을 다 모르리라 이ᄂ 太妊이오 이ᄂ 太姒오 이ᄂ 太姜이오 이ᄂ 孟姜이로다 (…중략…) 네가 春香이라 ㅎᄂ냐 작 ㅎ고 奇特 ㅎ다 네가 나ᄅ 몰으리라 나ᄂ 누구인고 ㅎ니 秦樓明月玉箫聲에 化仙 ㅎ던 弄玉이로다 蕭史의 안ㅎ로셔 泰華山 離別 後에 乘龍飛去恨이 되야 玉簫로 冤을 풀니 曲終飛去不知處 ㅎ니 山下碧桃春自來러라[101]

춘향은 변사또의 수청을 거절한 뒤 옥에 갇혀 한탄하다가 잠이 들어 꿈을 꾸게 된다. 위 인용문은 춘향이 꿈속에서 여러 부인들을 만나 이야기를 듣는 장면이다. 우선 잠깐 봐도 상당한 한학 교양이나 한문 독해능력이 없으면 이해가 불가능함을 알 수 있다. 춘향은 위 인용문의 태임, 태사, 태강 이외에도 일곱 명의 부인들을 더 만난다. 이들은 모두 중국 역사에 등장하는 유명한 여인들로 절의를 지켰다는 점 외에 신분이 고귀하다는 공통점이 있다.[102] 춘향과 이 부인들의 만남은 춘향의 절개와

---

[101] 「옥중화」, 26회(1912.2.17).
[102] 정병헌,『판소리 문학론』, 새문사, 1993, 118쪽.

또 앞으로 닥칠 고난을 견디면 고귀한 신분이 됨을 강조하기 위함이다. 춘향이 꿈속에서 만나는 인물들을 비롯해 춘향의 꿈이 전체 작품에서 내포한 의미를 이해하려면 한문 독해능력뿐만 아니라 각종 고사나 중국 역사 등에 대해서까지 폭넓은 지식이 필요하다. 「옥중화」에서 위 인용문과 같은 곳은 부지기수로 등장한다. 작품 독해(이해)를 위해 많은 지식이 필요함은 「강상련」, 「연의각」, 「토의간」 등도 마찬가지이다.

몹슬 년의 팔즈로다 칠일 안에 모친 일코 부친마자 리별ᄒ니 이런 일도 쏘 잇논가 하양락일슈원리(河陽落日愁遠離)는 소통국의 모즈리별, 편삽슈유쇼일인(遍揷茱萸少一人)은 룡산에 형뎨 리별, 졍긱관산로긔즁(征客關山路幾重)은 오희월녀 부々리별, 셔츌양관무고인(西出陽關無故人)은 위셩에 붕우 리별, 그런 리별만 ᄒ야도 피츠 살아 당훈 리별 쇼식 드를 날이 잇고[103]

불샹ᄒ다 이 졔비야 샹고적 부인네는 네 알을 삼킨 후에 착한 아달 판셩ᄒ야 탕인군의 션디되니 유공ᄒ기 너 갓흐며 쏘한 유々 구시연이 쥬인이빈역귀(唯有舊時燕이 主人貧亦歸)라 오작 졔비가 잇셔 쥬인이 가난ᄒ야도 차져오는 것은 너 쑨이로구나[104]

용훌시고 너 지죠 졔갈선싱 구변으로 쥬유를 격동ᄒ야 조죠치던 지조로다 소샹국의 구변으로 한신이를 디려와 흥한ᄒ던 비계로다 왕윤의 미인계로 동탁이 잡든 계교로다 봉리 방쟝 영쥬삼산 임거리ᄒ던 토끼 이 너 등에 업고 슈궁으로

---

103 「강상련」, 14회(1912. 4. 3).
104 「연의각」, 16회(1912. 5. 16).

도라가니 이런 지죠 쏘 잇는가 (…중략…) 토끼 풍월을 읍되 일별운산창히거 (一別雲山滄海去)ᄒᄂ니 부지하일깅회리(不知何日更回來)라[105]

한자가 괄호 안에 병기되어 있을 뿐 사실상 한글체로 되어 있는 나머지 작품들도 결코 이해가 쉽지 않음을 확인할 수 있다. 「옥중화」와 마찬가지로 위의 인용문들과 같은 장면은 「강상련」 등의 작품에 일일이 열거할 수 없을 정도로 많다. 「옥중화」에서 「토의간」에 이르는 전 작품의 모든 등장인물들은 작품 속에서의 신분이나 역할에 관계없이 한시나 한문 구절, 각종 고사 등을 자유자재로 구사한다. 하지만 이러한 내용을 자유자재로 이해할 수 있는 독자는 당시 현실에서 작품 속의 등장인물들만큼 보편적일 수 없었다. 한편, 「옥중화」 등의 판소리 정리 작품이 한학의 소양을 가진 상대적으로 수준이 높은 독자를 목표로 했음을 극명하게 보여주는 사례가 있다.

(중) 그리기에 쇼승이 ᄌ탄ᄌ가로 글 한 귀 진 것이 잇슴니다 드러보시랴오 「팔영팔십에 등팔영ᄒ니 팔영은 불로 팔영로라」 팔영이가 팔십에 팔영산에를 올으니 팔영산은 늙지 안이ᄒ얏셔도 팔영이는 늙엇더라[106]

쇼져는 ᄆᆞ음을 진뎡ᄒ야 쳔금 귀톄롤 보즁홀지어다 녯글에 지인지면난지심 (사롬을 알미 얼골은 알아도 ᄆᆞ음은 알기 어렵다)이라 ᄒᆞ얏스니[107]

---

105 「토의간」, 20회(1912.7.2).
106 「구의산」, 50회(1911.8.22).
107 「소양정」, 32회(1911.11.8).

우선, 판소리 정리 작품에 비해 '신소설'의 경우는 한자나 한시 구절에 매우 친절하다. 판소리 정리 작품과 달리 '신소설'에서는 한시 구절을 한글로 제시한 뒤 해석도 덧붙이고 있다. 또한 각종 고사의 인용도 '신소설'에서는 거의 찾아볼 수 없다. 이는 '신소설'의 독자가 한시 구절을 인용할 때는 한글로 제시해야 하고 반드시 해석까지 있어야 내용을 이해할 수 있는 독자임을 시사한다. 「옥중화」와 같이 난해한 한문 구절만으로 되어 있거나 「강상련」 등과 같이 해석이 없는 한시 구절만 제시된 작품은 독서 및 이해가 어렵거나 불가능한 독자였던 것이다.

이해조가 정리의 대상으로 삼은 판소리는 공연 현장에 청중이 직접 참여하여 즐기는 예술형식이다. 소설과 같이 눈으로 '읽는' 것이 아닌 주로 귀로 '듣는' 양식이다. 하지만 『매일신보』와 이해조는 판소리 정리 작품의 예고나 홍보를 통해 눈으로 '읽을' 것을 여러 차례 강조한다. "첨군자(僉君子)는 기(其) 제1호브터 계속 애독ᄒ"라든지 "아모됴록 본보를 축ᄒ 구람"하라는 내용이 그것이다.[108] 사실 한문에 능통하고 한학 지식이 많은 사람이라면 「옥중화」를 비롯한 전 작품을 소리를 통해 향유하는 것이 전혀 불가능한 것은 아니다. 하지만 『매일신보』와 이해조는 듣는 것이 아닌 눈으로 직접 보고 읽을 것을 요구하고 있다. 또한 신문은 기본적으로 귀로 듣는 것이 아닌 눈으로 보고 읽는 매체이다. 이렇게 되면, 이들 작품을 접할 수 있는 독자는 상당히 제한되어질 수밖에 없다. '신소설'의 독자는 판소리 정리 작품의 독자에서 자연스럽게 배제되는 것이다. 『매일신보』와 이해조에게는 '신소설'과 판소리 정리 작품의 독자가 동일하지 않았던 것이다. 판소리 개작 작품과 '신소설'

---

108 『매일신보』, 1912.3.17; 「차호 강연은 토의간」, 『매일신보』, 1912.6.7.

의 위와 같은 차이는 『매일신보』와 이해조가 두 경향 작품의 독자를 각각 다르게 인식했음을 보여준다. 우리 고전문학의 대표작인 「춘향전(가)」를 정리한 「옥중화」가 파격적인 문체로 발표된 것은 『매일신보』와 이해조의 목표 독자가 어떤 계층인지를 말해주는 뚜렷한 증거인 것이다.[109]

2) 판소리 정리의 방향

이해조의 소설을 비롯해 1910년대 『매일신보』 소설이 한층 강화된 오락성으로 독자를 확보하면서 적당한 계몽성도 아울러 제공했음은 앞서 살펴본 바 있다. 이는 판소리 정리 작품들도 마찬가지이다. 『매일신보』와 이해조는 판소리 정리 작업을 통해 비교적 수준이 있는 독자들을 염두에 두면서 그들에게 무엇을 주고자 / 말하고자 했을까.

사실 이해조는 「옥중화」 연재 이전 「춘향전」 등의 우리 국문 고전소설에 대한 매우 비판적인 시각을 보여준 바 있다.

---

[109] 조동일에 의하면 판소리는 19세기 양반의 애호에 힘입어 광대의 지위가 상승하고 사설의 내용도 양반의 기호에 맞추어지게 되었다고 한다. 판소리 사설에는 문장체 소설보다 더 유식한 한문 구절이 많은데 이는 광대가 양반 기호에 맞도록 사설을 수식한 결과라는 것이다. 또한 하층민과 상층 양반의 애호를 동시에 받는 판소리의 이중적인 성격을 거론하며 판소리가 상층으로의 상승이 가능한 추세에 있었기 때문에 고급 예술을 지향하게 되었다고 설명한다. 이러한 양반층의 애호에 의해 판소리는 상하층의 의식을 함께 나타내는 관례를 유지하면서도 상층의 요구에 더욱 민감하게 되었다는 것이다(조동일, 「판소리의 전반적 성격」, 『판소리의 이해』, 창작과 비평사, 1982, 17~25쪽 참조; 조동일, 『한국문학통사』 4, 지식산업사, 1999, 50~51쪽 참조). 조동일의 이러한 설명은 판소리가 그 성장과 변화에 있어 상층 양반 계급과 밀접한 관련이 있음을 보여주는 것이라 할 수 있다.

춘향전은 음탕교과셔오 심청전은 쳐량교과셔오 홍길동전은 허황교과셔라 홀 것이니 국민을 음탕교과로 가르치면 엇지 풍속이 아름다오며 쳐량교과로 가르치면 엇지 장진지망이 잇스며 (…중략…) 우리나라 란봉 남ᄌ와 음탕훈 녀ᄌ의 졔반 악징이 다 이에셔 나니 그 영향이 엇더ᄒ오 (…중략…) 춘향전이니 길동전이니 심쳥전이니 그 외에 여러 가지 음담퓌셜을 다 엄금ᄒ여야[110]

「자유종」의 유명한 국문 고전소설 비판 대목이다. 여기에서 주목해야 할 점은 두 가지이다. 하나는 「춘향전」, 「심청전」 등 국문 고전소설이 당시 크게 성행했다는 것이다. 다른 하나는 "음탕교과", "쳐량교과", "음담퓌셜" 등에서 알 수 있는 것처럼 풍속 개량의 차원에서 고전소설에 대한 "엄금"을 주장하고 있다는 점이다. 우리나라 현재 남녀의 풍속이 매우 문란한데 이것이 모두 「춘향전」 등의 국문 고전소설에 그 원인이 있으며, 「춘향전」 등의 "괴악망측ᄒ 소설", "잡담소설"을 발매하는 자들도 "투젼장ᄉ"와 같다고 매도된다. 이러한 고전소설이 "쳥년남녀의 졍신"을 잃게 할 우려가 있기에 결국 이해조는 "문부관리", "학무국", "편집국" 등을 향해 국문 고전소설의 규제를 강하게 촉구한다.[111] 하지만 이해조는 불과 2년 뒤[112] 그렇게 강하게 비판했던 「춘향전」, 「심청전」 등의 정리에 착수한다. 「자유종」에서의 비판을 생각했을 때, 「옥중화」, 「강상련」 등의 연재예고에서 풍속 계몽 차원이 강조되는 것은, 따라서 당연하다고 판단된다.

---

110 「자유종」, 광학서포, 1910, 11~13쪽.
111 「자유종」, 광학서포, 1910, 12~14쪽.
112 「자유종」의 작품 내적 시간은 "융희 이년" 즉 1908년이지만, 1910년에 출판·발행된 작품이므로 1910년을 기준으로 한다.

죠션 ᄌ리로 전ᄒ오ᄂ 타령 중 춘향가 심쳥가 박타령 토ᄶ타령 등은 본리 유지ᄒ 문쟝지ᄉ가 츔효의멸의 됴ᄒ 쥐지를 포함ᄒ야 징악챵션ᄒᄂ 큰 긔관으로 져슐ᄒ 바인ᄃ 광ᄃ의 학문이 부족ᄒ을 인ᄒ야 한 번 젼ᄒ고 두 번 젼ᄒ이 졍대ᄒ 본ᄯᄉ은 일어ᄇ리고 음란쳔착ᄒ 말을 징연부익ᄒ야 하등 무리의 찬셩은 밧을지언뎡 초유지각ᄒ 사름의 타미가 날로 더ᄒ니 엇지 개탄홀 바가 안이라 ᄒ리오 이럼으로 본긔쟈가 명챵 광ᄃ 등으로 ᄒ야곰 구슐케 ᄒ고 츅조산졍ᄒ야 임의 츈향가(獄中花)와 심쳥가(江上蓮)ᄂ 익독ᄒ시ᄂ 귀부인 신ᄉ 쳠 각하의 박슈갈치ᄒ심을 밧엇거니와 ᄎ호브터ᄂ 박타령(燕의脚)을 산명 게지홀 터인ᄃ 츈향가의 쥐지ᄂ 렬힝을 취ᄒ얏고 심쳥가의 쥐지ᄂ 효힝을 취ᄒ얏고 이번에 게지ᄒᄂ 박타령은 형뎨의 우익를 권쟝ᄒ기 위ᄒ이니 왕々 허탄ᄒ 듯ᄒ 말은 실샹 그 일이 잇다 질론ᄒ이 안이라 한갓 탁ᄉ로 사름의 ᄆ음을 풍간ᄒ이니 아모됴록 광ᄃ타령이라고 등한히 보지 마르시고 그 타령 져슐ᄒ 녯사름의 됴ᄒ 뜻을 깁히 숣히시오[113]

이ᄒ조는 이 글에서 그 동안 해온 판소리 정리 작업의 취지와 목적을 밝히고 있다. 「춘향가」, 「심청가」 등은 본래 좋은 취지를 포함한 "징악챵션ᄒᄂ 큰 긔관"이었는데, 이것이 무식한 광대들에 의해 전승되면서 "졍대ᄒ 본ᄯᄉ"을 잃어버리고 "음란쳔착ᄒ 말"이 "징연부익"되어 사람들의 "타미"를 받게 되었다고 한다. 따라서 「춘향전」, 「심청전」 등이 가진 원래의 "됴ᄒ 쥐지", "졍대ᄒ 본ᄯᄉ"을 되살리는 것이 판소리 정리의 이유가 된다. 한편, 각 작품에 포함된 "졍대ᄒ 본ᄯᄉ"은 각각 "렬힝"(춘향가-옥중화), "효힝"(심청가-강상련), "우익"(박타령-연의각)로 정리할 수 있다.[114]

---

113 「연의각(박타령 朴打令) 예고」, 『매일신보』, 1912.4.27.
114 '신소설'들과 달리 판소리 정리 작품의 각종 연재 예고에는 재미보다는 계몽성이 강조되어 있

하지만 이해조의 이러한 판소리 정리 취지를 이해조와 『매일신보』의 기획으로만 정리하는 것에는 보다 신중한 검토가 필요하다. 판소리에 대한 정리의 필요성은 19세기 말부터 양반층에 의해 꾸준히 제기되어 왔기 때문이다. 19세기 말 진주목사를 역임했으며 음악에 관심이 많았던 정현석은 신재효와 교류하며 판소리에 대해 여러 의견을 개진한 바 있다.

춘향가, 심청가, 흥부가 등은 인정을 감발하기 쉬우며 또 권선징악을 할 만한 것이다. 그 나머지 소리는 들을 만한 것이 못 된다. 俗唱(판소리)을 두루 들어보니 서사가 많이 이치에 닿지 않고 사설 또한 간혹 두서가 없었다. 더우기 창을 하는데 글을 아는 창자가 드물어 고저가 뒤바뀌고 미친 듯 울부짖고 웨쳐서 열 마디를 들어도 한두 마디조차 알아들을 수가 없다 (…중략…) 이러한 폐단을 없애자면 먼저 가사 중에 속되고 이치에 어긋난 것을 제거하고 한문으로 윤색하여 그 사정을 표현하여 한 편의 문리가 접속되도록 해야 할 것이다 (…중략…) 춘향가, 심청가, 흥부가 등은 모두 권선징악을 하기에 충분하다. 다만 그 사람[唱者]이 賤하고, 그 사설이 비루하며, 그 말이 많이 이치에 어긋나서 이를 듣는 자들이 한갓 우스개거리로만 여기고 그 본뜻을 이해하지 못하고 있다.[115]

바로 앞서 인용한 『매일신보』의 「연의각」 연재 예고문과 내용이 거의 일치하고 있다. 판소리의 원래 뜻은 바람직한 것인데, 실제 연행 주

다. 이는 물론 「옥중화」 등의 작품에 재미 요소가 전혀 없다는 뜻이 아니다. 이는 「춘향가(전)」, 「심청가(전)」 등이 재미 측면에서는 이미 더 이상 거론할 필요가 없는 작품들이기 때문이라고 판단된다.

115 정현석, 「증동리신군서(贈桐里申君序)」, 김종철, 『판소리사 연구』, 역사비평사, 1996, 210~212쪽에서 재인용.

체인 창자에 문제가 있어 본래 뜻이 훼손되었다는 것이다. 정현석의 이러한 주장은 판소리가 공식적 예술로 성장하면서 갖추어야 할 조건을 제시한 것으로 평가되고 있다. 다시 말해, 정현석은 판소리가 본래의 사회적 기능을 제대로 발휘하기 위해 갖추어야 할 조건을 제시한 것으로, 철저한 수용자(청중)의 입장에서 판소리를 바라보았던 것이다.[116]

정현석의 이러한 주장은 어디까지나 그가 속한 양반층의 입장에 입각해 있다. 이해조의 판소리 정리 취지가 정현석의 주장과 거의 일치하고 있다는 점은 이해조가 판소리 정리 작품의 독자로 어떤 계층을 의도했는가에 대한 중요한 시사점을 제공한다. 한 세대 이상의 시간적 차이는 있지만, 정현석의 주장을 이해조가 직접 실천하고 있는 셈이다. 판소리(계 소설)와 이해조 및 『매일신보』의 판소리 정리 작업에 대한 이상의 고찰을 바탕으로, 이 책에서는 「옥중화」를 구체적으로 살펴보고자 한다.[117]

---

116 김종철, 『판소리사 연구』, 역사비평사, 1996, 214~215쪽 참조.

117 「강상련」, 「연의각」, 「토의간」을 완전히 분석에서 배제하는 것은 아니다. 하지만 이들 작품은 기존 판소리와 거의 비슷하다거나 유기적 구성면에서는 오히려 판소리에 떨어진다는 평을 받고 있어 이해조의 정리 의도를 온전히 보여주는 데는 한계가 있다. 이해조의 「옥중화」는 1912년에 발표되었지만, 엄밀하게 말하면 『춘향전』 이본의 하나로 고전문학의 연구 영역에 속한다고 할 수 있다. 우리 고전소설은 각 작품마다 다양한 이본이 존재하기 때문에 이본 연구 없이 어느 한 작품의 특성을 논하는 것은 그 의미가 퇴색될 수밖에 없다. 이는 「옥중화」의 경우도 마찬가지이다. 「옥중화」도 『춘향전』의 여러 이본 중의 하나인 만큼 다른 이본들과의 비교 연구가 필요하다. 하지만 『춘향전』의 다양한 이본을 검토하고 「옥중화」와 비교하는 것은 필자의 역량을 크게 넘어서는 일일 뿐만 아니라 본 연구의 주제와도 맞지 않는다. 따라서 여기에서는 「옥중화」를 중심 대상으로 하여 『춘향전』의 다른 이본과의 비교 대조 분석을 행한 고전문학 분야의 연구 성과를 참조하고자 한다. 「강상련」, 「연의각」, 「토의간」에 대해 참고한 연구는 다음과 같다. 윤용식, 「신재효 판소리 사설과 이해조 판소리계 작품과의 비교연구」, 『국문학연구』 56, 서울대 국문학연구회, 1982, 128~129쪽; 앞의 책, 1994, 154~157쪽; 최진형, 「「흥부전」의 전승 양상」, 『어문연구』, 2006. 겨울, 한국어문교육연구회; 최진형, 「출판문화와 「토끼전」의 전승」, 『판소리연구』 25, 판소리학회, 2008.

한편, 본 연구에서 참조한 고전문학 분야의 연구는 「옥중화」를 연구대상으로 하면서 다른 이본

3) 「옥중화」 개작 양상과 그 의미

「옥중화」는 1910년대 『매일신보』에 존재하는 일곱 편의 국한문체 소설 중 첫 번째로 발표된 장편 서사물이다.[118] 또한 사용 문체와 내용을 통해 알 수 있듯이, 이 작품은 한학적 소양이 있는 식자층을 주 독자로 상정한 작품이다.

獄中花 춘향가(定價 四十錢 郵稅 六錢) 만고 렬녀 춘향의 스적은 세상에셔 (칙)과 (노리)로 젼호엿스나 (칙)은 너머 간약호고 (노리)는 너머 음탕홀 시 지

들과의 비교 대조 분석을 행한 논문들로 한정했다. 방대한 「춘향전」 연구 중 「옥중화」만을, 그것도 다른 이본과의 비교 대조를 통해 분석한 연구는 그리 많지 않았다. 또한 각 논문은 용어의 차이와 분석 결과를 바라보는 시각의 차이가 있을 뿐, 분석 결과 자체는 대체로 일치했다. 본 연구에서 참고한 「옥중화」에 대한 글들은 다음과 같다. 김진영, 「춘향전 개작사상 「옥중화」의 성격」, 『월간문학』, 1980. 6; 윤용식, 「신재효 판소리 사설과 이해조 판소리계 작품과의 비교연구」, 『국문학연구』 56, 서울대 국문학연구회, 1982; 윤용식, 「신재효 「춘향가」(남창)와 이해조 「옥중화」와의 비교연구」, 『한국 판소리·고전문학연구』, 아세아문화사, 1983; 최원식, 앞의 책, 1994; 권순긍, 「판소리 개작소설 「옥중화」의 근대성」, 『반교어문연구』 2, 반교어문학회, 1990; 김종철, 「「옥중화」 연구(1)」, 『관악어문연구』 20, 서울대 국문과, 1995; 권순긍, 『활자본고소설의 편폭과 지향』, 보고사, 2000. 이 중 「춘향전」의 여러 이본들과 비교해 「옥중화」의 특성을 밝힌 연구는 김진영, 윤용식, 권순긍의 논문들이다. 김진영은 「완판본」, 「이고본」, 신재효본 「남창 춘향가」, 「남원고사」와 「옥중화」를 비교·대조 분석했다. 윤용식은 신재효본 「남창 춘향가」와 「열녀춘향수절가」를, 권순긍은 신재효본 「남창 춘향가」와 「동창 춘향가」를 통해 연구를 수행했다. 이들의 연구를 참조하면 그 사설의 내용이 신재효본 「남창 춘향가」는 양반 취향이며, 「남원고사」와 「열녀춘향수절가」는 양반성과 서민성이 혼재되어 있는 판본이다. 또한 「이고본」과 신재효본 「동창 춘향가」는 서민성이 강한 판본이다. 참고로 「동창 춘향가」는 이몽룡이 서울로 올라가 춘향과 이별하는 장면까지가 전체 내용이다. 본 연구에서 제시되는 「춘향전」 이본들과 그 내용(장면)에 대한 것은 별다른 언급이 없는 한 이들 연구를 참조·인용했음을 미리 밝혀둔다.

118 「옥중화」는 『매일신보』 연재 후 1912년 8월 17일과 같은 해 8월 27일 박문서관과 보급서관에서 각각 단행본으로 발행되었다. 「옥중화」에 대한 『매일신보』 연재본과 단행본(박문서관)과의 차이에 대해서는 다음의 연구를 참조할 수 있다. 오윤선, 「「옥중화」를 통해 본 '이해조 개작 판소리'의 양상과 그 의미」, 『판소리연구』 21, 판소리학회, 2006, 385~388쪽. 오윤선은 그 차이를 다음과 같이 분석·제시하고 있다. 단행본에서는 한글이 병기되었다는 점, 잘못된 단어나 문장의 수정이 이루어졌다는 점, 아래 아 등의 한글표기법이 다르다는 점 등이다.

금 소설에 유명훈 더가가 그 ᄉ적을 조사ᄒ여셔 유명훈 노릭와 참조ᄒ야써 옥 중화가 되엿스니 참 졍영ᄒ고도 ᄌ미잇소그려[119]

所謂 春香歌로 言ᄒ지라도 一個 軟弱훈 賤妓가 節義롤 守ᄒ야 至死不變ᄒ다가 終來에 奇遇훈 榮快롤 得ᄒ얏스니 可謂 好材料라 ᄒ지나 然ᄒ나 其 語調가 眞境 을 違反훈지라 李道令이 其 父롤 對ᄒ야 悖辭가 居多ᄒ니 此ᄂ 悖子에 不過훈지 라 엇지 一道 御史의 才가 有ᄒ며 春香이 道令을 對ᄒ야 猥褻이 太甚ᄒ니 此ᄂ 亂 娼에 不過훈지라 엇지 百年 貞烈의 心이 有ᄒ리오[120]

위와 같은 「자유종」과 『매일신보』의 「춘향가」에 대한 각종 글들을 참고하면, 「옥중화」는 「춘향전」의 음탕함・음란천착함을 제거하고 춘 향의 열행・절의를 강조할 것을 예상할 수 있다. 또한 이는 19세기 말 부터 제기된 「춘향전」에 대한 양반층의 요구를 사실상 수용한 것으로, 「옥중화」가 상층의 식자층을 염두에 둔 작품임을 말해주는 또 다른 증 거이기도 하다. 하지만, 「옥중화」가 전적으로 구 양반층의 기호에 맞 게 정리・개작된 작품은 아니다. 전체적으로는 양반층의 구미에 맞게 되어 있지만, 한편에서는 양반층의 권위가 상당 부분 퇴색되어 있기 때문이다.

우선, 「옥중화」는 다른 이본들에 비해 음란함・비속성이 상대적으 로 약화되어 있다. 이몽룡은 남원에 온지 한 달 만에 광한루에 올라 그 네 뛰는 춘향을 발견하고 한 눈에 반해 "정신이 암암(黯黯)"(1회)한 상태

---

119 「두견성」, 하, 보급서관, 1912. 위 인용문은 뒤표지에 있는 광고문이다.
120 '사설', 「연극 개선의 필요」, 『매일신보』, 1910.12.11.

가 된다. 방자를 춘향에게 보내 자신의 뜻을 전한 이몽룡은 춘향으로부터 밤에 오라는 전갈을 듣고 일단 집에 돌아가 초조한 마음으로 기다린다. 여기에서는 빨리 춘향집에 가고 싶어하는 이몽룡의 초조한 모습이 사서삼경을 읽는 장면과 코타령, 천자 글풀이 장면을 통해 제시되어 있다. 가장 양반적 취향의 「남창 춘향가」에는 아예 이 장면이 삭제되어 있는 반면, 서민 취향의 「동창 춘향가」에는 천자 글풀이 장면이 춘향과의 동침을 연상시키는 육담으로 제시되어 있다. 하지만, 「옥중화」에는 「동창 춘향가」와 같은 육담이 모두 제거되어 있다. 사서삼경을 읽는 장면도 「완판본」과 「이고본」, 「남원고사」 등에서는 첫 구절을 읽을 때 반드시 끝 부분에 춘향과 관계 있는 구절을 만들어 덧붙이는데, 「옥중화」에서는 춘향의 코에 대한 딱 한 구절만 남겨 최대한 비속성을 약화시켰다.

이러한 점은 이몽룡이 방자와 함께 춘향집에 가는 장면에서도 확인된다. 「이고본」에서는 방자가 이몽룡에게 '아버지'라고 불러야 길을 인도하겠다고 한다. 「남원고사」에서는 방자가 이몽룡에게 '자네'라고 부르며 길을 일부러 잘못 인도하는 등 여러 가지로 이몽룡을 골탕먹인다. 하지만 「옥중화」의 방자는 춘향집을 찾아가는 이몽룡의 충실한 지로자(指路者)로서만 제시될 뿐이다. 이후 춘향집에 당도한 뒤 나누는 이몽룡과 방자의 문답에서도 방자는 이몽룡의 대답에 하인으로서 대답할 뿐이다. 「이고본」 등의 방자는 양반층에서 보면 비속한 인물이라고 할 수 있다. 이에 비해 「옥중화」에서는 이러한 방자의 상전 희롱 장면을 제거함으로써 상대적으로 충직한 하인의 모습으로만 제시되고 있다.

월매는 좋은 꿈을 꾸고 춘향과 꿈 이야기를 하며 좋아하다가 이몽룡을 반갑게 맞이해 춘향과 대면을 시킨다. 이 장면에서 월매는 이몽룡에게 춘향이 "상사람"이 아님을 강조하고 이몽룡을 극진히 대우하는 등 시종 점잖은 장모로서의 모습을 보여준다. 하지만 「이고본」이나 「남원고사」의 월매는 이몽룡에게 모진 봉변을 가하고 욕을 하는 인물로 그려져 있다.

이러한 음란함과 비속성의 약화 및 제거는 작가가 직접 등장하여 행하기도 한다. 이본에 따라 상대적 차이는 있지만 「춘향전」에서 가장 음란하고 비속한 장면은 이몽룡과 춘향의 동침 장면, 즉 '사랑가' 장면이다. 우선 「옥중화」에서는 결연 첫날밤에 이몽룡이 춘향의 옷을 벗기는 장면이 「남창 춘향가」와 같이 극히 간략하게 처리되어 있다.[121] 이몽룡과 춘향은 결연 10여 일 만에 '사랑가'를 부른다. 작가는 이 부분에서 직접 등장해 다음과 같이 해명한다.

近來 사랑歌에 情字 노리 風字 노리가 잇스되 넘오 亂 흐야 風俗에 關係도 되고 春香 烈節에 辱이 되깃스나 아죠 쎄면 넘모 무미흐닛가 大綱々々흐던 것이엇다[122]

「옥중화」에 '사랑가' 자체가 아예 없는 것은 아니다. 작가의 말과 같이 "아죠 쎄면 넘모 무미흐닛가" 있긴 하되 비속하거나 음란한 구절·내용만 없을 뿐이다. 「이고본」이나 「남원고사」에 있는 짝타령을 비롯한 다양한 모습의 '사랑가'는 "넘오 난(亂)흐야 풍속에 관계도 되고 춘향 열

---

121 이 대목을 인용하면 다음과 같다. "도령님 달혀드러 춘향의 가는 허리에 후리쳐 잘끈 안쬬 옷을 츠츠 고히 벗겨 금침 속에 잡어 넛코 도령님도 활신 벗고 화월(花月) 삼경 깁흔 밤에 자미 잇게 잘 놀앗더니라"(「옥중화」6회(1912.1.21)).
122 「옥중화」8회(1912.1.24).

절에 욕"이 된다고 본 것이다. 또한 「옥중화」의 '사랑가'는 이몽룡과 춘향이 간단하게 부르는 것으로 처리되어 있다. 이몽룡은 춘향을 "정절부인(貞節婦人)", "숙절부인(淑節婦人)"으로 비유하면서 춘향에 대한 사랑을 노래하고, 춘향은 산과 바다와 같이 자신의 사랑이 깊고 끝이 없음을 노래한다. 춘향의 정절과 이몽룡에 대한 사랑만이 강조되어 있는 것이다.

이 같은 작가의 개입에 의한 음란함 및 비속성의 약화 또는 제거는 어사출또 후 춘향을 옥에서 끌어내 수죄하는 장면에서도 확인할 수 있다. 어사출또 후 이몽룡은 춘향을 끌어내 일단 그녀를 꾸짖은 뒤 옥지환을 꺼내 비로소 자신이 어사임을 밝힌다. 옥지환과 얼굴을 통해 이몽룡임을 알아본 춘향은 자신까지 속인 이몽룡을 원망한 뒤 집으로 돌아간다. 작가는 이곳에서 다음과 같이 직접 개입한다.

> 春香이가 臺上에를 쮜여올나 御史道을 안스고 울며 츔츄고 논다 ᄒ되 春香이가 무슴 그럴 리가 잇ᄂᆞ냐 사룸이 氣막힐 일을 畢ᄒ면 마음이 스스로 惡ᄒᆞ야지고 죠코 반가온 일 잇스면 自然 셔름이 나것다[123]

일반적으로 독자들은 이 장면에서 이몽룡과 춘향 사이의 아주 반가운 해후의 모습을 기대한다. 하지만 「옥중화」에서 이러한 독자들의 기대는 충족되지 않는다. 「남원고사」나 「이고본」에서는 관뜰에 있는 사람들이 모두 보고 있는 가운데 이몽룡과 춘향이 서로 얼싸안고 뒹구는 장면이 제시된다. 하지만 이해조는 이 같은 이몽룡과 춘향의 발랄한 해후 장면을 비속하다고 판단했던 것이다. 하지만 그렇다고 「남창 춘

---

123 「옥중화」, 46회(1912.3.14).

향가」와 같이 철저하게 양반적 입장만 반영된 것도 아니다. 「남창 춘향가」에서는 춘향이 어사또가 이몽룡인 줄도 모른 채 풀려나며 이몽룡도 철저하게 어사또로서의 직분만 행하고 있다.

「강상련」에도 이와 같이 작가가 직접 개입하여 음란함과 비속성을 제거하는 장면이 있다. 심봉사는 맹인잔치 참석을 위해 황성에 도착하는데 그 시각이 늦어 어떤 집 행랑방앗간에서 하룻밤을 묵는다. 이튿날 새벽, 그 집 하인이 방아를 찧기 위해 자던 심봉사를 쫓으려 한다. 그 하인은 방아를 찧으며 방아타령을 부르는데, 「강상련」에서는 이 방아타령을 극히 짧게 제시한 후 다음과 같은 작가의 해설이 덧붙여진다.

방아타령에 우슌 말이 만치마는 넘오 잡되아셔 다 쎄던 것이얏다[124]

「강상련」은 완판 71장본을 저본으로 하여 전체 줄거리는 그대로 따르면서 부분적으로 손질을 가해 정리한 작품이다. 이해조가 부분적으로 손을 댄 곳은 한문을 괄호 안에 병기한다든지 본문과 대화를 구분하고 대화자의 이름을 괄호로 표시하는 '신소설'식 대화 표기를 한 것 정도이다. 이해조가 저본으로 삼은 완판 71장본은 운문성 짙은 지문과 다양한 삽입가요가 들어 있는 강한 판소리 성격을 가진 판본이다.[125] 실제 완판 71장본[126]과 「강상련」의 방아타령 부분을 비교해보면, 우선

---

124 「강상련」, 31회(1912.4.24).
125 정하영, 「완판본 해설」, 정하영 역주, 『한국고전문학전집 13 심청전』, 고려대 민족문화연구소, 1995, 72~73·286쪽 참조.
126 본 연구에서 사용한 완판 71장본은 다음의 자료를 이용했다. 정하영 역주, 위의 책. 방아타령은 192~195쪽에 수록되어 있다.

창자가 다르다는 점을 지적할 수 있다. 완판에서는 심봉사가 방아타령을 부르는데, 「강상련」에서는 이부상서댁 하인이 부른다. 부르는 장면의 상황도 완판에서는 심봉사가 여러 여종의 권에 못 이겨 그녀들 앞에서 부르는데 비해, 「강상련」에서는 이부상서댁 하인이 혼자 심봉사만 듣는 데서 부른다. 또한 완판의 방아타령의 길이는 「강상련」과 비교가 되지 않을 만큼 길다. 내용도 완판의 경우는 성행위와 여성의 성기를 연상시키는 내용이고, 「강상련」은 "이 방가 뉘 방안고 강퇴공의 됴작방아"가 전부여서 내용을 말할 것도 못 된다. 「옥중화」의 '사랑가' 대목과 유사한 것이다. 이해조는 「심청가」의 방아타령을 "넘오 잡되"다고 판단하여, 이를 대부분 제거한 후 "아죠 쎄면 넘모 무미ᄒᆞ닛가 대강대강" 했던 것이다.[127]

춘향은 곧 자신을 죽인다는 말을 듣고 편지를 써 방자시켜 서울 이몽룡에게 보낸다. 춘향은 방자를 보낸 뒤 꿈을 꾸는데, 꿈풀이를 위해 허봉사를 옥으로 부른다. 여기에서도 음란하고 비속한 일이 벌어질 수 있는 상황이 춘향의 재치로 슬쩍 넘어가고 만다. 허봉사는 매 맞은 곳을 치료한다는 핑계로 춘향의 몸을 더듬는다. 춘향은 분하긴 하지만 허봉

---

127 「심청가」의 정리 방향은 「자유종」에서의 비판을 생각하면, "쳐량교과셔"적인 면이 제거되어야 한다. 하지만 「강상련」의 개작 정도가 극히 미미하다는 기존의 연구들을 참조하면, 이해조가 '쳐량성'을 없애기 위해 기울인 노력이 과연 무엇인가 하는 의문을 갖게 된다. 「강상련」에 대한 고전문학 분야의 최근의 연구에서도 이 부분이 지적되고 있다. 최진형은 「강상련」에서 오히려 처량 정서가 가감 없이 효율적으로 표현되고 있다고 보는데, 이는 「심청전」의 주제가 '효 이데올로기'라는 데서 기인하는 문제라고 본다. 작품의 정서가 지나치게 처량하다는 문제제기는 가능했지만 주제에 대해서는 그것이 '효'에 대한 것인 이상 함부로 손대기가 어려웠기 때문이라는 것이다(최진형, 「「심청전」의 전승 양상」, 『판소리연구』 19, 판소리학회, 2005, 196~198쪽 참조). 「심청전」의 처량성은 그 주제가 '효'인 이상 이해조도 선뜻 손대기가 어려웠을 것이다. 심청의 '효'가 강조되려면 아버지 눈을 뜨게 하기 위해 죽어야 하는 심청과 홀로 남은 심봉사의 처지가 보다 '처량하게 형상화되어야 하기 때문이다.

사의 인품을 칭찬해 허봉사로 하여금 스스로 그만두게 만드는 재치를 발휘한다. 이에 비해 「완판본」이나 「동창 춘향가」에서는 허봉사의 음란한 수작이 비교적 자세히 그려져 있다. 이를 통해서도 이해조가 「옥중화」에서 음란하고 비속적인 장면의 제거에 쏟은 노력을 알 수 있다.

　이러한 「옥중화」의 음란성과 비속성의 약화 및 제거는 이해조의 독자를 의식한 적극적 노력의 결과라고 판단된다. 음란성과 비속성이 약화되거나 제거된다는 것은 한편으로는 작품 전체의 분위기가 점잖아진다는 의미가 된다. 하지만 이는 어디까지나 상대적이다. 「이고본」이나 「남원고사」, 「동창 춘향가」 등 서민성 짙은 이본들에 비해 그렇다는 것이지 「남창 춘향가」와 같이 철저하게 양반 취향으로 개작된 것은 아니기 때문이다. 상대적으로 점잖아졌다는 것은 일반 민중보다는 구 양반층을 비롯한 식자층을 독자로 의도했음을 가리킨다. 음란성과 비속성의 약화 및 제거는 골계나 해학적 요소의 약화를 의미하는바, 사회 전 구성원이 즐기는 예술이 판소리라는 것을 생각하면, 이는 하층에 속하는 일반 민중층을 자연스럽게 독자층에서 배제했음을 뜻하는 것이다. 음란하고 비속적인 표현이나 장면이 존재할 때에 비해 그것이 약화 또는 제거되고 상대적으로 점잖게 되었을 때에는 그 반대의 상황보다 독자층이 훨씬 줄어들 수밖에 없기 때문이다.

　「옥중화」만의 두 번째 특징은 양반의 권위가 철저하게 지켜지지 않는다는 점이다. 이 점은 「춘향전」의 여러 이본 중 오직 「옥중화」에만 존재하는 장면을 통해 설명이 가능하다. 양반의 권위가 예전 같지 않은 것은 두 방면으로 설명할 수 있다. 양반의 권위가 지켜지지 않는 장면을 직접 제시하는 것과 민중들의 성장을 통해 간접적으로 드러내는 것이 그것이다. 「옥중화」에는 이러한 두 방면이 모두 나타나 있다. 전자의 경우로는, 먼저 이몽룡의 부모인 이부사 부부의 춘향에 대한 배려 장면을 들 수 있다. 몽룡의 아버지 이부사는 승진하여 서울로 올라가게 된다. 「옥중화」에는 이부사 부부가 상경하기 전 방자와 이방을 시켜 춘향과 월매에게 위로의 말과 금품을 주는 장면이 있다.

> 그後 使道게읍셔 夫人과 酬酌ᄒ시고 春香 불너보시랴다 다시 生覺ᄒ니 道令任의 長翼도 될 터이오 下人 所視에 안이 되여 慇懃히 房子불너 돈 三千 兩 니여쥬며 이것 갓다 春香母를 쥬고 이것이 略小ᄒ나 家用에 봇터쓰고 道令任이 及第ᄒ면 將次 더려갈 터이니 母女間 셜워말고 부디 잘 잇스리라 房子가 예ᅳ이 大夫人이 吏房불너 白米 百石 衣次 언져 純金 三作 니어쥬며 이것 갓다 春香쥬고 나 차던 노리기니 나 본다시 쪄 가지고 수히 다려갈 터이니 셜워 말고 安保ᄒ리라 吏房이 슈을 듯고 房子 식여 卽時 錢穀 匹木과 珮物을 갓다쥬며 使道 말슴 大夫人 말슴을 傳ᄒ니 春香母 謝禮ᄒ며 次例로 밧다노으니 道令任 生覺이 더옥 懇切ᄒ더라[128]

이 장면은 오직 「옥중화」에만 존재한다. 「남창 춘향가」와 「동창 춘향가」에서는 이몽룡이 춘향말을 꺼냈다가 쫓겨나며, 그 밖의 판본에서는 매 맞고 골방에 갇히기까지 한다. 사실 이부사 부부는 이몽룡과 춘향의 사랑에 있어 변학도와 함께 방해자의 기능을 한다. 하지만 「옥중화」에서는 이미 춘향을 사실상 며느리로까지 인정하고 있다. 신분상으로 봐도 파격적인 장면이다. 춘향은 "회동 서참판"(5회)의 서녀이긴 하지만 기생인 월매의 자식인 만큼 어디까지나 천민이다. 이에 비

---

[128] 「옥중화」, 14~15회(1912.2.1~2).

해 이부사는 대대 명문대가로 "가세가 장안 갑부 지벌은 연안"(2회)인 당당한 양반이다. 이러한 양반이 천민에게 위로의 말과 훗날을 약속하며 금품을 보내는 것은 더 이상 신분제와 양반의 권위가 이전과 같지 않음을 동시에 보여준다.[129]

이몽룡이 상경한 후 춘향에게 편지를 보내는 것도 마찬가지이다. 이몽룡은 서울에서 자신의 마음을 담은 편지를 춘향에게 보낸다. 「옥중화」를 제외한 모든 판본에서는 춘향이 이몽룡에게 보내는 편지만 있다. 「옥중화」에서만 이몽룡이 춘향에게 편지를 보내는 것이다. 또한 "차례로 니여 노코"라는 구절을 통해 그 횟수도 한 번이 아니었음을 알 수 있다. 춘향이 보낸 편지밖에 없다는 것은 둘의 신분상 당연한 것이다. 신분과 체면을 중시하는 양반의 권위가 이 장면에서만큼은 존중되었던 것이다. 하지만 「옥중화」에서는 이몽룡도 춘향에게 편지를 보내고 있다. 이는 둘의 신분을 생각하면 있을 수 없는 일이지만, 「옥중화」에서는 이러한 신분의 차이, 즉 양반의 권위가 더 이상 이전과 같이 지켜지지 않고 있는 것이다.

「옥중화」에서 양반의 권위가 더 이상 유효하지 않음은 민중들의 형상화 장면에서도 발견할 수 있다. 양반의 입장에서 보았을 때, 무례를 넘어 일종의 공포감을 느낄 수 있을 정도이기 때문이다. 이는 「옥중화」에서 두 차례 나타난다. 첫 번째는 이몽룡이 암행어사가 되어 남원에 내려와 농부들을 통해 민정을 시찰하는 장면이다. 어사또가 된 이몽룡은 모를

---

129 김진영은 이부사 부부의 춘향 배려 장면에 대해 "춘향전의 구조상 파격적 변개"로 파악한다. 또한 춘향과의 사랑을 막는 이부사가 오히려 춘향을 용인함으로써 부자간의 갈등과 소설적 대결을 허물어뜨렸다고 비판한다(김진영, 「춘향전 개작사상 「옥중화」의 성격」, 『월간문학』 1980.6, 193쪽 참조).

심다 잠시 쉬고 있는 농부에게 남원부사와 춘향의 일에 대해 묻는다. 이 장면에서 이몽룡은 농부에게 큰 봉욕을 당하게 된다.

烈女 春香을 明日 잔치 後 째려 죽인다던가 이 년셕 春香을 죽이기만 죽겨라 집둥우리 ㅎ나면 호강ㅎ리라 이 사람 명슴이 「어-」 즈네 砂鉢通文 보앗나 「보앗네」 四十八面 ◯슴만 ㅎ야도 여러 千名일네 「쉬 ◯셜ㅎ소」 御史道 그 말은 모로는 레ㅎ고 여보 春香이가 다른 셔방ㅎ노라고 本官 말을 안이 듯는다지 뎌 農夫 氣急ㅎ야 두 눈을 부롭쓰고 두 쥬먹을 불끈 쥐고 猛虎 又치 달녀드러 御史道 따귀를 한 번 짝 이 換陽 쌍간나싀기 貞烈혼 春香이게 生誣陷 잡아늬야 不惻혼 辱을 ㅎ니 보앗느냐 드럿느냐 보앗스면 눈을 쎄고 드럿스면 귀를 쌔자 바른더로 말ㅎ여라 쏘 한 쌤을 후닥々 總角大房 게 잇느냐 가리 이리 가져오느라 여긔 파고 이놈 뭇자 멱살을 엇지 되게 쥐엿던지 御史道 危急ㅎ야 여보 살녀쥬오 한 번 失手는 兵家常事라고 모로고 죽을 말을 좀 ㅎ얏스니 살녀쥬오[130]

이몽룡은 어사또의 신분을 숨기기 위해 변장을 했지만, "시팔안 결문 양반"(30회)임에는 분명하다. "집둥우리"와 "사발통문"이라는 말이 나오는 것으로 보아 변학도가 춘향을 정말 죽인다면 민란이 일어날 가능성까지 암시되고 있다. 또한 양반이 농민에게 뺨맞는 장면에서 춘향의 정절은 결코 훼손될 수 없는 절대 가치로 제시되고 있음도 확인 가

---

130 「옥중화」, 35회(1912.3.1). 최원식에 의하면 "집둥우리"와 "사발통문"은 민란에 사용하는 것이라고 한다. "집둥우리"는 탐학한 고을 원을 백성들이 지경 밖으로 쫓아낼 때 쓰는 것이고, "사발통문"은 주모자를 숨기기 위해 이름을 사발 모양으로 둥글게 돌려 적은 통문으로, 동학운동 때의 예가 유명하다는 것이다. 나아가 최원식은 「춘향전」에 민란의 공기가 생생하게 드러난 것은 「옥중화」가 유일하며 이 점을 「옥중화」가 가진 의의 중의 하나로 높이 평가하고 있다(최원식, 앞의 책, 1994, 153쪽).

능하다. 농부들의 태도와 이몽룡의 봉변 장면을 통해 더 이상 양반의 권위가 이전과 같이 철저하게 지켜지지 않고 있음은 분명하다. 이같이 무섭게 성장한 민중의 모습은 어사출또 후 이몽룡이 춘향을 수죄하는 장면에서 다시 한 번 확인된다.

上丹이 春香이 업고 春香母 뒤를 짜라 울고 울며 드러갈 졔 이 째 南原邑 老少 寡婦 쩨를 지어 모혀드러 春香을 살니라고 御史道의 等狀을 드럿는디 (…중략…) 數百 名 쩨寡婦가 東軒 뜰에 가득차니 (…중략…) 寡婦 等 발괄홈은 至冤 훈 일 잇습기로 明察훈 使道 前에 等狀次로 왓느이다 (…중략…) 御史道 分付호 되 春香은 娼女로셔 官庭發惡호스니 容貸치 못호리라 그 중에 늙은 寡婦 左右를 헤ㅅ치며 썩 나셔는디 나은 一百 일곱 살이오 (…중략…) 여보 御史道 이 處分 이 웬말이오 졔 書房 守節혼다고 잡아다가 守節 말고 나와 살자 毁節을 안이호 고 졔 말 듯지 안는다고 잡아너여 形狀호는 그 사름은 죄가 업고 守節 春香 官庭 發惡 大端히 큰 罪인가 어허 公事도 우슙소 御史道는 奉命使臣이시니 이곳에 안 지시고 驛卒 보너여 셔울놈은 못 잡아오시오 李夢龍인가 어린 兒孩 盜賊년셕부 터 잡아다가 凌杖周牢를 틀어쥬시오 驛卒이 썩 나셔며 (驛) 쉬— (늙은) 쉬라니 엇의 비암이 지나가느냐 쉬가 도모지 무엇이냐 네가 驛卒이냐 驛卒 보니 장히 무셥다 罪 업고 늙은 나를 御史道면 엇지홀ㅅ고[131]

이같이 농부, 과부 등으로 대표되는 민중들이 거리낌 없이 양반들에 게 목소리를 높이는 장면은 다른 「춘향전」 이본에서는 전혀 발견되지 않는다. 이들은 "봉명사신"인 어사또에게 춘향 수죄에 앞서 이몽룡부

131 「옥중화」 45회(1912.3.13).

터 잡아 처벌해 줄 것을 당당하게 요구한다. 이들이 신분에 관계없이 춘향을 변호하고 이몽룡의 처벌을 당당하게 요구할 수 있는 근저에는 '정절'이라는 보편 원칙이 자리하고 있다. "서방 수절"이라 표현된 정절의 문제는 신분이나 지위가 개입할 수 없는 절대적이고 보편적인 원칙이기 때문이다. 위 인용문은 춘향의 "수절" 앞에서는 신분과 지위는 전혀 문제가 되지 않음을 잘 보여준다. 이는 동시에 이해조가 음란함과 비속성을 약화하거나 제거하여 양반층 독자의 기호를 반영하고 있지만 그렇다고 해서 전적으로 그들의 기호에 영합한 것이 아님을 보여주는 구체적 사례이다.

양반의 권위와 관련된 「옥중화」만의 또다른 특징은, 「춘향전」이 가진 주제의식에서 차별성을 보여준다는 점이다. 이는 작품의 맨 마지막 부분인 이몽룡의 변학도 처분 장면에서 단적으로 드러난다. 이 작품의 결말은 기존 「춘향전」의 그것과는 완전히 다른 모습을 보여주기 때문이다.

> 그러나 使道前에 엿줄 말이 잇슴니다 부디 니 請 드룹소셔 달은 말슴 안이오라 우리골 本官使道 부디 恝視마옵소셔 春秋는 만으시나 마음이 豪俠ᄒ야 好酒貪花ᄒ시기는 杜牧之의 짝이시라 春香 一色 말을 듯고 불너보니 만고일식 慾心이 잔득 나셔 달녀여도 안이 듯고 을너보되 듯자ᄂ니 千 가지로 誘引ᄒ고 만 가지로 달니다가 終是 듯지 안이ᄒ니 威脅ᄒ면 될 줄 알고 잡아녀여 號令ᄒ니 埋沒혼 春香이가 좀다리시 나록씨ᄭᆞᆺ듯 쏑々 안져 치밧치니 下人 所視 難當ᄒ야 동틀드려 올녀민되 죠곰도 두려 안코 官庭發惡ᄒ던 말을 엇지 다 엿주릿가 本官使道 나 갓흐면 單拍 째려죽엿슬썰 本官使道 어진 處分 至今ᄭᅦᆺ 살녓스니 그 恩惠 壯ᄒ오며 本官使道 안이시면 春香 守節 어셔 나리 (…중략…) 御使道 우스시며

男兒의 貪花홈은 英雄烈士 一般이라 그러나 擧聖薦賢 안이흐면 聖賢을 뉘가 알며 本官이 안이면 春香 節行 엇지 아오릿가 本官의 수고홈이 얼마쯤 感謝흐오 本官이 羞慚흐야 唯々不答 안졋스니 (御) 然이나 南原이 大邑이라 歉歲民情嗷々흐야 萬民塗炭 되얏스니 아모됴록 善治흐와 萬人傘을 밧으시고 還鄕相逢흐옵시다 因卽 作別흐시니 本官이 再拜흐고 款曲흐 處分을 못늬 謝禮흐더라[132]

변학도에 대한 월매의 탄원과 어사또 이몽룡의 처분 내용이다. 월매는 처벌 대신 변학도를 용서해 줄 것을 탄원하고 있다. 변학도가 "호협"한 마음에 술과 여자를 좋아하는 것은 충분히 있을 수 있는 일이며, 그가 춘향을 벌하고 싶어 벌한 것이 아니라 본관 되어 사람들의 눈이 있어 어쩔 수 없이 그리된 일이라는 것이다. 또한 춘향의 수절이 드러난 것도 모두 변학도 덕분이라는 것이 월매의 변학도에 대한 선처 요구의 근거이다. 어사또 이몽룡의 생각도 월매와 크게 다르지 않다. 이몽룡은 변학도의 행위가 남자로서 충분히 있을 수 있는 일이며, 또 그의 수고로 춘향의 절행이 다시 한 번 확인되었다는 명분을 내세워 징계가 아닌 현직 유지라는 관대한 처분을 내린다. 변학도는 봉고파직이라는 패배와 몰락 대신 오히려 어사또 이몽룡으로부터 현직의 유지와 감사의 치사까지 듣는 것이다.

「춘향전」에서 변학도는 춘향에게 있어 애정 성취의 최대 방해자인 동시에 춘향으로 대표되는 민중들을 억압·탄압하는 탐관오리의 전형이다. 하지만 이 작품 전체에서 탐관오리로서의 변학도의 모습은 전혀 찾아볼 수 없다. 대신 "얼골이 잘나고 남녀창(男女唱) 우계면(羽界面)을

---

132 「옥중화」, 47~48회(1912.3.15~16).

것침업시 잘 부르고 풍류속이 달통ㅎ야 돈 잘 쓰고 술 잘 먹"는 "일대호
걸"(15회)이라는 이미지가 작품 내내 이어진다. 굳이 변학도의 결점을
찾자면 "일색(一色)"(21회)을 좋아하는 그의 호색 취미 정도이다. 하지만
이는 탐관오리로서의 변학도의 모습과는 거리가 멀다. 변학도에게서
탐관오리의 전형적인 모습을 탈색시킨 것이나 변학도에 대한 관대한
처분은 결코 일반 민중들의 기호라 할 수 없다. 이는 「옥중화」를 '읽고'
이해할 수 있는 구 양반층을 비롯한 상층 독자, 즉 "귀부인 신亽 쳡 각
하"[133]들을 의식한 결론인 것이다.[134]

음란성 및 비속성이 약화 또는 제거되었다는 점과 양반의 권위가 약
화되었다는 점, 주제의식이 변화되었다는 점 등 기존의 「춘향전」에서
볼 수 없는 「옥중화」만의 이 같은 특징들은 「옥중화」가 구 양반층을 아
우르는 상층 독자를 목표로 했음을 말해준다. 그런데 전체적으로는 구
양반층으로 대표되는 상층 독자를 목표로 했지만, 이 작품이 전적으로
이들의 기호에 부응하고 있는 것은 아니다. 이는 이부사 부부, 이몽룡
등의 양반의 권위가 약화되어 있다는 점에서 가장 명확하게 확인된다.
『매일신보』와 이해조는 상층 독자를 목표로 하면서도 어째서 전적으
로 그들의 기호에 맞추지 않은 것일까.

---

[133] 「연의각(박타령朴打令) 예고」, 『매일신보』, 1912.4.27.
[134] 정병헌의 논의도 본 연구의 논지에 많은 시사점을 제공하고 있다. 정병헌은 신재효의 「춘향
가」 판소리 사설 정리에 대해 비판적인 시각으로 바라본다. 신재효는 양반들의 취향에 영합
하기 위해 민중이 애환을 토로하고 공감을 드러내는 장으로서가 아닌 유교적 이상을 설진(說
盡)하려는 의도를 나타내는 도구로서의 「춘향가」를 의도했다는 것이다. 그 결과 신재효가 정
리한 「춘향가」는 고도의 형상과 기교로 윤색되어 있지만, 민중의 비판의식을 상실함으로써
결론적으로는 판소리라는 예술형태 자체를 파괴했다고 비판한다. 이같이 생동감과 갈등, 조
잡성, 눈물, 해학이 제거된 신재효 판소리 사설의 연장선상에 있는 것이 이해조의 「옥중화」
개편 작업이라는 것이다(정병헌, 『판소리 문학론』, 새문사, 1993, 102~104쪽 참조).

이는 『매일신보』의 구 양반유생에 대한 비판적 시각에서 그 해결의 실마리를 찾을 수 있다. 『매일신보』는 변화된 시대 및 현실을 인정하거나 받아들이지 않은 채 과거의 사고방식과 생활태도를 고집하고 있는 중앙과 지방의 양반유생들에 대해 여러 차례 부정적 인식을 피력한 바 있다. 이들은 "금일의 이(耳)로 고일(古日)의 사(事)만 문(聞)코져 ᄒ며 금일의 목(目)으로 고일의 사만 견(見)코져 ᄒ며 금일의 수족으로 고일의 사만 행(行)코져 ᄒ"[135]는 사람들이다. 『매일신보』는 이들을 "썩은 유생(腐儒)"이나 "일개 완고"로 지칭한다.[136] 하지만 이들에 대한 비판에 있어 보다 중요한 점은, 이들로 인해 다른 사람이나 동리까지 완고하고 어두운 굴혈이나 늪과 같은 상태로 전락할 수 있기 때문이라는 데 있다.

「옥중화」에서 이부사와 이몽룡 등의 양반을 권위적으로 형상화하는 것은 구 양반유생층의 기호에 영합하는 것이 된다. 하지만 이러한 양반의 권위에 대한 인정은 필연적으로 반상의 구별, 즉 신분제에 대한 강한 긍정의 논리와 연결된다. 『매일신보』가 비판해 마지않았던 양반유생들은 과거의 신분제 사회의 사고방식을 고수하던 계층이며, 동시에 이것이 『매일신보』의 비판을 초래한 큰 원인의 하나였다. 음란함과 비속성을 약화·제거하고 변학도를 용서하여 주제의식에까지 변화가 초래된 상황에서 양반을 권위적으로 형상화한다는 것은 결국 가장 보수적인 개작이 될 수밖에 없다. 이는 『매일신보』가 수차 피력한 바 있는 양반유생층에 대한 비판과는 서로 모순되는 입장이 된다. 따라서

---

135 '사설', 「경고 부유」, 『매일신보』, 1911.4.2.
136 '사설', 「구학문가의 폐습」, 『매일신보』, 1911.3.25; '사설', 「경학원에 대ᄒ야」, 『매일신보』, 1913.3.16.

『매일신보』와 이해조는 이 같은 모순을 피하기 위해 전체적으로는 양
반유생층의 기호를 수용하면서도 양반의 권위를 약화시키는 방법을
취함으로써 신분제의 인정으로 대표되는 과거의 논리와 철저히 구별
하고자 했던 것이다. 또한 여기에는 극단적으로 어느 한 쪽의 입장을
취할 수 없는 신문 매체의 성격과, 1910년대라는 현실이 신분제를 운
위하기에는 이미 적당하지 않은 시대라는 점도 영향을 미쳤을 것이다.

　변학도의 인물 형상화와 결말의 처리는 「춘향전」이 가졌던 주제의
식에도 커다란 변화를 가져왔다. 조동일은 「춘향전」의 주제를 표면적
주제와 이면적 주제로 파악한 바 있다. '열녀불경이부'가 표면적 주제
라면, 기생 춘향과 기생 아닌 춘향의 갈등을 통해 신분적 제약에서 벗
어난 인간의 해방을 이룩하고자 한 것이 이면적 주제라는 것이다.[137]
「옥중화」는 「춘향전」의 이면적 주제는 사라지고 표면적 주제만 남아
있는 작품이다. 신분적 제약에서 벗어나 성취되는 인간적 해방은 봉건
지배층으로 대표되는 변학도의 패배와 몰락에 의해 달성되는 것이기
때문이다. 「춘향전」에 대한 인기와 그 동안의 평가, 작품이 가진 오랜
생명력의 근원은 표면적 주제가 아닌 이면적 주제에서 비롯된 것이
다.[138] 하지만 「옥중화」에서 일어난 주제의식의 변화, 곧 이면적 주제
의 거세는 「옥중화」를 춘향과 이몽룡과의 연애와 사랑을 다룬 애정이
야기로만 볼 수 있게 하는 여지를 가능하게 한다.[139]

---

137 조동일, 『한국문학통사』 3, 지식산업사, 1999, 595쪽.
138 위의 책, 같은 곳.
139 권순긍도 「옥중화」를 춘향과 이몽룡의 사랑이야기, 즉 애정소설로 바라본 바 있다. 이해조
　　는 「춘향전」을 신분해방이나 부패 타락한 봉건지배층에 대한 민중적 저항이라는 정치적 관
　　점에서 파악하지 않았으며, 이러한 작가의 시각이 「옥중화」를 정치적·사회적인 관점이 아
　　닌 애정윤리적 관점으로 개작한 근본 이유라는 것이 권순긍의 입장이다. 권순긍은 「옥중화」

신분적 질곡의 탈피와 인간적 해방의 성취라는 이면적 주제의 거세
는 「춘향전」 주제의식에 근본적인 변질이 초래되었음을 뜻한다. 이는
「옥중화」가 결국 총독부 기관지의 1면 게재물이라는 데에서 비롯된 것
이다. 「춘향전」의 이면적 주제는 신분 해방을 통한 자유의 쟁취가 그
핵심이라는 점에서 정치적 성격이 강하게 내재되어 있다. 하지만 이는
총독부 기관지라는 매체의 특성상 『매일신보』에는 적합하지 않다. 춘
향으로 대표되는 피지배층 민중이 변학도로 대표되는 양반 지배층과
싸워 승리한다는 것은 지배층인 일본인에 대한 피지배층인 조선인의
승리로 의미화될 수 있기 때문이다. 이는 식민지 체제의 근본을 뒤흔
들 수 있다는 점에서 총독부와 『매일신보』로서는 결코 용납할 수 없는
문제가 된다. 여기에 신분제가 이미 공식적으로 폐지된 현실적 상황도
어느 정도 고려되었을 것이다. 이해조의 「춘향전」 개작에는 시대적 ·
매체적 현실이 철저하게 반영되어 있는 것이다. 「옥중화」가 이 같은
시대적 · 매체적 현실 및 상황에 강력하게 긴박되어 있음을 보여주는

를 서로가 동등한 인격체로 상대방을 존중하는 근대적 남녀관계의 규범을 제시한 작품으로
본다. 이는 「춘향전」 전체의 의미 왜곡이 아니라 주제의 초점 자체가 신분해방이나 봉건통치
반대에서 남녀관계로 그 핵심이 이동했음을 뜻한다는 것이다. 나아가 이 같은 남녀관계로 주
제의 핵심이 이동한 「옥중화」의 춘향과 이몽룡의 서사는 신분갈등 대신 남녀 상호의 자유의
사에 기반한 자유결혼이라는 근대적 방식이 도입되었음을 보여주는 한 사례라는 것이 권순
궁이 가진 「옥중화」에 대한 근본 시각이다(권순궁, 『활자본 고소설의 편폭과 지향』, 보고사,
2000, 150~157쪽; 권순궁, 「근대의 충격과 고소설의 대응」, 『고소설연구』 18, 한국고소설학
회, 2004, 195~217쪽). 「옥중화」를 정치적 성격이 제거된 남녀의 애정이야기로 파악한 권순
궁의 생각은 일리가 있다. 하지만 「옥중화」가 자유결혼이라는 근대적 방식이 도입된 작품이
라는 주장에는 다소 무리가 있다고 판단된다. 「옥중화」 개작의 특성은 전체적으로 양반유생
층의 기호에 부응하는 것으로 기존 「춘향전」에 비해 보수적 색채가 짙어진 것이다. 이는 「옥
중화」가 난삽한 국한문체의 독자, 즉 양반유생층을 염두에 둔 작품이기 때문이다. 하지만 권
순궁이 파악한 '자유결혼이라는 근대적 방식'은 1912년 당시로선 상당히 급진적인 내용이다.
이 작품이 다른 계층에 비해 보수성이 한층 강한 양반유생층을 독자로 했다는 점을 생각하면,
권순궁의 이 같은 언급은 다소 성급한 시각이라고 판단된다.

구체적이고 결정적인 사례가 있다.

庠序學校 베푸루고 聖訓을 비오기는 道德君子 홀 일이라 / 花間陌上 느진 봄
에 走馬鬪鷄 논일기는 豪俠少年 홀 일이라 / 丈夫 世上에 나 事業이 만흔것만 우
리 農夫들은 일만ᄒᆞ고 밥만 먹고 술만 먹고 잠만 자느냐 / 大洋에 汽船 타고 文明
國에 단이면셔 卒業을 만히 ᄒᆞ야 丈夫의 놉흔 일홈 遺芳百世ᄒᆞ여 보세 / 大丈夫
世上에 나 酒色의 累롤 벗고 高尙흔 ᄯᅳᆺ을 가져 對人接物ᄒᆞ올 젹에 一毫私曲 업슴
으로 平生의 所爲事를 남을 對히다 말흠이 大丈夫의 일이로다 / 社會에 領袖되
야 法律 範圍 違越말고 一動一靜 知彼知己 因其勢而導之ᄒᆞ야 改良風俗ᄒᆞᄂᆞ 것도
大丈夫의 일이로다 / 國內 靑年 몰아다가 敎育界에 집어 넛코 各種 學問 敎授ᄒᆞ
야 人才 養成흔 然後에 學界 主人되는 것도 大丈夫의 일이로다 / 不惜千金損助ᄒᆞ
야 各 社會롤 維持ᄒᆞ고 天賦好生 ᄯᅳᆺ을 밧아 窮蔀殘民廣濟後에 慈善活佛되는 것
도 大丈夫의 일이로다 / 經國濟民 硏究ᄒᆞ야 天下利益 엇엇다가 金庫에 滿積ᄒᆞ고
商業低昻任意디로 經濟大家되는 것도 大丈夫의 일이로다 / 天下事룰 經營홀졔
地盡頭가 될지라도 退步말고 前進ᄒᆞ면 事必竟成홀 터이니 臨難忍耐ᄒᆞᄂᆞ 것도 大
丈夫의 일이로다[140]

농부들이 4~5월 씨뿌릴 때 부르는 '장부사업가(丈夫事業歌)'이다. 이
노래는 「춘향전」이라고는 도저히 생각할 수 없는 단어와 내용으로 되
어 있다. "학교", "호협소년(豪俠少年)", "대양(大洋)", "기선(汽船)", "문명국",
"사회", "청년" 등은 조선시대가 배경인 「춘향전」-「옥중화」에는 어울

---

140 「옥중화」, 34회(1912.2.29). '장부사업가' 전체가 아닌 시대적 특성을 드러냈다고 판단한 것만
인용했으며, 후렴구인 "어-여-여루상사뒤오"는 생략했다.

리지 않는 단어들이다. 또한 서사 진행상으로 볼 때도 이 노래는 매우 부자연스럽다. '장부사업가' 직전은 춘향이가 옥에서 허봉사를 불러 꿈 해몽을 듣는 장면이고, 직후는 앞서 살펴본 이몽룡이 농부에게 봉변당하는 장면이다. 장면이 아닌 인물의 행동으로 보아도 필연성이 결여되어 있다. 이몽룡은 농부들을 만나기 전, 춘향의 편지를 전하기 위해 상경하던 방자를 만난다. 방자에게 암행어사라는 신분이 탄로난 이몽룡은 이를 무마하기 위해 방자를 운봉으로 심부름 보낸 뒤 농부들을 만나게 되는 것이다. 이러한 앞뒤 서사 문맥에 비춰 볼 때 위와 같은 내용의 '장부사업가'는 매우 어색하게 느껴질 수밖에 없다.[141]

고전문학 분야의 연구에서는 「옥중화」의 이 노래를 "개화기 문학적 성격을 찾아볼 수 있는 단적인 대목"(김진영)이라거나 "1910년대 당시의 젊은 인텔리층의 시대의식을 보여주고 있다"(윤용식), "개화역군의 이념을 구체화시키고 있다"[142] 등 새로운 의식의 반영이라는 긍정적 평가를 내리고 있다. 하지만 이는 이해조의 심각하게 변질된 계몽성을

---

141 서사 문맥이나 그 내용상 매우 어색한 '장부사업가'와 같은 경우는 '신소설' 「소양정」에서도 발견된다. 「소양정」은 작가 스스로 "죠션 중고 시디"가 배경임을 천명한 작품이다. 또한 이 작품은 앞서 살펴본 대로 이해조가 창작한 구소설이며, "각설" · "츠설" 등 전형적인 고전소설의 문체로 되어 있다. 하지만 「소양정」에는 다음과 같은 대목이 있어 매우 어색한 느낌을 준다. "우리 죠션은 농산국이라 농업이 근본인디 한갓 민지가 열니지 못ᄒᆞ야 농수를 다만 박약훈 인력으로만 ᄒᆞ고 편리훈 긔계는 졔죠ᄒᆞ야 쓸 줄을 모로는 고로 더갓치 광활훈 드을이 십분의 칠팔 분이나 진황ᄒᆞ얏스니 엇지 지스의 긔탄홀 바–안이리오"(「소양정」 43회, 1911.11.21) 강원도 암행어사로 내려온 박어사가 소양정에 올라 경치를 바라보며 하는 생각인데, 이 대목도 서사 흐름이나 "긔계" 등 그 내용에 있어 매우 어색하다. 서사 흐름과 무관한 '농업개량론'이 갑자기 등장한 것인데, 최원식도 지적한 바 있듯이(최원식, 앞의 책, 1994, 140쪽) 이 작품 연재 무렵 『매일신보』에는 농업개량에 대한 일종의 기획 기사가 꾸준히 게재되고 있었다. 몇몇을 들면 다음과 같다. 「농업개량의 비결」(1911.8.5〜9.29), 「양잠급재상」(1911.9.30〜10.10), 「조선비료의 문제」(1911.11.1), 「조선화전개량책」(1911.11.3〜10), 「상피와 제지원료」(1911.11.11), 「과수재배사업」(1911.11.14).
142 설성경, 『춘향전의 통시적 연구』, 서광학술자료사, 1994, 216쪽.

단적으로 보여주는 구체적 실례이다. "법률 범위 위월(違越) 말고"에서 드러나듯 일제 식민통치가 강하게 긍정 또는 전제되어 있기 때문이다. 더구나 이해조가 이 노래에서 노래하는 "대장부"의 여러 덕목들은 같은 시기『매일신보』사설이나 총독을 비롯한 총독부 고위관리의 담화문에서도 똑같이 반복되는 내용이다. 또한 이 작품과 동시에 연재를 시작한 것이 '신소설' 「춘외춘」이다. 이해조는 「옥중화」와 동시 연재된 「춘외춘」 연재 예고에서 "성세화육(聖世化育)에 함양(涵養)ᄒ야 내외 인민의 상애상휼(相愛相恤)ᄒᄂ 상태"[143]를 그리겠다고 공표한 바 있다. 이해조에게 있어 강제병합과 총독정치라는 현실은 "성세화육에 함양"하는 상태로 인식되었던 것이다. 따라서 "법률 범위 위월 말" 것을 노래하는 '장부사업가'는 총독정치의 인정과 이에 대한 일종의 선전에 다름 아닌 것이다.

이상으로 「옥중화」를 중심으로 하여 이해조의 판소리 정리 작품에 대해 살펴보았다. 「옥중화」를 비롯한 판소리 정리 작품들은 당시 광범위하게 성행했던 판소리와 판소리계 소설의 향유층을 『매일신보』의 독자로 확보하기 위한 적극적인 노력·전략의 하나였다. 『매일신보』와 이해조가 판소리 정리 작품을 기획·연재하면서 염두에 두었던 독자는 같은 시기 '신소설'의 독자와는 구별되는 상층의 식자층(구 양반 유생층)이었다. 난삽한 국한문체의 사용이나 한학적 교양이 없이는 쉽게 이해할 수 없는 여러 구절들의 존재는 이 작품이 같은 시기 순한글로 된 '신소설'의 독자와는 결코 동일하지 않음을 증거한다. 음란함과 비속성이 약화·제거되어 있는 모습과 변학도의 인물형상화, 결말 부

---

[143] '사고', 「춘외춘」, 『매일신보』, 1911.12.24.

분에서의 변학도에 대한 처분 결과는 「옥중화」가 이 작품을 눈으로 읽을 수 있는 계층, 즉 상층 독자를 목표로 한 소설임을 말해준다. 이 작품은 보다 성장된 민중 계급의 모습도 확인할 수 있지만, 전체적으로 보았을 때 '양반층의 기호를 반영한 작품'[144]으로 정리할 수 있다.

일반 민중층 기호로부터의 이탈과 '양반층 기호의 반영'이라는 개작 방향은, 이 작품이 신분적 질곡의 극복과 이를 통해 인간 해방을 주장한 「춘향전」의 전통적 주제와 결정적으로 갈라지게 되는 결과를 초래했다. 「옥중화」에서 신분 및 인간 해방이라는 「춘향전」의 전통적인 주제를 대신한 것은 '장부사업가'로 상징되는 식민 현실에 대한 긍정, 즉 변질된 계몽성이다. 「춘향전」의 수많은 개작이 그때그때의 역사적 테두리 내에서 이루어졌다는 어느 연구자의 지적을 참고한다면,[145] 「옥중화」는 식민지라는 현실에 대한 긍정과 총독부 기관지의 1면 게재물이라는 역사적 테두리 내에서 개작이 이루어진 작품이라 할 수 있는 것이다.

---

144 권순긍도 「옥중화」를 신재효본 「남창 춘향가」와 「동창 춘향가」와 비교·분석하면서 「옥중화」의 개작은 전체적으로 양반적 교양의 구도 속에서 이루어진 것으로 파악하고 있다. 권순긍, 『활자본 고소설의 편폭과 지향』, 보고사, 2000, 131~160쪽. 이 외에 김진영도 비슷한 시각을 갖고 있다. 김진영은 「옥중화」가 "비속성을 최대한 배제하여 골계미는 제대로 형성되지 못하고 우아한 양반적 분위기 위주"로 개작된 작품임을 지적했다(김진영, 「춘향전 개작사상 「옥중화」의 성격」, 『월간문학』, 1980.6, 200쪽).

145 김종철, 「「옥중화」 연구(1)」, 『관악어문연구』 20, 서울대 국어국문학과, 1995, 194쪽.

제4장

지면 개혁과 번안소설의 등장

1. 지면 개혁과 단편소설의 활용

1) 1912년의 지면 개혁

『매일신보』는 1910년 10월 토쿠토미에 의해 인수되어 총독부 기관지로서 본격적인 활동을 시작한다. 『매일신보』라는 신문 제호(題號)의 변경은 1910년 8월 30일 강제병합과 동시에 이루어지만, 지면의 단수나 활자, 지면 구성 등은 전신인 『대한매일신보』의 모습 그대로였다. 이 같은 지면 구성은 1912년 2월까지 지속된다. 『매일신보』는 1912년 3월 1일 대대적인 지면 쇄신을 단행해 『대한매일신보』 색채에서 완전히 벗어난다. 감독인 토쿠토미나 사장이었던 요시노, 『매일신보』의 실질적인 책임자였던 나카무라 등의 일본인 경영·편집진은『매일신보』
인수 후 정확히 약 1년 반이라는 결코 짧지 않은 시간을 지면 쇄신을
위해 투자한 셈이다. 지면 쇄신을 위한 1년 반이라는 시간은 총독부와
일본인 경영진들이 가졌던『매일신보』에 대한 관심과 기대가 결코 작
은 것이 아니었음을 말해준다. 이 같은 지면 쇄신의 목적이 일차적으
로 독자 확보 및 증가에 있는 것임은 물론이다. 총독부 기관지였던『매
일신보』로서는 강제병합 직후 총독부 시정방침의 홍보가 무엇보다 시
급한 임무였다는 점에서, 그 임무의 가장 중요한 전제 조건인 독자의
확보가 다른 어떤 것보다 중요했을 것이기 때문이다.

　『매일신보』의 쇄신을 위한 첫 번째 움직임은 사옥의 이전이다.『매
일신보』는 1911년 1월 1일을 기해 주소를 "경성 대화정(大和町) 1정목"
으로 변경해 발행하는데, 이는『경성일보』의 주소이다.『매일신보』쇄
신의 첫 움직임은 '『경성일보』사 구내'로의 이전이며, 이는 모두『경성
일보』의 지휘·감독 하에서 이루어졌음을 짐작하게 한다. 실질적인
지면의 쇄신은 1912년 3월 1일을 기해 이루어지만, 그 준비가 확인되
기 시작하는 시점은 1911년 6월부터이다.

　　敬啓 本報가 愈益 隆盛ᄒᄂ 地域에 達홈은 特히 江湖 諸君의 贊成ᄒ심을 偏被
　홈이니 玆에 深謝홈을 不已ᄒᆞᆸ거니와 今回 平素에 愛顧ᄒ신 厚意를 仰酬ᄒ기
　爲ᄒ야 最新式의 輪轉機를 購入ᄒᆞᆻ슨즉 其 設備도 本月 內에 全部를 完了홀 지
　오 (…중략…) 又 本社ᄂ 愛讀 諸君의 便利ᄒ심을 爲ᄒ야 七月 一日브터 各樞 要
　地에 支社를 多數 設置ᄒ야 分傳케 ᄒ고[1]

――――――――――
1 「본 신보의 대쇄신」,『매일신보』, 1911.6.14.

우선 신문을 인쇄하는 최신 윤전기의 도입과 각 지방 지사의 설치 작업이 시작되었음을 알 수 있다. 윤전기와 지사, "분전(分傳)"이라는 말을 통해 신문 제작 단계에서 유통에 이르기까지 대대적인 쇄신이 이루어질 것임을 짐작할 수 있다. 나카무라는 이 때 도입된 윤전기가 고속인쇄가 가능한 것이었으며 당시 조선 인쇄계에 획기적 혁신을 불러왔음을 회고하고 있다.[2] 지사의 설치는 1911년 7월 현재 함경북도를 제외한 조선 전 역에 걸쳐 이루어졌음이 확인된다.[3] 또한 전국 지사의 설치는 총독부 시정방침의 홍보라는 『매일신보』의 존재 이유를 가능케 하는 물적 토대의 완성이라는 점에서 매우 중요하다고 판단된다.

다음으로 『매일신보』가 준비한 것은 신문의 활자이다. 『매일신보』는 "언문의 모형을 개량"하기 위해 "정해(精楷)훈 자체(字體)를 모집"한다는 사고(社告)를 게재한다.[4] 하지만 이 모집은 별 효과가 없었던 것 같다. 사고 게재 후 한 주일이 지났는 데도 응모자가 전혀 없었기 때문이다.[5] 결국 이 모집은 단 한 사람의 공식적인 응모자도 없이 끝나게 된다. 하지만 『매일신보』는 두 달 뒤 "모 여사의 유명훈 필법"을 받은 "본사 특별 주문의 언문활자"가 준비되었음을 선전한다.[6] 이 때의 "모 여사"는 민우식의 부인이다. 『매일신보』는 민우식 부인의 글자를 받아 새로운 한글 활자를 만들었던 것이다. 이 활자는 "언문 5호" 활자로 당시 조선

---

2 中村健太郎, 『朝鮮生活 50年』, 熊本 : 青潮社, 1969, 58쪽 참조.
3 '사고', 『매일신보』, 1911.7.1. 함경북도를 제외한 조선 각지에 모두 23개의 지사가 확인된다.
4 '사고', 『매일신보』, 1911.10.6. 전문은 다음과 같다. "본사에서 언문의 모형을 개량코져 ᄒᆞ야 정해훈 자체를 모집ᄒᆞ오니 행필묵(幸筆墨) 제 대가는 남녀를 물론ᄒᆞ고 각 투기행자(投幾行字) ᄒᆞ시면 당선가에게는 후폐윤필(厚幣潤筆)ᄒᆞ깃스옵 매일신보사."
5 '현미경', 『매일신보』, 1911.10.12.
6 『매일신보』, 1911.12.7.

의 한글 신문으로서는 최초였다.[7] 이러한 과정을 거쳐 1911년 말 무렵
에는 지면 쇄신을 위한 준비가 어느 정도 완료된다.

我紙의 新面目은 現今 本紙도 往日에 比ᄒᆞ면 多大ᄒᆞ 發展과 多大ᄒᆞ 改良이라
ᄒᆞᆯ지라도 社會의 進運을 伴ᄒᆞ야 讀者 諸氏의 智識이 愈益 發達ᄒᆞᆫ 今日에ᄂᆞᆫ 到底
히 現在의 本報로써 滿足타 ᄒᆞ야 諸君의 前에 提供키 不能ᄒᆞᆫ 故로 (…중략…) 新
年 一月頃브터ᄂᆞᆫ 現在보다 紙面을 擴張ᄒᆞ고 法令 政治 實業 敎育 電報 外報 雜報
文藝 衛生 地方通信 及 其他 奇聞 奇見을 無漏揭載ᄒᆞ며 且 鮮明ᄒᆞᆫ 寫眞銅版을 每
日 揷入ᄒᆞ고 小說에도 逐日 揷畫ᄒᆞ야 讀者에게 趣味ᄅᆞᆯ 感케 ᄒᆞᄂᆞᆫ 同時에 加之而
五號活字로 本社 特別 注文의 諺文 活字ᄅᆞᆯ (某 女史의 有名ᄒᆞᆫ 筆法) 使用ᄒᆞ야 全
紙面을 改良 刊出ᄒᆞ니 朝鮮에 在ᄒᆞᆫ 新聞界에ᄂᆞᆫ 五號 活字 新聞이 本報로서 嚆矢
라 謂ᄒᆞᆯ지오 記事의 行數 字數가 現紙보다 倍 以上에 達ᄒᆞᆯ 것은 不待明算而可知
인즉 假令 一時間에 閱覽ᄒᆞ던 것을 其 時에ᄂᆞᆫ 二時間 以上을 費ᄒᆞᆯ 터이니[8]

新春의 每日申報
◀元日出의 記事ᄂᆞᆫ 曰 東西洋의 電報 通信 及 社會의 萬般 事項을 總括 一束無餘
◀元日出의 頁數ᄂᆞᆫ 曰 十六頁이니 朝鮮에셔 漢諺文 新聞이 誕生ᄒᆞᆫ 後 一 新紀元
◀元日出의 揷畫ᄂᆞᆫ 曰 寫眞 木刻 等이니 新年에 關ᄒᆞᆫ 習俗의 活畫가 都出來紙面

---

7 「창간이래 삼십 년 본보 성장의 회고」, 『매일신보』, 1938.5.5; 中村健太郞, 『朝鮮生活50年』, 熊
  本 : 靑潮社, 1969, 57~58쪽 참조. 이들 기록에 따르면 정운복이 글자를 받는 과정에서 애를 많
  이 썼으며, 활자는 토쿄의 민우사(民友社)를 통해 만들었다고 한다. 정운복은 토쿠토미가 1910
  년 10월 『매일신보』의 인수 작업의 마지막 정리를 맡긴 인물이며, 민우사는 토쿠토미가 1887
  년에 세운 출판사이다. 결국 토쿠토미는 『매일신보』 지면 개혁의 아주 작은 부분까지도 감독
  으로서의 역할에 충실했음을 알 수 있다.
8 『매일신보』, 1911.12.7.

◀元日出의 小說은 曰 春外春이니 揷畵만 見ᄒ야도 趣味가 多홀 것은 不言可想

◀元日出의 雜筆은 曰 奇聞 怪見 珍談 滑諧 等이니 元日 屠蘇酒後에 讀之면 有趣

新春의 每日申報

◀五號新聞의 鼻祖 曰 朝鮮 新聞界에 未曾有ᄒ 五號 新聞은 我 每日申報로 爲始

◀五號新聞 何時出 曰 現今 準備 中인즉 諸君이 苦待苦待ᄒ시ᄂ 신년 一月 內로

◀記事數ᄂ 何如오 曰 字小行狹紙濶ᄒ니 已往에 比ᄒ면 倍 以上은 不待明算而知

◀廣告料ᄂ 何如오 曰 五號 十八字 一行에 五十錢인즉 全體 打算ᄒ면 還爲經濟

◀新聞代ᄂ 何如오 曰 記事ᄂ 倍 以上이나 代金은 如前ᄒ오니 大經濟大經濟呵[9]

1912년 봄 이루어지는 『매일신보』의 지면 쇄신 방향이 자세하게 나타나 있다. 『매일신보』는 이같이 다양하게 변화된 지면을 통해 독자들에게 새로운 볼거리를 제공하여 그들을 신문의 독자로 흡수하고자 한 것이다. 여기서 우선 지적해 둘 것은 그 실행 시기에 대해서이다. 1911년 12월 현재 『매일신보』는 1912년 1월을 그 시점으로 예고하고 있다. 하지만 위 예고의 완전한 실제 실행은 1912년 3월 1일자부터이다. 여러 방면에 걸친 지면 개혁을 준비하고 있던 만큼 그 단행 시기도 예상 일정을 초과할 수밖에 없었던 것으로 보인다. 이 중 주목해야 할 것은 소설에 대한 것이다. 앞으로 연재할 「춘외춘」에 삽화가 들어갈 것이라는 예고이다. 『매일신보』가 밝힌 여러 변화에 대한 예고 중 실제 1912년 1월 1일부터 시행된 것은 「춘외춘」의 삽화가 유일하다. 『매일신보』의 소설 삽화는 독자에게 보다 많은 '취미', 즉 재미를 제공하여 독

9 '신춘의 매일신보', 『매일신보』, 1911.12.27.

자를 확보하려는 독자 유인책의 일환이었다. 대중과 가장 밀접한 관계를 가지고 있고, 독자에게 미치는 영향에 있어 매우 중대한 결과를 낳는다는 것이 소설 삽화임을 생각해보면,[10] 당시 독자 확보가 초미의 급선무였던 『매일신보』가 삽화 게재를 결정하는 것은 지극히 당연한 일이 된다.[11]

이러한 과정과 각종 예고를 거쳐 『매일신보』는 1912년 3월 1일자를 기해 대대적으로 변화된 지면을 선보인다. 이 때 처음 시작되는 '경파기사(硬派記事)-정치·경제 기사-1·2면-국한문', '연파기사(軟派記事)-3면-순한글'이라는 지면 구성 방식은 1910년대 『매일신보』는 물론 이후 우리나라 신문 제작의 전형이 된다.[12] 당시 한글신문으로선 5호 활자의 최초 사용과 함께 일본 전체에서도 최초인 8단 조판제를 채택(기존 7단)하는 등 "현대적 신문 체제를 대강 가추게 되"는 계기가 이 때의 지면 개혁이었던 것이다.[13]

1912년 3월 1일의 대대적 지면 개혁 중 주목할 사항은 독자투고란 및 연예란의 고정과 활성화, 소설에 대한 현상모집의 실시이다. 1911년 8월 22일 3면에 국한문으로 처음 선보인 '독자구락부(讀者俱樂部)'는 1912년 '도청도설(塗聽途說) / 도텽도셜'로 난 이름이 바뀐 뒤 본격적으

---

[10] 윤희순, 「신문삽화편견」, 『동아일보』, 1932.4.9.

[11] 한편, 이영아는 이 시기 『매일신보』의 소설 삽화 게재를 신파극과의 경쟁 구도라는 관점에서 파악한다. 1911년 말 1912년 초, '신소설'의 인기가 신파극에 그 자리를 내주게 되자 위기의식을 느낀 '신소설'이 자구책으로 신파극과 번안소설이 가진 대중적 인기의 요인인 시각적인 요소를 삽화를 통해 받아들이고자 한 데에 그 게재 이유가 있다는 것이다(이영아, 「신소설에 나타난 신파극적 요소와 시각성 고찰」, 『한국현대문학연구』 19, 한국현대문학회, 2006, 170쪽).

[12] 정진석, 『언론조선총독부』, 커뮤니케이션북스, 2005, 94쪽.

[13] 「창간이래 삼십 년 본보 성장의 회고」, 『매일신보』, 1938.5.5. 이 글에서 나카무라는 7단제로 기억하고 있는데, 이는 착오이다. 실제 지면은 8단으로 되어 있기 때문이다.

로 게재되기 시작한다. 각종 신구연희에 대한 안내 기사가 위치한 연예란도 1912년 2월 9일 '연극소식'이란 명칭으로 처음 신설된 뒤 곧 본격화된다.[14] 1912년 2월에 실시된 현상모집은 최초로 '단편소설'을 모집하고 있어 주목을 요한다. 모집 요강에 제시된 "1행 18자 150행"이라는 구체적인 응모 조건은 『매일신보』가 단편소설에 대해 나름대로의 기준과 인식을 가졌음을 짐작케 한다.[15] 1912년 3월, 이 같은 다방면에 걸쳐 지면 개혁을 단행한 『매일신보』는 이후 본격적인 총독부 기관지로서 본격적인 활동을 시작한다.[16]

2) 단편소설의 본격적인 등장과 그 의도

작품 수로만 보았을 때, 1910년대 『매일신보』는 단편소설에 보다 큰 관심을 기울였다고 해도 과언이 아니다. 1910년대 『매일신보』 단편소설은 대부분의 작품이 전반기 5년 동안에 발표 · 게재되어 있다. 1910년대 전체 61편의 단편소설 중 55개가 1910~1914년에 발표되었는데, 90%

---

14 각종 연희 안내를 소개하는 이 공간의 명칭 및 날짜의 변천은 다음과 같다. '연극소식'(1912.2.9) → '연예계'(1912.2.13) → '연예소식'(1912.2.18) → '연예계정황'(1912.3.31) → '연예계'(1912.4.6)

15 '현상모집', 『매일신보』, 1912.2.9.

16 이 같은 1912년 3월 『매일신보』의 대대적인 지면 개혁은 그리 큰 효과를 본 것 같지는 않다. 1923년의 『매일신보』에 대한 다음의 기록은 1912년의 지면개혁에 대해 다음과 같이 증언하고 있다. "매신이 독자의 수가 줄고 판매 방면이 점점 축소됨을 쇄신하고 활자를 개량하고 단수을 증가하고 사회기사 — 제3면 — 는 전부 조선문으로 하되 오즉 표제에 한하야 선한문(鮮漢文) 혼교체(混交體)를 행하얏다. 이에 면목은 일신하얏다. 그러나 독자는 줄면 줄어도 증가는 아니된다. 화타가 갱생하야도 이 난치증은 사실 치료키 어렵게 되얏다."(간당학인, 「매일신보는 엇더한 것인가」, 『개벽』, 1923.7, 53쪽). 여기에서 말하는 "난치증"은 총독부 기관지가 되어 총독정치에 영합한 것을 가리킨다.

이상의 작품이 이 시기에 집중되어 있는 것이다. 이는『매일신보』가 단편소설에 대해 어떤 의도나 목적을 가지고 있었음을 시사한다. 특히 전반기 55편의 작품 중 2/3에 해당하는 36편이 독자 투고에 의한 '응모단편소설'이라는 점은 이 같은 심증을 더욱 강하게 한다. 이 장에서는 1910년대 전반기 집중 발표된 '응모단편소설'과 '사회의 백면'에 대해 집중적으로 살펴보고자 한다. 이를 통해 1910년대『매일신보』단편소설의 실체와 기능, 나아가 소설사적 의의 등이 밝혀질 것이라 판단된다.

(1) 단편소설과 그 기능

1910년대 전반기『매일신보』는 단편소설의 거의 유일한 발표매체였다. 1911년 5월『소년』폐간 이후 1914년 10월『청춘』이 발행되기 이전의 소설 발표 매체는『매일신보』가 유일했기 때문이다.[17] 1910년대 전반기『매일신보』단편소설은 대부분 1912년 본격화되는 '응모단편소설'이다.[18] 1912년 3월 처음 게재되는 '응모단편소설'은『매일신보』의 또다른 독자 확보 전략이다. 앞서 살펴본 대로 1912년에 행해진 대대적인 지면 개편 작업의 하나가 '현상모집'의 실시였으며, '현상모집' 가운데 하나가 '응모단편소설'이었기 때문이다.

---

17 1910년대 최대 종합잡지인『신문계』는 1913년 4월에 창간되지만, 소설 게재는 1915년 1월부터 시작한다.

18 '응모단편소설' 이전 단편소설은 모두 세 작품이 있었다. 이 중「再逢春(직봉츈)」과「해몽선생」은 모두 새해 첫날에,「빈선랑의 일미인」은 1912년 3월 1일에 게재되었다.『매일신보』는 매년 새해 첫날이 되면 기존 네 개 지면보다 훨씬 많은 특집 지면을 발행했다. 이 때는 많은 지면을 발행하는 만큼 다루는 내용이나 읽을거리가 평소보다 훨씬 많다. 또한 1912년 3월 1일은『매일신보』지면의 대대적 개편이 이루어진 때이다. 이 같은 시기를 고려하면, 이들 세 작품은 일종의 독자 서비스 차원의 읽을거리 이상의 의미는 발견할 수 없다.

本社에서 各地 奇聞을 揭載ᄒ야 讀者 眼前에 望遠鏡을 置혼 듯이 坊々曲々의 奇事美談을 昭然히 知케 ᄒ기 爲ᄒ야 左와 如혼 記事 諸件을 募集ᄒ오며 記事ᄒ야 보너시는 諸氏의게 一二三等을 選擇ᄒ야 懸賞이 有혼 同時에 俗謠 詩 笑話 短篇小說 叙情叙事 等도 募集ᄒ오니 應募하실 이는 左開 諸項 中에셔 隨意 投稿ᄒ시읍

左開

一 各地 奇聞

(1) 慈善家의 美擧가 有혼 事

(2) 實業家의 成蹟이 有혼 事

(3) 孝子의 出天의 誠이 有혼 事

(4) 節婦의 秋霜 갓혼 節이 有혼 事

(5) 忠僕의 主恩을 報하는 義理가 有혼 事

(6) 妖怪의 怪々罔測혼 妖物이 人의 耳目을 迷眩케 하는 것이 有혼 事

(7) 風俗習慣 美風善俗이 社會上에 表彰홀 만혼 事와 坯 山野間에 質朴혼 習慣의 現狀디로 記홈도 可홈

(8) 隱혼 事蹟 此는 種々의 狀態가 有ᄒ니 事實에 無遠토록 記홀 事

一 俗謠 要 簡單

一 詩

一 笑話 要 簡單

一 短篇小說 一行은 十八字인듸 行數는 多不過 一百五十行을 要홈

一 叙情叙事 隨意

右의 記事에 對ᄒ야 揭載코 안이키는 被選 與否에 在ᄒ오며 其 被選됨에 對ᄒ야는 最優等 新聞 六個月分 一等 仝 三個月分 二等 仝 二個月分 三等 仝 一個月分을 進呈 每日申報 編輯局[19]

'현상모집'의 자세한 모집 요강이다. 여덟 항목에 걸쳐 구체적 조건
이 명시된 "각지 기문(各地奇聞)"이 주 대상인 듯이 보인다. 여기서 주목
해야 할 점은 "각지 기문"의 여덟 개 항목이다. "자선가", "실업가", "효
자", "절부(節婦)", "충복(忠僕)", "풍속습관 미풍선속(美風善俗)이 사회상에
표창" 등이 핵심인데, 이를 통해 알 수 있는 것은 "각지 기문"이 철저한
계몽적 내용을 의도하고 있다는 것이다. 또한 이들 항목은 『매일신
보』에서 꾸준히 주장하고 있는 풍속계몽의 내용과 일치하고 있다는
점에서 그 한계도 이미 내재된 것으로 보아야 한다.

이 같은 '현상모집'을 통해 1912년 3월 20일 「破落戶(파락호)」부터 1913
년 2월 9일 「情(정)」에 이르기까지, 모두 36편의 '응모단편소설'이 게재
된다.[20] 이들 '응모단편소설'은 3면에 게재된 만큼 대부분 한글로 쓰여
져 있다.[21] 이를 정리하면 다음 쪽의 〈표 11〉과 같다.

이들 36편 중에는 한 사람이 여러 편 당선된 경우도 있으며, '현상모집'
임에도 불구하고 지은이가 실명이든 필명이든 전혀 표시되지 않은 작품
도 있다.[22] 당선자를 살펴보면, 김성진(金成鎭)이 네 편[23]으로 가장 많고,

---

19 '현상모집', 『매일신보』, 1912.2.9.
20 '현상모집' 최초의 당선 작품은 "속요(俗謠)"이다. "속요"는 첫 '현상모집' 광고가 나간 뒤 이틀
    만인 1912년 2월 11일 1면에 3등 당선작이 발표된다. 가장 상세한 조건을 제시한 "각지 기문"은
    1912년 3월 17일에 첫 당선작이 게재된다. 이 중 가장 많은 당선작은 "소화(笑話)"인데, 1912년
    3월 1일 첫 당선작이 게재된 이래 거의 매일 당선작이 게재된다.
21 모든 작품이 3면에 위치하고, 또 한글로 된 것은 아니다. 마지막 작품인 이상춘의 「情(정)」
    (1913.2.8~9)은 4면에 위치해 있다. 「육맹회개」(1912.8.16~17)는 한주국종체의 국한문 혼용
    체이다.
22 「원혼(冤魂)」(1912.9.5~7)과 1912년 11월 6일의 제목 없는 작품이 아무런 지은이 표시가 없는
    작품이다.
23 「破落戶(파락호)」(1912.3.20), 「盧榮心(허영심)」(1912.4.5), 「守錢奴(슈전로)」(1912.4.14), 「雜
    技者의 藥良(잡기비의 량약)」(1912.5.3).

〈표 11〉 응모단편소설 목록

번호	제목	저자	날짜	문체
1	破落戶(파락호)	김성진	1912.3.20.	국문
2	虛榮心(허영심)	김성진	1912.4.5.	국문
3	守錢奴(슈전로)	김성진	1912.4.14.	국문
4	山人의 感秋	오인선	1912.4.27.	국문
5	허욕심(虛慾心)	김진헌	1912.5.2.	국문
6	雜技者의 棄良(잡기비의 량약)	김성진	1912.5.3.	국문
7	진남ᄋ(眞男兒)	조상기	1912.7.18.	국문
8	(제목없음)	이석종	1912.7.20.	국문
9	청년의 거울(靑年鑑)	김광순	1912.8.10~11.	국문
10	六盲悔改	천종환	1912.8.16~17.	국한문
11	(제목없음)	이수인	1912.8.18.	국문
12	(제목없음)	김수곤	1912.8.25.	국문
13	섬진요마(殲盡妖魔)	박용협	1912.8.29.	국문
14	고학싱의 셩공(苦學生의 成功)	김동훈	1912.9.3~4.	국문
15	원혼(怨魂)	―	1912.9.5~7.	국문
16	픿ᄌ의 회감(悖子의 回感)	신기하	1912.9.25.	국문
17	(제목없음)	차원순	1912.10.1.	국문
18	(제목없음)	이진석	1912.10.2~6.	국문
19	(제목없음)	최학기	1912.10.9.	국문
20	(제목없음)	이중섭	1912.10.16.	국문
21	韓氏家餘慶(한씨가여경)	김태희	1912.10.24~27.	국문
22	회기(悔改)	김정진	1912.10.29~30.	국문
23	대몽각비(大夢覺非)	고진호	1912.10.31.	국문
24	(제목없음)	이홍손	1912.11.1.	국문
25	손색룻ᄒᄃ 픿가망신을 히	박용원	1912.11.2.	국문
26	(제목없음)	조용국	1912.11.3.	국문
27	(제목없음)	김수곤	1912.11.5.	국문
28	(제목없음)	―	1912.11.6.	국문
29	(제목없음)	박치련	1912.11.7~8.	국문
30	(제목없음)	이진석	1912.11.9~10.	국문
31	련의 말로(戀의 末路)	김진숙	1912.11.12~14.	국문
32	(제목없음)	최란	1912.11.15~16.	국문
33	고진감내(苦盡甘來)	김정진	1912.12.26~27.	국문
34	悔改(회기)	이홍손	1912.12.28~29.	국문
35	(제목없음)	계동빈	1913.1.9.	국문
36	情(정)	이상춘	1913.2.8~9.	국문

김수곤(金秀坤),[24] 김정진(金鼎鎭),[25] 이진석(李鎭石),[26] 이흥손(李興孫)[27]이 각각 두 편씩 당선되었다. 복수의 작품이 당선·게재된 위의 다섯 명을 포함해 '응모단편소설'에 당선된 사람은 모두 27명이다. 27명의 당선자 중 현재 작은 단서를 통해서나마 누구인지 알 수 있는 사람은 채란, 김성진, 이진석, 이상춘 등 모두 네 명이다.

채란은 "중부 대묘동 십륙통 이호 류 광무더 치란"이라 기재되어 있어 신분이 기생임을 알 수 있다. 광무대는 1903년 세워진 사설 극장의 하나로 1930년 문을 닫을 때까지 전통연희의 요람이라 불릴 만큼 전통연희를 주로 공연했던 서울의 대표적인 사설 극장의 하나였다.[28] 채란은 광무대라는 "연극장에서 가무로 종사"한 기생으로 1910년대 초반 유명한 전통연희 배우이기도 했다.[29] 이진석은 1915년 3월 조직된 조선산직장려계(朝鮮産織獎勵契)의 창립멤버로, 창립 당시 서기를 지낸 인물이다. 그는 1934년 경상북도 경찰부가 펴낸 『고등경찰요사』에 1915년 조선산직장려계 창립 당시 '보성중학 졸업'으로 기재되어 있어, '응모단편소설'을 투고한 1912년에는 보성중학의 학생이었음을 알 수 있다.[30]

이상춘은 이진석과 마찬가지로 『매일신보』 '응모단편소설'의 작가

<hr />

24 제목없음(1912.8.25), 제목없음(1912.11.5).
25 「회기(悔改)」(1912.10.29~30), 「고진감내(苦盡甘來)」(1912.12.26~27).
26 제목없음(1912.10.2~6), 제목없음(1912.11.9~10).
27 제목없음(1912.11.1), 「悔改(회기)」(1912.12.28~29).
28 유민영, 『한국 근대극장 변천사』, 태학사, 1998, 66~116쪽 참조.
29 '연예계정황', 『매일신보』, 1912.4.2; '연예계', 『매일신보』, 1912.11.26; 「치란이가 지판 맛나」, 『매일신보』, 1913.3.16; '연예계', 『매일신보』, 1913.3.23; 「김치란의 직판 기뎡」, 『매일신보』, 1913.4.9; '연극과 활동', 『매일신보』, 1914.4.21; 유민영, 『한국 인물 연극사』 1, 태학사, 2006, 65쪽.
30 박찬승, 『한국 근대정치사상사 연구』, 역사비평사, 1993, 143~145쪽 참조; 한진일, 「근대 단편소설의 형성과정 연구」, 성균관대 박사논문, 2002, 60쪽. 조선산직장려계는 자작자급을 통해 민족자본의 성장을 목표로 한 1910년대 대표적인 실력양성운동단체이다.

계층이 주로 교사, 학생, 즉 당대의 청년 지식인 계층일 것이라는 단서를 제공하는 인물이다. 이상춘은 『매일신보』 '응모단편소설'로 첫 작품을 발표한 후, 「박연폭포」와 「서해풍파」 등의 '신소설'[31]과 잡지 『청춘』에 단편소설들을 발표[32]하는 등 비교적 활발한 작품 활동을 한 바 있다. 단편소설에서 '신소설'로 다시 근대 단편으로, 당시로선 흔하지 않은 창작 편력을 보여주는 작가이다. 이상춘은 1916년 현재 개성 한영서원(韓英書院)의 교사였다. 이 학교는 기독교 계통의 학교로 서북지방의 여타 선교학교와 같이 학생들에게 독립사상을 고취시키던 대표적인 학교였다. 이상춘은 이 학교의 교사로 재직하면서 애국창가집 운동(1916)을 주도했을 정도로 민족의식을 가진 인물이기도 했다.[33] 또한 이상춘은 국어학 분야에서도 중요한 업적을 남긴 지식인이다. 1925년 『조선어문법』이란 책을 펴낼 정도의 국어학 분야의 전문가로, 근대 국어학의 이론체계를 정립하는 데 중요한 역할을 담당하기도 했다.[34]

네 편의 가장 많은 당선 횟수를 기록한 김성진(1889~1917)은 당시 황실의 외척으로 한학적 소양을 가진 구지식인 계층에 속하는 인물이다. 김성진은 대한제국 시기 황족과 귀족 자제의 교육기관이던 수학원에서 당시 황태자였던 순종과 동문수학했으며, 영어, 일본어, 중국어 등의 외국어에도 능통했다고 한다.[35] 김성진도 이상춘과 같이 『매일신

---

31 이들 작품은 단행본으로만 발표되었다. 각각의 서지 사항은 다음과 같다.
     개성 이상춘, 『박연폭포』, 유일서관, 1913.2.7(초판 발행); 개성 이상춘, 『서해풍파』, 유일서관, 1914.1.20(초판 발행).
32 잡지 『청춘』에는 현상문예를 통해 등장하게 된다. 『청춘』 현상문예 당선작은 다음과 같다. 「두 벗」(『청춘』 10, 1917.9), 「기로」(『청춘』 11, 1917.11) 이 외에 「백운」이라는 단편소설(『청춘』 15, 1918.9)과 「사와 신」이란 짧은 수필(『청춘』 14, 1918.6)이 있다.
33 양문규, 『한국 근대소설사 연구』, 국학자료원, 1994, 134~140쪽 참조.
34 한진일, 「근대 단편소설의 형성과정 연구」, 성균관대 박사논문, 2002, 73~74쪽 참조.

보』의 '응모단편소설'로 첫 작품을 발표한 후 '신소설' 창작의 길로 나아갔다.[36] 김성진은 자신이 쓴 '신소설'이 인기를 끌었음에도 불구하고[37] 이상춘과 같이 근대 단편 창작의 길로 나아가지는 않은 것 같다. 이상춘이 『매일신보』를 거쳐 『청춘』으로 지면을 옮긴 데 비해, 김성진은 여전히 『매일신보』에서 문필 활동을 지속한다.[38] 김성진은 『매일신보』로부터 '응모단편소설' 직후 기성작가의 처우를 받은 것으로 판단된다. 김성진은 1912년 5월 3일 마지막 '응모단편소설'인 「雜技者의 藥良(잡기비의 량약)」 발표 후 「乞食女의 自歎(걸식녀의 즈탄)」(1912.6.23)이란 작품을 발표하는데, 이 작품은 '단편소설'란에 실려 있다. 1914년에도 「後悔(후회)」(1914.12.29)가 '단편소설'란에 발표되는데, 이를 통해 『매일신보』가 김성진을 더 이상 응모작의 당선자가 아닌 한 사람의 단편작가로 대우했음을 알 수 있다. 이후 김성진은 「리약이 됴화ᄒ다가 랑퓌」(1915.4.10, 4면)라는 짧은 동화를 발표한 뒤 한시 창작의 길로 들어선다.[39] 단편소설과 '신소설', 한시로 이어지는 창작 편력은 김성진이 신구 교양을 두루 갖춘 당대 청년 지식인임을 짐작하게 한다.

---

35 「김성진씨 장서」, 『매일신보』, 1917.9.9; 「고 김성진씨 장의」, 『매일신보』, 1917.9.13; 한진일, 「근대 단편소설의 형성과정 연구」, 성균관대 박사논문, 2002, 66쪽.

36 김성진이 창작한 '신소설'은 「경세소설 추야월」이란 작품이다. 서지사항은 다음과 같다. 수석청년, 『경세소설 추야월』, 광덕서관, 1913.3.5(초판 발행).

37 다음의 기사가 이를 말해준다. "▲추야월의 호평 광덕서관 급(及) 동양서원에서 목하 발매ᄒ 는 신소설 추야월은 김성진씨가 저술ᄒ얌인디 무한ᄒ 취미가 유(有)ᄒ으로 청구ᄒ는 자가 도지(踏至)ᄒ다더라"('신간소개', 『매일신보』, 1913.3.20).

38 『청춘』에는 김성진의 글이 단 한 편 존재한다. 『청춘』 발행을 축하하는 의미의 다음의 글이 그것이다(수석청년, 「반향」, 『청춘』 3, 1914.12, 140~141쪽).

39 김성진이 발표한 한시는 모두 아홉 편이다. 「동체이색」, 『매일신보』, 1914.10.25; '현대시단', 『매일신보』, 1916.10.15; '현대시단', 『매일신보』, 1916.10.27; '현대시단', 『매일신보』, 1916.11.15. 이 외에 당시 부랑 청년들을 훈계하는 짧은 논설(국한문)이 1편 있다('기서', 수석생 김성진, 「부랑청년에게」, 『매일신보』, 1915.1.8).

그 동안 『매일신보』의 '응모단편소설'에 대해서는 연구자들의 평가가 그리 긍정적이지 못했다. "개인의 게으름, 방탕, 무지, 허욕, 주색잡기 등에 대한 단순한 풍속계몽이나 권선징악의 차원에 머무는 교훈성 일색인 허위의 관념세계를 나타냈다"[40]라는 평가나 "교육 혹은 식산흥업을 방편으로 하는 자강의 실현을 그렸는데 이는 당대 한국인들의 개량적 노력이 오히려 일제에의 정치·경제적 예속의 심화를 가져오고 있다는 사실을 파악하지 못하는 데서 나오는 결과"[41]라는 논의가 대표적이다. 최근의 연구에서도 작품의 내적·외적 형상화의 중요성보다는 식민지 담론을 유포하여 대중독자들을 계몽시키는 역할을 했다는 부정적 평가가 계속 이어지고 있다.[42] 기존 연구에서 공통되는 것은 '응모단편소설'이 지닌 노골적인 계몽성이다. 그 내용이 관념적이며, 총독부 이데올로기 추수로 귀결된다는 것이 공통된 결론이다.

이 같은 기존 연구는 『매일신보』 '응모단편소설'의 여러 본질 중 한 면을 정확히 파악한 것이다. '응모단편소설'이 관념적인 계몽성으로 일관하고 있으며, 총독부 이데올로기를 추수하고 있다는 논의는 결코 틀린 지적이 아니다. 하지만 이를 빌미로 이 시기 '응모단편소설'을 꼭 부정적으로만 볼 필요는 없다고 판단된다. 『매일신보』는 처음부터 계몽성을 염두에 두고 '응모단편소설'을 기획했기 때문이다. 이는 우선 각 작품들의 제목에서도 쉽게 짐작된다. 「破落戶(파락호)」, 「虛榮心(허영심)」, 「손쌔릇ᄒ다 픠가망신을 희」, 「고학생의 셩공(苦學生의 成功)」 등 제목만

---

40 김현실, 『한국 근대단편소설론』, 공동체, 1991, 221~223쪽.
41 양문규, 앞의 책, 127~149쪽 참조.
42 이희정, 「1910년대 『매일신보』 소재 소설 연구」, 경북대 박사논문, 2006, 97쪽.

으로도 그 작품이 어떤 내용의 계몽성을 담고 있는지 금방 알 수 있다.

'단편소설'에서 요구하는 "1행 18자 150행"이라는 조건은 200자 원고지 13~14매 분량에 해당한다. 단편소설이라기보다는 꽁트에 가까운 작품을 모집하고 있는 것이다. 또한 당선 여부 및 등수는 작품 내용의 충실도와 제시된 여러 조건의 준수 여부에 따라 결정되는 것이 상식이다. 모집 요강엔 1등에서 3등까지 선발한다고 했지만, 실제 당선된 작품들은 1등 한 작품(「破落戶(파락호)」, 1912.3.20), 2등 두 작품(「고학싱의 성공(苦學生의 成功)」, 1912.9.3~4; 「제목없음」, 1912.11.3)을 제외하면 모두 3등이다. 그런데 등수에 따른 작품성의 우열이나 분량 등 특별한 변별점은 발견할 수 없다.

'현상모집', '응모단편소설'임에도 작가의 이름과 등수,[43] 제목이 표시되지 않은 작품[44]들이 있다는 점도 놓치지 말아야 할 지점이다. 작가들이 '현상모집'에 응모하는 이유는 당선에 걸린 상금(품)보다도 성취감과 과시에 있으며, 당선은 이의 확인이라 할 수 있다. 이를 고려하면, 등수와 작가명이 표시되지 않은 '응모단편소설'들의 존재는 받아들이기 힘든 면이 있다. 더구나 '응모단편소설'은 투고 작품 수가 많아 경쟁률이 결코 낮지 않았던 부문이다.[45]

이는 '현상응모'-'응모단편소설'의 최우선 목적이 계몽이라는 데에

---

43 등수가 표시되지 않은 작품은 다음과 같다. 「원혼(冤魂)」(1912.9.5~7), 「韓氏家餘慶(한씨가여경)」(1912.10.24~27), 제목없음(1912.11.6), 「情(정)」(1913.2.8~9).

44 제목이 없는 작품의 게재일은 다음과 같다. 1912.7.20 / 1912.8.18 / 1912.8.25 / 1912.10.1 / 1912.10.2~6 / 1912.10.9 / 1912.10.16 / 1912.11.1 / 1912.11.3 / 1912.11.5 / 1912.11.6 / 1912.11.7~8 / 1912.11.9~10 / 1912.11.15~16 / 1913.1.9.

45 이는 '단편소설'에 대한 『매일신보』의 다음과 같은 언급에서 추론할 수 있다. "본사에서 모집ᄒᆞ는 각종 투고 일점(日漸) 증가ᄒᆞ는 중 단편소설이 설편(雪片)과 여(如)히 답지ᄒᆞ니 차(此)는 왕일(往日)의 소무(所無)ᄒᆞ던 사(事)이라"('여묵', 『매일신보』, 1912.11.6).

서 연유하는 문제이다. 『매일신보』는 투고된 작품의 완성도보다는 내용의 충실성에 당선의 최우선 기준을 두었던 것이다. 사실, 기존의 연구에서도 지적하고 있듯이, 이 시기 '응모단편소설'은 작품의 완성도로는 평가 자체가 어려울 정도로 열악한 작품들 일색이다.

또한 '응모단편소설'이 대부분 3면에 위치한다는 것도 간과할 수 없다. 『매일신보』의 3면은 연파기사에 해당하는 지면으로, 주로 사건·사고가 게재되는 곳이다. 『매일신보』는 이 같은 3면에 대해 다음과 같이 언급한 바 있다.

신문의 삼면(三面)은 긔쟈의 자유스샹으로 긔슐ᄒᄂᆫ 것이 안이오 샤회의 만반 샹황을 듯고 보ᄂᆫ 디로 긔지ᄒᄂᆫ 것이니 (…중략…) 그러ᄒᆞ즉 품ᄒᆡᆼ이 단졍ᄒᆞᆫ 쟈ᄂᆫ 샤회샹에 아름다온 일홈을 듯고 품ᄒᆡᆼ이 부졍ᄒᆞᆫ 쟈ᄂᆫ 샤회에셔 춤 밧고 ᄭᅮ짓ᄂᆫ 것이 잇ᄂᆞ니 (…중략…) 비유ᄒᆞ건디 신문은 샤진경(寫眞鏡)과 ᄀᆞᆺ고 긔쟈ᄂᆫ 샤진 빅히ᄂᆫ 사ᄅᆞᆷ과 ᄀᆞᆺ도다 (…중략…) 그런 고로 사ᄅᆞᆷ의 샤진 빅힐 ᄯᅢ에 몸을 엄연히 가지라 ᄒᆞ며 얼골을 텬연히 들나 ᄒᆞ야 이를 써셔 도라단이며 권고ᄒᆞᄂᆫ 것은 ᄉ업의 목뎍이어늘 (…중략…) 긔쟈ᄂᆫ 셰샹 사ᄅᆞᆷ의 허물을 오리도록 싱각에 두지 안이ᄒᆞ고 그 사ᄅᆞᆷ의게 경고(警告)ᄒᆞ야 속히 곳치기를 바라ᄂᆫ 터이라 (…중략…) 셰샹 사ᄅᆞᆷ들은 아모조록 한 가지의 허물도 업기를 바라ᄂᆫ 것이 곳 우리 긔쟈의 목뎍이라 ᄒᆞ노라[46]

한 마디로 정리하면, 3면은 『매일신보』의 계몽의 공간이다. "샤회의 만반 샹황"과 "셰샹 사ᄅᆞᆷ의 허물"을 "샤진"과 같이 "경고"하여 "속히 곳

---

[46] 「신문은 사회의 사진」, 『매일신보』, 1912.4.29.

치기를 바라"는 것이 3면의 취지이다. 따라서 이러한 역할을 수행하는 3면이라는 지면에, "사회의 만반 상황"과 "세상 사람의 허물"과 그를 "경고"하는 내용으로 되어 있는 '응모단편소설'이 게재되는 것은 지극히 당연한 일이 된다. 따라서 기존 연구와 같이, '응모단편소설'을 작품 완성도의 미비와 계몽성을 근거로 부정적 평가를 내릴 필요는 없다고 판단된다. '응모단편소설'은 처음부터 계몽성이 목적이었을 뿐, 작품의 완성도는 애당초 고려 대상이 아니었기 때문이다.

그렇다면 『매일신보』는 '응모단편소설'과 그것의 계몽성을 통해 무엇을 의도한 것일까. '현상응모'와 '응모단편소설'이 독자 확보책의 일환임은 이미 살펴본 바 있다. 결론부터 이야기하면, '응모단편소설'은 당시의 청년학생·지식층 독자를 확보하기 위한 기획이다.[47] 앞서 살펴본 이진석, 이상춘, 김성진 등의 작가 이력도 이에 대한 중요한 참고 사항의 하나이다. 따라서 '응모단편소설'의 계몽성은 곧 청년층이나 학생층을 향한 "경고"가 된다. 작품 분석에서 살펴보겠지만, '응모단편소설'은 거의 대부분의 작품이 당시 청년층이나 학생층의 이야기를 다루고 있다. 등장인물들이 대부분 청년이나 학생이며, 이들이 당대 사회 현실에서 겪는 "만반 상황"에 대한 것이 작품의 주 내용이다.

'응모단편소설'은 인물 형상화의 내용과 성격을 기준으로 크게 세 유형으로 나눌 수 있다. 첫 번째는 악습에 빠져 몰락하는 인물들을 형상화한 유형이며, 두 번째는 몰락한 인물들이 회개하고 새 사람으로 거

---

47 '응모단편소설'이 학생층이나 지식인을 신문의 독자로 흡입해낸다는 기획임은 김재영에 의해 이미 지적된 바 있다. 김재영은 독자뿐만 아니라 신문의 필자까지 확보하려 한 기획으로 파악한다(김재영, 「1910년대 '소설' 개념의 추이와 매체의 상관성」, 『한국 근대 서사양식의 발생 및 전개와 매체의 역할』, 소명출판, 2005, 248쪽).

번호	제목	날짜
1	破落戶(파락호)	1912.3.20.
2	虛榮心(허영심)	1912.4.5.
3	守錢奴(슈전로)	1912.4.14.
4	雜技者의 藥良(잡기비의 량약)	1912.5.3.
5	(제목없음)	1912.7.20.
6	청년의 거울(靑年鑑)	1912.8.10~11.
7	(제목없음)	1912.8.25.

듭난다는 유형이다. 마지막 세 번째는 고난을 극복하고 성공하는 인물들을 그린 유형이다.[48]

위의 〈표 12〉는 첫 번째 유형에 해당하는 작품들이다. 「청년의 거울(靑年鑑)」은 양반층, 중류층, 하층 청년들의 타락과 몰락을 그린 작품이다. 이 작품의 주인공 세 명의 친구는 각각 세력과 금전이 당당한 민판서 아들과 중류 계급의 "김발광", 아주 가난한 "박총지"이다. 작가는 상중하 각 계급의 청년들을 상징하는 인물들을 모두 등장시켜 계급별 청년들의 타락을 고발한다. 이들은 모두 스물이 갓 넘은 청년들이다. 또한 지위와 재산에 관계없이 모두 방탕과 타락의 결과 몰락한 인물들이기도 하다. 소설은 이들 친구 세 명이 "료리집"에 모여 신세 한탄과 후회 끝에 "쎄스톨(六穴砲)" 자살을 암시하는 장면으로 끝이 난다. 이들의 신세 한탄과 후회는 모두 과거의 타락과 방탕에서 비롯된 것이다. 민판서 자제는 아주 남루한 옷을 입고 있으며, 박총재는 빚으로 인해

---

48 한진일, 「근대 단편소설의 형성과정 연구」, 성균관대 박사논문, 2002, 78~81쪽. 이후 세 유형으로의 작품 분류도 한진일의 논의를 참조했음을 미리 밝혀둔다.

어딘가 피신했다 돌아와 부인의 옷을 잡혀 간신히 돈을 마련한 상태이다. 김발광도 이들과 사정이 크게 다르지 않다. 이들의 대화는 "졔어미 졔아비 가슴 좀 틔여쥬어 본 놈이 안이면 도뎌히 알아드를 수 업"다고 한다. 이들은 우연히 길에서 만나 박총재의 마누라 치마 잡힌 돈으로 요리집에 들어가 그 동안 지내온 신세 한탄과 후회를 토로한다.

여보게 내가 쳐디 쟈랑이 안이라 즈네들 아는 바와 갓치 조샹 유업으로 루디 공경의 반벌이 남만 못훈가 지산이 남만 못훈가 부모의 귀염을 남만치 못 밧엇나 내가 왼만치만 졍신을 좀 차렷셔도 우흐로 량친이 깃버후셧슬 터이오 무슨 슈업이던지 즈본 업는 걱정은 업셧슬 터이니 이 샤회에 내 일홈이 엇더케 놉핫슬는지도 모를 것인디 에구 무슨 악마가 들넛던지 쥬식쟝의 츄훈 오락으로 나의 일평싱 슈업으로 알앗네그려 그 동안 방탕히 지닌 일 지금 입에 다시 올니기도 더러워 못후겟네 그 슌々훈신 부모의 효유도 안이 듯고 그 친졀훈 친구의 권고도 반디후고 그 밍렬훈 샤회의 공박도 우슈히 넉이고 일향 그 모양으로 지니던 결과로 오늘날 부모가 날로 후여 셩화로 지니시다가 인히 울화ㅅ병으로 련겁허 하셰후셧스니 텬디간에 이런 죄인이 엇의 잇겟나 그 뿐 안이라 셰샹 사름은 모다 우리 부모가 나로 후야 즈쳐후셧다는 소문ㅅ지 나셔 빅일지하에 얼골도 들 슈 업는 놈이 되엿네그려 지금 와셔는 지산이나 명예의 망후고 타락훈 것은 오히려 둘ㅅ지일셰 폐일언후고 아모리 싱각후야도 죽을 ㅅㅅ즈 한 즈 뿐일셰[49]

민판서 자제의 신세 한탄과 후회이다. 바로 이어서 박총재와 김발광의 후회와 한탄이 계속되는데, 그 내용은 민판서 자제와 거의 일치한

---

49 '응모단편소설', 김광순, 「쳥년의 거울(靑年鑑)」, 『매일신보』, 1912.8.11.

다. 이들 타락의 원인은 "쥬식장의 츄훈 오락"이다. 부모의 가르침과 친구의 권고, 사회의 비판도 듣지 않고 방탕히 지낸 결과 부모는 물론 사회의 신용까지 잃고 말았다. 이 같은 신세 한탄과 후회 후 이들은 일제히 주머니 속에서 권총을 꺼내 "죽자 죽어 우리 갓흔 놈들은 죽어야야지"라는 마지막 말을 남긴다. 이곳에서 작품이 끝나 정확한 결말은 알 수 없지만, 작가의 "마지막 말"이란 언급을 통해 이들의 최후 선택이 자살이었음을 추측할 수 있다. 이들이 후회와 한탄 끝에 자살한다는 설정은 사건 진행의 필연성이 떨어져 매우 부자연스럽다. 하지만, 작가가 이 소설을 통해 누구에게 무엇을 말하고자 하는 것은 명확하다. 주인공들과 같은 당대 청년들에게 방탕의 폐해와 그로 인한 몰락을 경고함으로써 그들로 하여금 각성과 주의를 촉구한 작품인 것이다.

다음 쪽의 〈표 13〉은 두 번째 유형에 해당하는 작품들이다. 「悔改(회기)」는 아편으로 인해 몰락한 인물이 회개하여 잘 살게 되었다는 내용을 다루고 있다. 이 작품의 주인공은 "유참셔의 ᄋ돌 유진사"와 "유진사의 친구 신국장"으로 모두 양반의 후예이다. 유진사는 아무 어려움 없이 매우 풍족하게 살던 인물이다. 하지만 현재는 아내까지 팔아먹은 홀아비 신세로 전락해 있다. 친구 신국장도 마찬가지이다. 이들이 이같이 몰락한 원인은 "몹슬 아편을 먹기로 큰 스업"을 삼은 까닭이다. 엄동설한 깊은 밤에 혼자 추위에 떨고 있는 유진사에게 걸인 모양의 친구 신국장이 종이 한 장을 들고 찾아온다. 이 종이는 동사한 걸인이 손에 쥐고 있던 것이다.

이 사롬은 이 셰상에 아편 먹는 사람에게 증계(懲戒)ᄒ야 혈셔로써 이 사롬의

<표 13> 두 번째 유형 —몰락한 인물들이 회개하고 새사람으로 거듭남

번호	제목	날짜
1	山人의 感秋	1912. 4. 27.
2	허욕심(虛慾心)	1912. 5. 2.
3	진남ㅇ(眞男兒)	1912. 7. 18.
4	섬진요마(殲盡妖魔)	1912. 8. 29.
5	픽자의 회감(悖子의 回感)	1912. 9. 25.
6	(제목없음)	1912. 10. 1.
7	(제목없음)	1912. 10. 2~6.
8	(제목없음)	1912. 11. 7~8.
9	悔改(회기)	1912. 12. 28~29.

힝젹(行蹟)과 그 나죵 결과(結果)를 들어 자셰 격노니 아편 먹는 여러 분들은 이
것을 혼 번식 명심(銘心)ㅎ야 볼 지어다 임모의 혈서 이 사롬이 쳐디 쟈랑이 안이
라 여러 분들 아는 바와 곳치 죳샹 유업으로 루더 공경의 반벌이 남만 못혼가 지
산이 남만 못혼가 부모의 귀염을 남만치 못 밧앗나 니가 웬만치만 졍신을 차렷셔
도 우으로 량친이 깃버ㅎ셧슬 터이오 무슨 ᄉ업이던지 ᄌ본 업는 걱졍은 업셧슬
터이니 이 샤회에 니 일홈이 엇더케 놉핫슬는 지도 모를 것인디 에그 무슨 악마가
들엇던지 이 몹슬 아편 먹기로 나의 일평싱 ᄉ업을 삼아 이 츄혼 오락으로 그 동
안 방탕히 지닌 일이 지금 입에 다시 올니기도 더러워 말 못ㅎ겟노이다 그 슌々ㅎ
신 부모의 효유도 안이 듯고 그 친졀혼 친구의 권고도 반디ㅎ고 그 밍렬혼 샤회의
공박도 우슈히 녁이고 일향 그 모양으로 지닌던 결과로 오늘날 부모가 나로 인ㅎ
야 셩화로 지닌시다가 인히 울화ᄉ병으로 련겹허 하셰ㅎ셧스니 텬디 안에 이런
죄인이 엇의 잇스리오 그 쑨 안이라 셰상 사롬은 모다 우리 부모가 날로 인ㅎ야
ᄌ쳐ㅎ셧다는 소문까지 나셔 빅일지하에 얼골도 들 슈 업는 놈이 되얏소이다 지
금 와셔는 지산이나 명예에 명ㅎ고 타락혼 것은 오히려 둘ᄉ지이올시다 폐일언

ᄒ고 아모리 싱각ᄒ야도 죽을 슈밧게 업슴으로 죽노이다 이 죽는 것은 니가 죽는 것이 안이라 하ᄂᆞᆯ이 미워 녁이샤 텬죄(天罪)로 죽는 줄로 싱각ᄒ노이다[50]

우선, 앞서 분석한 「청년의 거울(青年鑑)」에서 본 민판서 자제의 말과 그 구조 및 내용이 같아 매우 흥미롭다. 민판서 자제를 몰락케 한 "쥬식 쟝의 츄흥 오락"이 "몹슬 아편"으로 바뀌어 있을 뿐이다. 신국장이 주 워온 종이에는 "임모의 혈셔"라는 제목이 부기되어 있다. 이 혈서를 본 유진사와 신국장은 마음을 고쳐먹고 다시는 아편을 하지 않을 것을 맹 세한다. 이후 열심히 일해 의식 걱정 없이 한 평생을 지냈다는 후일담 과 함께 끝을 맺는다. 신국장이 "임모의 혈셔"를 얻는 과정이나 그 내 용 등은 이야기 전개상 부자연스럽기 짝이 없다. 하지만 메모와 그 메 시지는 부자연스러운 만큼 오히려 강력하게 제시된다. "임모의 혈셔" 는 유진사와 신국장 등 작품 속 인물들뿐만이 아닌 이 작품과 신문을 읽는 독자들을 향한 것이기도 하다. 또한 회개와 노동으로 제시된 쇄 신의 방법도 마찬가지이다. 작가와 『매일신보』는 아편을 즐기는 당시 부랑청년들에게 아편의 폐해를 경고하고 회개와 노동을 통해 쇄신된 삶을 살 것을 촉구하고 있는 것이다.

세 번째 유형의 작품은 다음 쪽의 〈표 14〉와 같다.

「고진감내(苦盡甘來)」는 제목이 시사하듯, 고아로 자란 청년이 우연 한 선행을 계기로 열심히 일하고 공부하여 결국 성공한다는 내용의 작 품이다. 이름이 제시되지 않은 15~16세의 어떤 "도령"은 고아로 외삼 촌집에 살고 있다. 하지만 외숙모의 학대를 견디다 못해 다음과 같은

---

50 '응모단편소설', 이흥손, 「悔改(회기)(속)」, 『매일신보』, 1912.12.29.

〈표 14〉 세 번째 유형 — 고난을 극복하고 성공하는 인물

번호	제목	날짜
1	고학싱의 성공(苦學生의 成功)	1912.9.3~4.
2	(제목없음)	1912.10.9.
3	(제목없음)	1912.11.3.
4	(제목없음)	1912.11.9~10.
5	고진감내(苦盡甘來)	1912.12.26~27.

마음을 먹고 외삼촌 집에서 가출한다.

> 청춘이 한 번 가면 두 번 오지 못ᄒ고 인싱이 한 번 죽어지면 두 번 살지 못ᄒ
> 거던 이 니 몸은 엇지ᄒ야이 ᄀᆺ치 쳔흐고 오냐 무졍훈 셰월을 허숑치 말고 촌음
> 을 시경ᄒ야 힘써 보리라 일년지계ᄂ 지어츈이오 일싱지계ᄂ 지어쳥춘(一年之
> 計ᄂ 在於春 一生之計ᄂ 在於青春)이라 ᄒ니 나폴에온의 알프쓰산을 넘어가든
> 용밍과 콜엄버스의 아부리ᄭᅡ를 발견ᄒ든 인내로 졍신을 가다듬어 힘써 공부를
> ᄒ고 열심으로 버럿스면 나도 강ᄒ고 나도 부ᄒ리라[51]

우선 "나폴에온", "콜엄버스"라는 단어 및 한시 구절은 '응모단편소설'의 작자와 독자가 지식청년층임을 암시한다. 이 청년은 "나폴에온"과 "콜엄버스" 같은 정신으로 열심히 일하고 공부하여 성공할 것을 결심하고 있다. 이러한 결심 하에 가출한 뒤 우연히 돈이 들어 있는 지갑을 주운 뒤 임자를 찾아 돌려준다. 지갑 임자는 지갑을 찾아준 주인공의 청렴함과 정직함을 크게 칭찬한 뒤 다음과 같이 충고한다.

---

[51] '응모단편소설', 김정진, 「고진감내(苦盡甘來)」, 『매일신보』, 1912.12.26.

이것이 약쇼후나 젹음을 혐의치 말고 벗어셔 학비에 보용후라 사롬이라는 것
은 학문이 업스면 우리 인류 샤회에 활동을 못후고 쏘훈 국민의 즈격을 힝치 못
홀 지니 부디 공부를 힘써 후야 국가의 동량을 지으라[52]

"금화 오원"을 받은 주인공은 야학을 하며 열심히 장사하여 불과 몇
년 만에 "대샹업가"로 성공한다. 이 작품에서 강조되는 것은 고난과 역
경 극복에 대한 의지 및 인내와 교육의 중요함이다. 하지만 교육을 강
조하는 곳에는 심각한 문제가 내재되어 있다. 즉 "국민의 즈격"이나
"국가의 동량"이라는 말에서 이 작품을 비롯한 '응모단편소설'의 계몽
성의 본질이 숨어 있기 때문이다. "나폴에온"과 "콜엄버스"와 같은 용
기와 의지를 가질 것과 열심히 공부하여 국가의 동량이 되어야 한다는
것이 이 작품의 주제라고 할 수 있다. 이 같은 용기와 의지, 교육은 결
국 총독부 이데올로기의 긍정과 추수로 이어지는데, 이는 동시에 '응
모단편소설'의 계몽성에 심각한 문제가 있음을 강하게 시사한다.

이상으로 '응모단편소설'을 세 유형으로 분류하고 구체적 작품 분석
을 통해 각각의 유형을 살펴보았다. '응모단편소설'은 당대의 청년학
생들을 대상으로 한 기획이라고 할 수 있다. 작품 분석을 통해 드러났
듯이, '응모단편소설'은 그 유형을 물론하고 당대 청년들을 등장인물로
설정하여 그들의 이야기를 다루고 있다. 청년학생의 문제는 같은 청년
학생들이 가장 잘 아는 바, '응모단편소설'의 작가층이 청년학생이라는
점은 '응모단편소설'이 가진 계몽성과 그 정당성을 더욱 강화시키는 촉
매로 작용한다.[53] 결국 당대 청년학생들에게 새로운 읽을거리를 제공

---

52 '응모단편소설', 김정진, 「고진감내(苦盡甘來)(속)」, 『매일신보』, 1912.12.27.

하면서 그들을 『매일신보』의 독자로 확보하려는 전략의 하나로 선택된 것이 '현상응모'와 '응모단편소설'이었던 것이다. 『매일신보』가 제공한 '새로운 읽을거리'의 내용은 재미나 흥미보다는 계몽적 요소가 압도적으로 강하다. '응모단편소설'이 가진 계몽성은 첫째, 둘째 유형과 같은 풍속 개량에 대한 것과 세 번째 유형과 같은 총독부 이데올로기 추수라는 두 가지로 나눌 수 있다. 『매일신보』는 '응모단편소설'을 통해 청년학생층을 독자로 확보하면서 그들에게 풍속적 차원의 계몽과 총독부 이데올로기의 간접적 선전을 꾀하고자 했던 것이다.[54]

(2) 단편소설의 의의

1910년대 전반기 『매일신보』의 '응모단편소설'에 위와 같이 부정적인 면만 존재하는 것은 물론 아니다. 이 시기 '응모단편소설'이 지닌 (문학사적) 의의는 크게 두 가지로 정리할 수 있다. 그 첫 번째는 '단편소설'이란 양식명의 일반화이다.[55] 1910년대 『매일신보』는 '응모단편소설'을 비롯해 총 55편의 단편소설을 게재한다. 강제병합 이전에도 '단편소설'이란 양식이 없었던 것은 아니지만,[56] 강제병합 이후 『매일신보』가 대량의

---

53 양문규는 『매일신보』 '응모단편소설'의 작가의 계층적 성격을 "소부르주아적 지식인 계층"으로 정리하는데, 그 대표적 인물로 이상춘을 들고 있다(양문규, 앞의 책, 134~135쪽 참조).

54 다음과 같은 양문규의 언급도 『매일신보』의 '응모단편소설'의 독자와 계몽성을 이해하는 데에 많은 참조가 된다. "백대진의 작품은 이 시기(1910년대―인용자) 새롭게 등장한 학생 계층 및 신여성의 타락상을 경고하는 내용과 이와 관련되어 신세태를 풍자, 비판하는 이른바 '풍속교화'의 소설이 주류를 이룬다. 그리고 간혹 그러한 작품들 중에는 타락한 불량 청년들과는 대조적으로 입지전적 인물을 배치하여 계몽의 메시지를 전달하기도 한다 (…중략…) 이러한 백대진의 작품들은 『매일신보』 초기 "응모 단편소설"난에 게재된 아마추어 작가들의 계몽조의 작품들과 동일한 성격을 갖고 있다."(양문규, 「1910년대 잡지와 근대단편소설의 형성」, 『한국 근대 서사양식의 발생 및 전개와 매체의 역할』, 소명출판, 2005, 173쪽).

55 김재영, 「1910년대 '소설' 개념의 추이와 매체의 상관성」, 『한국 근대 서사양식의 발생 및 전개와 매체의 역할』, 소명출판, 2005, 248~249쪽 참조.

작품을 게재하면서 '단편소설'이라는 양식명이 본격적으로 사용되기 시작했다. 1910년 강제병합 이전 서사 자료에서는 『만세보』에서 두 차례,[57] 『대한민보』에서 세 차례[58] 등 모두 다섯 차례밖에 사용되지 않아, 당시로선 '단편' 또는 '단편소설'이라는 양식명이 아직 일반화된 상태가 아니었다. 또한 『매일신보』와 동시기 자료인 『천도교회월보』[59]와 『조선불교월보』[60]에서 각각 여섯 차례, 한 차례 사용되고 있지만, 그 횟수는 물론 이들은 독자가 극히 제한된 종교잡지에 게재되었다는 커다란 한계가 있다. 1910년대 중후반 『청춘』이나 『반도시론』 등에 발표되는 근대 단편소설은 1910년대 초반 『매일신보』의 '응모단편소설' 및 '사회의 백면' 등에 힘입어 본격화될 수 있었다고 판단된다. 다시 말해, 1910년대 중후반 신지식층들에 의해 본격화되는 '단편소설'은 『매일신보』 '응모단편소설' 및 '사회의 백면' 등을 토대로 하여 가능했던 것이다.

둘째, 근대 단편소설 문체 성립에 있어 일종의 토대 역할을 수행했다는 점이다. 1910년대 전반기 『매일신보』의 '응모단편소설'과 '사회의 백면' 등의 단편소설들은, 1910년대 중후반 본격화되는 양건식과 백대진 등의 신지식층 근대 단편소설에 있어 중요한 소설사적 토대로 기능한

---

56 근대계몽기 '단편소설'의 쓰임새와 개념, 문학사적 의의에 대해서는 다음의 연구를 참고할 수 있다. 김영민, 「1910년대 신문의 역할과 근대소설의 정착 과정」, 『한국 근대 서사양식의 발생 및 전개와 매체의 역할』, 소명출판, 2005, 143~145쪽.

57 제목없음(1906.7.3~4), 「백옥신년」(1907.1.1) 『만세보』 소설란에 실린 첫 작품 「단편」은 양식명으로 보아야 한다. 따라서 이 자료는 제목이 표시되지 않은 자료에 속한다(김영민, 「1910년대 신문의 역할과 근대소설의 정착 과정」, 『한국 근대 서사양식의 발생 및 전개와 매체의 역할』, 소명출판, 2005, 144쪽).

58 「화수」(1909.6.2~13), 「화세계」(1910.1.1), 「상린서봉」(1910.6.2).

59 「모란봉」(1910.8), 「해당화하몽천옹」(1910.9), 「가련홍」(1910.11), 「감추풍별정우」(1910.12), 「제목없음」(1911.2), 「일성천계」(1912.1).

60 「심춘」(1912.2).

다.[61] 이러한 '소설사적 토대'는 주로 서술적·형식적 측면에서 찾아볼 수 있다. 소설 작품은 크게 내용과 형식으로 나눌 수 있다. 형식은 내용을 담는 일종의 그릇 역할을 한다. 한국의 근대 단편소설은 내용을 담는 그릇, 즉 형식적 측면에서 먼저 근대적 특성이 나타나기 시작한다.

김동인은 자신의 『창조』 시절을 회고하는 글에서 다음과 같이 자신의 공적을 치켜올린다.

우선 문장의 구어(口語)화였다. 『창조』 이전에도 소설은 대개 구어체로 써어지기는 하였다. 그러나 그 『구어』라는 것이 아직 문어(文語)체가 적지 않게 섞이어 있는 것으로서 『여사여사 하리라』 『하니라』 『이러라』 『하도다』 등은 구어체로 여기고 그 이상 더 구어체화 할 수는 없는 것으로 여기었다. 신문학의 개척자인 춘원 리광수의 소설을 볼 지라도 『창조』가 구어체 순화(純化)의 봉화를 들기 이전(一九一九년 이전)의 작품들을 보자면 (『무정』이며 『개척자』 등) 역시 『이러라』 『하더라』 『하노라』가 적지 않게 사용되었고 그 이상으로 구어체화 할 수는 없다고 여긴 모양이었다. 『창조』에서 비로소 소설 용어의 순구어체가 실행되었다. 『구어체화』와 동시에 『과거사』를 소설 용어로 채택한 것도 창조였다. 모든 사물의 형용에 있어서 이를 독자의 머리에 실감적으로 부어 넣기 위해서는 『현재사』보다 『과거사』가 더 유효하고 힘 있다 (…중략…) 『창조』를 중축으로 『창조』 이전의 소설을 보자면 그 옛날 한문소설은 물논이요 리인직 (李人稙)이며 리광수의 것도 모두 『현재사』를 사용하였지 『과거사』를 쓰지 않

---

61 한진일이 이 시기 『매일신보』 '응모단편소설'이 근대 단편의 자양분으로 기능했음을 지적한 바 있다(한진일, 「근대 단편소설의 형성과정 연구」, 성균관대 박사논문, 2002, 81쪽). 하지만 한진일은 소설사적 자양분이 구체적으로 무엇인지에 대해서는 언급하지 않고 있다. 또한 그의 논의에는 '사회의 백면'도 전혀 언급되지 않고 있다.

었다. 『창조』 창간호에 게재된 나의 처녀작 『약한 자의 슬픔』에서 비로소 철저한 구어체 과거사가 사용된 것이었다.[62]

김동인 자신이 처음으로 '~이라, ~더라'체 대신 과거형 '~ㅆ다'체를 소설 문장의 종결어미로 사용했다는 주장이다. 여기에서 중요한 것은, 과거형인 '~ㅆ다'체가 근대소설을 나타내는 하나의 지표인 동시에 곧 근대소설의 문체라는 점이다. 또한 김동인의 말을 통해, 한국 근대소설의 문체 변화는 '~더라'체에서 "현재사"로, 다시 "과거사" '~ㅆ다'체로 진행되어 왔음도 확인할 수 있다. 근대적 소설 문장이라 함은 언문일치가 이루어진 구어체 문장을 가리킨다. 근대적 소설 문장은 대화가 아닌 지문을 통해 판단할 수 있다. 대화에서는 이미 '신소설' 시대부터 생생한 구어가 등장인물의 입을 통해 발화되고 있기 때문이다.[63] 사실, 언문일치 문장의 핵심은 소설 지문에 과거형 '~ㅆ다'체가 종결어미로 사용되었느냐 하는 데 있다.[64] 김동인은 자신이 근대적 소설 문장의 최초 개척자·사용자임을 자랑하고 있는 것이다. 하지만, 김동인에 앞서 1910년대 초반 『매일신보』 '응모단편소설'과 '사회의 백면'에서는 이미 "과거사" '~ㅆ다'체가 실험되고 있었다.

---

62 김동인, 「문단 삼십 년의 자최(제1회)」, 『신천지』, 1948.3, 131쪽.
63 '신소설'과 생생한 구어의 사용에 대해서는 다음의 연구를 참고할 수 있다. 양문규, 「이인직 소설의 문체에 관한 연구」, 『한국 근대소설사 연구』, 국학자료원, 1994, 29~55쪽; 양문규, 「근대 전환기 한국소설의 전통과 서구 수용」, 『한국문학논총』 34, 한국문학회, 2003; 양문규, 「1900년대 신문·잡지 미디어와 근대소설의 탄생」, 『한국 근대 서사양식의 발생 및 전개와 매체의 역할』, 소명출판, 2005, 15~27쪽; 양문규, 『한국 근대소설의 구어 전통과 문체 형성』, 소명출판, 2013.
64 "'언문일치'를 운위할 때 관건이 되는 영역이 곧 지문"이라고 지적한 권보드래의 연구는 이 점을 명쾌하게 해명하고 있다(권보드래, 『한국 근대소설의 기원』, 소명출판, 2002, 242쪽).

수만 쳑의 물속은 능히 측량홀 수가 잇지마는 셰샹에 가히 측량치 못홀 것은 오작 한 ᄌ가 못 되는 사롬의 ᄆᆞᆷ이니 슈쳔 돈의 큰 비라도 그 싯는 짐의 한뎡이 잇거니와 오대쥬(五大洲)의 쌍덩이를 실어도 오히려 부족타 ᄒ는 것은 쏘한 사롬의 욕심이라 븍풍한셜 치운 겨울과 오류월 쟝마비에 하로도 궐치 안코 압 남산 미륵 압혜 무릅을 울코 졀훈 뒤에 즁얼ᄯᆞᄯᆞ ᄒ는 사롬은 나히 불과 ᄉ십이 될락말락훈 더 량미간에는 여덟 팔ᄌᆞ로 쥬름살이 잡히고 눈은 가마귀ᄌᆞᆺ치 식검은중에다 또 깁슉이 드러가셔 아모가 보아도 욕심이 굿득ᄒ게 된 임쥬ᄉ라 이 사롬은 본릭 션부형의 은덕으로 죠반셕죽은 념려가 업스나 허욕이 넘우 굉쟝ᄒ야 농공샹간의 직업은 힘쓰지 안이ᄒ고 엇더케 ᄒ면 공즁에셔 항아리 ᄌᆞᆺ흔 금덩어리를 엇어셔 텬하갑부가 되여 볼고 ᄒ는 욕심이 일구월심에 굿치지 안이 ᄒ더니 하로는 식검은 눈을 감엇다 쎳다 ᄒ며 부쟈될 방칙을 싱각ᄒ고 잇더니 홀연히 쥬먹으로 칙상을 쾅 치며[65]

한 거름 것고 도라보며 두 거름 것고 도라보아 차ᄎᆞ 거리가 머러지는 디로 셔로 도라보는 슈효는 졈ᄎᆞ 잦어진다 송쟈는 얼마ᄂᆞ 갓는지 다시 궁금ᄒ야 고기를 돌니여 자긔의 오라버니 가는 편을 바라보니 맛참 뎌편 고기 등송이에 올나 셧다 십리ᄂᆞ 쩌러져 잇스니 소릭도 질너 볼 슈 업고 다만 쎙ᄉᆞ이 바라보기만 ᄒ고 셧는디 그 송츈식이도 고기에 올나셔면셔 고기를 한 번 돌니ᄉᆞ 눈과 눈이 마조 씌엿다 송쟈는 잘 단여오라는 뜻인지 고기를 슉이여 졀을 한 번 ᄒ고 송츈식은 어셔 가라는 뜻인지 손짓을 훈 번 훈다[66]

65 '응모단편소셜', 김진헌, 「허욕심(虛慾心)」, 『매일신보』, 1912. 5. 2.
66 '단편소설', 이상춘, 「情(졍)」, 『매일신보』, 1913. 2. 9.

그 남주는 안히의 괴식을 살펴여봄이 스실을 수미여디는 일이 분명훈지라 홀연 성을 버럭 닐 듯호더니 다시 눙치고 아모 말을 안이혼다 젼일에도 집안에셔 여러 경험이 잇는 지라 안히의 그른 일을 항샹 말훈건만은 아편에 인 박이듯이 녀편네에 쇽에는 무당 판슈가 인이 박이엿다 그런 고로 바른 말은 쳔만 번 말호야도 귀에 들어가지 안이호고 허황훈 무당 판슈의 말은 셩경현젼을 밋닷시 신앙혼다 그 남주는 여러 번 말호얏스나 죵시 곳치지 못호는 고로 다시는 말도 호지 안이호고 눈치만 보며 엇지호면 그 셩품을 곳칠고 호고 연구혼다 그러나 맛당훈 지료를 엇지 못호엿더라 이 날도 그 부인의 말을 들으미 필연 옷을 잡히여 무당이나 그럿치 안이호면 판슈에게로 간 일이 분명훈지라 고기를 기우리고 한참 동안이나 싱각을 호고 잇다[67]

엇그졔꼬지 구셕々々이 싸엿던 눈은 멀니셔 보아도 츄운 싱각이 져졀로 나던 남산의 은쟝식이 어언간 변호여 유록쟝식으로 변호엿다 누르던 잔듸도 유록이 되얏고 입히 쩌러지고 줄거리만 남아 잇던 버드나무 흔닙나무 신이화나무가 모다 유록빗이 되야 잇다 스이스이로는 복사꼿 두견꼿 잉도꼿이 엇던 것은 반쯤 피고 엇던 것은 봉아리가 쏘쥭々々호엿다[68]

김동인의 시도가 최초가 아님을 알 수 있다. '신소설'에서 보이는 '~더라'체의 확연한 감소와 과거형 '~ㅆ다'체 종결어미의 사용을 뚜렷이 확인할 수 있다. 1920년대 근대 단편소설 만큼은 아니지만, 당시 주류이던 '신소설'은 물론 '응모단편소설'의 종결어미와도 뚜렷이 구별된

---

67 '사회의 백면', 「迷信家(미신가)(7)」, 『매일신보』, 1913.3.23.
68 '사회의 백면', 「慇懃者(근은쟈)(1)」, 『매일신보』, 1913.4.15.

다. 현재형과 과거형 종결어미가 등장하기 시작하면서 그 빈도수도 점점 증가하고 있는 것이다. 특히 마지막 인용은 「慇懃者(은근쟈)」란 작품의 가장 첫 부분이다. 이 작품은 과거형 종결어미 '~ㅆ다'의 사용과 문장 길이의 측면에 있어 매우 도발적인 모습을 보여준다. 1913년 4월에 발표된 작품이라고는 믿기 어려울 정도로 근대소설의 문장을 보여주고 있기 때문이다. 물론 이 작품에서 '~ㅆ다'체가 작품 전체에 일관되어 있는 것은 아니다. '~더라'체가 여전히 사용되고 있고, 문장 길이에 있어서도 근대소설이라기보다는 '신소설'에 보다 가깝다. 하지만 분명한 것은 '~더라'체가 사라지고 있는 대신 현재형 '~(ㄴ)다'체와 과거형 '~ㅆ다'체의 사용이 빈번해졌다는 사실이다.[69] 또한 문장 길이가 많이 짧아진 것도 매우 중요하다. 현재형이나 과거형 종결어미가 매우 드물게 눈에 띄었던 시대에서, '~더라'체가 그렇게 되는 단계로 이동하고 있는 것이다.

'~더라'체의 감소는 서술자의 위치가 변화되었으며, 이를 통해 객관묘사의 가능성이 열린 것을 의미한다. 이 점은 특히 '사회의 백면' 작품들을 통해 확인이 가능하다. 근대소설의 화자는 초월적·전지적 서술자가 아니다. 근대소설의 화자는 문면에서 보이지 않는, 등장인물과 객관적 거리를 유지하고 있는 존재이다. 과거형 종결어미 '~ㅆ다'를 사용하게 되면 3인칭이 되어 화자가 사라진다는 지적은 이를 가리킨

---

69 참고로 '사회의 백면'에 실린 「今日의 家庭(요소이 집안)」(1913.1.10~16)와 「迷信家(미신가)」(1913.3.14~4.12), 「慇懃者(은근쟈)」(1913.4.15~5.29) 세 작품의 '지문'에 사용된 종결어미를 분류해보면 다음과 같다. 「今日의 家庭(요소이 집안)」: '~더라'체 50% / 현재형 40% / '~ㅆ다'체 10%, 「迷信家(미신가)」: '~더라'체 17% / 현재형 60% / '~ㅆ다'체 23%, 「慇懃者(은근쟈)」: '~더라'체 13% / 현재형 65% / '~ㅆ다'체 25%.

다.[70] '사회의 백면'란에 있는 일곱 작품들의 특징은 초월적·전지적 서술자가 거의 보이지 않는다는 점에 있다. 「今日의 家庭(요소이 집안)」, 「學生(학싱)」, 「女學生(녀학싱)」, 「花柳巷(화류항)」, 「迷信家(미신가)」, 「慇懃者(은근쟈)」 등은 작가의 개입이나 서술자의 논평 없이 당시의 여러 세태(제목)를 객관적 관찰자의 입장에서 서술하고 있다. 선악에 대한 가치판단은 물론 후일담과 같은 직접 설명도 없다. 대신 인상적인 대화나 장면을 제시함으로써 독자로 하여금 깔끔한 인상을 갖게 한다.[71] "그 부인의 셩은 홍씨니 본러 싀골 틱싱으로 싀골셔 자라서 싀골로 싀집을 왓시니"[72]라든지 "쥬인의 말 써러지기가 밧바셔 넝큼々々ㅎ는 쟈는 누구냐 ㅎ면 셩은 한가요 일홈은 만동이라"[73] 같은 구절과 이 같은 구절 뒤 곧바로 이어지는 인물이나 집안에 대한 내력을 설명해주는 서

---

70 가라타니 고진 외, 송태욱 역, 『근대일본의 비평』, 소명출판, 2002, 94~112쪽 참조.
71 '사회의 백면'에 있는 몇 작품의 끝부분을 예시하면 다음과 같다. "이게 쏘 엇던 놈의 편지냐 너는 어미 말은 무엇이니 々々々々 ㅎ면셔 나물아도 너 혼즈는 츅々이 모혀 단이면셔 이런 못된 짓만 ㅎ늬 이 편지ㅎ 놈은 엇더ㅎ 못된 놈이냐 그리고 즈네는 즁민쟝인가 웨 이런 편지만 가지고 다니나 힝셰를 그리ㅎ지 말게 (녀) 그게 무슨 편지라고 어머니는 그리ㅎ시오 그것이 이른바 즈유결혼(自由結婚)ㅎ는 리샹(理想)의 남편이야요 (아오) 혼쏘니 옷가샹와 시라나이구셰니 고 이비도쏘유-고도와 시라마션네-호々々々 (완)"(「女學生(녀학싱)」(4), 『매일신보』, 1913.2.1). "아 요것이 스젼이야 요런 스젼도 더러 잇나 이번에도 네가 안이 쇽앗슷가」ㅎ며 족기에 너흐려 ㅎ다 계월이는 방글방글ㅎ며 「그러나 돈이나 자셔히 셰여보시요 오십 원이 못 될 터이니 나도 그 의심이 잇셔셔 십 원은 쩨엿소 그 동안 밧아두엇든 삭이나 밧아야지요」 그 쇼년은 쌀々 우스며 「이런 졔 긔여히 일기 녀즈에게 쇽고 만단 말인가 에기 요망ㅎ 것」ㅎ여 셔로 웃고 일어션다 (완)"(「花柳巷(화류항)」(15), 『매일신보』, 1913.3.13). "「아이고 실소 졍말 그러면 ㅎ 번이나 쇽지 두 번식 쇽겟소 아무러튼지 우리 나으리만 난봉이 나으시면 그만이지 치셩은 히셔 무엇ㅎ게요 우리 나으리가 일샹 말숨이 무당이라 판슈라 졀이라 ㅎ는 것은 모다 사롭의 눈과 귀를 속이는 물건이니 당초에 밋지 말나고 ㅎ시는 것을 녀편네의 소스러운 ᄆ음으로 그리도 셜마 그러ㅎ랴 ㅎ얏구료 인졔는 나도 다 알앗소」로파는 그 말을 듯고 긔가 막히여 「인졔는 셰샹이 약어져셔 이 노릇도 못ㅎ먹겟네 그려 허々々々」(완)"(「迷信家(미신가)」(18), 『매일신보』, 1913.4.12).
72 「소학령」 2회(1912.5.3).
73 '응모단편소설', 계동빈, 「졔목없음」, 『매일신보』, 1913.1.9.

술자의 존재가 사라진 것이다.

이러한 변화는 문장의 길이 축소 및 문체의 변화와 관련이 있다. 확연히 짧아지고 분절된 문장과 '~더라'체 종결어미의 감소가 주 원인이다. '~더라'체의 우위에서 서술자는 모든 일을 이미 알고 있는 존재이다. 여기서 서술자는 일종의 집합적 화자, 즉 집단적 경험의 축적을 기반으로 하고 있는 설화적 세계의 존재이다. 서술자는 시공간의 제약을 받는 구체적 존재가 아니라 모든 시공간에 편재해 있는 집합적 주체인 것이다.[74] '~더라'체의 '~더~'는 시제와 관련지을 수 없고, 화자의 발화시점보다 앞선 시점에서 경험한 주체의 동작 및 성질, 상태를 회상하여 상대방에게 설명하는 기능을 갖고 있다.[75] 이는 '~더라'체 종결어미가 초월적 서술자와 호응하는 문체임을 말해준다.

하지만 1913년에 접어들면서 '~더라'체의 우위와 초월적・전지적 서술자의 존재가 눈에 띄게 사라진다. 시공간적 제약을 받지 않는 집합적 주체의 균열과 '지금 여기'의 문제를 서술할 수 있는 토대의 마련이 동시 시작・진행되고 있는 것이다. '사회의 백면'의 서술자는, 모든 것을 주재하는 초월적 존재가 아닌 '현재'의 위치에서 등장인물 및 사건을 '관찰'하고 있다. 이 같은 '~더라'체의 감소는, 서술자가 현재 상황 속의 인물들과 동일 시공간에 존재하며, 그 상황은 현재 진행이므로 등장인물들이 주도하고 서술자는 관찰자의 위치에 머물고 있는 상황을 가리킨다.[76] 근대소설의 중요 지표 중의 하나인 '객관 묘사'는 이

---

74 권보드래, 『한국 근대소설의 기원』, 소명출판, 2002, 237쪽.

75 고영근, 『국어형태론연구』, 서울대 출판부, 1993, 158~190쪽; 권보드래, 『한국 근대소설의 기원』, 소명출판, 2002, 235~255쪽 참조.

76 류준필, 「근대 계몽기 신문 및 소설의 구어 재현 방식과 그 성격」, 『대동문화연구』 44, 성균관

러한 과정과 서술자의 위치가 밑바탕이 되었을 때 비로소 가능해지는 것이다. 따라서 "인생의 일방면을 정(正)ᄒ게 정(精)ᄒ게 묘사ᄒ야 독자의 안전에 작자의 상상 내에 재(在)ᄒ 세계를 여실ᄒ게 역력ᄒ게 개전(開展)ᄒ야 독자로 ᄒ야곰 기(其) 세계 내에 재ᄒ야 실견(實見)ᄒ는 듯ᄒ는 감(感)을 기(起)케 ᄒ는 자"[77]가 소설이라는 정의는 1910년대 전반기 『매일신보』의 단편소설들에까지 그 적용이 가능한 것이다.

과거형 종결어미 '~ᄊ다'체와 집합적·초월적 주체의 소멸은 일종의 반비례 관계이다. 또한 '나'라는 1인칭 출현의 토대가 된다. 과거형 종결어미는 서술자의 존재를 무화시킴으로써 대상과의 객관적 거리를 발생시킨다. 이 객관적 거리는 서술자로 하여금 대상과 접촉하거나 동화됨이 없이 오직 냉정한 관찰을 가능하게 한다.[78] 이렇게 관찰당하는 대상의 발생은 동시에 관찰하는 주체, 즉 '나'라는 주체의 발생을 그 전제로 한다. 과거형 종결어미가 사용된 근대 단편소설이 '자아의 문제'를 다루고 있다는 것은 이러한 맥락에서 비롯된 것이다.

1910년대 전반기 '응모단편소설'이나 '사회의 백면' 등에서 '나'라는 주체가 완성된 것은 물론 아니다. 하지만 그 토대가 마련되고 있음은 틀림없는 사실이다. "집단의 문학"으로부터 "개인의 문학"으로 나아가는 것이 한국 근대소설사의 도정임을 고려하면,[79] 1910년대 전반기 『매일신보』의 단편소설들은 그 과도기에 위치한다. 이 같은 과도기적

대 대동문화연구원, 2003, 237쪽.

77 동경에서 춘원생, 「문학이란 하오(5)」, 『매일신보』, 1916.11.17.

78 이경훈, 「무정의 패션」, 『민족문학사연구』 18, 민족문학사학회, 2001, 334쪽 참조. 이경훈은 이러한 거리를 가능케 하는 과거형 '~ᄊ다'체를 "한국 소설의 창틀에 끼워진 근대적 유리"라고 한다.

79 한기형은 이를 "집단적 자아"와 "개체적 자아"의 관계로 파악한다(한기형, 『한국 근대소설사의 시각』, 소명출판, 1999, 290~291쪽 참조).

위치에서 1910년대 전반기 『매일신보』 단편소설이 행하고 있는 근대소설로의 '소설사적 토대'는 종결어미의 문제와 서술자의 존재(위치) 등 형식적인 측면에서 그 모습이 확인된다. 1910년대 중후반 양건식과 백대진·현상윤 등의 신지식층 작가들이 그려내는 인간 내면 심리에 대한 관심은 이러한 1910년대 전반기 『매일신보』 단편소설이 수행한 '소설사적 토대'가 밑받침되었기에 가능했던 것이다.

2. '신소설'에서 일본 가정소설의 번안으로

1) '신소설'의 구축(驅逐)과 조중환 번안소설의 등장

1912년 단행된 『매일신보』의 대대적인 지면 쇄신은 연재소설에도 커다란 변화를 가져왔다. 강제병합 직후인 1910년 10월부터 이해조가 독점해오던 연재소설란이 1912년 7월 일재(一齋) 조중환(趙重桓)의 등장과 함께 이해조와 조중환 2인 중심 체제로 재편되는 것이다. 조중환의 등장은 '신소설'의 퇴장과 번안소설의 본격적인 등장을 의미한다. 이해조는 「우중행인」(1913.2.25~5.11)을 끝으로 『매일신보』 소설란에서 완전히 모습을 감추게 된다.[80] 이후 『매일신보』의 연재소설란은 1917년 이광수의 「무정」이 나타나기 전까지 일본이나 서구 소설의 번안물

---

80 이인직도 1913년 6월 3일 「모란봉」 66회를 끝으로 『매일신보』에서 완전히 사라진다.

들이 그 자리를 차지하게 된다.

　조중환과 그의 번안소설들은『매일신보』가 국내외 여러 상황을 면밀히 고려해 내놓은 결과물이다. 우선 1910년대『매일신보』의 실질적인 책임자였던 나카무라의 다음과 같은 회고에 주목할 필요가 있다.

　　언문 신활자가 준비되었기 때문에 14자6단 조판을 14자 12단 조판으로 바꾸는 것이 가능했다 (…중략…)『매일신보』에 언문소설을 게재하게 된 것도 그 후의 일이었다. 최초는 번역소설이었지만 점차 창작소설을 게재하게 되었다. 나아가 삽화도 시작하게 되었다. 그 후 언문소설이 왕성하게 게재되었는데,『매일신보』활자의 개조와 나아가서는 지면의 쇄신이 이를 촉진하게 된 셈이다.[81]

　위 회고 속에 언급된 지면의 쇄신은 1912년의 일이다. 나카무라는 『매일신보』의 소설 연재가 민우식 부인의 글자를 받아 만든 신활자의 주조 이후 가능했다고 회고한다. 나카무라는 활자 개조와 지면 쇄신 이전의 이해조와 그의 작품들에 대해서는 기억하고 있지 못한 듯하다. 나카무라의 회고대로라면,『매일신보』의 "언문소설"은 1912년 지면 개편 이후 "번역소설"로 시작되었으며, 그 첫 작품은「쌍옥루」가 된다. 나카무라의 회고 중 중요한 것은 "번역소설"과 "최초"라는 언급이다.『매일신보』의 실질적 책임자가 작품 수에서도 이해조의 절반밖에 되지 않는 조중환의 "번역소설"과[82] 그것을 "최초"로 기억하고 있다는 사실은 조

81　中村健太郎,『朝鮮生活 50年』, 熊本 : 青潮社, 1969, 58쪽.
82　이해조는 모두 15작품을 1910년대『매일신보』에 연재했다. 조중환은 희곡 〈병자삼인〉을 포함해 모두 일곱 작품이 있다.

중환과 그의 번안소설에 대해 당시『매일신보』의 관심과 기대가 결코 작지 않았음을 말해준다. 동시에, 활자 개조와 지면 쇄신 직후의 첫 소설이 "번역소설"이라는 점은 조중환의 번안소설이『매일신보』의 지면 개편 작업의 일환, 즉 철저한 기획의 산물임을 간접적으로 보여준다. 또한 첫 "번역소설"인「쌍옥루」연재 3회부터 종료 시까지 제목 밑 괄호 안에 위치한 "금전재(禁轉載)"라는 표기도 번안소설이『매일신보』의 시장 예측과 기획에 의한 것임을 보여주는 또 다른 증거이다.[83]

이 같은『매일신보』의 기획과 관심 하에 조중환은 본격적인 소설 번안에 착수한다. 조중환이 1910년대『매일신보』에 발표한 작품은 다음 쪽의 〈표 15〉와 같다.

잘 알려져 있다시피, 이들 조중환의 작품은 일본 명치(明治) 30년대 (1868~1908)에 유행한 일본 가정소설들을 번안한 것이다. 1912년의 지면 개편이 본격적인 총독부 기관지로서의 사명을 다하기 위한 독자 확보책의 일환임은 앞서 살펴본 바 있다. 조중환과 그의 번안소설들은 소설란 쇄신 작업의 일환으로 독자 확보에 최우선 목표가 있었음은 물론이다. 강제병합 직후 이해조의 '신소설'과 판소리 정리 작품은『매일신보』의 특별한 소설 기획이라기보다는 당시 익숙한 서사물을 독자들에게 내놓은 것이라 할 수 있다. 다시 말해『매일신보』는 1912년 지면 개편 작업 이전까지는 당시 가장 익숙한 형태의 서사물들을 택해 오락성을 강화하고 적절한 계몽성을 담아 독자들에게 제공했다. 하지만『매일신보』는 1912년 본격적인 지면 개편을 단행하면서 소설란도 총

---

83 박진영,「일재 조중환과 번안소설의 시대」,『민족문학사연구』26, 민족문학사학회, 2004, 212쪽 참조.

번호	제목	날짜	연재회수	원작
1	쌍옥루(雙玉淚)	1912.7.17~1913.2.4.	151	己ガ罪(1899~1900)
2	장한몽(長恨夢)	1913.5.13~10.1.	119	金色夜叉(1897~1903)
3	국의향(菊의香)	1913.10.2~12.28.	67	
4	단장록(斷腸錄)	1914.1.1~6.10.	116	生さぬ仲(1912~1913)
5	비봉담(飛鳳潭)[84]	1914.7.21~10.28.	65	妾の罪(1899)
6	속편 장한몽(續編 長恨夢)	1915.5.25~12.26.	146[85]	渦巻(1913~1914)

독부 기관지라는 매체의 성격에 보다 부합하는 방향으로 변화를 추진한다. 이 과정에서 『매일신보』가 주목한 것은 이미 전성기가 지난 일본의 가정소설들이었다. 『매일신보』는 일본 가정소설의 번안이 독자들에게 재미있는 읽을거리로 받아들여질 것이며, 이를 통해 독자의 확보 및 증가가 가능하리라 기대했을 것이다. 『매일신보』의 이 같은 일본 가정소설의 번안이라는 기획은 결국 대성공을 거두게 된다.

　「에그머니 나는 몰나 선싱님끠 엿줄테야」 ᄒ며 나히는 열 오륙 세로부터 열 팔구 세신지나 되엿슬 듯ᄒ 녀즈 ᄉ오 인이 의복은 다갓치 검은 초마 져고리에 반겨름도 신고 혹시는 구쓰도 신엇스며 머리는 셔양머리도 ᄒ고 싸어셔 나리고[86]

---

84 이 작품은 최태원에 의해 번안작임이 밝혀졌다(최태원, 「번안이라는 행위와 그 주체」,(2007년도 제4회 와세다대학 조선문화연구회 발표문), 2007).

85 『매일신보』에는 145회라 표기되어 있다. 하지만 22회, 34회, 133회가 잘못 표기되어 있어, 실제 총 연재 횟수는 146회이다. 이 작품도 최태원에 의해 창작이 아닌 번안작임이 밝혀졌다(최태원, 「후일담의 번안―『속편 장한몽』(1915)의 번안과정」, 『한국현대문학회 학술발표회자료집』, 한국현대문학회, 2009).

86 「쌍옥루」 1회(1912.7.17).

첫 번안작품인 「쌍옥루」의 시작 부분이다. 인물의 대사로 시작하고 있는 첫 장면부터 신선하고 파격적인 느낌을 준다.[87] 이 외에도 번안소설들은 그동안 독자들이 접하고 있었던 '신소설'들과 여러 면에서 확연히 이질적인 작품들이다. 우선 '신소설' 서사 구조 파탄의 주요 원인이었던 구성과 분량의 부조화 문제가 잘 짜인 구성에 의해 극복되었다는 점을 지적할 수 있다.[88] 또한 지문과 대사가 명확히 분리되고, 사건의 전개 과정에 따라 문단 배분이 이루어진 점 등도 번안소설에서 새롭게 찾아볼 수 있는 것들이다.[89]

등장인물들도 '신소설'의 전형적인 인물형과는 크게 차이가 난다. '신소설'은 여성 주인공의 고난과 그 극복에 관한 이야기가 대부분을 차지한다. '신소설'의 여성 주인공들은 어디까지나 순수하다. 주인공의 고난은 모두 주위에 있는 악인들에 의해 어쩔 수 없이 겪는 것이며, 그녀들의 정조나 절개는 조금도 훼손되지 않는다.[90] 하지만 번안소설

---

87 대화로 시작하는 파격적인 첫 장면은 '사회의 백면'에서 이미 시도된 바 있다. '사회의 백면'이 형식면에서 확연히 근대적인 모습을 보이고 있음은 앞에서 살펴본 바 있다. 대화로 시작하는 작품은 「女學生(녀학생)」(1913.1.25~2.1)과 「迷信家(미신가)」(1913.3.14~4.12)이다. 첫 부분을 제시하면 각각 다음과 같다. "어머니는 날만 보시면 웨 이리 걱정만 ㅎ셔오- '혼쏘- 니 와다시구시 이야다와-' ㅎ는 일위 녀학성이 한 오십 여셰 된 늙은 부인 압혜 안져셔 고기를 비틀고 치여다보는디"(「女學生(녀학성)(1)」, 『매일신보』, 1913.1.25); "'앗다 여보시오 져긔 잇는 젼닉집은 령ㅎ기도 흡디다 쏙 한 가지 소원만 ㅁ 옴에 먹고 정성을 다ㅎ여셔 츅원을 ㅎ면 뜻디로 다 도아쥬신디' ㅎ며 넌긔는 삼십이 넘엇슬는지 말는지 ㅎ 녀great 삼수인이"(「迷信家(미신가)(1)」, 『매일신보』, 1913.3.14).

88 '신소설'의 구성과 분량의 부조화에 대해서는 한기형에 의해 지적된 바 있다. 한기형은 '신소설'의 분량 확대가 그것을 감당할 만한 창작 능력의 신장을 수반하지 못한 채 이루어졌으며, 이는 '신소설' 작가들이 지녔던 현실에 대한 예술적 파악 능력의 미숙성을 반영하는 문제라고 설명한다(한기형, 『한국 근대소설사의 시각』, 소명출판, 1999, 58~62쪽 참조).

89 박진영, 「일제 조중환과 번안소설의 시대」, 『민족문학사연구』 26, 민족문학사학회, 2004, 222~223쪽 참조.

90 정조가 훼손되는 유일한 예가 있다면 「화의혈」의 선초이다. 전남 장성 채호방의 딸 선초는 기생이다. 그녀는 자기 미모를 탐낸 이시찰의 거짓 결혼에 의해 정조가 유린된다. 하지만 선초는

의 주인공들은 '신소설'과 같이 더 이상 순수하지 않다. 「쌍옥루」의 이경자는 서병삼에 의해 정조를 잃고 임신을 하게 되며 부모 몰래 결혼식까지 올린다. 이후 이경자는 이 같은 과거를 숨긴 채 정욱조와 재혼한다. 「장한몽」의 심순애는 이수일이라는 정혼자가 있음에도 불구하고 김중배에게 출가하며, 정식 남편인 김중배가 아닌 과거의 애인 이수일을 위해 정조를 지킨다. 「국의향」의 강국희는 정혼자였던 이현섭에게 결별당한 후 기생이 되었다가 김용남과 결혼한다. 「단장록」은 전통적인 친모와 계모의 모습을 반대로 그린 작품으로, 친모가 악인으로 등장한다. 「비봉담」의 박화순은 정혼자를 죽인 살인범으로 지목되어 재판까지 받는 인물이다. 이처럼 번안소설의 주인공들은 결점이 있는 인물이며, 이전 '신소설'의 주인공들처럼 완벽하게 순수한 존재가 더 이상 아니다. 이경자나 심순애 등 번안소설의 여성 주인공들에서는 선악의 명료한 구분이 이미 교란되어 있는 것이다.[91] 하지만 주인공들이 가지고 있는 이러한 결점이나 교란된 모습은 번안소설이 독자를 확보하는 강력한 견인력으로 작용한다.

등장인물의 치밀한 심리 묘사도 '신소설'에서는 볼 수 없었던 점으로, 「무정」과 그 이후 소설들을 예비하고 있다. 또한 등장인물들의 신분이나 직업도 '신소설'에 비해 매우 근대적이다. 「쌍옥루」의 서병삼은 의학생(의사)이자 기독교인이며, 이경자도 여학교 출신이다. 「장한몽」의 이

이시찰로부터 "빅년 밍셰"(「화의혈」, 36~37회(1911. 5. 17~18))를 받고 동침을 허락하며, 이것이 모두 이시찰의 거짓이었음을 깨닫고 자살을 선택해 작품에서 퇴장하게 된다(「화의혈」, 44회(1911. 5. 26)).

91 권보드래, 「죄, 눈물, 회개」, 『한국 근대문학 연구』 16, 한국근대문학회, 2007, 16~18쪽 참조. 참고로, 이희정은 조중환 번안소설의 여주인공들이 선한 측면과 악한 측면을 동시에 갖고 있다고 본다(이희정, 「1910년대 『매일신보』 소재 소설 연구」, 경북대 박사논문, 2006, 79쪽).

수일은 학생에서 고리대금업로 변신하며, 김중배는 일본 케이오대학 [慶應義塾] 이재과(理財科) 출신으로 김산은행 평양지점장이다. 「국의향」 의 강국희는 기독교 신자이며, 그녀의 남편이 되는 김용남은 신문배달부 출신이다. 「단장록」의 정준모는 제지회사 사장이며, 곽정현은 일본과 구미 유학 경력이 있는 서양화가이다. 「비봉담」의 박화순은 여학교 출신이며, 임달성은 의사이다. 이 밖에 조중환 번안소설들의 사건이나 배경도 '신소설'과 달리 확연히 근대적이다. 이같이 번안소설은 여러 측면에서 '신소설'과 뚜렷하게 변별되는 자질을 보여준다. 그 동안 '신소설'과 판소리 정리 작품만을 대했던 독자들에게 여러 면에서 확연히 이질적인 조중환의 번안소설들은 꽤 낯설게 다가왔을 것이 틀림없다.

조중환의 번안소설은 신파극으로도 무대에 올려져 커다란 성공을 거두었다. 이는 '신소설' 구축(驅逐)을 더욱 촉진시킨 원인이기도 했다. 그 동안 이 시기 『매일신보』의 번안소설들은 연구대상으로서 거의 주목을 받지 못했으며, 주목되더라도 매우 부정적인 평가가 내려졌던 것이 사실이다.[92] '신소설' 시대를 실질적으로 끝냈으며, 1910년대 공포의 무단통치 하에서 피로해진 민중에게 민족적 허탈감을 달콤하게 달래준 데 불과한 작품이라는 평가가 대표적이다.[93] 그렇다면 왜 『매일신보』는 이미 전성기가 지난 일본의 가정소설들에 주목한 것일까.

---

92 권보드래는 이 시기 번안소설이 주목받지 못했던 이유를 다음과 같이 정리한다. "번역에 의해 성립된 이차적 존재라는 점, 정치·사회적 의미에서의 당대성을 직접 확인하기 어렵다는 점, 서사적으로도 신소설과 「무정」 이후의 신문학 사이에서 그 위상을 가늠하기 쉽지 않다는 점 등이 두루 개입해 있는 까닭으로 판단된다."(권보드래, 「죄, 눈물, 회개」, 『한국 근대문학 연구』 16, 한국근대문학회, 2007, 13쪽).
93 최원식, 「장한몽과 위안으로서의 문학」, 『민족문학의 논리』, 창작과비평사, 1982, 68~86쪽 참조.

2) 조중환 번안소설의 등장 배경

(1) 일본의 선례

조중환 번안소설의 등장 맥락은 원작이 발표된 매체와 그 효과 등 명치 30년대 일본에 대한 여러 상황 파악이 선행되어야 이해가 가능하다. 청일전쟁 후 일본의 소설은 사회의 암흑면으로 눈을 돌리게 된다. 이른바 비참소설, 심각소설, 관념소설류가 일시 성행한다. 이러한 소설은 살인이나 간통, 자살, 광란 등을 주 내용으로 하고 있어, 문학의 도덕적 수준이 낮다는 비난과 함께 여학생에게는 소설 열람을 금지시켜야 한다는 논의를 초래했다. 따라서 이에 대한 반동으로 인생의 광명을 주제로 해야 한다는 글들이 발표되고, 한편으로는 문학 청년층에만 유효한 것이 아닌 보다 광범위한 사회적 소재가 요구되었다. 이같이 문학에 도덕적 요구가 비등해졌을 때 두각을 나타낸 것이 가정소설이다. 대표적 작가로는 키쿠치 유호[菊池幽芳], 토쿠토미 로카[德富蘆花], 나카무라 키치조우[中村吉藏], 야나기카와 순요[柳川春葉] 등이 있으며, 「金色夜叉」(1897~1903), 「不如歸」(1898~1899), 「己が罪」(1899~1900), 「無花果」(1901), 「乳姉妹」(1903), 「生きぬ仲」(1912~1913) 등이 대표적 작품이다.[94]

당시 가정소설의 대표적 작가인 키쿠치 유호는 가정소설에 대해 다음과 같이 말하고 있다.

전체적으로 나는 신문(『大阪每日新聞』-인용자, 이하 같음)에 강담(講談, 야

---

[94] 久松潛一 等編, 『現代日本文學大事典』, 東京 : 明治書院, 1965, 241~242쪽; 瀨沼茂樹, 『近代日本文學の構造』 I, 東京 : 集英社, 1963, 310~311쪽.

담의 일종)을 점차 폐지해야겠다고 생각했다. 이를 위해 이에 대신할 만한 적당한 것을 발견하고 싶었다. 지금의 일반 소설보다는 통속성과 점잖음을 최소로 하고 취미와 품위가 있는 것을 게재하고 싶었다. 단란한 한 가정 속에서 읽히고, 누가 읽어도 이해가 쉬운, 또한 서로 얼굴을 붉히는 일이 없이 가정의 화락함에 보탬이 되고 취미를 조장할 수 있는 것을 써보고 싶다고 생각했다.[95]

　가정의 단란한 분위기 속에서 구성원 누가 읽어도 이해가 쉽고 가정의 화목(락)함에 보탬이 되는 것이 가정소설이다. 당시 요구받고 있었던 도덕성에도 충분히 부합된다. 따라서 가정생활에서 취재한 통속소설이라기보다는 단란한 가정에서 읽기에 적합한 읽을거리가 가정소설인 것이다.[96] 이러한 가정소설의 주 독자는 가정부인, 즉 여성이다. 독자가 가정부인이라는 점은 가정소설이 건전하고 도덕적인 특성을 갖는 결정적 원인이 된다. 독자가 여성이라는 점은 주인공이 모두 여자이며, 그 여주인공의 생애와 경력이 서사의 중심을 이룬다는 점에서도 알 수 있다. 이러한 주인공 여성은 모두 독자의 동정을 크게 자극하는 성격으로 형상화되어 있다. 이것이 가정소설의 핵심이며, 독자가 주로 여성인 이상 이는 당연한 것이 된다.
　카토 타케오加藤武雄는 가정소설의 특징으로 '건전하고 도덕적임', '정서적임', '구원이 있음' 등 크게 세 가지를 거론한다. 이 중 가장 필요

95　菊池清, 「はじがき」, 『乳姉妹』, 東京 : 春陽堂, 1903.
96　加藤武雄, 「家庭小說研究」, 『日本文學講座』 14, 東京 : 改造社, 1933, 53~70쪽; 瀨沼茂樹, 「家庭小說の展開」, 『近代日本文學の構造』 I, 東京 : 集英社, 1963, 309~329쪽. 이후 논의에서 개념, 독자, 특징, 신파극과의 관계 등 일본 가정소설의 전반적인 내용에 대해서는 특별한 언급이 없는 한 이 두 연구를 참고했음을 밝힌다.

하고 중요한 조건이 첫 번째인 '건전하고 도덕적임'이라고 한다. 가정소설의 도덕성은 상식적 의미에서의 도덕성으로 사회가 안심하고 받아들일 수 있는 '지금 여기'의 도덕을 의미한다. 따라서 미래에의 비약은 물론 그로 인한 모험적 요소가 없는 도덕성, 이것이 가정소설이 가진 도덕성의 본질이라는 것이다. 이러한 가정소설은 모두 신문소설이며, 신문 연재 뒤 신파극으로 공연되어 커다란 성공을 거두었다.

이 같은 일본 가정소설에 대한 논의에서 중요한 점은 크게 세 가지이다. 우선 가정소설의 가장 중요한 조건인 도덕성이 절대적 개념이 아닌 상대적 개념이라는 것이다. 가정소설의 도덕이 지금 여기의 도덕이라는 점은 현 시대나 체제에 맞는 도덕을 의미한다. 이는 이 작품들이 「쌍옥루」나 「장한몽」 등으로 번안되었을 때, 독자들이 읽는 '지금 여기'의 도덕과 일치해야 한다는 것 또는 일치된다는 것과 연결된다. 이는 당시가 강제병합 직후이며 게재 매체가 총독부 기관지라는 점, 나아가 독자를 확보하기 위해 본격적인 지면 쇄신의 일환으로 게재된다는 점 등과 부합되는 현실에 맞는 도덕성을 의미한다. 따라서 「쌍옥루」나 「장한몽」 등의 번안소설들에는 이러한 시대적·매체적 조건에 지극히 충실한 도덕성이 구현되어 있을 것이 예상된다.

두 번째는 일본의 가정소설들이 모두 신문에 연재되어 작품이 게재된 신문의 발행 부수를 크게 신장시켰다는 점이다. 이를 단적으로 보여주는 것이 「쌍옥루」의 원전인 키쿠치 유호의 「己が罪」이다. 이 작품은 1899년 8월 17일부터 10월 21일까지 전편이, 1900년 1월 1일부터 5월 20일까지 후편이 각각 『대판매일신문(大阪每日新聞)』에 연재되었다. 키쿠치 유호의 「己が罪」가 연재될 무렵 일본 오사카 지역 신문의 발행

부수는 토쿄를 비롯한 일본의 어떤 지역에 비해서도 압도적이었다. 당시 오사카의 대표적 신문은 『대판조일신문(大阪朝日新聞)』과 『대판매일신문』이었는데, 1898~1903년 이들 신문의 발행 부수는 10만 부 내외였다. 같은 시기 토쿄에서는 1899년 『만조보(万朝報)』가 약 9만 6,000부를 발행하여, 『만조보』만이 오사카의 신문들에 필적할 수 있었다.[97] 여기서 특히 눈길을 끄는 것은 『대판매일신문』이다. 『대판매일신문』은 1889년 1일 발행 부수가 5천 부 정도에 불과해 4만 부를 발행하던 『대판조일신문』의 1/8에 불과했다. 이 신문의 전신은 자유당계 입헌정당의 기관지 『일본입헌정당신문(日本立憲政黨新聞)』으로, 1888년 탈정치를 표방하며 『대판매일신문』으로 개제(改題)한다. 이후 이 신문은 『대판조일신문』과 본격적으로 경쟁하며 지면 개혁에 착수하는데, '통속화노선'을 그 방향으로 설정한다. '통속화노선'은 소설을 중심으로 한 오락 기사를 대폭 강화하는 한편, 한자 사용의 제한, 발음을 기준으로 한 문자의 사용, 언문일치체의 사용, 가정기사의 강화, 고액 상금의 현상소설, 독자인기투표, 스모대회 개최 등을 그 구체적 내용으로 했다. 이 방법은 커다란 성공을 거둔다. 『대판매일신문』은 1898년 발행 부수가 9만 부에 달해 11만 부의 『대판조일신문』에 필적하게 된다.[98] 이후 『대판매일신문』은 꾸준히 성장하여 1911년에 이르면 발행 부수가 32~33만 부에 이르게 된다.[99] 1898년과 비교하면 13년 만에 약 3.5배의 성장세

---

97 山本武利, 『近代日本の新聞讀者層』, 東京 : 法政大學出版局, 1981, 406~410쪽. 한편, 『만조보』가 당시 10만 부 내외의 독자를 확보할 수 있었던 것은 쿠로이와 슈우로쿠(黑岩周六)를 중심으로 한 3면 기사의 힘이라고 한다(伊藤正德, 『新聞五十年史』, 東京 : 鱒書房, 1943, 161~164쪽 참조).

98 金子明雄, 「「家庭小說」と讀むことの帝國」, 『メディア・表象・イデオロギー』, 東京 : 小澤書店, 1997, 134~136쪽 참조.

99 참고로, 같은 시기 토쿄의 최고 발행 부수는 『보지신문(報知新聞)』의 20만 부 내외였으며, 토

를 이루어낸 것이다.

『대판매일신문』의 사세 확장에 크게 기여한 '통속화노선'은 철저한 독자중심주의에 기반해 있다. 여기에서 중요한 점은 키쿠치 유호와 그의 연재소설들이 이 같은 성공에 커다란 공헌을 했다는 것이다.[100] 특히 「己が罪」는 연재 개시와 동시에 독자들의 압도적 지지를 받았으며, 가정의 읽을거리로서 신문연재소설의 규범이 될 정도로 커다란 성공을 거둔 작품이다.[101] 이 작품은 독자투고라는 형태로 대대적인 독자들의 반향을 이끌어냈는데, 이는 당시 잠시 중단된 상태였던 독자투고란인 '낙엽롱(落葉籠)'을 부활시키는 계기가 되기도 했다. 부활된 '낙엽롱'은 한동안 이 작품에 대한 독자 반응으로만 채워졌다고 한다. 이와 같은 대대적인 독자들의 반향은 『대판매일신문』 사세를 크게 신장시켰음을 의미한다.[102] 「己が罪」의 연재와 신문 사세의 확장은 비단 「己が罪」와 『대판매일신문』의 관계에만 해당되는 것은 아니다. 「金色夜叉」, 「不如歸」, 「無花果」, 「乳姉妹」, 「生きぬ仲」 등 다른 가정소설들도 또한 신문의 판로를 확장하는 유력한 재료였다.[103]

이 같은 가정소설과 신문 사세의 확장이라는 일본의 상황은 대대적인 지면 쇄신을 통해 본격적인 독자 확보를 준비하고 있던 『매일신보』에게 일종의 역할모델(role model)로 작용했을 것이다. 비교적 짧은 시간에 급

쿠토미 소호의 『국민신문』은 15~17만 부였다(伊藤正德, 『新聞五十年史』, 東京 : 鱒書房, 1943, 198~199쪽).

100 伊藤正德, 『新聞五十年史』, 東京 : 鱒書房, 1943, 170쪽; 瀧口洋, 「菊池幽芳」, 『茨城の文學』, 東京 : 笠間書院, 1975, 35쪽; 眞銅正宏, 『ベストセラーのゆくえ』, 東京 : 翰林書房, 2000, 125~126쪽 참조.
101 金子明雄, 「「家庭小說」と讀むことの帝國」, 『メディア・表象・イデオロギー』, 東京 : 小澤書店, 1997, 136쪽.
102 奧武則, 『大衆新聞と國民國家』, 東京 : 平凡社, 2000, 131~138쪽 참조.
103 眞銅正宏, 『ベストセラーのゆくえ』, 東京 : 翰林書房, 2000, 18쪽.

격한 발행 부수의 신장을 이루어냈고, 이러한 신장이 제국의 수도였던 토쿄에서 발행되던 신문들을 압도했다는 점이, 『매일신보』로 하여금 「己が罪」로 대표되는 신문 연재 가정소설들에 주목하게 한 것이다. 특히 키쿠치 유호의 「己が罪」를 번안한 「쌍옥루」가 첫 번째 번안작품이라는 점은 이러한 『매일신보』의 의도를 상징적으로 보여준다고 할 수 있다. 『매일신보』는 조중환과 「쌍옥루」를 통해 키쿠치 유호와 「己が罪」가 『대판매일신문』에서 수행한 역할과 성과를 똑같이 기대했던 것이다.

세 번째는 가정소설들이 신문 연재 이후 모두 신파극으로 공연되었다는 점이다. 「金色夜叉」, 「不如歸」, 「己が罪」, 「生きぬ仲」 등의 가정소설은 모두 연재 도중이나 직후 신파극으로 상연되어 커다란 성공을 거두었다. 신도 마사히로(眞銅正宏)는 이들 가정소설의 성공 요인을 연극 장르와 관련지어 분석한다. 이들 작품이 베스트셀러가 된 것은 신문 연재를 거쳐 신파극으로 상연되었으며, 작품 내에 연극적 요소가 사용된 데 있다고 한다.[104] 특히 「金色夜叉」, 「不如歸」, 「己が罪」는 이른바 신파극의 "으뜸패[切り札]"라 불렸으며,[105] 「단장록」의 원작인 「生きぬ仲」는 연재 도중 극화되어 연극이 상연된 오사카가 이 작품에 매몰될 정도로 큰 성공을 거둔 작품이라고 한다.[106] 이러한 신파극의 성공이 가정소설의 인기에 기반한 것은 물론이다. 따라서 일본 가정소설의 전성기와 신파극의 전성기가 겹치는 것은 매우 당연한 일이 된다. 가정

---

104 眞銅正宏, 『ベストセラーのゆくえ』, 東京 : 翰林書房, 2000, 14~23쪽 참조. 신도가 말하는 연극적 수법은 등장인물이 간발의 차로 만남이 지연되는 것과 각종 우연성, 드라마틱 아이러니 등이다.
105 片岡良一, 「近代日本の作家と作品」, 『片岡良一著作集』 第五卷, 東京 : 中央公論社, 1979, 106쪽 참조.
106 秋庭太郎, 『日本新劇史』 上, 東京 : 理想社, 1955, 517~518쪽 참조.

소설을 극화한 신파극의 성공은 연극의 관객을 다음 연재소설에 주목하게 하여 자연스럽게 소설의 독자로 만드는 긍정적 선순환의 계기로 작용해 신문 사세의 신장에 크게 공헌했던 것이다.

(2) 신파극의 성행과 신파극화 및 번안 기획의 성공

일본에서의 가정소설의 신파극화와 그 성공은 1910년대 전반기 조선에서도 동일하게 반복된다. 『매일신보』는 이 같은 일본의 상황을 철저히 파악하고 이를 조선에서도 재현하려 했던 것이다. 이는 우선 「쌍옥루」에 대한 『매일신보』의 다음과 같은 연재 예고에서 확인 가능하다.

> 崎絶婉曲흔 新小說 雙玉淚 將來 演劇의 好材料 珍絶! 奇絶! 崎絶! 이것은 일본의 「몸의죄」(己之罪)라 ᄒᆞᆫ 쇼셜을 번역흔 것인티 그 닉용은 나는 티로 ᄶᅵ지 말고 보시면 력ᄉᆞ히 아시려니와 그 취지의 참신흠과 문ᄉᆞ의 완곡흔 것은 일즉 락양의 죠희갑을 오르게 혼 유명흔 쇼셜이라 한 번 보면 무한흔 탄식이 졔졀로 날 지니 타일에 이것을 연극ᄒᆞᄂᆞᆫ 째는 미리 보아 두엇다가 연극을 구경홀 째에 참고홀 가치가 젹지 안이홀 지로다 그러ᄒᆞᆫ즉 본 신보를 구람ᄒᆞᄂᆞᆫ 째에 이 쌍옥루(雙玉淚)는 일호라도 루락지 마시고 호수디로 모아 두더라도 됴흘 지니 가뎡과 학교에 잇는 동포 ᄌᆞ미는 더욱 착미ᄒᆞ시오 이 쇼셜의 닉용이 가뎡과 학계에 자중흔 관계가 잇는 소이로소이다 愛讀! 愛讀! 愛讀![107]

연재 전까지 모두 다섯 번이나 계속된 이 같은 예고는 일본 가정소설의 번안에 대한 『매일신보』의 기대와 관심의 크기를 짐작하게 한다.

---

[107] 『매일신보』, 1912.7.10.

『매일신보』는 아예 처음부터 「쌍옥루」가 창작이 아닌 일본 소설의 번 안작임을 내세우고 있다. 그만큼 일본에서 「己が罪」가 수행한 역할과 거둔 성과에 대해 강한 자신감을 갖고 있었던 것이다. 또한 "장래 연극 의 호재료"라는 말을 통해, 『매일신보』는 처음부터 소설 연재와 함께 연극 상연까지 염두에 두었음을 알 수 있다. "일호라도 루락지 마시고 호수디로 모어 두"라는 당부는 꾸준한 신문 구독과 연극에 대한 정보 제공이라는 이중의 메시지를 담고 있다. 이러한 『매일신보』의 의도는 가정소설의 연극화와 그에서 비롯된 신문의 사세 확장 등 일본의 상황 을 정확히 꿰뚫고 있었기에 가능했던 것이다.

『매일신보』의 이 같은 기획은 당시 조선의 상황까지 면밀히 고려한 결과라고 할 수 있다. 당시 조선에서는 1911년 말부터 신파극이란 연 극이 발생해 큰 인기를 얻고 있었다. 임성구의 혁신단에 의해 1911년 11월 처음 시작된 신파극은 1910년대 전반기를 대표하는 오락거리로 자리매김한다.[108]

中部 罷朝橋 團成社에셔는 近日 各種의 新演劇을 設行ㅎ는디 壯觀의 演劇이 有

ㅎ다 ㅎ야 昌德宮에셔는 日間 該 演劇을 召入ㅎ샤 御觀覽ㅎ신다더라[109]

---

108 임성구가 신파극에 뜻을 두고 극단 혁신단을 만든 것은 1909년이다. 이는 1921년의 임성구의 사망기사에서 확인할 수 있다. 관련 부분을 인용하면 다음과 같다. "열두 희 전에 사동 연흥사 에서 신파 혁신단(革新團)을 만드러 가지고 처음으로 기연하기 시작하야 오늘늘꼬지 온 단쟝 림성구군(林聖九君)은 실상 신파계에는 원죠라 하지 안이치 못하겟다"(「임성구군 영면」, 『매 일신보』, 1921.11.22). 이 외에 다음의 자료도 참고할 수 있다. '예단일백인'(12), 「림성구(林 聖九)」, 『매일신보』, 1914.2.11.

109 「신연극의 입문」, 『매일신보』, 1912.1.6.

중부 亽동 연홍샤에서 셜힝ᄒᄂᆫ 혁신단 연극은 풍속과 긔강에 뎍당ᄒᆫ 지료를 만히 연구ᄒ야 일반의 관람을 젹의케 홈으로 관람쟈가 밤마다 팔구빅 명에 달ᄒ야 쳐소가 심히 협착ᄒ더니 여러 빅 원의 ᄌᆞ본금을 구ᄎᆔᄒ야 확장 건축ᄒᄂᆫ 중인디 불원간에 역ᄉᆞ를 맛칠 터이라더라[110]

「求景갑시다」, 「무슨 求景이 낫오?」 「廣告가 바루 굉장ᄒᆸ디다그려 朝鮮新派演劇元朝란 「노보리」가 團成社 앞에 죽 느러서고 바루 「마에게이끼」(前景氣)가 그럴듯ᄒᆸ디다. 「林聖九?」 무론 그나 나나 일즉이 듯지 못하던 이름이다. 「新派元朝 林聖九라고 뚜렷이 「소메누끼」를 하여 잇든데」 (…중략…) 우리는 참으로 眞摯한 맘과 態度로 團成社 앞에 섯다. 團成社 門前에는 求景꾼으로 混雜을 일우고 잇엇다 (…중략…) 趙氏(조중환─인용자)와 나는 그 混雜한 사람의 울을 헤치고 賣票所에서 二層票를 하나 앞에 二十錢씩 내고 삿다 (…중략…) 滿員이다. 超滿員이다. 婦人席에는 울긋불긋한 衣裳의 陳列場이다.[111]

번안소설이 게재되기 이전부터 이미 신파극은 대단한 인기를 얻고 있었음을 알 수 있다. 신파극은 처음 공연된 지 두 달 만에 순종이 궁궐로 극단을 불러들여 관람할 정도로 큰 인기를 얻었던 것이다. 이러한 신파극의 대대적인 인기는 극장 증축에서도 확인된다. 관람객이 800∼900명이라는 위의 인용을 그대로 믿을 수는 없지만, 폭발적으로 늘어난 관람객으로 인해 극장이 관객을 모두 수용할 수 없게 된 것은 확실하다. 연홍사에 이어 단성사도 신축에 나서기 때문이다.[112] 문수성이

---

110 「연홍샤 확장 건축」, 『매일신보』, 1912.3.7.
111 윤백남, 「조선연극운동의 이십년 전을 회고하며」, 『극예술』, 1934.4, 19∼20쪽.

라는 신파연극 단체를 만들어 직접 공연에 나서기도 했던 윤백남의 위의 회고도 당시 신파연극의 인기가 대단했음을 알려준다. 연극장마다 "인산인희(人山人海)"를 이루는 이러한 신연극열은 몰려든 인파로 인해 "밟혀 죽을 번"했다는 관객과 사람이 너무 많아 "이층이 나려안질가 벽이 문어질가" 걱정을 하는 관객까지 생겨난다.[113] 『매일신보』는 이러한 현실을 반영하여 1912년 4월부터 각종 연극이나 공연·배우 등의 소식을 전달하는 '연예계'란(3면 또는 4면)을 고정 게재하기 시작한다. 나아가 『매일신보』는 이러한 신파극에 대한 적극적인 홍보는 물론 각종 공연 비평[114]을 게재하는 등 신파극에 큰 관심과 기대를 표명한다.[115]

『매일신보』는 자신들의 이러한 신파극 홍보가 관람객 유치에 커다란 힘이 된다는 것에 대해 잘 알고 있었던 듯하다.

신문의 효력이 춤말 굉쟝ᄒ데그려 연흥샤의 혁신단(革新團) 신연극을 잘ᄒ다

---

112 『매일신보』, 1912.1.26, 3면 광고; 「연극장의 크게 건축」, 『매일신보』, 1913.5.9; 「단성샤롤 시로 지어」, 『매일신보』, 1913.5.31. 참고로 연흥사는 1914년 1월 정원 1,000명을 수용할 수 있는 극장으로 완공된다. 공사에 소요된 건축비는 총 1만 1,000원이었다(「신축 낙성훈 단성사」, 『매일신보』, 1914.1.17).

113 '도청도설', 『매일신보』, 1912.3.5; '연예계정황', 『매일신보』, 1912.4.2; '독쟈구락부', 『매일신보』, 1913.5.20.

114 '연예소식', 『매일신보』, 1912.2.20; '연예소식', 『매일신보』, 1912.2.25; '연예계정황', 『매일신보』, 1912.3.31; '연예계', 『매일신보』, 1913.1.29 등.

115 '연예소식', 『매일신보』, 1912.2.22; '연예계정황', 『매일신보』, 1912.4.2; 「연예계에 가일감」, 『매일신보』, 1912.5.28; '삼면자', 「선인관극에 대ᄒ야」, 『매일신보』, 1913.1.21; 「문수성이 우방광」, 『매일신보』, 1914.2.24; 「「눈물」 연극을 견훈 내지부인의 감상」, 『매일신보』, 1914.6.26~28; 몽외생, 「연예계일별」, 『매일신보』, 1915.1.8~9; '사설', 「사회교육과 연극」, 『매일신보』, 1915.4.30~5.1; 「신극단 예성좌의 조직성」, 『매일신보』, 1916.3.23; 「신극단 예성좌에 대ᄒ야」, 『매일신보』, 1916.3.25; 「쌍옥루극」, 『매일신보』, 1916.4.13 등. 이 외에 신파극 성공을 위한 『매일신보』의 노력은 주로 게재소설을 무대에 올린 연극에 제공된 각종 할인권(우대권)을 통해서도 확인된다.

고 민일 찬성호는 동시에 너등 스무원의 언스불공과 쳐소협착을 비평호더니 엇
그졔 밤에 드러가본즉 그 치운날 밤에 구경군이 인산인회를 일우고 스무원의
관람쟈 환영과 쳐소를 확장호야 춤 구경호기 됴테[116]

　그러혼더 신문의 셰력은 참 굉쟝호던걸이오 미일신보(每日申報)에셔 어졔 광
고혼 것이 한낫 평판이 되야 사름마다 입두니마다 이 말을 안이호는 사름이 업
고 특별히 미일신보를 보는 쟈에게는 할린권(割引券)이 신문지에 난 꼬둙으로
삽시간에 만원이 되여 발 드려 노을 곳이 업셧스니[117]

　신문과 같은 매체의 힘은 이 시기에도 결코 작은 것이 아니었다. 『매
일신보』의 각종 보도와 비평, 공연 홍보, 광고 게재는 신파극 관중동원
에 지대한 공헌을 했던 것이다. 앞의 인용문 중 두 번째는 서울이 아닌
평양의 사례이다. 『매일신보』평양지국 홍보를 겸한 것으로 판단되는
이 행사는, 그 예고문에 있는 연극 공연 공지와 할인권 제공, 지국에 구
독을 신청해 이 같은 서비스를 받으라는 내용 등은,[118] 『매일신보』의
의도가 어디에 있는지 뚜렷이 확인시켜 준다. 특히 『매일신보』구독자
에게 제공되는 할인권은 신문을 구독해야만 누릴 수 있는 것이어서 『매
일신보』의 신파극 홍보가 결국은 구독자 확보를 위한 전략의 하나임을
잘 보여준다. 1910년대 전반 『매일신보』에서 제공한 연극 할인권은 반
액권이었다. 당시 연극 관람료는 대개 10~20전[119]이었으며, 『매일신

---

116 '도청도설', 『매일신보』, 1912.3.13.
117 '독자구락부', 『매일신보』, 1912.12.5. 실제 할인권은 1912년 12월 1일 3면에 인쇄되어 있다.
118 「기성인사의 특우」, 『매일신보』, 1912.11.30.
119 윤백남, 「조선연극운동의 이십년 전을 회고하며」, 『극예술』, 1934.4, 19~20쪽.

보』의 한 달 구독료는 30전이었다.[120] 이를 고려하면 『매일신보』가 제공한 할인권은 그 혜택이 결코 작은 것이 아니었다. 이는 신문을 구독해야만 가능했다는 점에서 당시 제공된 각종 할인권은 독자들에게 큰 매력으로 느껴졌을 것이다. 『매일신보』의 신파극에 대한 홍보 및 할인권 제공은 지방에서도 그 효과가 매우 컸던 것이다.

이러한 신파극에 대한 다양한 보도 및 홍보와 그 결과는 『매일신보』로 하여금 일본 가정소설의 번안과 그 연극화에 보다 강한 자신감을 갖게 했을 것이다. 『매일신보』 경영진은 신파극이 큰 인기를 얻고 있었던 현실 속에서 능력 있는 번안 작가를 확보하고 적극적인 홍보와 할인권 등의 서비스가 함께 뒷받침된다면 일본의 가정소설과 신파극이 일본에서 이루어 낸 성과를 조선에서도 충분히 달성할 수 있을 것이라 판단했음에 틀림없다. 신파극에 대한 『매일신보』의 다양한 보도와 홍보, 할인권 제공 등은 번안소설의 게재와 그 성공을 위한 중요한 토대가 된다. 따라서 조중환이 실제 번안 작업의 담당자라는 것도 예사롭지 않다. 조중환은 일본 유학생 출신으로 뛰어난 일본어 능력의 보유자인 동시에 신파극단 문수성의 창립멤버로 배우 경력도 있는 인물이었기 때문이다.[121] 또한 조중환은 『매일신보』 입사 직전 일본의 대표적 가정소설인 토쿠토미 로카의 「불여귀」를 번안·출판한 바 있다. 조중환의 발탁은 당시 일본 가정소설 번안을 준비하고 있던 『매일

---

120 엄밀히 말하면 이는 서울에 한정된 구독료라고 할 수 있다. 서울을 제외한 지역은 '우세(郵稅)', 즉 배송료 13전이 더 필요했다. 따라서 서울을 제외한 지방의 실질적인 『매일신보』 한 달 구독료는 43전이 된다.

121 일재 조중환에 대한 상세한 전기적 사실은 다음의 연구를 참조할 수 있다. 박진영, 「일재 조중환과 번안소설의 시대」, 『민족문학사연구』 26, 민족문학사학회, 2004; 박진영 편, 『장한몽』, 현실문화연구, 2007, 547~555쪽.

신보』에 있어 최적의 선택이었던 것이다.

실제 『매일신보』의 의도·기획은 큰 성공을 거두게 된다. 「쌍옥루」 와 「장한몽」 등 조중환의 작품들은 연재 도중 또는 종료 후 신파극으로 무대에 올려져 대대적인 관중 동원에 성공한다. 연재 전부터 미리 연극 으로 상연될 것을 예고했던 「쌍옥루」는 연재 종료 두 달 후 신파극으로 상연된다.[122] 첫 번안소설이자 연재소설을 처음 무대에 올린 〈쌍옥루〉 연극은 당시 전무후무한 기록을 세웠을 정도로 엄청난 인기를 끌었다. 이 같은 인기에 힘입어 『매일신보』와 혁신단은 공연 기간을 이틀 연장 한다. 『매일신보』는 〈쌍옥루〉 극의 큰 성황을 이룬 극장 풍경을 모두 네 컷의 사진으로 생생하게 보도한다(1912.5.2, 3면).[123]

〈쌍옥루〉 극의 대대적인 흥행 성공은 독자와 관객들의 관심을 다시 소설로 끌어들이는 원동력으로 작용한다. 연재 종료 무렵부터 발행되 기 시작한 「쌍옥루」 단행본이 불과 몇 달 만에 매진되었기 때문이다.[124] 이 같은 연극의 성공과 단행본의 매진은 『매일신보』의 기획이 훌륭하게 성공했음을 말해준다. 「쌍옥루」의 이러한 성공을 통해 『매일신보』는 일본 가정소설 번안에 대해 더욱 큰 자신감을 갖게 되었음에 틀림없다. 이는 1914년까지 조중환의 번안소설이 『매일신보』 소설란을 차지하게 되는 결과로 나타난다.[125]

---

122 엄밀하게 말하면, 1913년 4월의 혁신단의 「쌍옥루」 연극은 두 번째에 해당한다. 1912년 6월 18일 임성구의 혁신단에 의해 「쌍옥루」의 원작 「己之罪」가 상연되었기 때문이다('연예안내', 『매일신보』, 1912.6.18).
123 「쌍옥루」 연극의 인기는 다음의 기사들에서 확인할 수 있다. '연예계', 「대갈채 중의 쌍옥루」, 『매일신보』, 1913.5.1; '연예계', 「삼십일 야의 쌍옥루 성황」, 『매일신보』, 1913.5.2; '독자구락 부', 『매일신보』, 1913.5.2.
124 『매일신보』, 1915.11.7, 1면 광고. 참고로 「쌍옥루」 단행본 초판 서지는 각각 다음과 같다. 상편 : 1913.1.20, 중편 : 1913.6.20, 하편 : 1913.7.15. 출판사(발행소)는 모두 보급서관이다.

이 같은 성공은 「쌍옥루」의 다음 작품인 「장한몽」이 연재 도중 두 번 (1913.7・8)이나 연극으로 상연되었다는 점에서도 확인된다.[126] 「장한몽」은 연재 종료 후 약 7개월 동안 세 차례나 공연될 정도로 커다란 인기와 성공을 거둔 작품이다. 「국의향」도 연재 후 두 달 만에 연극으로 공연되어 많은 인기를 끌었다.[127] 「단장록」도 「장한몽」과 같이 연재 도중 문수성에 의해 상연된 뒤 1916년까지 당대 대표적인 신파극단 네 곳에 의해 무대에 올려질 정도로 큰 성공을 거두었다.[128] 이러한 번안소설 연극화의 성공은 이전에 게재되었던 이해조와 이인직의 작품들도 신파극화되는 상황으로까지 이어진다.[129] 나아가 『매일신보』는 이들 작품을 극화한 연극은 물론 전통연희 공연이나 활동사진 등에도 할인권을 제공하여 "집이 터질 만원의 대성황"[130]을 이루게 한다. 『매일신보』 할인권을 통해 각 공연장이 누린 "대성황"은 곧 『매일신보』 구독자의 그것을 뜻하는 현상이라고도 할 수 있다.

---

125 일본 가정소설 번안에 대한 『매일신보』의 자신감은 조중환의 회고에서도 간접적으로 엿볼 수 있다. 조중환은 「쌍옥루」가 독자로부터 많은 호평을 받았다고 하는데, 「쌍옥루」 연재가 끝나갈 무렵 편집국장이 또 다른 소설의 번안을 권유했다고 한다. 이 권유에 의해 착수한 작품이 「장한몽」이라는 것이다(조일재, 「번역회고 「장한몽」과 「쌍옥루」」, 『삼천리』, 1934.9, 236쪽). 조중환은 이 글에서 「쌍옥루」와 「장한몽」의 번안・게재 순서를 뒤바꿔 회고하고 있다. 하지만 이는 명백한 오류이다. 따라서 조중환이 연재 종료 무렵 독자의 호평을 받은 작품을 「쌍옥루」로 보아도 무방하다고 판단된다.

126 '연예계', 『매일신보』, 1913.7.29; '연예계', 『매일신보』, 1913.8.8.

127 '연극과 활동', 『매일신보』, 1914.2.13~15; '독자긔별', 『매일신보』, 1914.2.15.

128 양승국, 『한국 신연극 연구』, 연극과 인간, 2001, 108쪽. 『매일신보』는 1914년 4월 22일부터 29일까지 일주일에 걸쳐 「단장록」 연극에 대한 기사를 각종 사진과 함께 게재하고 있다(사진은 23일부터). 이를 통해 당시 소설・연극 「단장록」의 성공을 짐작할 수 있다.

129 연극으로 올려진 이해조의 작품은 「봉선화」, 「우중행인」이며, 이인직의 작품은 「은세계」와 「귀의성」이다. 이에 대한 자세한 사항은 다음의 연구를 참고할 수 있다. 양승국, 『한국 신연극 연구』, 연극과 인간, 2001, 102~107쪽 참조.

130 「연예장 할인권 초일야의 대성황」, 『매일신보』, 1914.11.2.

일본의 가정소설과 신파극화, 이들을 통한 신문 사세 확장을 당시 조선에서도 그대로 재현하고자 했던 『매일신보』의 전략은 비교적 무난히 달성되었다고 판단된다. 『매일신보』는 자신들의 기획이 성공했음을 다음과 같이 나타내고 있다.

> 지작 류일밤에 연흥샤 안에서 데이회로 흥힝ㅎ는 봉선화(鳳仙花) 연극은 만쟝 갈치로 환영을 밧아 원만ᄒᆞᆫ 연극을 흥힝ᄒᆞ얏는디 (…중략…) 이졔 비로소 신소셜이라 ᄒᆞ는 것을 윤싴ᄒᆞ야 연극에 올니게 됨은 본 미일신보샤도 얼마콤 시세에 본 것이 잇슴으로 연극계에 권고홈이 잇셔셔 이졔는 소셜로 연극홈을 일반이 환영ᄒᆞ게 됨은 실로 다힝한 일이라[131]

> 그젹게 동대문 안 광무디 구경을 갓더니 거긔 ᄉᆞ무원들이 무슴 광고지 수빅쟝식을 가지고 샹중하 관람자에게 난호아 주기에 무엇인가 ᄒᆞ엿더니 ᄌᆞ셔히 보닛가 신쇼셜에는 ᄀᆞ쟝 웃듬되는 쟝한몽이 오월 십삼일브터 게지홀 터이라고 미일신보샤에서 광고ᄒᆞ는 것입듸다그려 광고 췌지만 보아도 한 번 볼 만히 어셔 좀 보앗스면[132]

인용문에서 주목할 점은 이해조의 「봉선화」를 신파극화하는 이유와 「장한몽」 연재예고가 극장 내에서 이루어지고 있다는 사실이다. 〈봉선화〉 연극은 〈쌍옥루〉 공연 직후에 행해졌다.[133] 『매일신보』는 "얼마

---

131 '연예계', 「봉선화 성황과 연기」, 『매일신보』, 1913. 5. 8.
132 '독쟈구락부', 『매일신보』, 1913. 5. 10.
133 「봉선화」 연극은 연흥사에서 혁신단에 의해 상연되었다. 원래는 1913년 5월 4일부터 6일까지 사흘 동안만 공연이 예정되어 있었지만, 많은 관객이 몰려 8일까지 이틀을 연기해 총 닷새 동안 공

콤 시세에 본 것이 잇슴으로" 「봉선화」의 연극화를 "연극계에 권고"했다고 한다. 여기서 『매일신보』가 보았다는 "시세"는 소설 「쌍옥루」 및 연극 〈쌍옥루〉의 성공과 이를 통한 신문 구독자의 증가를 가리킨다. 〈봉선화〉 연극은 「쌍옥루」 연재 및 연극 공연이 끝난 시점에서 연극 〈쌍옥루〉의 인기와 이를 통한 구독자 증가를 계속 이어가고자 한 『매일신보』의 전략적인 선택이었던 것이다. 또한 닷새 뒤 연재될 「장한몽」의 광고가 극장 내에서 이루어졌다는 점은 두 가지 면에서 매우 중요하다고 판단된다. 우선, 이를 통해 『매일신보』 번안소설과 신파극이 서로의 성공에 상호 상승작용을 일으키는 매우 밀접한 관계라는 점을 명확히 알 수 있다. 둘째 번안소설의 독자와 신파극의 관객이 동일하거나 최소한 서로 겹쳐 있다는 점이다. 이를 반영하듯 『매일신보』는 최신 윤전기를 새로 도입하게 된다. 배달 시간이 일정하지 못할 정도로 매일 수백 명씩 독자가 증가했기 때문이다.[134] 일본 가정소설 번안을 통해 신문 구독자의 확대와 이를 통한 사세의 확장을 꾀한 『매일신보』 기획은 성공한 것이다.

연되었다(『매일신보』, 1913.5.4, 3면 광고; '연예계', 「봉선화극의 대성황」, 『매일신보』, 1913.5.7; '연예계', 「봉선화 성황과 연기」, 『매일신보』, 1913.5.8). 양승국은 「봉선화」를 연극으로 무대에 올린 이유에 대해 다음과 같이 설명한다. "연재가 끝난 지 5개월 이상이 지나서야 공연된 것은 이 작품의 공연 성과에 대한 자신이 없다가 〈쌍옥루〉의 공연이 성공을 거두자 부리나케 각색하여 공연한 것으로 보인다."(양승국, 『한국 신연극 연구』, 연극과 인간, 2001, 102쪽)

134 「최신식 윤전기 대△적 기념호」, 『매일신보』, 1913.6.22; 「독자에게」, 『매일신보』, 1914.8.9, 호외 1면.

3) 일본 가정소설 번안의 성공 요인

그렇다면 일본 가정소설을 번안한 작품들과 이를 무대에 올린 신파극이 이와 같이 큰 성공을 거두게 된 계기는 무엇일까. 우선, 총독부 입장에서 보면 무엇보다 일본의 대중소설들을 통해 한국의 독자들을 사로잡았다는 사실이 크게 만족스러웠을 것이다.[135] 독자들은 과연 번안소설의 어떤 점에 매료되었던 것일까. 1912년 7월부터 시작되는 조중환의 번안소설들은 주로 부녀자층을 비롯한 여성 독자들을 염두에 둔 작품들이다. 이는 원작인 일본 가정소설들의 경우도 마찬가지였다. 번안소설의 독자로 여성을 염두에 두었다는 것은 각 소설의 연재 예고를 통해 확인할 수 있다.

> 본샤 ﾉ고에 초호 글ㅅ즈로 미일 공포홈을 인호야 일반 샤회에셔 날마다 고딕호시던 쌍옥루(雙玉淚)가 오늘브터 일면 지샹에 현츌호야 고딕고딕호시던 동포 즈민의 반가온 면목을 딕호고 궁금호던 회포를 펴겟ㄴ이다 그러호나 이 쌍옥루는 일시 파격호는 쇼셜로만 돌닐 것이 안이라 곳 실디를 현츌호야 일반 샤회의 풍쇽을 기량홀 만흔 됴흔 긔관이로다[136] (강조─원문)

「쌍옥루」의 연재 첫날 동시에 게재된 글이다. 이 글을 통해 이 작품이 "동포 즈민"를 염두에 두고 기획되었음을 알 수 있다. 첫 번째 연재예고의 "가뎡과 학교에 잇는 동포 즈민"라는 구절도 또한 이 작품이 가

---

135 김영민, 「19세기 말 이후 20세기 초반 한국의 근대문학」, 『국어국문학』 149, 국어국문학회, 2008, 148쪽.
136 '연예계', 「쌍옥루」, 『매일신보』, 1912.7.17.

정의 부녀자와 여학생을 목표 독자로 설정하고 있음을 말해준다. 이 외에 다른 작품의 연재 예고에서도 "오늘날 가뎡에는 덕당호 쇼셜"(「단장록」)이라거나 "더욱 가뎡에 필요호 쇼셜"(「비봉담」)[137] 등과 같이 가정이 강조되어 있어 이 시기 번안소설이 여성 독자의 획득을 주 목표로 했음을 거듭 확인할 수 있다.

번안소설의 목표 독자가 여성이라는 점은 작품 속에 여성 독자들을 유인할 수 있고, 그들에게 전달하려는 메시지 또는 도움이 될 만한 여러 요소가 들어 있다는 것을 의미한다. 그렇다면 우선 번안소설의 어떤 점이 여성 독자들의 주의를 끌었고, 또한 그들로 하여금 소설의 독자 나아가 신파극의 관객으로까지 이끈 것일까. 「쌍옥루」에서 「속편 장한몽」에 이르는 번안소설의 주인공은 모두 여성이다. 여성 주인공의 번민과 고통 등 그녀들에게 닥치는 비극이 중심 서사를 추동하는 원동력이다. 「쌍옥루」의 이경자, 「장한몽」과 「속편 장한몽」의 심순애,[138] 「국의향」의 강국희, 「단장록」의 황씨부인, 「비봉담」의 박화순 등의 여성 주인공이 겪는 비극과 그로 인한 그녀들의 내적 번민이 서사의 중심 내용을 이루고 있다.

번안소설의 여성 주인공들은 작품 속에서 두 가지 모습으로 동시에 형상화된다. 우선 그녀들은 어디까지나 남편(남자)과 자식에게 충실한 또는 충실하고자 노력하는 양처현모이다. 또한 동시에 그녀들은 자신

---

137 '신소설예고 단장록', 『매일신보』, 1913. 12. 19; 「飛봉鳳닭潭」, 『매일신보』, 1914. 7. 16.
138 「장한몽」과 「속편 장한몽」은 심순애뿐만 아니라 이수일의 번민과 고통, 비극이 거의 같은 비중으로 그려져 있는 작품들이다. 하지만, 『매일신보』는 이수일의 비극보다는 심순애의 비극을 독자들에게 강조하고자 했다. 이는 「장한몽」 연극에 대한 기사와 각종 독자들의 반응을 통해 미루어 짐작할 수 있다. 이에 대해서는 후술한다.

들에게 닥치는 각종 비극과 사건에 철저하게 수동적이고 무기력한 존재이기도 하다. 그녀들은 스스로의 의지와는 무관하게 각종 고난과 비극에 휘말리지만, 양처현모로서의 마음가짐과 태도는 끝까지 변하지 않는다. 그녀들은 어디까지나 남편과 자식에게 지극히 충실하고 또는 충실하고자 하지만 자신들의 이 같은 마음가짐과 태도와는 상관없이 타의(인)에 의해 기만당하며 오해를 산다. 하지만 그녀들이 보여주는 흔들림 없는 순결함과 정숙함, 이타적인 도덕성, 즉 양처현모로서의 모습과 태도는 그 모든 시련을 극복하게 하는 결정적인 힘으로 작용한다.[139] 이는 이 작품들이 당시 독자 또는 관객들에게 크게 동정을 받는, 즉 작품이 성공을 거두게 되는 핵심 요인이 된다.

「쌍옥루」에서 주인공 이경자가 겪는 원하지 않던 임신과 이별, 자살 미수, 두 아들의 죽음 등 각종 비극은 그녀의 주체적 의지와는 전혀 무관하다. 심순애는 김중배에게 출가한 이후 곧 자신의 행위가 잘못되었다는 것을 깨닫고 끊임없는 뉘우침과 번민에 휩싸인다. 심순애의 최대 비극은 이수일이 아닌 김중배에게 출가한 데 있다. 심순애는 자신의 잘못을 사죄하기 위해 이수일에게 편지도 하고 직접 찾아가기도 하는 등 다른 작품의 여성 주인공들에 비해 보다 적극적인 모습을 보인다. 하지만 심순애가 겪는 비극은 오로지 이수일이 그 해결의 열쇠를 쥐고 있다. 그 속에서 심순애가 할 수 있는 것은 자신의 죄를 뉘우치고 이수일을 향해 자신의 마음(진심)을 토로하는 것이다. 심순애의 비극은 부

---

139 우수진, 「초기 가정비극 신파극의 여주인공과 센티멘털리티의 근대성」, 『한국 근대문학 연구』 13, 한국근대문학회, 2006, 9쪽; 권보드래, 「죄, 눈물, 회개」, 『한국 근대문학 연구』 16, 한국근대문학회, 2007, 22쪽.

친 심택의 부탁을 받은 백낙관에 의해 해결된다.[140] 심순애의 비극은 「속편 장한몽」에서도 계속된다. 심순애는 최만경과 김철영의 흉계로 이수일의 오해와 미움을 사 외동딸 희순을 남겨둔 채 집에서 쫓겨난다. 심순애에게 닥친 비극은 본편과 마찬가지로 백낙관에 의해 해결된다. 심순애가 겪는 고난과 비극은 그 시초에서 해결까지 모두 그녀의 의지와는 철저히 무관하게 진행된다.

「국의향」의 강국희도 마찬가지이다. 강국희는 정혼자 이현섭에게 일방적으로 파혼을 당한 후 친오빠 강원춘과 최딱정에 의해 기생이 된다. 김용남과 결혼한 이후에도 이현섭과 강원춘의 계략에 의해 시어머니 진주집에게 미움을 사 쫓겨나고 만다. 강국희의 비극도 이경자, 심순애와 같이 그녀의 의지와는 전혀 무관하다. 「단장록」의 황씨부인도 다르지 않다. 「단장록」은 우리 소설사상 착한 친모—악한 계모의 모습이 역전된 최초의 작품이다. 이 작품에서 주인공 황씨부인은 헌신적인 며느리이자 부인, 어머니이다. 하지만 그녀는 김정자·김정순 남매와 친정 부친 황의택에 의해 시집에서 쫓겨나는 신세가 된다. 쫓겨난 이후에도 황의택과 김정순, 예전 하인이었던 추월의 모친 등에 의해 끊임없이 정조의 위협을 받고 결국에는 매음부로 오인되어 경찰에 체포되는 등 고난은 계속된다. 이 전체 고난 속에서 황씨는 자신의 뜻과는 상관없이 그저 악인들의 계략과 음모에 철저히 당하기만 하는 존재이

---

140 백낙관은 「장한몽」과 「속편 장한몽」에서 이수일과 심순애의 오해를 풀어주고 헤어져 있던 두 사람을 설득해 만나게 하는 등 주인공들의 중재자이면서 작중 갈등의 해결사 역할을 하는 인물이다. 「장한몽」의 백낙관은 원작 「金色夜叉」의 아라이 죠스케荒尾讓介에 해당한다. 이는 「金色夜叉」의 아라이의 모습을 그대로 가져온 것인데, 「金色夜叉」에서 아라이는 하자마 칸이치[間貫一]와 시기자와 미야[鴫澤宮]의 사이를 이어주는 역할을 하는 인물이다(木谷喜美枝, 「尾崎紅葉 「金色夜叉」のとき」, 『國文學 解釋と鑑賞』 921, 東京 : 至文堂, 2008, 10~17쪽).

다. 「비봉담」 박화순의 비극은 스스로 정한 임달성과 부친이 정해준 고준식 등 두 정혼자의 살인범으로 오인된 데 그 핵심이 있다. 임달성의 비봉담 실족과 고준식과의 동반 도주, 고준식의 죽음, 이어지는 재판 과정, 갑작스런 임달성의 등장과 사건의 해결 등에 이르는 전체 서사 속에서 박화순은 끊임없이 진심을 토로하며 자신을 이해해줄 것을 호소한다. 자신의 뜻과는 전혀 상관없이 오해받고 있기 때문이다.

하지만 번안소설의 여성 주인공들은 자신의 뜻과는 전혀 무관한 이같은 고난과 비극 속에서도 양처현모로서의 마음가짐과 태도는 추호의 흔들림도 없다. 이는 철저하게 남자(남편) 또는 집안에 종속된 존재이기 때문이다. 「쌍옥루」의 이경자는 서병삼과 정욱조라는 두 사람의 아내가 된다. 서병삼에 의해 정조를 잃고 임신까지 하게 된 이경자는 그를 남편으로 섬기며 아내로서의 역할에 최선을 다한다. 하지만 이경자가 임신했을 때부터 이미 서병삼의 마음은 그녀를 떠나 있었다. 이경자도 서병삼의 변심을 잘 알고 있었고, 따라서 그에 대한 믿음은 완전히 변한 상태였다. 하지만 이경자는 어디까지나 서병삼의 아내로서 그 역할에 충실하고자 정성을 다한다. 만삭이 된 이경자는 서병삼의 위인이 완전히 다르게 보이고 따라서 자신의 부정을 뉘우치지만, 그녀가 바라는 것은 다만 남편에게 버림받지 않는 것이다. 또한 이경자는 정욱조와 재혼한 뒤 두 아들의 죽음을 계기로 자신의 과거를 남편에게 모두 고백하고 결국 버림을 받는다. 하지만 그녀의 남편에 대한 존경과 사랑, 헌신에는 전혀 변함이 없다. 이러한 이경자에 대해 작가는 다음과 같이 칭찬한다.

지금에 일으려셔는 사룸에게 향호야 죠곰이라도 붓그럽지 안이홀 만혼 결빅
혼 몸이 되얏스며 (…중략…) 죠곰도 부허혼 마음은 업고 더욱이 영리혼 셩품
과 심신호는 마음이 사룸에 뛰여나며 온슌혼 마음으로 남편을 밧들어 녀즈의
도리을 직힐 뿐이니 이와 갓흔 현부량쳐는 다시 업슬지라[141]

"온슌혼 마음으로 남편을 밧"들고 "녀즈의 도리을 직힐 뿐"인 세상에
둘도 없는 "현부량쳐" 이경자는 지극히 동정적인 인물이다. 이 작품의
주 독자층인 여성들은 세상에 다시없는 "현부량쳐" 이경자의 비극과
고난에 공감하며 눈물과 동정을 표할 수밖에 없다.

이경자가 자살을 시도한 이유는 정조를 잃었기 때문이다. 이경자에
게 정조의 훼손은 곧 죽음으로 인식되었던 것이다. 「장한몽」에서 이수
일이 심순애를 끊임없이 증오하며 거듭된 심순애의 사죄에도 냉담한
태도를 유지하는 것은 그녀가 정조를 잃었기 때문이다. 또한 심순애가
투신자살을 시도하는 것도 김중배에 의해 정조가 깨어졌기 때문이다.
심순애는 김중배와 결혼 후 곧 자신의 잘못을 깨닫고 이수일을 위해
남편과의 동침을 거부한다. 이 부분은 조중환이 원작을 번안하면서 가
장 억지스럽게 바꾼 곳이다. 심순애는 결혼 전 애인에 대한 정조를 지
키기 위해 결혼 후 4년 동안이나 정식 남편을 거부한 것이다. 정조를
잃었다고 생각한 심순애는 대동강에서 투신자살을 시도한다. 하지만
우연히 백낙관에게 구조되어 미수로 그치고 만다. 백낙관은 자초지종
을 들은 후 그녀를 꾸짖는다. 백낙관의 심순애에 대한 비판은 단호하
다. 백낙관이 보았을 때, 그녀는 현 남편인 김중배에 대한 아내로서의

---

141 「쌍옥루」(중편) 19회(1912.10.19).

본분에 전혀 충실하지 않기 때문이다.

> 남편이 잇는 녀즈가 밤이 깁도록 나와셔 외인과 셔로 슈작ᄒ고 잇는 것이 온
> 당치 못ᄒ거니와 (…중략…) 다시는 그러ᄒ 지각 업는 힝동을 ᄒ지 말고 김즁
> 비라 ᄒ는 남편이 잇는 이샹에는 아모됴록 잘-밧들어셔 빅년을 히로하시오
> (…중략…) 남의 안히가 된 몸으로 남편을 속이면셔 그리도 관계치 안이ᄒ다
> ᄒ는 말이오 그러ᄒ 싱각을 그디가 가지고 잇슬 것 갓흐면 나는 도로혀 김즁비
> 를 가엽다 싱각ᄒ오 그디와 ᄀ혼 의리도 업고 인정도 업는 안히를 엇어셔 김즁
> 비 그 사롬의 불힝ᄒ 스경을 불샹히 녁이겟소 과연 말이지 김즁비에게 동졍을
> 표ᄒ지 안이ᄒ면 안이 되고 졈々 미운 사롬은 슌익씨 한 사롬이오[142]

백낙관은 심순애에게 김중배도 남편인 이상 아내된 도리에 충실할
것을 강조한다. 백낙관은 이수일에 대한 정조 훼손을 이유로 자살을
결심한 심순애를 똑같은 논리로 강하게 질책하는 것이다. 이수일이든
김중배이든 남자에 대한 정조를 지키지 못한, 즉 양처로서의 본분에
중대한 결격 사유를 범한 심순애는 죽음을 결심하거나 강한 비판에 직
면할 수밖에 없다. 따라서 이수일이 정조를 잃은 심순애를 그녀의 거
듭된 사죄에도 불구하고 용서하고 받아들일 수 없는 것은 당연하다.
"회기ᄒ얏다 ᄒ기로 녀즈의 ᄒ 번 더럽힌 몸이 다시 회복될 일도 안이"
고, "한 번 몸을 더럽힌 이상에는 그보다 멋 십 빈나 되는 덕힝(德行)을
닥겟다 ᄒ기로 그 더럽혓던 몸이 다시 결빅ᄒ 몸으로 도라오지는
못"(81회)할 것이기 때문이다.

---

142 「장한몽」, 69~70회(1913.8.2~3).

이수일이 정사(情死)하려는 최원보와 기생 옥향을 구원하는 것도 같은 맥락이다. 이수일은 두 남녀의 사정을 모두 듣고 둘을 구원해 주기로 결심한다. 이수일은 특히 옥향에게 큰 감동과 동정을 갖는다. 옥향은 천한 기생임에도 불구하고 죽음을 각오하고 남편에 대한 의리와 정절을 지켰기 때문이다. 이수일은 옥향이 "녀즈의 직힐 만혼 도리"(102회), 즉 정조를 굳게 지켰다는 데 큰 감동을 받은 것이다. 특히 "남편을 위ᄒ여셔 죽으리라 ᄒ는 마암"과 "한 번 마암에 먹은 사롬에게는 뼈가 부셔지고 목슘이 업셔지더리도 결단코 마암을 변기ᄒ지 말아"(103회)야 한다는 이수일의 논리는 곧 『매일신보』가 여성 독자에게 전달하려는 메시지 그 자체라고 해도 과언이 아니다.

심순애의 비극은 그녀가 정조라는 양처로서의 가장 기본적인 조건을 지키지 못한 데 그 핵심이 있다. 심순애의 실질적인 남편은 이수일이다. 잠시 실수로 이수일에 대한 도리를 지키지 못했지만, 자신의 과오를 깨달은 심순애의 목표는 오직 이수일의 양처가 되는 것이다. 그녀가 실성하게 되는 것도 결국은 이수일의 양처가 되지 못했기 때문이다. 정조와 아내된 도리를 지키지 못했을 경우, 그 결과는 죽음(자살)이나 또는 미쳐버릴 수밖에 없다는 논리인 것이다. 정조와 현모양처라는 덕목이 남자(남편)에 대한 여성(아내)으로서 지켜야 하는 절대 가치로 강조·규정지어져 있는 것이다. 심순애의 비극은 그러한 가치와 반대되는 모습을 보여줌으로써 오히려 양처로서의 여성의 역할과 그 중요성을 한층 증폭하고 있다.

이 같은 여성 주인공의 모습은 「속편 장한몽」에 이르러 한층 극단적으로 형상화된다. 「속편 장한몽」은 이수일과 심순애의 결합 이후의 후

일담을 다룬 작품이다. 본편에서 이수일을 짝사랑했던 최만경이 속편에서는 이수일의 첩으로 등장한다. 최만경의 악행과 흉계에 의한 본처 심순애의 고난이 이 작품의 중심 내용을 이룬다. 선한 본처를 모해하는 악한 첩을 다룬 이 작품은 그 구조나 작품형상화의 방법이 고전소설이나 '신소설' 수준으로 대폭 후퇴한 작품이다.

최만경은 심순애의 정조가 의심스럽다는 구실로 이수일을 충동질하여 심순애를 쫓아내는데 성공한다. 억울한 누명을 쓰고 딸까지 빼앗긴 채 쫓겨난 심순애는 기구한 고난의 생활을 하게 된다. 심순애는 최만경과 김철영이라는 악인들에 의해 부정한 누명을 쓰고 수난을 겪지만, 그 와중에서도 남편인 이수일에 대한 마음가짐과 태도는 전혀 변함이 없다.

> 나도 오리 뵈옵지 못ᄒᆞ얏스닛가 차져가고 십은 ᄆᆞ옴은 산과 바다와 ᄀᆞᆺᄒᆞ나 남편의 허락을 듯지 안이ᄒᆞ고 빅락관씨롤 심방ᄒᆞᄂᆞᆫ 것은 녀ᄌᆞ의 도리가 안이라 ᄒᆞ야 거절ᄒᆞ얏다 ᄒᆞ니 ᄌᆞ네는 순익씨의 이 말 ᄒᆞᆫ 마ᄃᆡ를 엇지 알아듯나 순익씨ᄂᆞᆫ ᄌᆞ네를 위ᄒᆞ야 집에서 쫏겨나 타향에서 류리ᄒᆞ고 잇네 (…중략…) 하로 죽물 두어 슐식 ᄒᆞ려여 먹어가면셔도 ᄆᆡ일 죠셕으로 ᄌᆞ네 밥그릇은 비여놋치 안이ᄒᆞ고 함ᄭᅴ 잇ᄂᆞᆫ 식구나 다름업시 ᄒᆞᆫ다ᄃᆡ 오륙 년을 그와 ᄀᆞᆺ치 ᄌᆞ네에게 닉치여 잇것만은 죠셕으로 ᄌᆞ네를 말ᄒᆞ고 ᄌᆞ네를 위ᄒᆞ여 긔도ᄒᆞᆫ다네[143]

> 나에게는 아모리 못ᄒᆞᆯ 일을 다 ᄒᆞ엿다 ᄒᆞᆯ지라도 나 혼ᄌᆞ만 참고 잇스면 일이 다 무ᄉᆞᄒᆞᆯ 것을 너가 웨 닷호겟소 니 몸에 더ᄒᆞᄂᆞᆫ 셰샹을 모다 슓혀 보아도 다만 ᄒᆞᆫ 사롬밧게 업ᄂᆞᆫ 남편을 공양ᄒᆞ야 쥬ᄂᆞᆫ 사롬인ᄃᆡ 나는 죠금도 최만경이를

---

143 「속편 장한몽」 43회(1915.8.10).

원망ᄒ지 안소 졔몸의 운수불길ᄒ 것을 한탄ᄒ고 원망ᄒᆯ 동안에 남편을 위ᄒ여 복을 비는 것이 녀편네된 사름의 본분이지오 그러ᄒᆫ디 최만경이가 우리 나으리를 밧드는 것이 나으리에게 편리ᄒᆯ 것 ᄀᆺᄒ면 나는 평ᄉᆼ을 이 모양으로 지니더리도 죠금도 슬혀 안이ᄒ겟소[144]

심순애는 억울한 누명을 쓰고 쫓겨나 고난을 겪으면서도 늘 남편 이수일에 대한 마음은 지극하다. 또한 심순애는 자신에게는 원수와 다름없는 최만경도 원망하지 않는다. 쫓겨나 수난을 당하고 있지만 남편이 자신보다 최만경을 만족히 여긴다면 자신은 평생 이대로 살아도 좋다는 것이 심순애의 마음이다. 심순애에게 있어 이는 "녀편네의 도리"(38회), 즉 반드시 지켜야 하는 덕목이기 때문이다. 이 같은 심순애의 논리는 최만경보다 더 한층 악인인 김철영에 대해서도 마찬가지이다. 김철영은 이수일의 대리인이란 명목을 앞세워 심순애를 쫓아내는데 앞장섰을 뿐만 아니라 나중에는 최만경의 대리인이 되어 이수일과 이혼시키기 위해 심순애를 찾아가 온갖 협박과 행패를 마다하지 않는 인물이다. 심순애는 김철영을 이수일의 대리인이며, 그를 욕하는 것은 남편을 욕하는 것이라 하여 절대 원망하지 않는다. 1910년대 『매일신보』 소설의 여주인공 중 남편에 대한 최고 수준의 양처라고 할 수 있는 심순애는 자신의 딸 희순과 관련된 다음의 발언에서 그 절정의 모습을 보여준다.

나는 남의 안ᄒᆡ된 사름의 직분으로 남편을 못된 사름으로 만들고ᄌ 마음은 먹지 안슴니다 남편을 의리업는 사름이라는 비평을 셰샹 사름에게 들니게 ᄒ고

144 「속편 장한몽」, 57회(1915.8.29).

ᄌ 흐는 마음은 업슴니다 희슌이는 니 평싱에 한낫 혈육이올시다 (…중략…)
만일 남편의 허락만 잇스면 희슌을 가삼에 안고 그디로 죽어도 원이 업켓다고
그럿틋 희슌을 싱각ᄒ던 나올시다 그러나 ᄌ식의 사랑에 쓸니여셔 남편의 명예
를 도라보지 안을 수 업소[145]

현재 자신의 집에 잡아 두고 있는 희슌을 볼모로 이수일과의 이혼을
강요하는 김철영에 대한 심순애의 단호한 대답이다. 심순애가 이혼할
수 없는 이유는 자신과의 이혼으로 인해 남편이 세상으로부터 나쁜 평
판을 들을 수 있기 때문이다. 김철영은 현재 자신이 잡아 두고 있는 희
슌을 최만경에게 보내겠다고 협박하여 심순애의 이혼 허락을 받아내
고자 한다. 심순애도 희슌을 최만경에게 보내는 일이 자식을 사지로 내
모는 것임을 잘 알고 있다. 심순애는 유일한 자식인 희슌을 만나게 해
준다면 일생을 이대로 지내도 좋다고 생각한 적도 있다. 하지만 그녀에
게는 이같이 소중한 자식일지라도 남편의 명예 앞에서는 과감하게 포
기할 수 있는 대상에 불과하다. "셰샹에셔 데일 중흔 것은 집안 일홈과
남편의 일홈"(104회)이며, 이렇게 하는 것이야말로 "녀ᄌ의 본분"(102회)
이기 때문이다.

이렇듯 번안소설의 여성 주인공들은 모두 자신의 뜻과는 무관하게
여러 고난과 비극에 휘말린다. 그녀들은 철저히 기만당하며 오해받는
약자에 불과하다. 하지만 그녀들은 어디까지나 어진 아내이자 현숙한
어머니이다. 남자에게 버림받아 집에서 쫓겨나고 매음부로 오해받기
도 하는 등 각종 고난에 시달리게 되지만, 양처현모로서의 마음가짐이

---

145 「속편 장한몽」, 113회(1915.11.10).

나 태도에는 일말의 주저나 흔들림이 없다. 이경자와 심순애, 황씨부인, 강국희 등은 일관되게 양처현모이지만, 그녀들의 이 같은 마음가짐과 태도는 늘 기만당하고 오해받아 악인들에게 이용될 뿐이다. 따라서 번안소설과 그 여성 주인공들에 대한 독자들의 동정과 공감은 더욱 고조될 수밖에 없다. 한결같이 양처현모로서 충실한 또는 충실하고자 하는 여성 주인공들이 자신의 뜻과는 무관하게 기만당하며 악인들에 의해 고난을 겪기 때문이다. 여학생의 혼전 임신(「쌍옥루」)이나 사랑 대신 금전을 택하는 것(「장한몽」), 악한 친모와 착한 계모의 대결(「단장록」), 정혼자의 죽음에 살인범이 되는 설정(「비봉담」) 등 당시 독자들에게 매우 낯선 내용임에도 불구하고 독자들이 번안소설과 여주인공들에게 공감하고 동정할 수 있었던 것은 여성 주인공들의 비극적 운명과 그녀들이 지고지순한 양처현모라는 데 그 핵심이 있다. 『매일신보』는 양처현모의 수동적이고 비극적 운명을 통해 여성독자의 동정과 공감을 기대했던 것이다.[146]

특히 녀즈 관킥은 리경즈와 욕남 졍남의 신상에 디ᄒ야 열셩으로 동졍을 표ᄒ야 관람셕에셔 눈물을 흘니는 녀즈가 극히 만으며 썬々로 박슈갈치ᄒ는 소리가 우뢰 갓치 스방에 울녀 연흥샤 긔셜 후와 혁신단 창립 후에 쳐음보는 셩황을 이루엇스며[147]

---

146 岡保生, 「菊池幽芳素描」, 『明治文學論集』 2, 東京 : 新典社, 1989, 91쪽. 카토 타케오는 이에 대해 독자가 주로 여성인 이상 이는 당연한 것이며, 이것이 가정소설의 비결이라고 설명한다(加藤武雄, 「家庭小說研究」, 『日本文學講座』 14, 東京 : 改造社, 1933, 66쪽).

147 '연예계', 「대갈채 중의 쌍옥루」, 『매일신보』, 1913.5.1.

일젼 밤 연흥스에 구경을 좀 갓더니 구경은커녕 울기를 통가읏이나 울고 왓셔 그 날 맛츰 쟝한몽을 실디로 흥힝ᄒᆞᆫ디 심슌이가 대동강물에 ᄲᅡ지러 나아갈 ᄶᅢ 울연ᄒᆞᆫ 달은 희미ᄒᆞ게 빗치여 잇고 파도는 흉용ᄒᆞ야 사름의 심쟝을 놀나게 ᄒᆞᆫ디 그 ᄶᅢ 쳐량히 부는 단쇼 ㅅ리는 심슌이와 구경군으로 ᄒᆞ야곰 일층 마음을 감동케ᄒᆞ야 모다 슬허ᄒᆞᆫ 동시에 나는 힉음업시 울고 동졍을 표ᄒᆞ얏지 참 가히 비극이라 ᄒᆞ겟셔 「셜음 잇는 온나(서러운 여자−인용자)」[148]

본 쇼셜은 일기 쳔기로 몸은 화류항에 침륜ᄒᆞ얏스나 그 ᄆᆞ음은 빅옥 ᄀᆞᆺᄒᆞ야 고샹ᄒᆞᆫ 리샹으로 현세 가뎡과 샤회의 쳔만 가지로 파란을 격그며 오히려 지긔를 굴치 안이ᄒᆞ고 겨간에 경력ᄒᆞᆫ 풍샹은 눈물이 소스며 피가 흘너 누가 그 기셩에게 동졍을 표ᄒᆞ지 안이ᄒᆞ리요 강호 졔군은 련익와 이원과 의협과 비챵ᄒᆞᆫ 본 쇼셜을 비젼 이독ᄒᆞ시요[149]

길고 긴 단쟝록 샹하권 젼부를 열두 시 안에 무란히 맛츄어 연극에 졍신이 팔녀 ᄌᆞ미를 깁히 감동ᄒᆞᆫ 여러 관람쟈는 좌셕이 좁은 불편도 조곰 ᄭᅢ닷지 안코 다만 막이 도라 연극이 더욱 ᄌᆞ미 잇게 될ᄉᆞ록 가련ᄒᆞᆫ 황씨부인의 본밧을 힝실과 령리ᄒᆞᆫ ᄌᆞ셩의 긔특ᄒᆞᆫ 거동을 보고 무한히 동졍을 표ᄒᆞ야 길게 탄식ᄒᆞᆫ 이가 극히 만ᄒᆞ며 ᄯᅩ 부인셕에셔는 동졍ᄒᆞᄂᆞᆫ 남아지 눈물을 흘니는 이가 만앗스며[150]

여기서 중요한 것은 『매일신보』의 보도 태도 혹은 방향이다. 특히

---

148 '독쟈구락부', 『매일신보』, 1913.8.1.
149 '신소설예고 국의향', 『매일신보』, 1913.9.28.
150 「단쟝극의 대활기」, 『매일신보』, 1914.4.23.

독자나 관객의 반응을 나타낼 때는 둘째와 넷째 인용문과 같이 모두 동정과 눈물을 강조하고 있다. 이는 이중의 의미를 갖고 있다고 할 수 있다. 하나는 실제 독자나 관객이 그러했다는 것[151]과 다른 하나는 동정과 눈물을 강조하여 독자나 관객의 반응을 그리로 유도하려 했을 가능성이다. 현재로선 어느 것이 맞는지 혹은 둘 다 맞는지는 확실히 알 수 없다. 다만 확실한 것은 소설과 신파극에 대한 독자나 관객들의 반응은 동정과 눈물에 관한 내용이 압도적이라는 점이다. 실제 관객이 그러했든 눈물과 동정을 강조한 『매일신보』로 인해 그러했든, 독자·관객들은 소설과 연극에 눈물과 동정으로 반응했으며, 이는 소설과 연극의 성공에 커다란 원동력으로 작용했다. 발행한 지 불과 몇 개월만에 전부 매진된 「쌍옥루」, 「장한몽」을 "신문학 최초의 베스트셀러"[152]로 만든 최대 요인은 여성 주인공들의 비극과 이에 공감한 독자·관객들의 눈물과 동정에 있었던 것이다. 『매일신보』가 번안소설과 이를 극화한 신파극을 통해 보여준/보여주고자 한 눈물과 동정, 그리고 그 성공은 곧 독자 확보의 강력한 견인력으로 작용했던 것이다.

---

151 이는 의심의 여지가 있다. 사실, 눈물과 동정 수사의 절정은 이상협의 「눈물」에 있다. 『매일신보』는 "큰 련합비읍장"이란 말을 써가며 여성 관객의 눈물과 동정을 대대적으로 보도한다(「혁신단의 눈물 연극」, 『매일신보』, 1913.10.25; '독쟈구락부', 『매일신보』, 1913.10.26; 「눈물극의 눈물장」, 『매일신보』, 1913.10.28; '독쟈구락부', 『매일신보』, 1913.10.29; 「눈물극의 거일 익성」, 『매일신보』, 1914.1.29; 「부인애독자 눈물극 관람회 대성황」, 『매일신보』, 1914.2.1 등). 하지만 실제 「눈물」 연극을 본 어떤 일본인 관객은 이러한 눈물과 동정의 여성 관객과는 정반대되는 모습을 증언하고 있다. 「눈물」의 관객들은 눈물과 동정 대신 웃으러 연극장에 온 것 같으며, 슬픈 장면에서도 웃음을 터뜨렸다고 한다(「「눈물」 연극을 견혼 내지부인의 감상」, 『매일신보』, 1914.6.26~28).

152 최원식, 「장한몽과 위안으로서의 문학」, 『민족문학의 논리』, 창작과비평사, 1982, 69쪽.

4) 가정소설 번안의 의도와 한계

그렇다면 『매일신보』는 번안소설을 통해 (여성)독자들에게 무엇을 말하고 싶었던 것일까. 앞서 「쌍옥루」의 연재 예고에서 이 소설이 "일반 샤회의 풍쇽을 기량홀 만흔 됴흔 긔관"임을 굵은 글씨체로 표나게 강조한 구절을 살펴본 바 있다. 「단장록」과 「비봉담」 연재예고문에 있는 "더욱 가뎡에 필요훈 쇼셜"이라는 구절도 『매일신보』가 단순히 재미만을 추구한 것이 아님을 말해준다. 『매일신보』는 번안소설과 소설 속 여성 주인공들을 통해 목표로 했던 여성 독자들에게 무엇을 의도한 것일까. 결론부터 이야기하면, 『매일신보』는 번안소설을 통해 여성 독자들을 이경자나 심순애, 황씨부인 등에 공감하고 동정하게 하여 그녀들과 같은 양처현모로 만들고자 했다.

번안소설과 이를 극화한 신파극의 독자・관객들의 반응에서 중요한 것은 눈물과 동정이다. 여기서 눈물은 동정이 구체적으로 밖으로 드러난 표현형식이라는 점에서[153] 눈물과 동정은 동전의 양면과 같다. 또한 동정은 '불쌍하게 여기다', '가엾게 여기다'라는 의미와 '동의하다', '이해하다'라는 의미로 동시에 사용된다.[154] 독자들이 번안소설과 신파극을 보며 흘린 눈물은 작품 속 여성 주인공들에 대한 동정의 감정이 밖으로 표현된 것이다. 당시 여성 독자・관객들은 양처현모임에도 불구하고 수난을 당하는 여성 주인공들을 보면서 그녀들을 불쌍하게 여겼으며 동시에 그녀들의 처지와 심정에 충분히 공감하고 동정을 표

---

153 우수진, 「신파극의 눈물, 동정의 정치학」, 『현대문학의 연구』 24, 한국문학연구학회, 2004, 433쪽.
154 우수진, 「초기 가정비극 신파극의 여주인공과 센티멘털리티의 근대성」, 『한국 근대문학 연구』 13, 한국근대문학회, 2006, 16~17쪽.

했던 것이다.

　동시에 이는 『매일신보』가 독자들에게 기대한 것이기도 했다. 여기에서 중요한 것은 눈물이 강한 전염력을 가지고 있다는 데 있다. 이는 이경자, 심순애 등 여성 주인공들로부터 독자·관객으로의 전염과 작품을 본 독자·관객들 사이에서의 전염 모두를 포괄한다. 이 같은 전염은 동일시 또는 일체화라고 할 수 있다. 이경자, 심순애, 황씨부인 등이 보여주는 철저한 양처현모로서의 마음가짐·태도와 자신의 뜻과는 상관없이 겪게 되는 수난은, 독자나 관객들로 하여금 작품에 대한 몰입과 여성 주인공들과의 동일시·일체화를 가능케 하는 강력한 기제라고 할 수 있다. 양처현모들의 수난과 비극을 통해 독자·관객들은 스스로 양처현모와 동일시·일체화되거나 또는 되고자 했던 것이다.

　『매일신보』가 번안소설들을 통해 의도한 것은 바로 이것이다. 이는 『매일신보』가 18세기 서구에서 있었던 이른바 '루소 효과'를 조중환의 번안소설에 기대했음을 시사한다. '루소 효과'는 루소의 「신엘로이즈」(1761), 「에밀」(1762) 등이 독자에게 미친 효과를 말하는 것이다. 루소의 이들 작품은 당시 독자들에게 눈물을 동반한 큰 반향(감동)을 일으켜 독자를 매료시켰으며, 독자들은 스스로 루소와 그 작품의 제자가 되어 그것을 인생의 규범으로 삼았다고 한다. 이러한 '루소 효과'는 독자들이 작품으로부터 커다란 감동을 받은 나머지 소설 속의 등장인물과 지나치게 동일시하려는 데에서 비롯되는 것이다.[155] 『매일신보』는 18세기 서구의 '루소 효과'와 같이, 여성 독자·관객들이 큰 감동을 받아 작품 속 여성 주인공들과 같은 양처현모가 되거나 양처현모를 인생의 규

---

155 안 뱅상 뷔포, 이자경 역, 『눈물의 역사』, 동문선, 2000, 25~31쪽.

범으로 삼을 것을 기대한 것이다.

하지만 여기서 짚고 넘어가야 할 것은 『매일신보』가 기대하고 제기한 양처현모론의 실체이다. 이경자, 심순애, 황씨부인 등과 같은 양처현모는 총독부가 바라는 이상적인 여성상에 다름 아니다. 양처현모론은 가정소설이 왕성하게 발표되던 일본의 명치 30년대에 정착된 대표적인 여성 교육 정책으로, 천황제 국가를 지탱하는 여성(상) 만들기를 그 목표로 했다. 또한 1945년 패전 전까지 여자 교육의 방향을 규정했으며, 일반 여성의 이상형으로 설정되어 광범위하게 여성들을 규율한 교육이념이기도 했다. 이는 여자를 전통적인 가부장제 질서 속에 위치시켜 한 사람의 여성이라기보다는 남편과 자식에 대한 좋은 아내이자 현명한 어머니일 것을 요구한 논리이다. 또한 생산과 재생산을 공과 사의 공간으로 분리하고 여성은 사적인 가정 내에서의 재생산을 담당해야 한다는, 성차의 역할 분담을 둘러싼 이데올로기이기도 하다. 양처현모는 남편이 집안일에 대한 염려 없이 밖에서 일할 수 있도록 오로지 가정을 지키는 내조의 공에 힘쓰는 동시에 아이를 위해 자기희생적인 애정을 쏟는 등 견실한 가정교육을 담당하는 여성을 의미했다.[156] 이러한 양처현모론의 반복과 재생산에 있어 핵심적인 역할을 담당한 것이 조중환과 『매일신보』가 번안의 대상으로 삼은 명치 30년대의 일본 가정소설이었다.[157] 이는 앞서 정리한 가정소설의 특성 중 가정소설의 도덕성이 작품이 발표되던 '지금 여기'에 적합한 도덕이라는 점을 떠올리게 한다. 따라서 이러한 일본의 가정소설들을 충실히

---

[156] 渡邊洋子, 『近代日本女子社會教育成立史』, 東京 : 明石書店, 1997, 23~24・414쪽.
[157] 小森陽一, 『「ゆらぎ」と日本文學』, 東京 : 日本放送出版協會, 1998, 71쪽.

번안한 「쌍옥루」나 「장한몽」 등에도 양처현모라는 '지금 여기', 즉 1910년대의 도덕이 그대로 구현되어 있을 수밖에 없다. 『매일신보』와 조중환은 작품의 내용뿐만 아니라 작품이 담지하고 있던 시대적 도덕성 및 그 의미까지 그대로 번안해낸 또는 번안해내고자 했던 것이다.

『매일신보』 번안소설들의 여성 주인공들은 모두 양처현모이다. 『매일신보』가 번안소설들을 통해 여성 독자들에게 전달하고자 했던 양처현모론과 양처현모로서의 여성상은 여성(론)에 대한 1910년대 『매일신보』의 기사 속에서도 쉽게 확인이 가능하다. 번안소설에서 부각된 양처현모상은 『매일신보』 여성론이 소설 속에 수용된 형국인 것이다. 1910년대 『매일신보』 여성론의 핵심은 번안소설 여성 주인공들이 운명적으로 당하는 비극 속에서도 늘 잃지 않았던 양처현모로서의 마음가짐과 태도이다.

女子 諸君은 宜히 各種 學問을 是修ᄒ야 人家에 歸ᄒ 後 舅姑를 善事ᄒ며 家長을 順承ᄒ며 子女를 慈愛ᄒ며 其他 千百의 日常 家務를 文明的으로 善變ᄒ야 一家의 和氣를 培養ᄒ야 全 局內 女子의 模範을 作ᄒ지어늘 (…중략…) 雖 舅姑가 頑冥ᄒ고 家長이 至愚홀지라도 其 家에 一歸ᄒ 後에는 孝養順承홈이 女子의 道理라[158]

우리 女息으로 ᄒ야곰 良妻되고 賢母되게 ᄒ여야 홈니다 女子의 敎育은 이 良妻賢母되게 ᄒ는 것이 最大ᄒ 目的이외다 (…중략…) 그의 父母는 반다시 이 良妻賢母되게 ᄒ다는 것을 忘却ᄒ여셔는 안이 되고 敎育을 受ᄒ는 自身이 쏘ᄒ 반다시 良妻賢母된다 ᄒ는 것을 沒覺ᄒ여셔는 안이 되는 것이외다 (…중략…) 時勢의 變

---

158 '사설', 「경고 여자계」, 『매일신보』, 1911.2.7.

遷에 適應혼 智力 及 理解力을 加호야 完全無缺혼 善良혼 妻와 賢淑혼 母되게 호는
더 在호다 홈이워다 即 良妻되고 賢母되기 爲호야 子女로 호야곰 善良혼 國民되
도록 敎養홀 줄 知호기 爲호야 短을 去호고 長을 取호며 時代에 適切혼 家庭을 形
成호기 爲호야 敎育을 受케 호며 受혼다 호는 大혼 覺悟가 有호여야 홈니다[159]

이경자와 심순애, 황씨부인 등 번안소설 여성 주인공들의 모습이 그
대로 나타나 있다. 이를 통해 일본의 양처현모론이 식민지 조선에 유입
되어 조선의 여성 교육 정책으로 자리잡았음을 알 수 있다. 따라서 여
자 교육의 최대 목적은 양처현모의 육성 및 교육에 있으며, 여성들도 이
를 늘 자각하고 있어야 했다. 총독부가 양처현모 이데올로기를 조선에
도 채택·적용한 것은 조선 여성을 제국의 식민지 국민으로 통합하기
위함이다. 여성들의 생각을 바꾸어 놓을 수만 있다면, 이들 여성들을
통해 남편은 물론 자녀들의 생각까지 순조롭게 바꿀 수 있다고 생각했
기 때문이다. 이는 사회의 가장 기초 단위라 할 가정부터 식민 통치의
의도가 관철되기 쉬운 곳으로 바꾸어 놓으려던 동화정책의 하나였다.
조중환의 번안 가정소설에서 제시된 이상적 가정이란 단순히 부부간
의 사랑과 신의에 기초한 가정을 넘어 부부 모두가 국가에 종속된 존재
로서의 가정이다. 『매일신보』와 총독부가 선택한 일본 가정소설과 그
의 번안은 궁극적으로 여성들을 적절히 통제·교육하여 체제에 맞는
여성(상)을 만들고자 한 식민화의 한 채널이기도 했던 것이다.[160]

---

159 경성 민영대 기, 「여자교육에 취호야」, 『매일신보』, 1918.7.14·16.
160 홍양희, 「한국-현모양처론과 식민지 '국민' 만들기」, 『역사비평』, 2000.가을, 역사문제연구
소, 368쪽; 김재인·양애경·허현란·유현옥, 『한국 여성교육의 변천과정 연구』, 한국여성개
발원, 2001, 90·110쪽; 더글러스 로빈슨, 정혜욱 역, 『번역과 제국』, 동문선, 2002, 13~15쪽;

번안소설들과 작품 속 여성 주인공을 통해 강조된 양처현모론은 결국 『매일신보』와 총독부의 식민지 지배 이념에 부합되는 양처현모로서의 여성 만들기 기획의 일환이었다.[161] 「쌍옥루」에서 풍속 개량과 여자 교풍사업을 벌였던 정욱조의 신념이 "위로는 황실을 밧들고 아리로는 국민의 모범이 되기를 힘쓰"(중편 5회)는 데 있는 것이라든지, 「장한몽」 마지막 장면의 "이후로는 세샹에셔 공익ㅅ업에 힘을 쓰"(119회)자는 이수일의 다짐, 「단장록」에서 정준모의 집이 위치한 노들의 과거를 비교하며 "문명훈 풍죠(風潮)가 날로 신령토를 뎜령훈다"(15회)는 등의 표현은 번안소설의 목적과 그 성격을 상징적으로 보여준다.

우수진, 「신파극의 눈물, 동정의 정치학」, 『현대문학의 연구』 24, 한국문학연구학회, 2004, 449쪽 참조. 권정희도 일본 명치 30년대의 가정소설의 번안을 일본 제국의 식민 정책과 관련시켜 파악한다. 1910년대 초반 일본 가정소설의 번안은 대일본제국의 있어야 할 국민으로서의 가정상을 규범적으로 표상하는 명치 가정소설이 해협을 건너 조선에서 일본 제국을 형성하려는 시도의 일환이라는 것이다(권정희, 「해협을 넘은 국민문학」, 『한국 근대문학과 일본』, 소명출판, 2003, 38~39쪽).

161 이와 관련해 다음과 같은 언급도 많은 참고가 된다. "신파극 특유의 멜로드라마적인 기제는 관객들로 하여금 감정과 동정을 극대화하고 신파극의 주인공과 자기 자신을 동일시하고 궁극적으로 신파극이 제시하는 근대적인 도덕률을 내면화시키는데 효과적인 기능을 하였다."(우수진, 「신파극의 눈물, 동정의 정치학」, 『현대문학의 연구』 24, 한국문학연구학회, 2004, 444쪽) 우수진의 이 같은 언급은 「쌍옥루」 분석을 통해 제시된 것이다. 우수진이 말한 "근대적 도덕률"은 곧 총독부의 도덕률을 가리킨다. 『매일신보』는 일본 가정소설의 번안을 통해 당시 여성 독자들을 근대적 도덕률 즉 총독부 도덕률로 내면화시키고자 했음을 거듭 확인할 수 있다.

3. 지식청년층의 대두와 소설란의 변화

1) 소설 경향의 변화와 그 계기

(1) 청년학생층의 발생 및 성장

『매일신보』는 1914년 중반 무렵 또다시 새로운 경향의 소설을 준비한다. 일본 가정소설의 번안은 여러 국내외 상황에 대한 철저한 검토를 거쳐 시도된 것으로 신파극 성행과 맞물려 커다란 성공을 거두었다. 1914년 중반부터 시작되는 소설란의 변화도 『매일신보』의 여러 국내외 상황을 면밀히 고려한 전략의 산물이다. 이도 역시 소설을 통한 독자의 확보와 신문 사세의 확장이라는 두 목표를 동시에 의도한 것이다.

1914년 6월부터 새롭게 시작되는 소설도 번안물이다. 하지만, 원작이 일본 가정소설에서 서구소설로 변경된다. 이러한 경향의 첫 작품이 천풍 심우섭의 「형제」이다. 「형제」 이후 『매일신보』의 소설란은 1917년 이광수의 등장 전까지 서구소설을 원작으로 한 번안소설들이 그 중심을 차지하게 된다. 이 시기 『매일신보』 소설란의 중심을 차지한 서구소설 번안 작품들은 다음 쪽의 〈표 16〉과 같다.

「형제」를 제외한 「정부원」과 「해왕성」은 모두 당시 연파주임이었던 하몽 이상협에 의해 번안된 작품이다.[162] 소설란의 중심이 이해조와

---

[162] 엄밀히 말하면, 「정부원」이 연재를 시작했을 때는 변일이 연파주임이었다. 이상협은 변일 다음의 연파주임이다. 현재로선 이상협이 연파주임이 된 정확한 시기에 대해서는 알 수 없다. 1914년판과 1915년의 『신문총람』을 참조해 보았을 때, 그는 1914년 10월~1915년 9월 사이에 연파주임이 된 것으로 보인다(『신문총람』, 1914년판, 595쪽; 『신문총람』, 1915년판, 673쪽). 한편, 『신문총람』 1914년판과 1915년판의 발행일은 각각 다음과 같다. 1914년 10월 16일, 1915

〈표 16〉 서구작품을 원작으로 한 번안작품

번호	제목	날짜	연재회수	원작
1	兄弟(형뎨)	1914. 6. 11~7. 19.	33	미상, 런던타임스 연재
2	정부원(貞婦怨)	1914. 10. 29~1915. 5. 19.	154[164]	捨小舟(1894~1895)
3	해왕성(海王星)	1916. 2. 10~1917. 3. 31.	268[165]	巖窟王(1901~1902)

조중환에서 조중환과 이상협으로 재편된 것이다. 「정부원」과 「해왕성」은 일본의 『만조보』에 연재된 쿠로이와 루이코[黑岩淚香]의 소설을 번안한 것이다. 하지만 쿠로이와의 작품들도 창작이 아닌 각각 영국과 프랑스의 소설을 번안한 것들이다. 「정부원」과 「해왕성」은 일본어 번안본을 다시 번안한 "중번안(重飜案)"[163]이 되는 셈이다.

이들 서구소설 번안 작품들은 이전 조중환의 일본 가정소설 번안 작품들과는 여러 면에서 다른 면모를 보여준다. 소설의 내용은 물론 각종 연재예고문이나 독자들의 반응, 독자반응의 게재 형식, 독자들의 성격 등 「쌍옥루」나 「장한몽」, 「단장록」 등에 비해 보다 근본적으로 그 성격을 달리하는 소설이 출현했다고 할 수 있다. 우선 확실한 것은, 그 변화의 방향이 가정소설적 면모에서 벗어나고 있으며, 그런 만큼 더 이상 부녀자를 중심으로 한 여성 독자만이 목표 독자가 아니라는 점이다.

『매일신보』가 서구소설 번안으로 소설란의 중심을 옮긴 것은 강제병합 후 4년 동안 발생·성장한 청년학생층의 존재 때문이다. '신소설',

년 9월 30일.

163 김병철, 『한국 근대번역소설사 연구』, 을유문화사, 1975, 350쪽.

164 『매일신보』에는 155회로 표기되어 있다. 하지만 51회 다음이 53회로 되어 있어 실제 총 연재 횟수는 154이다.

165 『매일신보』에는 269회로 표기되어 있다. 하지만 217회 다음이 219회로 되어 있어 실제 총 연재 횟수는 268회이다.

연도	학교 수	학생 수	입학자 수	졸업자 수
1911	306	27,616	20,125	2,798
1912	368	41,141	22,329	4,359
1913	388	47,066	25,449	5,358
1914	404	50,753	25,532	7,038
1915	429	58,757	30,602	8,218

(학교 수는 공·사립을, 학생·입학자·졸업자 수는 남녀를 각각 합한 수치이다)

판소리 정리, 일본 가정소설의 번안 등은 모두 각각의 소설이 등장한 시기 및 상황에 가장 알맞은 독자들을 목표로 게재되었음을 앞서 살펴본 바 있다. 이는 게재 매체가 현실 정세에 극히 민감할 수밖에 없는 신문이며, 또한 그 성격이 총독부 기관지라는 점에서 비롯된 것이다. 따라서 연재소설의 성격 자체에 변화가 초래되었다는 것은 시대 상황의 변화 및 그에 따른 새로운 독자가 발생하거나 또는 예비되고 있었던 현실을 보여준다.

위의 〈표 17〉은 강제병합 이후 학교·학생·입학자·졸업자 수가 꾸준히 증가하고 있음을 보여주고 있다. 이 중 특히 주목되는 것이 학생과 졸업자 수이다. 강제병합 후 5년 동안 학생 수는 두 배 이상, 졸업자 수는 세 배 가량 증가했다. 이는 일제가 마련한 근대적 교육을 받은 청년학생층 및 지식청년층이 발생·성장하고 있음을 의미한다. 여전히 전체 입학자의 1/3도 안 되지만, 보통학교 졸업생의 꾸준한 증가는 교육에 대한 인식의 전환과 이에 따른 지식청년층의 계속적인 배출·성장을 보여준다.

---

[166] 『조선총독부통계연보-1915년』, 조선총독부, 1917, 759~761쪽 참조.

1911년 현재, 경성전수학교, 경성고등보통학교, 평양고등보통학교, 경성여자고등보통학교의 총 모집 정원 748명에 4,000여 명이 지원하고 있다. 또한 1914~1915년에는 경성과 평양 두 곳에 불과했던 고등보통학교의 입학자 / 입학지원자가 각각 354 / 1,549명과 364 / 1,745명에 달하고 있으며, 이후 매년 증가하여 그 비율은 배수에 이르고 있다. 졸업생들의 진학난이 점점 격화되고 있는 것이다. 이는 고등보통학교 졸업생들의 경우도 마찬가지였다. 1914년의 경우, 당시 고등보통학교 졸업생들이 진학할 수 있었던 경성전수학교와 조선총독부 농림학교, 조선총독부 공업전습소 등 세 학교의 입학자 / 입학지원자는 각각 53 / 467명, 40 / 602명, 157 / 763명에 달하고 있어, 강제병합 후 높아진 교육열과 고등 지식을 가진 청년층도 꾸준히 형성되고 있었음을 알 수 있다.[167] 또한 일본 유학생들의 수도 무시할 수 없다. 일본 각지에 있었던 유학생들은 1910년 9월 현재 504명, 1913년 2월 547명, 같은 해 11월 669명, 1914년 5월 685명, 1915년 3월 562명으로,[168] 해마다 500명 이상의 학생들이 일본에 유학하고 있었다. 이들은 당시 최고 수준의 지식을 접했으며, 거의 대부분이 (졸업 여부와 상관없이) 지식청년층을 이룬다는 점에서 특히 중요하다.

이같이 국내외에서 근대적 교육을 받은 청년학생들이 큰 폭으로 꾸준히 증가하는 현실을 『매일신보』는 매우 의미있게 받아들였다고 판단

---

167 『조선총독부시정연보—1911년』, 조선총독부, 1913, 372~373쪽; 『조선총독부시정연보—1914년』, 조선총독부, 1916, 265~269쪽; 『조선총독부시정연보—1915년』, 조선총독부, 1917, 345쪽.
168 「동경유학생수」, 『매일신보』, 1910.9.30; 「조선 유학생의 현상」, 『매일신보』, 1913.2.25; 「내지 유학생 현상」, 『매일신보』, 1913.11.20; 「조선유학생의 현상」, 『매일신보』, 1914.5.10; 「최근 내지유학생」, 『매일신보』, 1915.4.21.

된다. 더구나 이들은 식민지 조선의 미래 중산층이 될 계층이다. 강제 병합 후 총독 정치가 점차 안정되어가는 상황에서 꾸준히 배출·형성되는 이들 지식청년들의 존재는 장기적이고 효율적인 식민 지배를 위해 반드시 포섭해야 할 대상이었다. 따라서 1914년 6월 「형제」로 시작되는 『매일신보』소설 경향의 변화는 이러한 청년학생층의 배출과 성장을 염두에 둔 기획인 것이다. 여성의 고난을 중심으로 한 가정 내의 사건을 그린 '신소설' 및 일본 가정소설의 번안작들은 남성이 절대 다수였던 당시 청년학생들에게 적절한 읽을거리가 아니었기 때문이다.

(2) 청년학생층 잡지의 창간

청년학생층의 대두 및 성장과 관련하여, 이들 청년학생층을 대상으로 한 새로운 잡지 매체들이 이 시기에 등장하는 것도 매우 중요하다. 국내에서 발행된 『신문세계』, 『신문계』, 『청춘』 등과 일본 조선유학생 학우회가 발행한 『학지광』이 이 시기 새롭게 등장한 잡지들이다. 이 중 가장 먼저 발행된 것은 타케우치 로쿠노스케[竹內錄之助]가 1913년 2월 18일에 창간한 『신문세계』이다. 두 달 후 발행되는 『신문계』의 시험판 성격으로 판단되는 이 잡지는 창간과 동시에 '반도문학' 진흥을 위한 '학술계의 기관'임을 천명했다.[169] 또한 『신문세계』는 전체가 국한문 혼용체로 되어 있는 만큼, 지식층을 주 대상으로 했다. "구습을 불전(不悛) 호고 시의(時宜)룰 불종(不從) 호면 필경에 부패에 귀(歸) 홀" 것이니

---

169 『매일신보』, 1913. 2. 18, 2면 광고. 『신문세계』와 『신문계』는 제호의 유사성뿐만 아니라 발행인과 주소, 전화번호도 각각 "죽내록지조(竹內錄之助)", "경성 장곡천정 1정목 39번호", "1820"으로 일치한다.

"이에 오대주를 통관(洞觀)ᄒᆞᄂᆞᆫ 망원경과 일편심(一片心)을 토출(吐出)ᄒᆞ
ᄂᆞᆫ 전화통"[170]으로서의 역할을 권두에서 공식 선언하고 있다. 이는 식
민지 현실, 즉 "시의(時宜)"에 맞는 근대적 지식을 당시 지식층에게 전달
하겠다는 강한 의지의 표명이다. 나아가 이 잡지는 지식층 중에서도
청년학생들을 주 독자로 했다. 이는 목차에서 쉽게 확인된다.

發刊趣旨, 主張, 新文世界論, 祝辭, **新文敎室(修身 生理 化學)**, 文苑(詩 新舊歌),

地理, 靑年講壇, 勇犬神童, 祝辭, **誌上學校(國語 算術 英語)**, 家庭, 書簡文, 書式,

讀者茂林(作文), 雜錄, 社告

　　교실이나 학교, 국어·산술·영어 등의 과목명은 이 잡지가 누구를
대상으로 발행되었는가를 명시적으로 보여준다. 이 잡지의 창간을 축
하하는 한 필자는 이 잡지가 학교라는 공교육 기관을 보조하여 당시
청년들의 친구 및 좋은 스승과 같은 존재가 될 것을 희망했다.[171] 또한
이 잡지는 전국 각지의 청년학생들에게 투고를 적극 장려했다.[172] 『신
문세계』는 강제병합 후 크게 성장한 청년학생층을 주 독자로 하여 그
들에게 당시 현실 정세에 적절한 근대적 지식을 제공하기 위해 창간·
발행된 잡지였던 것이다.

　　타케우치는 『신문세계』 발행 두 달 뒤 『신문계』를 창간한다. 『신문
계』도 전신인 『신문세계』와 같이 청년학생층을 주 독자로 한 잡지이

---

170 『신문세계』, 1913.2, 1쪽.
171 여병현, 「축사」, 『신문세계』, 1913.2, 10~11쪽.
172 「사고」, 『신문세계』, 1913.2, 88쪽. 이는 위 목차 중 '작문'과 관련되어 있다.

다. 이는 "신반도(新半島) 신청년의게 신광명 신지식을 여(與)코져 일신월신(日新月新)ㅎ고 내신외신(內新外新)ㅎ 청년잡지"이며 "기(其) 내용의 다방다면(多方多面)홈과 사실의 다취다익(多趣多益)홈은 실로 학계청년의 호반려(好伴侶)"[173]라는 『매일신보』의 소개문을 통해서도 뚜렷히 확인된다. 이 잡지는 청년학생들을 대상으로 어둔 밤의 경종과 전등이 되어 새로운 풍조 발생의 주역이 될 것을 자임하고 있다.[174] 즉 꿈을 깨는 "경종(警鐘)"과 어둔 밤의 "전촉(電燭)"과 같은 역할로 청년학생들에게 다가갈 것임을 내세우고 있는 것이다.

『신문계』에서 주목해야 할 것은 이 잡지에 있었던 '고문부'이다. 『신문계』는 각 방면의 전문성을 지닌 고정 필자를 확보하기 위해 일본 유학생 출신의 강매, 김형배, 나원정, 유전 등을 고문으로 초빙했다. 이들은 모두 배재, 경신, 보성, 중앙 등 당시 사립학교의 현직 교사들이었다. 『신문계』가 현직 교사들을 고문으로 초빙한 것은 고정 필자 외에 목표로 했던 청년학생층 독자의 확보도 동시에 의도했기 때문이다. 현직 교사들의 고문부 참여는 이 잡지의 홍보 및 구독과 관련하여 당시 학생들에게 큰 영향을 끼쳤을 것이다.[175]

최남선의 『청춘』도 『신문세계』와 『신문계』에 이어 청년학생들을 주독자로 했다. 1910년대 최대의 문예잡지라고도 할 수 있는 『청춘』은 발행 당시 대대적인 인기를 얻었으며, 1920년대 이후 본격화되는 한국

---

173 '신간소개', 『매일신보』, 1913.4.18.

174 「신문계론」, 『신문계』, 1913.4, 5쪽.

175 한기형, 「무단통치기 문화정책의 성격」, 『한국 근대소설사의 시각』, 소명출판, 1999, 282~283쪽. 이 외에 『신문계』가 담고 있는 지식의 성격 및 문학에 대해서는 다음의 연구가 참고가 된다. 한기형, 「근대잡지와 근대문학 형성의 제도적 연관」, 『근대어·근대매체·근대문학』, 성균관대 대동문화연구원, 2006, 295~307쪽.

근대 단편소설의 실질적 원천이 된 잡지이기도 하다. 이 잡지의 필진은 주로 20대 중후반의 신지식층이며, 독자는 10대 중후반의 학생층이었다. 『청춘』은 시험에 대한 걱정과 기숙사 생활, 운동회, 웅변대회 등당대 학생들이 겪을 만한 고민과 생활 등을 진지하고 실감 있게 다루었다.[176] "아모라도 배화야 합내다", "우리들이 깨칩시다", "배호기만합시다 걱정 맙시다 근심 맙시다", "온 힘을 배홈에 들입시다"[177] 등 배움의 강조가 창간호 첫 번째 글의 내용이라는 점은 이 잡지가 배우는주체 즉 학생들을 주 독자로 하고 있음을 상징적으로 보여준다.[178]

『신문세계』, 『신문계』, 『청춘』 등은 무단통치라는 매우 억압된 식민현실에서 합법적으로 발행된 잡지들이다. 이 같은 상황을 반영하듯,이 잡지들은 당시 현실이나 정치에 대한 내용이 철저하게 배제되어 있다. 이들 잡지의 이러한 특성은 모두 총독부 정책에서 비롯된 것이다.총독부는 식민지 지식체계를 지탱해야 할 공교육의 제도장악력이 충분치 못한 상태를 이들 민간 미디어들을 용인함으로써 해결하려 한 것이다.[179]

이곳에서 주목해야 할 것은 총독부가 민간 미디어에 그 교육을 분담시킬 만큼 대두·성장한 청년학생층의 존재와 그 중요성이다. 교육받

---

176 권보드래, 「총론 『소년』·『청춘』과 근대 초기의 일상성」, 『『소년』과 『청춘』의 창』, 이화여대출판부, 2007, 15쪽.
177 「아모라도 배화야」, 『청춘』 1, 1914.10, 5쪽.
178 최남선의 『청춘』 발행과 그 성격, 『청춘』에 담긴 근대지식과 문학의 의미에 대해서는 다음의연구를 참고할 수 있다. 한기형, 「근대잡지와 근대문학 형성의 제도적 연관」·「최남선의 잡지발간과 초기 근대문학의 재편」, 『근대어·근대매체·근대문학』, 성균관대 대동문화연구원,2006; 한기형, 「근대문학과 근대문화제도」, 『상허학보』 19, 상허학회, 2007. 한편, 최남선이 발행한 『소년』과 『청춘』에 담긴 다양한 일상성에 대해서는 다음의 연구를 참고할 수 있다. 권보드래 외, 『『소년』과 『청춘』의 창』, 이화여대 출판부, 2007.
179 한기형, 「근대어의 형성과 매체의 언어전략」, 『역사비평』, 2005. 여름, 359쪽.

은 청년학생층의 존재가 미약했거나 별다른 의미를 가지지 않았다면, 『신문세계』, 『청춘』 등의 잡지 발행이 어려웠거나 발행의 필요가 그다지 크지 않았을 것이기 때문이다. 이 점은 『매일신보』도 마찬가지였을 것이다. 총독부 기관지 『매일신보』에 있어 새로운 민간 미디어-잡지가 복수로 발행될 만큼 대두·성장한 청년학생층의 존재는, 이들이 미래 식민지 사회의 중추가 된다는 점에서 결코 소홀히 할 수 없는 독자군이었던 것이다.

한편, 청년학생층을 독자로 한 이들 매체의 소설은 모두 단편이다.[180] 이들 잡지의 단편소설은 1920년대 본격화되는 근대 단편의 선구적 존재이다. 『매일신보』의 '응모단편소설'과도 여러 면에서 다른 이들 잡지의 단편은 '지금 여기'의 '나'의 존재 및 인물의 내면 심리 묘사를 주요 특징으로 한다. 또한 『청춘』 발행 초기에 집중되어 있는 번역소설은 투르게네프(1호, 「문어구」)나 빅토르 위고(1호, 「너 참 불상타」), 톨스토이(2호, 「갱생」), 세르반테스(4호, 「돈기호전기」) 등 서구소설을 그 원작으로 한다.[181] 이 같은 『청춘』의 서구소설 번역도 『매일신보』 소설 경향의 변화에 어느 정도의 영향을 끼쳤을 것이다. 또한 『청춘』 창간일이 1914년 10월 1일이라는 점과 『매일신보』 서구소설의 번안의 실질적인 첫 작품에 해당하는 「정부원」이 1914년 10월 29일에 시작된다는 점도 결코 가볍게 넘길 사안이 아니다. 잡지와 신문이라는 매체상의 차이는 있지만, 이들 작품은 모두 청년학생층을 그 목표 독자로 했기 때문이다.

---

180 『신문세계』(1913.2)에는 1편, 『신문계』(1913.4~1917.3)에는 번역과 창작을 합해 총 23편의 소설이 실려 있다. 『청춘』(1914.10~1918.9)에는 총 39편의 소설이 존재한다. 이들은 예외없이 모두 단편소설이다.
181 『청춘』 번역소설 중 원작이 서구작품이 아닌 것은 단 한 편도 없다.

(3) '신소설'의 퇴조

청년학생층의 대두·성장 및 새로운 잡지 매체의 등장과 함께 1914
년 무렵 본격화되는 '신소설'의 퇴조도 『매일신보』 소설 경향 변화의 주
요 요인이다. 한 연구에 의하면 1910년대까지 총 128편의 '신소설' 작품
이 발행되었다고 한다.[182] 그 발행 추이를 연대별로 보면, 1911년 8편,
1912년 38편, 1913년 30편, 1914년 15편, 1916년 5편, 1916년 3편, 1917
년 2편 등으로, 1914년을 계기로 '신소설' 발행이 급격히 감소하고 있다.
가장 많은 수를 발행한 신구서림은 1914년 「이화몽」이 마지막 작품이
며, 두 번째로 많은 작품을 발행한 동양서원도 1913년의 「화중병」과
「옥련당」이 마지막이다. 이에 비해 고전소설/구소설은 '신소설'과 같
은 출판사, 같은 시기, 같은 딱지본의 형태로 간행되었음에도 불구하고
1910년대 내내 왕성하게 발행된다.[183] 고전소설(구소설)은 '신소설'이
퇴조하는 1915년 이후 오히려 더욱 왕성하게 발행되는데, 한 연구자는
1915~1918년이 고전소설 발행의 "전성기"임을 지적한 바 있다.[184]

이러한 '신소설'의 퇴조에는 청년학생층의 대두·성장과 새로운 잡
지 매체의 발행 등이 복합적으로 관련되어 있다고 판단된다. 그렇다면
근대식 교육을 받은 청년학생들은 과연 '신소설'을 어떻게 생각했을까.

---

182 한기형, 「1910년대 신소설에 미친 출판·유통 환경의 영향」, 『한국 근대소설사의 시각』, 소명
출판, 1999, 222~224쪽. '신소설'의 연도별 작품 수나, 출판사에 대한 내용은 모두 한기형의
논문을 참고했다.
183 1910년대 고전소설의 연도별 출판 현황은 다음과 같다. 1912년 9종, 1913년 32종, 1914년 14종,
1915년 38종, 1916년 31종, 1917년 30종, 1918년 37종, 1919년 4종(권순긍, 『활자본 고소설의
편폭과 지향』, 보고사, 2000, 23쪽).
184 이주영, 『구활자본 고전소설 연구』, 월인, 1998, 169~175쪽.

년리로 비 뒤에 죽슌 ㄱᄌ치 쏘다져나온 쇼셜은 엄밀히 말ᄒ면 몃 가지를 졔ᄒ 야 놋코는 한아도 쇼셜이라고 가히 볼 것 업는 리약이칙에 지나지 못ᄒ얏도다 만일 리약이칙이라도 슌연ᄒ 문법으 ㅈ미 잇게 지엇슬 것 ㄱᄐᄒ면 혹 볼 만ᄒ 것 도 잇셧겟지만은 알지도 못ᄒ는 쇼셜투를 모방ᄒ야 필법이 황잡ᄒ야 지리산만 ᄒ게 쑤미여 보는 사룸으로 ᄒ여곰 요졀을 ᄒ고 구역이 나게 ᄒ니[185]

'신소설'의 퇴조에 대해서는 한기형이 명쾌하게 정리한 바 있다. '신소 설'은 장편 분량에 걸맞은 적절한 구성 능력이 결여되어 있어 자연스럽 게 몰락의 길을 걸었다는 것이다. 양건식이 '신소설'을 읽고 위 인용문과 같이 불쾌하게 생각한 이유는 '신소설'이 "필법이 황잡"하고 "지리산만" 했기 때문이다. 이는 소설 분량과 구성 사이의 유기성의 파탄을 의미한 다. 양건식과 같은 근대적 지식을 가진 신지식층에게 '신소설'은 '소설 분 량과 구성이 부조화'[186]된 일종의 결여태로서 받아들여졌던 것이다.

'신소설'의 퇴조에 대해 최초로 정리한 이는 임화였다. 임화는 강제 병합 이후 '신소설'을 "통속성의 내두 내지 증장"이라는 관점에서 바라 본다. '신소설'의 통속화는 문학적 발전의 "정돈(停沌) 내지는 퇴보"라는 것이 임화의 논점이다. 이는 낡은 양식에 대한 지도적 지위가 약화 · 소멸되기 시작했음을 의미하며, 동시에 낡은 양식의 지위가 거꾸로 강 화 · 복구됨을 의미한다. 즉 노골적인 권선징악적 유형이나 계모형 구 소설이 "복구(復舊)"된다는 것이다.[187] 이 같은 낡은 구소설 양식으로

---

185 국여, 「『무정』을 독ᄒ고」, 『매일신보』, 1917.5.9.
186 한기형, 「신소설의 양식 특질」, 『한국 근대소설사의 시각』, 소명출판, 1999, 58~62쪽.
187 임규찬 · 한진일 편, 『임화 신문학사』, 한길사, 1993, 298쪽 참조.

돌아간 '신소설'이 근대적 교육을 받은 청년학생들에게는 결코 받아들일 수 없는 소설이었던 것이다. 당시 청년학생들은 '신소설'을 "거의 파괴적 의미에 퇴폐적 의미"의 내용을 가진, "시대안이 비루"하며 또한 "경박"한 소설로 인식했기 때문이다.[188]

이러한 여러 사실은 가정 내에서 한 여인의 고난을 중심으로 전개되는 유형의 소설은 이제 그 생명력이 다했다는 것을 의미한다. 이 시기 새롭게 등장한 청년학생층은 더 이상 여인의 수난사와 이에서 비롯된 가정사가 아닌 보다 새로운 읽을거리를 요구하게 된 것이다. 이는 소설에 대한 새로운 취향의 발생과, 따라서 『매일신보』 연재소설란도 변화될 것임을 강력히 시사한다.

2) 탈(脫)가정소설과 「형제」

『매일신보』는 이러한 변화를 면밀히 파악하고 있었지만, 연재소설은 점진적인 변화를 추구했다. 지금까지 살펴본 여러 요인을 참고하면, 연재소설의 변화는 더 이상 가정소설이 아닌 것, 즉 가정소설에서 벗어나는 방향으로 진행될 것임을 예상할 수 있다. 하지만, 1914년 6월 『매일신보』가 준비한 것은 천풍 심우섭의 「형제」이다. 이 작품은 그 때까지 게재된 소설들에 비해 확실히 다른 면모를 보여주지만, 어디까지나 가정소설이다. 심우섭이 『매일신보』에 입사하자마자 쓴 것으로 보이는 이 작품은 서구 작품을 원작으로 한 첫 번안소설이다.[189] 가난한 두 형제가 먹

---

188 백대진, 「신년 벽두에 인생주의파 문학자의 배출흠을 기대흠」, 『신문계』, 1916.1, 15쪽.

고 살기 위해 조선을 떠나 중국 상해에서 성공한다는 내용의 이 작품은 「월하가인」과 「소학령」에 이은 세 번째 노동이민 소설이기도 하다.[190]

이 쇼셜은 져쟈가 여러 달 동안 고심로력ㅎ야 셰계에 유명ㅎ 론돈타임쓰라는 신문에 련지되야 셰상에 써들던 「지나간 죄」라는 쇼셜을 근본으로 숨고 인졍 풍쇽을 교묘히 우리 죠션에 맛도록 혹 번역도 ㅎ며 혹 ㅈ긔의 의ㅅ를 붓치여 모 ㅈ 간의 ㄴ졀ㅎ 사랑과 형뎨 간에 두터운 은이와 의긔가 일편에 넘치며 셰샹이 문명ㅎㄹ쇼록 인류의 싱활은 더욱ㅅㅅ 위험ㅎ 현샹이 눈압헤 소연이 낫하나고 간 간히 비졀쟝졀ㅎ여 보는 사룸으로 ㅎ야곰 졔으른 쟈는 패활ㅎ고 용감ㅎ 마암이 스스로 일쪄오 눈물 만코 피 만흔 쟈는 참 마암으로 쓰러나오는 동졍심을 금치 못ㅎ 지며 더욱 본 쇼셜은 번거ㅎ 잔소리는 모다 이것을 피ㅎ고 간명히 그 ㅅ실 을 긔록ㅎ 것이오니 인독 졔군은 다대ㅎ 홍미를 붓치여 계쇽 인독ㅎ시오[191]

「형제」 연재 3주를 앞두고 나온 연재 예고문이다. 「소양정」[192]에서 처음 나타난 연재 예고는 보통 연재 3~4일 전에 나오는 것이 지금까지 의 관례였다.[193] 이는 이 작품과 서구소설의 번안에 대해 『매일신보』가

---

189 심우섭은 1914년 『매일신보』에 처음 입사해 7~8개월 근무하고 퇴사했다(「창간이래 삼십 년 본보 성장의 회고」, 『매일신보』, 1938.5.5).

190 1910년대 『매일신보』만이 아닌 그 앞 시기까지 확장하면, 네 번째 노동이민 소설이 된다. 육정 수의 「송뢰금」(1908)이 있기 때문이다.

191 「신소설예고 형제 심천풍 저」, 『매일신보』, 1914.5.19.

192 「구의산」에서 처음으로 소설에 대한 안내가 보이지만, 연재의 앞이 아닌 연재 시작일에 있다 는 점에서 연재예고라 할 수 없다. 따라서 연재 하루 전에 예고가 된 「소양정」이 최초이다.

193 이 관례에서 벗어난 적이 두 차례 있다. 「춘외춘」과 「쌍옥루」의 연재예고가 그러하다. 「춘외 춘」은 연재 12일 전인 1911년 12월 19일에 첫 연재 예고가 나타난다. 「쌍옥루」는 연재 7일 전에 있다. 「춘외춘」은 당시 이해조의 다른 소설들에 비해 두드러진 특징이 있는 작품은 아니다. 「춘외춘」의 경우는 1912년의 대대적인 지면 쇄신을 앞둔 상태에서 소설 예고도 지면 쇄신 홍보

얼마나 치밀하게 준비를 하고 있으며, 또한 이후 전개될 소설 경향의 변화에 커다란 관심과 배려를 기울이고 있음을 알게 해준다. 이 작품은 번안의 과정도 매우 흥미롭다. 다른 번안 작품들과 달리 이 작품은 영국의 원본, 즉 영어본을 직접 번안한 것으로 보이기 때문이다. 조중환의 번안소설은 물론이거니와 이후 전개되는 이상협과 민태원, 진학문의 번안(역)소설들은 원작은 서구 작품이라도 번안(역)의 직접 대본은 일본어 번역본이었기 때문이다.[194]

이 작품은 연재에 앞서 영국 소설 원작을 우리 실정에 맞게 번안했음을 당당히 밝히고 있다. 또한 연재 예고에서도 기존 소설에서 보아 왔던 "오늘날 가뎡에는 뎍당흔 쇼셜"·"더욱 가뎡에 필요흔 쇼셜"이라거나 "부녀자의 정렬(貞烈)을 권장"·"동포 자미는 더욱 착미ᄒ시오" 등의 내용이 더 이상 발견되지 않는다. 재미와 계몽성(교훈)이 동시에 강조되어 있는 것은 기존의 연재 예고와 같다. 하지만 그 내용이 근본적으로 달라져 있다. 이 작품 예고에서 강조되는 것은 더 이상 한 여인의 고난과 비극이 아닌 "모ᄌ 간의 ᄀ졀흔 사랑과 형뎨 간에 두터운 은의와 의긔"이다.[195] 소설을 읽는 또다른 재미인 "ᄯ러나오는 동정심"은

의 일환으로 나온 것이다. 「쌍옥루」는 첫 번째 소설 경향의 변화를 보여주는 작품이다. 일주일 전부터 계속된 이 소설에 대한 홍보는 『매일신보』가 가졌던 이 작품에 대한 기대와 배려를 엿볼 수 있게 한다.

194 한편, 이 작품의 일본어 번역은 「형제」 연재와 거의 동시에 이루어진 것 같다. 「형제」 연재 종료 후 열흘 만에 일어본 단행본이 출간되기 때문이다(『매일신보』, 1914.7.30, 3면 광고). 일본어로 이 책을 번역한 사람은 당시 총독부 영문판 기관지 *The Seoul Press*의 사장이었던 야마가타 이소오(山縣五十雄, 1869~1959)이다. 야마가타는 쿠로이와 루이코[黑岩淚香]의 『만조보』 영문란을 담당하기도 했던 영문학자 겸 언론인이다(白木茂,「山縣五十雄」,『日本近代文學大事典』第三卷, 東京 : 講談社, 1978, 406쪽).

195 이 작품에서 모자간의 사랑은 거의 존재감이 없다. 한영식·한철식 형제의 어머니는 연재 1회에서 사망하고, 이후에는 한영식의 입을 통해서만 두세 차례 등장할 뿐이기 때문이다.

이들 모자와 형제의 사랑에서 비롯되며, 형제간의 우애가 독자들에게 전달하려는 계몽성이 된다.

또한 "번거흔 잔소리는 모다 이것을 피흐고 간명히 그 스실을 긔록흔 것"이란 대목도 매우 중요하다. "번거흔 잔소리"는 작가가 (필요 이상으로) 등장·개입하여 서사를 이끌어가는 작가의 목소리를 가리킨다. 전지적 작가의 설명과 개입은 독자로 하여금 모든 서사의 진행과 인물의 심리까지 알 수 있도록 한다. 하지만, 서사 진행을 지연시켜 지루한 느낌을 줄 수 있으며, 개성 있는 인물이나 성격의 창조가 곤란하다는 단점이 있다. 「형제」의 이와 같은 선언은 이야기 중심 소설의 지양을 의미한다. 실제 이 작품에서 작가의 빈번한 개입이나 설명이 완전히 사라진 것은 아니다. 하지만 이전 소설들에 비해 확연히 줄어들었으며, 작품 서사가 사건 중심으로 매우 속도감 있게 진행된다. 또한 한영식, 한철식, 서상욱, 오영자 등 이 작품의 인물형상화는 작가의 설명이 아닌 등장인물의 대화나 행동, 내면 심리를 통해 이루어진다.

이 작품은 한 가족과 가족 구성원 사이의 갈등과 그 해결을 그린 가정소설임에는 틀림없지만, 한 여인의 수난사가 아닌 남자 형제의 고난과 성공, 갈등과 해결이 중심 내용을 이루고 있다. 또한 예고에서도 알 수 있듯이, 이 작품은 기존의 소설들과 같이 여성 이외의 독자까지 염두에 두었다고 판단된다. 남자 형제의 이야기가 서사의 중심이라는 것과 작가의 개입을 최소화하겠다는 것이 이 같은 추정을 뒷받침한다. 특히 후자의 경우는 보다 진전된 근대적 소설 인식을 보여주고 있다는 점에서 근대적 교육을 받은 독자층을 염두에 두고 있음을 시사한다.

「형제」 전체에서 강조되는 것은, 엄밀히 말해 한영식과 한철식 형제의 우애라기보다는 형 한영식의 동생 한철식에 대한 지극한 사랑이다. 모친마저 세상을 떠난 후 한철식과 한영식 두 형제만 남는다. 형 영식은 기골이 장대한 데 비해 동생 철식은 이와 반대로 여자같이 예쁜 미소년이다. 생계를 위해 형은 항구에서 막노동을 하며, 동생은 부잣집 아들의 영어 과외를 한다. 몸이 약한 철식은 어느날 좋은 털외투를 입고 오는데, 이는 추위에 못 견딘 철식이 훔쳐온 것이다. 모든 일이 발각되어 경찰이 찾아오는데, 영식은 동생의 죄를 모두 자신이 뒤집어쓰고 결국 감옥에 갇히는 신세가 된다.

> 너는 지금 몸에 병이 잇슨즉 도뎌히 징역ᄒ러 갈 수 업슬 것이니 무슨 일이던지 모다 니 몸에 미투어라 니가 업는 동안에는 엇지홀 슈 업슬 터이니 조선병원으로 가셔 부디 조셥을 잘ᄒ여라 (…중략…) ᄯᅩ 네가 만일 징역을 ᄒ고 나오면 박의관집에도 다시 단이지 못ᄒ게 되지 안이ᄒ겟느냐 그만ᄒ면 알아듯겟지 만 스롤 니가 다 알아셔 됴토록 홀 터이니[196]

체포 직전 영식이 철식에게 하는 말이다. 영식은 동생의 육체적 허약함과 전과자가 될 경우 일자리도 끊길 것을 염려하여 자신이 스스로 대신 죄를 받는다. 이 같은 작품 초반의 철식의 외투 절도와 영식의 징역은 이후 형제에게 닥치는 여러 고난의 근원이 된다. 영식의 동생에 대한 이 같은 헌신적인 사랑과 자기희생은 여기에서 그치지 않는다.

영식은 감옥에서 나와 동생과 함께 중국 상해로 일자리를 찾아 떠난다. 영식은 상해에서 식당 점원으로 일하다가 우연히 은행 사장 진기

---

196 「형제」 3회(1914.6.13).

장의 눈에 들어 은행에 취직한다. 은행에 취직한 지 11년 후, 한영식은 본인의 노력과 사장 진기장의 신뢰에 힘입어 은행 인천지점장에 내정되는데, 이 때 우연히 11년 전의 전과가 드러나게 된다. 이 때 철식은 상해 유명한 의사의 딸이자 빼어난 미모의 소유자인 오영자와 약혼한 뒤 결혼 날짜만 기다리고 있는 상태였다. 형제 모두 승진과 결혼 등 승승장구하고 있을 때, 11년 전의 범죄 사실이 드러난 것이다. 하지만 영식은 무조건 동생을 돕기로 결심하고, 사장에게 본인이 11년 전의 범인임을 자백한다. 하지만 영식은 동생의 관련 사실을 숨기고 가난 때문에 부득이 그리된 일로 설명할 수밖에 없었다. 사실 영식은 이 일이 처음 일어났을 때, 사장에게 사실대로 모두 말하거나 그렇지 않으면 동명이인으로 둘러 댈 수도 있었다. 하지만 영식은 동생을 위해 이번에도 결국 자신이 모든 죄를 뒤집어쓰고 만다. 영식이 사실대로 밝힐 수 없는 것은, 만약 사실대로 말한다면 동생의 결혼이 허사가 될 것이기 때문이다. 이후 영식에게는 불행한 일만 연이어 일어난다.

영식은 사장의 호의로 은행에서 계속 근무하게 된다. 하지만, 진경희를 짝사랑하는 서상욱의 흉계로 이 일이 은행 전체에 퍼져 결국 은행을 사직하게 된다. 영식은 지점장 내정 취소와 은행 사직 이유를 우연히 알게 된 제수(弟嫂) 영자로부터도 여러 번 창피와 모욕을 당한다. 더구나 이 일이 은행 밖에도 알려져 영식은 취직조차 어렵게 된다. 영식은 철식에게도 동생의 마음을 생각해 자신이 은행을 사직한 진짜 이유는 말하지 않는다. 철식은 영자로부터 형의 사직에 대한 전말을 듣고 형의 깊은 사랑에 큰 감동을 받지만, 영자에게 자신이 진짜 범인임을 말하지는 못한다. 이 같은 철식의 이기적인 모습은 영식의 사랑을 더욱 부각시킨다. 또한 독자들은 형 영식의 동생에 대한 희생과 사랑에 보다 큰 감동과 동정을 가질 수밖에 없다. 영식의 사랑과 우애는 결혼 후 자동차 사고로 생명이 위중한 철식이 11년 전의 일을 모두 자백하는 장면에서 최고조에 달한다.

> 황망히 문을 열고 쮜여 드러오는 것은 영식이라 이를 본 철식의 눈은 광치가 나며 「형님 어머니끠셔…아하…어머니 형님을 긔특이 녁여 쥬시오 날노흐여 별별 참독훈 경우까지 지니엿습니다 아하…」흐며 도리혀 깃버흐는 듯이 소리를 놉힌다 영식은 외마듸 쇼리로 「철식아」흐며 달녀들어 아오와 얼골을 마쥬 더일 째에 철식은 긔운 업는 팔을 들어 형을 쌔여안으랴 흐다가 일으지 못흐고 다만 「형님」흐는 한마듸 소리로 호읍이 쓴어지니 그 아람답고 웃는 듯훈 얼골은 이졔 이 셰샹 샤룸이 아니러라[197]

철식은 11년 전 자신이 저지른 죄를 모두 털어놓고 결국 죽음을 맞는다. 철식은 죽음이라는 파국을 맞았지만 그의 죽음으로써 이들 형제의 우애와 사랑은 더욱 배가되며, 또한 그만큼 독자들의 감동도 절정에 이르게 된다. 영식은 모든 오해가 풀려 은행에 복직하고 사장 딸 진경희와 부부가 된다. 두 남자 형제의 "천고에 업는 우이와 의긔"(31회)가 강조된 이 작품은 이제까지 여성의 수난사가 중심이 된 소설과는 질적으로 경향을 달리하는 소설인 것이다.

이 작품은 형제의 고난과 해결을 다루었다는 점에서 가정소설임은 분명하다.[198] 하지만 이전 소설의 경향과는 분명한 차이가 있는 작품이

---

197 「형제」 31회(1914.7.17).

다. 33회로 끝난 비교적 짧은 연재소설이었음에도 불구하고 이 작품은 꽤 인기가 있었던 것으로 보인다. 이는 우선 다음과 같은 『매일신보』의 감사 표명에서 확인할 수 있다.

> 본보 일면에 게지ᄒᆞ는 쇼셜 형뎨(兄弟)는 련지호 지 멧칠이 되지 못ᄒᆞ야 경향 간 일반 신ᄉᆞ 귀부인의 이독쟈는 본 쇼셜에 디ᄒᆞ야 필법의 위이곡절홈과 니용 의 간곡호 진졍이며 진진호 취미롤 모다 찬셩ᄒᆞ고 환영ᄒᆞ여 감사ᄒᆞ다는 편지가 믜일 답지ᄒᆞ나 일일히 지면에 게지치 못ᄒᆞ고 다만 삼면 여빅을 엇어 이독 졔군 의 깁흔 뜻을 위로ᄒᆞ노라[199]

연재 시작 후 정확히 한 달째 되던 날 게재된 기사이다. 현재로선 정확한 자료가 없어 구체적으로 이 작품의 목표 독자를 확인할 수 없지만,[200] 어쨌든 『매일신보』로서는 그 목적을 충분히 달성한 것은 틀림없어 보인다. 아직 완결이 되지 않은 연재소설에 대해 독자들에게 감사를 표시하는 것은 이제까지 없었던 파격적인 일이다. 이 작품은 『매일신보』로 하여금 연재 도중 독자에게 감사를 표시하게 할 만큼 큰 인기를 끌었던 것이다.[201]

---

198 단행본은 연재 후 4년 뒤 영창서관에서 간행되는데, 『매일신보』는 이 작품을 "선량청신(善良 淸新)"한 "가정소설"로 소개하고 있다('신간소개', 『매일신보』, 1918.11.26; 『매일신보』, 1918.12.3, 1면 광고).

199 「소설 「형제」의 대갈채」, 『매일신보』, 1914.7.11.

200 「형제」에 대한 독자 반응은 단 한 건이 있을 뿐이다. 다음과 같다. "여보 긔쟈 션싱님 요시 귀보 일면에 나는 형뎨라는 쇼셜을 련일 밧아보오미 참 즈미가 잇셔요 엇져면 형뎨 간에 우의가 지 극ᄒᆞ야 셔로 도아가며 친목돈이로 지너가는 것을 보닛가 우리 독쟈의 감상은 말홀 슈 업셔요 아마 비극 중에는 그런 비극이 또 업슬 뜻ᄒᆞ던 걸이오. 「일독쟈」"('독자긔별」, 『매일신보』, 1914.6.17).

201 이 작품은 그 인기에 힘입어 연재 후 연극과 활동사진으로도 상연(영)되어 큰 성공을 거두게 된

3) 서구소설 번안의 본격화

(1) 쿠로이와 루이코[黑岩淚香] 선택의 계기

「형제」의 성공에 고무된 『매일신보』는 이후 서구소설 번안에 본격적으로 착수한다. 조중환에 이어 두 번째 번안 작가 이상협이 등장하여 본격적인 서구소설 번안에 나서게 된다. 「정부원」과 「해왕성」이 이에 해당하는 작품이다. 「형제」의 성공으로 자신감을 가진 『매일신보』는 이상협의 번안소설을 통해 본격적인 청년학생층 독자 확보에 돌입하게 된다.

하지만, 『매일신보』와 이상협은 「정부원」 연재에 다소 부담을 느꼈던 것으로 보인다. "셔양 사롬의 쇼셜을 셔양 사롬의 쇼셜 곷치 번역ᄒ야 수다한 독쟈의게 보이고져 홈은 본일브터 게지ᄒᄂᆞᆫ 뎡부원(貞婦怨)이 쳐음 시험"[202]이기 때문이다. 이 작품은 『매일신보』 연재소설 중 원작이 서구 소설인 두 번째 작품이다. 또한 작가 이상협은 연재의 시작과 함께 일종의 해설 겸 애독 권고문 성격의 글을 따로 싣고 있다.[203] 이 글의 주 내용은, 「정부원」이 서양 소설을 옮긴 것이지만 작품의 재미에 대해서는 작가인 자신이 보증하겠다는 것이다. 연재 전 예고와 연재 시작과 함께 게재된 작가의 해설 및 애독을 권고하는 글의 존재는 서양 소설 연재에 대한 부담과 기대가 결코 작지 않았음을 보여준다.

「정부원」과 「해왕성」은 원작이 서구 소설이지만, 번안 대본은 모두

다. 이에 대해서는 다음의 자료를 참고할 수 있다. 「연흥사의 형뎨 연극」, 『매일신보』, 1914.7.24; 「연흥사의 형제극」, 『매일신보』, 1914.8.4; 「(형제)극의 성황」, 『매일신보』, 1914.8.6; '독쟈긔별', 『매일신보』, 1914.8.7; 「「과거의 죄」 성황」, 『매일신보』, 1917.6.5; 「「매일신보」 데-」, 『매일신보』, 1917.6.7.

202 「「정부원」에 대ᄒ야」, 『매일신보』, 1914.10.29(이하 이 글이 반복될 경우 제목만 표기함).
203 위의 글.

288   1910년대 소설의 역사적 의미

일본 쿠로이와 루이코의 소설들임은 앞서 살펴본 바 있다. 서구 소설을 원작으로 하는 쿠로이와의 번안소설은 「애사」에 이르기까지 1910년대 중후반 『매일신보』 연재소설란의 중심을 이룬다. 그런데 앞서 살펴본 서구 소설 연재에 대한 부담은 곧 쿠로이와 소설에 대한 부담이 된다. 그렇다면 여기서 쿠로이와 루이코가 선택된 이유에 대해 묻지 않을 수 없다. 『매일신보』는 이 시기 왜 십여 년 전 일본에서 유행한 쿠로이와의 소설을 선택한 것일까. 지금 이 시점에서 말할 수 있는 것은 쿠로이와와 그의 소설이 청년학생층 독자 확보와 큰 관계가 있을 것이라는 점이다.

쿠로이와 루이코(본명은 쿠로이와 슈우로쿠[黑巖周六], 1862~1920)는 일본 탐정소설의 비조(鼻祖)라 평가되는 인물이다.[204] 일본 신문계로부터도 외국소설을 번역해 이름을 문단에 드날렸다는 찬사를 받은 바 있다.[205] 쿠로이와는 언론인과 신문소설가 두 방면으로 잘 알려져 있는데, 여기에서는 신문소설가, 즉 작가로서의 측면에 대해서만 살펴보고자 한다.[206] 쿠로이와는 1888년 『금일신문(今日新聞)』에 쓴 번역소설 「法廷の美人」이 호평을 받아 이를 계기로 1889년 『도신문(都新聞)』에 입사해 본격적인 신문소설 집필을 시작한다.[207] 『도신문』은 다른 매체에는 일체 기고하지 않는다는 조건 하에 당시로선 파격적인 대우로 그를 주필로 초빙하여 사설과 소설의 집필을 맡긴다.[208] 쿠로이와는 1889~1892년 『도신

204 川戶道昭, 「ミステリ─作家黑岩淚香の誕生」, 『黑岩淚香の硏究と書誌』, 東京 : ナだ出版センタ─, 2001, 29쪽.

205 『신문총람』 1910년판, 492쪽.

206 언론인으로서의 쿠로이와 루이코에 대해서는 다음의 연구를 참고할 수 있다. 小野秀雄・阿部賢一・笠信太郎, 『三代言論人集』 第六卷, 東京 : 時事通信社, 1963, 5~125쪽.

207 위의 책, 85쪽.

208 쿠로이와는 1889년 『도신문』에 입사하면서 50엔을 월봉으로 받았는데, 당시 일본 소신문의 주필 월봉은 대개 25~30엔이었다고 한다(岩井肇, 『新聞と新聞人』, 東京 : 現代ジャ─ナリズム

문』에 재직하면서 총 17편의 소설을 연재했는데,[209] 이 소설들은 당시
큰 인기를 끌어 신문 사세의 확장에 결정적으로 기여했다. 『도신문』은
쿠로이와가 주필로 재직한 4년 동안 발행 부수가 세 배 증가(1→3만 부)
했는데, 이는 모두 쿠로이와의 번안추리소설 연재에서 비롯된 것이었
다. 이 때 신문소설사상 '루이코 시대[涙香時代]'라 불릴 정도로 추리소설
붐이 조성되었다고 한다.[210] 쿠로이와는 이 시기 엄청난 독자 동원능력
을 가진 작가였던 것이다. 이러한 쿠로이와의 독자 동원능력은 1894년
『만조보』로 옮긴 이후에도 계속된다. 『만조보』는 『도신문』을 퇴사한 쿠
로이와가 1894년 11월 설립한 신문사이다. 이 신문은 19세기 말 일본 최
대의 발행 부수와 최고 인기를 얻은 신문으로, 일본 신문발달사상 크게
기록되어야 한다는 평가를 받은 바 있다.[211] 『만조보』의 가장 큰 특색은
쿠로이와의 탐정소설에 있다고 하는데, 이로 인해 『만조보』 창간과 함
께 『도신문』의 독자가 1만 명이나 감소했다고 한다.[212] 이들이 『만조
보』의 독자가 된 것은 물론이다.

　『만조보』의 창간 이후 급격한 사세의 신장을 다음 쪽의 〈표 18〉에서
확인할 수 있다. 이 같은 『만조보』의 발행 부수는 당시 토쿄에서 발행되
던 신문 중 단연 최고였다.[213] 『만조보』는 이후에도 꾸준히 독자가 증가

　　出版會, 1974, 204쪽).

209 伊藤秀雄, 『黑岩涙香研究』, 東京 : 幻影城, 1978, 56~57쪽 참조.

210 高木健夫, 『新聞小說史 明治篇』, 東京 : 國書刊行會, 1974, 232쪽; 小野秀雄·阿部賢一·笠信太
　　郎, 『三代言論人集』 第六卷, 東京 : 時事通信社, 1963, 18쪽 참조.

211 岩井肇, 『新聞と新聞人』, 東京 : 現代ジャーナリズム出版會, 1974, 200쪽.

212 小野秀雄·阿部賢一·笠信太郎, 『三代言論人集』 第六卷, 東京 : 時事通信社, 1963, 29쪽; 高木健
　　夫, 『新聞小說史 明治篇』, 東京 : 國書刊行會, 1974, 239쪽.

213 〈표 18〉과 같은 시기 『동경조일신문』의 발행 부수가 두 번째였는데, 1893년에는 12,983,254부로
　　『만조보』보다 많았지만, 이후 오히려 발행 부수가 줄어들어 1899년에는 『만조보』의 절반을 약
　　간 상회하게 된다(山本武利, 『近代日本の新聞讀者層』, 東京 : 法政大學出版局, 1981, 404~407쪽).

	1893년	1894년	1895년	1896년	1897년	1898년	1899년
발행 부수	9,077,294	14,547,008	19,812,037	24,458,240	26,415,868	31,481,790	34,994,677

한다. 「해왕성」의 원작인 「嚴窟王」이 연재되었던 1902년에 이르면 하루 발행 부수가 12만 부에 달하게 되어, 당시 토쿄의 신문 중 최고 발행 부수를 기록한다.[214]

위의 표에 나타나듯이, 『만조보』는 불과 6년 사이에 발행 부수가 네 배 가까이 증가한다. 이같이 급격히 증가한 『만조보』의 독자는 어떤 계층이었을까. 어떤 독자들이 『만조보』와 그에 게재된 쿠로이와의 소설에 매료되었던 것일까. 일본 명치 시대 신문 독자층에 대해 연구한 야마모토 타케토시[山本武利]는 『만조보』의 독자, 특히 명치 30년대 독자에 대해 중요한 분석 결과를 내놓고 있다. 『만조보』가 당시 토쿄에서 발행되던 신문 중 가장 많은 독자를 가진 신문이라는 점은 이 신문이 계층에 상관없이 두루 읽혔다는 것을 의미한다. 상공업자, 지식인층 독자뿐만 아니라 하층 독자에게도 골고루 지지를 받았던 것이다.[215] 『만조보』 독자 문제에 있어 특히 주목할 만한 특징은 직공층(職工層) 독자와 함께 학생층 독자가 제1위를 차지하고 있다는 점이다. 다른 신문에 비해 『만조보』가 학생이나 교원 등의 지식인 독자를 흡수할 수 있었던 것은 우치

---

214 岩井肇, 『新聞と新聞人』, 東京 : 現代ジャーナリズム出版會, 1974, 212쪽. 참고로, 타카기 타케오[高木健夫]도 『만조보』 발행 부수의 신장을 다음과 같이 제시하고 있다. 1894년 5만 부, 1899년 9만 4,000부, 1901년 10만 5,000부(高木健夫, 『新聞小說史 明治篇』, 東京 : 國書刊行會, 1974, 238쪽).
215 山本武利, 『近代日本の新聞讀者層』, 東京 : 法政大學出版局, 1981, 95쪽. 이하 『만조보』 독자에 대한 설명은 특별한 언급이 없는 한 이 책을 참고했음을 미리 밝혀둔다.

무라 칸죄[內村鑑三]나 코우토쿠 슈스이[幸德秋水], 사카이 토시히코[堺利彦] 등 당대 지식청년층에게 인기가 있었던 쟁쟁한 종교가나 사상가들이 집필한 진보적인 논설과 쿠로이와의 소설 덕분이었다. 특히 쿠로이와의 번안소설은 중학생에서 대학생에 이르는 지식청년층에게 획기적인 인기가 있었는데,[216] 이러한 번안소설의 인기가 지식인 독자층 개척에 크게 공헌했던 것이다.

청년학생층 독자들에게 특히 인기가 있었던 쿠로이와는『도신문』재직 시부터 확실한 그만의 독자를 갖고 있었다. 단순한 애독자라는 차원을 넘어 '루이코 교도[淚香宗]'라 불릴 정도의 열광적인 심취자들이었다고 한다. 이 같은 쿠로이와에 대한 인기와 확실한 독자층은『만조보』창간 이후 약 10년간에 걸쳐 쿠로이와를 정점으로 한 신문소설(특히 추리소설)의 전성시대를 만들어 낸다.[217] 약 60여 편에 이르는 그의 번안소설 중 독자로부터 보다 큰 호평을 받은 작품은 다음의 12작품이다.

「人耶鬼耶」「活地獄」「梅花郎」「鐵仮面」「捨小舟」「繪姿」「古王宮」「雪姬」「幽靈塔」「人の妻」「巖窟王」「噫無情」[218]

청년학생층 독자들을 흡수하는데 크게 공헌한 이들 작품 중에는 1910년대 중후반『매일신보』의 연재소설로 번안되는 작품들이 포함되

---

216 岩井肇,『新聞と新聞人』, 東京:現代ジャーナリズム出版會, 1974, 201쪽.

217 高木健夫,『新聞小說史 明治篇』, 東京:國書刊行會, 1974, 234・248쪽.

218 小野秀雄・阿部賢一・笠信太郎,『三代言論人集』第六卷, 東京:時事通信社, 1963, 85~86쪽. 오노 히데오[小野秀雄]는「捨小舟」를「棄小舟」로 적고 있다. 하지만 '棄'자와 '捨'자는 같은 뜻을 가진 글자이다.

어 있다. 위 12작품 중 「捨小舟」와 「巖窟王」, 「噫無情」 세 작품은 이상협과 우보 민태원에 의해 「정부원」과 「해왕성」, 「애사」로 각각 번안·게재된다. 「정부원」과 「해왕성」, 「애사」 등 1910년대 중후반 『매일신보』 번안소설의 중심을 이루는 세 작품은 모두 『만조보』 소재 쿠로이와 번안소설을 완역·직역한 것이다. 그런데 여기에서 언급해 둘 것은 쿠로이와와 이상협 및 민태원의 번안 방법에 차이가 있다는 점이다. 이상협과 민태원은 인명이나 지명 등에만 다소 손을 댔을 뿐, 쿠로이와 작품을 거의 그대로 번안했다. 하지만 쿠로이와의 번안 방법은 이와 달랐다. 쿠로이와는 서구의 원작을 직역하지 않고 원문을 적당하게 줄여 옮기는 방법을 택했다. 당시 일본에서는 이런 번역 방법을 "호걸역(豪傑譯)"이라 불렀다고 한다.[219]

이제 특히 인기를 끈 위의 12작품 중 「捨小舟」와 「巖窟王」에 대해 살펴보도록 하자. 이들 작품은 모두 『만조보』에 연재된 소설로 각각 영국과 프랑스 소설을 쿠로이와가 번안한 것이다. 이들 작품의 신문 연재와 단행본 발행 서지는 각각 다음 쪽의 〈표 19〉와 같다.[220]

「捨小舟」는 쿠로이와 번역 가정소설의 왕좌를 차지하는 장편 작품으로 영국 작가 브래든(Mary Elizabeth Braddon)의 *Diavola; or, The Womans' Battle*을 원작으로 한다.[221] 이 작품은 『만조보』 연재 후 두 차례(1897·1898)나 연극으로 상연된 바 있다. 또한 「정부원」의 나철에 해당하는 인

---

219 西永良成, 「フランス文學」, 『翻譯百年』, 東京 : 大修館書店, 2000, 54쪽. 한편, "호걸역"과는 달리, 원문에 충실한 번역은 "조밀역(稠密譯)"이라 했다고 한다.

220 伊藤秀雄·榊原貴敎 編, 『黑岩淚香の硏究と書誌』, 東京 : なだ出版センター, 2001, 124~126·198쪽; 伊藤秀雄, 『黑岩淚香硏究』, 東京 : 幻影城, 1978, 296·299쪽.

221 브래든의 이 작품은 1866년 10월 27일부터 1867년 7월 20일까지 영국의 *London Journal*에 연재되었다.

<표 19> 「捨小舟」와 「巖窟王」의 서지

제목	연재기간 및 단행본 발행 시기	연재횟수
捨小舟	1894년 10월 25일~1895년 7월 4일	156
	상편 : 1895년 7월 / 중편 : 1895년 8월 / 하편 : 1895년 10월	
巖窟王	1901년 3월 18일~1902년 6월 14일	268
	권1 1905년 7월 · 권2 1905년 9월	

물인 「捨小舟」의 카와바야시 이쿠도우(皮林育堂)는 연재 후 일본에서 한 동안 악인의 대명사로 회자되었다고 한다.[222] 「巖窟王」은 쿠로이와의 작품 중 가장 긴 작품으로 그의 수많은 복수담을 총결산하는 작품으로 평가된다. 「몬테크리스토 백작」으로 잘 알려진 이 작품은 프랑스의 알렉상드르 뒤마(Alexandre Dumas)의 *Le comte de Monte-Cristo*가 원작이다. 뒤 마의 이 작품도 1844년 프랑스 『토론지』라는 신문에 연재되어 커다란 성공을 거둔 바 있다. 일본의 한 신문소설 연구가는 「巖窟王」, 「幽靈塔」, 「噫無情」을 『만조보』 시대 독자의 인기를 독점한 3대 작품으로 꼽는다. 이 중 특히 「巖窟王」은 어쩌다 연재를 거르게 될 경우 청년층 독자로부 터 "고약하기 짝이 없다(不都合千万)"라는 힐문서가 신문사에 날아들 정 도로 매우 큰 인기와 성공을 거둔 작품으로 평가되고 있다.[223]

「捨小舟」와 「巖窟王」의 이 같은 인기는 특히 『만조보』의 사세 확장에 결정적으로 공헌했다. 1914년 무렵 청년학생층이 대두·성장하고 있

---

222 伊藤秀雄·榊原貴敎 編, 『黑岩淚香の研究と書誌』, 東京 : ナだ出版センター, 2001, 124쪽; 권용선, 「1910년대 '근대적 글쓰기'의 형성과정 연구」, 인하대 박사논문, 2004, 65쪽; 박진영, 「1910년대 번안소설과 '정탐소설'의 매혹」, 『대동문화연구』 52, 성균관대 대동문화연구원, 2005, 303쪽.

223 高木健夫, 『新聞小說史 明治篇』, 東京 : 國書刊行會, 1974, 244~248쪽; 김중현, 「프랑스의 신문 소설」, 『신문소설이란 무엇인가?』, 국학자료원, 1996, 73~74쪽; 伊藤秀雄·榊原貴敎 編, 『黑 岩淚香の研究と書誌』, 東京 : ナだ出版センター, 2001, 150~153쪽.

던 상황에서 『매일신보』가 쿠로이와의 소설을 선택한 데에는 충분한 이유가 있었던 것이다. 이도 역시 일본 가정소설의 번안과 마찬가지로 신문소설의 인기와 신문의 발행 부수 신장 등 일본의 상황을 면밀히 살핀 결과이다. 『매일신보』와 이상협은 쿠로이와의 소설이 『만조보』에 기여한 청년학생층 독자의 확보와 이를 통한 신문 사세의 확장이라는 성과를 1910년대 중반 『매일신보』에서도 똑같이 기대했던 것이다.

하지만, 앞서 살펴본 「형제」의 성공과 일본의 상황이 「정부원」을 번안하게 된 계기의 전부는 아니다. 때마침 유럽에서 발생한 1차 대전과 그로 인해 높아진 서양에 대한 관심도 서구 소설의 번안에 일정 부분 영향을 미쳤다고 판단된다. 1914년 8월 유럽에서 일어난 1차 대전은 당시 조선인들의 시공간적 감각을 세계적인 차원으로 확장시키는데 크게 기여한 사건이었다. 이전까지 게재된 소설들에 비해 상당히 이질적인 「정부원」이 당시 독자들에게 비교적 쉽게 수용되었던 데에는 그 해에 서구에서 벌어진 전쟁도 크게 한몫했다. 1차 대전에 대한 전쟁보도는 독자들로 하여금 "셔양 사롬의 쇼셜을 셔양 사롬의 쇼셜 굿치 번역"한 「정부원」을 큰 무리 없이 받아들이게 했던 것이다.[224] 실제 『매일신보』는 1914년 8월 전쟁 발발과 함께 대대적인 전쟁보도를 시작한다. 외보 지면이었던 2면에는 1914년 8월 2일부터 '구주전운'란이 신설되고, 8월 4일부터 13일까지 「구주의 전란과 동양의 안위」라는 사설을 9회에 걸쳐 연재한다. 또한 유럽 각 참전국들에 관한 사진이나 화보, 그림, 지도 등도 게재하여 전쟁을 보도하고 알리는데 많은 힘을 기울인다.

224 1차 대전과 「정부원」과의 관계에 대해서는 권용선도 지적한 바 있다(권용선, 「1910년대 '근대적 글쓰기'의 형성과정 연구」, 인하대 박사논문, 2004, 62~64쪽).

1차 대전 보도와 관련하여 『매일신보』가 행한 다양한 기획 중 문학과 연관된 것은 다양한 역사전기물의 게재이다. 우선 서양 각국이 전쟁을 하게 된 이유를 「구주열국지」(1914.8.14~1915.3.11, 한글)라는 역사 이야기의 형식을 빌어 독자들에게 제공한다. 이 외에도 「마상의 여천사」(1914.8.22~29, 1면, 한글), 「즉묵사담」(1914.9.19~26, 1면, 국한문), 「춘추시대 산동인물지」(1914.9.29~10.7, 4면, 한글), 「카이졔루 독졔」(1915.1.30~4.9, 1면, 국한문), 「비극주인 오졔」(1915.4.10~6.27, 1면, 국한문) 등의 다양한 역사전기물이 있다.

이 같은 1차 대전과 그 보도, 이로 인해 부쩍 높아진 서양에 대한 관심 등도 「정부원」 게재의 중요한 요인이었던 것이다. 1차 대전이라는 "셔양의 큰 젼징은 우리로 ㅎ야곰 셔양이라는 것을 만히 알게 ㅎ는 조흔 째로 이 째에 당ㅎ야 우리와 좀 다른 그네의 긔질과 물졍과 풍속의 몃분을 이 쇼셜로 말미암아 아는 것도 ㅉ호 히롭지 안이혼 일"[225]이라는 작가의 발언은 이를 단적으로 보여준다.

(2) 청년학생층 독자 포섭의 본격화

지금까지 살펴본 여러 국내외 상황과 「형제」의 성공에 고무된 『매일신보』는 이제 「정부원」과 「해왕성」 등 본격적인 서구 소설 번안작을 내놓게 된다. 이들 작품은 청년학생층 독자의 확보 / 확대가 목표인 만큼, 이제까지 소설란의 주 경향이었던 가정소설에서 한층 멀어진 모습을 보이다 「해왕성」에 이르러 완전히 벗어나게 된다.

---

225 「「정부원」에 대ㅎ야」

「졍부원」은 본리 셔양의 쇼셜이라 지금 덕국과 견징ᄒᆞᆫ 영국 사ᄅᆞᆷ이 지은 쇼셜로 (…중략…) 그 ᄉᆞ실은 가히 본밧고 가히 경계ᄒᆞ고 가히 쥬먹을 쳐셔 쾌홈을 부르며 가히 눈물을 흘녀 ᄌᆞ미롤 구홀 ᄉᆞ실이 미일 지폭에 가득ᄒᆞᆫ 중 특히 그 아슬아슬ᄒᆞᆫ 디경을 넘기는 머리와 슯ᄒᆞ고 분ᄒᆞᆫ ᄉᆞ실을 돌리는 마듸에는 보는 사ᄅᆞᆷ으로 ᄌᆞ연 그 마음이 슈셜 안에 홀려드러가 불상ᄒᆞ고 어엽부고 부럽고 본밧을 녀편네 쥬인공의 깃거운 것을 보면 스사로 우슘이 나올지오 그 슯홈을 보면 눈물이 먼져 압흘 셜지니 이것이 셔양 소셜 안이고는 용이히 엇어 보지 못홀 것이오 ᄯᅩ 한 셔양 쇼셜의 한 특식이오 (…중략…) 그와 ᄀᆞᆺ치 ᄌᆞ미잇는 ᄉᆞ실에 더군다나 그 필법은 아못됴록 맛잇고 쉬운 글로 아못됴록 잔말을 더러 보기에 편ᄒᆞ고 영화로온 ᄯᅳᆺ을 꼭 마물려 나죵에도 미흡ᄒᆞᆫ 싱각이 업도록 지은 것이라 (…중략…) 엇지ᄒᆞ얏던지 이번의 소셜은 이젼에 우리의 구경치 못ᄒᆞ던 신긔ᄒᆞᆫ 시 시험이라[226]

우선 이 소설의 게재가 두 달 전에 일어난 1차 대전과 관련이 있음을 알 수 있다. 여기에서 주의 깊게 보아야 할 점은 크게 두 가지이다. 우선, 이 소설이 가진 재미에 대한 강조이다. 앞서 『매일신보』와 이상협이 가졌던 이 작품 연재에 대한 부담에 대해 정리한 바 있다. 신문사와 작가가 부담을 가진 이유는 이 작품이 서양 소설을 본격적으로 옮긴 첫 작품이기 때문이다. 하지만 『매일신보』와 이상협은 이 작품에 대한 이러한 부담을 재미로 극복하겠다는 의지를 보이고 있다. 이는 위 인용문 사흘 뒤에 게재된 또다른 연재예고문의 제목이 「근근(近々) 연재 홀 극히 자미잇는 신소설」(1914년 10월 25일, 6면)이라는 점에서도 확인된다. 비록 우리와 다른 서양의 소설이지만, "우리와 물정 풍속은 얼마쯤

226 「신소설예고」, 『매일신보』, 1914.10.22.

셔로 다톨망정 인정이라는 것은 그녀나 우리네나 넷날이나 지금이나 다를 바이 업는 고로 쇼셜에 더흐야 그 스실이 보는 이의 인정에 즈미 만 만케 감동되얏스면 보는 이의 ᄆ옴도 흡족"[227]할 것이기 때문이다.

또 하나는 소설과 문학에 대한 보다 진전된 근대적 인식이 나타나 있다는 점이다. "필법은 아못됴록 맛잇고 쉬운 글로 아못됴록 잔말을 더러 보기에 편흐고 영화로온 ᄎᆽ을 쏙 마물려 나죵에도 미흡흔 싱각이 업도록 지은 것"이라는 말 속에는 소설 구성, 즉 플롯에 대한 인식이 드러나 있다. '신소설' 퇴조의 원인이기도 한 플롯의 문제는 사실 조중환의 번안소설에서 이미 성취된 것이긴 하지만, 실제로 작가에 의해 직접 표명된 것은 이번이 처음이다.

이 같은 소설 구성에 대한 근대적 인식에 이어 '번역'에 대한 의식이 표명된 점도 문학에 대한 보다 진전된 근대적 인식을 보여준다. 이상협은 이 작품에 대해 "셔양 쇼셜을 근본으로 삼아 번역"했다거나 "셔양 사롬의 쇼셜을 셔양 사롬의 쇼셜 ᄀᆺ치 번역"[228]했음을, 즉 번안이 아닌 '번역' 작품임을 여러 차례 강조하고 있다. 번역에서 중요한 것은 원작의 본래 의미는 물론 작가의 의도까지 잘 전달되어야 한다는 것이다. "셔양 사롬의 쇼셜 ᄀᆺ치 번역"했다는 것은 작가가 이 같은 '번역' 개념을 충분히 인식하고 있었음을 보여준다. 「정부원」은 '번안'이 아닌 '번역'이라는 인식 하에 성립된 작품인 것이다. 동시에 이 같은 번안과 번역에 대한 구별은 그 자체로 문학에 대한 보다 진전된 근대적 인식을 보여준다고 할 수 있다.

---

227 「「정부원」에 대흐야」
228 「근ᄯ 연재홀 극히 자미잇는 신소셜」, 『매일신보』, 1914.10.25; 「「정부원」에 대흐야」

원작에 임의로 손을 댄 것에 대한 작가의 언급도 마찬가지이다. 이
상협은 작품 속의 지명과 인명을 우리식으로 고친 데 대해 "이 쇼셜 지
은이의게 더흐야는 허물이 젹지 안"[229]음을 고백한다. 번역자 이상협
은 원작의 지명과 인명을 임의로 손대는 것이 결코 옳은 태도가 아니
라는 것을 충분히 인식하고 있었던 것이다. 지금까지 조중환이나 심우
섭은 이러한 번안/번역의식은 물론 원작에 임의로 변화를 준 것에 대
해 어떤 언급도 한 적이 없다. 이를 통해서도 이상협이 조중환·심우
섭과는 다른 인식, 즉 보다 진전된 근대적 문학 인식의 소유자였으며,
이러한 인식 하에서 연재에 나섰던 것임을 보여준다.[230]

이 같은 재미에 대한 강조와 소설과 문학에 대한 보다 진전된 근대적
인식은 청년학생층 독자와 밀접한 관계가 있다. 하지만, 여기에서 주의
깊게 살펴야 할 것은 「정부원」이 결코 청년학생층 독자만 염두에 둔 것
이 아니라는 점이다. 『매일신보』는 이 작품을 통해 기존의 한글 소설에
대한 독자는 물론 청년학생층 독자'까지' 아우르고자 했다고 판단된다.
이는 이 작품에 대한 다양한 독자 반응과 그 형식을 통해 알 수 있다.

긔이훈 소셜 조미잇는 필벌 「뎡부원」 한 편이 하늘에서 쩌러졋나 짜에서 소
삿나 갈스록 긔이후고 볼스록 쟈미잇는 「뎡부원」아 너는 나의 쥬야 침두에 왕
리후는 뎡혜와 함의 만고에 일홈이 젼후리라 (대구, 모관리)[231]

---

229 「「정부원」에 대후야」.
230 권용선도 이상협이 「정부원」에서 보여준 '번역' 의식을 문학에 대한 근대적 인식을 보여준 것
으로 파악하고 있다(권용선, 「1910년대 '근대적 글쓰기'의 형성과정 연구」, 인하대 박사논문,
2004, 62쪽 참조).
231 「독쟈로브터」, 『매일신보』, 1914. 12. 2.

하몽션싱 나는 년쳔홈으로 셰샹를 다 보지 못ᄒᆞ얏고 단문홈으로 쇼셜을 다
읽지 못ᄒᆞ얏스나 독쟈로 ᄒᆞ야곰 비샹ᄒᆞᆫ 감졍을 일으키는 쇼셜은 형뎨 소셜과
ᄯᅩ 이 뎡부원이라 싱각홈니다 (박동 어느 쇼학교 신〇쥬)[232]

世事達觀感慨深 邪正賢愚各異心 狡兒且莫誇奇計 惟有神明在上臨

(…중략…)

貞惠夫人

貞心固操稟于天 運命崎嶇最可憐 富貴奇緣成一夢 不知何日更相連

(…중략…)

年幼學淺辭不達意而偶以有感之心亡拙搆呈于 諸公高明之下或可爲一笑之資耶
幸勿咎至望耳

大正 四年 一月 二十一日 平南 平原郡 靑山面 華成學校 讀者 張斗淳 每日申報社
御中[233]

본인은 남보다 유달니 「뎡부원」 쇼셜을 더욱 ᄌᆡ미롤 붓쳐가며 눌마다 ᄆᆞ음을
죠리여 가면셔라도 져녁 ᄯᆡ면 방울쇼리 나기만 고뎌ᄒᆞᄂᆞᆫ듸 일반이 다 ᄌᆡ미롤
붓쳣지오만은 본인은 일층 더ᄒᆞᆫ듯 싱각ᄒᆞᄂᆞᆫ 걸이오 「애독부인」[234]

이전까지 게재된 소설들의 독자 반응과는 여러 면에서 확연히 차이
가 난다. 기존 소설들의 독자반응은 예외 없이 '독쟈구락부'나 '독자긔별'
등 독자투고란에서만 볼 수 있었고, 또한 그 지면의 특성상 극히 짧은 감

---

232 「독쟈로부터」, 『매일신보』, 1914. 12. 25.
233 「간정부원유감」, 『매일신보』, 1915. 1. 27.
234 '독쟈긔별', 『매일신보』, 1915. 5. 12.

상이나 인상 차원에 불과했다. 투고자의 신분도 "한 부인"(1913.5.7)이나 "익독쟈"(1913.8.2), "소박마진 부인"(1913.10.26), "호극생(好劇生)"(1914.4.21), "일 향촌 독자"(1914.6.17), "해주생(海州生)"(1914.6.26) 등과 같이 대부분 막연하게 표시되어 있을 뿐이다. 하지만, 「정부원」독자반응은 기존의 것과 그 게재 형식에 있어 차원을 달리한다. 우선, 위의 인용문에서 볼 수 있는 것처럼, 투고자의 실명과 구체적인 신분이 명기된다. 또한 네 번째 인용문을 제외한 나머지 인용문은 모두 1면에 실려 있다. 이들은 모두 작품 끝에 붙어 있는데, 이 위치에 독자반응이 실려 있는 것도 이 작품이 처음이거니와 1면에 독자 반응이 위치한 것도 이 작품이 효시이다.[235]

「정부원」에 대한 독자반응 중 가장 중요한 특징은 청년학생층이나 식자층 독자가 처음으로 등장했다는 데 있다. 첫 번째와 두 번째, 세 번째 인용문이 대표적이다. 이전까지 게재된 소설의 독자는 연재예고문과 작품 속 주인공, 독자투고란 등을 통해 부녀자를 중심으로 한 일반 대중으로 막연히 추정할 수 있을 뿐이었다. 또한 앞에서 살펴본 대로 1910년대 전반기 『매일신보』는 청년학생층을 대상으로 소설에 대한 부정적인 의견을 개진한 바 있어, 소설의 독자 속에 청년학생층은 배제되어 있었다고 보아야 한다. 하지만 이 작품에서는 구체적인 학교 이름과 함께 청년학생층의 감상 및 의견이 매우 비중 있게 나타나고 있다. 시험 기간의 바쁜 와중에도 감상을 적어 보내는 학생 독자(1914.12.22), 두 번째 인용문과 같은 소학교 학생, 세 번째 인용과 같은 사립학교 학생, 경성의 사립중학교 학생(1915.4.22~23)에 이르기까지 청년학생층이

---

235 「정부원」은 1915년 3월 28일 115회까지는 1면에, 3월 30일 117회부터 연재 종료까지는 4면에 연재된다. 117회 이후 게재되는 독자반응도 4면 작품 끝으로 이동한다.

비로소『매일신보』소설의 독자로 포섭된 것이다.

또한 어떤 단서도 표시되어 있지 않아 학생층 독자인지는 확실하지 않지만, 식자층임이 분명한 독자들이 꽤 눈에 띈다는 것도 「정부원」 독자의 큰 특징이다. 이는 독자 투고문의 문체, 길이, 내용 및 수준 등 여러 모습을 통해 확인된다. 우선 세 번째 인용문은 작품의 감상을 한시로 표현한 것으로, 이제까지 존재한 소설에 대한 독자 반응 중 가장 파격적인 경우에 해당한다. 「정부원」의 주요 등장인물인 고대좌, 정남작, 정혜부인, 정택기, 나철, 구옥경 등에 대한 감상을 칠언절구로 표현하고 있다. 단 하나에 불과하지만 국한문으로 된 독자 반응도 이 작품의 독자가 식자층 독자까지 포괄하고 있음을 보여준다. "오전 7시 25분"이라는 근대적 시간 관념을 가진 이 독자는 "ᄌ든 ᄌ리에 일어나면 신문 수취함브터 먼져 손이"[236] 갈 정도로 「정부원」의 애독자이다.

독자반응의 크기, 즉 독자 투고문의 길이가 상당히 길어진 것도 놓쳐선 안 된다. 연재를 시작한 지 한 달 남짓 후 처음 나타난 독자 반응(1914. 12.2)은 '독쟈긔별'란이 아닌 1면 작품 끝에 위치해 있다. 첫 번째와 두 번째는 기존의 '독자긔별'과 같이 짧은 감상 정도였는데, 세 번째부터는 한 사람의 독자 투고가 이전보다 약 3배 분량으로 늘어난다. 이후 점점 그 분량이 늘어나 연재 말엽이 되면 독자 투고가 연재되기까지 한다.[237]

독자 투고문이 장형화된다는 것은 그 내용이나 수준도 전문화된거나 깊어진다는 것을 의미한다. 이 중에는 문학에 대한 날카로운 식견

---

236 「뎡부원을 보고」,『매일신보』, 1915.5.21.
237 「「뎡부원」을 보고」(투고환영),『매일신보』, 1915.4.22~23; 「뎡부원을 보고」,『매일신보』, 1915.5.18~19. 이렇게 길어진 독자 투고문은 연재 종료 무렵이 되면 200자 원고지 14.4매에 달하는 장형 독자 투고문이 출현하기도 한다(1915.5.18~19).

을 보여주는 전문적 수준의 글도 있어 매우 흥미롭다. 연재 종료 일주일 전에 게재된 어느 중학생의 글이 그것이다.

「뎡부원」은 우리의 쇼셜계에 한 가지 시 긔축「新機軸」을 닌인 일이올시다 일반 보통 이독쟈가 환영홀 쇼셜 중에 셔양 쇼셜을 셔양 쇼셜 곳치 잘 옴긴 것이 우리의 쇼셜계에 쳐음이올시다 (…중략…) 한문々주를 아모됴록 격게 쓰고 슌젼히 독립혼 우리의 말로 주미잇게 긔록홈은 당시 쇼셜계에 쳐음보는 바이오 쟝릭에 언문만 가지고 우리의 글을 삼주 ᄒ는 시로온 운동에 더ᄒᆞ야 넉넉혼 한 징거를 발포ᄒ신 쥴 짐작ᄒ옵니다 「뎡부원」 한 편은 우리에게 셔양이라는 곳에 사는 사룸의 인졍과 풍쇽은 엇더혼지 그롤 알게 ᄒᆞ야 쥬신 효력이 만슴니다 (…중략…) 우리의 쳥년은 이와 곳치 유익ᄒᆞ고 쳥신「淸新」혼 읽을 것이 우리에게 만히 뎨공되기를 축슈홈과 그 시시험에 먼져 셩공을 ᄒᆞ여가시는 션싱의 쟝릭에[238]

이상협이 밝힌 '번역' 의식에 대해 독자들도 잘 인식하고 있었음을 알 수 있다. 이 독자는 이 작품이 번안과는 분명히 다른 번역소설임을 잘 알고 있다. 또한 생경한 한문체가 아닌 구어체 한글 문장으로 쓰여졌다는 것도 지적하고 있다. 나아가 "쟝릭에 언문만 가지고 우리의 글을 삼주 ᄒ는 시로온 운동"이란 말에서는 이후 전개될 우리 근대소설의 문장과 근대소설의 전개 방향까지 인지하고 있는 듯하다. 이 독자는 이러한 이 작품을 "유익ᄒᆞ고 쳥신「淸新」혼 읽을 것"으로 단언하고 있다. 당시 근대적 교육을 받은 청년학생들에게 있어 "유익ᄒᆞ고 쳥신「淸新」혼 읽을 것"의 조건은 적어도 생경한 한문투를 최소화한 구어체

---

238 위의 글, 『매일신보』, 1915.4.22.

한글로 쓰여진 문장·작품이었던 것이다.

또다른 학생의 글도 이와 비슷한 인식을 보여준다. 이는 "독쟈로 ㅎ야곰 비샹훈 감졍을 일으키는 쇼셜은 형뎨 쇼셜과 쏘 이 뎡부원이라 싱각"[239]한다는 말에서 명확하게 확인된다. 이들 청년학생들에게 있어 "유익ㅎ고 쳥신「淸新」훈 읽을 것", 즉 "비샹훈 감졍을 일으키는 쇼셜"은 서구 소설을 번안·번역한 「형제」와 「정부원」'같은' 소설인 것이다. 「형제」는 "번거훈 잔소리는 모다 이것을 피ㅎ고 간명히 그 ᄉ실을 긔록훈 것"[240]임을 표나게 강조한 작품이다. 「정부원」은 "필법은 아못됴록 맛잇고 쉬운 글로 아못됴록 잔말을 더러 보기에 편ㅎ고 영화로온 ᄭᆺ을 꼭 마물려 나죵에도 미흡훈 싱각이 업도록 지"[241]었음을 특히 강조했다. 이는 작가의 개입을 최소화하고 이야기중심 소설을 지양하겠다는 것, 즉 구어체 한글로 된 잘 짜인 구성을 가진 소설을 강조한 것이다. 작가가 표명한 소설에 대한 이 같은 근대적 인식에 대해 당시 청년학생층 독자들도 공감하고 있는 것이다.

근대적 교육을 받은 청년학생층이 공감하는 근대소설로서의 요건은 작가의 불필요한 개입, 즉 이야기 중심 소설을 지양해야 한다는 것과 문장은 구어체 한글이어야 한다는 것, 구성은 앞뒤가 꼭 맞도록 잘 짜여져야 한다는 것 등이 된다. 당시 청년학생층은 이를 충족하는 작품으로 「형제」와 「정부원」을 꼽고 있다. 청년학생층이 인식한 이들 세 가지 조건은 그대로 근대소설의 자질이라 해도 무방하다. 실제 우리 근대소설

---

239 「독쟈로부터」, 『매일신보』, 1914. 12. 25.
240 「신소설예고 형제 심천풍 저」, 『매일신보』, 1914. 5. 19.
241 「신소설예고」, 『매일신보』, 1914. 10. 22.

사는 이 방향으로 진행된다. 이는 곧 '이야기(story)'에서 '소설(novel)'로의 도정이다. 쿠로이와의 생각과는 정반대의 길이 되어버렸지만,[242] 이야기성의 지양과 구어체 문장의 사용, 구성의 중시 등 '소설(novel)', 즉 근대소설로서의 자질과 그에 대한 학습은 서구 소설의 번안／번역을 통해 진행되고 있었던 것이다. 또한 이 같은 근대소설의 여러 자질을 갖춘 소설의 출현과 이를 통한 근대소설과 그 자질에 대한 학습은 근대적 교육을 받은 청년학생층의 대두 및 성장에 의해 가능했다는 뜻이기도 하다.

이같이 청년학생층 독자까지 독자층으로 확보한 「정부원」은 큰 성공을 거두었다. 작가 이상협은 마지막 연재와 함께 다음과 같은 감사의 글을 직접 발표한다.

신문에 나던 쇼셜 중 뎨일 기른 「뎡부원」은 쏘흔 뎨일 됴흔 평판을 엇고 금일로써 긋을 맛츄엇슴니다 셔양의 쇼셜을 그디로 옴겨 넓히 셰샹에 발표ㅎ기도 실로 대담ㅎ 일이오 회수를 길게 흠도 젹지 안이ㅎ 결심이라 이와 ㅈ흔 시 시험에 디ㅎ는 됴치 못ㅎ 여러 가지 비평과 조쇼를 밧을 줄 미리 긔약ㅎ얏던 바이러니 스실은 됴량과 뒤집혀 시죵이 여일ㅎ게 만던하 독쟈의 됴흔 환영을 밧앗슴니다 하로만 게지가 업스면 혹은 뎐화로 스고를 무르시며 혹은 일넉이는 더 분량이 젹다 칙망편지를 보니신 이도 젹지 안이ㅎ얏슴을 보건디 얼마나 환영을 간절히 ㅎ셧는지 짐작홀 바이올시다 더구나 그 열렬ㅎ 감졍에 견듸지 못ㅎ야 동졍 잇는 감샹을 각쳐 ㅈ미의 독쟈로부터 붓쳐쥬신 것이 수빅 쟝에 이르러슴니다[243]

이제까지 연재된 『매일신보』 소설 중 연재 종료와 함께 작가가 이 같은 감사의 글을 직접 기사의 형태로 발표한 것은 이 작품이 처음이다. 이 작품의 성공은 이후 상연된 연극을 통해서도 충분히 입증된다.[244] 「형제」에 이은 「정부원」의 성공은 『매일신보』의 소설 경향의 변화에 더욱 박차를 가하게 만들어 다음 작품에서는 가정소설적 면모에서 완전히 벗어나게 된다. 「해왕성」의 연재가 그것이다.

「해왕성」의 게재는 청년학생층이 본격 성장·배출되고 있는 현실이 중요한 계기로 작용했다. 상급학교 진학률이 점차 높아지고 있는 것은 앞서 살펴본 바 있다. 청년학생층의 본격 성장과 배출을 상징하는 이 같은 현상은 1914~1916년 이루어지는 전문학교 규칙의 발포 및 각 학교의 개교를 통해서도 확인이 가능하다. 일제 당국은 강제병합 후 '시세와 민도에 적합'한 교육을 조선의 교육 방침으로 천명하고, 이를 보통교육, 실업교육, 전문교육 등 세 가지로 대별한다.[245] 이 중 전문교육은 1914년부터 11월부터 논의되기 시작하여,[246] 1915년 3월 24일 전문학교 규칙이, 1916년 4월 1일 전문학교 관제가 각각 발포된다.[247] 이

---

243 「정부원에 대ᄒᆞ야」, 『매일신보』, 1915.5.19.
244 「정부원」 연극은 연재 후 9개월 만인 1916년 3월 5일부터 10일까지 혁신단에 의해 단성사에서 공연된다. 『매일신보』는 우대권의 발행과 각종 사진을 동원한 대대적 보도를 통해 연극 흥행을 돕는다. 『매일신보』의 「정부원」 연극 관련 기사는 다음과 같다. 「「정부원」의 초일」, 『매일신보』, 1916.3.3; 「독자는 특별우대」, 『매일신보』, 1916.3.4; 「「정부원」의 시연」, 『매일신보』, 1916.3.5; 「실로 공전성황인 정부원극 초일」, 『매일신보』, 1916.3.7; 「최상의 흥미는 금야부터」, 『매일신보』, 1916.3.8; 「정부원극은 불연일」, 『매일신보』, 1916.3.9; 「정부원은 금일뿐」, 『매일신보』, 1916.3.10. 한편, 「정부원」 연극은 우리 연극사상 실질적인 최초의 서양 작품의 번역극 공연이라고 한다(양승국, 『한국 신연극 연구』, 연극과 인간, 2001, 112쪽).
245 「조선교육령 발포」, 『매일신보』, 1911.8.25; 「조선교육령」, 『매일신보』, 1911.8.26.
246 「전문삼교」, 『매일신보』, 1911.11.4. 1911년 11월부터 논의되기 시작한다는 것은 실제 전문학교 논의가 이 때 시작한다는 것이 아니다. 『매일신보』의 전문학교에 대한 논의가 이때부터 보이기 시작한다는 의미이다.

와 함께 경성전수학교, 경성공업전문학교, 경성의학전문학교의 세 학교가 전문학교로서 새롭게 출발한다. 지금의 대학에 해당하는 이들 전문학교는 1910년대 조선의 최고 학부로 1910년대 중반에서야 비로소 논의와 설치가 본격화되는 것이다. 이는 총독부가 1910년대 중반까지는 전문교육을 실시하기에 '시세와 민도가 적합'하지 않다고 판단했기 때문이다. 하지만 학교와 학생 수가 증가하면서 졸업생들도 본격적으로 배출되기 시작해, 전문학교와 같은 상급학교에 대한 필요성이 강하게 제기된다. 즉 '시세와 민도'가 변한 것이다. 이는 전문학교를 설치해 전문교육을 시행해야 할 정도로 청년학생층이 성장·배출되고 / 된 현실을 강력히 증거한다. 『매일신보』로서는 이같이 성장한 청년학생층을 결코 소홀히 할 수 없었을 것이다. 더구나 이들은 미래 식민지 조선의 중추계급으로 성장할 계층이었다. 따라서 보다 효율적이고 장기적인 식민 통치를 위해서는 이들 청년학생층을 더욱 『매일신보』의 독자로 만들어 둘 필요가 절실했던 것이다.

가정소설로부터 거듭 멀어진 소설, 즉 근대소설의 자질을 갖춘 소설이 이들 청년학생층에게 "유익ᄒ고 청신「淸新」ᄒ 읽을 것"임을 확인·확신한 『매일신보』는 「해왕성」이라는 장편 번안소설을 게재하게 된다. 이 작품은 무려 14개월에 걸친 연재기간과 연재횟수 268회라는, 1910년대 『매일신보』의 최대 장편소설이다. 이 작품을 계기로 『매일신보』의 연재소설은 일단 가정소설에서 완전히 벗어나게 된다.

이 「ᄒᆡ왕셩」을 믹일 신문의 지상에 게지ᄒ기는 당초에 한 가지 대담ᄒ 시험

---

247 「총독훈령」, 『매일신보』, 1915. 3. 26; 「전문학교관제발표」, 『매일신보』, 1916. 4. 5.

이라 종류의 신소셜이라 홈은 대기 가뎡의 일을 근본삼아 즈미잇는 스실을 얼근 것으로 희왕셩을 쓰는 사름의 미일신보에 두세 번 게지혼 것도 역시 그 전례에 버셔나지 못ᄒ는 것이라 그럼으로 최쵸에 이 빗다른 「희왕셩」이라는 것을 너이랴고 싱각ᄒ얏슬 ᄯᅢ에 속마음으로 적지 안이 쥬져ᄒ얏스나 (…중략…) 이러케 마음을 결단ᄒ고 드듸여 「희왕셩」이라는 일홈을 독쟈의게 소기ᄒ얏ᄂᆞᆫ듸 그 ᄯᅢ에도 가뎡쇼셜이 안인 고로 져윽이 쥬져ᄒ얏지만은 너용의 즈미는 결단코 여간 가뎡쇼셜의 밋치지 못홀 바인 줄 확실히 밋엇스며 ᄯᅩ한 가뎡쇼셜이고 안이고 간에 즈미만 잇스면 독쟈도 물론 환영ᄒ실 것을 분명히 밋은 것이라[248]

우선 이상협은 자신의 전작 「정부원」을 가정소설로 파악하고 있음을 알 수 있다. 「정부원」은 정혜라는 한 여인의 수난과 함께 악당과 탐정이 자신의 품은 바 목적을 위해 치열하게 활약·경쟁하는 서스펜스형 추리소설이다.[249] 나철과 천응달, 정택기 등의 악인과 이들의 음모, 이들을 뒤쫓는 탐정 최창훈과 쥬빈의 활약은 모두 정혜라는 희생자를 중심에 두고 일어난다. 정혜는 「정부원」 전체 서사의 출발점이자 중심인 것이다. 고순경의 죽음과 천응달의 악행, 나철·정택기의 정남작 재산을 노린 정남작 부부의 이간과 독살 시도 등 다양한 음모, 천응달의 협박과 납치, 나철의 거듭된 독살 음모 등 「정부원」의 모든 사건은 모두 정혜라는 한 여성주인공에서 비롯된다. 하지만 주인공이자 희생자인 정혜는 처음부터 끝까지 정숙하며 또한 결백하다. 이같이 정숙하

---

248 「중간에 잠시 멈츄고=하몽으로부터 독쟈에=」, 『매일신보』, 1916.7.11.

249 서스펜스 소설은 탐정, 범인, 희생자 등의 추리소설의 세 요소가 모두 있지만, 그 가운데 희생자를 중심에 놓는 추리소설의 한 유형이다(김창식, 「추리소설」, 『대중문학의 이해』, 청예원, 1999, 131~132쪽).

고 결백한 주인공 정혜의 고난이 독자를 이 작품으로 끌어들이는 강력한 효과를 발휘한다. 나철·천응달 등의 악인들의 위협·위해와 이를 분쇄하려는 최창훈·쥬빈 등의 탐정들의 추적, 모든 고난의 해결을 바라는 정혜의 두려움 섞인 기다림이 이 소설이 가진 재미의 가장 큰 원천이다. 또한 이는 서스펜스형 추리소설의 전형적 특성이기도 하다.

하지만 「정부원」은 작가가 직접 밝힌 대로 어디까지나 가정소설이다. 악인과 탐정의 활약이 돋보이긴 하지만, 정혜라는 한 부인과 그녀를 매개로 한 정남작 '가정'의 재산 탈취 음모, 정혜와 정남작의 헤어짐과 만남이 서사의 외피를 유지하고 있기 때문이다. 하지만 청년학생층과 관련된 시대 현실의 변화와 「형제」, 「정부원」의 성공은 더 이상 가정소설의 외피마저 유효하지 않은 시기가 되었음을 강하게 시사한다. 「해왕성」에서는 부인이나 형제 등의 가족 성원 내의 고난과 갈등은 더 이상 존재하지 않는다. 내용상으로는 여성의 수난사를 그린 가정소설에서 멀어질수록, 형식상으로는 근대소설의 자질을 갖출수록 청년학생층이 요구하는 보다 완전한 "유익ᄒ고 청신「淸新」ᄒ 읽을 것"에 가까워질 것이기 때문이다.

프랑스 원작 *Le comte de Monte-Cristo*는 물론 직접 번안의 대본으로 삼은 쿠로이와의 「巖窟王」과도 전체 서사의 플롯만 동일할 뿐, 전혀 다른 시공간적 배경 하에 번안된 「해왕성」의 최고 묘미는 작품 전체에서 펼쳐지는 숨막히는 모험과 치밀한 복수이다.[250] 모함과 감금, 감옥 속에

---

250 프랑스 원작, 쿠로이와의 「巖窟王」과 이상협의 「해왕성」의 구체적인 변이양상과 그 의미에 대해서는 다음의 연구를 참조할 수 있다. 박진영, 「역사적 상상력의 번안과 복수의 비등가성」, 『민족문학사연구』 31, 민족문학사학회, 2006. 이 외에 「해왕성」과 프랑스 원작을 비교한 최숙인의 연구도 참고할 수 있다. 최숙인, 「한국개화기번안소설연구」, 이화여대 석사논문, 1977.

서의 고난과 기이한 만남, 숨겨진 보물에 대한 비밀, 극적인 탈옥이 중심 내용을 이루는 전반부에서 주인공 "쟝쥰봉"은 자신을 함정에 빠뜨린 음모와 그 내막을 밝혀야 한다. 탈옥 후 숨겨져 있던 엄청난 보물을 찾은 주인공은 그 음모와 내막을 밝힌 후 9년이라는 긴 시간 동안 철저한 복수를 준비한다. 중반부 이하의 내용은 주도면밀한 추적과 탐색, 치밀하게 계산된 악인들에 대한 복수와 처벌에 대한 것이다. 이를 읽는 독자들은 주인공이 엄청난 부를 바탕으로 치밀하고 철저하게 수행하는 악인에 대한 응징에 몰입하고 열광할 수밖에 없다. 즉 「해왕성」의 최대 묘미는 비밀과 복수가 중심을 이루는 서사 구조와 이것이 가진 재미에 있다. 이상협은 이 대중성에 의지하여 종래의 가정소설과는 확연히 다른 소설임에도 불구하고 또한 "엄청나게 길다란 소설"[251]임도 아랑곳하지 않고 연재를 단행했던 것이다.

이와 같은 이상협의 의도는 적중했다고 판단된다. 전작인 「정부원」에 비해 게재된 독자 투고의 수는 적지만,[252] 그 내용은 모두 재미가 크게 강조되어 있다. 만약 이 작품을 재미없다 하는 사람이 있으면 직접 나서서 그렇지 않음을 변명하겠다는 독자와 세 끼 밥과 잠을 포기할지언정 이 작품만은 포기하지 못하겠다는 독자까지 있을 정도였다.[253] 이 같은 「해왕성」의 재미는 이 작품을 '소설계의 대왕'의 지위에까지 올려놓는 독자가 생기기에 이른다.[254] 이 같은 「해왕성」에 대한 독자 반응은 '독쟈긔별' 속에 섞여 있던 「정부원」과 달리 모두 독립된 공간에 위

---

251 「하몽번안 쟝편소설 해왕성」, 『매일신보』, 1916.1.18.
252 「정부원」은 모두 27명의 독자 투고가 게재되었다. 「해왕성」은 총 6명이다.
253 「해왕성을 고더타가」, 『매일신보』, 1916.6.1; 「해왕성의 자미」, 『매일신보』, 1916.7.29.
254 「독자의 성」, 『매일신보』, 1918.3.14.

치해 있다.[255] 「정부원」은 나중에 게재된 독자투고일수록 장형화되는데, 이 작품은 장형화된 독자투고 유형만 존재한다. 「정부원」의 독자투고처럼 투고자의 신분이 표시된 것은 없지만, 그 길이나 내용, 문체(1918년 3월 14일의 독자투고는 국한문체임) 등을 보았을 때, 투고자가 식자층임은 쉽게 짐작할 수 있다.

가정소설의 외피마저 벗어던진 「해왕성」은 성공한 것으로 판단된다. 이 작품을 통해 『매일신보』는 본격 성장·배출되고 있었던 청년학생층을 독자로 확보하는데 성공했던 것이다. 또한 구어체 한글 문장과 잘 짜인 구성에 의해 이 "즈미" 있는 내용이 뒷받침된 것은 말할 필요도 없다. 이후 『매일신보』는 청년학생층 독자를 대상으로 더 이상 외국소설의 번안이 아닌 창작소설을 제공하여 본격적인 청년학생층 포섭 및 계몽에 나서게 된다.

1915년 개최된 공진회를 통해 식민통치의 안착에 성공했다고 판단한 일제 당국은 이후 보다 장기적이고 효율적인 통치를 위해 미래의 중추계급이 될 청년학생층의 계몽과 포섭이 다른 무엇보다 중요했다. 이를 위해서는 우선 총독부 기관지인 『매일신보』로 그들의 시선을 유인할 필요가 있었고, 「정부원」과 「해왕성」 등의 번안소설은 이러한 『매일신보』의 기획·의도를 훌륭히 수행했던 것이다. 한국 근대소설사에서 새로운 계몽성의 대두로 평가되는 1910년대 이광수와 그의 소설의 등장은 이로써 그 준비가 완료된 것이다. 조중환과 이상협의 번안소설에서 획득된 내면 심리 묘사와 이야기성의 지양, 구어체 한글 문장의

---

255 「해왕성」도 '독쟈긔별'란에 있는 독자투고가 1건('독쟈긔별', 『매일신보』, 1916.1.20)이 있다. 하지만 이는 연재 약 3주 앞서 게재되었다는 점에서 「정부원」과는 다른 경우이다.

확립, 잘 짜인 구성 등 근대소설로서의 자질들은 이 과정에서 얻어진 성과이다. 이러한 문학 내외의 여러 현실과 그 변화 등은 이광수와 그의 소설의 출현이 결코 우연이 아닌 필연임을 다시 한 번 일깨워준다.

제5장

통치 정책의 전환과
새로운 소설에 대한 기대

1. 통치 정책의 전환과 이광수의 발탁

1) 조선총독부 통치 정책의 변화

1910년대 중반 이후 『매일신보』의 소설 경향은 탈가정소설을 지향했다. 이는 청년학생층의 본격적인 성장·배출에서 비롯된 것이다. 서구 소설 번안작들은 이를 잘 보여주는 작품들이다. 이를 통해 『매일신보』는 1910년대 중반 청년학생층들까지 독자로 확보하는데 성공한다. 청년학생층 독자 확보에 성공한 『매일신보』는 1916년 후반기부터 또다시 새로운 소설을 준비한다. 일찍이 임화에 의해 새로운 의미의 소설 문학을 최초로 실현한 인물로 평가받은 바 있는,[1] 춘원 이광수가 본격적으로『매일신보』지면에 등장하는 것이다.

흔히 우리 근대소설사에서 1910년대 이광수의 등장은 새로운 계몽성의 대두로 논의된다. 지금까지 살펴본『매일신보』의 소설 경향의 변화는 신문의 독자와 밀접한 관련 하에 이루어진 것이었다. 따라서 이광수의 등장이 새로운 계몽성을 뜻한다는 것은 그것이 청년학생층과 깊은 관련이 있음을 시사한다. 또한 이광수가『매일신보』등장 이전부터 글을 기고했던『소년』과『청춘』의 경우도 마찬가지이다. 이들 잡지는 모두 당시 중학생 이상의 청년학생층을 주 독자로 한 매체들이었다. 그렇다면『매일신보』는 「정부원」과 「해왕성」 등 서구소설 번안이 성공한 시점에서 왜 이광수가 필요했던 것일까.

1910년대 중반『매일신보』지면의 이광수의 등장은 조선총독부 통치 정책의 변화와 관련하여 살펴보아야 한다. 총독부 식민 정책의 선전 및 홍보가『매일신보』의 존재 이유라는 점에서,『매일신보』가 1910년대 중반 이후 본격적인 청년학생층 독자 확보에 나서는 것은 총독부 정책 변화와 긴밀한 관련이 있음을 짐작할 수 있다. 신문소설의 일차 목적이 신문 사세의 확장이며 또한 그 매체가 총독부 기관지라는 점을 고려한다면, 1910년대 중반 무렵 본격적으로 성장·배출되기 시작한 청년학생층은『매일신보』는 물론 총독부에 있어 결코 소홀히 할 수 없는 계층이다. 하지만 1916년 이광수의 등장에는 이 같은 청년학생층의 성장·배출 외에 보다 중요한 배경이 깔려 있다고 판단된다. 이를 위해 먼저 1910년 8월에 이루어진 강제병합과 1910년대 전반기 식민통치에 대한『매일신보』및 총독부의 시각·평가를 살펴볼 필요가 있다.

1 임규찬·한진일 편,『임화 신문학사』, 한길사, 1993, 15쪽.

其 目的은 天皇陛下의 一視同仁之下에서 斯土를 開拓ᄒ며 斯民을 扶掖ᄒ야 日鮮의 生民으로 ᄒ야곰 共同히 文明의 德澤을 受ᄒ며 共同히 文明의 地域에 進ᄒ야 東洋의 平和를 永遠히 維持ᄒ고 西勢의 東漸을 未然에 防止홈에 不過ᄒ즉 當初브터 殖民的 觀念이 有ᄒ 바ㅡ안이오[2]

現今의 政令이 昔時에 比ᄒ야 善ᄒ며 惡ᄒ 點을 詳察ᄒ라 産業開發을 獎勵ᄒ고 生命財産을 報障ᄒᄂ 善政을 昔時에 見ᄒ얏ᄂ가 官吏의 貪虐이 無厭ᄒ고 獄訟을 貨賂로 左右ᄒ던 惡政을 今日에 見ᄒᄂ가 今日과 如히 文明ᄒ 法律과 仁善ᄒ 政令의 統治를 被홈은 朝鮮民族의 有生ᄒ 以來로 創睹ᄒᄂ 事 (…중략…) 昔時의 人民은 階級의 束縛을 受ᄒ고 兩班의 凌虐을 被ᄒ야 生命財産의 安全을 保치 못ᄒ더니 今日의 人民은 勤勉이 有ᄒ면 餘財를 畜ᄒ고 學術이 優ᄒ면 仕宦에 登ᄒ니 侵奪凌虐의 苦海를 免ᄒ고 自由平等의 樂界에 躋홈은 엇지 人民의 幸福이 안이리오[3]

1910년 8월의 강제병합은, 어디까지나 동양의 평화를 위해 천황의 "일시동인(一視同仁)" 하에서 일본과 조선의 두 민족이 함께 문명의 길로 나아가자는 취지에서 단행된 것이다. 그 결과 현재 조선은 민족이 생긴 이래 처음으로 행복한 상태를 누리고 있으며, 이는 모두 총독정치 하에서 가능했다는 것이 『매일신보』의 기본 시각이다. 즉 조선 인민으로 하여금 지배층의 학대와 약탈에서 벗어나게 하고 자유롭고 평등하게 살 수 있게 한 총독부의 시정은 일일이 들기가 곤란한 정도로 많으며, 이는 모두 조선인의 복리증진에 그 초점이 맞추어져 있다는 것이다.[4] 『매

---

2 '사설', 「일선융화론」, 『매일신보』, 1915. 2. 18.
3 '사설', 「조선민족관(2)」, 『매일신보』, 1914. 11. 22; '사설', 「조선민족관(4)」, 『매일신보』, 1914. 11. 26.

일신보』와 총독부는 1910년대 중반, 총독정치가 성공적으로 안착했음을 자평하고 있다.[5] 즉 강제병합 이후의 조선 통치는 "위대훈 수단이라 상찬을 표"해야 마땅하다는 것이다.[6]

이 같은 총독정치의 성공적인 연착륙과 함께 총독 통치에 대한 자신 감·자부심을 집약적으로 드러낸 것이 1915년 9월 11일부터 10월 31일까지 경복궁에서 개최된 '시정 5년 조선물산공진회'이다. 공진회는 박람회의 일종이다. 박람회는 19세기 말에서 20세기 초에 걸쳐 제국주의와 식민주의가 결합되면서 식민국과 피식민국이 문명 대 비문명으로 비교되는 전시장으로 출발한, 본질적으로 극히 정치적이며 이데올로기적인 행사이다.[7] 1915년 가을 경복궁에서 개최된 공진회도 그 공식 명칭에서 잘 드러나듯이 극히 정치적이며 이데올로기적인 행사였음은 물론이다.

共進會 開設의 趣旨는 新政 施行 以來로 凡 五個 春秋에 朝鮮 統治의 基礎가 確立호고 諸般의 施設經營이 愈益進展호야 産業의 發達과 制度文物의 改善된 成績에 可見할 者−多훔으로 朝鮮 現勢의 縮圖될 一共進會를 開催호고 普히 朝鮮 物産을 募集 陳列호야 殖産興業의 改良進步훈 成果를 展示호야 一般 朝鮮人의 奮發心을 喚起호며[8]

4 '사설', 「납세의무(3)」, 『매일신보』, 1914.12.3.
5 이는 당시 조선 총독이었던 테라우치 마사타케[寺內正毅]의 다음과 같은 발언에서도 직접 확인된다. "조선총독부 개시 이래로 자(玆)에 4년의 성상을 열(閱)호야 기간 당초의 기획에 계(係)훈 경영은 물론 수시 시설훈 사업도 역(亦) 순조로 진보호야 각 방면에서 점차 개선의 실황을 견(見)홈에 지(至)홈은…"(「사내총독의 훈시(1)」, 『매일신보』, 1914.11.6).
6 「충분히 교육호라」, 『매일신보』, 1915.10.17.
7 박성진, 「일제 초기 '조선물산공진회' 연구」, 『식민지 조선과 『매일신보』』, 신서원, 2003, 69·73쪽. 박람회와 제국주의 및 식민주의와의 관계 등 박람회의 정치적 성격에 대해서는 다음의 연구를 참조할 수 있다. 吉見俊哉, 『博覽會의 政治學』, 東京: 中央公論社, 1992.
8 서병협 편, 『조선총독부 시정오년기념 공진회실록』, 박문사, 1916, 1쪽.

總督府 始政 以前의 朝鮮半島를 도라보면 恒常 東洋 禍亂의 根源이 되야民衆은 塗炭에 빠지고 山野는 荒廢ᄒ며 産業은 萎靡ᄒ야 國運이 눌마다 그릇되는 모양임 으로써 (…중략…) 우흐로는 赫々ᄒ신 天威를 빌고 아리로는 半島 官民의 同情을 어더 旣往 五年 間에 얼마큼 治績을 어덧슴은 (…중략…) 오리 疲弊ᄒ 衆庶로 ᄒ 야곰 恒産이 잇는 良民이 되게 홈에는 惟獨 人智를 開發ᄒ 뿐안이라 德義를 培養 ᄒ고 産業을 勸獎ᄒ고 治安을 維持ᄒ고 交通을 便利케 ᄒ야써 太平의 福을 누리 게 홀 지니 이러ᄒ 일은 元來 一朝一夕의 事業이 안이나 그러나 由來로 太半 편안 ᄒ던 날이 업든 朝鮮半嶋가 滿 五個 年의 經營으로써 그 面目을 식롭게 ᄒ얏슴은 결단코 偶然홀 일이 안인 줄로 아노라 (…중략…) 物産共進會를 京城에서 開催ᄒ 고 旣往 五年 間의 進步를 具體的으로 보게 ᄒ는 것은 産業을 鼓舞 獎勵ᄒ는 最近 의 捷經이오 또 朝鮮을 世上에 紹介ᄒ는 죠흔 方法이라 (…중략…) 十三 道의 여 러 가지 物産을 한곳에 蒐集ᄒ고 事事物物이 그 實地에 對ᄒ야 其 進步를 比較 明 示ᄒ면 事理에 通達치 못ᄒ는 婦人 小兒도 한 번 보고 能히 新政의 效果를 알지라[9]

1915년에 개최된 공진회는 강제병합 후 5년간의 총독정치를 총결산 하고 그 치적을 과시·선전하기 위한 정치적 행사였음을 알 수 있다. 총 독부는 공진회를 통해 부녀자와 아이들에게까지 신정의 혜택을 자각하 게 하고, 세계를 향해서도 강제병합과 그 후의 통치가 극히 문명적이며 또한 정당함을 홍보하고 있다.[10] 총독부는 관람자로 하여금 강제병합 이전과 비교해 현재 얼마나 진보했는가를 일목요연하게 알 수 있도록 하여 공진회를 총독정치 선전을 위한 절호의 기회로 활용했던 것이다.[11]

9 「공진회를 개최ᄒ는 목적」, 『매일신보』, 1915.9.4.
10 「최근 조선의 시설(7)」, 『매일신보』, 1915.6.15.

실제 강제병합 후 5년 동안은 눈에 띄는 사건 없이 총독정치 체제가 실시·안정되었다고 할 수 있다. 식민 통치의 최말단 신경 조직이라고 할 수 있는 지방 행정체제 정리 작업, 즉 면과 면장의 정리와 지방 행정구역 개편 작업이 일단락되는 것이 1915년 무렵이기 때문이다.[12] 한편, 이 같은 총독정치의 성공적인 안착은 해외에서도 주목·인정되었던 것으로 보인다. 『매일신보』는 1914년 무렵부터 외국 언론의 조선 식민 통치에 대한 평가를 담은 기사들을 번역·게재한다.[13] 미국 뉴욕의 한 언론은 현재 조선은 "이상(理想)의 국토"가 되었으며, 강제병합 후의 빠른 진보는 "실로 불사의(不思議)의 현상"이라는 등 총독정치를 극찬하고 있다.[14] 물론 당시 조선의 식민통치에 대한 모든 해외 언론의 시각이 이렇게 긍정적이라고는 단언할 수 없다. 하지만 총독부와 『매일신보』가 조선 통치에 대한 해외의 긍정적인 시각을 적극적으로 홍보하려 한 것은 분명한 사실이다.

『매일신보』는 공진회 개최로 상징되는 총독정치의 성공을 강제병합 전과 비교하여 "운니(雲泥)의 차"가 느껴진다거나 "열등"에서 벗어나

---

11 山路勝彦, 『近代日本の植民地博覽會』, 東京 : 風響社, 2008, 115~117쪽.

12 최재성, 「1914년의 지방행정구역 개편과 그 성격」, 『식민지 조선과 『매일신보』』, 신서원, 2003, 33~64쪽 참조.

13 『매일신보』의 해외 언론 소개 기사는 다음과 같다. 「조선의 진보(1914년 1월 4일 미국 샌프란시스코 발행 크로니클신문 사설)」, 『매일신보』, 1914.7.10 ; 「조선의 진보개선(1914년 1월 마닐라 발행 영문잡지 「비율빈 코라후쓰만」 사설)」, 『매일신보』, 1914.7.12 ; 「일본 황제논 신령의 토사태롤 개선홈(1913년 11월 7일 미국 보스톤시 발행 「모리스챠」, 「싸이엔스 모니타~」 신문 소재 동경특별통신 대요)」, 『매일신보』, 1914.7.14 ; 「조선의 근세식 발전(1913년 11월 11일 미국 보스톤시 발행 「크리스치안 사이엔스·모니타」신문 게재 동경특별통신)」, 『매일신보』, 1914.7.15 ; 하남자, 「조선 통치에 대흔 루즈벨트씨의 평론」, 『매일신보』, 1915.5.1~9 ; 「총독 시정에 대흔 외평(1915년 12월 28일 재 런던 재정시보 게재)」, 『매일신보』, 1916.8.19~22.

14 「동양의 문화」, (미국 뉴욕 이브닝뉴스 평론), 『매일신보』, 1916.7.15.

"반개(半開)" 정도에 도달했다는 등의 표현으로 드러낸다. 총독정치 5년의 결과 조선은 "극락세계"가 되었다는 것이다.[15] 따라서 총독부는 공진회 개최를 통해 조선의 면목이 일신하고 통치 기초가 확립되었음을 확신한 뒤, 보다 장기적이고 효율적인 식민 지배 정책과 그 준비에 착수하게 된다.

강제병합 후 5년 동안 총독부가 주력한 것은 식민체제를 안착시키는 것이었다. 이는 구체적으로 지방 행정 체제를 비롯한 통치 조직의 개편 및 각종 법령의 정비와 산업의 발달, 경제력의 진전으로 상징되는 "일체의 물질상 진보 발전",[16] 즉 물적 토대의 구축을 의미한다. 총독정치의 성공을 상징하는 공진회의 목적은 총독정치 후 조선 발전의 실상을 일목요연하게 전시하는 것이었다.[17] 하지만 전시회라는 특성상 공진회는 어디까지나 물적 측면에 초점이 맞춰질 수밖에 없었던 행사였다. 따라서 이 같은 공진회의 개최는 조선 통치를 위한 물질적 토대의 구축이 성공했다는 것을 명확히 상징한다.[18]

이제 총독부는 공진회의 성공적 개최를 계기로 정신적 방면에 새롭게 주목하게 된다. 이 과정에서 총독부가 주목한 것이 당시 왕성하게 성장·배출되고 있었던 청년학생층, 이른바 식자층이다.

---

15 「시정 오년 간의 조선 발전」, 『매일신보』, 1915.9.5; '일요강단', 「기탈미개지경」, 『매일신보』, 1915.12.19; '무족언', 『매일신보』, 1916.4.2.
16 소봉생, 「조선 통치의 성적」, 『매일신보』, 1915.10.24.
17 '사설', 「공진회와 조선인」, 『매일신보』, 1915.4.17.
18 총독 테라우치는 이와 관련하여 다음과 같이 말한 바 있다. "공진회 목적은 식산흥업을 장려흠에 재(在)ᄒ니 일한병합 후 세월이 유천(猶淺)ᄒ나 조선 산업의 진운은 교통기관의 신장과 상대(相待)ᄒ야 차차 호경(好境)으로 입(入)ᄒ야 차(此)롤 구한국시대에 비ᄒ면 대단히 면목을 개(改)혼 것이 유(有)혼 지라"(「총독훈시(4)」, 『매일신보』, 1914.9.13).

新政 以來로 旣히 五星霜을 經ᄒ야 將히 朝鮮 統治의 道程에 一期를 劃코져 ᄒ니 (…중략…) 然이나 今에는 新政의 本旨가 洽히 徹底홈과 共히 旣往 五個 年間에 在혼 經營에 依ᄒ야 事業의 基礎가 略 確立홈에 至ᄒ얏고 是로브터 專히 將來의 大成을 圖홀 機運에 向코져 ᄒ니[19]

鮮人은 表面 從順이나 內心은 甚히 頑迷혼 者이 多ᄒ고 恩을 享ᄒ면 喜ᄒ나 此에 慣習되야 忘ᄒ는 者 不尠홈과 如ᄒ며 彼等에 對ᄒ야 單히 物質的 恩惠를 與홀 뿐으로는 同化의 實을 擧홈은 到底히 不可能혼 故로 更히 精神的 方面으로브터 同化의 方法을 講홈이 可홀지라 新政 施行 以來 玆 六年에 著大혼 物質的 思想은 彼等으로 ᄒ야곰 旣히 衣足食餘홈에 至케 ᄒ지라 今後 努力 如何는 屢々히 精神的 敎化이니 (…중략…) 如何혼 方法에 依ᄒ야 精神的 敎化를 計ᄒ며 同化에 努力ᄒ는 것은 아즉 成算이 無ᄒ나 敎育 以外에 對ᄒ야 最히 效果가 多홈은 宗敎에 越홀 것이 無홀지라 (…중략…) 鮮人을 精神的으로 同化ᄒ야 眞實히 日本의 忠良혼 臣民되게 홈은 敎育 及 宗敎의 兩者를 置ᄒ고 他에 求ᄒ기 不可ᄒ다 ᄒ노라[20]

강제병합 이후 조선 통치는 물질적 방면에 주력했으며 그 결과 조선이 안정되었다고 5년 간의 조선 통치를 결산하고 있다.[21] 나아가 공진회 이후, 즉 1910년대 중반 이후 총독정치는 정신적 방면에 초점이 맞추어질 것이며, 이는 교육과 종교 방면을 중심으로 행해질 것임을 알수 있다. 공진회 개최를 계기로 식민 통치에 자신감을 얻은 총독부는

---

19 「사내총독의 훈시」, 『매일신보』, 1916.2.8.
20 「동화주의와 식산사업」, 『매일신보』, 1916.10.31.
21 『조선총독부시정연보-1915년』, 조선총독부, 1917, 18쪽 참조.

1916년 무렵부터 통치방침에 변화가 있을 것임을 표명한다. 총독부는 1910년대 전반기를 창업의 효과를 거둔 시기로 평가했다.[22] 통치의 기초가 확립되고 창업이 성공한 상태에서 총독부는 1910년대 중반 이후의 과제는 이같이 성공적으로 자리잡은 총독정치를 "준수 수성하는 태도"로 나아갈 것임을 천명한다.[23] 또한 "조선 통치의 강령 방침이 최초의 근간으로브터 점차 지엽을 번무(繁茂)케 ᄒ야 소(疎)에셔 밀(密)에 입(入)ᄒ고 조(粗)에셔 정(精)에 입(入)"[24]할 것을 표명하고 있어, 이후 총독정치가 보다 구체적이고 철저하게 시행될 것임을 예상케 한다. 즉 보다 효율적이고 장기적인 식민지배라는 2기 총독정치가 준비·시작되고 있는 것이다.

총독정치의 변화와 관련하여 중점적으로 살펴볼 것은 교육 부문이다. 교육은 청년학생층과 직결된다는 점에서, 또한 총독부가 이후 장기적인 식민 지배를 위해 청년학생층의 정신적 동화에 주력할 것이라는 점에서 매우 중요하다. 이는 총독부가 안정적이고 장기적인 식민통치를 위해 보다 철저하고 근본적인 준비를 하고 있음을 시사한다. 이같은 총독부의 통치 방침의 변화는 1910년대 중반 이후 본격화되는 각종 교육 정책에서 확인할 수 있다. 이는 결국 이미 성장·배출되고 있는 청년학생층을 총독부의 통제 하에서 본격적으로 관리하겠다는 것에 다름 아니다. 또한 향후 식민통치에 적합한 청년학생층을 양성하겠다는 강한 의지 표명으로도 볼 수 있다.

---

22 「중추원에셔 총독의 시달」, 『매일신보』, 1916. 2. 5.
23 '사설', 「사내총독이 조선을 거홉에 대ᄒ야」, 『매일신보』, 1916. 10. 12.
24 '사설', 「도장관 회동과 총독의 훈시」, 『매일신보』, 1916. 4. 14.

1910년대 중반 무렵 각종 교육 정책의 변화 및 실시가 본격화된다. 전문학교의 설치를 비롯해 사립학교규칙의 개정과 사립학교 교원시험 규칙 발포(1915.3), 교원심득의 제정(1916.1), 불량도서취체령(1916.6), 글 방규칙의 발포(1918.2) 등이 대표적이다. 이들은 모두 총독부의 통제 강화에 그 특징이 있으며, 또한 사립학교에 보다 초점이 맞추어져 있다. 이는 사립학교가 교과목의 선정이나 교사의 채용 등 여러 면에서 상대적으로 총독부의 통제에서 자유로웠기 때문이다.

1915년 3월 24일 발포되어 같은 해 4월 1일부터 시행된 개정 사립학교규칙의 가장 중요한 내용은 실업·보통·전문학교를 물론하고 모든 사립학교의 교과과정을 관립학교에 준하여야 한다는 것이다. 각 사립학교는 관립학교와 똑같이 교과과정을 설치·운영해야 하며, 해당 규칙에 규정되지 않은 것에 대해서는 불허한다는 것이 핵심이다. 또한 교원은 모두 '국어', 즉 일본어에 능통해야 하며, 교장의 채용도 종래 신고사항이었던 것을 인가사항으로 변경했다.[25]

1916년 1월 발포된 교원심득은 조선교육령 및 관계 법령에 규정된 교육의 효과와 목적을 위해 교사들이 일상적으로 지켜야 할 점을 요약한 일종의 교사지침이다. 교사는 교육의 본지가 "충량한 국민의 육성"에 있음을 자각하고 "성심성의"를 다해 "제국 진운에 공헌"할 것을 명시했다.[26] 『매일신보』는 교원심득에 대한 상세한 해설문을 열흘(1916.1.16~

---

25 「사립학교 규칙 발포에 대하야」, 『매일신보』, 1915.3.25; 「사립학교 교원 시험 규칙에 대하야」, 『매일신보』, 1915.3.28. 이들 규칙은 발포와 함께 곧바로 교육현장에 시행된 것은 아니었다. 규정에 따라 5~10년간의 유예기간이 존재했다.

26 「교원심득에 대하야」, 『매일신보』, 1916.1.16·26. 정재철은 교원심득에 대해 다음과 같이 평가하고 있다. "「교원심득」은 오늘날의 「교원윤리강령」과는 달리 일본의 국체를 인식시키고 한국에서의 일제식민지주의 교육정책의 시행의 전위로서의 교원의 역할을 강조한 것으로서, 다

26)에 걸쳐 싣고 있다. 이 해설문의 필자는 당시 교육정책의 최고 책임자인 내무부장관이다. 이를 통해 총독부가 이 훈령과 청년학생을 지도하는 교원의 역할에 대해 매우 중요하게 생각했음을 알 수 있다.

또한 총독부는 평소 학생들이 즐겨 보는 도서나 잡지 등에 대해서도 철저히 통제하고자 했다. 『매일신보』는 교과서 이외의 책들을 "저급문학"이나 "위험도서"로 규정했다. 학생들이 이 같은 책들을 읽지 말아야 하는 이유는 그 내용이 매우 좋지 않아 학생들에게 나쁜 영향을 줄 우려가 크기 때문이다. 따라서 학생들은 교과서 이외의 책들은 절대 보지 말아야 하며, 책의 선택도 교사의 지도를 받을 것을 강조하고 있다. 총독부 학무국은 전국 각 학교에 이 같은 내용의 "비교육적 도서 취체에 관훈 시달"[27]을 보내 학생들의 독서 행위까지 통제하고자 했다. 총독부는 학생들이 보는 도서의 내용과 판매 서점까지 감시하고자 했던 것이다.[28]

1918년 2월 21일 총독부령으로 발포된 글방규칙은 조선시대부터 내려오던 서당에 대한 규제를 목표로 했다. 향촌의 최말단 교육기관인 서당에 대해서도 총독부의 통제가 시작된 것이다. 이 규칙의 핵심은 교재의 제목과 글방 유지 방법, 글방 개설자와 훈장의 경력을 관할 행정당국에 신고해야 한다는 점에 있다. 규정된 사항을 어기거나 교육상 폐가 인정될 경우, 당국은 글방 폐지와 교사 변경 등의 제재를 가할 수

시 말하면 한국 국민을 일본인화시키는 데 교원은 직접적으로 그리고 적극적으로 관여하도록 지시한 문서였던 것이다."(정재철, 『일제의 대한국식민지교육정책사』, 일지사, 1985, 300쪽).

27 '사설', 「불량도서취체」, 『매일신보』, 1916.7.13.

28 손인수는 총독부의 이 시달이 나오게 된 원인으로 1915년 개성 한영서원에서 일어난 창가집 사건을 든다. 한영서원에서는 당시 인멸되어 가는 애국가와 항일 창가 등을 보존하고 학생들에게 알리기 위해 창가집을 제작·발매했는데, 이 창가집이 경기도 경찰부에 적발되어 당시 한영서원의 여러 교직원이 체포된 바 있다. 참고로, 한영서원은 윤치호가 경영하는 사립학교였다(손인수, 『한국 근대교육사』, 연세대 출판부, 1971, 125~126쪽).

있었다. 또한 총독부는 서당을 인근 공립보통학교의 지도와 감시 하에
두고자 했다. 총독부는 규칙의 발포와 함께 공립보통학교장들에게도
인근 서당에 대한 시찰과 서당 교사 강습 등의 지도에 힘쓸 것을 훈시
하고 있기 때문이다. 『매일신보』는 서당 훈장들에게 이 규칙을 철저히
지킬 것과 현실에 적합한 교육을 할 것을 거듭 강조하고 있다.[29]

　1910년대 중반 본격화된 총독부의 교육 관련 통제 강화는 1918년 2월
의 글방규칙으로 일단락된다. 가장 말단 교육기관인 서당에서 당시 최
고 교육기관이었던 전문학교에 이르기까지, 총독부는 1910년대 중반
이후 조선의 전체 교육체계의 정비에 나섰던 것이다. 지금까지 살펴본
각종 교육정책은 총독부의 통제 강화 및 총독부 교육체계에 대한 적극
적인 포섭과 종속에 그 초점이 맞추어져 있다. 이는 모두 향후 장기적이
고 안정적인 식민 통치와 이의 근간이 되는 청년학생층의 정신적 교화
및 친체제적 청년의 육성에 그 목적이 있다. 청년학생들은 사회의 "중류
(中流)"·"중견(中堅)"이며, 또는 앞으로 그렇게 될 계층이다.[30] 『매일신
보』는 청년학생층을 식민지 조선의 "장래 국민의 중견될 자"[31]로 언명
한다. 총독부가 이들에 대한 적극적인 통제와 포섭에 나서는 이유는, 총
독부가 이들의 장래 역할에 큰 기대를 갖고 있기 때문이다.[32] 즉 "사회
의 인심은 중류 이상 사회의 마음 더로 쏫차가"며, "중류 사회 이상 사름
끼리 셔로 마음이 진정으로 융화되기만 ㅎ면 그 이하의 사회는 져졀로

---

29 「훈장의 두상에 신법령」, 『매일신보』, 1918.2.22; 「서당감독의 훈령」, 『매일신보』, 1918.2.23.
30 1911년 11월부터 "중류"란 호칭을 사용한다('사설', 「경고 각 학교 학도」, 『매일신보』, 1911.
　　11.30).
31 「국가 발전의 요소(4)」, 『매일신보』, 1917.10.3.
32 '사설', 「사립학교의 개정」, 『매일신보』, 1915.3.27; 「선인 교육에 취ㅎ야」, 『매일신보』, 1916.
　　10.11; 「국가발전의 요소(4)」, 『매일신보』, 1917.10.3.

쫓차갈 것이"[33]기 때문이다.

총독부는 장래 조선의 "중류"·"중견"이 될 청년학생층의 적극적인 포섭과 육성을 통해 식자층은 물론 그 이하의 계층까지 총독부의 정책 및 의도가 효율적으로 전달·관철될 것으로 판단한 것이다. 『매일신보』는 총독부의 이 같은 통치정책의 변화와 그 시행을 사설이나 칼럼, 기고, 소설 등 전 지면을 통해 적극적으로 보도·홍보한다.[34] 총독부의 각종 교육정책의 정비 및 통제 강화는 친체제적인 청년학생의 양성과 이를 통한 보다 장기적인 식민 체제의 유지에 그 근본 목적이 있었던 것이다.

2) 『청춘』의 인기와 이광수의 위치

당시 청년들에게 크게 환영을 받았던 잡지 『청춘』도 『매일신보』의 이광수 등장과 관련하여 주의깊게 살펴보아야 한다. 청년학생층에 본격적으로 주목하기 시작한 총독부·『매일신보』와 함께 1910년대 중반 창간된 『청춘』도 청년학생층, 구체적으로는 중학생-고등보통학교 학생을 가장 표본적인 독자로 삼은 매체였기 때문이다.[35] 1914년 10월 『청춘』의 창간과 관련하여 한기형은 다음과 같이 설명한다.

---

33 「여하히 호면 일선인이 융화될가」, 『매일신보』, 1915.6.20.
34 가장 먼저 나타나는 『매일신보』 지면의 변화는 1915년 1월에 새롭게 생긴 '일요강단', '시사소언', '경성소언', '경성횡수설' 등이다(장석흥, 「일제의 식민지 언론정책과 총독부 기관지 『매일신보』의 성격」, 『한국독립운동사연구』 6, 독립기념관 한국독립운동사연구소, 1992, 427쪽). 이들은 대부분 1면 '사설'란의 위치(제1단)에 존재한다. 주로 당시 청년들을 대상으로 하여 독서, 분투, 근면 등의 정신적 자세를 강조하는 내용으로 되어 있다.
35 권보드래, 「'소년'·'청춘'의 힘과 일상의 재편」, 『『소년』과 『청춘』의 창』, 이화여대 출판부, 2007, 168~170쪽.

무단통치 상황에서도 최남선의 잡지 발간이 지속될 수 있었던 원인은 잡지의 매체 성격에 식민정책과 이해관계를 공유할 수 있는 지점이 있었기 때문이다. 잡지는 특정 주제에 대한 폭넓고 심화된 지식을 제공할 수 있었던 반면 신문과 같은 정보의 신속한 파급력과 대중 동원력은 지니지 못했다. 이러한 잡지의 장단점이 모두 식민체제의 정책 방향에 부합되었다. 사전 검열에 의해 내용의 적절한 통제가 용이했다는 점도 식민체제에 유리한 조건이었다. 한국을 일본 국가체제의 내부로 흡수하려고 했던 일본의 입장에서는 지식체계의 근대적 개편은 식민정책의 중요한 목표 가운데 하나였다. 제국의 지식 판도 속으로 한국을 편제하는 것이야말로 가장 빠른 국가 통합의 길이 될 수 있기 때문이었다. 식민지 지식체계의 본질적 재구도화는 교육기구를 중심으로 추진되었다. 그러나 초기 식민지 사회에서 그러한 국가기구의 제도 장악력은 충분하지 못했다. 따라서 민간 미디어들의 역할이 현실적으로 필요했던 것이다. 1910년대 총독부는 극단적인 언론 통제의 상황 속에서도 일부 잡지의 간행 허가를 통해 그러한 체제상의 목적을 달성할 수 있었다.[36]

한기형은 『청춘』의 발행을 총독부 통치 정책이라는 큰 틀에서 이루어진 것으로 파악하고 있다. 한기형이 말하는 "식민지 지식체계의 본질적 재구도화"는 1910년대 이후 청년학생층에 주목한 총독부 통치방침의 변화와 관련이 깊다. 이는 철저하게 총독부 시스템에 적합한 지식과 방향으로의 변화이다. 1910년대 중반부터 본격화된 각종 교육정책의 정비는 "지식체계의 근대적 개편" 작업이며, 이는 "제국의 지식 판도 속으로 한국을 편제하"기 위함이었다. 따라서 총독부의 이 같은

---

36 한기형, 「근대어의 형성과 매체의 언어전략」, 『역사비평』, 2005. 여름, 역사비평사, 359쪽.

"지식체계의 근대적 개편" 작업은 "가장 빠른 국가 통합의 길", 즉 "국가를 상속홈에 감내홀 국민을 양성ㅎ야써 국가 존재 안고(安固) 급 무궁을 도(圖)"[37]하기 위한 데 그 궁극적인 목적이 있는 것이다. 따라서 청년학생층을 주요 독자로 한 『청춘』의 발행은 총독부의 "국가 통합"을 위한 일종의 보조 수단으로, 전문학교규칙과 개정사립학교규칙 등 총독부 교육정책의 정비와 그 맥을 같이 한다.

발행과 관련된 이 같은 정치적 의도와는 별개로, 『청춘』은 당시 청년학생들에게 매우 큰 인기가 있었던 잡지였다. 창간호부터 청년들이 읽기에 적합한 잡지로 소개[38]된 『청춘』은, 추천도서로서 부끄럽지 않다거나 책의 충실한 내용은 "출판계 미증유의 성관"[39]이라는 식의 『매일신보』의 호평을 발행 기간 내내 받은 잡지였다. 이 같은 『매일신보』의 칭찬 일색의 홍보도 한몫 했을 것이 분명한 『청춘』의 인기는, 이광수의 「무정」이 한창 연재 중이던 1917년 무렵 절정에 달하게 된다. 『청춘』은 1915년 3월 1일 제6호 발행 이후 26개월 만에 제7호를 발행(1917년 5월 16일)하는데, 발행 후 며칠 되지 않아 매진되는 사태가 벌어지고 만다.[40]

고맙습니다 靑春 지난 號는 意外의 歡迎으로 發行된 지 未 十日에 大部를 賣出하고 좀더 지나서는 이미 한 部도 남지 아니하기에 이르니 고맙습니다 고맙습

---

37 「총독훈령」, 『매일신보』, 1915.3.26.
38 「조선신문의 아호평」, 『청춘』 2, 1914.11, 145쪽.
39 '신간소개', 『매일신보』, 1914.11.6; 「서적 출판계 장관」, 『매일신보』, 1918.6.13.
40 『청춘』 발행에 2년 2개월이라는 공백이 생긴 이유 및 복간에 대해 『매일신보』는 다음과 같이 보도하고 있다. "일시 반도 청년 독서계에 대환영을 수(受)ㅎ던 최남선씨 주간 잡지 청춘은 저간 다소 사정에 의ㅎ야 수년 간 정지ㅎ야사(斯) 계에 유감됨이 불소ㅎ더니 근일브터 복간되야 래(來) 5월 10일브터 발행ㅎ다더라"(「청춘 복간」, 『매일신보』, 1917.4.25).

니다 江湖에 이만한 知己가 잇슴을 고마워함이외다[41]

매진에 감격한 발행인 최남선의 소감이다. 『청춘』은 보통 한 호에 2,000부 정도를 발행했다.[42] 『청춘』 제7호는 2,000부가 발행 후 열흘이 못돼 전부 팔린 것이다. 여기서 2,000부라는 발행 부수는 결코 적은 것이 아니다. 1917년 현재 전국 관·사립고등보통학교의 학생 수는 각각 1,195명과 1,109명이다.[43] 2,000부가 전부 매진되었다는 것은, 수치상으로만 보면 전국 대부분의 고등보통학교 학생들이 구입한 것이 된다. 특히 신문관 창업 10주년 기념호인 제14호(1918년 6월 16일 발행)는 재판까지 총 4,000부를 발행했는데 이도 모두 매진되었다고 한다.[44] 4,000부는 실로 엄청난 판매부수라고 할 수 있다. 1918년 현재 전국의 관·사립 남녀 고등보통학교의 총학생 수가 3,378명에 불과하기 때문이다.[45] 이광수가 『매일신보』에 소설을 연재하고 있을 무렵, (수치상으로는)전국의 모든 고등보통학교 학생들이 구입할 정도로 『청춘』의 인기가 엄청났음을 알 수 있다. 『청춘』에 대한 "일반 청년의 숭비를 밧는 잡지"[46]라는 평가는 결코 거짓이나 과장이 아니었던 것이다.

---

41 『청춘』 8호, 1917.6, 속표지.
42 '사설', 「독서력을 증진ᄒ라」, 『매일신보』, 1918.10.13. 최남선의 회고에 의하면 "몇 주년 기념 특집 같은 호는 재판까지 하게 되어 4,000부씩 나갓다"고 한다(「삼천리기밀실」, 『삼천리』, 1935.11, 21쪽). 한편, 홍일식은 전부 매진된 7호를 4,000부를 발행한 것으로 보고 있다(홍일식, 『육당연구』, 일신사, 1959, 49쪽). 그런데 7호는 "몇 주년 기념 특집 같은 호"가 아니기 때문에 2,000부를 발행했을 것이다.
43 『조선총독부통계연보-1917년』, 조선총독부, 1919, 900~903쪽. 남학생만의 수치이다. 여학생의 경우는 관·사립이 각각 290명, 108명이다.
44 「삼천리기밀실」, 『삼천리』, 1935.11, 20쪽.
45 『조선총독부통계연보-1918년』, 조선총독부, 1920, 986~991쪽. 좀더 세분하면, 남학생의 경우는 관·사립이 각각 1,485명, 1,244명이다. 여학생은 각각 319명, 330명이다.

그런데 여기서 주목해야 할 점은, 『청춘』에 대한 이 같은 청년학생 층의 인기는 논설이나 소설 등 춘원 이광수의 글들이 있었기에 가능했 다는 것이다. 이는 이광수가 『청춘』에 한창 글을 기고할 무렵 배재고 등보통학교 학생이었던 회월 박영희의 글에서 확인할 수 있다.[47]

그때의 우리 父老들은 아직도 漢文을 崇尙하였고 글이라면 漢文을 意味하는 줄로 생각하였다. 있는 책이란 大部分 漢文책이었고, 한참 讀書慾이 旺盛한 우 리 少年들의 精神生活을 滿足시킬 만한 것이 적었다. 이러한 까닭에 「少年」이니 「靑春」이니 하는 雜誌는 우리 少年들의 最上 唯一한 책이었다 (…중략…) 그때 에도 물론 「春香傳」이니, 「沈淸傳」이니 하는 純國文體의 小說책들이 많았지마 는 「어린 벗에게」이나 「尹光浩」 等을 읽을 때처럼 깊은 共鳴과 感銘을 받을 수 없었다 (…중략…) 새로운 內容을 담은 이 새로운 文章은 우리들의 滿足과 歡喜 의 焦點이었다 (…중략…) 六堂과 春園―이 두 분은 나의 少年時代의 좋은 先生 이었고 또 틀림없는 指導者였다. 春園은 情緖와 理想을 북돋아 주었고, 六堂은 氣慨와 奮鬪의 精神을 높여 주었다 (…중략…) 雜誌가 오면 먼저 春園의 글을 찾 았고 그 다음으로는 六堂의 論文을 찾았다 (…중략…) 그때에 이 讀者文藝의 選 者는 春園先生이었으니 名實 한 가지 後輩들의 스승이었었다.[48]

당시 청년학생들에게 『청춘』과 『청춘』 소재 이광수의 각종 글들이 미 친 영향이 결코 작지 않았음을 알 수 있다. 당시 청년들에게 있어 『청

---

46 「소철학자―최초의 일인―」, 『매일신보』, 1917.8.4.
47 회월 박영희의 배재고등보통학교 재학 기간은 1916년 4월부터 1920년 3월까지이다.
48 박영희, 「초창기의 문단측면사(제1회)」, 『현대문학』, 1959.8, 205~211쪽.

춘』은 가장 좋은 유일한 책이었고, 『청춘』에 있는 춘원의 「어린 벗에게」
나 「윤광호」 등은 그들의 "정신생활을 만족"시키는 "만족과 환희의 초
점"이었던 것이다. 또한 당시 학생들에게 춘원은 "정서와 이상을 북돋아
주"는 "좋은 선생"과 "틀림없는 지도자"로 인식되고 있어, 1910년대 중반
무렵 이광수는 당시 청년학생들에게 이미 큰 존경을 받는 인물이었음을
알 수 있다. 따라서 이처럼 "잡지 『청춘』 기고가로 전도 학생의 갈앙(暍
仰)"[49]을 받는 이광수가 『매일신보』의 필자가 되는 것은, 『매일신보』의
의도 및 목표가 박영희와 같은 당대 청년학생층에 그 초점이 맞추어져
있었음을 말해준다. 이 시기 총독부와 『매일신보』는 장기적인 식민통
치를 위해 미래 조선의 "중류"·"중견"이 될 청년학생층의 포섭과 육성
에 적극적으로 나선 상태였기 때문이다. 또한 이 무렵 변화되고 새롭게
제기되기 시작한 『매일신보』의 소설론도 새로운 소설과 소설가의 등장
이 임박했음을 시사한다. 이 무렵 본격 제기된 새로운 소설에 대한 기대,
즉 청년들이 보기에 적합한 소설, 시대에 적합하여 독자로 하여금 실익
과 재미를 얻게 하는 소설은 온전히 이광수의 몫이었던 것이다.

3) 이광수에 대한 검증과 발탁

이광수는 1916년 9월 처음으로 『매일신보』 지면에 등장한다. 이광수
의 첫 글은 당시 『매일신보』의 실질적 책임자로 감사 직책에 있었던 나
카무라 켄타로에게 바치는 한시이다.[50] 이 무렵 이광수는 일본 와세다

---

49 「오도답파도보여행」, 『매일신보』, 1917.6.16.

제목	발표일	비고
증(贈) 삼소거사(三笑居士)	1916년 9월 8일	2면, 한시
대구에셔	**1916년 9월 22~23일**	**1면, 국한문**
동경잡신	1916년 9월 27일~11월 9일	1면, 국한문
문학이란 하오	1916년 11월 10~23일	1면, 국한문
교육가 제씨에게	1916년 11월 26일~12월 13일	1면, 국한문
농촌계발	**1916년 11월 26일~1917년 2월 18일**	**3면, 국한문**
조선 가정의 개혁	1916년 12월 14~22일	1면, 국한문
조혼의 악습	1916년 12월 23~26일	1면, 국한문
무정	**1917년 1월 1일~6월 14일**	**1면, 한글**
신년을 영(迎)ᄒᆞ면셔	1917년 1월 1일	1면, 국한문
오도답파여행	1917년 6월 26일~9월 12일	1면, 국한문
개척자	**1917년 11월 10일~1918년 3월 15일**	**1면, 국한문**
혼인론	1917년 11월 21~30일	1면, 국한문
신생활론	1918년 9월 6일~10월 19일	1면, 국한문

대학 1학년 학생으로, 일본 토쿄에 머물면서 본격적인 『매일신보』의 전문 필자로 활약하게 된다. 1910년대 이광수가 『매일신보』에 쓴 글들은 위의 〈표 20〉과 같다.

　1916년부터 1918년까지 3년에 걸쳐 다양한 장르의 글을 거의 휴지 기간 없이 발표하고 있다. 위 14편 중 이곳에서 살펴볼 것은 「대구에셔」, 「농촌계발」, 「무정」, 「개척자」 등 네 편이다. 이광수는 『매일신보』에 첫 글을 쓴지 약 넉 달 후 「무정」을 발표한다. 『매일신보』는 이 기간 동안 소설가로서의 이광수에 대한 검증에 나섰던 것으로 보인다. 『매일신보』는 「무정」 청탁에 앞서 이광수로 하여금 여러 글들을 발표케 하여 거

---

50 '현대시단', 고주, 「증삼소거사」, 『매일신보』, 1916.9.8.

듭 검증하는 신중한 방법을 취했던 것이다.

지금까지 살펴본 여러 상황과 당시 이광수의 위치 등은 「무정」과 「개척자」가 청년학생층을 위한 소설임을 충분히 예상할 수 있게 한다. 또한 『매일신보』 연재소설의 흐름상, 「무정」과 「개척자」도 적절한 내용으로 목표 독자를 확보한 뒤 그들에게 적당한 계몽성도 함께 제공할 것임은 물론이다. 이는 총독부와 『매일신보』가 이광수에게 요구하고 기대한 것이다. 여기에서는 먼저 「대구에서」와 「농촌계발」에 주목하고자 한다. 이 두 글에 대한 우선적 검토를 통해 총독부와 『매일신보』가 이광수에게 기대한 것과 이를 통해 「무정」과 「개척자」에 대한 보다 포괄적인 논의가 가능할 것이기 때문이다.

「대구에서」는 이광수가 『매일신보』에 발표한 두 번째 글로 이광수가 대구에서 보고 느낀 점을 서술한 편지 형식으로 되어 있다. 이 글은 1916년 9월 4일 새벽 대구에서 발생한 청년들의 권총 강도 사건[51]을 소재로 하여 당시 청년들의 문제점과 이런 문제적 청년들이 발생하는 원인, 이를 예방하고 바로잡을 방법 등에 대해 춘원 자신의 의견을 피력한 글이다.[52] 이 글에서 문제점과 해결책을 제시하는 이광수는 이미

---

51 이 사건은 사위가 공모자 10명과 함께 돈을 탈취할 목적으로 장인의 집을 침입했다 실패한 뒤 뒤를 쫓는 장인의 집 하인을 권총으로 중상을 입힌 사건이다. 이 사건은 『매일신보』에 약 7개월에 걸쳐 보도된 것으로 보아 전국적으로 유명한 사건이었던 것 같다. 이 사건에 관한 『매일신보』의 보도는 다음과 같다. 「강도 추자를 사홉」, 『매일신보』, 1916.9.6; 「권총강도 취박」, 『매일신보』, 1916.9.7; 「권총강도는 원교원」, 『매일신보』, 1916.9.8; 「권총강도 괴수 경성에서 체포」, 『매일신보』, 1916.9.10; 「강도는 자와 서」, 『매일신보』, 1916.9.12; 「대구 권총강도 전부 취박」, 『매일신보』, 1916.9.22; 「체포되기꼬지」, 『매일신보』, 1916.9.29; 「권총강도 공판」, 『매일신보』, 1917.4.24; 「대구 권총강도 판결언도」, 『매일신보』, 1917.4.28.

52 김윤식은 「대구에서」를 춘원이 식민치하의 한국 청년들을 다스리는 방법을 총독부에 건의하고 제시한 글로 본다. 또한 당시 『매일신보』 사장이었던 아베 미츠이에[阿部充家]는 훗날 사이토 마코토[齋藤實] 조선총독에게 춘원의 이 헌책을 실제 건의했다고 한다(김윤식, 『이광수와

총독부와 『매일신보』에 철저히 부합하는 인물이다. 이광수에게 충격으로 다가온 이 사건의 범인들은 모두 교육 수준이 높은 중류계급 이상의 사람들이다. 이광수는 이들이 범죄를 저지르게 된 이유를 세 가지로 분석한다. "명예심의 불만족"과 "홀 일이 업"다는 것, "교육의 미비와 사회의 타락" 등이 그것이다. 하지만 이 세 가지를 모두 포괄하는 보다 근본적인 이유는 그들이 현실에 대한 이해가 부족하다는 데 있다. 따라서 그들에게 현재 시세와 민도에 대한 정확한 이해를 주는 것이 가장 올바른 해결책이 된다.

社會의 改良指導에 뜻을 둔 宗敎家 敎育家 操觚家는 이 犯罪의 心理的 又는 社會的 原因을 究竟ᄒᆞ야 後來의 靑年을 正道로 引導ᄒᆞ야써 如斯ᄒᆞᆫ 戰慄ᄒᆞᆯ 犯罪를 未然에 防遏ᄒᆞᆯ 意氣가 잇서야 홀 것이로소이다 (…중략…) 西洋史 一卷이나 國家學 一卷은 말고 一二年 동안 新聞雜誌만 읽게 ᄒᆞ얏더라도 自己네 能力과 그만ᄒᆞᆫ 手段이 足히 그 目的을 達치 못홀 줄 ᄭᅵ달을 것이니 (…중략…) 그 救濟方策은 學校敎育과 社交機關과 講演과 新聞雜誌와 宗敎와 讀書 等으로 靑年으로 ᄒᆞ야곰 現代를 理解케 ᄒᆞ야 活動ᄒᆞᆯ 舞臺와 名譽의 標的을 現代에 求케 ᄒᆞᄂᆞᆫ 同時에 (…중략…) 他面으로는 文章과 言論으로 社會의 善惡美醜를 批判ᄒᆞ야써 靑年으로 ᄒᆞ야곰 歸向ᄒᆞᆯ 바를 알게 홈에 잇다 ᄒᆞ나이다[53]

이광수는 당대 청년들의 현재 시대 상황에 대한 이해가 가장 중요함을 역설하고 있다. 학교교육과 신문잡지, 사교기관, 종교, 문장과 언론

그의 시대』 1, 솔, 1999, 543 · 547쪽).
53 춘원생, 「대구에셔」, 『매일신보』, 1916.9.22~23.

등은 이를 실현하는 구체적 방법이다. 이광수의 이 같은 문제점 분석과 대책의 제시는 '장사(壯士)'를 비판하는 토쿠토미 소호의 논리와 매우 닮아 있다.[54] 토쿠토미는 '장사'를 가리켜 일본의 명치 10년대 구(舊)일본을 대표하는 악을 체현한 인물상이라 비판한다. 이들은 직업과 항산(恒産), 재주, 학문이 없으며, 오로지 힘쓰는 것 외에는 할 일이 없는 시대착오적인 어리석은 자들이다. '장사'가 이같이 비판받는 가장 중요한 원인은 그들에게 시국 판단 능력이 결여되어 있기 때문이다.[55] 이 같은 '장사'를 반면교사로 하면서 명치 20년대 이후 새로운 일본을 대표하는 개념으로 떠오른 것이 '청년'이다. '장사'와 구별되는 '청년'의 핵심 자질은 교육에 있으며, 문자 미디어, 학술연설회, 환등회 등이 구체적인 청년적 실천이 된다.[56] 따라서 대구에서 권총 강도 사건을 일으킨 사람들은 시국 판단 능력이 결여된 '장사'와 같은 존재가 된다. 이광수는 당시 『매일신보』의 총책임자였던 토쿠토미 소호의 시각을 통해 당시 '장사'적 젊은이들을 근대적 '청년'으로 전화(轉化)시키고자 했던 것이다.

'장사'에서 '청년'이 되는 데 중요한 것은 "신문잡지"와 "문장과 언론"이다. 춘원이 말하는 신문은 물론 『매일신보』를 가리킨다. 이광수는 권총으로 범죄를 저지른 중류 계급 이상의 청년들이 『매일신보』를 1~2년만 읽었더라도 이 같은 일을 저지르지 않았을 것으로 보고 있다.

---

54 이광수의 「대구에서」가 토쿠토미 소호의 영향 하에 쓰여진 글이라는 점은 이경훈에 의해 지적된 바 있다(이경훈, 『오빠의 탄생』, 문학과지성사, 2003, 51쪽). 한편, 이광수는 필독도서 중 하나로 토쿠토미의 『소호문선(蘇峰文選)』을 든 바 있다(「동경잡신」, 『매일신보』, 1916.11.9). 이를 통해서도 이광수가 토쿠토미 사상의 영향을 받았음을 알 수 있다.

55 木村直惠, 『'靑年'の誕生』, 東京 : 新曜社, 2001, 46~51쪽.

56 이경훈, 『오빠의 탄생』, 문학과지성사, 2003, 49쪽.

『매일신보』를 1~2년만 읽어도 현재의, 즉 '시세와 민도'를 깨달을 수 있기 때문이다. 따라서 『매일신보』를 통해 그들이 돌아갈 바, 즉 "정도(正道)"를 알게 하는 것이 그들을 '장사'에서 구제하는 핵심이 된다. 이와 같은 「대구에서」의 내용은 총독부와 『매일신보』가 이광수에게 기대한 것 그대로라고 할 수 있다. 중류 계급 이상의 청년들에게 신문·잡지의 구독을 권유하고 그를 통해 현실 상황을 이해하게 하는 것은 총독 정치가 행해지고 있는 현실과 『매일신보』의 논리를 받아들이라는 것에 다름 아니기 때문이다. 따라서 총독부와 『매일신보』는 당시 청년들을 대상으로 현실·시대 상황을 이해하게 할 "문장과 언론"의 역할을 이후 이광수에게 맡길 수 있다고 판단했음에 틀림없다.[57] 이는 이 글 이후 본격화되는 이광수의 다양한 문필 활동을 통해 입증된다.

「농촌계발」은 「대구에서」에서 분석·제시한 '청년'층이 나아갈 "정도", 즉 역할 모델(role-model)의 하나를 제시한 글이다. 이 글은 외형상 논설 양식을 표방하고 있지만 실제 내용은 허구적 서사로 채워져 있다는 점에서 한말 '서사적 논설'과 동일하다.[58] 이 글은 1911~1913년 춘원이 오산학교 재직 시절 직접 겪었던 농촌운동 체험을 바탕으로 한 것이다. 춘원은 「농촌계발」의 원형이 되는 「용동」이란 산문을 「농촌계발」보다 약 여덟 달 앞서 발표한 바 있다. 1916년 1월 24일 탈고된 「용동」은 춘원이 재직했던 오산학교 교주 남강 이승훈의 실제 이야기이다. 남강은 상업으로 치부에 성공한 인물이다. 그는 부를 이용하여 참봉 벼슬을 산 뒤 그의 일가가 사는 고향 마을 용동에서 동회를 조직

---

57 동시에 춘원의 입장에서도 자신이 이 역할을 자임하겠다는 의지를 피력한 것으로도 볼 수 있다.
58 김영민, 『한국 근대소설사』, 솔, 1997, 419쪽.

하여 여러 농촌계몽 운동과 의식개조 운동을 벌인 바 있다.[59] 「용동」은 "될 수 잇소, 잘 될 수 잇소" 주의를 가진 나이 50의 이참봉이 고향 마을 용동에서 펼친 여러 계몽운동을 소개한 짧은 산문이다.[60] 춘원은 실제로 용동의 동회장이 되어 남강이 행했던 여러 농촌계몽운동을 직접 지도・체험한 바 있다.[61] 1911년 1월 105인 사건으로 남강이 구속되자 남강의 뒤를 이어 춘원이 용동의 동회장이 되었기 때문이다.[62]

남강의 사례와 자신의 직접 체험을 바탕으로 하면서 「용동」을 대폭 확장하여 다시 쓴 것이 「농촌계발」이다. 「농촌계발」은 「대구에셔」에서 범죄를 저지른 중류 계급 이상의 청년들이 나아갈 길과 그 모범 인물로 각각 농촌계발・개량운동과 김일이라는 청년을 제시한다. 주인공 김일은 동경유학생 출신으로 조선 문명의 근본이 농촌계발에 있음을 깨닫고 판사직을 그만둔 뒤 고향에 돌아온 인물이다. 그가 빈궁한 고향 농촌을 10년 내에 문명촌으로 만들기 위해 "동회(洞會)"를 조직해 각종 농촌계몽과 의식개조 사업을 벌여 나가는 과정이 이 작품의 중심 내용이다.[63] 이 점과 관련하여 다음의 두 곳을 특히 주목해야 한다.

---

59 김윤식, 『이광수와 그의 시대』 1, 솔, 1999, 276쪽.
60 제석산인, 「용동」, 『학지광』 8, 1916. 3, 39~40쪽.
61 김윤식은 남강이 용동에서 펼쳤던 이 운동에 대해 다음과 같이 설명・평가하고 있다. "남강은 도산 사상에 촉발되어 무실역행 운동에 뛰어들었고, 그 첫 사업으로 자기가 사는 마을의 개조 운동부터 착수하였다. 이는 한국에서는 처음 있는 운동으로서 저축, 청결, 공동체의 일 등을 조직적으로 시행함으로써, 도박이나 음주, 게으름 등이 지배하는 전통적 인습적 생활을 혁파함에 앞장선 것이다."(김윤식, 『이광수와 그의 시대』 1, 솔, 1999, 557쪽)
62 춘원의 용동 동회장으로서의 경험은 다음의 글에 잘 나타나 있다. 이광수, 『나의 고백』, 춘추사, 1948, 57~61쪽.
63 「농촌계발」의 줄거리, 구조 분석, 의미 등의 상세한 내용은 다음의 연구를 참조할 수 있다. 김영민, 『한국 근대소설사』, 솔, 1997, 419~441쪽.

兩班되고 상놈되는 길이 꼭 한 곳에셔 갈립니다. 卽 時勢롤 짜르는 者가 兩班이 되고 時勢를 거슬이는 者가 상놈이 되는 것이외다. 科擧롤 重히 녁이고 四書五經과 詩賦表策을 重히 녀기던 時代에셔 兩班이 되랴면 四書五經과 詩賦表策을 잘 工夫ᄒ여야 될 것이외다 (…중략…) 그런데 時勢가 變ᄒ엿습니다. 科擧制가 廢ᄒ고 四書五經으로 立身出世ᄒ던 時代가 지낫습니다 (…중략…) 卽 時勢를 짜르면 兩班이 됩니다. 우리가 지나간 二個 月間에 實行ᄒ 것도 이롤 爲ᄒ이외다 (…중략…) 新式 四書五經을 子女에게 가른침이외다. 兒孩들믜 新敎育을 施ᄒ이외다 (…중략…) 이 달부터 子女들을 學校에 보닙시다. 그러고 普通學校롤 卒業시긴 뒤에는 高等普通學校 高等普通學校롤 卒業시긴 뒤에는 專門學校에 보닙시다. 이것이 兩班되는 唯一의 秘訣이외다[64]

이것은 셔울셔 每日 發行ᄒ는 新聞이외다. 쳐음에는 論說이란 것이 잇스니 이것은 엇더케 ᄒ여야 잘 살겟다 卽 엇더케 ᄒ여야 우리 民族이 世界에셔 兩班이 되고 富者가 되겟다 ᄒ는 것을 우리에게 가라치는 것이외다 (…중략…) 이리ᄒ야 從此로 新聞會는 重要ᄒ 敎育機關이 되는 同時에 一日도 缺치 못홀 娛樂機關이 되엇소. 文字를 解ᄒ는 者는 獨立ᄒ야 新聞 讀者가 되고 그러치 못ᄒ 者는 或 남의 新聞을 빌어보거나 남이 읽는 것을 듯기로 無上ᄒ 快樂을 삼앗소[65]

이는 모두 동회에 모인 청년들을 상대로 한 김일의 발언이다. 간단히 정리하면, 지금 행하고 있는 각종 사업은 모두 양반이 되기 위함이다. 이를 위해서는 시세를 따라야 하며, 이는 교육과 신문을 통해 가능

---

64 「농촌계발」 15~16회(1916.12.17~19).
65 「농촌계발」 33~34회(1917.1.31~2.1).

하다는 것이다. 김일의 각종 개량·개조사업의 궁극적 목적은 자기 고향을 "모범촌"으로 만드는 데 있다. 이는 양반이 되는 일에 다름 아니다. 김일이 역설하는 시세를 따르는 것은 식민지, 즉 총독정치 및 총독정치가 행해지고 있는 현실을 인정하고 그에 순응해야 한다는 것을 뜻한다. 양반이 되기 위한 유일한 방법인 "신교육"은 보통학교와 전문학교 등으로 제시된다. 이는 총독부가 규정한 교육체계이며, 이 글이 발표된 시점에서는 이미 각종 교육체제의 정비가 완료된 상태였다. 또한 신문은 「대구에서」의 경우와 같이 『매일신보』이다. 『매일신보』는 양반과 부자가 되고 모범촌을 만드는데 있어 일종의 지침서로 제시되고 있다. 나아가 『매일신보』는 "무상훈 쾌락"을 주는 "오락기관"이기도 하다. "오락기관"으로서의 신문을 대표하는 것은 재미있는 읽을거리, 즉 소설이다. 따라서 김일의 신문구독에 대한 강조 논리 속에는 『매일신보』의 소설란도 결코 놓쳐선 안 된다는 내용이 포함되어 있다. 「농촌계발」에서 주인공 김일의 발언과 그에 의해 추진되는 각종 농촌계발·의식개조 사업은 일본과 서양을 배우는 것으로 최종 수렴된다. 양반과 부자가 되는 유일한 비결인 "신 사서오경"이 일본과 서양에 있기 때문이다. 이렇게 되었을 때 비로소 "양반", "부자", "모범촌", 즉 "행복된 태평시대"를 맞이할 수 있다는 것이 김일과 이광수의 최종 결론이다.

이 작품의 원작격인 「용동」에서도 교육이 강조되었지만, 일본이나 서양이 배우고 본받아야 할 대상은 아니었다. 하지만, 「농촌계발」의 내용은 철저히 체제 순응적으로 변모해 있다. 「농촌계발」에서 '시세'에 대한 순응은 가장 강력한 명제이자 목표이다. 「농촌계발」의 김일 곧 이광수는 농촌계발 운동의 근본 원인, 즉 현실의 구조적 문제에는 전혀 천착

하지 않는다. 이 작품 마지막 부분에 제시된 이상적 마을의 모습은, 일본 제국의 통치를 수락한 1910년대 식민지 지식인의 사유가 도달한 최대치이자 조선의 정치적 독립을 포기한 대가에 대한 보상에 다름아니다.[66]

하지만, 총독부나 『매일신보』에게 이광수는 그만큼 자신들의 의도를 충분히 전달·수행할 수 있는 청년학생층을 위한 최적의 필자가 된다. 「농촌계발」을 통해 이광수의 필력이나 사상 등에 대한 검증은 사실상 완료되었다고 할 수 있다. 「농촌계발」의 원고를 본 『매일신보』는 이 글을 통해 이광수의 현실 인식과 그 태도를 분명히 확인할 수 있었다. 『매일신보』의 일본인 경영진들은 「농촌계발」을 통해, 이광수의 새로운 소설이 식민 통치 방향에 전혀 어긋남 없이, 미래에 대한 희망찬 전망을 제시할 것이라는 확신을 지닐 수 있었다.[67] 더구나 이광수는 조선인에 대한 교육의 문제와 대책을 지적하면서, 조선인을 천황의 적자로 인정해 달라는 요구를 벌써 제출한 상태였다.[68] 그는 이미 단순히 시세 순응의 수준을 넘어서고 있었던 것이다. 모든 검증 과정을 마친 이광수는 이후 소설의 필자로서 『매일신보』에 등장한다. 이광수의 등장은 『매일신보』라는 거대 매체의 조직적인 발굴 내지 지원이라는 철저한 기획의 산물이었던 것이다.

---

66 정선태, 『근대의 어둠을 응시하는 고양이의 시선』, 소명출판, 2006, 133쪽.
67 김영민, 앞의 책, 440~441쪽 참조.
68 孤舟生, 「朝鮮人敎育に對する要求」, 『洪水以後』 第八號, 東京 : 一元社, 1916.3, 51쪽.

4) 청년학생층 독자와 「무정」·「개척자」의 성공

1917년 1월 1일부터 6월 14일까지 총 126회에 걸쳐 연재된 춘원 이광수의 「무정」은 최초의 근대적 장편소설이자 우리 근대소설사를 완결짓는 작품이다.[69] 「무정」에 이어 발표된 「개척자」(1917.11.10~1918.3.15, 76회 연재)는 『매일신보』 소설 중 국한문 혼용체로 발표된 첫 번째 창작 장편소설이다. 「무정」은 『매일신보』 연재소설 중 목표 독자를 근대적 교육을 받고 있는 또는 받은 청년들임을 명확히 밝힌 최초의 작품이다. 「무정」 연재 첫날인 1917년 1월 1일에는 「무정」을 포함해 「농촌계발」, 「신년을 영(迎)ᄒᆞ면셔」 등 이광수의 글이 세 편이나 실려 있다. 한 사람의 글이 동시에 세 편이 게재되는 것은 이 날이 처음이자 또한 이광수가 처음이다. 더구나 「농촌계발」과 「무정」은 연재 기간이 한 달 반 남짓 겹치고 있다. 한 작가의 장편소설 두 편이 동시에 연재되고 있는 형국인 것이다.

無情 春園 李光洙氏作 新年브터 一面에 連載 從來의 小說과 如히 純諺文을 用치 안이ᄒᆞ고 諺漢交用書翰文體를 用ᄒᆞ야 讀者를 敎育 잇ᄂᆞᆫ 靑年界에 求ᄒᆞᄂᆞᆫ 小說이라 實로 朝鮮文壇의 新試驗이오 豊富ᄒᆞᆫ 내용은 新年을 第俟ᄒᆞ라[70]

「무정」의 연재 예고이다. 문체가 "순언문"이 아닌 "언한교용서한문체(諺漢交用書翰文體)", 즉 국한문 혼용체라는 것과 "교육 잇ᄂᆞᆫ 청년"층을 독자로 하고 있음이 뚜렷히 밝혀져 있다. 따라서 「무정」은 "실로 조선

---

69 김영민, 앞의 책, 441쪽.
70 「신년의 신소설」, 『매일신보』, 1916.12.26.

문단의 신시험"이 된다. 하지만, 실제 작품은 예고와 달리 순한글로 발표된다. 연재 시작 사흘 전까지 위의 예고가 계속되었다는 점을 생각하면, 사흘 만에 작품의 문체 변경이 이루어진 셈이다. 이에 대해 이광수는 『매일신보』에 직접 편지를 보내 해명을 한다. 국한문 혼용체가 신문 소설의 문체로 적당치 않다는 것과 「무정」이 순한글 소설이지만 청년학생층에게도 받아들여지길 희망한다는 것이다.[71] 결국 「무정」의 문체 변경은 『매일신보』가 이광수 소설의 국한문 혼용체를 수용한 것이 아닌 이광수가 『매일신보』의 소설 문체인 순한글 문체를 받아들인 것이 된다.[72] 『매일신보』가 장편소설에 최초로 국한문 혼용체를 사용하면서 "신시험"에 나선 것은 소설을 통해 "교육 잇는 청년"들을 독자로 확보하기 위함이었다. 이 무렵 이광수는 당대 청년학생층에게 커다란 영향력을 가진 필자였으며, 이는 『청춘』이 가졌던 엄청난 인기의 주요 원인이기도 했다. 당시 조선의 모든 고등보통학교의 전체 학생 수를 능가할 만큼 팔려나갔던 『청춘』의 경우를 『매일신보』는 이광수를 통해 『매일신보』에도 그대로 재현해 내고 싶었던 것이다.

「무정」은 지식청년층 독자를 목표로 한 만큼, 『매일신보』는 같은 계층 독자인 국여 양건식으로 하여금 연재 직전 「무정」에 대한 기대감을 표명케 한다. 이틀에 걸쳐 게재된 짧지 않은 글에서 양건식이 춘원의 「무정」을 기대하는 이유는 다음과 같다.

---

71 춘원의 해명문 원문은 다음과 같다. "……한문 혼용의 서한문체는 신문에 적(適)치 못홀 줄로 사(思)ᄒ야 변경홀 터이오며 사견(私見)으로는 조선 현금의 생활에 촉(觸)홀 줄로 사ᄒᄂᆞᆫ 바 혹 일부 유교육(有敎育)혼 청년 간에 신토지를 개척홀 수 잇스면 무상의 행(幸)으로 사ᄒ옵" (「소설 문체 변경에 대ᄒ야」, 『매일신보』, 1917.1.1).
72 김영민, 앞의 책, 451쪽.

春園氏여 予는 君과 비록 一面의 識은 無ᄒ나 曾히 君의 作物은 留學生의 雜誌에
셔 一讀ᄒ 事 有ᄒ얏노라 予가 該 留學生 雜誌에서 得覽ᄒ 短篇小說로브터 夢々氏
와 君의 手腕이 非凡흠을 始知ᄒ얏노니 予는 但히 讀者된 地位에 在ᄒ야 此를 讀홀
時에 그 絢爛ᄒ 彩筆로 人生의 半面을 情趣 잇고 深刻ᄒ게 描寫ᄒ 더 對ᄒ야는 미상
불 敬歎ᄒ얏노라 爾來 予는 夢々氏와 君의 小說이 出來ᄒ기를 切企ᄒ얏스나[73]

양건식이 읽고 "경탄"한 이광수의 단편소설은 단편 「무정」(『대한흥학
보』 11~12, 1910.3~4)이다. 단편 「무정」은 나이 어린 남편과 결혼한 여인
이 남편의 사랑을 받지 못해 괴로워하다가 뱃속에 있는 아이가 딸이라
는 무녀의 말을 듣고 크게 실망하여 끝내 자살한다는 내용의 작품이
다. '신소설' 축약형에 속하는 이 작품은 당사자의 의사를 무시한 혼인
의 폐해를 고발한 작품이다.[74] 양건식이 장편 「무정」을 고대하는 이유
는 이광수가 소설을 통해 인생을 정취 있고 심각하게 묘사하기 때문이
다. 여기에서 양건식이 말하는 묘사는 소설 기법의 문제, 즉 형식상의
문제가 아닌 내용상의 문제를 의미한다. 단편 「무정」은 '신소설' 정도
의 서사 분량을 짧은 단편으로 압축한 작품인 만큼 문장이나 기법 등
형식적 측면에서의 높은 평가는 곤란한 작품이기 때문이다. 따라서 양
건식이 언급한 묘사는 당사자의 의견을 무시하는 이른바 구도덕의 파

---

73 국 여, 「춘원의 소설을 환영ᄒ노라(하)」, 『매일신보』, 1916.12.29. 소설 연재에 앞서 그 소설에
    대한 기대와 환영의 글을(1면에) 싣는 것은 이것이 첫 번째이다. 「장한몽」과 「해왕성」의 경우
    연재에 앞서 독자의 기대가 표명된 적은 있지만, 그 경우는 모두 '독쟈구락부'(1913년 5월 10일-
    「장한몽」)와 '독쟈긔별'(1916년 1월 20일- 「해왕성」)을 통한 것이었다. 앞서 지적한 바 있는 춘
    원의 글 세 편이 동시 게재되는 것과 양건식의 「무정」 연재에 앞선 환영문의 게재는 모두 『매
    일신보』의 이광수에게 대한 관심과 배려의 크기를 말해준다고 할 수 있다.
74 김영민, 앞의 책, 349~351쪽. '신소설' 축약형 소설은 게재 지면의 한계상 장편 분량의 이야기
    를 단편 분량으로 축약한 소설 형태를 말한다.

멸과 그에 대한 신도덕의 입장과 관련된 것이다. 이 같은 당사자의 의견이 무시된 혼인 문제는 양건식과 같은 당시 청년들이 가졌던 가장 큰 고민의 하나였다. 따라서 양건식이 장편 「무정」을 환영하는 이유는 이 작품이 자신들의 문제, 즉 당대 청년들의 문제를 그렸을 것이라는 데 있다. 단편 「무정」과 같이 자신들의 문제가 묘사되어 있을 것이라는 양건식의 환영문은 장편 「무정」에 대한 청년 독자들의 기대와 관심의 고조에 크게 기여했을 것이다. 「무정」에 대한 이 같은 양건식의 기대는 이후 충분히 충족된다.

「무정」은 지식청년층을 그 독자로 하는 만큼 작품의 등장인물, 인물들의 신분이나 직업, 사건, 배경 등이 모두 청년들의 이야기이거나 그들과 깊이 관련되어 있다. "경성학교 영어교사 리형식은 오후 두시 사년급 영어 시간을 마초고 나려쏘이는 륙월 볏혜 쌈을 흘니면셔 안동 김장로의 집"으로 시작하는 첫 장면(문장)은 이를 단적으로 보여준다. 곧이어, 신문기자 신우선을 만나 영어와 일본어를 섞어 대화하는 장면과 그 대화가 역시 여학교 출신인 김선형에 대한 것이라는 점도 마찬가지이다.[75]

임화는 「무정」을 자유연애, 개인의 도덕상·윤리상의 권리의 요구, 부권에 대한 부인(否認) 등이 반영된 소설로 평가한 바 있다.[76] 임화는 「무정」을 신구 도덕·사상의 충돌문제를 다룬 소설로 보고 있는 것이

---

[75] 이에 대해 이희정은 다음과 같이 설명한다. "대화하는 두 남자는 일어와 영어를 자유자재로 쓰고, 여자는 여학교를 우등으로 졸업하고 미국으로 유학까지 가는 것으로 보아 이 소설에 등장하는 인물들이 보통의 조선민이 아님은 한눈에 짐작할 수 있다. 이처럼 이광수는 첫 회부터 주인공들이 근대 학문을 접한 지식인임을 강하게 드러내어 당시 지식인 독자들에게 그들의 이야기를 쓰고 있음을 느끼게 하였다."(이희정, 「1910년대 『매일신보』 소재 소설 연구」, 경북대 박사논문, 2006, 150쪽)

[76] 임규찬·한진일 편, 『임화 신문학사』, 한길사, 1993, 333쪽.

다. 「무정」과 「개척자」는 『매일신보』의 의도가 충분히 관철된, 즉 청년학생층 독자가 열독한 매우 성공한 소설이다. 「무정」의 결정적인 성공 요인은 바로 이러한 신구 도덕·사상의 충돌 문제를 다루었다는 데 있다. 1910년대 중후반 급격히 성장·배출되고 있었던 지식 청년들의 가장 큰 고민은 신구 도덕·사상의 충돌에 그 핵심이 있었다. 그들에게는 이것이 가장 절박한 문제였기 때문이다. 이와 관련하여 『매일신보』의 다음과 같은 주장을 눈여겨 볼 필요가 있다.

今日의 朝鮮은 帝國의 統治에 歸호으로브터 十三道는 太平의 澤에 浴호야 和氣洋々홈이 其 前途는 다시 關心홀 바一無홈과 如호다 홀 지라도 思想界에 在흔 朝鮮은 新舊 思想 變遷의 一大 過渡期에 屬호야 宛然히 航海者가 大洋 渺茫 中에 在호야 其 羅針盤을 失홈과 如호야 泛々乎其適從홀 바를 不知호는 도라 此 思想變遷 人心 動搖의 期에 當호야 朝鮮人에 對호야 其 主義方響을 指示호고 此로 호야곰 彼岸에 達케 홈은 是 實 朝鮮의 指導者된 我 官民一體의 責任이오 又 其 義務되지 안이치 못호리로다[77]

이 '사설'이 교육에 관련된 내용이라는 점에서, 나침반을 잃고 헤매는 것은 당시 청년학생들을 가리킨다. 『매일신보』는 당시 학생들을, 신구 사상 변천의 과도기 속에서 나침반을 잃은 배와 같이 지향할 바를 정하지 못한 상태로 파악하고 있다. 여기에서도 총독부와 『매일신보』가 이광수를 발탁한 사정을 짐작할 수 있다. 총독부와 『매일신보』는 이광수와 그의 「무정」을 비롯한 각종 글을 통해 당시 청년들에게 그들이 취해야 할

---

77 '사설', 「조선교육혁정론(10)」, 『매일신보』, 1917.4.8.

바람직한 주의와 방향을 지시하고자 했던 것이다. 1910년대 중반의 이광수는 당시 청년학생들에게 일종의 지도자적 존재였다. 「무정」은 청년들의 나아가야 할 길이나 태도를 제시해 준 소설이기도 한 것이다. 따라서 「무정」은 과도기에 처해 있는 청년들의 문제가 그 중심 내용이 된다.

「무정」이 목표로 했던 청년들의 관심을 모으는 데 성공한 결정적인 이유는, 이 작품이 당시 그들의 최대 문제였던 신구 사상의 충돌 문제를 주 내용으로 했다는 데 있다. 사실 이광수가 1910년대 『매일신보』와 『학지광』, 『청춘』 등에 쓴 글들도 대부분 이 문제를 주요 내용으로 한 것이었다. 『청춘』에서 청년학생들로부터 얻은 문명(文名)과 존경도 여기에서 기인한 것이다. 이광수는 이 문제에서 철저하게 '신(新)'의 입장에 서 있다. 1910년대 중후반 이광수의 모든 글들은 '구(舊)' 도덕·사상의 철저한 배격과 '신' 도덕·사상의 정당성 강조를 그 중심 내용으로 한다. 이러한 이광수의 입장은 곧 당시 청년들의 입장이기도 했다. 김동인은 이 시기 이광수를 "용감한 똔퀴호테"로 지칭한 바 있다. 이광수의 글은 온통 "반역적 선언"이었기 때문이다. 이광수는 부모 세대와 결혼에 선전포고했고, 모든 도덕, 제도, 법칙, 예의 등 과거에 옳다고 한 것에 대한 반역자였기 때문이다. 따라서 김동인을 비롯한 당대 청년들은 모두 춘원의 기치 아래 모여들 수밖에 없었던 것이다.[78]

그러나 아직도 보수적인 生活, 인습적인 생활이 새로운 生活理想에 대하여 장해가 되고 있었다. 이곳에서 필연적으로 新舊生活과 思想의 투쟁이 일어나게 되었던 것이다. 春園의 文學은 이러한 생활 속에서 생긴 귀중한 結晶體라고 할

---

[78] 김동인, 「조선근대소설고(4)」, 『조선일보』, 1929.8.1.

수 있다. 그보다도 그는 이러한 정열과 이상을 높이 나타내어 새로운 世代의 추진력을 만들었던 것이다 (…중략…) 文學的으로나 思想的으로 新興 韓國 社會에 던진 「無情」의 영향은 실로 컸던 것이다. 思想的 指導者가 없으며 또한 文學이 없었던 그때 靑年들에게 「無情」은 沙漠에서 헤매는 나그네에게 주는 一滴의 甘露水며 그야말로 「오아시스」였다 (…중략…) 여하간 「無情」과 「開拓者」에는 새 世代가 요구하는 온갖 조건이 구체적으로 나타나고 있다.[79]

「無情」에 對한 나의 印象은 깊고 感激은 컸었다 (…중략…) 그때의 나는 밤을 새워가며 無情을 읽었을 뿐이고 그 內容에 對하여 잘잘못을 가려낼 能力이 없었다. 오히려 그와는 正反對로 「無情」을 읽는 동안 나의 精神은 恍惚과 感激에서 헤매고 있었을 뿐이었다. 無情을 읽는 동안 나의 얼굴은 여러 번이나 홧홧하게 뜨거워졌으며, 내 눈에서는 몇 번인지 눈물이 흘렀었다 (…중략…) 그리고 무엇보다도 少年인 나의 精神의 全體를 사로잡은 것은 戀愛場面이었다. 「사랑」이란 말만 들어도 얼굴이 붉어지고 가슴이 울렁거리던 나는, 이 緻密한 寫實的인 戀愛描寫에 아주 醉해버리고 말았었다 (…중략…) 그때 우리 靑少年들의 緊急한 現實 問題는 新學問을 배우고 싶은 向學熱을 滿足시키는 것과 祖父母의 强制的 早婚에서 벗어나는 것이었다 (…중략…) 「無情」은 時代的 理想과 情熱을 한데 모았으며 靑少年의 心願의 나라를 나타낸 것으로 나의 「無情」에 對한 印象은 참으로 깊고 컸었다 (…중략…) 그때의 春園의 作品은 朝鮮의 傳來하는 舊道德을 깨트리는 銳利한 武器이었으며, 또 새로운 世代가 要求하는 新道德 樹立의 宣言이기도 하였다 (…중략…) 事實上 그때 靑少年들의 解決해야 할 그들의 生活上 緊急하고 重大한 問題이기도 하였다[80]

---

79 박영희, 「현대한국문학사(3)」, 『사상계』, 1958.9, 289~290쪽.

박영희의 이 같은 회고는 이광수에 대한 당대 청년들의 일반적 느낌이라고 해도 무방하다. 「무정」이 발표 당시 청년들에게 어떻게 받아들여졌으며, 무엇이 그들의 관심을 장악했는지 생생하게 나타나 있다. 「무정」은 당시 청년들의 긴급한 문제였던 신구생활과 사상의 투쟁에서 과거의 구도덕을 깨트리는 무기로 받아들여졌음을 알 수 있다. 이 점이 당시 박영희와 같은 청년학생들을 「무정」의 독자로 이끈 최대 원동력이었던 것이다.

「무정」에서 신구생활과 사상의 투쟁이 가장 압축적으로 형상화된 곳은 황주 김병국의 집이다. 특히 김병국과 그의 아버지와의 사이에서 일어나는 갈등이 전형적이다. 김병국은 일본 유학생 출신으로 형식과도 유학시절부터 아는 사이이다. 김병국과 부친 사이에는 모든 일에 의견 일치를 별로 보지 못한다. 부자간에 완전히 애정이 없는 것은 아니다. 하지만, 부친은 아들을 고집쟁이에 철이 없다 하고, 아들은 부친을 완고·무식하고 시대 변화를 모른다고 생각한다. 따라서 부자간에 사업과 병욱의 유학·결혼 등 여러 면에서 갈등이 발생한다. 이광수는 근대적 신교육을 받은 병국 남매의 사업이나 유학, 결혼 등에 반대하는 부친에 대해 '불쌍한 인종'(93회)으로 표현한다. 신도덕에 반대하고 이해하지 않으려 하는 구도덕은 불쌍한 대상, 즉 연민의 대상인 것이다. 하지만, 이광수는 이를 단순히 연민의 대상으로만 보고 있는 것은 아니다.

오직 한 가지 위험훈 것이 잇다 그것은 김쟝로 ㅈ긔 이가 ㅈ긔의 지식을 넘어 미더 학교에셔 빈호아 신문명을 ㅅㅐ달아 알게 되는 ㅈ녀의 ㅅ샹을 간섭홈이다

주녀들은 잘 알고 ᄒᄂᆞᆫ 것이언마는 주긔가 일즉 싱각ᄒᆞ지 안턴 바를 주녀들이 싱각ᄒᆞ면 이는 무슴 이단(異端) ᄀᆞᆺ히 녁여서 긔어히 박멸ᄒᆞ랴고 이를 쓴다 이렁ᄒᆞ야 소위 신구ᄉᆞ샹의 츙돌이라는 신문명 들어올 ᄲᅥ에 의례히 잇는 비극이 닐어나는 것이다 주긔가 싱각ᄒᆞ지 못ᄒᆞ던 바를 싱각ᄒᆞᆷ은 날근 사ᄅᆞᆷ이 보기에 이단 ᄀᆞᆺ지마는 기실은 날근 샤ᄅᆞᆷ들이 모르던 새 진리를 안 것이라 아들은 매양 아버지보다 나아야 ᄒᆞ나니 그러치 아니ᄒᆞ면 진보라는 것이 잇슬 수 업슬 것이라 그러나 날근 사ᄅᆞᆷ은 새 사ᄅᆞᆷ이 주긔 아는 이샹 알기를 실혀ᄒᆞᄂᆞᆫ 법이니 신구ᄉᆞ샹 츙들의 비극은 그 칙임이 흔히 날근 샤ᄅᆞᆷ에게 잇는 것이라[81]

신구생활 및 사상의 갈등에 대한 이광수의 근본 입장과 지향점이 뚜렷하다. 인용문의 "김쟝로"를 김병국의 부친으로 바꿔도 하등 문제될 것은 없다. 김병국의 사업과 병욱의 유학, 결혼 등의 문제에서 계속 아들과 갈등관계에 있는 부친은 모든 충돌과 갈등의 원인제공자이며, 낡은 인물이다. 반면 일본에서 경제학을 배운 김병국이 자본을 들여 회사를 세우려는 것과 병욱이 일본에서 음악을 배우는 것은 모두 새로운 진리와 진보를 위한 것이 된다. 모든 잘못과 책임은 전적으로 구도덕에 있다. 아들이 아버지보다 낫기 위해, 즉 진보를 위해 병국은 회사를 조직해야 하며, 병욱은 음악을 배우고 아버지가 정한 남자가 아닌 자신과 마음이 맞는 남자와 혼인해야 한다. 영채도 소학과 열녀전의 세계에서 벗어나야 하며, 형식도 선형과 혼인해 미국 유학을 가야 한다. 그 이유는 진보, 즉 조선을 "우리 힘으로 밝게 ᄒᆞ고 유졍ᄒᆞ게 ᄒᆞ고 질겁게 ᄒᆞ고 가멸게 ᄒᆞ고 굿세게"(126회)하기 위함이다. 따라서 당시 청년의

---

81 「무졍」 79회(1917.4.14).

한 사람이었던 양건식이 「무정」을 성공한 소설이라 평가하고, 작가 춘원을 천재로 극찬하는 것은 지극히 당연하다. 양건식이 춘원과 「무정」을 고평하는 이유는 당시 청년남녀의 심리상태를 사실적으로 묘사한 데 있다.[82] 양건식의 이 같은 평가는 앞서 살펴본 박영희의 회고와도 그 맥을 같이 한다. 이들의 「무정」에 대한 평가는 이 작품이 자신들, 즉 청년들의 문제를 그들의 입장에서 형상화했다는 데 그 핵심이 있다. 신도덕의 정당성을 그린 「무정」은 당시 청년학생들에게 목마른 끝에 만난 "청량제"와 같았던 것이다.[83]

이 외에 청년들을 사로잡은 「무정」의 연애 장면도 주목을 요한다. 이를 통해 당시 청년들이 이 작품에 이끌린 요인과, 나아가 그들의 관심사에 대한 정보까지 얻을 수 있기 때문이다. 박영희가 언급한 대로 당시 청년들의 당면 문제는 조혼에서 벗어나는 것, 즉 혼인문제였다. 「소년의 비애」(『청춘』 8, 1917.6)로 대표되는 단편소설과 「자녀중심론」(『청춘』 15, 1918.9)으로 대표되는 논설 등 1910년대 이광수의 글에서 가장 많은 내용을 차지하는 것이 혼인문제라는 것도 이를 상징적으로 보여준다. 여기서 말하는 혼인문제는 남녀 상호간의 애정에 바탕을 둔 자유연애와 깊은 관련이 있다. 당시 청년들에게 강제적 조혼은 시급히 벗어나야 할 대상이었으며, 상호 자발적 의사에 기반한 자유연애와 이것이 바탕이 된 결혼이 그들이 꿈꾸는 이상적 결혼상이었다. 박영희와 같은 청년들이 「무정」의 연애 장면에 열광했다는 것은 그만큼 당시 자유연애가 보편적이지 않았으며 또한 당대 청년들의 큰 이상이었음을

---

82 국여, 「「무정」을 독ㅎ고」, 『매일신보』, 1917.5.10.
83 최독견, 「신문소설잡초」, 『철필』, 1930.7, 28쪽.

말해준다. 「무정」에서는 청년들의 이러한 연애 감정과 관련된 장면을 곳곳에서 발견할 수 있다.

가온데 칙상을 하나 노코 거긔 마조 안쟈셔 가르칠가 그러면 입김과 입김이 서로 마조치렷다 혹 져편 히샤시가미가 닉 니마에 스칠 쩌도 잇스렷다 칙샹 아리에서 무릅과 무릅이 가만히 마조다키도 ᄒ렷다 이러케 싱각ᄒ고 형식은 얼골이 붉어지며 혼즈 빙긋 우셧다 아니ᄼᄼ? 그러다가 만일 마음으로라도 죄를 범ᄒ게 되면 엇지ᄒ게 올타?[84]

형식은 두 쳐녀를 보미 얼마큼 뒤슝ᄼᄒ던 싱각이 업셔지고 적이 경신이 쇄락ᄒ 듯ᄒ다 형식은 고기슉인 두 쳐녀의 쌈안 머리와 쪽진 셔양머리에 쯔즌 넓다란 옥식 리본을 보앗다 그러고 칙샹에 집흔 두 쳐녀의 손가락을 보앗다 부드러운 바룸이 슬젹 부러 지나갈 때에 두 쳐녀의 몸과 머리에서 나는 듯 만 듯ᄒ 향니가 불녀온다 선형의 모시적삼 등에는 쌈이 비여 하연 살에 착 달나붓허 몸을 움즉일 쩌마다 그 부튼 자리가 넓엇다 좁앗다 ᄒ다 (…중략…) 형식은 아참부터 괴로움을 지나오던 마음 속에 일덤 향긔롭고 셔늘ᄒ 바룸이 부러 드러옴을 ᄭᅵ다랏다 녀즈란 믹우 아롬답게 싱긴 동물이라 ᄒ얏다 (…중략…) 이러케 두 쳐녀를 보고 안졋스면 말홀 슈 업는 향긔로온 쾌미가 전신에 미만ᄒ야 피 도라가는 것도 극히 슌ᄒ고 쾌창ᄒᆫ 듯ᄒ다 인싱은 즐거우랴면 즐거울 슈가 잇는 것이라[85]

영치도 이졔는 남즈가 그리운 싱각이 나게 되엇다 못보던 남즈를 대홀 쩌에

84 「무정」, 1회(1917.1.1).
85 「무정」, 26회(1917.2.3).

는 얼굴도 혹군々々ᄒ고 밤에 혼쟈 쟈리에 누어 잘 쩌에는 품어줄 누구가 잇셧
스면 ᄒ는 싱각이 나게 되얻다 (…중략…) 영치는 붓그러온 드시 낫츨 월화의
가삼의 비비고 월화의 하얀 졋쏙지를 물며 「형님이니 그러치 ᄒ얏다[86]

박영희가 「무정」을 읽으면서 얼굴이 "홧홧하게 뜨거워"진 곳은 바로
이런 장면에서였을 것이다. 세 번째 인용문은 영채와 영채가 평양에서
만난 계월화라는 기생 사이에 벌어진 일종의 동성애 장면이다.[87] "「사
랑」이란 말만 들어도 얼굴이 붉어지고 가슴이 울렁거리던" 당시 청년
학생 독자들에게 이 같은 육체적 성애 장면은 커다란 놀라움으로 다가
왔을 것이다. 첫 번째와 두 번째 인용문은 이성에 대해 일어나는 심리
및 감정을 묘사한 장면이다. 남성(이형식)이 여성(김선형, 순애)과 가깝게
마주보고 앉아 상대방 여성의 머리카락과 무릎, 입김 등이 자신에게
직접 닿을 수도 있다는 상상을 하면서 얼굴을 붉히고 있다. 당시 청년
들은 작품 속의 이형식과 똑같은 상상을 하면서 똑같이 얼굴을 붉혔을
것이다.

이 작품에서 이성에 대해 일어나는 이 같은 심리 묘사는 이형식에게
만 나타난다. 이형식은 신우선과 헤어진 뒤 김장로의 집에 가 선형을
처음 만나게 된다. 형식은 선형을 처음 보자마자 "가삼 속에 이샹훈 불
길이 일어남"(3회)을 느낀다. 작가는 이 부분에서 젊은이들이 이성에
대해 느끼는 이 같은 감정은 그 근원부터 지극히 자연스러운 현상이라

---

86 「무정」 32회(1917. 2. 10).
87 「무정」은 이광수가 동성애를 그린 두 번째 소설에 해당한다. 첫 번째는 일본어 작품인 「愛か」
(『白金學報』 19, 1909. 12)이다. 「무정」과 「개척자」 이후에 발표된 단편 「윤광호」(『청춘』 13,
1918. 4)에도 남성과 남성 사이의 사랑(짝사랑)이 등장한다.

는 설명을 덧붙인다. 두 번째 인용문도 마찬가지이다. 무더운 여름, 땀에 젖은 옷을 통해 비치는 여성(김선형)의 육체에 대한 묘사와 그로부터 "향내"와 "쾌미"를 느낀다는 진술은 상당히 자극적이다. 형식은 선형과 순애를 통해 "말홀 슈 업는 향긔로온 쾌미"를 얻으며, 동시에 이전까지 갖고 있었던 영채에 대한 근심을 털어버리게 된다. 이성으로부터 촉발되는 이러한 감정은 삶과 인생 자체를 즐겁게 하는 요소로까지 고양된다. 이형식의 내면에서 일어나는 이와 같은 감정 및 심리는 근대적 연애에 대한 출발을 보여준다고 할 수 있다.

청년학생층 독자들에게 이 같은 이성으로부터 비롯된 육체적·심리적 감정의 변화와 그 묘사는 큰 충격과 공감으로 다가왔을 것이다. 당시 청년학생들의 최대 고민과 이상은 조혼으로부터의 탈출과 남녀 상호 이해에 기반한 자유연애였다. 하지만 1910년대는 이 같은 청년들의 고민과 이상이 막 제기되기 시작한 시대였다. 당시 근대적 교육을 받고 있는 청년학생들조차 '사랑'이란 단어를 듣는 것만으로도 얼굴을 붉혔다는 사실이 이를 잘 보여준다. 당시 청년학생들은 조혼의 부당함과 자유연애 및 자유결혼의 정당성에 눈을 뜨고 있었지만 그들을 둘러싸고 있는 현실은 결코 녹록하지 않았다. 「무정」은 이러한 현실 속에 있던 당시 청년들에게 그들의 이상을 구체적 묘사를 통해 생생하게 보여준 작품이다. 이형식의 내면에 일어난 변화는 당시 청년들이 품고 있던 이상의 한 단면이다. 이를 구체적인 묘사를 통해 보여주고 나아가 이를 전기의 음극과 양극, 하늘의 이치와 같은 지극히 자연스런 현상으로 제시한 것은, 당시 청년들로 하여금 보다 이 작품에 공감할 수밖에 없게 한 하나의 큰 계기로 작용했던 것이다.

「무정」의 성공에 고무된 『매일신보』는 그간 명성이 더욱 높아진[88] 이광수에게 더욱 후한 원고료를 제시하며 다음 소설을 청탁한다.[89] 이 작품이 1917년 11월 10일부터 1918년 3월 15일까지 76회에 걸쳐 연재된 「개척자」이다. 그런데 이광수는 이 작품에서 자신의 본래 소설 문체인 국한문 혼용체로 되돌아간다. 여기에는 『매일신보』의 의도가 크게 작용한 것으로 보인다. 『매일신보』는 한글 소설 「무정」으로 성공을 거두긴 했지만, 그들이 원래 원했던 것은 지식인 대상의 국한문 혼용체 소설이었다. 또한 「개척자」는 진학문의 「홍루」와 이상협의 「무궁화」 등 두 편의 한글소설과 동시에 연재되었다. 『매일신보』는 이 상황에서 또 하나의 한글 소설을 추가하기보다는 국한문 혼용체 소설을 통해 지식청년층 독자의 계속적인 확보를 의도한 것이다.[90]

「개척자」도 「무정」과 같이 당대 청년들의 당면 문제였던 신구 갈등을 주 내용으로 한 소설이다. 이는 우선 "우리 춘원군의 경세성(警世聲)"[91]을 강조하는 연재 예고에서부터 쉽게 확인된다. 「개척자」의 신구 갈등은 주로 김성순과 화가 민은식과의 연애와 사랑을 바탕으로 한 혼인문제, 즉 자유연애의 쟁취라는 문제로 형상화되어 있다.

---

88 1917년 여름 이광수는 당시 그가 재학하고 있던 와세다대학에서 특대생으로 선발된다. 또한 이를 바탕으로 총독부로부터도 상금과 표창을 받는다(「이광수씨 특대생이 되얏다」, 『매일신보』, 1917.7.17; 「유학생 표창」, 『매일신보』, 1917.8.23).
89 이에 대해 이광수는 다음과 같이 말하고 있다. "5원씩이었으니까 매일신보사에서 매달 주는 고료가요 하로에 20전 폭도 못되지요 그러다가 처음 시험한 이 신문소설이 인기가 낫든지 무정을 끗내자 곳 계속해서 무얼 하나 더 쓰라고 하기에 다시 붓을 잡어 「개척자」를 쓰기 시작하였더니 그때에는 일약 20원을 주더구만 4배 폭등이지요 매월에"(「백만 독자 가진 대예술가들」, 『삼천리』, 1937.1, 129~130쪽).
90 김영민, 『한국 근대소설의 형성과정』, 소명출판, 2005, 162~172쪽 참조.
91 「소설 예고 개척자」, 『매일신보』, 1917.10.27.

나는 開拓者에서 因襲에 對한 個性의 反抗과 解放과 當時 新興 知識靑年 階級의
憧憬과 苦悶의 一端을 그려 보려고 하였다. 사랑의 自由와 神聖性도 말해 보려고
當時 靑年들이 微弱하고 孤單하나마 朝鮮에 新文化를 自己네 손으로 建設하랴는
熱情도 表示해 보려 하고 이런 것으로 靑年의 方向을 暗示해 보랴는 分外의 野心까
지도 가지고 있었다. 이러한 意味에서 開拓者는 一種의 이데올로기 小說이었다.[92]

이광수는 이 작품이 당시 지식청년층의 고민이었던 자유연애를 주
장한 "일종의 이데올로기 소설"임을 명백히 밝히고 있다. 「개척자」는
화학자 김성재의 실험과 거듭된 실패, 집안의 몰락, 성재의 동생 김성
순과 성재의 친구인 화가 민은식과의 연애, 성순의 자살 등을 중심 내
용으로 한다. 하지만 성재의 실험과 실패, 그로 인한 집안의 몰락이 중
심이 되는 작품의 앞부분보다는 성순과 민은식과의 연애와 사랑이 주
내용인 중후반부가 이 작품의 실질적인 중핵을 이루고 있다. 작품 내
작가의 설명도 그러하거니와 성재의 실험보다는 구도덕에 대한 반항
과 해방의 의미를 가진 성순과 민은식과의 연애가 당시 청년들의 현안
문제에 보다 잘 부합하기 때문이다. 작가의 회고에서도 암시되듯, 이
작품의 주제인 자유연애에 대한 주장은 과격하고 노골적이다.

"꼭 한 가지밧게 업지오 卽 自己가 가장 올타고 싱각훈 바롤 쌀라셔 行훈다―
그것 쑨이지오 性淳氏는 性淳氏의 性淳이지? 어머님의 性淳입닛가 올아버니의
性淳입닛가" "져는 져라고 싱각은 흐지만은 그러케 行훌 힘이 업셔요" (…중
략…) "眞情 그럿습닛가 될 수만 잇스면 나는 나디로 내 理性을 짜라셔 行흐겟다

92 이광수, 「문단생활 삼십 년의 회고」, 『조광』, 1936.6, 117~118쪽.

흐는 要求가 잇습닛가 될 슈만 잇스면 아모의 束縛도 牽制도 밧지 아니흐고 내 人格의 權威와 自由를 어더썬지던지 發揮흐얏스면 흐는 要求는 잇습닛가 果然 그럿습닛가" "그러나 그것이 可能흐겟습니가" "可能흐지오 그러나 平和의 手段으로는 아니되지오 오직 戰爭이라는 方法으로야만 되지오" "戰爭!" "암 戰爭이지오 첫지 父母의 權力에 對흐야 둘지 社會 因襲의 權力에 對흐야 戰爭을 히야지오" (…중략…) "降伏흐야 奴隸가 되든지 快흐게 戰死롤 흐든지" "一千萬의 女性을 爲흐야 犧牲이 되든지" "先鋒將이 되든지" (…중략…) "싸화보지오 싸화보지오!"⁹³

自己를 爲흐야셔는 父母나 家庭도 犧牲을 흐여야 흔다 自己를 爲흔다 홈도 自己로써 代表흐는 新時代롤 爲홈이니 將來에 無限히 길 新時代와 無限히 繁昌홀 子孫은 父母보다도 重흐다 안이 모든 過去를 왼통 모와 노혼 것보다도 重흐다 子女를 父母 所有로 아는 道德은 決코 新時代에 기칠 것이 못된다 閔의 말과 굿치 우리는 父母中心 過去中心이던 舊時代의 代身에 子女中心 將來中心의 新時代를 셰워야흔다 그리흐랴면 우리는 爲先 舊時代를 ᄭᅵ트려야 흐고 ᄭᅵ트리랴면 ᄭᅵ트리는 사롭들이 잇셔야 흐고 ᄭᅵ트리는 사롭들이 잇스랴면 민 쳐음 ᄭᅵ트리는 사롭이 잇셔야 흔다 閔의 말과 굿치 우리가 그 첫 사롭이 되어야 홀 것이다 大戰爭의 첫 彈丸이 되고 첫 犧牲이 되어야 홀 것이다 올타 니가 舊時代롤 이긔는 날ᄭᅥ지 母親과 兄에게 罪를 짓다⁹⁴

이광수는 민은식의 입을 통해 성순에게 부모와 사회에 대해 전쟁을 벌일 것을 노골적으로 선동하고 있다.⁹⁵ 현재 성순은 유부남인 민은식

---

93 「개척자」 13의 3(41회, 1918.1.23).
94 「개척자」 14의 4(45회, 1918.1.29).

을 사랑하고 있다. 하지만 오빠와 모친으로부터 몰락한 집안의 부흥과 성재의 실험 재개에 결정적 도움을 준 변영일과의 결혼을 강요당하고 있다. 만약 성순이 오빠와 모친의 말을 따라 변영일과 혼인을 한다면 어머니나 오빠의 성순이 되고 만다. 이는 작게는 성순 개인의 인격의 권위와 자유를 부정하는 것이고, 크게는 구도덕에 항복하여 노예가 되기를 자처하는 것이다. 따라서 연애가 뒷받침되지 않은 변영일과의 혼인은 '야합(野合)'이 될 수밖에 없다. 혼인의 필수 전제조건인 연애는 서로의 영혼과 육체가 합하여 완성되는 것인데, 이것이 결여된 부부는 '야합'이기 때문이다. '야합'이 비판과 부정의 대상이 되는 이유는 막대한 비극과 민족적 손실이 여기에서 비롯되기 때문이다. 하지만 무엇보다 중요한 이유는, '야합'으로 인해 가장 큰 개인의 행복들이 박탈된다는데 있다. 이광수는 가장 큰 개인의 행복이 연애이며, 그 다음이 원만한 가정임을 주장한 바 있다.[96] 원만한 가정은 '야합'이 아닌 부부 상호 이해와 존경을 기초로 한 완전한 영혼과 육체의 합치에서 비로소 가능한 것이기 때문이다. '야합'은 연애와 원만한 가정이라는 개인의 가장 큰 두 행복을 그 근본에서부터 박탈하는 것이다. 자유연애와 그것이 뒷받침 된 혼인의 정당성은 개인의 행복에 우선 그 근거가 자리하고 있는 것이다.

변영일과의 '야합'을 강요하는 형(성재)과 모친은 성순에게 과거의

---

95 김윤식은 「개척자」를 상당히 부정적으로 평가한다. 그 이유는 이 같은 노골적인 이데올로기 선동 때문이다. 즉 "「개척자」는 「무정」과 달리 관념적인 조작에 의해 씌어진 것이어서, 문체도 국한혼용체이며 자전적 곡진한 진실이 담겨 있지 않았으며, 따라서 신사상의 주입이 겉으로 뻔히 드러난 졸작"이라는 것이다(김윤식, 『이광수와 그의 시대』 1, 솔, 1999, 613쪽).

96 이광수, 「혼인에 대훈 관견」, 『학지광』 12, 1917.4, 29~32쪽; 재동경 이광수, 「혼인론」, 『매일신보』, 1917.11.21. 이 외에 법정 연령 이전의 혼인도 이광수는 '야합'으로 본다. 조혼으로 인해 교육과 연애의 기회가 박탈되기 때문이다(동경에서 춘원생, 「조혼의 악습(2)」, 『매일신보』, 1916.12.24).

속박이 될 수밖에 없다.[97] 따라서 성순이 형과 모친으로 상징되는 구시대에 "모반"(52회)을 일으키고 끝까지 싸울 것을 결심하는 것은 매우 당연하다. 성순이 이같이 굳게 결심하고 싸우기로 한 것은 이것이 비단 성순 한 개인의 문제가 아닌 당시 모든 조선 여성과 관련된 사회문제이기 때문이었다. 또한 미래 자손의 행복과 앞날이 걸려 있는 문제이기도 했다.[98] 즉 성순의 결심과 싸움은 성순 개인은 물론 장래 조선 전체의 행복까지 걸려 있다는 점에서 중요한 것이다. 이광수는 이 같은 성순의 싸움을 낙관적으로 전망한다.

諸君을 무엇을 볼 써에든지 그것이 盈ㅎ는 것인지 虧ㅎ는 것인지(Waxing or Waning)를 먼져 살펴야 ᄒᆞ다 그리ᄒᆞ여셔 그것이 盈ㅎ는 것일진던 現在의 小와 弱은 將來의 大와 强을 約束홈인 줄을 알아야 ᄒᆞ고 그것이 虧ㅎ는 것일진던 現在의 大와 强이 將來의 小와 弱을 約束홈인 줄을 알아야 ᄒᆞ다 明哲치 못훈 사람은 虧ㅎ는 大와 强을 보고 깃버ᄒᆞ고 盈ㅎ는 小와 弱을 보고 도로혀 슬퍼ᄒᆞᄂᆞ니 明哲훈 諸君은 이러훈 미련을 비와셔는 되지 아니ᄒᆞ다 날근것 썩은것 죽은 것이 비록 現在에는 强ᄒᆞ고 大ᄒᆞ다 ᄒᆞ더라도 그것은 盈ㅎ는 强과 大요 새 生命의 소리와 빗이 비록 現在에는 小ᄒᆞ고 弱ᄒᆞ다 ᄒᆞ더라도 그것은 盈ㅎ는 것인 줄을 알아야 ᄒᆞ다[99]

---

97 춘원은 이를 다른 글에서 "죽은 구습관의 강인훈 오라줄"로 표현한 바 있다(동경에셔 춘원생, 「조선 가정의 개혁(4)」,『매일신보』, 1916.12.19).

98 이광수는 민족의 번영과 자손, 즉 아동의 현재 상황에 대하여 다음과 같이 우려·비판하고 있다. "애(愛)가 업는 부부 간에셔 생장훈 자녀는 마치 모유를 못먹고 자라남과 ᄀᆞ히 정신상으로 결함이 잇다 합니다 민족의 번영은 건전훈 아동을 다산ᄒᆞ고 ᄯᅩ 잘 교육홈에 잇다 합니다 (…중략…) 게다가 조선의 아동은 정신상으로 더기 병신이외다 그리고 그 책임의 대부분은 부모의 불완전홈에 잇습니다."(재동경 이광수, 「혼인론」,『매일신보』, 1917.11.22)

99 「개척자」, 13의 2(40회, 1918.1.22).

비유로 되어 있지만, 이광수의 뜻과 의도를 짐작하기는 어렵지 않다. 성재와 모친, 변영일은 현재의 "대(大)와 강(強)"이며, 성순과 민은식은 "소(小)와 약(弱)"이다. 하지만 전자는 이지러지는(虧) "대와 강"이며, 후자는 가득차는(盈) "소와 약"이다. 여기에는 성순의 싸움이 혹시 실패할지라도 장래에는 반드시 성공하리라는 미래에 대한 강한 낙관적 전망이 전제되어 있다. 하지만 이 같은 낙관적 전망은 단순한 '전망'에 그치고 만다. 성순은 민은식과 일생을 같이 하기로 하고 구시대·구도덕에 반기를 들기로 결심했지만, 정작 그녀가 그 실천 방법으로 선택한 것은 자살이었기 때문이다. 성순은 성재의 실험실에서 가지고 나온 화학약품을 마시고 스스로 생을 마감한다. 하지만 여기에서 주목해야 할 점은, 성순의 자살을 전후로 성재와 모친의 성순에 대한 입장에 근본적인 변화가 발생한다는 것이다. 성순의 선택을 불효와 부정(不貞)으로 강하게 꾸짖었던 성재는 죽어가는 성순에게 민은식과의 사랑을 인정해준다. 성순은 민은식의 품에 안겨 "가장 ᄉᆞ랑ᄒᆞᄂᆞᆫ 안ᄒᆡ"(73회)라는 말을 들음으로써 그녀의 "대전쟁", 즉 자유연애를 완성한다. 하지만 이는 자살이라는 그녀의 생명을 대가로 한 것이었다. 성순은 죽음으로써 승리했으며, 죽음만이 그녀가 승리할 수 있는 유일한 길이었던 것이다. 이것이 성순이가 개척한 자살의 진정한 의미이다. 이는 근대적 개인 및 근대적 여성을 탄생시켰을 뿐만 아니라 더 나아가 자유연애를 이념화·제도화한 계기가 되었기 때문이다.[100]

따라서 '구시대'에 대한 선전포고와 '신시대'의 승리에 대한 낙관적 전망을 핵심으로 한 「개척자」가 당시 청년학생들에게 큰 환영을 받았

---

[100] 이경훈, 「실험실의 야만인」, 『상허학보』 8, 상허학회, 2002, 244쪽.

던 것은 지극히 당연할 수밖에 없다. 자유연애는 그들에게 있어 죽고 사는 문제(活殺問題)였기 때문이다.[101] 연애는 당대 청년층의 사상이나 습관 등을 상징하는 집약적인 표상이었던 것이다.[102] 청년들에게 성재와 모친은 자연을 배반하고 사랑의 미를 파괴하는 피상과 허위로 가득 찬 존재일 수밖에 없다.[103] 따라서 당시 청년들에게 이 작품은 '당대의 대걸작'이 되는 동시에 '사회의 생명수'이자 '계세종(戒世鍾)'으로 받아들 여졌던 것이다.[104]

「개척자」는 구도덕에 대한 반항과 이상주의적·인도주의적 사상으로 당시 전 조선 청년계를 풍미했다.[105] 하지만 이 작품이 모든 계층에서 환영을 받은 것은 아니었다. 이광수는 문필 활동 기간 동안 여러 번 필화 사건을 겪었는데, 그 중 첫 번째가 「개척자」로 인한 것이었다. 이 작품은 이른바 구시대·구도덕을 대표하는 당시 귀족, 양반, 유림 계층으로부터 큰 항의를 받았다. 이광수는 이에 대해 다음과 같이 회고하고 있다.

---

101 주요한, 「『무정』을 보고(2)」, 『매일신보』, 1918.8.9. 이 글은 「무정」에 대한 최초의 비평문이다. 「무정」에 대한 글이지만, 자유연애에 대해서는 두 작품이 모두 같은 문제의식을 공유하고 있기 때문에 「개척자」에 적용해도 무방하다고 판단된다.

102 김남천, 「조선문학과 연애문제」, 『김남천 전집』 2, 박이정, 2000, 155~156쪽.

103 경성 서대문정 민영대, 「개척자를 독호다가 애의 신성을 논흠」, 『매일신보』, 1918.3.2. 또한 1901년생인 최학송은 청년들의 자유연애에 부정적인 부모들에 대해 다음과 같이 과격하게 논하고 있다. "인생의 최대 문제인 혼인권을 자유로 한 우리 부모의 죄가 이 신구 사상이 충돌되는 경과시대에 지(至)호야논 더욱 크게 일호의 용서도 못호게 현출호야(…중략…) 우리네에 부모가 혼인권을 자유로 쓰다나니 『친권을 가지고』 우리는 우리의 이상적 처를 엇지 못호고 부(夫)를 맛나지 못호엿다 생각호면 고기를 써저 피를 마셔도 우리의 원한은 풀 길이 망연호다" (성진 최학송, 「일부일처론」, 『매일신보』, 1919.2.11). 최학송의 이 같은 과격한 주장에는 1918년 애정이 없는 아내와 이혼한 경력도 어느 정도 작용한 것 같다.

104 PN생, 「개척자를 읽고(하)」, 『매일신보』, 1918.2.3; 성진 최학송, 「개척자롤 독호고 소감디로」, 『매일신보』, 1918.3.3.

105 팔봉학인, 「십년간 조선 문예 변천 과정(3)」, 『조선일보』, 1929.1.5.

그러나 開拓者는 新生活論과 아울러 많은 物論을 이르켰다. 中樞院 參議 連名으로 總督府 警務總監部 京城日報社長 等에게 李光洙의 글을 실지 말라는 陳情書가 가고 經學院에서도 李光洙를 攻擊하는 演說會가 열리고 故 呂圭亨 先生 같은 이는 官立高等學校 生徒 一同에게 李光洙의 글을 읽지 말라는 訓示까지 하였단 말을 그 學校 學生 數十 名의 連名한 편지로 알았다.[106]

「개척자」에 대한 불만과 항의가 상당했음을 알 수 있다. 이들이 이같이 반발한 것은 「개척자」가 자신들을 일거에 부정하고 비판하는 내용을 담았기 때문이다. 오직 자신들만을 위하여서만 살았고 자신들의 소유물이었던 성순과 민은식 등이 자신들로부터 벗어나려하자 크게 반발했던 것이다. 이는 1910년대라는 현실을 그대로 보여주는 것이라고 할 수 있다. 1916년 12월 현재, 전체 지원자의 17%만이 고등보통학교에 입학할 수 있을 만큼 근대적 교육열이 고조되고 있었지만, 한편에서는 과거의 인습에 얽매여 자식들을 학교에 보내는 귀족·양반들이 극히 희소했던 것 또한 1910년대의 엄연한 현실이었기 때문이다.[107]

하지만, 이 같은 양반, 유생 등의 반발에 대한 『매일신보』의 태도를 주목해야 한다. 『매일신보』에는 「개척자」 연재 도중이나 연재 이후 이들의 항의나 반발에 관한 어떤 기사도 존재하지 않는다. 이들은 당시 총독이나 경찰총수, 총독부 기관지 사장에게 직접 편지나 항의문을 전달할 수 있는 이른바 기득권층이었다. 여론에 민감할 수밖에 없는 『매일신보』로서는, 더구나 당대 기득권층이었던 이들의 요구는 상당한

---

106 이광수, 「문단생활 삼십 년의 회고」, 『조광』, 1936.6, 118쪽.
107 「총독시달」, 『매일신보』, 1916.7.2; 「교육의 신규사업」, 『매일신보』, 1916.12.23.

부담이었을 것이다. 실제『매일신보』의 3대 발행인 겸 편집인이었던 선우일은 빈민구제와 관련하여 귀족들을 비판하는 사설을 썼다가 한 달도 못 돼 신문사를 그만둔 적도 있다.[108] 하지만『매일신보』는 「개척자」이후에도 이광수의 글(「신생활론」)을 계속 게재한다. 이광수는 이때의 일에 대해『매일신보』사장 카토 후사조우(加藤房藏)가 자신을 위해 끝까지 힘을 써 주었다고 회고한 바 있다.[109] 사장까지 나서서 보호해 주었다는 것은『매일신보』라는 매체의 특성상 그 뒤에는 총독부가 있었음을 짐작케 한다. 이는 당시 총독부와『매일신보』가 가진 이광수에 대한 관심과 배려가 상당했음을 보여준다. 또한 신문의 편집인 겸 발행인을 낙마시킬 정도였던 이들 기득권층의 요구를 무시했다는 것은, 그만큼 총독부와『매일신보』가 가진 청년학생층에 대한 관심, 곧 장기적인 식민통치에 대한 확고한 의지를 거듭 확인시켜 준다. 총독부와『매일신보』는 중추원의 귀족들이나 경학원의 양반 유생들을 앞으로 이지러질(虧) 현재의 "대와 강"으로 인식했던 것이다.

이 같은 기득권층의 반발에도 불구하고 「무정」과 「개척자」는 큰 성공을 거둔 작품이다. 이는 이 작품들의 단행본 판매 부수에서도 확인할 수 있다. 「무정」은 연재 이듬해인 1918년 7월 20일 최남선의 신문관에서 초판 1,000부를 발행했다.[110] 이 작품은 1924년 11월 현재, 판수로는 5판,[111] 판매부수로는 1만 부를 돌파하고 있어,[112] 당시 큰 인기를

---

108 문제가 된 사설은 「빈민구제에 대흐야 귀족부호려」(1918.8.20)이다. 이에 대해서는 다음의 연구를 참조할 수 있다. 정진석,『언론조선총독부』, 커뮤니케이션북스, 2005, 92~93쪽.

109 「백만 독자 가진 대예술가들」,『삼천리』, 1937.1, 130쪽.

110 『매일신보』, 1918.7.23, 3면 광고;『청춘』14, 1918.6, 광고.

111 5판의 출판사와 발행일은 다음과 같다. 1924년 1월 24일, 홍문당서점. 한편, 일제시기 「무정」의 단행본 발행 상황에 대해서는 다음의 연구를 참조할 수 있다. 김철, 「『무정』의 계보」,『바로

얻고 있었음을 알 수 있다. 「무정」은 이후 식민지시대 내내 꾸준히 팔리는 스테디셀러가 된다.[113] 이는 「개척자」도 마찬가지이다. 「개척자」는 연재 당시 춘원이 건강 악화로 집필을 그만두려 했으나 독자들의 요구에 의해 연재를 계속한 작품이다.[114] 「개척자」는 연재 4년 후인 1922년 12월 22일 초판이 발행되는데, 발행되자마자 엄청난 인기를 모은 것으로 보인다. 초판 발행 후 불과 8일 만에 재판(1922.12.28)이, 재판 발행 후 2주 만에 3판이 발행(1923.1.10)되었기 때문이다.[115] 또한 1924년 11월 현재 4판이 발행되고 있음을 볼 때,[116] 이 작품도 단행본 발행 후 약 2년 만에 판매부수가 1만 부에 육박했음을 알 수 있다.[117]

이와 같은 「무정」과 「개척자」의 인기는 청년학생층으로부터 비롯된 것임은 물론이다. 당시 청년들 사이에 춘원의 작품을 10번 읽는 것이 드물지 않았다는 이성태의 회고는 결코 과장이 아닐 수도 있는 것이다.[118] 당시 청년들에게 「무정」과 「개척자」는 일종의 성서였으며, 이광수는 쿠로이와 루이코와 같이 이른바 춘원을 "따르는 무리", 즉 '춘원종(春園宗)'을 가진 1910년대 최대의 작가였던 것이다.[119]

잡은 『무정』, 문학동네, 2003, 723~757쪽.

112 『조선문단』 2, 1924.11, 광고.

113 춘원 자신도 자신의 작품 중 「무정」이 가장 많이 팔렸다고 회고한 바 있다. 이광수, 「나의 문단생활 삼십 년」, 『신인문학』, 1934.7, 42쪽. 1930년대 후반 박문서관 주인 노익형도 가장 잘 팔리는 작품으로 이광수의 작품을 들고 있다. 「출판문화의 전당 박문서관의 업적」, 『조광』, 1938.12, 314쪽.

114 이에 대한 작가와 『매일신보』의 해명은 다음과 같다. 「소설휴재」, 『매일신보』, 1917.12.23; 「개척자」, 13의 3(41회, 1918.1.23); 「개척자」, 14의 1(42회, 1918.1.25).

115 춘원, 『개척자』, 홍문당서점, 1923(3판), 판권면.

116 『조선문단』 2, 1924.11, 광고.

117 「무정」의 판수와 판매부수를 참고해 추정해 본 것이다. 「무정」은 1924년 11월 현재 1만 부를 돌파했는데, 이때의 「무정」은 5판이었다. 「개척자」는 같은 시기 4판을 발행하고 있음을 볼 때, 1만 부에 가까운 판매부수를 기록하고 있었을 것이다.

118 이성태, 「내가 본 이광수」, 『개벽』, 1925.1, 82쪽.

5) 「무정」의 의의와 이광수의 한계

근대계몽기 이래 우리 소설의 독자는 사용 문체에 따라 계층 분리가 비교적 명확한 편이었다. 이른바 식자층의 한글에 대한 부정적인 시각은 상당히 뿌리 깊은 것이었다. 근대계몽기 '서사적 논설' 이래 한글 소설의 독자는 주로 부녀자를 중심으로 하는 일반 대중이었다. 이 같은 전통은 1910년대 전반기『매일신보』에까지 그대로 이어진다. 1910년대 전반기『매일신보』와 식자층이 한글 소설에 대해 상당히 부정적이었음은 앞에서 살펴본 바 있다. 하지만 1910년대 중반, 이 같은 시각에 변화가 생겨 한글 소설의 독자가 청년학생층으로까지 확대된다. 「형제」, 「정부원」, 「해왕성」 등 서구 소설 번안의 성공이 그것이다. 「형제」에서 「해왕성」에 이르는 동안『매일신보』는 청년학생층 독자 확보에 성공했고, 이는 이광수 등장의 중요한 토대가 되었다. 하지만 이들 작품의 성공에는 결정적인 한계가 내재한다. 그것은 이들 작품이 모두 번안소설이라는 점이다. 양건식은 소설을, 천재적 개인의 상상의 산물이며 따라서 지극히 주관적 특성을 갖는다고 정리한 바 있다.[120] 소설 개념에 대한 이 같은 정리는 「형제」 등의 번안작품에는 해당되지 않는다. 우선, 「형제」, 「정부원」, 「해왕성」 등은 심우섭과 이상협이라는 작가 개인의 상상의 산물이 아니다. 이들 작품은 공간적 배경과 등장인물의 이름을 우리 식으로 '번안'했지만, 어디까지나 원작자가 따로 존재하기 때문이다. 따라서 이광수는 한글 소설을 통해 최초로 독자 계층 통합에 성공

---

119 석영, 「조선문단 삼십 년 측면사」, 『조광』, 1938. 10, 137쪽.
120 국여, 「춘원의 소설을 환영ㅎ노라(상)」, 『매일신보』, 1916. 12. 28.

한 작가이며, 「무정」은 근대 자국어를 사용해 독자 계층의 통합을 이룬 최초의 창작소설이 된다.[121]

이광수와 「무정」에 대한 이러한 문학사적 의의와는 별개로, 이광수와 그의 작품이 갖는 한계 또한 명백한 것이 사실이다. 이광수가 「무정」과 「개척자」에서 다룬 신구 도덕·사상의 충돌이 궁극적으로 지향한 것은 결국 일본을 배우는 것이다. 조선의 독립을 포기한 춘원에게는 이것이 "우리 죠선 사롬의 살아날 유일의 길"(「무정」 24회)로 인식되었기 때문이다. 1910년대 춘원이 제시한 이 같은 길은, 조선인 스스로 독립이나 부국강병 같은 국가 만들기(혹은 지키기) 기획의 주체가 될 수 없다는 믿음에서 비롯된 것이다.[122] 따라서 「무정」과 「개척자」가 향하는 곳은 민족의 독립이나 정치적 해방의 문제가 아닌 개인 윤리의 문제나 풍속개량의 세계일 수밖에 없다. 앞으로 조선의 중견계층이 될 청년학생들이 민족과 시대 현실 대신 신구 도덕의 충돌과 같은 풍속개량의 문제와 개인의 행복(쾌락)에만 관심을 갖게 되는 것은 곧 총독부와 『매일신보』가 원하는 바 그 자체라고 할 수 있다.

따라서 총독부와 『매일신보』가 이들 작품을 통해 기대한 청년상은 다음과 같다고 판단된다.

日鮮合倂의 理想을 울어려 淸新흔 氣運을 乘ᄒ고 手腕을 썰치고져 日夜에 新

---

121 「무정」의 의의를 독자 계층의 통합에서 찾은 것은 김영민이 최초이다. 김영민은 「무정」을 근대 자국어를 사용해 독자 계층의 통합을 이룬 최초의 소설로 평가한다(김영민, 「1910년대 신문의 역할과 근대소설의 정착 과정」, 『한국 근대 서사양식의 발생 및 전개와 매체의 역할』, 소명출판, 2005, 161쪽).
122 김현주, 「이광수의 문화 이념 연구」, 연세대 박사논문, 2002, 57쪽.

知識과 親ᄒ며 惰風陋習을 打破ᄒ며 向上發展의 一路로 邁進코져 ᄒᄂ 新進氣銳의 部類에 屬ᄒ 一團이 업지 아니ᄒ다 이ᄂ 時勢도 了解ᄒ고 責任을 深感ᄒ야 朝鮮 前道를 光名界로 引導치 안이치 못홀 줄로 注意ᄒᄂ 者이라[123]

총독부의 입장에서 장래 식민지 조선이 이러한 청년들에 의해 구성된다는 것은 보다 효율적인 식민통치가 가능하다는 것, 즉 미래에 대한 예측가능성이 한층 높아지는 것을 의미한다. '미래에 대한 가지성(可知性)은 미래를 지배하기 위한 제1보'라는 명제를 참고한다면,[124] 이광수와 그의 글들은 미래에 대한 가지성을 확실히 담보할 수 있는 청년 양성에 그 맡은 바 임무가 주어져 있었던 것이다. 이광수는 자신에게 주어진 이 같은 임무를 훌륭히 수행했다. 하지만 이 성공은 동시에 이광수의 결정적인 한계이기도 하다. 이는 그가 『매일신보』의 기고자가 되었을 때 또는 되고자 마음먹었을 때 이미 결정되었다고 보아야 한다.

---

123 평양 高橋鷹藏, 「조선 사상계의 현황」, 『매일신보』, 1917.4.18.
124 木村直惠, 『'青年'의 誕生』, 東京 : 新曜社, 2001, 27쪽.

2. 청년학생층 독자의 유지와 그 확대를 위한 노력

1) 청년학생층 기호의 수용

총독부의 식민통치 전략의 변화에서 비롯된 『매일신보』의 청년학생층 독자의 확보 노력은 서구 소설의 번안에서 이광수의 발탁에 이르기까지, 충분히 성공을 거두었다고 할 수 있다. 청년학생층 독자의 확보는 『매일신보』 독자층의 확대, 즉 사세의 확장을 의미한다. 이제 『매일신보』는 이같이 확대된 독자층을 계속 유지하기 위한 전략을 준비하게 된다.

다음 쪽의 〈표 21〉은 「무정」과 「개척자」 이후의 연재소설들이다. 위 여섯 작품 중 현재 번역이나 번안 여부가 확증되지 않은 작품은 「산중화」와 「무궁화」 단 두 작품이다. 「무정」과 「개척자」 이후 『매일신보』가 다시 번안·번역 소설로 되돌아갔으며, 그 원작이 중국소설(「홍루몽」, 「기옥」)로 확대된 것이 눈에 띈다. 『매일신보』 기자 중심이던 번역·번안의 작가가 진학문이나 양건식 등 신문사 외부 인사로 확대된 것도 주목할 만하다. 우선 『만조보』 연재소설 두 편이 번역·번안된다는 것을 통해 『매일신보』가 청년학생층 독자의 계속적인 유지를 의도하고 있음을 알 수 있다.

1910년대 중반 서구소설 번안과 이광수의 소설을 통해 확대된 독자층의 계속적인 유지·확대의 관건은 전통적인 한글소설의 독자보다는 새로 합류한 청년학생층 독자에 달려 있었다. 청년학생층은 전통적으로 한글소설에 대해 부정적 인식을 가진 계층이었으며, 1910년대 중반

번호	제목	날짜	연재회수	원작	비고
1	산중화(山中花)	1917.4.3~9.19.	137		
2	홍루(紅淚)	1917.9.21~1918.1.16.	89[125]	春姬(1902)	
3	무궁화(無窮花)	1918.1.25~7.27.	123[126]		
4	홍루몽(紅樓夢)	1918.3.23~10.4.	137[127]		국한문
5	애사(哀史)	1918.7.28~1919.2.8.	152	噫無情(1902~1903)	
6	기옥(奇獄)	1919.1.15~3.1.	41		

에 들어서야 비로소 그에 대한 인식이 개선되었기 때문이다. 따라서 『매일신보』는 이들 청년학생층 독자의 계속적인 유지·확보를 위해 그들이 읽을 만한 소설의 지속적인 필요성을 인식하게 된다. 그렇다면 청년학생층 독자의 꾸준한 유지·확보를 위해 필요한 것은 무엇일까. 어떤 내용을 담아야 이 목적이 성취될 수 있는 것일까. 이는 당대 청년 학생들의 최대 관심사, 즉 그들의 기호에 맞는 소설을 제공해야 가능 한 일일 수밖에 없다.

지금은 동셔양을 물론ᄒᆞ고 시인「詩人」이나 소셜가「小說家」가 런이를 연구 ᄒᆞ기에 붓방아를 찌으며 뢰슈를 짜너여 엇지ᄒᆞ면 이 소셜의 쥬인공되는 사롬의 렬々혼 런이를 필두로 다홀가 ᄒᆞ는 고심도 역시 이것이 인싱의 즁요혼 문뎨되 는 ᄭᆞᆰ으로 좃ᄎᆞ나오는 바이라 그럼으로 사롬이 츠셰에 나온 이샹에는 런이라

---

125 『매일신보』에는 87회로 표기되어 있다. 하지만 56회와 64회가 각각 두 번 중복 표기되어 있다. 실제 총 연재 횟수는 89회이다.
126 『매일신보』에는 122회로 표기되어 있다. 하지만 106회가 두 번 중복 표기되어 있다. 실제 총 연재 횟수는 123회이다.
127 『매일신보』에는 138회로 표기되어 있다. 하지만 131회가 두 번 중복 표기되어 있다. 실제 총 연재 횟수는 137회이다.

ᄒ는 것도 한갓 등한에 붓쳐두고 도라보지 안임은 불가ᄒ 지니[128]

아— 愛는 吾人의 生命이다 吾人이 一時라도 愛가 無ᄒ면 生存치 못ᄒ고 吾人
의 家庭이 一時라도 愛가 無ᄒ면 和樂지 못ᄒ고 吾人의 社會가 一時라도 愛가 無
ᄒ면 團結치 못ᄒ다 吾人은 自然의 造命으로 成ᄒ 愛의 結晶이다 然則 吾人은 卽
愛이니 吾人 以外에 何物도 無ᄒ고 愛 以外에 何物도 無ᄒ다 故로 吾人의 齎ᄒ
바 使命은 이 愛룰 가장 高尙ᄒ고 純潔ᄒ게 外界에 實現ᄒ여야 ᄒ다[129]

당시 청년층이 갖고 있던 가장 큰 고민이나 문제 중 하나는 신구 도
덕·가치관의 충돌에서 비롯되는 구시대·구도덕과의 갈등이었다. 이
같은 신구 사상·가치관의 충돌에서 가장 대표적인 것이 위 인용문과
같은 자유연애·자유결혼에 관한 문제였다. 이광수의 작품이 이 같은
자유연애, 즉 신도덕과 그것의 정당성을 그려 청년학생들의 커다란 호
응을 받은 것이 이를 단적으로 보여 준다. 연애를 다룬 문학작품의 주
독자는 청년학생층이다. 이들에게 연애는 개인, 가정, 사회를 유지·발
전시키는 데 없어서는 안 되는 필수 항목이었다. 일례로 이들은 "상호
간에 닐어나는 열렬ᄒ 인력적(引力的) 애정"으로 성립된 가정을 개인의
최대 행복으로 인식했다.[130] 당시 청년학생층에 있어 이 같은 '애(愛)'의
문제, 즉 자유연애는 자신들의 목숨을 걸어도 아깝지 않은 초미의 당면
과제였던 것이다.[131]

---

128 C생, 「나는 사랑ᄒ노라(1)」, 『매일신보』, 1916.9.14.
129 경성 서대문정 민영대, 「개척자를 독ᄒ다가 애의 신성을 논ᄒ」, 『매일신보』, 1918.3.2.
130 '사설」, 「원만ᄒ 가정」, 『매일신보』, 1917.3.17; 이광수, 「혼인에 대ᄒ 관견」, 『학지광』 12, 1917.4,
    30~31쪽.

2) 청년학생층 기호의 소설화

『매일신보』는 당시 청년들의 최대 당면 과제인 자유연애를 다룬 소설을 제공함으로써 청년학생층 독자들을 계속 유지·확대하고자 했다. 창작 여부와 원작의 소속 국가에 상관없이 위에서 든 여섯 작품의 공통점은 이들 작품들이 모두 청년 남녀의 연애·사랑에 관한 내용을 담고 있다는 것이다. 이들 여섯 작품은 청년 남녀의 연애와 사랑을 다루고 있거나(「홍루」, 「무궁화」, 「홍루몽」, 「애사」, 「기옥」) 최소한 그 같은 내용이 반드시 포함(「산중화」)되어 있다.

「산중화」는 천풍 심우섭이 「형제」 연재 뒤 3년 만에 발표한 두 번째 작품이다. 이 작품은 영국과 이태리 등 유럽을 배경으로 귀족 집안의 한 남자를 둘러싼 두 여자의 사랑과 갈등을 그린 소설이다. 영국 식민지 인도에서 벌어지는 영국군의 전투 모습이나 서양 귀족의 예법, 서양 궁중 연회 묘사 등은 이 작품이 창작이라기보다는 번안작일 가능성을 강하게 시사한다.[132]

이 작품은 영국의 가장 부유한 귀족 조중화와 지방의 한 촌장의 딸 강희정과의 사랑과 결혼, 강희정을 시기·질투하는 김명희의 자작부인이 되기 위한 음모, 김명희의 패배와 죽음 등이 중심 서사를 이룬다. 두 주인공 강희정과 김명희는 각각 선함과 악함을 대표하는 인물이며,

---

131 주요한은 이를 죽고사는 문제, 즉 '활살문제(活殺問題)'로 파악했다(주요한, 「「무정」을 보고(2)」, 『매일신보』, 1918.8.9).
132 하지만 번안이나 창작임을 확증해주는 구체적인 자료가 없어, 현재로선 심우섭의 창작소설로 볼 수밖에 없다. 이희정도 순수 창작물일 가능성도 배제하지 않고 있다. 당시 독자들이 가졌던 서구 문학에 대한 관심을 반영하여 배경을 서양으로 했을 수도 있다는 것이 그 이유이다(이희정, 「1910년대 『매일신보』 소재 소설 연구」, 경북대 박사논문, 2006, 133쪽).

이 선악 인물의 갈등이 이 작품의 전체 서사를 추동하는 원동력이다. 「속편 장한몽」의 심순애와 최만경의 갈등을 연상시키는 이 작품은 '신소설'식의 악인모해형·계모형 소설이라고도 할 수 있다.

서양이 배경이고 서구 귀족 사회의 일을 소재로 했지만, 「산중화」는 '신소설'에서 흔히 볼 수 있는 가정소설 유형에 속하는 작품이다. 하지만 작품 초반에 제시된 자작 조중화와 강희정과의 만남, 결혼은 그 동안 보아왔던 가정소설의 그것과는 크게 차이가 난다. 신분과 재산의 차이를 초월한 이들의 결합은 부모나 집안에 의한 것이 아닌 두 인물 상호간의 의지와 사랑에 기반해 있기 때문이다. 희정의 외모와 천진난만한 태도에 반해 사랑에 빠진 조중화는 직접 희정에게 청혼하여 그녀의 허락을 얻어낸다. 희정의 승낙을 얻은 조중화는 곧바로 희정의 부친 강순태를 만나 이 사실을 전달한다. 강순태도 자식의 행복을 생각에 이에 동의한다. 희정과 강순태의 허락을 얻은 조중화는 스스로 결혼 날짜까지 결정하고 모친에게는 편지로 결혼 사실을 통보한다. 조중화의 모친은 희정의 신분이 낮다는 이유로 아들의 결정에 반대해보지만, 아들의 결정을 뒤집지는 못한다. '신소설'의 남녀 결연 방식과는 근본적으로 달라진 것이다.

조중화와 강희정의 사랑과 결혼에 있어 부모의 뜻은 전혀 개입되지 않으며, 그 여지조차 없다. 이들의 만남과 사랑, 결혼은 철저하게 당사자의 의지에 기반해 있다. 남녀의 결연에 있어 절대적 힘을 발휘했던 집안이나 부모는 이제 모든 것이 결정된 상태에서 단순히 그 결과를 전달받고 추인하는 존재가 된 것이다. 조중화와 강희정의 만남과 결혼은 연재 초반(4~6회)에 모두 결정·실행된다. 이 소설이 총 127회에 걸쳐 연재되었음을 생각하면, 서사의 가장 처음에 위치한 사건인 것이다. 조중화와 강희정의 사랑과 결혼은 작품 전체에서 극히 일부분에 불과하다. 하지만, 명희의 질투와 희정에 대한 음모, 명희와 희정과의 갈등 및 고난 등 작품 전체 서사가 자작과 희정의 결합에 기반해 있다는 점에서 결코 소홀히 볼 수 없는 내용이다.

현재로선 연재 도중이나 이후 이 작품에 대한 독자들의 반응이나 작가 및 신문사의 의견 등이 존재하지 않아 작품의 인기나 성공 여부에 대해서는 알 수 없다. 다음 작품인 「홍루」예고문에 "대환영 대갈치롤 밧던 천풍군의 산중화"[133]라는 구절이 있기는 하지만, 이는 일종의 홍보문구라는 점에서 이를 전적으로 신뢰하기는 곤란하다. 다만 이 소설 집필 당시 저자가 병원에 입원 중이었음에도 불구하고 연재를 계속했다는 점은, 이 작품이 인기가 없지는 않았음을 추측케 한다.[134] 자작과 희정의 사랑·결혼은 이제 더 이상 부모에 의한 남녀의 결합이 유효하지 않다는 것을 보여준다. 서구 소설 번안작과 이광수 소설이 성공했거나 성공하고 있는 현실에서 비록 가정소설이라 하더라도, 당사자의 의견이 무시된 혼인은 더 이상 유효하지 않은 시대가 된 것이다.

「산중화」에 바로 이어 발표된 순성 진학문의 「홍루」는 『매일신보』 연재소설 사상 가장 파격적인 내용의 소설이다. 프랑스 소설의 번역이

---

133 「신소설예고 홍紅루淚 진순성 역」, 『매일신보』, 1917.9.7.

134 이를 알 수 있는 것은 다음과 같은 『매일신보』의 사고(社告)이다. "미안ᄒ오이다 본 쇼셜을 이 독ᄒ시는 졔군에게 더ᄒ야 발녀 사오일 동안이나 ᄀ치여셔 그러나 용셔ᄒ시오 작자가 우연이 슈쥬일 젼부터 병에 걸니여 병원에 입원 즁이온 바 아모조록 병즁일지라도 ᄀ치지 아니라 ᄒ얏더니 요ᄉ이 ᄉ오일 동안은 넘어나 병셰가 즁ᄒ야 부득이 ᄀ치엿소이다 두어 자로 졔군에게 사례ᄒ ᄂ이다"(「산중화」, 72회(1917.7.12)). 실제 연재가 중단된 기간은 1917년 7월 8일부터 11일까지이다.

긴 하지만, 그 내용이 24세 변호사 청년과 매춘부와의 연애·사랑에 대한 것이기 때문이다. 이 소설의 원작은 알렉상드르 뒤마 피스(Alexandre Dumas fils, 1824~1895)의 *La Dame aux camélias*(1848)이다. 진학문이 번역의 대본으로 삼은 것은 프랑스 원본이 아닌 『만조보』에 연재된 오사다 슈우토우[長田秋濤]의 일본어 번역본이다. 일본에서는 1902년 8월 30일부터 10월 9일까지 약 한 달 남짓 「椿姬」란 제목으로 『만조보』에 번역·연재(도중 중단)되었으며, 1903년 단행본으로 출간된 작품이다.[135]

양건식에 의해 춘원과 함께 두 명의 근대소설가 중 한 명으로 지칭된 바 있는 진학문은,[136] 「홍루」 연재 당시 일본 동경외국어학교 러시아어과에 재학 중이었다. 강제병합 전 「쓰러져가는 딥」(『대한유학생학보』 3, 1907년 5월)과 「요죠오한[四疊半]」(『대한흥학보』 8, 1909.12)으로 문명(文名)을 얻은 진학문은 「홍루」 연재 전 『학지광』과 『청춘』에 러시아와 프랑스 단편소설을 번역한 경력이 있다.[137] 진학문이 동경조선유학생학우회가 발행한 『학지광』과 당대 청년학생들에게 큰 호응을 받았던 『청춘』의 필자라는 점, 「홍루」가 1900년대 초반 학생이나 교원 등 청년지식인 독자에게 특히 인기가 있었던 『만조보』 연재소설의 번역이라는 점은 청년학생층 독자의 계속적인 유지·확보가 이 시기 『매일신보』 연재소설의 목표였음을 거듭 확인시켜 준다.

---

135 土佐亨, 「椿姬」, 『日本現代文學大事典』作品篇, 東京 : 明治書院, 1994, 609쪽.

136 국여, 「춘원의 소설을 환영호노라(하)」, 『매일신보』, 1916.12.29.

137 1910년대 진학문의 번역 단편소설은 다음과 같다. 「기화」(『학지광』 3, 1914.12, 러시아), 「부활자의 세상은 아름답다」(『학지광』 5, 1915.5, 러시아), 「외국인」(『학지광』 6, 1915.7, 러시아), 「낭」(『학지광』 8, 1916.3, 러시아), 「사진첩」(『학지광』 10, 1916.9, 러시아), 「더러운 면포」(『청춘』 8, 1917.6, 프랑스). 진학문의 이들 러시아 단편소설 번역에 대해서는 다음의 연구를 참고할 수 있다. 권용선, 「1910년대 '근대적 글쓰기'의 형성과정 연구」, 인하대 박사논문, 2004, 83~89쪽.

달 ᄌ고 꼿 ᄌ흔 곽미경(郭梅卿)의 다정다한(多情多恨)흔 일싱의 긔록을 보고 누구라셔 어엽부다고 칭찬ᄒ지 안이ᄒ며 가엽다고 눈물을 흘리지 안이ᄒ리오 ᄌ고로 미인은 박명ᄒ다 ᄒ지만은 미경이쳐럼 박명흔 사롭은 세샹에도 드물리라 그 고은 얼골에 그 조흔 지죠에 그 죠흔 명셩에 텬하 사롭의 ᄉ랑을 한몸에 모흐면셔 사랑ᄒᄂᆫ 남자롤 위ᄒ야 가진 고락을 다 격다가 맛참늬 이역에 원혼이 되니 그의 남긴 칙 한 권만 그의 긔념이 되어 ᄉ랑ᄒ던 남ᄌ의 아홉 구비 창ᄌ를 ᄯᆞᆫ토다[138]

연재 예고를 통해 이 작품이 남녀 간의 슬픈 사랑과 파국을 그 내용으로 할 것임을 알 수 있다. 이 작품은 유영만(24세)이라는 청년과 곽매경이라는 여인과의 사랑과 연애가 주 내용이다. 하지만 여자주인공인 곽매경은 "노든 계집"(1회), "그러한 종류의 여자"(2회), "쳔흔 업영을 ᄒᄂᆫ 계집"(22회)이라는 작품 내 표현에서도 알 수 있듯이 매춘부, 즉 창녀이다. 창녀와의 사랑이야기라는 소재 자체의 특성 외에 이 작품이 파격적인 이유는 작품 속에서 이들의 사랑이 결코 비도덕적이거나 부정적으로 형상화되지 않는다는 데 있다. "참사랑"(16회), "슌결흔 사랑"(35회), "진정으로셔 나오는 참사랑"(67회) 등에서 알 수 있듯이, 이들의 사랑은 작품 속에서 긍정 일변도로 형상화된다. "「사랑」이란 말만 들어도 얼굴이 붉어지고 가슴이 울렁거"[139]렸던 당대 청년들에게 창녀와의 사랑과 나아가 그 사랑을 "참사랑"으로 형상화한 이 작품은 여러 모로 파격적이었을 것이다.[140]

---

138 「신소설예고 홍루 진순성 역」, 『매일신보』, 1917.9.7.
139 박영희, 「초창기의 문단측면사(제1회)」, 『현대문학』, 1959.8, 213쪽.

그런데 『매일신보』는 독자들에게 이 작품을 곽매경을 중심으로 읽어줄 것을 권하고 있는 듯하다. 『매일신보』는 이 작품을 "달 ㅈ고 꼿 ㅈ흔 곽민경(郭梅卿)의 다정다한(多情多恨)흔 일성의 긔록"으로 규정·예고하고 있다. 하지만 이 작품에 곽매경의 사랑만 특별히 강조되어 있는 것은 아니다. 이 작품은 유영만이 자신과 곽매경과의 사랑을 소설 화자인 '나'에게 진술·회고하는 형식으로 되어 있다. 따라서 이 작품에는 유영만의 입장과 생각이 작품 전면에 드러나 있다. 곽매경의 유영만에 대한 사랑이나 마음 등도 결국 유영만의 느낌과 감정의 산물인 것이다. 결말 부분의 일기를 제외한 모든 곽매경의 언행과 내면심리는 유영만이 직접 그녀와 겪은 것을 작중 화자인 "나"에게 한 이야기이기 때문이다. 그럼에도 불구하고 『매일신보』가 독자들에게 곽매경을 중심에 놓고 읽어주기를 바라는 것은 어떤 이유에서일까.

앞서 이 작품이 창녀와의 사랑에 대한 이야기지만, 그 사랑이 긍정적으로 형상화되어 있음을 지적했다. 그런데 곽매경의 사랑을 중심에 놓을 경우, 즉 곽매경의 사랑이 강조될 경우 이 작품의 주제인 "참사랑"이 보다 극대화되는 효과가 발생한다. 유영만과 곽매경의 서로에 대한 사랑 중 곽매경의 사랑이 보다 헌신적이고 한결같기 때문이다. 곽매경이 유영만을 사랑하게 된 이유는 자신을 불쌍히 여겨 준 유일한 사람이기 때문이다. 곽매경을 우연히 처음 보고 곧 사랑에 빠진 유영만은 곽매경이 병에 걸린 것을 알고 매일 그녀를 찾아가 문병한다. 하지만

---

140 「홍루」는 형식적인 면에 있어서도 새로운 소설이다. 이 작품은 『매일신보』 연재소설 중 최초의 액자소설에 해당한다. 유영만이 화자인 '나'에게 하는 곽매경과의 사랑이야기가 큰 액자이며, 유영만과 곽매경의 이야기가 작은 액자(15~77회)이다.

그는 늘 자신이 누구인지 알리지 않고 병세만 묻고 돌아갔는데, 곽매경은 여기에 크게 감동받았던 것이다. 유영만과 사랑에 빠진 곽매경은 유영만과의 사랑을 위해 불규칙적인 생활습관을 고치고 사치스럽고 호화로운 생활도 그만둔다. 그리고 자신의 호화생활을 가능하게 해준 귀족들의 경제적 후원도 과감하게 포기한다. 이는 오로지 유영만과의 사랑을 위해서이다.

> 져는 사랑ㅎ는 영감끠 돈 걱정을 시키느니보다 될 수 잇스면 졔 힘으로 엇더케 주변을 히셔 내가 영감 사랑ㅎ는 것이 돈으로 팔고 사는 더러운 사랑이 아니라 ㅎ는 것을 보이랴 ㅎ 일이올시다 (…중략…) 져는 아모조록 영감 분수에 맛도록 알뜰이 살님을 히가랴 ㅎ는듸 영감끠셔는 나에게 젼과 갓치 사치를 시키시랴니 엇지홈닛가! 날로 말ㅎ면 인졔는 사치를 ㅎ고 십흔 마음도 다 업고 그져 우리 둘이 가진 것으로 졀용ㅎ야 ㅈ미잇게 살고 십흔 생각뿐이올시다 (…중략…) 너가 비록 죵작은 업슴니다만은 말이나 보셕으로 영감의 사랑을 비교ㅎ겟슴닛가? (…중략…) 춤으로 사랑을 안 후에는 그것져것 다 가지고 십흔 욕심이 업셔졋서요[141]

유영만과의 동거 생활로 "로공작"이라는 경제적 후원자가 끊어져 이전과 같은 사치스럽고 호화로운 생활이 불가능해졌지만, 곽매경이 견딜 수 있는 것은 유영만과의 사랑 때문이다. 곽매경에게 사랑은 돈에 의해 좌우되는 것이 아니다. 또한 재산이나 보석도 유영만과의 사랑에 있어서는 하찮은 물건에 불과하다. 유영만도 이 같은 곽매경의

---

[141] 「홍루」 59회(1917.12.8).

헌신적 사랑을 잘 알고 있다. 유영만에게 있어 곽매경의 사랑은 "돈이나 물건으로도 칠 슈가 업는" 지극히 "슌결흔 것"(44회)이다.

하지만 유영만은 그녀의 사랑을 잘 알고 있으면서도 늘 곽매경에 대한 의심은 거두지 못한다. 유영만은 매경의 사랑을 얻은 지 사흘 만에 그녀를 의심해 사정은 알아보지도 않은 채 그녀를 비꼬는 내용이 담긴 결별 편지를 보낸다. 하지만 이는 유영만의 질투에서 비롯된 오해였다. 곽매경은 이 같은 편지를 받고도 유영만에 대한 사랑에는 전혀 변함이 없다. 둘의 사랑은 점점 깊어져 이들은 동거 생활을 시작한다. "참되고 귀흔 싱활"(55회)이라 스스로 명명한 이들의 동거는 약 반년만에 종말을 고하게 된다. 아들이 창녀와 동거한다는 소문을 듣고 영만의 부친이 상경했기 때문이다. 부친은 아들의 장래를 위해 곽매경과 헤어질 것을 요구하지만 영만은 부친의 말에 강하게 반발한다. 부친은 직접 곽매경을 만나 아들과 헤어져 줄 것을 요구한다. 곽매경은 영만 부친의 간곡한 요구와 설득에 어디까지나 영만을 생각해 그와 헤어질 것을 결심한다. 하지만 영만은 이번에도 곽매경의 이 같은 마음을 살피지 못하고 그녀를 오해한다. 이어 곽매경에 대한 복수를 결심하고 이를 철저히 실행에 옮긴다. 이는 곽매경에게 보이고자 일부러 또다른 창녀를 만나는 것이었다. 곽매경은 영만의 보복에 너무 괴로운 나머지 원래 있던 병이 악화된다. 곽매경이 괴로운 것은 그녀가 여전히 유영만을 진심으로 사랑하기 때문이다. 둘은 다시 만나게 되지만 영만은 또다시 질투와 의심에 사로잡혀 그녀를 오해해 결국 그녀가 죽음에 이르게 되는 결정적 단초를 제공한다. 유영만이 곽매경에 대한 모든 오해를 풀고 그녀의 진심어린 사랑을 완전히 깨닫게 되는 것은 곽매경

사후 그녀의 일기를 통해서이다.

곽매경과 유영만의 사랑 중 곽매경과 그녀의 사랑에 초점을 두면, 재산과 지위, 남의 시선 등 조건에 구애되지 않는 헌신적이고 순결한 '참사랑'이 자연스럽게 강조·부각된다. 「홍루」에 대한 독자들의 반응도 모두 곽매경에 대한 동정과 공감이 그 중심을 이루고 있다. 비록 두 편에 불과하지만, 이 같은 독자반응은 곽매경의 사랑에 주목해주길 바라는 『매일신보』의 바램을 그대로 보여준다. 독자들은 곽매경의 사랑을 "참 신성훈 애(愛)"와 "참 진(眞)이요 선(善)이요 미(美)"로 상찬했다. 또한 그녀에 대한 깊은 동정을 표출하기도 했다. 독자들의 반응에는 곽매경에 대한 깊은 동정과 함께 유영만에 대한 실망·질책도 동시에 나타나 있다. 독자들은 그의 사랑이 단지 "성욕의 애", "가면의 애"에 불과했다 하여 유영만을 비난한다. 또한 유영만을 반면교사로 삼자고 주장한다.[142]

여기에서 청년 독자들이 반면교사로 삼아야 할 것은 "유영만이의 역스", 즉 '참되고 신성한 사랑'의 미달태로서의 그것이다. 유영만도 곽매경을 사랑했으며, 연인을 위해 자신의 재산까지 아낌없이 희생하려 했지만, 곽매경 만큼 헌신적이고 한결 같지는 못했다. 곽매경의 사랑이 보다 소중하고 독자들의 공감과 동정을 받는 것은 그녀가 여러 조건에 구애받지 않고 오로지 연인을 위해 자신의 생명까지 거는 극진한 '참사랑'을 보여주었기 때문이다. 더구나 그녀가 사회에서 가장 천대받는 창녀라는 점은 독자들에게 그녀의 사랑이 가진 순결함과 헌신이 더욱 비극

---

[142] 「독자의 성」, 『매일신보』, 1918.1.11; 「독자의 성」, 『매일신보』, 1918.1.16. 「홍루」에 대한 독자 반응은 이 두 글이 전부이다. 전자는 한글, 후자는 국한문체로 되어 있다. 하지만 전자의 글 가장 마지막에 "우리 청년 동포 형예"라는 구절이 있는 것으로 미루어 볼 때, 후자와 같이 이 글의 지은이는 청년임을 알 수 있다.

적이고 또한 감동적으로 육박하는 계기로 작용했을 것이다. 즉 사랑의 대상이 창녀라거나 한 푼도 없는 빈털터리라도 그 사랑이 상대방을 진정으로 생각하는 '참사랑'이라면 그 자체로 충분하다는 의미이다. 「홍루」와 그 속의 유영만과 곽매경의 사랑이 가진 진정한 의미는 여기에 있다.

「홍루」는 이광수의 「개척자」와 동시에 연재된 작품이다. 「개척자」는 청년학생들의 지지와 성원 및 귀족과 양반 유생들의 항의를 동시에 받은 작품이다. 「개척자」와 「홍루」의 연재가 상당기간 겹친다는 것을 생각하면, 여러 모로 파격적인 장편소설 두 개가 동시에 연재된 셈이다. 「개척자」가 자유연애의 정당성과 실행을 선언(포)한 것이라면, 「홍루」는 이의 구체적 실례를 제시한 작품으로도 볼 수 있다. 당대 청년학생들에게 있어 자유연애와 그것이 바탕이 된 결혼은 그들에게는 매우 절박한 문제였다. 자유연애가 보편적이지 않았던 1910년대에 창녀와의 사랑을 신성하게 그려낸 「홍루」의 파격성은 그만큼 당시 청년학생들에게 자유연애의 정당성과 그에 대한 열망을 더욱 고취시켰을 것임에 분명하다. 따라서 이와 같은 당대 청년학생들의 제일 관심사였던 자유연애와 그 정당성을 주제로 한 「홍루」는 「개척자」와 함께 청년학생층 독자들의 큰 관심을 얻을 수밖에 없었던 작품이라 할 수 있다.[143]

「홍루」에 이어 같은 4면에 연재된 하몽 이상협의 「무궁화」도 청년 남녀의 사랑을 그린 작품이다. 이 작품에 나타난 청년 남녀의 사랑은

---

143 이 작품이 독자들의 인기를 얻었다는 것은 다음과 같은 저자의 말에서 확인할 수 있다. "3~4개월의 장시일을 계속ᄒᆞ야 읽으시는 동안에 오죽 지리ᄒᆞ시고 물렷스오릿가 그러나 다ᄒᆡᆼ이 여러 독자의 호평이 잇스심은 내가 광영으로 아는 동시에 충심(衷心)으로 크게 부쓰러움을 금치 못ᄒᆞ는 바라 두어 마듸로써 독자 제군의 호의롤 깁히 사례ᄒᆞ노라(역자)."(「홍루」 89회 (1918.1.16)).

한 남자를 둔 두 여자의 사랑, 즉 삼각관계의 형태로 제시된다. 심진국과 김옥정, 심진국과 기생 무궁화와의 관계가 그것이다. 이 작품에 나타난 사랑의 관계는 크게 두 가지 점에서 중요하다. 우선 사랑으로 얽힌 세 사람이 모두 선한 인물이라는 점이다. 두 번째는 이들의 사랑이 모두 철저히 자신의 의사에 기반해 있다는 점이다. 이 작품도 "무궁화 아리에서 연분의 향긔를 발훈 한 청년과 한 규수의 파란 만혼 경력과 신고 만흔 ᄉ실"[144]이라는 예고를 통해, 청년남녀의 사랑이 중심이 될 것임을 암시한다. 이 작품도 「산중화」와 같이 '신소설'에서 흔히 볼 수 있는 가정소설 유형에 속하는 작품이다. 또한 두 주인공인 김옥정과 심진국의 고난이 악한 인물인 홍씨와 홍명호, 송관수에 의해 비롯된다는 점과 홍씨가 김옥정의 계모라는 점 등은 이 소설이 악인모해형·계모형 '신소설'로 후퇴한 작품이라는 느낌마저 갖게 한다.

심진국과 김옥정의 결연 방식은 '신소설'과 동일하다. 진국이 5세 때 양가 부친이 둘을 정혼시켰기 때문이다. 하지만 이 작품은 단지 정혼했다는 이유만으로 상대방이 누구인지도 모르는 채 맹목적으로 정조를 지키는 '신소설'과는 상당한 거리가 있다. 집안이 몰락해 고아가 된 심진국은 부친의 친구인 김교리에 의해 거두어져 친자식과 같은 사랑을 받으며 양육된다. 하지만 김교리의 첫째 부인이자 옥정의 친모인 한씨가 병으로 죽고 후취 홍씨가 들어오면서 심진국과 옥정의 고난이 시작된다. 또한 김교리 집도 점차 몰락하게 되어 하인들이 하던 일을 진국과 옥정이 맡아 하게 되면서 둘 사이에는 서로에 대한 사랑의 감정이 생겨나게 된다.

---

144 「본지의 신소설」, 『매일신보』, 1918.1.23.

두 편에서 아모조록 한 째에 마죠치지 안코져 ᄒ지만은 맛나지 못ᄒᄂ 날에ᄂ 셔로 궁금ᄒ고 속마음으로 셥々ᄒ 듯ᄒ다 그 날녁로ᄂ 마음에 져윽이 허수ᄒ 듯ᄒ다 마죠치ᄂ 것이 깃거운 듯도 ᄒ지만은 붓그러웁지만은 이 붓그러움이 업ᄂ 날은 쏘ᄒ 셥々ᄒ 듯ᄒ다 옥뎡이ᄂ 식젼이면 동의를 이고 셔셔 마음으로ᄂ 쥬져를 ᄒ지만은 발길은 무궁화 아릭로 끌리우ᄂ 듯ᄒ다 (…즁략…) 이 불상ᄒ 쇼년과 쳐녀ᄂ 셔로셔로 그 경지를 불상히 녁이ᄂ 싱각이 깁허가ᄂ 즁에 그 위인들이 쏘ᄒ 셔로 사모ᄒ 만콤 한편은 현슉ᄒ고 한편은 졍대ᄒ다 (…즁략…) 준수ᄒ 쇼년 현슉ᄒ 쳐녀ᄂ 셔로 사모ᄒ며 셔로 불상히 녁이면셔 고요ᄒ 식벽몱은 우물가에셔 샹셔로온 무궁화나무를 가운뒤에 셰우고 샤룸의 꼿봉우리ᄂ 나날이 ᄌ라낫다[145]

진국과 옥정은 매일 아침 사랑 뜰에 있는 우물가에서 마주치게 되면서 자연스럽게 서로에 대한 사랑의 감정을 갖게 된 것이다. 일종의 동병상련의 감정에서 시작된 셈이다. 이들이 이러한 감정을 갖게 되는 과정에서 이들 스스로의 감정을 제외한 다른 어떤 외부적 영향은 전혀 개입하지 않는다. 진국과 옥정은 정혼한 사이이지만, 정혼했기 때문에 서로 사모하는 것이 아니다. 죽음에 임박한 김교리가 둘을 불러 서로 부부될 것을 다짐받지만, 이때는 이미 둘 사이에 사랑의 감정이 생긴 이후였다. 옥정과 진국이 임종 직전의 김교리 앞에서 행한 부부가 되겠다는 다짐은 이러한 감정의 승인 및 확인에 지나지 않는다. 이후 진국과 옥정은 서로에 대한 감정보다는 각각 "은인의 부탁"(16회)과 아버지의 "유언"(14회)을 앞세우기도 한다. 하지만, 둘 사이에 생겨난 서로

---

145 「무궁화」, 10회(1918. 2. 5).

사모하는 감정과 이 감정에 대한 묘사는 이전 '신소설'의 단계에서는 존재하지 않던 것이다.

심진국은 김교리 사후 옥정의 계모 홍씨와 홍씨의 사촌 난봉동생 홍명호 등의 흉계를 미리 알고 어쩔 수 없이 정혼 파의를 결단한다. 홍씨가 행실이 극히 불량한 송관수의 돈을 탐내 진국을 도둑으로 몬 후 옥정을 송관수에게 시집보내려 했기 때문이다. 심진국이 사랑하는 연인을 악인들 속에 버려두고 떠나야 할 수밖에 없는 것은 은인인 김교리의 명예와 옥정에 대한 진심어린 사랑 때문이다. 작가는 이 같은 심진국의 옥정에 대한 사랑과 그로 인한 번민을 4회(22~25회)에 걸쳐 자세히 묘사한다. 어쩔 수 없이 김교리와의 맹세를 깨고 상경한 진국은 돈이 없어 갖은 고생을 한 후 약장사가 된다. 심진국은 약을 팔던 중 우연히 기생 무궁화를 만나 그녀의 구원을 입게 된다.

우연히 심진국을 만난 무궁화는 그를 보자마자 곧 사랑에 빠지고 만다. 무궁화는 심진국과의 첫 만남에서부터 진국의 태도에 크게 감동한다. 약을 하나라도 팔아야 하는 진국이었지만 자신에게 모욕을 준 손님(기생)에게 당당한 모습을 보여주었기 때문이다. 무궁화는 진국을 구원해준 후 점점 진국에게 빠져들어 그의 장래까지 자신이 책임지고자 한다. 하지만 무궁화의 진국에 대한 이 같은 도움은 상식적으로 볼 때 자연스러운 것은 아니다. 본래 무궁화가 다른 기생과 달리 성질이 호협하고 의기와 이타심, 자선심이 충만한 기생으로 유명하지만, 심진국에 대한 일은 다소 지나친 것이 사실이기 때문이다. 작가는 이에 대해 무궁화가 다만 자선심 외에 다른 뜻이 있다고 쓴다. 작품에는 무궁화가 진국에게 이같이 대하는 이유가 자세히 나와 있지 않다. 다만 심진국의 재주나 인품에 탄복했다는 정도만이 제시되어 있을 뿐이다. 하지만 무궁화가 심진국에게 반해 곧 사랑에 빠졌으며, 심진국에 대한 여러 도움이 그를 사랑하는 데서 비롯된 것임은 쉽게 알 수 있다. 작가는 진국에 반한 무궁화의 감정을 "뎐긔에 마진 듯"(55회)하다고 표현한다. 진국을 사랑하게 된 무궁화는 결혼을 결심하기에 이른다. 무궁화는 자신이 아버지로 생각하는 류선생에게 자신과 진국과의 혼인 문제를 일임하고 류선생으로 하여금 진국을 설득해 그의 승낙을 받아낸다.

무궁화의 심진국에게 대한 감정과 사랑, 혼인 결정에 이르는 과정은 이제까지의 『매일신보』 연재소설 중 가장 이례적인 경우에 해당한다. 여자가 먼저 남자에게 사랑을 느끼는 것은 물론 그 사랑에 남자보다 적극적이며, 나아가 결혼 문제에 이르러서도 여자 편에서 먼저 결심한 뒤 남자에게 제안하기 때문이다. 또한 무궁화의 적극적인 사랑과 구혼, 심진국의 혼인 수락에 이르는 모든 과정도 철저하게 당사자들의 의사에 기반해 있다. 부모는 사랑을 방해하는 악인(홍씨, 홍관수)이거나 사랑을 전달하는 메신저(류선생)에 불과하다. 다시 '신소설'로 회귀한 듯한 느낌을 주는 가정소설이지만, 작품 속 주인공들의 사랑과 결혼은 자신의 의지가 철저하게 관철되고 있다는 점에서 결코 '신소설'로 볼 수 없게 하는 결정적 계기가 된다.

앞서 청년학생층까지 확대된 독자의 유지 및 확대는 전통적인 한글 사용층보다는 청년학생층에 그 핵심이 있음을 지적한 바 있다. 또한 이를 위해 『매일신보』가 선택한 방법이 당대 청년학생들의 가장 긴급한 현안의 하나인 자신의 의사에 기반한 자유연애를 담은 소설을 제공하는 것임도 언급한 바 있다. 「무궁화」는 이 같은 『매일신보』의 전략을 뚜렷하게 보여주는 작품이라고 할 수 있다. 이 작품은 악한 인물에 의한 선한 인물의 고난, 악한 인물들의 몰락과 선한 인물들의 궁극적 승리가 남녀 관계를 통해 나타나고 있다는 점에서 '신소설'식 가정소설 유형으로도 볼 수 있다. 이는 "다만 한 편의 소셜로 ㅈ미가 무궁훌 뿐안이라 쏘한 넉ㅅ히 량가의 부녀에게 죠흔 교훈을 씨침이 적지 안이ㅎ리이다"[146]라는 연재 예고에서부터 확인할 수 있다. 「비봉담」 이후 사라진 "량가의 부녀에게 죠흔 교훈"이라는 구절이 재등장한 것은, 이 작품이 1910년대 전반기의 '신소설'과 조중환 번안작품의 독자들까지 모두 아우르고자 했음을 보여준다.

하지만 이 작품과 함께 실린 여섯 편의 독자 반응은 연재 예고와는 달리, 모두 국한문 혼용체를 사용할 수 있거나 나아가 한시 창작 능력까지 갖춘 독자들의 글이다.[147] 이 작품에 대한 독자들의 반응은 모두 작품이 가진 재미에 대한 찬사와 심진국과 김옥정에 대한 깊은 동정을 주 내용으로 하고 있다. '벽계생(碧溪生)'이라는 독자는 「무궁화」의 애독자임을 밝히면서 저자의 "인정(人情)을 살피는 관념이 그 도(度)를 극(極)"함에 탄복했음을 고백하고 있다. 이어 심진국과 김옥정에 대해 공

---

146 「본지의 신소설」, 『매일신보』, 1918.1.23.

147 1918년 3월 14일에 게재된 세 번째 독자투고는 기본적으로는 한글로 씌어진 글이다. 하지만 이 글은 몇몇 명사를 한자로 표기하고 있으며, 심진국과 김옥정의 처지를 한시로 표현하고 있다는 점에서 나머지 다른 독자투고의 독자와 동일 계층으로 볼 수 있다. 나머지 독자 반응은 다음과 같다. 「독자의 셩」, 『매일신보』, 1918.2.16; 「독자의 셩」, 『매일신보』, 1918.3.12; 「무궁화 독자의 셩」, 『매일신보』, 1918.4.5. 마지막 글에는 모두 세 명의 독자투고가 있다. 정가람은 이들 독자반응에 대하여 다음과 같이 적극적으로 평가하고 있다. "1910년대 후반에 이르면, 소설의 구성이나 사건, 인물 그 자체에 흥미를 갖고 전문적 소견을 밝힐 수 있는 소설 독자층이 형성되기 시작한다고 볼 수 있다."(정가람, 「1910년대 『매일신보』 소재 하몽 이상협의 창작 소설 연구」, 『현대문학의 연구』 33, 한국문학연구학회, 2007, 358쪽). 정가람이 지적한 "전문적 소견을 밝힐 수 있는 소설 독자층"은 이광수가 「무정」에서 목표한 "교육 잇는 청년"들에 다름 아니다.

감과 동정의 뜻을 표한 뒤 홍씨와 송관수 등을 비난한다.[148] 이 독자가 말한 "인정"은 심진국과 김옥정에 대한 것이다. 심진국과 김옥정이 모두 청년들이라는 점을 생각하면, 이 작품은 당대 청년들의 인정을 매우 세심하게 살핀 소설이 되는 것이다.

그런데, 실제 당대 청년층 독자들이 이 작품을 모두 이들 독자투고와 같이 생각했으리라고는 결코 일반화할 수 없다. 이들 여섯 편의 독자투고는 실제 청년들이 이렇게 생각했으리라는 것과 이렇게 수용되길 바란다는 『매일신보』 의도가 동시에 표출된 것으로 보아야 한다. 현재로선 어느 것이 옳다고는 분명하게 말할 수 없다.[149] 다만 이 작품이 '신소설'식의 악인모해형·계모형 소설에 속한다는 점에서 청년학생층보다는 '신소설'에 익숙한 독자들이 보다 많았을 것이라는 점은 짐작할 수 있다. 그럼에도 불구하고 모두 청년학생층의 독자투고만이 게재되었다는 것은 『매일신보』의 어떤 의도가 개입되어 있다는 강한 의심을 갖게 한다. 즉 『매일신보』는 청년학생층의 반응만을 게재함으로써 같은 청년학생층의 관심을 유도하고자 한 것으로 판단된다. '신소설'의 독자들은 이렇게 하지 않더라도 자연스럽게 관심을 가질 것이기 때문이다. 또한 이들 독자반응이 모두 연재 전반부에 집중된 것도 주의깊게 보아야 한다. 가장 마지막 독자투고는 1918년 4월 5일이다. 이

---

148 「독자의 성」, 『매일신보』, 1918. 2. 16.
149 또한 이 작품의 인기나 성공 여부에 대해서도 마찬가지이다. 다만 「산중화」와 같이 인기가 없어지는 않았을 것이라고 추측할 수 있을 뿐이다. 이는 연재 도중 나온 작가의 해명을 통해 알 수 있다. 이상협은 연재 후반인 1918년 6월 25일 「무궁화」 대신 「양보」라는 단편소설을 게재하면서 다음과 같은 해명을 하고 있다. "몸이 성치 못하야 자죠 「무궁화」를 궐하야 이독자 여러분의 후훈 듯을 저버리기 미안하야 이전에 번역하얏던 단편쇼설 한 편으로 몃 분이나 칙망을 막고져 하노라" 실제 1918년 5월 14·16일, 6월 6~7·11일에는 「무궁화」 연재가 없다. 단 닷새에 불과하지만 이상협의 해명으로 보아, 이때 독자들의 문의나 항의가 있었던 것은 분명해 보인다.

때는 총 123회 중 54회가 끝난 시점이었다. 내용상으로는 심진국과 김옥정의 사랑과 어쩔 수 없는 이별을 거쳐 무궁화의 심진국에 대한 사랑이 이미 시작된 상태였다. 이제까지 독자투고문의 대부분이 작품 연재 종료 무렵이나 그 이후 게재되었다는 점을 생각하면, 이 작품의 경우는 매우 이례적이다.

「무궁화」의 독자투고가 연재 초반에 집중된 것은 『매일신보』의 청년학생층의 관심을 이끌어내고자 한 적극적인 홍보 전략이라 판단된다. 이는 이 작품의 내용이나 성격에서 그 단서를 찾을 수 있다. 「무궁화」는 서구소설의 번안이나 「무정」과 같이 그동안 청년학생층이 관심을 가졌던 또는 가질 만한 작품이 아닌 '신소설' 또는 가정소설 유형의 작품이다. 『매일신보』는 연재 초반 청년학생들의 독자투고를 집중 게재하여 이 작품이 청년학생들이 읽을 만한 내용을 담고 있으며, 또한 실제 읽고 있다는 것을 적극 알리고자 한 것이다. 따라서 「무궁화」는 『매일신보』의 청년학생층 독자의 유지 및 확대 전략을 명확하게 보여주는 작품인 동시에 1910년대 후반 『매일신보』의 소설 기획이 청년학생층 독자에 그 중심이 놓여 있음을 증거하는 작품이라 할 수 있다.

「무궁화」에 이어 『매일신보』는 우보 민태원의 「애사」를 내놓는다. 현재로선 '신소설'식 가정소설에서 다시 서구 소설의 번안으로 돌아간 정확한 이유는 알 수 없다. 다만, 「무궁화」가 『매일신보』의 기대에 충분히 부응하지 못한 것은 아닐까 하는 정도로 추측할 수밖에 없다. 민태원의 「애사」는 프랑스 빅토르 위고(Victor Marie Hugo, 1802~1885)의 『레미제라블(Les Misérables)』(1862)이 그 원작이다. 하지만 「애사」는 프랑스 원작을 직접 번역한 것이 아닌 일본 쿠로이와 루이코의 「噫無情」을 번

안한 작품이다.[150]

「애사」는『매일신보』의 다른 서구 소설 번안작과 같이『만조보』에 연재된 바 있는 「噫無情」이 직접적인 번안 대본이다. 「噫無情」은『만조보』의 쿠로이와의 작품 중 특히 인기를 독점한 세 작품 중의 하나이다. 이 작품은 연재 종료 후 단행본으로 발행되자마자 당시 대중독자계가 떠들썩해졌다고 한다.[151] 「巖窟王」과 함께『만조보』연재소설의 전성기를 이끌었으며, 쿠로이와의 인기와 평판을 절정으로 끌어올린 작품이다.[152] 쿠로이와의 번안소설이『만조보』의 급격한 사세 확장에 미친 영향과 청년학생층 독자들에게 큰 인기가 있었던 것에 대해서는 앞에서 살펴본 바 있다.『매일신보』는 「噫無情」이『만조보』의 사세 확장과 청년학생층 독자 개척에 크게 공헌한 성과를 「애사」에도 그대로 기대했던 것이다.

이 작품은 이광수도 언급한 바 있듯이, 19세기 프랑스의 사회상이 총체적으로 반영된 인도주의 작품으로 잘 알려져 있는 소설이다.[153] 「애사」는 당대 청년학생들을 염두에 둔 작품인 만큼 그들의 기호에 맞는 내용이나 형식이 구현된 작품이라고 할 수 있다. 양건식은 「무정」에 대한 감상을 이야기하면서 「무정」에 나타난 등장인물의 심리묘사를 극찬

---

150 이 작품의 번안 경로 및 양상, 의의에 대해서는 다음의 연구를 참조할 수 있다. 박진영, 「소설 번안의 다중성과 역사성」,『민족문학사연구』33, 민족문학사학회, 2007.

151 이 작품의 단행본 발행 서지는 다음과 같다. 전편 1906년 1월 2일, 후편 1906년 4월 25일. 출판사는 모두 東京의 扶桑堂이다(伊藤秀雄,『黒岩淚香研究』, 東京 : 幻影城, 1978, 299쪽).

152 高木健夫,『新聞小說史 明治篇』, 東京 : 國書刊行會, 1974, 244쪽; 伊藤秀雄・榊原貴教 編,『黒岩淚香の研究と書誌』, 東京 : ナだ出版センター, 2001, 156~158쪽.

153 이광수, 「유고오에 대한 회상」,『조선일보』, 1935. 5. 23. 한편, 이광수는 신문사의 요청으로 읽을 만한 소설 12작품을 추천한 바 있는데, 그 속에 이 작품이 포함되어 있다(이광수, 「내가 소설을 추천한다면」,『동아일보』, 1931. 1. 5).

한 바 있다. 그는 일본의 나츠메 소세키[夏目漱石]를 뛰어난 작가로 고평하는데, 그 이유는 그의 심리묘사가 매우 훌륭하기 때문이다. 이광수의 「무정」도 당대 청춘남녀의 심리상태를 빼어난 수법으로 묘사했는데, 이것이 「무정」의 확실한 성공요인이라는 것이다.[154]

양건식의 이 같은 평가는 내용과 형식적인 면 양자를 모두 지적한 것이다. 또한 1910년대 중후반 청년층의 소설에 대한 기호(嗜好) 및 평가기준을 어느 정도 제시하고 있는 것으로도 볼 수 있다. 동시대의 문제를 내용으로 할 것과 이를 묘사하는 기법이 갖추어져 있어야 한다는 것이 당시 청년들이 가졌던 소설에 대한 인식 기준이었던 것이다. 「애사」는 당대 청년들이 원하는 이와 같은 소설로서의 요건을 잘 충족시키고 있는 작품이라고 할 수 있다. 「무정」, 「개척자」와 같이 당대 청년들의 문제가 직접적으로 나타나 있지 않지만, 등장인물의 내면 심리가 뛰어난 수법으로 묘사되어 있기 때문이다.

「애사」의 심리묘사는 주로 주인공 장팔찬과 홍만서에게서 나타난다. 장팔찬은 19년 만에 출옥하여 아무도 그를 받아주지 않는 가운데 유일하게 "미리엘승정"으로부터 따뜻한 대접을 받는다. 하지만 장팔찬은 자신을 환대해준 승정의 은혜를 잊고 그의 은접시를 훔치고 만다. 작가는 밤에 잠이 깬 장팔찬이 은접시를 훔칠 생각을 하는 장면과 훔치러 승정의 방을 들어가는 장면, 훔치는 장면에서 장팔찬의 심리를 섬세하게 묘사한다. 은접시를 떠올리고 자신의 욕심을 누르고자 애쓰는 모습과 다시 잡혀 투옥될 걱정을 하는 것, 승정의 방에 들어설 때 문에서 나는 작은 소리에 깜짝놀라는 모습, 승정의 자는 얼굴을 본 뒤 다시 고민하는

---

154 국여, 「「무정」을 독호고」, 『매일신보』, 1917.5.10.

모습 등이 뛰어난 기법으로 생생하게 전달되고 있다. 이후 "마대련"으로 이름을 고친 후 "몬도리울" 시장으로 재직 중 자신으로 오인되어 체포된 심하수를 위해 자수 여부를 고민하는 장면에서도 빼어난 심리 묘사가 있다. 또한 자신이 평생 정성을 들여 키운 고설도가 홍만서와 사랑에 빠진 것을 깨닫고 사랑하는 딸을 잃을 염려에 큰 고통을 느끼는 장면과 고설도와 홍만서 결혼식 후의 허탈감에 빠진 장면, 자신의 정체가 드러나 고설도가 곤경에 빠질까 고민하는 장면 등에도 치밀하고 섬세한 심리묘사가 전개되어 있다. 이러한 장팔찬의 심적 고통과 고민은 독자들의 감정 속에서 더욱 생생하고 극적으로 다가올 수밖에 없다.

하지만 보다 중요한 것은 홍만서의 내면 심리 묘사이다. 우연히 본 이름도 모르는 여자와 사랑에 빠진 청년의 내면이 생생하게 드러나 있기 때문이다. 홍만서는 법률학교를 우등 졸업하고 변호사 자격까지 갖춘 22세의 청년이다. 그의 주된 일과는 공원에서 산보를 하는 것이다. 홍만서는 이 공원에서 장팔찬과 함께 산보를 나온 고설도에게 반해 사랑에 빠지고 만다. 사랑에 빠진 홍만서에게 고설도는 곧 "월궁의 션녀"(75·77~78회)로 각인된다.

홍만셔는 다른 썸와 갓치 그 압흘 지나갓다 쳐녀와 로인의 이약이ᄒ는 소리가 들니는디 그 목소리도 고읍게 변ᄒ여셔 바로 음악 소리와 갓치 들닌다 (⋯중략⋯) 알 수는 업지만은 확실히 그 몸은 운명의 그물에 올키여셔 다시는 그 쳐녀의 엽흘 써날 슈가 업게 되엿다 써난다 홀지라도 그 쳐녀의 고흔 자티는 항상 가슴 속에 력ᄼ히 남어 잇셔셔 여름 나뷔가 등불을 짜르듯이 엇지홀 수 업시 그 엽흐로 쓸녀가게 된다 그 자티는 등불과 ᄀᆺ치 보이고 그 쳐녀 이외의 텬디는 컴ᄼ ᄒ

게 보인다 (…중략…) 홍만셔는 얼골이 확근거리엿다 얼골을 눈녁이여 보앗다 ᄒ면 무슨 ᄭᅡ닭으로 보앗슬가 이편에셔 너무 얌젼ᄯᅦ는 것을 원망ᄒ는 것이 안인가 그 원망ᄒ는 ᄯᅳᆺ을 눈에다가 씌워가지고 이 몸이 눈치치이도록 ᄒᆫ 것이 안인가[155]

고셜도에 반해 사랑에 빠진 홍만서의 내면 심리를 묘사한 장면이다. 고셜도의 목소리는 홍만서에게 마치 음악 소리와 같다. 그는 공원에서 책을 보고 있지만 내용은 전혀 눈에 들어오지 않는다. 그녀가 눈앞에서 빙빙 도는 것 같이 느껴지며, 고셜도의 눈썹조차 어떤 비밀을 감춘 듯이 보인다. 고셜도에게 완전히 반한 나머지 그녀에게 다가갈 수도 없게 된 홍만서의 초조함과 고셜도에 대한 사랑의 감정이 바로 눈앞에 전개되듯이 그려져 있다. 장팔찬은 이 같은 홍만서를 의심하게 되어 결국 셜도와 함께 다른 곳으로 이사가버리고 만다. 고셜도를 더 이상 볼 수 없게 된 홍만서는 그녀를 찾기 위해 많은 노력을 기울이지만 결국 실패해 깊은 절망에 빠지고 만다. 또한 고셜도와의 결혼마저 외조부에 의해 벽에 부딪치게 되자 홍만서는 극도로 절망하여 자살을 결심한다. 이 같은 홍만서의 절망과 슬픔은 독자로 하여금 자연스럽게 그에 대한 깊은 공감과 동정, 이해를 불러일으키게 한다. 이는 모두 홍만서의 절망과 슬픔이 매우 사실적이고 섬세하게 묘사되어 있기 때문이다. 한편 첫눈에 반해 사랑에 빠진 것은 고셜도도 마찬가지이다.

홍만셔를 맛나던 ᄒᆡ에 고셜도의 가슴에는 병 안인 병이 드럿다 가슴 한 편이 부인 것 갓고 무엇을 일은 것도 갓치 공연히 허우룩ᄒᆫ 싱각도 나며 사랑에 주린

---

155 「애사」, 80~81회(1918.11.7~8).

것도 갓허셔 엇더케 진뎡을 홀 슈가 업셧다 (…중략…) 그리도 사름이라는 것
은 나이 걸맛는 사름이 그리운 것이다 젊은 사름은 젊은 사름을 싱각ᄒᆞ는 것이
다 무슨 ᄭᅡ닭이냐고 무를 것 갓흐면 셜명은 홀 슈가 업다 그져 ᄭᅡ닭 업시 허우륵
흔 싱각이 나며 나이 걸맛는 사름을 보면 자연히 가슴이 열니여셔 눈에 보이지
안이ᄒᆞ는 실을 미여가지고 셔로 잡어다리는 것 갓헛다 (…중략…) 지금ᄭᅡ지는
부친으로 알고 잇는 쟝팔찬의 엽헤만 잇스면 다른 사름을 보고 십흔 싱각이 업
더니 인졔는 그러치 안타 (…중략…) 홍만셔가 고셜도를 못보면 수심 중에 ᄲᅡ
지는 것처럼 고셜도의 마음도 홍만셔를 못보면 슈심 중으로 드러갓다 그리ᄒᆞ여
셔 한 챠례 눈과 눈이 셔로 마죠친 뒤로부터는 맛치 홍만셔가 스스로 고셜도의
마음도 이러ᄒᆞ려니 ᄒᆞ고 싶히던 바와 갓치 고셜도도 홍만셔의 가슴을 드려다보
는 것 갓치 싱각ᄒᆞ엿다[156]

고셜도의 마음 속에 부친보다도 더 사랑하는 이성(異性)이 생긴 것이
다. 더구나 고셜도는 자신이 예쁘다는 것과 단장하는 법, 의복의 모양
등에 대해서도 한 여성으로서 이미 자각한 상태였다. 작가는 이 같은
고셜도의 허영심 섞인 심리를 섬세하게 묘사 · 제시한다. 이후 이들은
서로 절대 떨어질 수 없는 연인 사이로 발전해 결국 부부가 된다. 장팔
찬의 내면 묘사와 함께 청년남녀, 즉 홍만서와 고셜도의 내면 심리 묘
사도 억지나 과장 없이 자연스럽고 섬세한 기법으로 형상화되어 있는
것이다. 청년 남녀인 홍만서와 고셜도의 서로를 그리워하는 마음 및
행동과 이에 대한 섬세한 묘사는 홍만서와 고셜도 같은 당대 청년들이
가장 공감하며 읽었을 것이다.

---

156 「애사」, 107회(1918.12.12).

「애사」 전체의 주인공은 장팔찬이다. 또한 이 작품은 장팔찬의 삶의 역정과 그로부터 제시되는 인도주의로 잘 알려져 있다. 어쩌면 홍만서와 고설도의 만남과 사랑, 이들의 내면 묘사는 이 작품의 작은 부분에 지나지 않을 수도 있다. 현재 이 작품이 독자들에게 어느 정도 인기가 있었는지에 대해서는 알 수 없다. 독자투고도 단 두 편에 불과하며, 연재 종료 후 단행본도 발행되지 않았기 때문이다.[157] 하지만 『매일신보』 서구소설 번안의 독자와 1910년대 중후반 총독부 및 『매일신보』의 중점 포섭대상이 청년학생층이라는 점을 염두에 둔다면, 「애사」가 청년학생층을 염두에 둔 소설이라는 점은 분명하다. 즉 서구소설 번안작을 채택했다는 것 자체가 청년학생층을 주 독자로 삼으려 했다는 것을 의미한다. 서로를 생각하는 홍만서와 고설도의 내면 심리 묘사는 당시 청년학생층 독자들을 소설로 유인하는데 큰 역할을 했으리라 판단된다. 남녀 간의 연애, 사랑에 대한 문제는 이들에게 있어 죽고 사는 문제(活殺問題)였기 때문이다. 또한 장팔찬과 홍만서 등 등장인물들의 치밀한 심리 묘사는 당시 근대적 교육을 받은(또는 받고 있는) 청년들이 가졌던 소설에 대한 인식 및 기대에도 충분히 부응했다고 할 수 있다. 따라서 「애사」는 당대 청년학생층의 기호에 맞는 또는 맞추고자 한 작품인 것이다.

1910년대 후반 『매일신보』는 중국소설 번안작을 내놓는다. 「홍루몽」과 「기옥」이 이에 해당하는 작품들이다. 서구소설 번안에서 중국소설 번안으로 변화된 이유에 대해서는 현재 이렇다 할 대답을 내놓기

---

157 이 작품에 대한 두 편의 독자투고는 다음과 같다. 「독쟈의 소리」, 『매일신보』, 1918.8.16; 평강 불학생, 「애사를 독후고」, 『매일신보』, 1918.12.5. 두 편은 모두 한글로 되어 있으며, 저자도 불분명하다. 또한 전자는 극히 짧으며, 후자는 「애사」 1회 분량보다 길다. 두 편 모두 장팔찬에 대한 동정이 주 내용이다.

가 매우 곤란하다. 다만 1917~1918년 무렵 중국소설의 번역·번안작이 크게 유행했다는 점을 한 원인(遠因)으로 제시할 수 있다.[158] 하지만이들 작품들도 청년학생층 독자를 염두에 두고 게재된 것이 분명하다.이 작품들도 청년 남녀 사이에서 일어나는 연애와 사랑, 결혼 등을 그내용으로 하고 있기 때문이다.

「홍루몽」은 「개척자」 직후 같은 지면인 1면에 게재된 작품이다. 이 작품은 국한문 혼용체로 되어 있는데, 이는 「개척자」가 확보한 청년학생층 독자를 계속 이어가려는 전략이다. 중국의 유명한 고전소설이기도한 이 작품은 중국 작품 번역 전문가인 국여 양건식에 의해 번역된 소설이다.[159] 연재 전, 중국 상류 가정의 "연애, 집착, 질투, 간계의 모던 묘기를 연흘 것"[160]임을 공표한 이 작품은 약 반년 남짓 연재된 뒤 중단된다.이 작품은 현재 「홍루몽」 번역사상 최초의 근대적 번역문체로서 신문 연재를 통해 발표되었다는 의의를 가진 작품으로 평가된다.[161] 하지만1910년대 『매일신보』 및 『매일신보』 연재소설사에서는 실패한 작품이다.

우선 이 작품은 신문 연재에 적합하지 않은 형식을 가지고 있다. 이작품은 총 120회로 된 장회소설이다. 신문소설은 한 회 연재마다 나름의 장면 정리와 절정을 가지면서도 전체적인 작품의 통일성이 요구된다. 하지만 「홍루몽」의 120회를 이루는 한 회는 신문연재로 치면 7~8회

---

158 이주영, 『구활자본 고전소설 연구』, 월인, 1998, 174쪽; 권순긍, 『활자본 고소설의 편폭과 지향』, 보고사, 2000, 30쪽. 이를 '원인(遠因)'이라 한 이유는 이 때 유행한 작품들이 대부분 당시 청년학생들이 부정적 인식을 갖고 있었던 딱지본 형태의 소설이었기 때문이다.

159 이광수는 양건식을 "조선 유일의 중화극(中華劇) 연구자며 번역자"라 평한 바 있다(「문인 인상상호기」, 『개벽』, 1924. 2, 100쪽).

160 「소설예고 홍루몽」, 『매일신보』, 1918. 3. 19.

161 최용철, 「한국 역대 『홍루몽』 번역의 재검토」, 『중국소설논총』 5, 한국중국소설학회, 1993, 6쪽.

분량이나 되어 실제 연재될 경우 이야기가 지루해질 수밖에 없다. 또한 이 작품은 120회 중 처음 5회까지는 작품 전체 서사 전개를 위한 복선 깔기여서 수많은 인물이 연속적으로 등장하지만 이렇다 할 사건은 일어나지 않는다. 6회 이후에도 사정은 별반 다르지 않아, 비록 본격적인 서사가 시작된 이후에 일어나는 사건이라 하더라도 일상 가정에서 흔히 볼 수 있는 소소한 일에 불과한 것이 또한 사실이다.[162] 재미는 없지만 계속해서 읽어줄 것을 당부하는 작가의 발언이 연재 초반에 잇달아 나오는 것은 번역자 스스로도 이를 잘 알고 있기 때문이다.[163]

또한 1910년대 후반이라는 연재 시기는 물론 작품 내용상으로도 당시 (청년)독자들에게 인기를 얻기는 힘든 작품이라고 판단된다. 당시 청년학생층 독자들은 「정부원」과 「해왕성」 등 모험과 복수의 내용을 다룬 작품들에 이어 신도덕의 정당성과 그 승리를 주창한 이광수의 소설을 이미 접한 상태였다. 더구나 창녀와의 사랑을 신성하게 형상화한 「홍루」까지 나온 상황에서 아무리 이 작품이 중국 상류층의 사랑과 질투 등을 그렸다고 해도, 그 내용은 당시 청년학생들에게 너무 고루할 수밖에 없다. 또한 이 작품이 연재 도중 중단된 10월 초반에는 장팔찬이 황애련과의 약속을 지키기 위해 다시 탈옥하여 어린 고설도를 구원하는, 「애사」의 서사가 본격적으로 시작될 무렵이었다. 이러한 여러 사정을 감안하면, 이 작품이 1918년 10월 4일 138회를 마지막으로 『매일신보』 지면에서 사라지는 것은 전혀 이상할 것이 없다.[164] 독자를 유

---

162 최용철, 「양건식의 『홍루몽』 평론과 번역문 분석」, 『중국어문논총』 6, 중국어문연구회, 1993, 301쪽.
163 「홍루몽」 11회(1918.4.6); 「홍루몽」 19회(1918.4.18).
164 『매일신보』에는 이 작품의 연재 중단에 대한 해명이나 관련 기사는 전혀 존재하지 않는다. 하

인하는데 실패한 소설은, 즉 재미가 없는 소설은 신문소설로서 그 존재 이유가 없기 때문이다.

양건식은 이로부터 약 석 달 뒤 1면에 「기옥」이란 소설의 연재를 시작한다. 이 작품은 『매일신보』 연재소설의 연재 전 홍보 관습을 따르지 않은 소설이다. 연재 전 작품에 대한 예고가 없는 대신 그에 해당하는 내용이 연재 1회 모두(冒頭)에 위치해 있기 때문이다.

이 小說 奇獄 一篇은 원리 淸末 北京에셔 일어는 事實을 基礎로 삼아가지고 一白話報 記者 冷佛氏가 編述혼 것이니 그 藝術的 價値는 말홀 것 업거니와 그 旗人社會의 生活狀態는 本篇으로 말미암아 足히 엿볼 수 잇고 또 그 뿐만 안이라 그 婚姻制度의 不完全으로 因ᄒ야 일어나는 家庭慘劇은 朝鮮에도 古來로 끈치지 안코 일어나는 일이니 이는 彼我 홀 것 업시 一般 識者의 率先唱道ᄒ야 改良ᄒ여야 홀 現代 社會의 가장 緊急ᄒ고 가쟝 重혼 일이라 ᄒ노라[165]

이를 통해 우선 이 작품의 큰 경개를 파악할 수 있다. 이 작품은 실제 일어난 실화를 바탕으로 어느 기자에 의해 소설로 각색된 작품이다. 그 내용은 청나라 말기 상류사회의 불완전한 혼인제도로 인해 발생한 가정참극(家庭慘劇)이다. 여기서 말하는 불완전한 혼인제도는 당사자의 의견이 존중되지 않은 채 행해지는 결혼을 말한다. 또한 이 같은 불완

지만 양건식은 이 작품 번역에 상당한 의지를 갖고 있었던 것으로 보인다. 그는 이로부터 7년 뒤 『시대일보』에 「석두기」란 제목으로 다시 연재를 시도한다. 하지만 현재 접할 수 있는 『시대일보』 영인본으로는 「석두기」의 전모를 파악하는 것이 불가능하다. 영인본에는 1회 (1925.1.2)와 17회(1925.6.8)의 단 두 회만 실려 있기 때문이다.

165 「기옥」 1회(1919.1.15).

전한 결혼에서 일어나는 가정 내 비극이 전체 서사의 중심임을 알 수 있다. 이 같은 내용은 이 소설이 1910년대 중후반 『매일신보』 연재소설과 같은 맥락에 위치한 작품임을 말해준다. 이 작품은 불완전한 혼인제도, 즉 '구도덕'과 '구식결혼'의 폐해를 고발하고 이에 대한 "일반 식자(識者)의 솔선창도(率先唱導)"와 시급한 개선을 촉구하고 있기 때문이다.

이 소설은 청말 북경에서 일어난 살인사건과 그 재판의 과정을 담은 공안소설 유형에 속하는 작품이다. 이 작품의 가정참극은 결혼한 지 채 백일이 못된 새신랑이 끔찍한 변사체로 발견되고 새신부가 그 범인으로 지목되는 비극적 사건이다. 음력 5월말 밤, 새신랑 문춘영은 시체로 발견되고 그 아내 '아씨'(19세)가 범인으로 지목된다. 결혼 직후부터 아씨는 남편과 시어머니에게 심한 구박을 받는데, 이는 이 결혼이 제대로 된 것이 아님을 암시한다. 아씨는 어려서부터 어머니 사촌의 아들 옥길과 가깝게 지냈다. 옥길의 부모가 구몰해 그 집안이 영락하자 어머니 덕씨는 옥길의 집과 모든 왕래를 끊고 그녀가 그 집을 위해 슬퍼하는 것조차 좋아하지 않는다. 이후 덕씨는 그녀의 의사는 무시한 채 남자의 조건만 보고 그녀를 문춘영에게 시집보내기로 결정한다. 혼인 당일부터 시작된 딸의 슬픔에 덕씨도 후회를 하지만 이미 소용 없는 일이다. 옥길과 그녀는 서로 사랑하는 사이였다.[166] 따라서 사랑하는 옥길 대신 춘영과 결혼한 그녀의 슬픔과 곧 닥치게 될 비극은 결혼 당시부터 이미 예비되어 있었던 것이다.

새신랑 춘영을 죽인 살인범은 옥길이다. 옥길은 아씨가 매우 불행한

---

[166] 이에 대한 장면이나 해설이 작품 속에 직접 드러나 있는 것은 아니지만, 내용상 둘이 사랑하는 사이임은 쉽게 알 수 있다.

결혼 생활을 하고 있음을 알고 몹시 분노한다. 그는 이 문제를 해결하지 않는다면 곧 아씨의 생명이 위태로울 것이라 생각해 범행을 저지른 것이다. 하지만 옥길이 살인을 저지른 진짜 이유는 그가 그녀를 진심으로 사랑하기 때문이다. 옥길의 이 같은 사랑은 그로 하여금 끝내 자수하지 못하게 한 이유이기도 하다. 그는 범행 뒤 예상과 달리 아씨가 범인으로 지목되고 간부가 있다는 누명까지 덮어쓰는 것을 보고 크게 괴로워한다. 하지만 그가 끝내 자수하지 못한 채 스스로 생을 마감하는 것은 그가 자수할 경우 그녀에게 간부가 있다는 혐의가 사실로 드러날 것이기 때문이다. 아씨는 갑자기 방에 돌입한 옥길과 그의 범행을 사실상 방조했다. 그녀는 살인범으로 지목되어 고문을 받으면서도 끝내 진실을 밝히지 않은 채 감옥에서 죽음을 맞이한다. 그녀는 옥길의 범행 당시 살인을 저지하거나 소리라도 질러 외부에 알려야 했다. 하지만 그녀는 그렇게 하지 않고 스스로 모든 것을 뒤집어쓴다. 그녀가 사건 현장에서 옥길을 저지하거나 외부에 알리지 않은 이유는 옥길의 경우와 동일하다. 비록 다른 사람의 아내가 되었지만, 옥길에 대한 사랑의 감정은 여전했기 때문이다.

새신랑의 죽음이라는 가정참극은 결국 구시대적 결혼 제도에 그 원인이 있었던 것이다. 여기에서 말하는 '구시대적 결혼제도'는 당사자의 의사를 고려하지 않은 결혼을 가리키는 것임은 물론이다. 이는 결국 청년 남녀 3인의 죽음이라는 참극을 불러왔다. 이 작품은 당사자의 의사가 무시된 결혼의 파국을 보여줌으로써 남녀 상호 간의 자발적 의사에 기반한 자유연애 및 자유결혼의 정당성을 역으로 강조하고 있다. 당사자의 의사에 기반한 혼인의 정당성이 아닌 당사자의 의사가 무시된 혼인의 파국을 제시함으로써 그 주장의 정당성과 그 효과가 오히려 배가되는 것이다. 「무정」과 「개척자」가 신도덕, 즉 자유연애 및 자유결혼의 정당성에 대한 이론적 토대를 마련하고 이를 성취하기 위한 투쟁을 선포했다면, 「홍루」와 「기옥」은 그 구체적 실현 방법과 결과를 제시한 작품이라 할 수 있다.

제6장

1910년대 『매일신보』 소설의 의미

1910년 8월 29일 강제병합과 함께 조선총독부의 한국어 기관지로 발
간된 『매일신보』는 소설에 대해 매우 큰 관심과 기대를 가진 매체였다.
『매일신보』는 총독부 시정방침의 선전을 존재 의의로 한 매체였다. 또
한 이 신문은 산업진흥과 조선 인민 유도, 권선징악과 척사부정(斥邪扶
正)의 계몽기관, 내외신 기사의 신속 보도 등을 그 주의강령으로 했다.[1]
『매일신보』에 기재된 모든 기사는 이 같은 매체의 존재 목적과 주의강
령으로 최종 수렴된다. 이 신문에 게재된 모든 소설은 이 같은 매체의
성격에 크게 관련·긴박되어 있다. 『매일신보』에 존재하는 모든 소설
은 당대 독자들을 확보하기 위한 전략의 하나로 게재된 것이다. 재미
있는 읽을거리를 통해 독자의 관심을 우선 신문으로 끌어들이는 것이

---

1 '사설', 「매일신보」, 『매일신보』, 1912.6.18 참조.

『매일신보』 소설이 가진 가장 중요한 존재 이유 및 근거였다.

　『매일신보』는 1910년대 유일한 한국어 중앙지로 한말 최대 민족지였던 『대한매일신보』를 계승한 신문이다. 총독부는 『대한매일신보』를 인수하여 당시 거물 언론인이었던 일본 『국민신문』 사장 토쿠토미 소호에게 그 경영을 위탁한다. 토쿠토미는 『매일신보』를 총독부 일본어 기관지 『경성일보』의 하위 조직으로 두어 『국민신문』 출신 일본인들에게 경영과 편집을 맡겼다. 이때 『매일신보』에 실질적인 권한을 행사했던 사람은 감사 직책에 있었던 나카무라 켄타로였으며, 한국인 기자 및 사원들은 일본인 간부의 지시를 받는 편집 실무자에 불과했다. 1910년대 『매일신보』에는 이들 기자들과 일반 사원을 포함해 약 35명 내외의 한국인 사원이 근무했다.

　『매일신보』의 소설론은 1910년대 전반기와 후반기를 구분하여 살펴보아야 한다. 1910년대 전반기에는 꾸준히 소설이 게재되는 한편, 사설이나 칼럼 등에서는 소설에 대한 부정적인 인식이 거듭 제기되는 모순된 상황이 나타난다. 이는 순한글과 국한문 혼용체 등 사용 문체에 따라 소설 및 신문의 독자층이 구분되었던 당대의 현실적 상황에서 비롯된 것이다. 이는 『매일신보』가 한글 소설을 국한문체의 독자, 즉 이른바 식자층에게는 적절하지 않은 읽을거리로 생각했음을 보여준다. 소설에 대한 이러한 『매일신보』의 부정적인 인식은 1910년대 중반 무렵부터 변화가 나타나기 시작한다. 이는 소설에 대한 가치 인정 및 지위 상승, 비판 대상의 구체화로 전개된다. 소설의 가치 인정과 지위 상승에는 소설의 감화력, 즉 효용론적 인식이 그 밑바탕에 깔려 있다. 또한 구소설이 부정되어야 할 소설로 명확히 설정되며 '허탄무거'가 그 최대 이유로 제시된다. 소설의 효용력에 대한 재인식과 구소설에 대한 부정적 인식을 정리한 『매일신보』는 새로운 소설(가)에 대한 기대와 필요성을 적극적으로 개진한다. 『매일신보』는 사람들의 도덕성 함양 및 풍속의 진작에 도움이 될 것, 식산흥업에 분투해 성공한 일 등을 새로운 소설의 조건과 내용으로 제시했다. 『매일신보』가 이 같은 새로운 소설에 대한 기대와 이상을 담당할 인물로 선택・발탁한 것이 춘원 이광수였다.

『매일신보』는 강제병합 직후 당시 (신문)소설 독자들에게 가장 친숙한 양식이었던 '신소설'을 게재한다. 이 시기에는 고전소설이 광범위하게 독자들에게 수용되고 있었다. 이해조는 이러한 고전소설의 독자들까지 동시에 확보하기 위해 '신소설' 창작에 고전소설의 여러 자질들을 적극 활용했다. 「구의산」과 「탄금대」는 고전소설의 자질들이 적극적으로 활용된 대표적 '신소설'이다. 이들은 각각 고전소설 「김씨열행록」과 「김학공전」을 '신소설'로 번안・개작한 작품들이다. 이해조는 고전소설의 비현실적인 천상계의 존재를 제거하고 서술 시간의 역전과 복선의 장치를 적극 활용하여 작품 및 독자의 흥미를 고조시키고자 했다. 여기에 과부재가, 미신타파 등의 풍속개량과 신문의 효용성, 문명국 일본에 대한 찬양 등의 계몽성도 등장인물의 대화나 행동 등을 통해 간접화시켜 나타냈다. 하지만 이 같은 계몽성이 궁극적으로는 총독정치에 대한 강한 긍정과 연결된다는 점에서 강제병합 후 이해조의 계몽성이 심각하게 변질되었음을 보여준다. 「구의산」과 「탄금대」는 고전소설의 번안이지만 어디까지나 '신소설' 작품이다. 이는 '신소설'의 독자는 물론 고전소설의 독자까지 아울러 포섭하고자 한 『매일신보』 및 이해조의 적극적 의도의 산물이다.

「옥중화」로 대표되는 판소리 정리는 당시 크게 성행했던 판소리 및 판소리계 소설의 존재에서 비롯된 것이다. 판소리 정리 네 작품은 각각 국한문체(「옥중화」)와 순한글체(「강상련」, 「연의각」, 「토의간」)로 되어 있다. 이는 이 작품들이 사회 전 계층을 목표로 하고 있음을 의미한다. 이들 판소리 정리 작품은 특히 한시와 각종 고사를 무리 없이 읽고 이해할 수 있는 상위 식자층, 이른바 구 양반유생층을 목표 독자로 했다. 「옥중화」는 전체적으로 양반층 기호를 반영하여 개작·정리된 작품이다. 난삽한 국한문 혼용체가 사용되었다는 점과 음란함·비속성이 다른 「춘향전」 이본에 비해 상대적으로 약화된 점 등은 이에 대한 구체적 사례이다. 하지만 역대 모든 「춘향전」이 그렇듯 「옥중화」도 총독부 기관지의 1면 게재물이라는 당시의 역사적·매체적 현실 속에서 개작된 작품이다. 총독정치와 식민지 현실에 대한 강한 긍정의 내용이 포함된 '장부사업가'를 통해 이 같은 사정을 뚜렷하게 읽어낼 수 있다. 『매일신보』와 이해조는 고전소설과 판소리가 광범위하게 향유되고 있던 현실을 면밀히 파악한 뒤 고전소설을 번안하고 판소리를 새롭게 정리하는 등 당시 독자들에게 친숙한 소설을 제공하여 그들을 독자로 확보하려 한 것이다.

　『매일신보』는 1912년 대대적인 지면 쇄신 작업을 단행한다. '1·2면－경파기사, (국)한문', '3면－연파기사, 한글', '4면－소설·광고'라는 1910년대 『매일신보』의 지면 체제는 이 때 정착된 것이다. 1912년에 집중적으로 발표된 '응모단편소설'도 이러한 지면 개혁 결과의 하나이다. '응모단편소설'은 당대 청년학생층을 독자로 확보하는 것과 그들을 계몽하는 것 모두를 의도했다. 이는 '응모단편소설'의 작가층이 청년학생이라는 점과 그 내용도 청년학생들과 밀접히 관련되어 있다는 데서 확인할 수 있다. '응모단편소설'은 강한 계몽성을 그 목적 및 특징으로 한다. 이는 주색잡기로 인한 타락이나 마약문제 등의 풍속개량과 총독부 이데올로기의 추수 두 가지 유형으로 나타난다. 『매일신보』는 '응모단편소설'을 통해 청년학생층을 독자로 확보하면서 그들에게 풍속계몽과 총독부 이데올로기의 선전을 꾀하고자 한 것이다. '응모단편소설'을 포함한 『매일신보』의 단편소설은 '단편소설'이라는 개념을 일반화했으며, 과거형 종결어미를 사용하여 근대소설 문장의 토대를 마련했다는 점에 그 의의가 있다.

1912년의 지면 개혁은 연재소설의 경향에도 변화를 가져왔다. 그 변화는 '신소설'의 퇴장과 일본 가정소설 번안물의 등장으로 나타났다. 1910년대 전반기 『매일신보』 소설의 주요 독자는 한글을 읽을 수 있는 부녀자와 일반 대중이었다. 번안소설은 특히 부녀자층, 즉 여성 독자를 염두에 둔 소설이다. 번안소설의 원작인 가정소설들은 일본 명치 30년대 여성을 주 독자로 하여 크게 인기를 끈 신문소설이다. 이들 소설은 연재 당시부터 신문의 사세 확장에 결정적 공헌을 했으며, 신파극으로도 공연되어 큰 인기를 얻었다. 일본 가정소설의 번안은 그들이 게재 신문의 사세 확장에 크게 기여했다는 것과 당시 조선에 신파극이 막 시작되어 큰 인기를 얻고 있었던 국내외 여러 사정을 종합적으로 살핀 『매일신보』 소설 기획의 일환이었다. 조중환의 번안소설은 연재 당시는 물론 연재 후 신파극으로도 공연되어 신문 사세의 확장에 크게 공헌했다. 번안소설들이 인기를 끈 이유는, 양처현모인 여성 주인공들을 자신의 의지와 상관없이 수난을 겪는 인물들로 형상화하여 목표로 했던 여성 독자들의 동정과 공감을 유도하는데 성공했기 때문이다. 이 같은 양처현모의 수난과 그에 대한 독자들의 동정의 이면에는 독자들로 하여금 여성 주인공들과 일체감을 느끼게 하여 식민지 여성들을 양처현모로 만들려는 의도가 내재된 것이기도 했다.

『매일신보』는 1914년 중반 무렵 서구소설 번안이라는 새로운 소설 기획을 내놓는다. 이는 강제병합 후 4년여 동안 근대적 교육을 받으며 발생·성장한 청년학생층을 염두에 둔 것이다. 또한 이 무렵 이루어진 『신문세계』, 『신문계』, 『청춘』 등의 청년학생층 대상 잡지의 창간과 '신소설'의 퇴조도 주요 배경으로 작용했다. 근대적 교육을 받은 청년학생들을 염두에 두었다는 것은 그 동안 부녀자층이 주 독자였던 조중환의 번안소설과는 여러 면에서 다른 소설이 시작될 것임을 암시한다. 서구소설 번안작들은 가정 내 양처현모의 수난을 그린 가정소설이 더 이상 아니다. 이를 처음으로 보여주는 작품이 천풍 심우섭의 「형제」이다. 「형제」는 영국 소설을 번안한 가정소설이다. 하지만 제목에서도 드러나듯이 남자 형제의 고난과 우애를 형상화한 이 작품은 여성의 수난을 주조로 한 기존의 가정소설에서 한 걸음 비켜서 있다. 「형제」의 성공에 고무된 『매일신보』는 일본 『만조보』에 연재된 쿠로이와 루이코의 서구소설 번안작들에 본격적인 관심을 기울인다. 『매일신보』가 쿠로이와의 소설에 주목한 것은, 쿠로이와의 번안소설들이 『만조보』의 급격한 사세확장에 크게 공헌했으며, 특히 청년학생층을 신문의 독자로 확보하는데 결정적으로 기여했기 때문이다. 서구소설이 그 원작인 쿠로이와의 「捨小舟」와 「巖窟王」을 각각 번안한 「정부원」과 「해왕성」은 모두 큰 인기를 얻어 청년학생층을 『매일신보』의 독자로 확보하는 데 성공한다. 이들 작품에 청년학생들이 큰 호응을 보인 데에는 작가 개입의 최소화, 이야기성의 지양, 구어체 한글 문장의 사용, 잘 짜인 구성 등 그들의 기호에 맞는 소설에 대한 여러 자질들이 갖추어져 있었기 때문이다. 청년학생들이 보여준 소설에 대한 이 같은 기호는 곧 근대소설의 자질이기도 하다. 『매일신보』의 서구소설 번안은 긴 호흡의 장편소설에 대한 새로운 경험과 함께 근대소설의 자질들에 대한 학습의 장을 마련해준 하나의 통로이기도 했던 것이다.

서구소설 번안을 통해 청년학생층 독자의 확보에 성공한 『매일신보』는 이들을 염두에 둔 본격적인 창작소설을 내놓게 된다. 『매일신보』가 1910년대 중반 이후 본격적으로 청년학생층 독자에 주목한 것은 이 무렵 이루어지는 총독부의 통치정책의 변화와 관련이 깊다. 총독부는 1915년 공진회를 통해 강제병합 이후 5년 동안의 식민통치가 성공했음을 확신하고 이를 국내외에 적극적으로 홍보한다. 총독부는 이후 보다 장기적이고 효율적인 식민 지배를 위해 장래 조선의 "중류"·"중견"이 될 청년학생층에 대해 본격적인 주의를 기울이는 되는데, 이는 여러 교육 정책에 대한 통제 강화로 나타난다. 이 과정에서 총독부와 『매일신보』에 의해 발탁된 것이 춘원 이광수였다. 이광수는 당시 청년학생들의 잡지인 『청춘』에서 상당한 문명(文名)을 얻고 있었던 바, 『매일신보』는 이 같은 당대 청년학생들에 대한 이광수의 인기와 영향력에 주목한 것이다. 「대구에서」와 「농촌계발」 등을 통해 필력과 사상 등의 검증을 마친 이광수는 「무정」과 「개척자」 등의 창작소설로 청년학생층 독자의 확보 및 그들에 대한 계몽을 의도한 『매일신보』의 기대를 충분히 만족시킨다. 「무정」과 「개척자」는 당대 청년들의 가장 절박한 문제였던 신구 도덕의 충돌과 신도덕 및 자유연애·자유결혼의 정당성을 주창해 청년학생층의 대대적인 호응을 이끌어 냈다.

한편, 순한글 소설 「무정」이 거둔 문학사·소설사적 의의도 매우 중요한 성과이다. 1910년대 전반기 『매일신보』는 한글 소설을 청년학생들이 읽어서는 안 되는 것으로 규정했다. 소설에 대한 이 같은 부정적 인식은 1910년대 중반 무렵 변화의 모습을 보여 1914년 「형제」를 계기로 청년학생층이 한글 소설의 독자로 합류되기 시작한다. 청년학생들이 한글 소설을 읽기 시작했다는 것은 곧 독자층의 확대와 통합을 의미한다. 서구소설의 번안작품들이 이 같은 독자 통합을 처음으로 이루어냈다는 점은 분명 긍정적인 일면이 있다. 하지만, 이들 작품들은 모두 창작이 아닌 외국소설의 번안이라는 결정적인 한계가 있다. 이광수의 「무정」은 이 같은 번안작이라는 한계에서 완전히 벗어난 작품이다. 이광수는 한글 소설을 통해 최초로 독자 계층 통합에 성공한 작가이며, 「무정」은 근대 자국어를 통해 독자 계층의 통합을 이룬 최초의 창작소설로 평가할 수 있다. 1910년대 이광수와 그의 「무정」의 의의는 바로 이 점에 있다고 해도 과언이 아니다.

『매일신보』의 입장에서 보았을 때, 서구소설 번안과 이광수 소설을 통해 성공한 청년학생층 독자의 확보는 독자층의 확대를 의미한다. 『매일신보』는 이광수 이후 이같이 확대된 독자층을 계속 유지·확대하기 위한 소설을 준비한다. 확대된 독자층의 계속적인 유지와 확보는 청년학생층 독자에 그 관건이 있다. 이를 위해 『매일신보』는 당대 청년학생들의 가장 절박한 문제였던 신도덕의 정당성, 그 중에서도 상호간의 자발적 의사에 기반한 자유연애를 다루었거나 최소한 그 내용이 포함된 소설을 게재한다. 이는 이광수 이후 다시 등장한 가정소설에서도 남녀의 만남과 결혼이 철저하게 당사자들의 의사에 기반해 있다는 점에서 확인할 수 있다. 또한 창녀와 청년의 사랑을 긍정적으로 형상화하거나(「홍루」) 당사자들의 의사가 무시된 결혼의 불행한 파국을 보여준 것도(「기옥」), 이 시기 『매일신보』의 의도가 청년학생층 독자의 꾸준한 유지와 확보에 있었음을 증거한다.

이상의 내용을 통해 1910년대 『매일신보』는 소설에 대해 매우 큰 관심과 기대를 가졌던 매체였음을 알 수 있다. 『매일신보』의 게재 소설 및 『매일신보』가 소설에 대해 가졌던 배려와 관심은 총독부 기관지라는 매체의 특성과 관련하여 논의되어야 한다. 신문소설은 그 명칭에서도 알 수 있듯이 소설로서의 독자성보다는 신문의 일부로서의 성격이 더 강한 양식이다. 또한 신문소설은 재미있는 읽을거리로서 신문의 사세 확장을 위한 독자 유인책이라는 특성도 아울러 가지고 있다. 『매일신보』에 게재된 모든 소설도 이 같은 신문소설의 특성을 공유하고 있다. 이 책에서 살펴본, 이해조의 「화세계」에서 양건식의 「기옥」에 이르는 모든 소설은 궁극적으로 『매일신보』라는 총독부 기관지를 위하여 존재했다. 『매일신보』는 신문사의 사세 확장, 즉 독자를 확보·확대하기 위한 재미있는 읽을거리로서 소설을 게재한 것이다.

이것이 1910년대 『매일신보』 소설이 가진 첫 번째 의미라고 할 수 있다. 『매일신보』가 소설을 통해 독자를 확보·확대하려한 것은 총독부 기관지로서의 맡은 바 사명을 다하기 위해서였다. 『매일신보』는 이를 위해 국내외 정세와 당시 대중들의 기호까지 면밀히 파악하여 그때

그때 적절한 소설을 게재했다. 『매일신보』의 이 같은 소설 기획은 '여세추이(與世推移)'라는 말로 정리할 수 있다.

盖 新聞이라 ᄒᆞ는 者는 與世推移의 軌外에 超出ᄒᆞ야 單獨히 與時推移ᄒᆞ며 與日推移ᄒᆞ며 與月推移ᄒᆞ며 與年推移ᄒᆞ야 個人 與 社會 國家가 推移ᄒᆞ기 前에 몬져 推移ᄒᆞ야 個人 與 社會 國家가 與世推移코져 ᄒᆞ야 纔히 一步를 門外에 投ᄒᆞᆫ 時에 新聞은 早已 十步 乃至 數十步의 前程을 疾走ᄒᆞ며 曰 與世推移코져 ᄒᆞ는 個人 與 社會 國家는 予를 趕來ᄒᆞ라 予는 諸君의 嚮導者되리라 予는 諸君의 執燭者되리라 ᄒᆞ나니 新聞의 新聞된 本領이 如斯히 重大ᄒᆞ고 쏘 深遠ᄒᆞ도다[2]

『매일신보』는 시간의 흐름 및 정세, 통치방침의 변화 등 각종 "추이(推移)"에 따라 적절한 소설을 제공한 것이다. 강제병합 직후에는 당시 독자들에게 가장 익숙한 서사물이었던 '신소설'을 선택했으며, 1912년 무렵 전통연희가 성행하자 판소리 정리 작품을 게재했다. 이어 소설의 주 독자인 부녀자층 독자의 확보를 위해 일본 가정소설을 번안했으며, 1910년대 중반부터 발생·배출되기 시작한 청년학생층 독자를 위해 서구소설 번안에 나섰다. 이 같은 1910년대 『매일신보』 연재소설 경향의 변화는 모두 '여세추이(與世推移)'와 밀접한 관련이 있다. 이 같은 기획은 성공적이었다고 평가할 수 있다. 『매일신보』의 소설에는 총독정치의 정당성이나 총독부의 시정방침에 대한 선전 등 정치적인 내용은 거의 존재하지 않는다. 이 같은 내용은 『매일신보』의 다른 지면에 배치되어 있다. 『매일신보』가 소설에 대해 보인 큰 관심과 배려는 그때

---

2 「아보와 삼천」, 『매일신보』, 1916.3.4.

그때 목표로 했던 계층을 우선 『매일신보』의 독자로 만들기 위한 것이었다. 총독부의 식민정책을 홍보, 선전하기 위해서는 일단 사람들을 신문의 독자로 만들어야 했고, 소설은 사람들의 시선을 신문으로 유인하는 가장 효과적인 수단이었다. 소설의 게재는 신문의 구독자 확보 및 확대를 위한 강력하고 재미있는 유인책의 하나였던 것이다.

두 번째는 작품 발표 지면의 확보라는 차원에서 찾을 수 있다. 1910년대 『매일신보』는 1910년대 최대의 문학 작품 발표와 최대의 문학 행위가 이루어진 매체였다. 1910년대는 매우 억압된 언론 통제 정책이 시행된 이른바 무단통치기였다. 총독부는 강제병합과 동시에 강력한 언론통폐합 정책을 실시해 『경성일보』와 『매일신보』 등의 관제언론과 소수 종교잡지의 ′발행만을 허가했다. 특히 1910년대 전반기에는 『매일신보』가 거의 유일하게 작품 발표가 가능한 매체였다. 나아가 발표 지면의 문제를 1910년대 전체로 확장하면, 『매일신보』는 유일하게 장편소설 게재가 가능한 매체이기도 했다. 우선 1910년대에는 전작 장편소설이 단 한 편도 존재하지 않는다는 사실을 참고하면, 이 시기 장편소설은 신문이나 잡지 등의 매체에 연재될 수밖에 없다. 하지만 장편소설은 본래 잡지보다는 신문에 적합한 양식이다. 더욱이 극도로 억압된 언론 정책이 시행되었던 시대적 상황까지 생각하면, 『신문계』, 『청춘』, 『학지광』 등 1910년대 잡지들은 긴 호흡의 장편소설이 게재되기에는 더더욱 적합하지 못한 매체였다. 결과론적인 이야기이지만, 이 시기 잡지들에 단 한 편의 장편소설이 실려 있지 않다는 것도 이에 대한 하나의 방증이다. 이해조의 '신소설'과 각종 번안소설들, 이광수의 소설에 이르는 다양한 장편소설 작품들은 『매일신보』가 있었기에 그 탄생 및 존재가 가능했던 것이다.

세 번째는 소설 개념의 확산 및 대중화에 크게 기여를 했다는 점이다. 이는 우선 『매일신보』에 존재하는 소설의 양적 규모를 통해 확인할 수 있다. '소설' 자료로만 한정해도 장·단편을 합쳐 총 98편의 작품이 1910년대 『매일신보』에 존재하고 있다. 총 98편의 소설들은 37편의 장편소설과 61편의 단편소설로 이루어져 있다. 여기에 희곡, 동화, 기행문 등 서사 자료 일반으로 확장해보면 총 350여 편의 서사 자료가 이 시기 『매일신보』에 게재되어 있다. 좀 더 구체적으로 살펴보면, '단편소설'이라는 용어 및 장편소설의 대중화 측면에서 그 의미를 찾을 수 있다. 61편의 '단편소설'은 1910년대 전반기에 집중적으로 발표되었다. 1910년대 이전 총 다섯 차례만 사용되었던 '단편소설'이라는 용어는 1912년 들어 『매일신보』 지면을 통해 대대적으로 사용되기 시작한다. 또한 이 때 집중적으로 사용되는 '단편소설'이 대부분 일반 독자의 투고를 통한 '응모단편소설'이라는 점에서 그 대중적 확산은 보다 광범위하고 신속했을 것이다.[3] 따라서 '단편소설'이라는 용어의 대중화는 사실상 『매일신보』가 주도했다고 해도 과언이 아닌 것이다.

1910년대 『매일신보』 소설의 주류는 장편소설이다. 이는 본래 단편소설이 신문보다는 잡지에 보다 적합한 양식이라는 데에서 기인하는 문제이다. 잡지는 일정한 독자층을 대상으로 특정 주제에 대한 폭넓고 심화된 지식을 제공하며, 발행 주기상 지면이 한정되어 있다. 따라서

---

3 이에 대해서는 김현실과 김재영도 지적한 바 있다(김현실, 『한국 근대단편소설론』, 공동체, 1991, 98~99쪽; 김재영, 「1910년대 '소설' 개념의 추이와 매체의 상관성」, 『한국 근대 서사양식의 발생 및 전개와 매체의 역할』, 소명출판, 2005, 248~249쪽).

긴 호흡의 장편보다는 상대적으로 짧고 주제의식이 두드러진 단편소설이 보다 적합하다. 『매일신보』는 거의 1910년대 내내 두 편의 장편소설을 동시에 연재했다. 당시 『매일신보』는 총 네 개 지면을 발행했는데, 이 같은 지면 상황에서 두 편의 장편소설이 차지하는 비중은 그 분량 면에서나 기사의 총량 면에서나 결코 적은 것이 아니었다. 장편소설 두 편의 동시 게재는 아직 장편소설에 익숙하지 않았던 당시의 작가 및 독자들에게 긴 호흡의 소설에 대한 새로운 인식을 심어주기에 충분했다. 『매일신보』가 당시 유일한 한국어 신문이었다는 사실을 고려하면, 『매일신보』는 이 시기 대중들이 소설을 접할 수 있었던 거의 유일한 연결 통로였다. 특히 장편소설은 1910년대 전 기간에 걸쳐 오로지 『매일신보』만을 통해 독자와 만날 수 있었다.

네 번째는 1910년대 『매일신보』 소설들을 통해 근대소설에 대한 여러 자질들을 학습할 수 있는 계기가 마련되었다는 점이다. 이는 주로 형식적 측면에서 찾아볼 수 있다. 우선 이해조의 소설론 등을 통해 개연성 있는 허구와 현실에 대한 사실적 묘사 등 근대소설에 대한 초보적 인식이 나타나고 있음을 확인할 수 있다. 과거형 종결어미 '~ㅆ다'체는 한국 근대소설의 문장을 가늠하는 하나의 지표이다. 과거형 종결어미는 서술자의 무화를 통한 '지금 여기' 및 '자아'와 '내면'을 그릴 수 있는 객관 묘사의 길을 열어준다. 『매일신보』 소설들에서 과거형 종결어미가 완벽하게 사용된 것은 물론 아니다. 하지만 1910년대 전반기 집중적으로 발표된 단편소설들에서 과거형 종결어미의 사용이 확산되어 가는 것을 확인할 수 있다. 『매일신보』 단편소설은 1910년대 중반 이후의 신지식층 단편을 거쳐 1920년대 단편에서 확립되는 근대소설 문장의 형성에 있어 중요한 토대가 되었던 것이다. 1910년대 중반부터 시작된 서구소설 번안은 근대적 교육을 받은(또는 받고 있는) 청년학생층 독자를 염두에 둔 소설들이다. 이들 소설은 모두 작가 개입의 최소화와 구어체 한글 문장의 사용, 잘 짜인 구성 등을 그 특징으로 한다. 청년학생들은 소설에 있어 작가의 빈번한 개입, 한문 문어체의 딱딱한 문장, 잘 짜여지지 못한 구성 등에 대해 상당한 반감을 가지고 있었다. 번안소설에 구현된 이 같은 요소들은 곧 근대소설의 자질이기도 하다. 창작이 아닌 서구소설 번안작품을 통한 것이기는 하지만, 이를 통해 근대소설에 대한 학습과 체험이 조금씩 진전될 수 있었던 것이다.

새 천 년이 시작된 지도 벌써 몇 해가 지났다. 식민지와 분단국가로 지낸 20세기 한국 역사의 와중에서 근대 민족국가 수립과 민족 문화 정립에 애써온 우리 한국학계는 세계사 속의 근대 한국을 학술적으로 미처 정리하지 못한 채 세계화와 지방화라는 또 다른 과제를 안게 되었다. 국가보다 개인, 지방, 동아시아가 새로운 한국학의 주요 대상이 된 작금의 현실에서 우리가 겪어온 근대성을 다시 한 번 정리하고 21세기에 맞는 새로운 모습으로 탈바꿈시키는 것은 어느 과제보다 앞서 우리 학계가 정리해야 할 숙제이다. 20세기 초 전근대 한국학을 재구성하지 못한 채 맞은 지난 세기 조선학·한국학이 겪은 어려움을 상기해 보면, 새로운 세기를 맞아 한국 역사의 근대성을 정리하는 일의 시급성은 아무리 강조해도 지나치지 않다.

우리 근대한국학연구소는 오랜 전통이 있는 연세대학교 조선학·한국학 연구 전통을 원주에서 창조적으로 계승하고자 하는 목표에서 설립되었다. 1928년 위당·동암·용재가 조선 유학과 마르크스주의, 그리고 서학이라는 상이한 학문적 기반에도 불구하고 조선학·한국학 정립을 목표로 힘을 합친 전통은 매우 중요한 경험이었다. 이에 외솔과 한결이 힘을 더함으로써 그 내포가 풍부해졌음은 두말할 나위가 없다. 연세대학교 원주캠퍼스에서 20년의 역사를 지닌 매지학술연구소를 모체로 삼아, 여러 학자들이 힘을 합쳐 근대한국학연구소를 탄생시킨 것은 이러한 선배학자들의 노력을 교훈으로 삼은 것이다.

이에 우리 연구소는 한국의 근대성을 밝히는 것을 주 과제로 삼고자 한다. 문학 부문에서는 개항을 전후로 한 근대 계몽기 문학의 특성을 밝히는 데 주력할 것이다. 역사 부문에서는 새로운 사회경제사를 재확립하고 지역학 활성화를 위한 원주학 연구에 경진할 것이다. 철학 부문에서는 근대 학문의 체계화를 이끌고 사회과학 분야에서는 학제 간 연구를 활성화시키며 근대성 연구에 역량을 축적해 온 국내외 학자들과 학술 교류를 추진할 것이다. 이러한 연구들은 일방성보다는 상호 이해와 소통을 중시하는 통합적인 결과물의 산출로 이어질 것이다.

근대한국학총서는 이런 연구 결과물을 집약적으로 정리하기 위해 마련한 총서이다. 여러 한국학 연구 분야 가운데 우리 연구소가 맡아야 할 특성화된 분야의 기초자료를 수집·출판하고 연구성과를 기획·발간할 수 있다면, 우리 시대 연구자들뿐만 아니라 학문 후속세대들에게도 편리함과 유용함을 줄 수 있을 것이다. 새롭게 시작한 근대한국학총서가 맡은 바 역할을 충분히 할 수 있도록 주변의 관심과 협조를 기대하는 바이다.

2003년 12월 3일
연세대학교 원주캠퍼스 근대한국학연구소